予言文学の語る中世

聖徳太子未来記と野馬台詩

小峯和明

吉川弘文館

目　次

I 〈聖徳太子未来記〉の生成

『野馬台詩』注釈資料集

I
〈聖徳太子未来記〉の生成

一　〈聖徳太子未来記〉の世界
――もうひとつの歴史叙述――

1　未来記の誕生――埋もれた予言書

中世日本に未来記という名の書物の一群があった。どこからともなく忽然と出現し、人々を狂熱の渦に巻き込み、またいつともなく消えてしまう。その形は単一ではなく、変幻自在で、時代や状況ごとに姿を変え、人々を虜にし続けるが、やがていつしか忘れさられ、埋もれた謎のテクストとなってしまった。しかし、ひとたび掘り起こせば、中世を中心に古代から近代までつらぬく滔々たる流れがあり、未来記の文学史もしくは文化史が書けるほどだ。戦前の和田英松の先駆的な論考をはじめ、一部に重要な研究はあるが[1]、歴史、文学、宗教等々に分節された一般の学問からは不当に無視されてきた。近年の研究の変動にともない、ようやく再評価され、復権の気運が高まりつつあるようだ。小著はそうした埋もれた未来記に照明を当てようとするささやかな試みである。

未来記とは文字通り未来を予知し予言した書物や文書をいう。混沌とした現実をみすえ、あらたな展望をきりひらくために未来を透視しようとするもので、終末観と結びついた宗教上の述作も少なくない。日本に限らず、有名なノストラダムスの大予言をはじめ、西洋にもアジアにもみられる。人間が過去・現在・未来という時間認識にとらわれた時から背負った宿命であろう。まだ見えぬがしかし確実におとずれるにちがいない未来という時間に託した人々の願い、不安や期待の交錯——未来とは恐れや希望に満ちた不可思議な時間であり、かなわぬ現実やぬぐいがたい過去から離脱し、飛翔するためにすべてを託しうる時間でもある。人はそこに未来記という名の一抹の夢を描こうとしたのであった。

もとより現代のわれわれと中世の人々とが同じ時間意識にあったわけではない。入間田宣夫の起請文研究の発言をひこう(2)。

中世の人びとにとって、未来とは、現在に生きる必死の想いとそれほどまでに緊密に結びつけられた、生きた具体的な存在であった。神仏を眼前にして感情の非日常的な高まりによってささえられ、生命力をふきこまれたなにかしら特別の存在であった。時計やカレンダーをもってしか知ることのできない物理的かつ無味乾燥の近代人の未来とは、まったく異なる未来の認識が、そこにはあったのである。

未来記で考えなければならないのは、この種の時間である。現在と地続きののっぺりした、近代的な感覚の未来ではない。切実な切迫した思いが熱くたぎる〈とき〉、「生命力」のある時間であった。入間田論は起請文を中心にみた発言で、三日、七日、七代という具体的な時間が問われているが、未来記が生み出される精神土壌とも根はひとつであろう。起請文とは、神仏に願いを立て、祈願成就の際の誓約を記した文書で、十二世紀頃に確立し、中世に流行する。未来記の作者に仮託されるのは宝志和尚や聖徳太子など神格化された存在が多く、神仏に近い立場から発信されるから、あたかも両者は双方向の関係で対照されよう。

未来記は予言や託宣と機能は似かようが、起請文と同様、文字化された書物や文書であることの意味が決定的である。現在や過去という時間意識を前提に未来にむけて送られるメッセージであり、未来のどこかで発見されるのをたてまえとする。発見された時点が過去に予言された未来そのものである場合も多いが、どちらにしても発見されなければまったく意義をもちえない。機能上、タイムカプセルにひとしい。かたちとして伝わる、超時間性を本質とするから、必然的に媒体は文字でなければならない。過去から未来への時空を補塡し、超越するには音声ではなしえず、文字によるしかないからだ。

ところで、未来の記という語は、もともと仏教界にひろくみられるものだった。たとえば、『法華経』に記別や授記の章が多い（訓は岩波文庫による。以下、引用文献は一般に流通しているテクストによる場合、特に明示しない）。

我が諸の弟子の威徳具足せる其の数五百なるも、皆当に授記すべし。未来世において咸く成仏することを得ん。（授記品・六）

我が滅度の後、後の五百歳の中に閻浮提において広宣流布して、断絶せしむることなけん。（薬王品・二三）

前者は仏が二乗作仏を説くくだりで、声聞、羅漢にも成仏を確約する。記別や授記とは仏による成仏の保証、お墨付きであった。後者は釈迦の涅槃後五〇〇年に仏法がすたれずに流布するであろうことを予言するもの。いずれも、仏が確たる未来を保証する言説としてあった。あるいは日蓮『諫暁八幡鈔』にも、「涅槃経に仏未来を記て云」と『涅槃経』を引用する。いわば、仏は予言者としての役割をもち、記別＝成仏の引導をわたす機能をもっていた。経典がそもそもそういう性格をおびていた、といえる。

中世の未来記もまた『法華経』の記別、授記に類する予言を意識していたであろう。仏神のごとき絶対者の予言に人々は未来を託したのである。未来の予見は今を生きるよすがとなり、現実を活性化する機能をおびる。終末観も同様で、危機感をあおることは現実を賦活する最も手っ取り早い方法であった。未来記はかような仏説の授記から導かれるが、その一方で起請文と対になるかたちで、仏神と人を媒介する託宣書や予言書としての意義をもつ。古代以来の童謡（わざうた）や流言飛語、妖言、風聞を文字化したものとみることもできよう(3)。しかし、文字に刻み込むことで過去や現在から跳躍し、未来に投企しようとする指向性は託宣や童謡などにはない。未来記の特性もまたそこにきわまるであろう。音声から文字へ、言語媒体の比重が移る言説の変転に未来記は確実に対応していた。

2　〈聖徳太子未来記〉の生成

未来記の早い例に『野馬台詩』があるが、[4] 以下ここでは中世の未来記として最も影響力をもった〈聖徳太子未来記〉を中心にみていきたい。『野馬台詩』と〈聖徳太子未来記〉の関係は微妙で、相互に交渉があったことはまちがいないが、後者は実に多面的で一元化することができない。一編の固定化した作品として扱うことはできない。正確には〈聖徳太子未来記〉群というべきで、「御記文」という例も多いが（本書Ⅲ・1）、むしろ普通名詞とみた方がよく、以下、〈　〉で表記する。

そもそも〈聖徳太子未来記〉とは何か。なぜ聖徳太子なのか。聖徳太子が早くから伝説化ないし神話化されていたことは贅言を要しない。ことに中世には王権の始源としていっそう神話化がすすみ、多くの物語が絵画や造型をも通して展開された。中世には注釈のかたちでおびただしい太子伝が作られていった。その多くは平安期の『聖徳太子伝暦』の注釈であるが、中世太子伝なるジャンルが形成されるほど、宗派を問わず信仰され利用され続けた。聖徳太子はいわば、中世の理念の仏法王法相依を一個人で体現した存在であり、日本の仏陀と目される仏法の始祖的存在でもあった。

しかも、『野馬台詩』作者の宝誌和尚と同様、観音の化身とされる。これは、太子＝菩薩／天皇＝仏という図式にも当てはまる。今は天皇ではなく、将来天皇になることが確約された「太子」こそ未

図1　童形太子像（法隆寺蔵）

来を託しうる恰好の存在だったことを意味する。さらに中国の恵思禅師の後身説もこれにからまり、始源は外部からやってくる構図を象徴する。また、太子像に童形像が多いが、〈童謡〉などにまつわる予言者の意義をおびるものであったろう。

　聖徳太子即日本の仏陀及び王権の始祖という認識は、中世ではほとんど宗派や社会階層を問わず浸透し、独特の太子信仰をもたらすが、太子を取り込むことで正統性や権威を得、勢力を保持拡張し、権門の確執や宗派間の抗争などを調停し止揚しうる超越性や至高性が指向されたからに相違ない。ゼロ記号もしくはニュートラルな本性がもとめられ、利用されたということであって、天皇制の体現にほかならない、ともいえる。中世に限らないが、聖徳太子とはいわば天皇制度そのものの記号であった。記号化された象徴としての天皇の具現、それが聖徳太子のイメージである。

　聖徳太子の未来記を考える場合、もうひとつ重要な問題は歴史書の存在である。推古二十八年（六二〇）に蘇我馬子とともに史書を編纂した、とされるのが『先代旧事本紀』である。[5] 太子は史書の編者にまで仮託されていた。『旧事本紀』は日本紀とならび、中世ではひろく読まれ、尊崇された史書であり、『古事記』をしのぐ。十四世紀には慈遍の『旧事本紀玄義』など本格的な注釈書まで作られる。実際に太子の原撰だったかどうかではなく、それが太子撰と信じられ疑われなかったことが意味をもつ。

　つまり聖徳太子は、歴史を編纂し記述する存在でもあった。序文によれば、先代の旧事、上古の国記、神代の本紀、神祇の本紀、天孫の本紀、天皇の本紀、諸王の本紀、臣連の本紀等々をもとに編纂、太子は「釈を説き、次いで録」したが、業なかばで亡くなり、神皇系図一巻、先代国記、神皇本紀、臣連伴造国造本紀十巻をまとめたという。歴史記述の主体として太子は姿を現す。未来記もまた疑いなく、もうひとつの歴史叙述であり、聖徳太子は未来記の〈作者〉として必然的にみちびかれてくる。

聖徳太子が未来を掌にしていたことは、すでに『日本書紀』推古元年に「未然を知る」とみえ、本格的な太子伝として後世に影響を与えた十世紀の『聖徳太子伝暦』にもみえる。推古十二年の条に、自分の死後二五〇年に一人の僧が出現し、寺を建てるであろう、それが我が後身であるとか、三〇〇年後、一人の聖皇が遷都し、仏法を起こすであろうとあり、後者は一一〇年の時差があるものの、桓武の平安京遷都にかさなるように、太子みずから死後の世界を予言し、死後も君臨するであろうことを宣言していた。(6)

3　未来記の出現——縁起と碑文

『聖徳太子伝暦』についで太子の未来記的な述作として注目されるのが『荒陵寺御手印縁起』(『四天王寺縁起』)である。寛弘四年(一〇〇七)八月一日に、天王寺の金堂の金六重塔から慈蓮が発見したという。これを読んで感激した後醍醐が書写し、手印を押したことは有名で、後醍醐がこれを〈未来記〉として読んだことは疑いない。

太子の死後、国王后妃と生まれ、大寺塔を国々所々に建て、多くの仏像を造り、経論義疏を書写し、資財宝物田園等を施入し、あるいは比丘、比丘尼、長者、卑賤の身と生まれ、仏法を興し、有情を救済すれば、他身にあらず、吾が身の再来である、と。物部守屋が仏敵怨霊として影のようにつきまとうことも指摘され、

図2　四天王寺伽藍

仏法と王法がたがいにささえあうべき理念を説いた早い例としても注目される。仏法王法相依の理念の具象に太子が浮上する。とりわけ仏法興隆をはかる太子の後身としてイメージされるのが藤原道長である。『栄花物語』七に、

天王寺の聖徳太子の御日記に、「皇城より東に仏法弘めん人を我と知れ」とこそは記しおかせ給ふなれ。

とあり、『大鏡』にも、

この入道殿、世にすぐれ抜け出でさせたまへり。あるいは聖徳太子の生れたまへると申し、あるいは弘法大師の仏法興隆のために生れたまへるとも申すめり。

とみえる。太子は弘法大師とも結びつくが、玄円の『神仙伝』（逸書）にすでにみえるし、『松子伝』にいう空海の太子廟参詣譚なども関係していよう。

天王寺の縁起にかんしては、九条家の『天王寺事』が注目すべきテクストで、「御手印縁起条々不審」の注釈がついているが細かい検討は割愛する（図書寮叢刊）。(7)

そうした縁起とはまた別途に太子の未来記は碑文のかたちで出現する。まさに過去からのメッセージとして土中から発掘されるのである。『御手印縁起』も天王寺の金堂内から出現していたが、未来記はどこかから不意に出現する場合が少なくない。ここでの舞台は河内の太子廟で、後に詐欺的なでっちあげだったことが露見する事件に発展する。すでに研究があるが、(8)『古事談』五・三五九によると、天喜二年（一〇五四）九月二十日、聖徳太子廟の近辺で、石塔を立てるために地を掘っていたところ、地中から長さ一尺五寸、広さ七寸程の筥石が出土し、蓋を開けて見ると「御記文」即「太子の未来記」であった。早速天王寺に奏聞して検証された、という。

吾利生のために、かの衡山を出で、この日域に入り、守屋の邪見を降伏せしめ、終に仏法の威徳を顕はす。（略）吾入滅以後、千四百三十余歳に及べり。この記文の出現するや、この時の国王・大臣、寺塔を発起し、

図3　河内の太子廟（叡福寺）

仏法を願求するのみ。

この事件は法隆寺の顕真の『太子伝古今目録抄』にも詳しく、実は掘り出した忠禅のでっちあげで、「誑惑聖」とまでされる。忠禅は太子の廟窟に入り、不可思議な作法をしたため、時の人は太子の舎利を破損したのではないかと疑い、法隆寺の康仁等に廟内を調査させると、三棺の一つだけ髑髏があり、ほかはまったくなかった。別の説では、東側の棺は太子の遺骨がそっくり残っていて、異香が薫じ、廟中は心中月晴のごとくであったという。すでに伝承が錯綜していたらしい。『顕真得業口決抄』もほぼ同一である。

類似の例は真福寺蔵『説経才学抄』「寺院」にもみえる(9)（真福寺善本叢刊）。

河内国（石河郡歟）ニ畠作ケル人ノ塚ノ様ナル所ヲ□（カキ）平ゲムトシケル間、土ノ底ニ堅キ物有リ。奇シト思テ、カキ出テ持挙ルニ、極テ重シ。事ハ有様有ラムト思ヒテ、里村ノ人々ヲ呼ビ具シテ、此ヲカキ上タレバ、石ノ唐櫃ニ有リ。内ヲ見ルニ、異物ハ無クテ、但石ノ板一枚アリ。奇シムデ委ク此ヲ見レバ、聖徳太子ノ記文也トテ、彫エリ付タリ。其文云、「後五百歳ノ末世ニ、破壊堂舎、其ヲ見ナガラ修理セズシテ、新シキヲ異堂ノ舎ヲ作ラムハ不他事ニ。此レ仏法ノ滅相ト知レ」ト云文ヲエリ居タリ。尓時ニ王大臣披見シテ、此ヲ七道諸国ニ宣旨ヲ下シ、使ヲ放テ、破壊セル堂ノ舎ヲ被修理云々。此事六十七八年許ノ事也。

ここではすでに太子廟という場が消えているが、淵源はひとしい。

いずれにしても太子廟は未来記発生の温床となっていたらしい。真相は不明だが、野口博久論にみる通り、忠禅の作為を強調するのは法隆寺側だけで、そもそも記文の内容も出現次第、寺塔を建てろという強要で作為的な感じが強く、事件の背後には四天王寺・太子廟と法隆寺との拮抗がありそうである。未来記は寺院間の勢力関係の具として重要な媒体になっていた。

右の事件にちなみ、『上宮太子拾遺記』五は「大鳥郡文松子伝云」として、いわゆる三骨一廟の廟窟偈をひく。三骨は太子の母を中心に太子夫妻が両脇に安置された遺骨をさす。太子存命の時、廟窟洞の西方の石に刻んだという。「大慈大悲本誓願」「我身救世観世音」「三骨一廟三尊位」「一度参詣離悪趣、決定往生極楽界」云々とあり、浄土信仰が色濃い[10]。河内の太子廟（叡福寺）として、近縁の当麻寺とあわせ、中世には浄土宗西山派の拠点ともなる[11]。太子廟にはさらに弘法大師の参詣話もくわわり、弘仁元年（八一〇）、廟に一〇〇日籠り、太子の美妙の声を聞き、三骨の由来も知り、注記を書き付けたという。これらはたとえば、真福寺蔵『松子伝　弘法大師拝聖徳太子事』（南北朝写）などにみえ、『古事談』に同じ未来記碑文も記される。太子ら三骨を阿弥陀三尊に比定する根拠ともされ、河内廟の未来記の聖化がすすんだ。

ちなみに、『表諷讃雑集』乾に叡福寺勧進沙門の「後冷泉院備瑪瑙之注書於叡覧勧進状」（続真言宗全書）をはじめ、『民経記』嘉禄二年（一二二六）九月条、文治三年（一一八七）の三千院蔵『太子伝記残篇』がある。『沙石集』二・一にも生蓮房が太子墓御廟窟で舎利を感得したという。

『明月記』安貞元年（一二二七）六月十二日条に、有名な太子廟の未来記をめぐる記事がみえる。すでに春頃から瑪瑙石碑文の噂があり、定家がはじめて実見した時の記録である。文章は愚暗の雑人の筆になり、字もすこぶる「古文之体」と、定家は本文を詮索している。碑文は天王寺の聖霊堂に安置され、時代ごとに出現しているが本当かどうか疑わしく、四月頃には退転した、という。本文は『古事談』以下のそれとまったく変わっていた。

> 人王八十六代の時、東夷来りて、泥王国を取る。七年丁亥三月、閏月あるべし。四月二十三日、西戎来り国

を従へ、世間豊饒となるべし。賢王の治世三十年、しかる後、空より獼猴・狗、人類を喰らふべし、と云々。それまでの未来記は多く天王寺や太子廟という出現場所にまつわる寺院の繁栄確約や堂塔祈願に終始していたのに対し、ここでは国家の命運にかかわる世の変転や不気味な終末の予見が展開される。社会性や政治性をおびたものに変化していることをみのがせない。暗澹たる終末観の様相を呈してきたのが特徴である。結びの猿と犬に関するくだりは、東大寺図書館蔵『野馬台縁起』（大永二年〈一五二二〉）の「猿犬称英雄」の注釈「獼猴ノ獨（コリヤ）ナル（ウ）物、空ヨリ下テ人ヲ取テ食フベシ」にかさなる。この注釈がどこまでさかのぼれるかは未詳だが、『応仁記』の『野馬台詩』注にはほぼ同内容が「聖徳太子未来記に云く」としてひかれる。(12)

人王八十六代は仲恭の時代に相当、「東夷」は関東の武家をさし、定家引用の六年前に起きた承久の乱を象徴していよう。終末や亡国の響きも承久の乱が決定的に作用していたであろう。同月二十二日条に強盗の蜂起があり、「天魔滅するの期、宿運の尽くる期か」という世相穏やかならざる動向なども無縁ではあるまい。

『明月記』には、もうひとつ〈太子未来記〉の言及がある。天福元年（一二三三）十一月二十二日条、やはり天王寺であらたに披露されたもの。出土地は不明（天王寺で出てきたものか）。その月に限って披露されるというので人々がこぞって参詣したという。期限つきの展観に寺の興行的な企図が感ぜられる。ほとんど毎年のように出現していたらしく、さすがに定家は今度は実見しなかったようで内容は記録されないが、未来記がほとんど風俗化しつつあったらしい様子がうかがえるであろう。

天王寺は太子信仰とともに、釈迦の舎利信仰の拠点にもなっていて、これにも未来記がかかわっていた。律宗再興で名高い叡尊の伝記『金剛仏子叡尊感身学正記』下の弘安七年（一二八四）十二月二十三日条に、幕府の申状にいうに、天王寺の舎利が出なくなったのは、天下の怪異を意味する。「太子御記文」のごとく、世に一の僧を別当とし、戒律の庭とすべし、とあり、その僧とは叡尊のことで、結局彼は天王寺の別当となるように、太子の未来記が重要な決め手となっている（『西大寺叡尊伝記集成』）。これも天王寺なればこそであろうか。叡尊は舎利信仰と太子信仰双方がからまりあって太子講をしばしば開いていたから、講会は未来記を媒介する場としても注目されてよいであろう。(13)

また、『勝尾寺古流記』寛元元年（一二四三）に、

今この文を案ずるに、当寺往年の比、堂宇孽に遭ひ、仏像猶、未来記に留むる趣きのごとく在り、今符合せり、住侶等、料知せり。すべからく仏法を興隆し、専ら寺塔を修復すべき秋なり。（『箕面市史』）

とあり、これも勝尾寺の堂塔は焼失しても仏像は残ったことを未来記に依拠して強調する。その前の縁起の条に天王寺参籠のことがみえるから、これも太子の未来記とみてよい（『箕面寺縁起』に聖徳太子のことがみえる）。類似の例は室町期まで下って、『看聞日記』嘉吉三年（一四四三）四月十九日条にいう、貞成親王が天王寺と住吉社に参詣、太子の宝物を拝見、太子堂は再建されたが、太子像は未完成だった。太子の未来記に、寺が炎上した時、木片で太子の御衣を作るようにという予言があり、何の木かわからないが、五、六尺の木が宝蔵にあるのを実見した、というもの。

以上、おもに太子廟や天王寺から出土した太子の未来記を中心にみたが、それら聖徳太子ゆかりの寺廟にまつわるものが大半で、場が固定化していることがうかがえる。しかし内容は多様で、寺廟の再建や領地拡張など直接の利害にかかわるものから、次第に天下国家の終末にまつわるものに変貌してゆく様相がかいまみえる。

4 神祇書と口伝法門

ついで近年研究がめざましく進展している神祇書や口伝法門をみておこう。ここにも太子の未来記は姿をあら

わす。まず天台宗の口伝法門を集成した『渓嵐拾葉集』一〇七、

聖徳太子我山未来記事　上宮太子伝記に云く、推古天皇の御宇、聖徳太子、帝艮郷に幸す。四方を観見するに、日の中央に王気現ず。東岳に宝幢現る。今二百余歳在りて、一聖皇有り。（略）この時、聖徳太子、この宝幢を尋て吾山に上り給ふ。仍て一堂建立し給ふ。今の椿堂これなり。

太子の未来記は比叡山の開創にもかかわっていた。太子が比叡山に登り、椿堂を建立したとされる。椿堂は西塔南谷にあり、伝説では椿の杖をさしたところ根づいて育ったとか、太子が如意輪観音を安置したともいう（後者は『叡岳要記』下、『山門堂舎由諸記』）。最澄以前に比叡山は聖地としての意義を確立していた、ということになろう。自らの権威化に常に太子が必要とされる発想の好例であろう。ちなみに比叡山の未来記には、覚一本『平家物語』二・座主流に、最澄が歴代の天台座主の名を書いた未来記を明雲座主が実見する例があった。

図４　比叡山延暦寺西塔南谷の椿堂

また、『渓嵐拾葉集』八九には、

聖徳太子は即ち天照太神の再誕なり。未来記に云く、我末世に世の次第に応ずるは、聖武天皇・弘法大師・聖宝僧正なり、と云々。

とあり、聖徳太子と天照大神との習合が説かれ、さらに聖武天皇・弘法大師・聖宝僧正の後身説もみえる。弘法大師再誕説はすでにみたが、聖武と聖宝は「聖」の語呂合わせの感が強く、醍醐寺の聖宝との必然性はあまりうかがえない。無住の『雑談集』七にも、「彼ノ後身ト云ヘリ。弘法大師、聖武天皇、醍醐ノ尊師是也。御手印ノ縁起」「トノ給ヘリ」とある。

類似の説は、伊勢系統の神祇書にもみえ、天台宗のみにとどまらないことが

知られる。たとえば、内閣文庫蔵『神代秘決』三・菩薩条・日本聖徳太子品第十一にいう、

聖徳太子未来記に云く、聖徳太子・聖武天皇・弘法大師・聖宝僧正出世云々。記文のごとく一分も違はず出生し給ふなり。（略）弘法大師はこれ釈迦如来の再誕なり。聖徳太子はまた釈の本身なり。故に来身を以て本身を顕はすなり。

『鼻帰書』第五にも、

聖徳太子未来記に、我が世に出る様を記し給ふ。聖武天皇・弘法大師・聖宝僧正と云々。かくのごとき記文に、又聖徳太子は当社の御再誕と聞ゆ。何ぞ疑ひ有らんや。これらの義分、決定疑ひ無し。天竺の釈迦、当社の再誕なり。（神道大系）

とみえる。聖徳太子はついに伊勢とも結びつく。天照大神との結合の契機は、観音や釈迦（大日もあり）同体説がひとつの鍵にもなっていよう。太子伝は仏伝と深い関係にあり、本生譚が太子にも波及したものといえる。太子と天照大神の合体という一見奇矯な言説は、いわば中世王権を盤石にするための布石であり、逆にそこまで結合させなければ基盤が保てなかったことを示唆している。

さらに『神代秘決』の天竺大唐品第十には、別の未来記がみえる。

龍猛菩薩は釈迦如来なり。未来記に云ふは、楞加経によるなり。故に楞伽経に云く、

云々と、以下に龍猛の釈迦再誕説が展開される。釈迦の予言を未来記の枠にはめこんだもので、逆に太子の未来記の波及を読み取るべきであろう。

5 未来記としての太子伝

太子の未来記は太子伝からはぐくまれ、次第に一編のテキストとして自立し一人歩きしてゆく。その道行きは見やすい構図だが、むしろ太子伝そのものが未来記だったともいえるのではないか。必ずしも太子伝のすべてに未来記が出てくるわけではないが、少なくともその核のひとつに未来記があり、内部に未来記をはらんで増殖する面は無視できない。もとより太子伝の全貌をつかみきれているわけではないが、以下、いくつかひろっておこう。

中世太子伝の起点ともなる顕真の『聖徳太子伝私記』（『聖徳太子伝古今目録抄』）下巻の裏書には、[14]

法隆寺・天王寺は同年建立といへども、法隆寺においては、処々の伏蔵を構へ、種々未来記に依り、一十五年の間にこれを造ると云々。天王寺は八ヶ年に造りおはんぬと云々。

という注記があり、法隆寺と天王寺の建立をめぐる未来記の存在が指摘される。まとまった太子伝の注釈に付された早い例として注意されてよい。太子伝と未来記の輻輳した関係をうかがわせるものであろう。

高野山宝寿院蔵『聖徳太子伝』（文明七、八年〈一四七五、七六〉写、斯道文庫マイクロ）太子三十二歳条に、

宇治橋ヲ懸ク、太子ト成リ行詣給ケル時ニ、今ノ平等院ノ霊地ヲ御目ニ懸テ云ク、「吾レ入滅ノ後、四百余年ヲ経テ、コノ砌ニ伽藍建立有ルベキ霊地ナリ」ト勅シ給ケル霊地ハ、今ノ宇治ノ平等院ノ聖跡ナリ。実ニ太子ノ未来記ノ御詞ニ違ハズ。

東大寺建立にからんで平等院建立の予言が語られる。同年の平安遷都に関しても、京都の地勢にふれ、「昔ノ聖徳太子未来記シテ」とあり、四十六歳条でも遷都のことがいわれ、

吾レ入滅ノ後五十余年ノ後、人皇三十九代ノ帝ノ御時ニ相ヒ当テ、コノ処ニ遷都有テ、十箇年ヲ経テ、又都帰有ルベシト勅シ給ヘリ。コノ御記文違ハズ、人皇三十九代天智天皇ノ御時、大和国ヨリ近江国ヘ遷都有テ、実ニハ十箇年ヲ経テ、又大和ノ国高市郡岡本宮ヘ都遷給ヘリ。未来記ノ如クシ御シテ、太子、近江国志賀郡

> ヨリ、（略）太子ノ未来記ノ文、更ニ違ハズ。

中世太子伝の多くは『聖徳太子伝暦』の注釈として展開されるが、[15] 太子の予言は寺院建立など仏法に限定されず、遷都や王権にまつわるものに及び、中世にさらに増幅してゆく。太子は歴史全体の透視者としてあった。太子の年齢ごとにさまざまな歴史が盛り込まれ、壮大な歴史叙述が形成される。予言は同じでも、『伝暦』では「未来記」の明示はなく、中世に確定することがうかがえる。予言、託宣から未来記のテクストへ、という道行きが太子伝の展開から浮かび上がってくる。また、四天王寺本の太子伝の十六歳条にも、「太子未来記ノ如クニ百余歳ヲ過テ」とある。

太子伝で最も物語化がすすんだ典型にいわゆる文保本があり、『正法輪蔵』として絵解きのテクストにもなっている。代表的な写本が輪王寺天海蔵『聖徳太子伝』である[16]（享徳四年〈一四五五〉全智の写、応永十二年〈一四〇五〉の本奥書あり、東京大学史料編纂所影写本）。その第七・五十歳条にみる未来記をひこう。

> 我入滅ノ後、六百余年ニ始テ此ノ曼陀羅出現哉ヤト、未来記シテ、太子入滅シ給ヘリ。而ルニ、太子御入滅ノ後、六百四十余年、人皇九十一代、世仁天皇ノ御宇ニ相当、後深草院・亀山院御兄弟、両院御治世ノ時、文永十一年ニ始テ出現シ給ヘリ。
>
> ソノ故ハ、大和国法隆寺ノ東、中宮寺ト申ハ、太子ノ母后間人ノ皇后ノ御建立ノ御寺ナリ。皇后手ラ自ラ地ヲ引キ、石ヲ居ヘ、柱ヲ立テ、十箇年ニ造畢シテ、太子二十五ノ御歳、御供養ヲ遂ゲ給ヒキ。御供養ノ時、五色ノ瑞雲現ジテ、堂塔ニ懸レリ。龍鳳ノ形ト顕ハレン時、見物ノ貴賤上下、怪ヲ成スノ時、太子近従ノ人ニ告テ云ク、「但シ、コノ伽藍ハ我レ入滅ノ後、五百年ノ時ハ、悉ク破壊シテ霜露衣ヲ霑ヲヒ、住持ノ禅尼モ無カルベシ」ト、未来記シ給ヘリ。
>
> 実ニ太子ノ御相ノ如クニ、五百歳ノ後、彼ノ中宮寺破壊シテ四面ノ回廊モ顛レ失セ、朱丹ヲ交ヘシ二階ノ楼

門モ皆ナ悉ク損壊シテ、諸堂甍破レテ、秋霧ハ不断香ノ煙ト立登リ、扉落テハ夜月常灯ヲ挑クトモ云ツベシ。

中宮寺の曼荼羅をめぐる未来記で、文永十一年（一二七四）の出現にかさねられる。これも文永の蒙古襲来が背後にあろうが、中宮寺の再興にまつわる奇瑞譚に仕立てられている。信如尼の発見になる天寿国繡帳曼陀羅として知られる。中宮寺再興の勧進に供せられたもので、太子伝形成にも深くかかわり、さらに太子の未来記によって権威化されてゆく。

明応九年（一五〇〇）の神宮文庫蔵『太子伝』四十六歳条にも、「東大寺大仏建立、相当太子未来記云々」とあり、同じ五十歳条に「太子未来記」に入滅後六〇〇年後の曼荼羅出現を予言、「或伝」にこの曼荼羅が中将姫の織ったものといい、古老が「実に太子未来記」に違わぬことを強調する。また、下巻首の頭注には『太平記』で名高い正成の天王寺の未来記が抜書きされている。他に彰考館本『太子伝見聞記』もある。

慶応義塾大学図書館蔵『聖徳太子伝正法輪』では、[17]「五節事」条に「聖徳太子未来記云松子」とあり、天皇の代ごとに数々の予言が記されている。未来記への比重がより高まっている経緯がうかがえる。

人皇九十代帝の時、異形裸形の者、諸国に充満し、一切堂舎を穢せり。この時、我が弘めしところの仏法滅亡尽せん。

人皇九十九代帝の時、天より獼猴のごとき者、降りて人畜を取り食となすべき事、まさにこの時、一切の仏神霊威を隠さん。

人皇百代に満つる帝の時、東夷責め来り王位を奪ひ、まさにこの時に当たり、東西の夷、国務を諍ひ、鎮に合戦を成し、天下恒に飢渇、闘戦し、鬼神、人民をして疾病を得せしめんのみ。

先の『明月記』に類似する、猿が天から降りてきて人を食い尽くすイメージがくりかえされる。蒙古襲来以後、そのイメージはより強固で直截的なものになったであろう。またここには、天皇百代で終末を迎えるという、

『野馬台詩』が典拠となった百王思想がうかがえ、終末的な乱世が強調される。『正法輪蔵』は太子伝の絵解きテクストとして普及したから、こうした未来記の終末観が一般にもひろく浸透したことは疑いない。

また、天正二年（一五七四）十二月、梵舜写の尊経閣文庫蔵『太子憲法抄』の末尾にも、未来記の一節が引用される（永正十年〈一五一三〉清原家の本奥書あり、斯道文庫マイクロ）。[18]

太子未来詩

吾入滅後七百余歳ノ時、或ハ邪法ヲ以テ正法ニ混ジ、或ハ邪気ヲ以テ王義ヲ猥ニシ、或ハ二乗ノ事教ヲ以テ、一乗ノ法理ヲ破ル。或ハ末代ニ及ビ無戒ト称スルノ時、持戒比丘比丘尼ヲ謗リ、或ハ当世ノ作法ト号シ、先徳法則ヲ猥リ、或ハ私ノ雑宗ヲ立テ、古賢ノ宗義ヲ壊ル。或ハ無智ノ男女有テ、法ノ邪法ヲ判ジ、或ハ世法ニ就キ、師匠ノ悪名ヲ高揚ゲ、或ハ種々ノ妄語ヲ説テ、吾能説法人ト謂テ、愚人ノ師ト成リ、或ハ無法ヲ計リ、空無見ニ随シ、或ハ万法常住ヲ求テ、刹那生滅ノ道理ヲ弁ヘズ。或ハ異形裸形ノ僧尼有リ、神社仏寺ヲ穢シ、如来ノ正法ヲ滅セン。コノ時正法ノ威軽ク、士難世ニ起クルト云々。

「未来詩」という表記も他に例をみず、内容も今までのものと変わっていることに気づく。ここでは仏法上の終末的な世界が強く打ち出され、慶応本に似る「異形裸形ノ僧尼」が批判される。時衆のイメージが強く、いわゆる新仏教異端派への違和を仏法の衰退、法滅ととらえ、その要因を〈太子未来記〉の予言に仮託し封じ込めようとする。いわゆる新仏教批判を根底にする〈太子未来記〉のあらたな面として注目されよう。この一節はたとえば、お伽草子の『鴉鷺記』（文禄三年〈一五九四〉写、天正十七年〈一五八九〉本奥書）にもみえるから、それなりにひろまっていたようだ。

此ノ故ニヤ、聖徳太子未来記ニ、乱行ノ僧尼有テ、先徳ノ法則ヲ破リ、無智ノ男女有テ、法ノ邪正ヲ判ントアリ。今此ノ時代ニ相当レリ。

太子の『十七条憲法』の注釈にさりげなく記された「太子未来詩」は、中世後期に苛烈になる宗派抗争への対処のありようをのぞかせている。

後にこれらの引用文は『説法明眼論』にあることが判明し、大半の出処はこの『説法明眼論』と思われる（本書Ⅱ・1）。他に『金玉集』「中有事」、真名本『曽我物語』三、『行者用心集』、『鹿島問答』等々にもみえる。

6　未来記に乱世を読む——中世王権のゆくたて

太子の未来記は太子伝とともに成長しつつ、そこから一人立ちし、独自に展開してゆくが、さらに未来記は中世の王権にも深くかかわっていくことになる。いわば歴史のありかたそのものを規定するテクストの力学が作用するようになる。

『愚管抄』七に、

　世滅松ニ、聖徳太子ノカキヲカセタマヘルモ、アハレニコソ、ヒシトカナイテミユレ。コレヲ昔ハ、サレバ人ノ子ヲマウケザリケルカト、世ニウタガウ人ヲオカリヌベシ。ヨクヨク心ヘラルベキ也。

「滅松」は文意不明だが、「滅法」であろう。比叡山に入道親王が多いことにふれたもので、そもそも『愚管抄』そのものが未来記をめざしたテクストといってよいであろう。

覚一本『平家物語』八・山門御幸にも太子の未来記は想起される。

　既に此京はぬしなき里になりにける。開闢よりこのかた、かかる事あるべしともおぼえず。聖徳太子の未来記にも、けふのことこそゆかしけれ。

王の不在となった都の状況を誰が予想しえただろう、未来記にあるなら見てみたいという文脈で、未曾有の現実に遭遇し、その対処を模索して省みられるのが未来記であった。物語の現在が未来記によってささえられ、意味づけられる。はからずも右の二書は中世の歴史記述が未来記ぬきになりたちにくいことを示している。他に軍記系では『応仁略記』下「聖徳太子の未来記、今既に現前せり」、『明徳記』下「厳重未来ノ記共ナレバ」などがある。

永仁三年（一二九五）の歌学書『野守鏡』では、

また後鳥羽院の御時、建仁寺いできて後、仏法おとろへ、かの寺禅院の洛陽に立ちしはじめ也。聖徳太子の御記文に、建の字の年号の時、世中あらたまるべき由、見えて侍り。かの御時、建の字の年号のみおほかりしにあはせて、まづ王法おとろへにき。既に都鄙、建の字の年号の時、禅院みなたちはじめて後より仏法すゑになれり。恐るべきはこの建の字、つつしむべきはまた禅の法也。（歌学大系）

禅宗批判の立場から、後鳥羽院時代に建仁寺が建てられて以後仏法が衰えたとし、その根拠に〈太子未来記〉がひかれる。「建」の字がつく年号の時に世が変わるという予言であった。その衰退の根拠を後鳥羽院時代にみる歴史認識が背後にある。引用しないが、後段には太子と達磨とが出会う有名な片岡山伝説がひかれ、禅宗が日本にあわない否定的な根拠とされる。ほぼ同時代の『元亨釈書』に禅導入の神話として位置づけられるのと対照的である。未来記が年号の字占のごときかたちを借りて、仏法王法のゆくすえを予言するものに格上げされた動態を『野守鏡』は示している。

十四世紀に下り、吉田隆長が兄定房の日記や問答、往復文書などの資料を編纂した『吉口伝』（『夕郎故実』）にまとまった未来記の記録があることはよく知られている。とりわけ元弘二年（一三三二）という鎌倉最末期の緊迫した状況で、討幕に失敗し六波羅に幽閉後、隠岐に配流された後醍醐の京召喚問題など、国政の動向を左右するほど、未来記が深くかかわったこと、またそれに応じて未来記がいかに肥大化していったかをよく示す貴重な資料である。

未来記の条は定房が三月に藤原家倫に出させた勘文にみえ、複数の未来記が提示される。

①藤原家倫所持本　聖徳太子未来記五十巻

②南都招提寺本　太子勘未来記第々々

③東大寺宝蔵朱塗箱の中、八寸鏡裏銘文

④陸関太子記（「陸奥太子記」とも）

このうち、家倫本は五十巻本にまでふくれあがっており、「太子未来記帝世事、出第十九巻世間事」に、帝王九十五代に仏法王法が繁盛するが、七〇〇日しか続かない、それは日月の光陰にたとえられる記事があるというもので、同じ四月の勘文でも、七〇〇日の意味について詳述する。崇徳院や後鳥羽院のことも未来記には予言されていたが、後の繁栄のことはなく、後醍醐の場合は後の栄えの予言があるとまでいう。しかも行基と日蔵の注釈がついており、前者は「大様」で、後者は詳しくわかりやすい釈だともいう。唐招提寺本は家倫本の内容に同じ。東大寺宝蔵の鏡銘文は、九十六代に東夷との戦いに敗れ、七三〇日後に東夷に代わって即位、国土安穏、天下太平となるという。天智の自筆とも。「陸関太子記」も九十六代に天下兵乱起こり、東魚来て静め、後に西鳥が東魚を食うという内容である。

定房はこれらの未来記を後醍醐が勢力を盛り返す予言ととらえ、後醍醐の帰還を要請するようになる。まさに太子の未来記は中世王権の中枢にかかわるまでにおしあげられた、といえる。太子の未来記だけで五〇巻とは、今までの碑文などにくらべ、あまりに大仰にすぎるが、それ自体、未来記という名をかりた歴史叙述以外の何ものでもないことを露呈させている。五〇巻という量は「聖徳太子伝」に相当するとみるのが現実的だが、太子伝全体が未来記であったとすれば無理なく了解できるであろう。問題はそのような未来記が実体として存在したかである。

どうかの詮索ではなく、そういう大仰な言説にまで肥大化してしまったことにあるだろう。人々の未来の予知、予見への切望の熱狂的な高揚、いわば期待の地平が未来記幻想とでも呼ぶべき過剰なイメージの増幅を招いたのである。

しかも、もはや太子だけではそのイメージの肥大化をささえきれず、天智の自筆とか行基や日蔵の釈というさらなる伝説的で神秘的なベールをかぶせようとしている、むしろかぶせざるをえなくなった、というべきであろう。日蔵は『北野天神縁起』とともに説話化がすすむし、叡尊関係の資料によれば舎利の伝授にもからんでいたことが知られる。一方の行基は重源の東大寺再建勧進に応じた伊勢参宮の神話化によって中世に再生し(19)、神祇書の作者に擬せられる動向に応じていよう。

それまで太子廟や四天王寺という特定の場に限定されていたものが完全に解き放たれ、あちこちから発見され、読まれ書写されていた。『明月記』の記事にすでにみられた亡国調の路線はさらに強まってゆく。

『太平記』六「正成天王寺未来記披見事」はとりわけ有名だが、いわば『吉口伝』の武家版ないし悪党版といってよい。元弘二年八月三日とされ、定房の資料とほぼかさなる。持統天皇以来、末世代々の王業、天下の治乱を記してあったというから、ほとんど〈日本紀〉と変わらないことを知る。金軸の書一巻に不思議の記文一段あり、それにいう、「人王九十五代に天下一乱し、東魚が四海を呑み、日没西天三百七十余日に西鳥が来り東魚を食い、後に海内十三年帰し、猕猴のごとき者が天下を掠め、三十年余に大凶変じて一元に帰す」という。

あたかも『吉口伝』の「陸関太子記」と先の『明月記』の記述をあわせると、正成が見た未来記につながる。一連の鎌倉幕府滅亡、後醍醐の隠岐配流と帰還、足利尊氏謀反、南北朝合一という歴史の予言であり、内乱のゆくたてが手にとるようにわかるしくみである。正成は未来記解読者の役目を与えられた選民であった。いずれも東魚・西鳥（魚）という東夷・西戎になぞらえた東西対決の構図で、最後に天より猿が下る垂直軸の終末的な見取り図で共通する。「大凶変じ一元に帰す」は徳政にひとしく、すべて御破算にしたゼロからの再出発を意味する。終末はそのための布石である。東大寺鏡銘にいう「政帰淳素」も同様であろう。(20)

未来記は人の生き方を律する規範となり、人は未来記の筋書き通り、運命に翻弄され歴史の渦に消えてゆく（正確には未来記に仮託して筋書を演出）。南朝方を代表する北畠親房もまた〈太子未来記〉と無縁ではありえなかった。有造館本『結城古文書写』康永元年（一三四二）三月二十八日、親房の結城親朝宛の書状にも、「聖徳太子御記文の如くんば、御運を開かるべきの条」とみえる（大日本史料）。具体的な内容は不明だが、太子の予言通り勝利を確信しつつも予断をゆるさない旨が記される。太子の記文にくるまれて生きていた証左となろう。

さらにこの時代、ある程度まとまったものに『聖徳太子未来記』（『仁和寺記録』二十七巻・東京大学史料編纂所影写本、応仁元年〈一四六七〉写）がある。前半は欠損しているが、ひとつ書きの太子予言に、「私云」としてそれぞれ注釈をほどこしたもので、至徳四年（一三八七）の項が残存する。一例のみあげれば、

一建字を置きて後二年丙子四月二十三日、まさにこの時、西戎国を取ること七年云々。私云。建字を置きて後二年とは、建武三年なり。即ち丙子歳に当る。この年五月、足利尊氏卿、鎮西より上洛し官軍を伐ちおはんぬ。去る四月、尊氏卿、鎮西より起て西国靡く、と云々。時に国王後醍醐院、京洛を避け山門に幸す。御合戦あり、官軍遂に敗北す。その後、足利天下に伏し、武家を中興しおはんぬ。

ここまでくると、太子の予言は詳密の度が増し、いっそう具体化され、むしろ解読が容易でさえある。歴史の推移にあわせて未来記の文言が策定される作為が露呈している。表現の隠喩は影をひそめ、直截的散文的になっている。歴史の動向を逐一、未来記で追認する体裁といえる。年号の建字が問題にされるが、先の『野守鏡』のような「恐るべし」といった文字の力や隠喩への認識はない。

この未来記が応仁元年（一四六七）に書写されたことは偶然ではない。南北朝の内乱にもまさる大規模な応仁

の乱の勃発である。ここでも太子の未来記は生きていた。『大乗院寺社雑事記』応仁元年五月十七日条にみる。京都がことのほか物騒で、去年の正月頃から世が改まるような動きがあり、「仏法王法公臣の道、この時に断たるべきか。嘆くべし」といい、「聖徳太子未来記云」として、「天王寺馬脳記碑文」が引用される。「本朝代終、百王尽威、二臣論世、兵乱不窮」云々というもので、ここではすでに四字句の詩の形式になっている（『体源鈔』十二・上にもあり）。おそらく太子廟の『松子伝』や『野馬台詩』の影響であろうが、仁和寺本のごとくほとんど直接の予言として散文的になる一方で、四字句の詩にまとめられる相反する動きがあった。内容は禅の批判が強く、『説法明眼論』や『野守鏡』に類似するが、詩形式への昇華が注目されるであろう。乱世にどう対処するか、未来記はその模索の帰結にほかならない。(21)

7　未来記の解体──偽書論

近世になると、あらたな未来記が出版される。慶安元年（一六四八）版の『聖徳太子日本国未来記』である（早稲田大学図書館蔵）。版本以前の写本の存在は未詳。「右此書出二于摂州天王寺宝庫一」と識語あり、やはり天王寺がその〈場〉であった。源平争乱や尼将軍、承久の乱あたりの記述が多く、魔王が三悪魔（一遍・日蓮・親鸞）を派遣したのだという。いわゆる鎌倉新仏教、異端派が乱世の根源として糾弾される。太子の権威を利用するに恰好の媒体であった。『説法明眼論』や『大乗院寺社雑事記』と同様、思想弾劾書として太子の未来記は命脈を保ち続ける。しかもそれは乱世の秩序破壊という、権力体制や王法の不安動揺と不可分に結びつけられている。そのことは太子がなぜ必要とされ続けたのかという命題の回答にもなるであろう。宗派抗争の激化に応じて常にそれを超越し、止揚しうる象徴性や至高性が必要とされ、その神格化には、遠い古代の人物がふさわしかったからである。

ところが翌慶安二年になると、今度は『聖徳太子日本国未来記破誤』が刊行される（国立国会図書館蔵）。右書の偽書性を鋭く批判する新仏教側からの反駁であろう企図がみえやすい。しかしそれはたんに宗派間の抗争というレベルを超えて、未来記という発想や指向そのものを解体させてゆくことにつながるのである。ここでは、「算用チガヒノ未来記信ジガタシ」といった年代干支の誤りや合理主義的な見地からの批判が続くが、とりわけ非難の矢面にあげられるのが『野馬台詩』であった。「汝、野馬台註ノミヲ見テ、別記ヲ見ズ」と『野馬台詩』のみに依拠する点も大きな非難の対象となる。

未来記そのものがもはや役割を終えつつある動向を象徴していた。いいかえれば未来記が意味をもちえた時代が終わったのであり、人々はまたあらたな歴史認識の方法を必要としはじめていた、ということになる。また、作り手が聖徳太子ではありえない偽書批判としても展開されるわけで、これは中世をつらぬいていた仮託、偽書、擬作（偽作）の終焉にもつらなる（あらたな「戯作」のはじまり）といえよう。未来記の解体ないしは終焉、未来記による歴史認識の放棄、それはそのまま中世という時代文化の終わりを予兆するものであった。その一方で『太子未然本紀』なる未来記も生まれるが、これは近世の禁書として知られる『先代旧事本紀大成経』巻六九を特立させたもので、明治四年（一八七一）に『皇太子未来記』として刊行される(22)。

太子の未来記はまことに変幻自在、融通無碍に姿を変える。特定のかたちはない、記号化したテクストで、内容は何であれ〈太子の未来記〉という名だけで充分機能しえたのである。同じ未来記でも、五言二十四句の固定化した詩句を多彩な注釈で読みかえていく『野馬台詩』と対照的であった。

未来記が文字化されたのは、託宣や占相、風聞など〈声〉の力による一方で、起請文などと同様、文字の呪力をよすがにし、より未来や現実を深く刻印しようとしたからにちがいない。碑文や印文があらたな意義をおび、

〈文字の神話学〉が問いなおされる文字幻想の状況とも響きあう[23]。未来記はたてまえ上、もはや失われてしまった過去から発信されるメッセージにほかならない。しばしば碑文のごとき形態で出土するのもそのためで、土中からの発掘は過去からの甦生を最も演出しやすいからである。発掘される、という儀礼が必要だったわけで、寺院の宝蔵や堂塔での発見も機能は同じであろう。

過剰な未来記の生成はやがて発掘の儀礼を無意味なものとし、いつでもどこでも見られるものとなり、乱世のたびごとに呼び起こされ更新され、戦乱の終局とともに役割を終えるのである。

近代の直線的で一義的な歴史観がみえなくしてしまった歴史（叙述）がここにある。さまざまな歴史とその叙述法があった。中世におびただしく生まれた未来記とは、まさしく人々の〈とき〉への挑戦、模索、格闘の軌跡である。過去をふりかえり、清算しつつ、みえない現実、みえない未来にどう架橋するか、日々の暮らしの中で現実をつむぎ、世のゆくたてをみすえる――未来記は日常を異化し活性化する、得がたい糧であった。もとより未来記は聖徳太子のそれだけではない。豊饒なる未来記の全貌をさぐる試みははじまったばかりである。

注

（1）和田英松「聖徳太子未来記の研究」（『史学雑誌』一九二一年三月）以下、赤松俊秀『鎌倉仏教の研究』（平楽寺書店、一九五七年）、黒田俊雄『日本中世の国家と仏教』（岩波書店、一九七五年）、高木豊『鎌倉仏教史』（岩波書店、一九八二年）、深沢徹「星の降る街―〈知〉の越境、もしくはメディアとしての未来記」（『日本文学』一九九四年二月）、小峯和明「神祇信仰と中世文学」（『十三・十四世紀の文学』岩波講座日本文学史5・一九九五年）等々。

（2）入間田宣夫「起請文にみる未来の認識」（『文化における時間意識の研究』東北大学教養部・科学研究費報告書、一九八九年）、起請文研究は同『百姓申状と起請文の世界』（東京大学出版会、一九八六年）。

（3）中世の噂、風聞については酒井紀美『中世のうわさ』（吉川弘文館、一九九七年）。

（4）小峯和明『野馬台詩の謎—歴史叙述としての未来記』（岩波書店、二〇〇三年）。
（5）鎌田純一『先代旧事本義の研究』（吉川弘文館、一九六二年）。
（6）出雲路修「未来記の方法」（『説話論集』5集、清文堂出版、一九九六年）。
（7）無住の『雑談集』三にも、「上宮聖霊ノ御手印ノ縁起、天王寺ニアリ。先年拝シキ。我滅後ニ大ナル寺ヲモ立テ、仏法ヲモ弘通セム人ヲバ、我後身ト知レト記シ給ヘリ」。
（8）野口博久「『古事談』第三五九話の背景—天喜二年の聖徳太子「未来記」の発掘をめぐって」（『説話』八号、一九八八年）。
（9）山崎誠「真福寺蔵因縁処について」（『仏教文学』一四号、一九九〇年）。
（10）藤田清「聖徳太子廟窟偈の研究—太子廟をめぐる信仰について」（『四天王寺女子短大紀要』一〇号、一九六七年）。
（11）西口順子「磯長太子廟とその周辺」（『京都女子学園仏教文化研究所紀要』一一号、一九八一年）。
（12）猿と犬は大永六年（一五二六）『淡路国諭鶴羽山勧進状』「雖然属末法、猿犬諍国」（続群書類従）などにもみえる。
（13）牧伸行「叡尊と『聖徳太子講式』」（『元興寺文化財研究』五三号、一九九五年）。
（14）荻野三七彦『聖徳太子伝古今目録抄の基礎的研究』（一九三七年、名著出版復刊、一九八〇年）。
（15）『阿部隆一遺稿集』第三巻（汲古書院、一九八五年）。
（16）阿部泰郎「中世聖徳太子伝『正法輪蔵』の成立基盤—『天寿国曼陀羅出現』をめぐりて」（『元興寺文化財研究』一四号、一九八三年）。他に「中世太子伝の伎楽伝来説話—中世芸能の縁起叙述をめぐりて」（『芸能史研究』七八号、一九八二年）、「『正法輪蔵』東大寺図書館本—聖徳太子伝絵解き台本についての一考察」（『芸能史研究』八二号、一九八三年）、「中世太子伝『正法輪蔵』の構造」（『絵解き』三弥井書店、一九八九年）。
（17）牧野和夫「慶応義塾図書館蔵『聖徳太子伝正法輪』翻印並びに解説」（『東横国文学』一六号、一九八四年）。他に、「新出聖徳太子伝二種」（『斯道文庫論集』二〇輯、一九八四年）、『中世の説話と学問』（和泉書院、一九九一年）、「太子伝」（『説話の場—唱導と注釈』説話の講座3、勉誠出版、一九九三年）、『日本中世の説話・書物のネットワーク』（和泉書院、二〇〇九年）。
（18）小川剛生「伝玄恵作『聖徳太子憲法抄』と二条良基」（『和漢比較文学研究』一九号、一九九七年）。
（19）小峯和明「伊勢をめざした僧—行基の伊勢参宮をめぐる」「伊勢のみつかしは—神祇書と歌語」（『院政期文学論』笠間書院、二〇〇六年）。
（20）宇野公一郎「始源論と終末論」（『神話とメディア』岩波講座文化人類学10、一九九七年）。終末論と始源論は互換性があることなど、未来記と終末論については別に考えたい。

(21) 文正元年（一四六六）の『文正記』にみる「八耳太子未来記曰」も〈聖徳太子未来記〉の一つであろう。

(22) 小笠原春夫「未来記と未然本紀」（『神道宗教』一六八・一六九、一九九七年一二月）。

(23) 小川豊生「夢想する《和語》―中世の歴史叙述と文字の神話学」（『中世日本の神話・文学・身体』森話社、二〇一四年）。

＊ 貴重な資料の閲覧を許可された各文庫・図書館及び種々教示頂いた阿部泰郎氏に深謝申し上げる。また、榊原史子『四天王寺縁起』の研究―聖徳太子の縁起とその周辺』（勉誠出版、二〇一三年）参照。さらに近時、近本謙介「聖徳太子転生言説の宗教史―ふたつの聖なる遺物をめぐる道長・頼通とのかかわりへの視座」（『南岳衡山と聖徳太子信仰』勉誠出版、二〇一八年）が『四天王寺御手印縁起』と〈聖徳太子未来記〉をめぐって道長・頼道の摂関家との関係からとらえている。

二　中世の未来記と注釈

1　二つの未来記をめぐる

中世に未来記が流行する。なかでも影響力をもったのが『野馬台詩』と〈聖徳太子未来記〉である。前者は中国六朝の梁の宝誌和尚作とされる五言二十四句の短詩、「百王流畢竭」の一節が天皇百代で滅ぶ百王思想の典拠となる。『江談抄』や『吉備大臣入唐絵巻』に吉備真備が長谷寺と住吉社の霊験で解読して日本に将来する由来譚がみえる。中世にはさまざまな注釈が作られ、時代を読むテクストとしてひろまる。一方、後者は前章でみたごとく四天王寺・法隆寺・磯長廟を中心にさまざまなテクストが派生し、一定しない。時代に応じて多様な〈聖徳太子未来記〉が生み出された。この両者はたがいに影響しあい、ひとつのうねりとなってゆく(1)。ここでは双方のかかわりを中心にみていきたい。

両者を併記する例に以下のごときがある。

吾朝終始之興廃者、聖徳太子未来記雖㆓委書㆒之、敢無㆑如㆓宝誌和尚之野馬台㆒。（『応仁記』序）

その心ざし、ひとへに唐土の傅大士の讖文にひし、本朝の聖徳太子の未来記になぞらへて、只この宗をすすめんとするところ、いつはりあざむく事、かくのごとし。これをよみて、ついにその義理を釈す。（『鬼利至端破却論伝』上、古浄瑠璃の『天草物語』も同じ）

前者は『野馬台詩』の注釈そのものからテクストが始動し、〈聖徳太子未来記〉より『野馬台詩』に力点をおく冒頭の宣言である。後例はキリシタンの未来記『末鑑』をめぐる一節だが、(2)「傅大士の讖文」は『野馬台詩』をさすとみてよく、〈聖徳太子未来記〉と対になる。未来記といえばこの二つがイメージされる状況をよく示している。論の前提として、『野馬台詩』と〈聖徳太子未来記〉の享受のひろがりをみておこう。

まず前者の注釈は「長恨歌」「琵琶行」とセットになった『歌行詩』系のテクストが大半をしめる。以下に享受例を列挙する。

・琴堂文庫蔵『雑抄』関東下総矢作状・天正三年（一五七五）五月「熟視二本朝風俗一、野馬台之讖文如レ合二符節一、王道衰廃、仏法零落、君臣父子失レ道、讒臣佞士得レ志、誠可レ悲者乎」。

・斯道文庫蔵『禅家雑詩』「野馬台之起」「野馬台詩序」を引用。

・宗祇注『竹林抄之注』『竹林抄聞書』『愚句老葉』『老葉注』（「野馬台口伝」）、心敬『芝草』他、吉備真備の由来譚。(3)

・『秋田氏系図』（実季書状）「我等家ノ系図ニ有之耳ならず、野馬台之注ニ書載候(4)」。

・西教寺蔵『法命集』文亀三年（一五〇三）写、随喜功徳品帖の見返しに野馬台詩図。

・神宮文庫蔵『神道関白流雑部』神書目録「野馬台注一巻」。

・足利学校書籍目録「長恨歌並琵琶野　一冊」。

これらに加えて吉備真備将来の縁起譚も多様化している。『簠簋抄』『安倍晴明物語』『安部仲麿入唐記』『阿倍仲麻呂生死流転絵本輪廻物語』等々、(5)近世の物語群はいうに及ばないが、とりわけ北野天満宮史料『神記』「神変霊応記」吉備大臣の条は注目に値する。

（略）日本暦ノウラニ文選ヲ書テ、（略）其頃、曇摩伽羅三蔵トテ天竺ヨリ渡リ給ヘリ。宝誌和尚ト申テ、戒ノ祖師也。（略）其時彼三蔵ハ十一面ノ化来ナリケレバ、日本ノ未来記ヲ一紙ニ注シテ乱句ニ書給ヘリ。（略）野馬トイヘルハ蛛ノ事也。此蛛ハ住吉ノ明神ニテ御座アリケルト申伝ヘリ。

『江談抄』や絵巻では長谷と住吉の霊験で、その後の主要な伝承は長谷観音だけにしぼられるのに反して、ここでは住吉に焦点があてられ、他には名のみえない曇摩伽羅三蔵が登場、十一面の化身とされたり、かなり特異な筋立てになっている。

ほかに『歌行詩』系の新資料としては、龍門文庫蔵『唐土歴代歌抄』（大永七年〈一五二七〉の年記あり）、高野山大学図書館蔵『神祇聞書』（室町期写）、陽明文庫蔵『長琵野頭説』（近世初期写）などがある。高野山本は外題と異なり、内容は『野馬台詩』注である。陽明本は『歌行詩』の書名を逆転させ、頭書をとったもの（後二書は後述）。

次に〈聖徳太子未来記〉群をみよう。

まず唱導資料として知られる『説法明眼論』釈法身品にも未来記が引用される。聖徳太子仮託書のひとつである。「然吾入滅後、七百余歳時、或以邪法混正法、或以邪義猥正義、或以三乗事教破一乗法、或称及末代無戒之時、謗持戒之比丘比丘尼、或号当世之作法、猥先徳之法則、或立私新宗、壊古賢之宗義」（称名寺・金沢文庫蔵、文永五年〈一二六八〉写本）云々というもの。「異形裸形」の僧尼をはじめ、いわゆる新仏教の異端派への反駁非難が強くこめられ、仏法王法の堕落を概嘆する。後世によくひかれる。(6)

ついで『太平記評判秘伝理尽抄』六にみえる。

正成未来記披見事　伝ニ云（略）所詮太子ノ未来記ヲ披見シテ、文ヲ濃カニ作ランハ、且信力ヲ進ル方便共ナリ。又ハ謀ゴトトモ成ルベシト思ヒテ、当寺ノ舎利大師密談シテ、密ニ宝蔵ニ入リ持来レル書物ヲ見テ、是ヲ書調ヘテ宝蔵ヲ出デテ、姪ノ孫三郎ニ隠シテ是ヲ拝セシニ、（略）諸人悦ノ余リ先ヅ涙ヲ流ス。（略）其後、建武ノ乱レ出来テ吉野ノ新帝ノ御時、此事、正義上聞ニ達シケレバ、吉水ノ法印ニ仰テ次ノ句ヲ書次ギ給フニ、（略）法印如何ハシタリケン、二十二竪ノ点ヲ加ヘタルニ依テ三十二成リヌ。貴賤上下ハヤ取伝ヘタレバ、ナヲスニ及バズ。上下ツブヤキケルハ、（略）三十余年ハイマダ十余年程ハ尊氏天下ヲ保チ侍ツレバ、憑少キ面々ノ一命哉トゾ申合ケリ。実ニ未来記ヲ作リシ一計ハ正成ガ謀ニ似テ侍レドモ、（略）仮ニモ虚ヲ宣ハザル太子ノ金文モ徒ラ事ニノミ成リニケリト覚ヘテ、浅間敷侍ル也。（小浜市立図書館蔵写本）

楠正成が天王寺で未来記を見る有名な場面の注釈で、[7]すべて正成の策謀による偽書ととらえ、さらに正行の弟の正義がそれをまねて作らせるが、法印が筆を落として二〇年を三〇年にしてしまい、予言の効力がなかったと難じられる。昔話の隣の爺型にもひとしい構図である。正成未来記の段は、『太平記評判私要理尽無極抄』六にも注釈がみえる。

一　軍讖ニ曰ク、将兵ハ者、一於士卒之心而奪於敵之心ト云ヘリ。正成ガ讖文一ノ謀ヲ以テ士卒ノ心ヲ一ニシテ、敵人ノ心ヲ奪、誠ニ良将ナリ。讖ト云ハ未然ノ事ヲ云フナリ。軍ニモ未然ノ軍ヲ讖ト云ナリ。今、正成ガ此謀ハ讖計トモ云ベキナリ。（内閣文庫蔵版本）

兵法や軍学の観点からむしろ正成の未来記偽作を賞賛している。『太平記』だけからはみえない講釈世界が未来記に関してもかいまみえるであろう。

ほかにも、叡山文庫天海蔵『一乗拾玉抄』提婆品に「サレバ、日本ヲバ聖徳太子ハ未来記ヲ作玉ヘリ。権者ハ皆如此也」とあるし、別に『太子未来記伝義』の紹介もされている。[8]あるいは、『庚申縁起』の一つ『青面金剛王垂下記』なども〈聖徳太子未来記〉を骨格とする。

聖徳太子仏説記讖文を引ての曰く、（略）日本文武天王大宝元年七月、庚申の夜、摂州天王寺の南門に光り現じて終夜止むときなし。（略）宝蔵を開き上て、聖徳太子の讖文を温見するに、已に青面金剛垂化の時至れり。

ほかにも類似の伝本が多く紹介されており、[9]さらなる検討は他日を期したい。目録他のリストをみても、以下のような例があり、今後もさまざまなテクストが出現する可能性にみちている。[10]

・内閣文庫蔵『聖徳太子伝温知抄玄譚』「讖文解　一巻」。

・奈良念仏寺・平函内目録「一　三国伝法／二　未来記」（横山重編『琉球神道記』袋中上人著述目録並解題・一九三六年）。

・蓬左文庫蔵『御文庫御蔵書目録』下「未来記　写本一冊／中臣祓抄　同二冊」（古典の宝庫蓬左文庫展、一九九五年）。

2　『野馬台詩』の玄恵注

双方の未来記が多様に享受、再生産されていた状況がより鮮明になってきたが、次に注釈の面から具体的に検討してみたい。未来記の文言は予言としての寓意が秘められ、そのままでは理解しえない場合が多い。したがってテクストの背後や深層を読みとる必要が出てくる。それが注釈という行為を必然化し、現実や歴史解読の知的ゲームともなってゆく。注釈の担い手はさまざまだが、双方の注釈から浮かびあがる鍵の人物の一人に玄恵がいる。

『歌行詩』系の『野馬台詩』注釈にはしばしば玄恵の名がみえる。その意味が追究されたことはほとんどないようだ。ここでは管見の範囲で最も詳細な注をつけていると思われる陽明文庫蔵『長琵野頭説』[11]を例にしよう。この玄恵注は固定化した本文注ではなく、テクストによって一定しない欄外注の方に見いだせる。以下、まとめてあげてみよう。

序

①此書与レ序虎関作也。抄ハ山門元恵作也。

②此序ハ元恵法印ノ書也。聖武天皇カラハ唐玄宗隶宗代ニ当也。然ヲ梁ノ武帝ト書ハ誤歟。

③此序併ニ注ハ虎関作文ト云ヘリ。然レドモ虎関ノ作文ノ中ニ無焉。乍レ去於二叢林家一述作シタル物也。能可

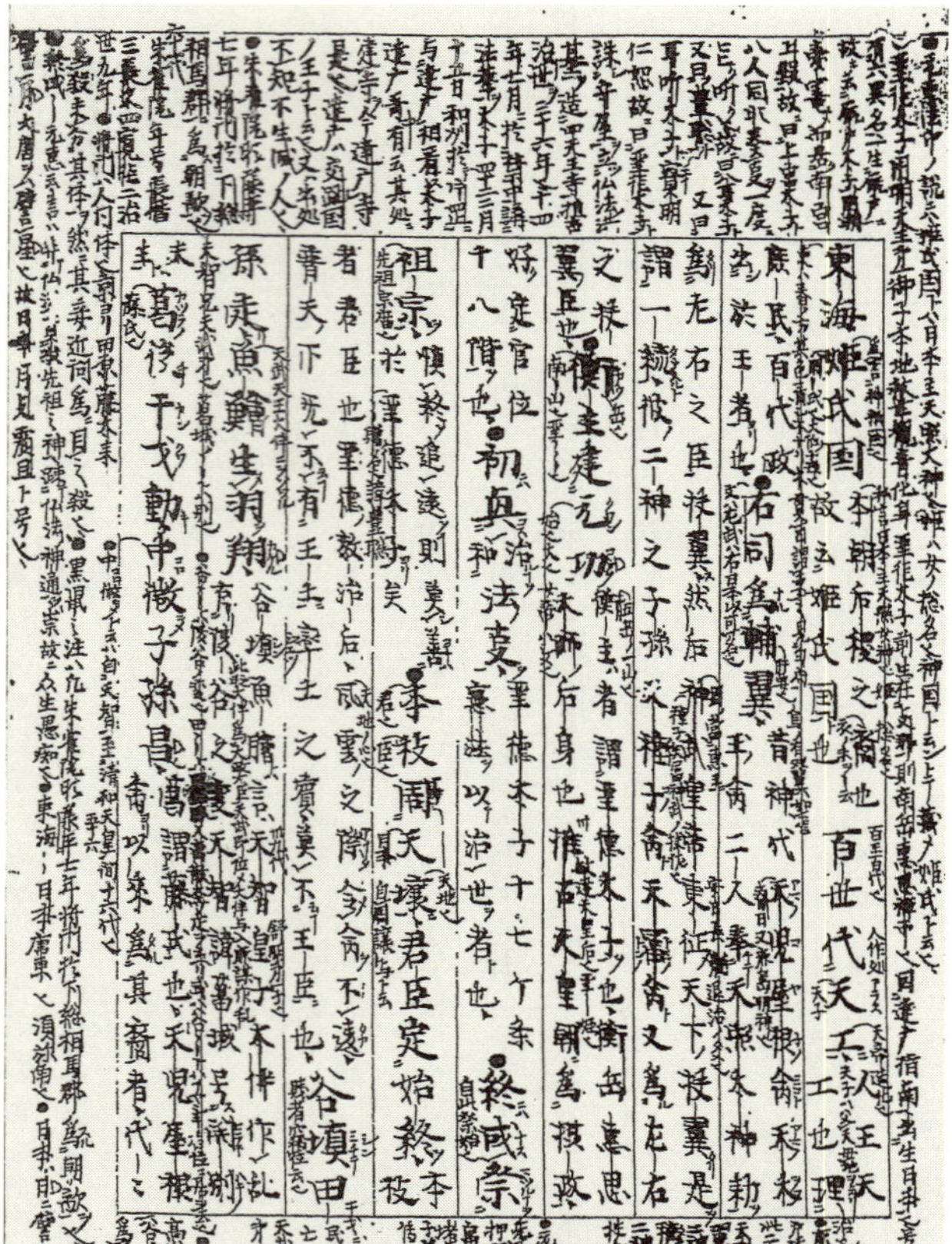
東海姫氏国　百世代天工
右司為輔翼　衡主建元功
初興治法事　終成祭祖宗
本枝周天壌　君臣定始終
谷塡田孫走　魚鱠生羽翔
葛後干戈動　中微子孫昌

図５　『野馬台詩』注（陽明文庫蔵『長琵野頭説』）

レ考也。
④呉ハ近二日本国一ニ、其末也。故曰レ姫也。玄恵法印之説也。

「東海姫氏国、百世代二天工一」

⑤東海ーー玄恵抄云、日本ハ自レ唐東也。故云レ尓。海中之嶋ナル故、東海ト云也。
⑥玄恵法印ノ説ニハ、姫氏国トハ日本主天照大神也。姫ハ女ノ惣名也。神国ト云ントテ蔵シテ姫氏ト云也。

「初興治二法事一、終成祭二祖宗一」

⑦終成ーー元恵云、言ハ棄二仏法一貴二敬先祖之神一、疎二仏法一ノ神通ヲ崇故ニ、衆生愚痴也。

「谷塡田孫走、魚膾成レ羽翔」

⑧玄恵云、無レ由出来。押二頭田畠一不案二堵一□也。失二子孫一無二相伝一也。

「黄鶏代レ人食、黒鼠喰二牛腸一」

⑨玄恵抄云、道鏡也。（黒鼠）
⑩玄恵抄ニハ、光仁天王、白壁大納言ヲ黄鶏也。

「星流飛二野外一、鐘鼓喧二国中一」

⑪星流ーー玄恵抄云、星字作二星字一ト。初京自二奈良一被レ移テ二長岡之一謂之。自二長岡一被レ移二平安城一謂之。皇流飛二野外一へ。

「青丘与二赤土一、茫々遂為レ空」

⑫玄恵云、青丘新羅国也。彼国ハ松樹多青々。然故ニ之ヲ謂二青丘赤土一ト。彼国自二日本一南方也。南ハ丙丁ノ方也。故ニ謂二赤土一也。蒙古国ト云也。日本敵国也。茫々トシテ新羅与二日本一、無レ何ト空ク成二ン荒野一ト、謂レ成二戦場一也。

（「　」は『野馬台詩』の詩句）

「元恵」の表記もあるし、「玄恵抄」「玄恵法印ノ説」など呼称はさまざまである。いずれも断片的であり、いくらかき集めてみてもその全体像を復元するにはいたらないが、玄恵注が独自の説を展開していることは容易に知られる。実際に玄恵がつけた注かどうか確かめる手だてはないし、実体的に追究してもどれだけ有効か疑わしい。要は玄恵注が『野馬台詩』の本文注を相対化するかたちで欄外注に対置されていること、それなりの権威をもっているらしいことを確認できればよい。

玄恵注の片鱗は他の諸本にも共通してうかがえるが、陽明本にくらべ分量もすくない。陽明本が最も多く玄恵注釈を引用する次元にとどまる。他のテクストに陽明本と異なる独自例は見いだせない。これも新資料の高野山大学図書館蔵『神祇聞書』が本文注と欄外注を直接対比しており、注釈の位相を問いなおすテクストとして注目される。陽明本の引用番号にあわせてひいておこう。

⑦元恵抄云言ハ、棄㆓トモ仏法㆒、貴㆓敬先祖神㆒ヲ、疎㆓仏法㆒ヲ、神道ヲ崇ル故ニ、衆生ノ心愚痴也。諸事天地、能可㆑思ト云。此注ハ、唯好之始慎終用㆓倫吾故事㆒也。始末如㆑一也。能平定之謂也。

⑧元恵抄云言ハ、田出来押領スレドモ、田畠ヲ不㆓安堵㆒セ、逆失㆓ル子孫㆒無㆓キ相伝㆒謂也。此注心用㆓大伴故事㆒也。天智ハ仁王三十九代也。舒明ノ太子也。此時、大伴為㆓大政大臣㆒ト、諸国百姓漏刻定之。鎌足内大臣誅㆓シテ入鹿大臣㆒ヲ、依㆓功勲㆒賜㆓ル藤原姓㆒ヲ也。

⑨此注ニハ、黄鶏云㆓将門㆒。黒鼠ーー元恵抄ニハ、黒鼠道鏡、壬子生歳、喰㆓中腸㆒、奉㆑犯㆓女帝㆒ヲ、在㆑世云也。此云㆓清盛㆒ト注。

「元恵抄」と「此注」（本文注のこと）とを逐一対比させているが、必ずしもそこに価値判断は加えていない。最もわかりやすい最後の⑨でいえば、『野馬台詩』にいう「黄鶏代㆑人食、黒鼠喰㆓牛腸㆒」の「黄鶏」や「黒鼠」

が誰をさすかという議論であり、本文注は将門と清盛をあげ、平安朝の始終をきわだたせる内乱史をイメージさせるのに対し、欄外の玄恵注は「黄鶏」を光仁、「黒鼠」を道鏡とし、奈良朝末期の政争に結びつける。寓意をおびた詩であるから、別にそれを誰に結びつけてもかまわない。歴史上の人物をさすとみる前提はどちらも同じで、その可能性は無限に近い。誰に比定するかによっておのずと歴史観が露呈する。平安朝の内乱史を源平交替の図式で読むのが本文注の立場であり、南北朝から室町・戦国の内乱史につながる史観であることは明白であろう。これに対して、玄恵注は奈良朝末期の政争に基軸を転換する。これはたんなる古代回帰や回顧の指向ではありえない。道鏡事件にからんで孝謙から光仁に替わるのは、天武系から天智系に再び王統が移ることを意味し、王統交替をかなり意識化した説とみなせる。つまり、ここの注釈は持明院・大覚寺両統の対立から発した南北朝の内乱に象徴される王統交替のありようをさぐる解釈に通ずるであろう。

『野馬台詩』を孝謙・道鏡事件にからむ天武系から天智系への王統変転のドラマとして読みとるのは、最古の注とされる「延暦九年註」（『延暦寺護国縁起』）も同様であり[12]、東大寺図書館蔵『野馬台縁起』（大永二年〈一五二二〉写）も「黒鼠」以下を道鏡事件から読む。ほかに叡山文庫蔵『叡山略記』「本朝天運事」にもみえ、『歌行詩』系の新注に対する『野馬台詩』注釈の古層とみなせる。したがって、玄恵注はオリジナルとはいえず、古注の復権ともみなせるが、古いか新しいかはあまり本質的な問題ではない。固定的な注に対する異議申し立てのように別途の注を対置させ、相対化させる欄外注の中軸に位することが重要である。『神祇聞書』はそれを最も直截に一対一対応でつがえてみせたテクストであった。

ほかにも、玄恵注は⑫「青丘」「赤土」のように、今まで明確でなかったものを新羅や蒙古とのかかわりの文脈において読みとこうとする。『寺門伝記補録』「太神東渡」新羅明神に「垂迹青丘韓地、赤土倭国」がある。具体的な異国のイメージを付与しようとしている。ここでは明らかに蒙古襲来をふまえた対外的な危機感が露呈しており、奈良朝末期の政争を読む先の注とは局面を異にし、必ずしも一貫性や整合性をもっているわけではない。いずれにしても、玄恵注の位相は明白で、固定化した本文注を反転させたり増幅させたり、まったく異なった歴史像をもちこむ〈読み〉の惑乱——多層の歴史解読を可能にする豊饒なるテクストとして『野馬台詩』をよみがえらせることにあった。すくなくとも玄恵注はそのように機能する。欄外注の要の意義をおびていた。意識的かどうかは別として、それが結果として古層の注釈を復活させることにもつながる。次第に『野馬台詩』注は『歌行詩』系に一元化されてゆくが、その動きを逆照射する役割をもっていた。

ところで、玄恵注の引用①③には、五山の『元亨釈書』で名高い虎関師錬の名が序の作者としてみえる。序文③ではかなり否定的に扱われるように、事の真偽は当面の問題ではない。二人を組み合わせた発想自体が問題である。この組み合わせは『太平記評判秘伝理尽抄』の巻頭「太平記秘伝」にいう『太平記』成立説、玄恵が虎関に命じて序を書かせた説にかさなる。内閣文庫蔵『太平記評判理尽抄』の注記「北畠准后ノ養子ゾ。一玄恵、二虎関、三智教、三人兄弟ゾ」がすでに指摘され[13]、天理図書館蔵『庭訓私記』(天正十年〈一五八二〉転写本)では、「虎関ハ玄恵ノヲイ」とされる(『庭訓往来諸抄大成』所収『庭訓新撰抄』の「或説」では二人は兄弟)。玄恵と虎関の組み合わせがどこから出てくるのか不明だが、二人の組み合わせや役割分担がそっくり共通するのは偶然とは思われない。どちらがどちらに影響したかという単線的なものではなく、講釈などを媒介にした両者のつらなりのイメージが『野馬台詩』注と『太平記評判理尽抄』とに投影しているのであろう。双方が発想を等しくする基盤や土壌がおおいに注目されるのである。

3 〈聖徳太子未来記〉と物語る玄恵

次に玄恵と〈太子未来記〉をみると、ここでも浮上するのが『太平記評判秘伝理尽抄』（以下、『理尽抄』）である。先の正成が読む未来記とはまったく別個に、玄恵が足利直義の前で〈聖徳太子未来記〉を引用、物語を展開する。

直義入道、将軍ニ代テ執政タリシ時、（略）折節、玄恵法印見エ来レリ。物語数刻ニ及テ後、（略）聖人ト申ス者ハ三世ヲ了ル智恵ヲ持ツ物也。太子、日本一州ノ未来記ヲ書キ置セ給フ。紙紋墨付十六枚半在リ。天王寺ノ霊法タル上、末代ノ重宝ナレバトテ、名ヲ耳聞テ近代見タル人ナシ。延喜ノ聖帝、勅使ヲ待寺ニ立サセ給ヒテ、未来記ノ事、王法仏法ノ破滅ト繁昌トノ事、政道ノ善悪ヲ記シ給フ故ニ、日本一州ノ宝ナル由、兼テ叡聞ニ達スル物ナリ。（略）衆徒皆ナ理ニ折レテ未来記ヲ進奏シケルニ、都テ三ヶ条也。一ニハ王法末ニナラバ先ヅ王威強クナリナン、王者侈リテ上下遠ザカラン。（略）二ニハ仏法ノ事、僧ノ心貪欲如何ニモ深ク仏法ノ修行ニ怠リナン。（略）三ニハ国王ノ行跡ノ事、王タル者賢キ心有ラバ、位ヲ高フスル事ナカレ。（略）本ノ如ク箱ニ収テ本寺ヘゾ送リ被レ参ケル。未来記ノ大体是ナリ。然ルヲ楠正成、元弘ノ比、未来記ヲ偽記シテ諸国ヘ回シ、人ノ心ヲ迷惑セサセテ、相州ノ一家ヲ亡ス謀トセシトニヤ。最賢キ謀ナルベシ。覚未来ニ正法ノヲトロヘナン。大体法師原ノ邪路ニ入ナン事共、日本一州ノ諸人無道ニ成ナン事、兼テ了リ給ヒシ御智恵、如何斗ノ事ト思召候ゾ。〔私

図6　『太平記絵巻』巻2第12紙（埼玉県立歴史民俗博物館蔵）
楠木正成が四天王寺で未来記を読む場面.

云、未来記ニ口伝在リ、不可口外トニヤ」（巻十六）

長いのできれぎれの引用にとどめざるをえないが、執政を代行した直義が尊氏に叱責され、落胆しているところへ玄恵がやってくる。話題は聖人君子論になり、おのずと聖徳太子に言及され、未来記に及んだもの。『太平記』とはほとんど無縁に独自の物語が延々と語られる。ここでは、未来記は醍醐天皇によって封印を解かれる。醍醐は王法仏法の破滅と繁栄をはじめ、政道の善悪を論じた書としてみのがせないと力説、封を解かせる。内容は三ヵ条で、第一に王法が末になるとかえって王威が増して人心が離反するだろう、第二に僧の貪欲深く仏法が衰退するであろう、第三に王は賢い心があるなら位を高くしてはいけない、といった予言や教訓であった。玄恵は自らもそこにいあわせたかのように得々と語り、正成の偽書が北条氏を滅ぼす力になったのだからその策は賢いと評価し、日本が無道になるゆくたてを予見した太子の智恵を礼賛する。

すでに指摘される『太平記大全』三一もほぼ同文で[14]、もとは『理尽抄』にさかのぼりうることが確認できる。玄恵は直義をはげまし、さとすために未来記をひいたわけで、未来記がまさに未来の行く末を見通したすぐれた太子の英知によるものであったことを力説する。そして醍醐が封印を解いて中身を読むさまなど、ご開帳秘話の「物語」をまさしく騙るのである。未来記の内容自体は格別目新しいものではないが、何より玄恵その人が語っていることの意義がおおきい。太平記読みや『理尽抄』段階での作為にすぎないのかもしれないが、すでにあった未来記伝承を玄恵がうけついだというたてまえであり、玄恵は未来記を語る語り手として君臨する。未来記を語る（騙る）人物は玄恵しかいない、という認識があった。

玄恵の語り手としての位置はたとえば、『太平記』にみる「比叡山開闢事」の条、尊氏を相手に語る「長物語」（巻一八）や直義を相手にした「異国本朝ノ物語共シテ」（巻二七）などにうかがえる。こうした未来記の語り手玄恵の存在は、先の『野馬台詩』注釈の玄恵と結びついてゆくであろう。どちらがどちらに影響を与えたか、といった議論は無用である。中世の未来記を担った重要な存在、まさにキィ・パーソンとして玄恵は浮上する。実体としての玄恵ではなく、すでに作られたイメージの玄恵、記号化した玄恵というべきであろう。そういう玄恵に託されて未来記も権威化してゆく。先にみた虎関とのかかわりもあわせ、『理尽抄』と『野馬台詩』注とにはただならぬ共有基盤を思わずにいられない。

玄恵のイメージは未来記だけにとどまらない。近年、二条良基真撰説が出た『十七条憲法注』をはじめ、[15]伝玄恵作の偽書はすくなからずある。真撰は誰かという問題と同時に、なぜ玄恵なのかが問題であろう。たとえば、先の天理図書館蔵『庭訓私記』序にいう、玄恵は北畠の人、叡山の上綱、高倉院時代の人という説は誤りで、嘉元年中の人、虎関の甥であり、互いに仏経を踏む夢を見る話がひかれ、『平家物語』を書いた時には取材のために車八両を乗りつぶし、ある宿の亭主から我が子に手本を書いてくれといわれ、十二月ごとに二五通のものを著す。それが叡覧に供され、ひろまった、という。また、一説に叡山の稚児の所望によって書いた、ともいう。引用は省略するが、蓬左文庫蔵『庭訓往来抄』序などもほぼ類似の説をあげる。作られた玄恵、物語の玄恵幻想というべきであろう。[16]『乳母の草紙』にも「玄恵法院と申人、源平の戦ひを物語りに作り」とある。

『庭訓往来』などの往来物も未来記も、中世に輩出する雑書の群れのようなものであり、そこに玄恵という固有名詞が与えられ、イメージが増殖してゆく。浮遊するテクストに実体としての作者の名を与えることでテクストを固定化させ、たしかなものにしようとする指向があり、名をかぶせることでまた幻想領域が肥大化する反転現象があったろう。『太平記』の玄恵と未来記の玄恵はやはり無縁ではありえない。世のあるべき道を説く恰好の人物として玄恵は迎えられる。未来記はいいかえれば「日本紀」であり、注釈によって歴史像の全体を浮かび上がらせることができる。注釈は寓意の扉を開閉する言説の装置としてある。『太平記』にも同じことがいえるだろう。『理尽抄』は長大な歴史叙述をさらに増幅させ惑乱させ、輻輳する物語を醸成させる。玄恵の未来記はそういう言説の坩堝から胎生し、〈日本紀〉として跳躍するのであろう。

4　蔓延する未来記

以上、『野馬台詩』と〈聖徳太子未来記〉、双方にまつわる玄恵に焦点を当ててみてきたが、中世には『玉葉』文治二年（一一八六）四月三十日条の「在二南都辺一之青女房有二神託事一、多演二説未来事一、粗有二符合之証一」をはじめ、『明月記』天福元年（一二三三）六月二十五日条に下女が「七月二十二日天下可二滅亡一、面白き之由」を扇紙の下絵に葦手絵風に書いていた記事があるように[17]、想像以上に未来記がひろく浸透しており、「御記文」のかたちで宗派の祖師たちの言説がひろめられたり[18]、『兵法未来記』『甲賀忍之伝未来記』をはじめ、諸道に未来記は蔓延していた。

宗祇連歌書に「心の未来記」「詞の未来記」があり、文亀三年（一五〇三）八月、付塔婆勧進帳に「多田院未来記」があり、「家門の安危当院の盛衰によるべし」という（『多田神社文書』、川西市史『かわにし』第四巻史料編1、一九七六年）。

その結果、物語構造にも未来記は波及する。『牛若兵法未来記』『天狗の内裏』『酒呑童子若壮』等々、過去からときおこす本地物型に対して、未来記型ともいえる未来の予言に焦点を当てた物語群が形成される[19]。近世には未来記の偽書論が出たり、パロディ化されたり、解体化する印象を与えるが、一方で再生産され続け、近代にも復活する[20]。

未来記はたんなる未来の予言ではない。過去の歴史を解釈し、不透明な現実を解読する必須のテクストとして中世に意義をもった。それは中世の〈日本紀〉そのものであり、歴史の認識法としてあった。近代の単線的な因果律の歴史観がみえなくしてしまった、もうひとつの歴史叙述といってよい。歴史をどうとらえ、どう読むか——中世の未来記は今を生きるわれわれに切実に問いかけている。未来記をめぐる問題の射程は広く深いことをあらためて思う。

注

（1）小峯和明「説話と注釈—「歌行詩」の野馬台詩注から」（和漢比較文学叢書『説話文学と漢文学』汲古書院、一九九四年）、「神祇信仰と中世文学」（岩波講座『十三・十四世紀の文学』一九九五年）。

（2）米井力也「鬼利至端破却論伝—島原の乱と反キリシタンの文学」（『キリシタンと翻訳—異文化接触の十字路』平凡社、二〇〇九年）。

（3）小林幸夫「灯台鬼—連歌師と野馬台詩伝承」（『説話・伝承学』六号、一九九八年）。『野馬台詩』欄外注に『下学集』の引用あり。

（4）平川新「系譜認識と境界権力—津軽安東氏の遠祖伝承と百王説」（『歴史学研究』六四七号、一九九三年）、佐藤晃「北奥地域権力の境界性と自己認識」（『説話文学研究』三三号、一九九八年）。

（5）山下琢巳「仲麿・吉備入唐説話を扱う黒本・青本・黄表紙五種」（『学芸国語国文学』二六号、一九九四年）。

（6）尊経閣文庫蔵『太子憲法抄』末尾の「太子未来詩」引用に合致（『説法明眼論』）。落合博志蔵本（天正九年〈一五八一〉書写）巻末には、「聖徳太子御廟西壁珊瑚石面二十句文」「聖徳太子天王寺瑪瑙御記文」が引用される。また、袋中『説法明眼論端書』（大正大学蔵版本）は瑪瑙記ほかの〈太子未来記〉にも言及する。『表諷讃雑集』乾・叡福寺宝塔修造勧進状「後冷泉院備三瑪瑙之注書於二叡覧一」（続真言宗全書）も関連があろう。

（7）今井正之助『『太平記秘伝理尽抄』研究』（汲古書院、二〇一二年）、佐伯真一「合理的政治論としての『理尽抄』」（『軍記と語り物』三三号、一九九七年）。

（8）石川透「『太子未来記伝義』解題・翻刻・校異」（『太平記とその周辺』新典社、一九九四年）。

（9）窪徳忠『庚申信仰の研究・島嶼篇』（学術振興会、一九六九年）、飯島奈海「中世における月水理解と八葉蓮華観」（仏教文学会例会発表、一九九八年七月）。

（10）牧野和夫「『太平記』巻一至巻十一周辺と太子信仰—楠木正成の「不思議」の基底」（前掲『太平記とその周辺』）、黒田彰

「都遷覚書」(『中世説話の文学史的環境』和泉書院、一九九五年)。

(11) 本文注と欄外注は小峯「中世の注釈を読む―読みの迷路」(『中世の知と学』森話社、一九九七年、『説話の言説』所収)。

(12) 東野治之「野馬台讖の延暦九年注」(『大阪大学教養部研究集録』四二輯、一九九四年)。

(13) 加美宏『太平記の受容と変容』(翰林書房、一九九七年)。

(14) 和田英松「聖徳太子未来記の研究」(『史学雑誌』一九二一年三月)。

(15) 小川剛生「伝玄恵作『聖徳太子憲法抄』と二条良基」(『和漢比較文学研究』一九号、一九九七年)。『野馬台詩』の「初興治法事」の本文注にも、「聖徳太子十七ケ条憲法ヲ以テ治世ヲ者ト也」。定家偽書の「未来記」の注釈書『未来記抄』雨中吟にも、「数を十七首にさだめらるる事は、太子の御憲法をかたどる儀にや」(内閣文庫蔵)。

(16) ここでは近年の玄恵研究のみあげておく。落合博志「『入木口伝抄』について―国文学資料としての考察」(『法政大学教養部紀要』七八号、一九九一年)、小木曽千代子「玄恵法印の人的環境」(前掲『太平記とその周辺』)、大隅和雄『日本の文化をよみなおす』(吉川弘文館、一九九八年)。

(17) 小峯「『明月記』の怪異・異類」(『明月記研究』二号・一九九七年)。

(18) 北川前肇「日蓮聖人の「未来記」をめぐって」(『印度学仏教学研究』六八号、一九八六年)。他に「仏海禅師の未来記」(『興禅護国論』)、「天台大師記文」(延慶本『平家物語』一本)、「伝教大師ノ御記文」(『源平盛衰記』五)、弘法大師の「現在記・未来記」(『玉伝深秘巻』)、「八幡大菩薩の御記文」(仮名本『曽我物語』二)等々。

(19) 藤井奈都子「舞曲『未来記』論―素材から見た『未来記』」(『金沢大学国語国文』一一号、一九八六年)、徳田和夫「天狗の内裏考」(『お伽草子研究』三弥井書店、一九八九年)。

(20) 近世に中田易直「元禄享保期一捕鯨者の思想―宝永五年の遺訓「未来記」について」(『史学雑誌』六三編八号、一九五四年)や『俳諧未来記』など。近代に美濃五藤了道『釈迦未来記』(能仁社、一九〇四年)、真田鶴松『野馬台詩解説』(郁芳社、一九三一年)、『安部仲麿生死流転輪廻物語』(陰陽道史関係資料刊行会、一九八四年、小浜暦会館)に「昭和二十四年・高瀬武次郎の野馬台詩掛幅 藤田義男序」、漆澤その子「明治期の際物に関する試論―『吉備大臣支那譚』を題材に」(『日本史学集録』二一号、一九九八年)、栗田香子「未来記の時代」(『文学』一九九八年秋号)。

* 資料探索に関して以下の方々から教示を得た。伊藤聡、小川剛生、佐々木孝浩、柴佳世乃、竹村信治、千本英史、斎藤真麻

理、西山克、西山美香、渡辺匡一、渡辺麻里子の各氏にこの場を借りて御礼申し上げる。

三 中世日本紀をめぐって
——言説としての日本紀から未来記まで——

1 研究の現状、問題の所在

中世日本紀や中世神話がひろく関心をあつめている。山本ひろ子『中世神話』（岩波新書、一九九八年）はその典型といえる。この種の研究できわだつのは、中世文学研究の一環としての注釈研究からはじまり、それが思想や歴史分野へ波及していったことだろう。注釈という名の学芸が日本文学の諸領域で定着し、その一環として日本紀にも焦点が集まり、歴史学にも及んできたわけで、従来歴史学の後追いでやってきた一般の国文学研究の情勢と対照的である。今までの作品・作家中心研究からひろき言説研究へと重心が移りつつあり、かつての研究が急速に相対化されている。文学研究もずいぶん様変わりしてきたといえ、古典注釈に関心が集まっているのもこれに応じている(1)。

また、神話研究が古代の独占だったのが中世にも及ぶようになり、「中世神話」という用語も「中世日本紀」とあわせ、ほぼ市民権をえたといえる。昭和天皇の死の前後から沸騰してきた天皇制論議にあわせ、神祇神道の研究が活発化してきた状況にまさしく呼応していた。ことは日本紀を通した世界観や世界認識の問題に及んでおり、〈日本〉という根源の探求がかつてのナショナリズムに収束する方位とは違うかたちではじまったと言いかえてもよい。本居宣長に集約される『古事記』の聖典化が、戦前までの皇国史観形成にはたした役割はことあらためていうまでもない。聖典『古事記』と近代が直結してしまった過去の研究やイデオロギーを反転させるためにも、古代と近代を双方向から相対化しうる中世神話・中世日本紀の考究は不可欠であるだろう。

中世日本紀や中世神話は必ずしも固定化した実体概念ではない。どこかに確としてあるものではない。あくまで関係概念であることを忘れたくないが、関連する資料はほとんど群れといってよいほどおびただしいものがあり、今日に伝存する。およそ以下のごときが対象になろう。なお、ここでは中世日本紀を主として神代紀にしぼり、中世神話もそれに即した意味合いで使いたい。寺社縁起などに多い本地物の話型まで包含する広義の神話概念は今はとらない。神話や日本紀というと古代ばかりがイメージされる常識を相対化するのがねらいである。

1　日本紀注釈書

2　中世神祇書（神道書）

3　浮遊する日本紀説話

1は聖典としての日本紀の講読、注釈、口決、聞書の類である。古代から脈々と続き、平安期では晴儀の講書が数次にわたって行われた。中世には伊勢をはじめ、各神道流で活発に行われた。良遍など叡山や真言の学侶が取り組んでいるところに、いかに日本紀が重視されたかがうかがえる。(2)

2は本地垂迹、神国観などにまつわる神祇説が展開される。日本紀はその中核であり続ける。1の中世日本紀の注釈活動と連動しつつ、おびただしい著述が産み出された。『神道大系』が刊行されて、だいぶ見通しがきくようになったが、それも氷山の一角にすぎないともいえよう。

3は「日本紀曰」として繰り出される古今集注などの注釈類・本説論である。1の日本紀注釈と密接にかかわりつつも、そこから逸脱したパロディ的なものにいたるまで多種多様であり、説話の創造や物語力のありかをみる上でもきわめて重要な意義をもっている。かつての荒唐無稽、捏造という把握だけではもはやたちゆかないことが明らかになってきた。桜井好朗のいう「漂流する言説」にふさわしいものであろう。(3) 注釈書にかぎらず、さまざまな領域に日本紀がかかわっていたことがうかがえ、日本紀の課題は諸分野に措定しうるのである。今日見えなくなってしまった、説話の形成やネットワークの編み目をどうほぐすかが問われてもいる。

中世日本紀はどういう場で生成し機能していたか、その意義の考究が当面の課題となろう。

2 言説としての日本紀

中世日本紀を問題にする時、しばしば王権とのかかわりが基準にされる傾向がある。しかし、日本紀即王権論という図式化は、いいかえれば王権論への安直な集約であって、結局は天皇制などの論議に吸引されやすい。究極はそこへ向かうにしても、ひとまず王権論にからめとられない方向をもとめたい。むしろ王権論への収束は豊潤なる日本紀世界をせばめ、封じ込めてしまうことにもなりかねない。日本紀はあらゆる始源指向の源泉であり、諸道や諸芸の起源譚として遍在する。神話学の課題であると同時に、(4) 中世から近世にかけて輩出する諸学・雑書の世界の基幹をなしており、豊饒かつ混沌たる問題群の地平を見落としてはならない。

ここでは問題の射程をよりひろげる目的で、近年注目を集めている兵法書や官職書を一例に取り上げてみたい。まず前者の兵法書からみよう。

兵法の問題は中世からさまざまに顕在化してくるが、たとえばその体系を指向した『訓閲集』をみると、随所に日本紀的言説が目につく。『訓閲集』に限らず兵法書全体、あるいは技芸、学芸全般にかかわることでもあるが、ここにひとつの典型がうかがえる。

たまたま一九九九年夏、ワシントン議会図書館の調査におもむいた折りに、帝国陸軍参謀本部文庫旧蔵の資料が出てきた(5)。その中心が大量の枡形本の『訓閲集』の写本だった。書写は近世中期まで下がるし、国内でもすくなからず残存しているが、今までほとんど知られていなかった貴重な資料なので、参考までに一部を引用しておきたい。

兵具根源巻

本朝兵具起幷法量等、本朝合戦之起、天孫降臨ノ時、経津主尊・武甕槌尊、為レ将二帥帝一甲冑弓箭天降下界、悪神ヲ悉追払玉シヨリ已来、武士之道ヲ為二至要一。其後、人皇最初神武天皇東征之時、日向国宮崎郡ニヲイテ始テ被レ造二御鎧一。此故ニ鎧ノ金好ヲ撰ニハ、筑紫鎧ト云也。己未日、始テ造被ルニヨッテ、至レ今鎧ヲ造、吉日ニハ己未日ヲ可レ用也。或人曰、戊巳日ヲ以テ鎧ヲ可レ造、着初ル事モ戊巳日ヲ可レ用ト云ヘリ。刀剣・長刀・鉾以下造ル日ノ事、可レ用二壬癸一。其故ハ、伊奘諾尊天ノ瓊鉾ヲ大海ニ下シ玉ヒシヨリ、壬癸ヲ可レ用云々。重々口伝アリ。（略）

一鎧名所ノ事（略）

腹巻トハ、背ニテ合タル鎧也。神功皇后御懐胎ノ時、三韓ニテ召シ也。御胎太テ御鎧合不ルニヨッテ、背ヲ割テ御胎ヲクツログル也。甲閉ノ板ト云板ヲ以テ背ヲ覆也。甲忍ノ緒三尺五寸ガ少短トイウトモ、高紐ニカカルホド吉也。惣ジテ兵具ノ義、軍敗文字ノ巻ニモ注ス。際限ナキニヨッテ略之。

いずれも武具の起源に神話世界がもちこまれ、神代からのはじまりの起源譚に終始する。本朝の合戦の起源は天孫降臨の折り、フツヌシとタケミカヅチが甲冑に身を固め、下界に降りて悪神を撃退、それ以来武士の道が確立、後に神武東征の時、日向で初めて鎧を作る。筑紫鎧といい、己未日に造ったので、今もその日は制作の吉日とされる。戊巳日の説もあり、刀剣など武具類はイザナギが鉾を大海に降ろした日にちなんで壬癸の日に造るという。こういう条からはじまり、以下に甲冑武具をめぐる起源譚が展開される(6)。一例としてここでは腹巻の起源譚をあげたが、神功皇后が三韓侵略の折り、懐妊していたため、鎧の背を割ってゆるめ、甲閉の板で背を覆ったという。腹巻の形態のいわれが神功皇后の神話にもとづいて説明される。すでにある腹巻の鎧にいわれを結びつけたもので、結合自体に必然性があるわけではない。いいかえれば、その連結の仕方に独特の想像力が作用し、それが中世の発想だとしかいいようのない結ばれ方をしている。そういうかたちで神話が機能し、日本紀がよみがえっている。

『訓閲集』にとどまらず、犬追物の起源譚に武烈の悪行がひかれたり、兵法書と日本紀は深い糸で結ばれていた。中世日本紀の世界が想像以上に広範に波及していたことが知られるのである。

ついで官職書の例をみておこう。以前紹介したことのある[7]善通寺蔵『印書躾事集』巻五「征矢二十ヶ条」の一例（永禄十年〈一五六七〉写、外題は『滝口家弓伝』。つれの巻一は外題『百官抄』とも）。

一　国ノ当リ矢トハ、素盞烏ノ尊ト天照太神トイクサセントアルニ、アメノウエヨリ伊奘諾尊ツカイアメワカミコヲクダシ、「ナカナヲリアレ」トイイタマヘドモ、ソサノウノミコトモチイタマワズ。アメワカミコハ、シタテルヒメニグシテ、天ニアガラザレバ、マタ無名ノキジヲクダサルル。コレヲアメワカミコノミテ、「カタキモトヨリ様ミムトテキタリタリ」トテ、矢フタツ弓ニ矯テイコロシヌ。コノ矢イザナギノマエニタチケレバ、「イクサヲスルニコソ」トヲボエテ、イカエシタマエバ、ヒトツハ粟（大和カ）ノ里ニヲハスルソサノウノミコト、ヲホクニス（大国主）ニアタルユエニ、国ノアタリ矢トイイ、イマニソ矢ノスミノ矢ト云也。一ツノ矢ハ、アメワカミコノムネニウケテ、アメワカミコハシニヌ。コレハイマソヤニソウハヌナリト云々。ヤマドリノ羽ヲモチテハクト云々。ヨクヨクココロウベシ。

本書は巻一が内閣文庫蔵『官職私記』に一部合致するが、素性がよくわからないテクストである。『職原抄』以下の官職注釈書の一環として成立したことはまちがいないが、本説にあげられる説話が官職の注解としてはあまりに奇矯であり、特異な作であることはいなめない。

ここではスサノヲとアマテラスの地上での対立に、天界にいる父イザナギがからみ、アメワカミコの天孫降臨が混交した話となっている。アメワカミコが雉を殺した矢がイザナギの前に立ち、射返した矢が一本はスサノヲと大国主に当たり、一本はアメワカミコをさしつらぬく、という筋立てになる。記紀を基準にすると奇想天外的な展開だが、真福寺蔵『類聚既験抄』などにもかさなる、いかにも中世神話らしい仕立て方である。やはり国の当たり矢とか征矢の起源譚となっている。山鳥の羽で矢羽をはく作法などにもふれられる。さまざまな矢のいわれや故事作法を説く方位に収斂する。

日本紀言説の指向そのものがほぼ共通するといえ、眼前にある道具や器具が周知のものか否かを問わず、物自体へのまなざしが前提にある。物に対する神秘性、怪異性への思いが人をひきよせ、こうした神話をつむぎださせたのであろう。近代からは見えなくなってしまった、物と人とのかかわりの認識の変革や更新に深くねざしていよう。

以前から考えている〈説話の本草学〉という課題にもつながってくるはずだが[8]、ここではさらに物にまつわる習俗にもふれておこう。日本紀の課題は物にとどまらず、物に即した習俗、儀礼、作法などにもかかわっている。たとえば、いつの頃からか、投げ櫛の禁忌という習俗があったらしい。それが中世日本紀を起源譚として説かれるようになる。すでに指摘されるものでは、『源氏物語』の注釈書『源氏物語千鳥抄』須磨巻にみえる[9]。

日本紀

ナゲ櫛イム事　イザナギノミコト黄泉へ行テ、ユズノツマグシ・ホトリハ一ヲヒキカケテ、火ヲトボシテ、イザナミノミコトヲ見給時、膿沸虫タカル間、キタナシトテ此櫛ヲナゲラレタル、其故也。木一ニ火ヲトボスヲイムハ此ノ故也。

有名な黄泉国神話に投げ櫛のタブーが結合されている。これなど『源氏物語』の内容にかかわる語釈から逸脱してまでもあえて引用されているわけで、注釈が決してテクストそのものに還元されず、注釈の現場に収斂し、場の論理に吸引されることを映し出している。同じ投げ櫛の禁忌をめぐる神話にもさまざまな位相があったらしい。これもすでに検討したことのある『職原抄』の注釈書をあげておこう[10]。『職原抄聞書』四品侍臣（内閣文庫・静嘉堂文庫本）にいう、

去間、世上ニナゲ櫛ヲイム心ハ、素盞烏尊悪神ナル故ニ、根ノ国ヘ追被玉フ時、御母伊奘冊追玉フ。父伊奘諾尊、櫛ヲ取テ拗ゲ玉ヘバ、此櫛大山ト成テ中間ヲ隔ツ故に、母還リ玉フ、此ノ故ナリ。神代ナドニハ、櫛ヲ以テカミヲトメテ、ユウ事ハナシト云々。

ここでは、スサノヲが追放されるのを母イザナミが後を慕って追いかけ、それをとどめるためにイザナギが投げた櫛が大山になり、母子の間をわかつ。これも記紀の常識からは信じられない変貌をとげている。おそらく投げ櫛の禁忌の習俗が実質的に意味をもち、機能していた時代にはこうした起源譚は必要ないわけで、習俗自体が変質したり、意味を失いつつある時にこそ起源譚が必要になるだろう。もはや投げ櫛のタブーが効用を失いつつあり、タブーを復活ないし強化させる意図もあったかもしれないし、逆にタブー自体を相対化し無化させる意義もあったのかもしれない。民俗や習俗、儀礼が変貌しつつある中世という時代だからこそ、この種の起源譚がもとめられたのであって、起源を説くには神々の時代にさかのぼる神話がもっともふさわしい、という構図になるだろう。起源は遠いほど、時代が遡ればのぼるほど権威化され、正当化の根拠や保証に役立つ。人ならぬ神の時空を超えた超越性や超俗性が有効に作用する。中世神話の復活は禁忌の解体、ないしは変質する時代の局面をあざやかに逆照射している。

このように、中世の日本紀や神話のありようをさぐっていくと、さまざまな事例に出会う。そのことごとくは

物や習俗、儀礼に結びつき、そのいわれを説く起源譚として機能している。中世神話というと、王権論にひきつけられやすいが、それだけではない。むしろより身近な生活にもとづき広範に展開されていた、その裾野のひろがりを重視したい。この種の神話群をもっと掘り起こし、よみがえらせる必要があろうと思う。

いいかえれば、中世神話を〈物語〉としてどれだけ読みかえることができるか、というあらたな物語論の地平の開拓にも通ずるだろう。いわば、物語としての神話ないし日本紀であり、物語生成のメカニズムが問われてくる。輻輳する注釈からさまざまに媒介される物語は、注釈から物語へ跳躍し浮遊し、自立する指向性をもちつつ、注釈の言説や現場へ還流し、またあらたな注釈活動を活性化させる。そういう往復運動がある。(11)神話の再生といってもよいが、記紀などに代表される古代神話の相対化やパロディの意義も担っていた。

この問題はいずれ稿をあらためたいが、一端についてふれておくと、たとえばイザナギ・イザナミが最初に生んだヒルコは、記紀ではうつほ舟に乗せて流され、追放されてしまうだけだが、中世神話では流されてたどりついた龍宮で復活再生し、再びもどってきて市神となり、えびすと習合する。(12)龍宮と娑婆を媒介する市という境界の神になるところが興味深く、記紀神話の後日談になっている。

先の当たり矢や投げ櫛の例のように、概してイザナギ・イザナミの活躍がめだち、記紀では黄泉からの帰還と禊ぎで役割を終えるが、有名な天岩戸神話のアマテラスとスサノヲの対立にも出張ってきて、岩戸を開ける役目も担ったりする。兄弟の対立を契機に親子の文脈に物語をおきかえようとする傾向が強い。

『平家物語』で名高い剣の巻は、安徳・龍神伝承に集約されるが、実はヤマタノヲロチの怨念にすべてもとづく。ヤマトタケルの物語にもかかわり、ヲロチの剣をめぐる、いわばルサンチマンこそが物語の主題であった。宝剣伝承の隠された主役はヤマタノヲロチともいうべきで、剣の背後に沈め込まれた怨念から怨霊の生成を読みとるわけで、中世にせり出す怨霊史観とも密接にかかわっていよう。

あるいは、神武東征に敵対する、まつろわぬものは記紀レベルでは長髄彦だけであり、生駒で制圧されるが、中世ではさらに最後まで服従しないもう一人安日王が登場、東国まで逃げて勢力を保つ。これが東北のアイデンティティーになる[13]。秋田実季の系図のごとく始祖伝承にまで祀りあげられるのである。

つまりは記紀に代表される古代神話にない部分を補ったり、埋めたり、追加したり、増広したり、さまざまな変改をほどこすのが中世神話であった。そこには近代的な想像力では及びもつかない独特の想像力のはたらきがあった。それが中世の物語をつきうごかす原動力、〈物語力〉とでもいうべきものだったといえるであろう。

3 中世日本紀としての『古事記』

ついで角度を変えて、『古事記』の伝来についてみていきたい。ここでは真福寺本『古事記』の本奥書をめぐり、『古事記』を中世日本紀の面からとらえかえしてみたいと思う。周知のように、真福寺本は『古事記』最古の写本として国宝に指定されているほどだが、その伝来の詳細は必ずしもつまびらかではない[14]。文学史でも『古事記』は最古の書物として認定されるだけで、すでにそれが権威化してしまっている。たしかに『古事記』は今知られる範囲で、最古の書物にはちがいない。しかし、『古事記』はいつから古典になったのか。作られた当初から古典であったわけではない。むしろ『古事記』が読まれるようになったのは中世以降であり、平安期ではきわめて影が薄い。皆無ではないが、ひろく読まれたとはいいがたい。本格的な研究は近世に下り、本居宣長の『古事記伝』まで下ってしまうであろう。それ以前からいろいろ写され研究はされるけれども、『古事記』を聖典にしたのは宣長をおいてほかにない。近代はそれをひきついでいるにすぎない。しかし、宣長に代表される近世学も、中世に『古事記』が復活していたからこそ可能になったわけであって、中世における『古事記』のありようを避けて通るわけにはいかない。

結論的にいえば、『古事記』が中世に復活したのはまさしく中世日本紀として遇されたからではないか、ということにつきる。中世日本紀がさまざまに胎動し、勃興する気運のなかで、『古事記』もまた中世日本紀の一環として再生したのではないか、と思われる(15)。

以下、ひとまず真福寺本の本奥書からみていこう。真福寺本は、応安四、五年（一三七一、七二）、賢瑜の書写であり、中巻・下巻に本奥書がみえる。引用が長くなるが、全文をひいておこう。

①本曰

弘安四年五月六日、以二兼方宿祢本一書写校合畢。

②本曰

古記之当巻、世間不二流布一、鴨院御文庫之外無之云々。爰申二請幕府之本一、写加二書窓之中一、奴(好カ)文之志神垂レ納、文(又カ)不レ裁(載カ)二日本紀等事一、粗以見之、此巻深秘二箱底一、莫レ出二閫外一。于レ時文永第五之暦、応鐘十七之日、加二校点一録旨趣而已。

通議隠士卜　在判

③本云、此書難レ得之由、人以称之。就レ中於二中巻一者、諸家無之。只在二鴨院文庫一云々。而不慮得レ之、好文之至歟、自愛之。于レ時棄煩二虐病一、宿執之余、予自校之、深納二函内一、恥莫二外見更一。弘長三年五月二十七日記之。

正二位行権大納言兼右近衛大将藤原朝臣　在判

④文永十年二月十日、被レ召二大殿御前一御雑談之次、此中巻事取被レ出、本自所持之由申入之条、頗無念之間、年来不審之趣言上畢。而同十二日、以二女房一奉計、伝二菅二品良頼卿一、這下二賜御本双紙一、家門之面目何事加レ旃哉、神之冥助也。君之高恩也。宜為二後昆稽古之計一、即加二校合一、同十四日朝、付二二品一返上畢。

⑤本云

弘安五年九月一日、申二下一条殿一御本書写畢。可二秘蔵一々々。

正義大夫卜　在判

⑥本云

文永三年二月仲旬、書写畢。

祭主　在判

神祇権大副大中臣定世　判

同六年九月二十九日、於二灯火一一見畢。

建治四年仲春二十七日　彼岸中日、又一見畢。宿執之至、猶在二神事一、為レ之如何。判借二請親忠朝臣一、一本吉田大納言定房卿被二所望一之間、依二家君御命一書写進畢。又一本書写之止之。

⑥のみ下巻で、他はすべて中巻である。上巻には奥書はない。この本奥書は年次順になっておらず複雑であり、以下に書写・伝来の様相を整理すると次のようになる。

③一二六三年　藤原朝臣（花山院通雅）架蔵本と鴨院文庫本（近衛家の文庫・鴨井殿）を校合＝通雅本

②一二六八年　通議隠士卜（卜部兼文）通雅本を書写＝兼文本

④一二七三年　正議大夫卜（卜部兼文）架蔵本と大殿（前関白藤原兼平）所持本と校合

①一二八一年　兼方本を書写＝兼文本の転写本か

⑤一二八二年　祭主（神祇権大副大中臣定世）一条家本を書写＝定世本（中巻）

⑥一二六六年　定世、下巻書写＝定世本（上巻も同様か）

一二六九年　一見

一二七八年　一見　親忠（定世の孫）から定世本を借りて書写本は吉田定房へ、一本は手元に

これによると、鎌倉後期、十三世紀後半に『古事記』が稀書として浮上（ことに中巻）、公家や神祇家の間で貸借や書写校合がさまざまに展開されつつあった様相が浮かび上がる。中巻は花山院道雄本（近衛本と校合）をト部兼文が書写し、関白兼平本と校合、さらに息子の兼方が書写、おそらくそれが一条家に伝来、書写され（①から⑤にはやや断絶ないし飛躍あり）、一条家本を大中臣定世が書写。真福寺本はこの定世本を直接ないし間接に転写したことがわかる。⑥の下巻も定世本がもとになっている。上巻も下巻に順ずるとみてよいだろう。転写の過程が入り組んでいて、真福寺本に実質かかわる定世本を書写した主体が明確でないなど不明な点も多いが、およその状況はこれでつかめる。

ちなみに、最後に名の出てくる吉田定房は、Ⅰ・一でみた『吉口伝』で複数の〈聖徳太子未来記〉を提示していた、その人であろう。

ここで注目したいのは、真福寺本自体のありかた以上に、十三世紀後半の鎌倉後期における『古事記』浮上の動態である。周知のように、『古事記』は成立後、聖典としての評価をえられず、奈良期から平安期にかけてほとんど埋もれてしまう。あるいは使われてもきわめて軽い扱いしかうけない。たとえば院政期の歌学書『袖中抄』の、

古事記云、墨江之三前大神也。此荒御魂者、当在筑紫紫橘之小戸。（九・シルシノスギ）

古事記云、師説古称善事為江云々。墨江之三前大神是也。（一四・アラヒトガミ）

などの引用にみるごとく、たぶんに孫引きの印象が色濃い。『俊頼髄脳』の箸墓神話のように記紀を折衷したような話もみえ、(16)確たる典拠としての扱いをうけていたとは思われない。はやくから聖典化する日本紀と好対照である。それが中世にいたって封印が解かれて堰を切ったように浮上し、稀少なる書物として珍重され、書写され秘書化されるわけで、何を契機に表舞台に登場してくるのかが問われる。そもそも書物が世に現れるのは、偶然

性がおおきく左右するから一概にはいえないが、時代の気運がそこにはたらくこともまちがいないであろう。

しかし、文永・弘安という年号が示すように、蒙古襲来の危機的状況と結びつけるのはたやすいが、たんに緊迫した政治状況や社会情勢への一元的な還元もできないだろう。ことはもっと根源的で多面的であり、先にみたような物と人とのかかわりの根本的な変質や展開相などとも無縁であるとは思われない。何より日本とは何かという問いかけを切実、深刻に受けとめた日本紀の課題に即応するはずだ。日本紀の注釈、解読、そこから派生する本説としての説話等々が混交しあう混沌たる言説界――そうした〈中世日本紀〉状況とでも呼びうる環境が、『古事記』を再発見せしめたのである。『古事記』は中世日本紀の一環として、もしくは中世日本紀そのものとして、あらたに甦ってきた、ということになろう。誤解のないようにいえば、『古事記』が中世に作られた偽書だというような主張をしているのではない。実体的な議論ではなく、中世日本紀の言説状況が『古事記』を歴史の闇からふたたび引きずり出したのではないか、ということである。だから『古事記』はたんなる古代最古のテクストとして突如現前化するのではなく、むしろ中世にさまざまに勃興する日本紀群に連動して浮上する。もしくは中世日本紀そのものとして遇され、埋もれた歴史の暗闇からたちあがってくるのではあるまいか。

とりわけ目をひくのは、先に引用した奥書の④で、兼文が前関白兼平に呼ばれて「雑談」のついでに中巻のことが取りざたされるくだりである。兼文は自分も中巻を所持していること、長年本文に疑問があることを言上、二日後に女房を通して菅原良頼卿に伝奏、ついに兼平から下賜され、家門の面目、神の冥助と感激、校合して二日後に返却する。貴族界の言談の場から、「雑談のついで」にさりげなくかわされた言葉からすべてがはじまる。物語の始動にも通ずる特有の型であった(17)。『古事記』がまさに「雑談」の場からせり出してくるところに、いかにも中世らしいありようを思わせる。

ところで、①の奥書に名のみえる兼方は、中世日本紀を代表する『釈日本紀』撰述で知られるが、ここにも

『古事記』はしばしば引用される。スサノヲとヤマタノヲロチ神話でいえば、「脚摩乳、手摩乳」に関して、

古事記上巻曰、故其老父答言、僕者国神大山津見神之子焉。僕名謂二足名椎一、妻名謂二手名椎一。女名謂二櫛名田比売一。（巻七）

と引用される。日本紀の語釈に『古事記』が利用される。日本紀を読むのに『古事記』が参考資料として扱われている。あくまで日本紀が主であり、『古事記』は従である。『古事記』は日本紀を読むためのサブテクストにほかならない。『古事記』の位置がより実感できる例である。『古事記』は稀書にはちがいないが聖典ではない。注釈には有益な資料であるが、正当な「史書」ではない、という遇され方である。『釈日本紀』の冒頭にいう、

問、本朝之史、以二何書一為レ始哉。

答、師説、以二古事記一為レ始、而今案、上宮太子所レ撰先代旧事本紀十巻、是可レ謂二史書之始一。何者、古事記者誠雖レ載二古語一、文例不レ似二史書一。即其序云、「上古之時、言意並レ朴、敷文構レ句、於レ字即難。已因二訓述一者、詞不レ逮レ心。全以レ音連者、事趣更長。是以、今或一句之中、交二用音訓一、或一事之内、全以レ訓録。即辞理難レ見、以注明意」云々。如レ此則所レ修之旨非二全史意一。至二于上宮太子撰一、繋レ於レ年繋レ於レ月、全得二史伝之例一。然則先代旧事本紀十巻、可レ謂二史書之始一。

これは、実は承平度の『日本紀私記』丁本の一節であり、「師説」は延喜講書における藤原春海の説、「今案」は承平における谷田部公望の説であった。公望が『先代旧事本紀』を高く評価したもので、かわりに『古事記』がおとしめられたともいえる。(18) この公望の説は以後の評価をほぼ決定づけ、『釈日本紀』にも引用されていた。『古事記』非史書論の理由は、ひとえに「古語」はあっても文体が史書のそれに準拠していないというもので、つまりは音訓混用の文体論に収束する。『先代旧事本紀』を史書のはじめに位置づけるための口実としか見なせないが、聖徳太子撰という切り札は絶大な効果をもった。

ここに古代から中世にかけての『古事記』評価の縮図がうかがえるであろう。『古事記』が腐心した音訓両様の表記法は、まさしく神話を漢文で表現する格闘の軌跡であったわけで、それが史書からの逸脱というマイナス評価に作用したのである。これが逆に近代の尺度からの文学性の評価に通ずることにもなるが、『古事記』の聖典化は近世まで待たなくてはならなかった。しかし、聖典化への道程に中世日本紀としての『古事記』発見があったことの意義を忘れてはならないだろう。ここでは現存最古とされる真福寺本の奥書からかいまみたにすぎず、中世の時空に『古事記』の書写展開はよりひろく及んでいるのである。いずれにしても、『古事記』再浮上の意義を中世日本紀研究に組み込み、中世日本紀の一環として読み込んでいくことがもとめられていよう。

4　日本紀としての未来記

ここでまた視点をかえて、中世に流行する未来記から日本紀についてとらえてみたい。いうならば、未来記という名の日本紀の問題である。すでに種々検討しているが(19)、中世の未来記は、たんに未来のことを予測し予言するだけではない。むしろ過去の歴史や現在生起していることどもを、あえて未来という時空を設定することで鳥瞰的に概括しようとするものである。言い換えれば、未来の予言のかたちを借りて、歴史や現実を解読しようとするテクスト群である。だから未来記は歴史を再構成し通観する、まさに歴史叙述としてたちあらわれてくる。その意味で、未来記は歴史叙述といえるのである。そして中世の歴史叙述といえば、必然的に日本紀とかかわるから、未来記は日本紀としての課題にもおきかえられることになる。日本紀としての未来記たるゆえんである。未来記は多くの場合、歴史解読にともなう注釈のかたちで敷衍される。それ自体、注釈テクストとしてあった。その注釈にも日本紀とみなせる言説が少なくない。未来記テクストが日本紀であると同時に、その注釈に各種日本紀の言説が引用される、入れ子式の構造になっている。

中世にとりわけ影響力をもった未来記は、〈聖徳太子未来記〉と『野馬台詩』の二種である。ほかにもたくさんあるが、他に及ぼした影響の度合いからみて、この二書は群を抜く。ただし、前者は時代を超えた複数のテクストがあり、固有名詞とはみなせない。厳密には〈聖徳太子未来記〉群というべきであろう。後者は中国で作られたとされる讖書で、その注釈が日本で多様に作られ、多彩に展開、近代にまで効力を発揮した。

ここでは、ひとまず後者の『野馬台詩』をみておこう。これは、「東海姫氏国　百世代天工」から「青丘与赤土　茫々遂為空」にいたる五言二十四句の短詩（讖）で、未来の予言書として、また日本の根源を追究したテクストとして珍重される。天皇百代で日本が滅ぶという百王思想の典拠にもなる（「百王流畢竭」の句）。中国六朝梁の宝誌和尚の作とされる。遣唐使吉備真備が中国王に幽閉され、鬼の阿部仲麻呂の援助や長谷観音の霊験で難題を解決、中国から将来するいわれの物語が『江談抄』や『吉備大臣入唐絵巻』などで知られる。十六世紀半ば、中世フランスの名高いノストラダムスの大予言『諸世紀』が四行詩であることと好対照である。

古注釈は延暦年間にさかのぼることが確認され[20]（『延暦寺護国縁起』所引の「延暦九年註」）、古代の道鏡事件や平安遷都にからむ天智・天武の王統交替に焦点があったが、中世になると多様化し、源平争乱や応仁の乱など、戦乱を読むテクストとして遇される。本文の隠喩を歴史の具体像に読みかえるわけで、注釈の解読史ができるほどである。まとまった注釈の古いものは大永二年（一五二二）写、東大寺図書館蔵『野馬台縁起』であるが、ここでは最も流布した代表的な注釈である『歌行詩』をみよう（「長恨歌」「琵琶行」「野馬台詩」の三作品をセットにしたもの）。十六世紀前半、室町後期の古写本が数種伝わる。引用テクストは最も詳細な注釈を施す陽明文庫蔵『長琵野頭説』（近世初期写）による。

注釈は、詩の本文に付随してつけられる本文注と、本文の欄外におびただしく書き込まれる欄外注の二様に大別される。本文注は各テクストでほとんど大差がなく、固定化しているのに反して、欄外注はテクストによって様相がずいぶん異なる。まったく注がないものから余白がないほどびっしり書き込まれたものまで多様である。

まず、日本紀とのかかわりから、野馬台詩序にうかがえる典型的な中世日本紀の具体例をみておこう。『野馬台詩』は梁の宝誌和尚が作ったとされるが、『歌行詩』では以下のような序がつく。

　和尚が行道中に、化女が一人づつ代わる代わる来ては去りして、あたかも旧知の仲のごとく日本の終始を語る。女は千八人に及び、和尚はそれが「倭」の文字に相当することに思い至り、倭国の神女と知り、そのことばを十二韻の詩にまとめた、それが野馬台詩だという。

いわば、「倭」字を「千八人女」に分解した字占や文字遊びであるが、日本の歴史は日本の神女がまず語るのだという、イデオロギーが介在している。宝誌はたんにそれを一編の詩にまとめたにすぎない、というのが序の主張だろう。あくまで始源を日本にもとめようとする発想につらぬかれる。これが欄外注で補強されている。

　倭ハ和也。言ハ、昔天神七代・地神五代之始、伊弉諾・伊弉冉両尊、自二高間原天一降、築二日本ヲ一。始時、一千八人神女、随二逐両尊ニ一来リ、同心シテ斉スレ志ヲ。互ニ穆而築二成一国ヲ。以レ是、和尚以二千八人女ヲ一神女ト云也。倭字由来、如レ此也。倭、千八人女、仟八女也。

イザナギ・イザナミが高天原から降臨し、日本を造った時、千八人の女神がともに来たって両神を助けたという。それを宝誌が千八人の神女といい、「倭」字のいわれもそこにある、というもの。序の物語にさらに千八人の神女のいわれを国造り神話に連結させ、「倭」字の由来を強調する。これは他の資料に類例が知られず、この『野馬台詩』に結びつけて出てきた説であろうが、まさしく古代に還元できない典型的な中世神話としてあることが知られる。この種のあらたな神話や日本紀が『野馬台詩』注にもいろいろみられるのである。

そういう日本紀引用と同時に、歴史を解読する注釈そのものが日本紀としてあるのではないか。この面から少したどっておこう。『野馬台詩』に展開される注釈をみていくと、さまざまな歴史の転換点が拾われていることに気づく。歴史のパノラマ即ち万華鏡というほかなく、めくるめく歴史言説の競演（饗宴）を思わせる。そしてその焦点が過去の王朝交替史や王位継承抗争史の重層としてあることにも気づかされる。引用は省き、以下に概要を時系列にしたがって箇条書きで列挙しておこう。

①ヒコホホデミからウガヤフキアエズへ―神から人へ
②神武東征　安日王と長髄彦
③聖徳太子
④大化の改新　鎌足と入鹿
⑤壬申の乱　天智系から天武系へ
⑥孝謙から光仁へ　天武系から天智系へ　道鏡
⑦惟喬・惟仁位争い
⑧将門の乱
⑨源平争乱　安徳から後鳥羽へ　清盛　源家三代
⑩応仁の乱　細川と山名

神話世界から応仁の乱にいたるまで、実に多彩に歴史のドラマがとらえられている。しかし、もとより注釈は時代順に展開しないし、一貫した通史をめざしているわけではない。その大半は断片的、概括的であり、相互に関連性をもちあわせているのでもない。史的状況に応じて、個々の詩句にそのつどつけられるから、古注・新注入り乱れ、重層しあっている。同じ「黄鶏代人食、黒鼠喰牛腸」の句でも、黄鶏・黒鼠を本文注は将門・清盛と解し、欄外注は光仁・道鏡とするように、何をどう比定するかで、歴史の描き方はまるで変わってしまう（欄外注の中心が玄恵に仮託されていることは前章でふれた）。本文注と欄外注とが対立したり、不協和音を奏でたりする。まことに錯雑した体裁となっているのである。奈良期をめぐる歴史解釈は比較的古注の可能性が高いが、中世には古代を対象化する動きも活発化するから一概に断定もできない。その意味では、場当たり的で印象批評的であり、必ずしも特定の史観に裏打ちされた解釈とはいいがたい。だが、ここに集約されてくる歴史の断層を俯瞰してみると、きわめて明確に日本の各時代における政争や内乱史の構図が浮かび上がってくる。神代から人代へ、神武東征による統一、大化の改新をはじめ、政権の変革や王朝交替の節目の歴史としてたちあらわれてくる。日本の歴史の変革の縮図をみてとることができるであろう。そこに注釈のかたちをとった歴史解釈の意味もある。

とりわけ古代史における天智系と天武系の交替史は、それだけで概括的に古代を鳥瞰できる。惟喬・惟仁の位争いには摂関体制確立の動態が埋め込まれているし、清和源氏の起源にもつらなる。関東一円を制圧した将門は新皇を称し、王朝体制の危機をつのらせ、後の鎌倉幕府の東国権力体制につらなってゆく。京と東国の対峙もしくは西と東の対立図式であり、源平争乱や応仁の乱についてはことあらためていうまでもないだろう。源平時代は院政期体制の問題でもあり、権門武家の登場する時代でもある。将門から清盛へというつらなりで、平安期体制の終始がかたどられていることにもなる。

最後の応仁の乱はやや時代が飛ぶが、「猿犬称英雄」句の注釈がそれまで明確でなかったのに反して、応仁の乱の山名宗全と細川勝元をそれぞれ猿と犬にあてはめる説である。応仁の乱の顚末を描く『応仁記』の冒頭は、まさしくこの『野馬台詩』注からはじまるのである。たしかに『歌行詩』本文注をはじめ、他の注にはあまり猿と犬の説が明示されておらず、『応仁記』はその不備をたくみについたといえる。⑩の欄外注が『応仁記』に依拠するものか、欄外注などから逆に『応仁記』に応用されたのか、前後関係や影響関係のたしかなことはわからない。『歌行詩』の『野馬台詩』本文注が、『応仁記』より前の形成であることはいえるであろう。いずれにしても、応仁の乱が『歌行詩』における『野馬台詩』注の最新地点を示す。そこに欄外注も含めた注釈テクストの現在を見定めることができそうである。

つまり、『野馬台詩』という未来記には、神話から中世にいたる〈日本紀〉が集約されているのであって、それを開陳し披瀝するのが注釈という言説行為だった。五言二十四句の短い詩には、いつの時代にも無尽に適応できる日本史のドラマが埋め込まれていた。

未来記とは、今までの歴史学からあまりに不当に見のがされてきた、もうひとつの歴史叙述にほかならない。

5　日本という称号——解体する〈日本〉

すでに問題が多岐にわたってしまったが、最後に『野馬台詩』注にみえる日本という称号をめぐる言説にふれて閉めにしたい。歌行詩系の注釈には、巻末に「日本七種異名」のつく写本がいくつかある。内容は諸本によって大差ないが、『野馬台詩』が日本紀としてあることを示唆する好例と思われるので、ここで簡略にみておきたい。日本という称号はすでに『日本紀私記』などでも論議されており、中世ではより広範に問題視されてきている。日本という称号のよってたつところの根源が問い直されていた。

『野馬台詩』で問題にされる称号は、「日本七種異名」との傍注の通り、磤馭盧島・秋津島・野馬台・山迹・敷島・豊葦原・扶桑国の七種である。参考までに陽明本から載せておこう。

一　磤馭盧島（ヲノコロシマ）
日本総名也。言ハ、自凝ル島也。地神ノ初ヲ男神、妻神、此地欲㆓垂迹㆒之時、潮之沫自然ニ凝結テ、成㆑島ト故、曰㆓自凝㆒也。字音ハ借用也。

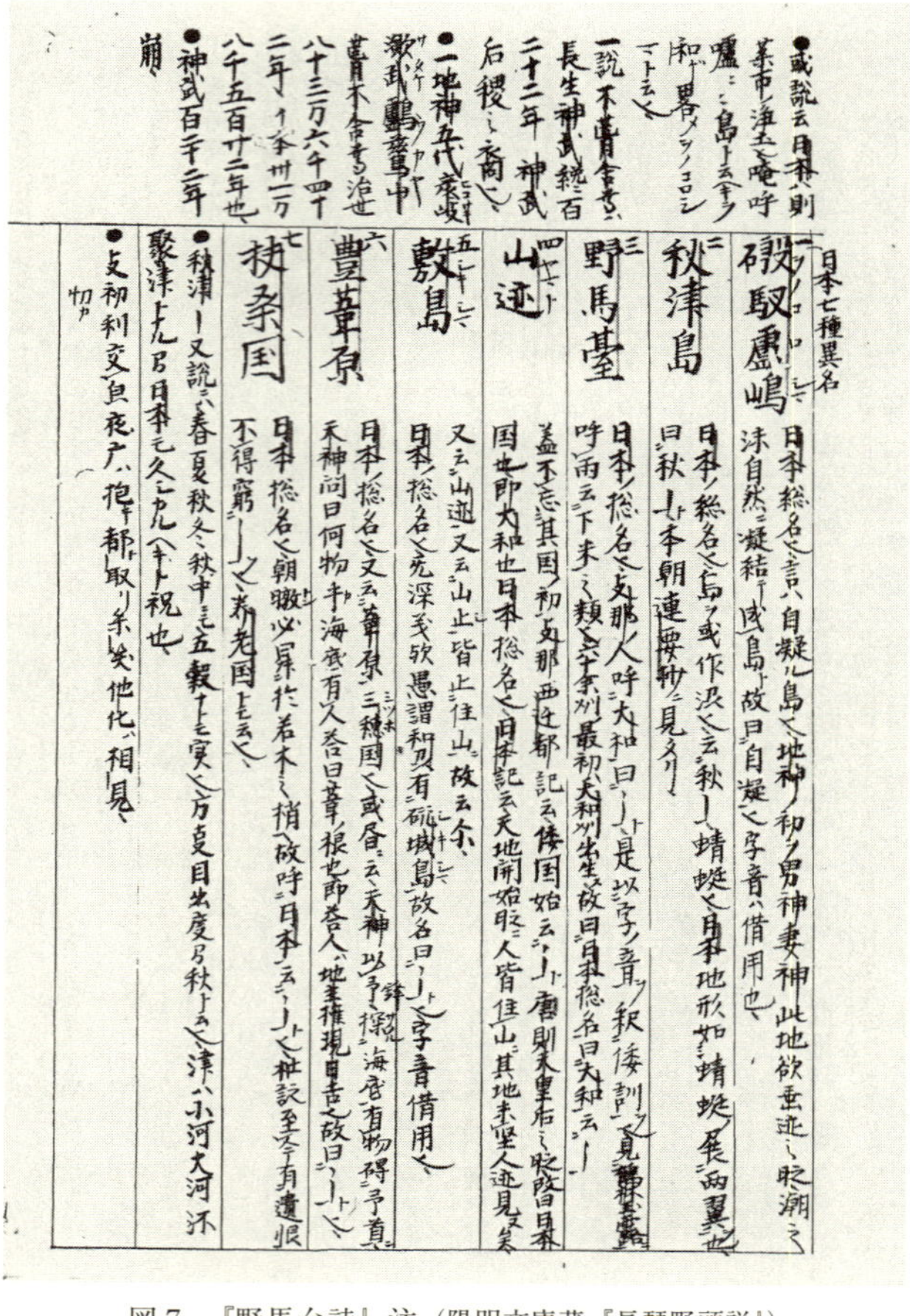
日本七種異名
一 磯馭盧嶋
二 秋津島
三 野馬臺
四 山迹
五 敷島
六 豊葦原
七 扶桑国

図７　『野馬台詩』注（陽明文庫蔵『長琶野頭説』）

【欄外頭注】

・或説云、日本ハ則薬師ノ浄土也。唵呼盧々々島ト云ベキヲ和ゲ略シテ、ヲノコロシマト云也。

二　秋津島

日本ノ総名也。島ヲ或作レ洲也。云二秋――一、蜻蛉也。日本地形如二蜻蛉ノ一展二両翼ヲ一也。曰二秋――一ト、本朝連要抄ニ見タリ。

【欄外末尾注】

・秋津――又説ニハ春夏秋冬、秋中ニモ五穀ナドモ実也。万事目出度間、秋ト云也。津ハ小河、大河流聚、津トナル間、日本モ久シカルベキト祝也。

三　野馬台

日本ノ総名也。支那ノ人呼二大和一曰二――一ト。是以二字ノ音ヲ一、釈二倭訓ヲ一也。見二鶴林玉露ニ一呼レ雨云二下米一之類也。六十余州ノ最初、大和州出生ス。故曰二日本総名一、曰二大和一云二――一。

四　山迹（ヤマト）

蓋不レ忘二其国ノ初一、支那西遷都記云、倭国始云二――一ト。唐則天皇后之時、改曰二日本国一也。即大和也。日本総名也。日本記云、天地開始時ニ人皆住レ山ニ、其地未レ堅人迹見ヌ矣。又云二山迹一、又云二山止（シ）一、皆止二住山ニ一故、云レ尓。

五　敷島（シキシマ）

日本ノ総名也。无二深義一歟。愚謂、和州有二磯城島（シキシマ）一、故名曰二――一ト也。字音借用也。

六　豊葦原

日本ノ総名也。又云二葦原一三穂（ミツホ）国也。或書ニ云、天神以レ矛（鉾）探（サクル）二海底一有レ物。碍二矛首ニ一、天神問曰、何物乎（カ）。海底有レ人、答曰、葦ノ根也。即答、人ハ地主権現日吉也。故曰二――一ト也。

七　扶桑国

日本総名也。朝暾（トン）必昇二於若木之梢一、故呼二日本一云二――一ト也。杜詩、至レ今有二遺恨一、不レ得レ窮二――一ヲ也。養老国トモ云也。

通覧しただけでも、日本の称号をめぐっていかに多様な言説が競合していたかがうかがえる。これも中世の注釈活動から媒介されたとみてよい。記紀神話にみるヲノゴロ島も、欄外注で薬師浄土と読みかえられる。ヲノゴロの音が陀羅尼のヲンコロコロを連想させるわけで、その略称とみなされる。「秋津島」も古い号だが、ここでは地形が蜻蛉の両翼を広げたかたちに見立てられている。中世に問題視される日本図などとの関連があろうか。欄外注では、秋と津にわけて説明する別の説があげられる。「山迹」では、日本紀がひかれるが、これは『釈日本紀』にもみられる有名な説である。豊葦原では、海底で葦の根をさぐり当てる。地主権現日吉山王が登場するから、天台系の説であろうか。最後の「扶桑」は中国に典拠があるが、さらに「養老国」の説までひかれる。伊達本では、続いて「又棄老国トモ云也」とみえる。これは、『今昔物語集』巻五第三二にみえる天竺の棄老国が養老国になる話題などと重なるのであろう。

以上、概要をたどることしか今はできないが、ここには日本という名の物語が縦横にくり広げられ、日本という称号を掘り下げるほど、逆に〈日本〉が見えなくなる。言い換えれば、〈日本〉が解体していかざるをえない。『本朝連要抄』『鶴林玉露』『支那西遷都記』などの典拠もひかれるが、始源指向は結局その探求自体を無効にさせてしまうほど、拡散し解体していく言述の構造になっている。

要するに、日本の称号など一元化できない、限りなく放散してしまう体のものだった。このことは、中世日本紀が試みた〈日本〉探求のある一面をきわめて端的に象徴しているように思われてならない。

日本紀としての未来記という面から『野馬台詩』を取り上げてみたが、究極は日本の称号という課題にいきつくわけで、注釈活動に媒介される〈中世日本紀〉たるゆえんもそこにあろう。

以上、中世の神話や日本紀について、諸芸にまつわる始源神話、中世日本紀としての『古事記』、日本紀としての未来記といった観点からあらあら述べてきた。個々の問題点は必ずしも充全に検証できなかったが、今はひとまず中世神話・中世日本紀がどういう問題の射程にあるか、どういう問題を喚起させるか、という観点からふれてみた。今後さらに読みを深めていきたいと考えている。

注

(1) 三谷邦明・小峯和明編『中世の知と学〈注釈〉を読む』(森話社、一九九七年)、石原千秋「注釈という読み方」(『日本近代文学』六一集、一九九九年)にみるように近代にまで及んでいる。前田雅之編『中世の学芸と古典注釈』(竹林舎、二〇一一年)、同『画期としての室町』(勉誠出版、二〇一八年)など、室町期が焦点になっている。
(2) 原克昭「良遍による神代紀註釈とその諸本—講述文献をめぐる基礎的考証」(『論叢アジアの文化と思想』七号、一九九八年)。
(3) 桜井好朗『祭儀と注釈』(吉川弘文館、一九九三年)。
(4) 小川豊生「変成する日本紀—始まりの言説を追って」(『説話文学研究』三〇号、一九九五年)。
(5) 小峯和明「ワシントン議会図書館の和古書資料」(『東奔西走』笠間書院、二〇一三年)。
(6) 中世における問題にもふれる例がある。一部引用しておく。

　一　離物ト云事　紺ノ鎧ニ紫ノ袖甲、端匂ノ鎧ニ萌黄ノ袖甲、花太ノ鎧ニ紅ノ袖甲、如レ此色ヲ易タルヲ離物ト云。此事正応ノ比、伊勢太神宮内宮ノ神蔵ヨリ不思議ニ感得スト云、世間人、知コト之稀也ト、林善相伝ノ本ニイヘリ。

ここでは、離物という鎧の色綾に関するいわれで、正応年間(一二八八〜九三)に伊勢内宮の蔵から感得したことにふれる。
(7) 小峯和明「善通寺蔵『印書躾事集』について」(『説話の言説』森話社、二〇〇二年)、小峯和明編『平家物語の転生と再生』(笠間書院、二〇〇三年)。
(8) 小峯和明『中世説話の世界を読む』(岩波書店セミナーブックス、一九九八年)。
(9) 片桐洋一「当座の聞書と聞書の当座性—「源氏物語千鳥抄」新攷」(『文学』一九八二年十一月)。
(10) 小峯和明「説話資料としての『職原抄』注釈—関東系を中心に」(『説話の言説』森話社、二〇〇二年)。
(11) 阿部泰郎「良遍『日本書紀』注釈の様相—学問の言談から物語としての〈日本紀〉へ」(『国語と国文学』一九九四年十一月)。
(12) 大林三千代「中世における蛭児説話の伝承」(『林学園短大紀要』九号、一九八〇年)、小峯「中世日本紀の物語世界—〈海〉の中世神話」(『史料としての『日本書紀』—津田左右吉を読みなおす』勉誠出版、二〇一一年)。
(13) 入間田宣夫『中世武士団の自己認識』(三弥井書店、一九九八年)。

(14) 菅政友「真福寺本古事記由来考」(『菅政友全集』一九〇七年)、安藤正次「真福寺本古事記中巻奥書の研究」(『史学雑誌』三三編一一号、一九二二年)、次田真幸「古事記研究史」(『国語と国文学』一九三四年四月)、神野志編「古事記日本書紀必携」(別冊国文学、一九九五年)。
(15) 小峯和明「文学の歴史と歴史の文学—中世日本紀研究から」(『日本歴史』六〇八号、一九九九年一月)。
(16) 小峯和明「中世説話と日本紀」(『解釈と鑑賞』一九九九年三月)。
(17) 小峯和明『説話の言説』(森話社、二〇〇一年)。
(18) 斎藤英喜「『先代旧事本紀』の言説と生成」(『古代文学』三七号、一九九七年)、津田博幸「聖徳太子と『先代旧事本紀』」(『祭儀と言説』森話社、一九九九年)。なお、この件に関して、シンポジウム後に斎藤氏から示教をえた。
(19) 小峯和明「神祇信仰と中世文学」(岩波講座『十三・十四世紀の文学』一九九五年)。
(20) 東野治之「野馬台讖の延暦九年注」(『大阪大学教養部研究集録』四二輯、一九九四年)。

＊ 真福寺善本叢刊『両部神道集』(伊藤聡編)・『中世日本紀集』(阿部泰郎編)は、本文はもとより解説も有益。『解釈と鑑賞』特集「日本紀の享受」(一九九九年三月)、同「神々の変貌」(一九九五年十二月)など。近年の注目される研究に、伊藤聡『中世天照大神信仰の研究』(法蔵館、二〇一一年)、同『神道とは何か—神と仏の中世史』(中公新書、二〇一二年)、同『神道の形成と中世神話』(吉川弘文館、二〇一六年)、原克昭『中世日本紀論考—註釈の思想史』(法蔵館、二〇一二年)、阿部泰郎『中世日本の宗教テクスト体系』(名古屋大学出版会、二〇一三年)、小川豊生『中世日本の神話・文字・身体』(森話社、二〇一四年)、神野志隆光『変奏される日本書紀』(東京大学出版会、二〇〇九年)、同『「日本」とは何か—国号の意味と歴史』(講談社現代新書、二〇〇五年)、斎藤英喜『アマテラスの深みへ—古代神話を読み直す』(新曜社、一九九六年)、同『読み替られた日本神話』(講談社現代新書、二〇〇六年)、同『異貌の古事記—あたらしい神話が生まれるとき』(青土社、二〇一四年)など。

四　〈聖徳太子未来記〉と聖徳太子伝研究

1　東アジアの予言書研究の機運

二〇〇七年一月に小著『中世日本の予言書―〈未来記〉を読む』（岩波新書）を上梓したが、その一ヵ月前に韓国でも、ペク・スンジョン『韓国の予言文化史』（青い歴史社）なる予言書研究が公刊されていた（二〇〇六年十二月）。期せずして刊行が重なったわけで、奇しき因縁を思わせる。二〇〇六年四月には、中国でも王永寛『河図洛書探秘』（河南人民出版社）が刊行され、中野達編『中国預言書伝本集成』（勉誠出版、二〇〇一年）なる中国の予言書集成もすでに出されていることともあわせ、東アジアの予言書への学的気運の高まりをあらためて感じさせられた。

また、従前の研究の見落としや小著上梓後に知り得た資料も少なからずあり、少しく追記しておきたい。

村山智順『朝鮮の占卜と預言』（国書刊行会、一九三三年）、石山福治『歴代厳禁秘密絵本　預言集解説』（第一書房、一九三五年）、ブルトマン著・中川秀恭訳『歴史と終末論』（岩波現代叢書、一九五九年）、マルシュ著・堀光男訳『未来』（新教出版社、一九七二年）、李連賦『推背図』（北京師範大学出版社、一九九二年）、東方居士『東方大預言―中華両千年預言詩』（朝華出版社、一九九三年）、日本民話の会他『世界の運命と予言の民話』（三弥井書店、二〇〇二年）、リーヴス著・大橋喜之訳『中世の預言とその影響　ヨアキム主義の研究』（八坂書房、二〇〇六年)。

あるいは、

日本未来学会『宗教の未来』(東京書籍、一九九四年)、陽錫興『漢字的隠秘世界』(上海辞書出版社、二〇〇三年)。なども響きあうものがあろう。これ以外にも、宋・覚範『石門文字禅』三十「鍾山道林真覚悟大師伝」の「五公符」がある。内外あわせてみていけば、まだまだ埋もれている資料や研究があるだろう。少なくとも、今後は東アジアからの視野が不可欠であることを痛感させられる。

また、日本の未来記は近代に西洋の未来書と出会うことであらたな生命を与えられる。近代に欧米型の意匠を装って再生したといってよい。

前著及び『野馬台詩の謎—歴史叙述としての未来記』(岩波書店、二〇〇三年)で検証した未来記の代表作『野馬台詩』が、明治近代には次のような川柳に迎えられていたことはきわめて象徴的であろう。

野馬台が欧文ならば蟹が這ひ　浮萍　(石井研堂『明治事物起源』「和英辞書の始」初版一九〇八年)

ヘボンの著名な『和英語林集成』刊行をもじっての句とおぼしく、吉備真備が長谷観音の霊験で下りてきた蜘蛛の糸を伝って解読できた『野馬台詩』が、英語などの横文字だったら、蜘蛛ではなく横歩きの蟹がはいまわって読んだことだろうという洒落である。そのような川柳によみこまれるほど、『野馬台詩』の逸話は浸透していたことを示す。

さらにはこれが在地にまでひろまっていた例に、享保八年(一七二三)の栃木の記録に、「吉備大臣遣唐使」として「野馬台詩五尺四尺ノ見台、文字ノ上ヲ蜘蛛歩ムからくり」があるという(郡司正勝『地芝居と民俗』岩崎美術社、一九七七年。本書Ⅱ・四)。享保六年は「源頼光四天王」、享保十年は「神功皇后三韓責」に並ぶもので、神田明神の祭礼図に『野馬台詩』を明記した山車などともあわせて興味深いものがある。

予言書はすでにキリスト教圏の預言書や黙示録などから未来学の範疇に加えられているが、日本や東アジアをもこれに加え、あわせてみていく必要があるだろう。予言書・未来記研究はほとんど全円的にひろがってゆかざるをえない。そのような学的環境や状況のなかで日本の未来記や予言書がはたした意義を、資料学としての基礎学をもとに今後も追究していきたいと思う。

2　聖徳太子伝研究の一環として

ここでは近年の聖徳太子伝研究の動向や未来記資料の拾遺をまじえ、簡略にふれておきたい。

近年、古代史の分野で聖徳太子の実在の是非をめぐって論争が起きた（「厩戸王子」と言い換えても結局は同じなのでここでは「聖徳太子」の一般呼称につく）。この種の論争は時を経てくり返されるもので、とりわけ聖徳太子は周期的に論争が巻き起こっているようだ。導火線をはたしたのは、大山誠一の一連の論考で、特に『〈聖徳太子〉の誕生』（吉川弘文館、一九九九年）に集約され、『聖徳太子と日本人』（風媒社、二〇〇一年）にもつながり、反論も抱き合わせて多数の寄稿を一堂に集めた論集『聖徳太子の実像と幻像』（大和書房、二〇〇二年）、最新の研究を盛り込んでさらに検証を深化させた、大山誠一編『聖徳太子の真実』（平凡社、二〇〇三年）も刊行され、問題群の見通しがずいぶんきくようになった。この論争は、ジャーナリズムも含めて一般レベルでは聖徳太子が実際にいたかどうかの実体論の論議に解消されるきらいがあり、問題を矮小化してしまいかねない危険が常につきまとう。その後、井上亘『偽りの日本古代史』（同成社、二〇一六年）、石井公成『聖徳太子　実像と伝説の間』（春秋社、二〇一六年）などが出て多面的になっている。

そもそも限られた資料しか残っていないわけで、厳密な資料批判を通して綿密に解析するしか方法がなく、その方法や手続き、判断におのずと研究主体の先入観や結論の先取り、思いこみ、想像力等々が介入することは避けられない。そういう主体性をまったく排除して純粋客観的な歴史像が記述できると思うこと自体すでに幻想であろう。その点で大山論は論の方位としては賛同できるが、文献資料と書く主体とを単一的に直結したり、残された資料相互を単純無媒介に直截につなげやすい面がみられる。人の書く文章にはそれまで蓄積された知識教養ばかりか、メディアの力が網の目のように張り巡らされていて、単純に個人的な感性や思惑、思惟と恣意だけには還元できない。研究主体の視点の差異といってしまえばそれまでだが、書くという行為の立ち現れ方にもっと留意したいと思う。

聖徳太子非在論はまさに近代の実証史学研究がたどりついた到達点のひとつであり、虚構に覆われた聖徳太子のベールを次々にはがしてきた結果にほかならない。しかし、文学研究の側からみると、聖徳太子の実在か非在かという問題自体がすでに問題とならないのであって、そのような実在の是非が問われるほど我々は聖徳太子を何故必要としているか、にこそ問題の焦点があると考える。たとえば、記紀にみる新羅侵攻におもむく神功皇后に関して実在説を唱える人は多くはないだろう。しかし、神功皇后神話は八幡信仰と相乗して後世の対外認識に決定的な影響力をもった。蒙古襲来に典型的な危機的対外状況に必ずといっていいほど呼び起こされる装置として機能する。まさに神話たるゆえんである。その際、神功皇后が実際にいたかどうかを議論してもはじまらない。古代史において聖徳太子の実在のいかんはおおいに問題かもしれないが、後の時代になると、もはや聖徳太子という名辞だけが対象化され、記号化した聖徳太子こそが問題になる。実像と幻像という二元論自体がそれほど意味をなさず、歴史叙述における史実と虚構の二元論そのものが批判され、相対化されつつあることとほぼ同義である。そのような二元論は、結局は史実と認定される事象のみ絶対視し、虚構とされる部分を排除する論理や立場を前提とする。人物の実像か幻像かの論議も同じである。実像だけを振り分けて幻像を唾棄すべきものとして排除し、放逐しようとする意図が前提にある。近代の実証史学はそのように立ち上がってきた。よくいわれる「荒唐無稽」という否定的な形容に象徴されるだろう。言い換えれば、「荒唐無稽」もまた人の想像力と創造力のなせるわざであり、それがもたらした作用や力学、影響力をも検証する必要があろう。問題はなぜそのような虚構が作られたのか、幻像が作られたのか、にあって、その意義をどうとらえるのかにある。そこまでいたれば、もはや史学も文学もないのではあるまいか。新川登亀男『聖徳太子の歴史学』（講談社選書メチエ、二〇〇七年）によって、双方の垣根が取り払われつつあるのをあらためて感ずる。

二〇〇七年十一月二十五日放映のテレビドラマでも、依然として旧来の聖徳太子像が描かれていて、今日の日本を見つめ直す方策に聖徳太子が常に必要とされる共同幻想的な心性がよく出ていた。聖徳太子を源像とする鍵は、憲法、位階、外交、宗教等々多面的であり、今の日本社会が当面する難題の多くに聖徳太子が始源的にかかわっていることが知られる。あるいは近年の聖徳太子非在論争もこのドラマ制作の起点にあるのかもしれない。吉村武彦『聖徳太子』（岩波新書、二〇〇二年）のように、従前の旧態然とした聖徳太子伝も通行しているわけであるから、聖徳太子非在論争には終わりがないかもしれない。

先にあげた新川著書は、近代に及ぶ聖徳太子像がいかに作られたか、日本の国家社会がいかにこれを必要としてきたか、をつぶさに体得できる興味深い成果であるが、「記憶と創造の一四〇〇年」というサブタイトルにしては、残念ながら近年進展している中世の太子伝研究の成果が充分生かされているとはいえない。もちろんまったく言及されていないわけではないが、極論すれば古代から近代に飛躍してしまう面が基調にあることは否定できないだろう。古代の裏返しとして近代が定位される。これはかつての記紀神話論にも類似する。古代神話学が、間の中世を飛ばして近代に直結された結果、皇国史観や神話歴史教育が確立する。つまり古代は近代の鏡像にほかならず、その反措定として、今日の中世神話論が打ち出されているわけで、聖徳太子論もこの様相に酷似する。

古代の聖徳太子に対して、中世の聖徳太子がいることを無視できず、中世から古代や近代を相対化していくべきであろう。

また、これも近年の動向として日本中世文学を中心に偽書論が活発になり、『日本古典偽書叢刊』(全三巻、現代思潮社)、『偽書の生成』(森話社、二〇〇三年)などでほぼ定位置ないし研究の市民権を獲得したとみなせる。宗教、政治、文芸など歴史上、著名な人物が書いたとされるテクストの多くが偽物であり、後世に捏造されたものであることが次第に明らかになってきた。かつては偽物だから価値がないとして、歴史からも文学からも放逐されてきたが、今や偽物、偽書だから価値がある、ということになりつつある。特定の人物に仮託し、なりかわり、乗りうつって、文章をつむぎだし、テクストをまとめあげることの意味、そしてそれが本物と信じられて圧倒的な影響力をもったことの意義がようやく正統的に扱われるようになったのである。聖徳太子はまさにその象徴ともいえるだろう。

『先代旧事本紀』や『説法明眼論』をはじめ聖徳太子著とされる偽書は数多い。非在論争で対象になる諸資料の大半もまた偽書にほかならない。偽書論のひろがりにこれらも引き出していけば、あらたな視界もひらけるだろう。〈聖徳太子未来記〉もその典型である。

さらに、中世の聖徳太子伝は膨大な蓄積があり、誰でも自由に読めるようにはまだ整備されていないが、近年、牧野和夫『聖徳太子伝記』(三弥井書店、一九九九年)の翻刻や慶応大学斯道文庫編『中世聖徳太子伝集成』全五巻(勉誠出版)の影印本が出て、ずいぶん見通しがきくようになりつつある。その多くは『聖徳太子伝暦』の注釈であるが、そこから作り出されたもの、あるいはそこに注ぎ込まれたものの総体が〈聖徳太子〉文化といってよい。古代から近代に一気に飛躍するのではなく、間の中世から古代や近代を相対化し、異化することがもとめられよう。〈聖徳太子未来記〉も、まさしく聖徳太子の「記憶と創造の一四〇〇年」の間にすっぽりと収まるのである。

いずれにしても、未来記・予言書研究において、〈聖徳太子未来記〉は最も重要な領域であり、聖徳太子伝研究と切り離せない。聖徳太子伝に未来記は入り込み、また同時に聖徳太子伝そのものが未来記と化す、入れ子式に相互にかさなりあう関係にあるといってよい。今後も聖徳太子伝そのものの探索と同時に、聖徳太子研究を注視していきたい。

3　〈聖徳太子未来記〉拾遺

〈聖徳太子未来記〉に関しては、すでにふれているが、そのつど新しく資料が出てきて、いまだにその全容がつかめていない状況にある。ここでは〈聖徳太子未来記〉論の助走として、近年出てきた資料を中心に摘記しておきたい。周囲の方々から教えて頂いたり、今まで見落としていたり、あらたに発見されたり、さまざまなケースで集まってきたものである。

①『寺門高僧記』六「聖徳太子御記曰、王城艮方一時有レ造ニ無間地獄一者云々」。

②『比良山古人霊託』「仏法を修行するの人は来世をも遙かに見るなり」。

③『壬生家古文書雑雑』「聖徳太子未来記」引用（『古事談』からか）。

④『碧山日録』寛正元年（一四六〇）八月九日条、同四年四月九日条。

⑤京都大学蔵『古今集註』序注。

⑥『大山寺縁起』御記文。

⑦駒沢大学本『興禅記』末尾に『聖徳太子日本国未来記』の写しあり。

①は応保二年（一一六二）三月の「智証大師門徒法師等解申請」にみる一節で、比叡山の宗徒に三井寺が焼き討ちされた事件をふまえ、都の東北すなわち叡山を無間地獄になぞらえ、聖徳太子の御記文すなわち未来記に託している。言説の権威化や正統化に〈聖徳太子未来記〉が欠かせなかった情勢をよくあらわしている。

②は太子伝にかかわる慶政の作で、〈聖徳太子未来記〉のことがそのまま出てくるわけではないが、来世をはるかに見通す人の起源に聖徳太子が意識されていることは明白であろう。

③は観応元年（一三五〇）十二月二十五日に書かれた「菅原某願文案」の紙背文書の書付けである。『古事談』にみる〈聖徳太子未来記〉の写しと思われるが、表の願文草稿が、「左武衛将軍為討僭上」「祖神之縁日」「当社毎年大般若之転読」などからみて、菅原某が北野天満宮での大般若経転読にあわせて戦勝祈願を行った際の願文草稿かと思われ、裏文書の「聖徳太子未来記」もその内容にかかわりがあるように想像される。

④は前者が「豊聡太子遺命曰、莫開西門、余再誕而啓之」、後者が「聖徳太子曰、我生於七生、於東大寺而可興仏教云」とある。前者は、太子が「西門を開けてはならぬ、私の後身が開けるであろう」と遺言、天王寺の智明が七歳の折り、この門を開けようとして泣きわめき、衆議の結果、これこそ太子の再誕であろうと開門したという。遺言もまた未来の予言の面をもち、未来記に縁が深い言説として重視される。後者は、太子の後身三聖をめぐるもので、聖武、聖宝、聖珍とされ、なお四身あり、大教を興す後世の人材を待つべしという。聖徳太子に託して仏法興隆を願う言説の一環としてあろう。

⑤は冷泉家流の中世古今注にみる例。和歌の起源論の一節で、天竺の陀羅尼から震旦の詩賦ができ、日本の和歌ができたという説に、「聖徳太子もいまだ見給はぬ末代記しをき給に、いはゆる未来記、是也。故に、天神の御代に、此詩賦の通ぜんずる事を、兼て知り給ひて、まづやはらげてよみをき給へる事にて、和歌とも申すにや侍らん」とみえる。了解不能の起源の由来を未来記によって解消しようとする中世特有の心性に根ざしている。

すでに前著でふれたように、この種の例は随所にみえる。

⑥は、摂津の有馬温泉の湯治の折り、弟子喝食が禅家の聖教を読んでいて書き付けたものという。「石棺蓋裏に一の御記文有り」として、以下を引用する。

吾已日域化縁尽、海底趣㆓蘭波羅刹㆒。太子又逝去、生㆓天寿国㆒、而大乗深ㇾ法。
遷化経㆓五百六十二年㆒、再来㆓日域㆒、遂興法利生本懐。

まさに〈聖徳太子未来記〉にほかならず、栄西が後鳥羽院時代に建仁寺を建立、達磨の再誕とされ、禅宗が隆盛を迎えることに符合すると解されている。歌学書の『野守鏡』で建仁寺建立が亡国のはじまりで、それが〈聖徳太子未来記〉で予言されていた、という説の裏返しの関係になる。

⑦は未確認だが、慶安元年に刊行されたものをさすとみてよい。

以上、脈絡のないまま断片的にあげてみたが、ことほど多様に時代を超えて〈聖徳太子未来記〉は生き続けてきている。その総体をとらえるべく、今後も読みを深めていきたい。

＊　資料に関して、金文京、小川剛生、李銘敬、高陽、前田雅之、宮腰直人、西山美香の各氏から示教を得た。

五　〈聖徳太子未来記〉とは何か

1　未来記と聖徳太子

中世にきわだってあらわれるテクストに未来記の一群がある。未来記とは、文字通り未来を予知し、予言する書。混沌たる現実をみすえ、あらたな展望をきりひらくために未来を透視しようとする人間の根源的な欲求に根ざしている。これら予言書はノストラダムスの大予言をはじめ、洋の東西を問わず枚挙にいとまがない。

未来記という予言書が中世に集中するところに、この時代のもつ意味が浮き彫りにされる。中世は未来記の時代でもあった。未来記は歴史認識と宗教信仰の深まり、もしくは混迷の所産にほかならない。中世の人々は〈顕〉と〈冥〉の二元世界に生きており、神仏の〈冥〉の声を聞く力が問われていた。神仏の託宣が生活の上でも重要な意味をもつように、みえない〈冥〉からの交信が必須であった。未来記はそうした託宣と同じ意義をもつ。だから未来記の作り手は多く神仏の化身とされる。神仏による未来の予見にささえられ、この不透明な今を生きぬこうとした。内容はおおむね絶望的な終末観を説くか、明るい未来を予祝するかに大別されるが、過去から現在を透視する型も一方で少なくない。過去にさかのぼって未来を予見するかたちで、この今現在を説明する構造である。標的は未来というより、あくまで現在や現実の意味づけ、ひいては正当化にあった。

中世の未来記は『野馬台詩』をはじめ数多いが、なかでもよく知られるのが〈聖徳太子未来記〉である。聖徳太子ははやくから神話化され、時代ごとにおびただしい伝記を生み出してきた。すでに『日本書紀』推古元年に「未然を知る」とみえ、中国の恵思禅師の後身という伝説がひろまっていた。中世はまた実に多くの聖徳太子伝を生み出した時代でもあった。寺社勢力の仏法と王の権力の王法がきしみあう状況に、その融和が理想化され、王・仏二法を体現した人物として聖徳太子が神話化される。必然的に予言者の相貌をおび、観音の化身ともされる。〈未来記〉の作者として最もふさわしい人物だった。

ひとくちに〈聖徳太子未来記〉といっても、実にさまざまな種類があり、いちようではない。時代ごとにその様相が変わる、流動するテクストとしてある。また、その出現の在り方もさまざまだった。

2　未来記のはじまり

聖徳太子伝のなかでも比較的早い十世紀の『聖徳太子伝暦』に、すでに聖徳太子がさまざまに未来を予言する言説がみられる。しかもその予言が後の歴史展開と年時がずれており、年代をずらしていくとおよそ合致することも指摘される（たとえば、推古十二年〈六〇四〉条、三〇〇年後に天皇が遷都するという予言は、桓武の平安遷都をさすが、一一〇年の時差があるごとく）。

あるいは、寛弘四年（一〇〇七）八月に天王寺の金堂六重塔から出現したという『荒陵寺御手印縁起』（以下『御手印縁起』と略す。また『四天王寺縁起』ともいう）もまた、死後、王后、僧尼、貴賤を問わず仏法興隆をはかる者がいれば、自分の後身であろうことを太子が予言する。同時に物部守屋が仏敵怨霊として影のように太子につきまとうことも指摘される。仏法と王法が互いに支えあうべきことを説いた早い例としても注目されるが、太子後身に藤原道長がイメージされていたことは、この『御手印縁起』をひく『栄花物語』七にうかがえる。*げん*

に『栄花物語』や『大鏡』で、道長は太子後身とされる。

『聖徳太子伝暦』の予言は多く遷都にまつわるものだが、『御手印縁起』になると寺領拡張などをめぐり、イデオロギーの色彩が濃くなっている。中世につらなる未来記のさきがけとして注目される。後に後醍醐がこの『御手印縁起』をみて感激し、みずから書写したこともよく知られる。〈未来記〉なる語はまだみえないが、いずれもひろく〈聖徳太子未来記〉としてあつかってよいだろう。平安期には中世の未来記につらなるきざしがすでにめばえていた。

『御手印縁起』が六重塔内から出現したように、以後の〈聖徳太子未来記〉はどこかから不意に出現する型が多い。鎌倉期の『古事談』五に、天喜二年（一〇五四）九月二十日、聖徳太子廟の近辺で石塔を立てるため、地を掘っていたところ、地中から箱型の石が出現、長一尺五寸、広五寸、身と蓋で上下二箇に針のごとき銘文が刻してあった。聖徳太子の墓誌にほかならず、「私は中国の衡山から出て日本に渡り、守屋を降伏し、仏法の威徳をあらわし」云々の生涯の回顧に続き、「河内の磯長里に勝地を墓所と定めた。没後、千四百三十余年にこの記文が出現し、その時、国王大臣が寺塔を建て、仏法を願いもとめるだろう」とあった、という。特に末尾の「吾入滅以後」の文章は、聖徳太子の未来の予言であった。天王寺別当の桓舜僧都が藤原頼通の命により検分後、かの地に私堂を建てようとしたが夢に堂を建ててはいけないと言われた、という夢想譚がつく。天喜二年は、太子没年の推古二十九年から四二六年後であった。

同じ話は、『太子伝古今目録抄』『上宮太子拾遺記』などにみえる。ところが、後者では、この碑文発掘の事件が法隆寺僧の忠禅によるでっちあげであることが暴露される。記文発掘の年時が一〇〇〇年をひいてほぼ予言にかさなるなど、話がうまくできすぎており、どうやら河内の太子廟の領地拡張をはかった陰謀であったようだが、土中から発掘されるのがこれら〈聖徳太子未来記〉発見のひとつのパターンになってゆく。

3　中世の未来記

中世に下り、記録で確認できるのは、藤原定家の『明月記』安貞元年（一二二七）四月十二日の条。春頃から太子の碑文出土の噂があり、はじめて実見した、と定家はいう。太子廟近辺を掘るたびに記文が出土したらしい。瑪瑙石に刻まれていた概要は、

人王八十六代の時、東夷が来て泥王国を取ること七年、丁亥歳、四月二十三日、西戎が来て国を従え、世間は豊饒となるだろう。賢王の治世は三十年に及ぶが、その後、空から弥猴・狗が来て、人類を喰うだろう。

というもの。最後は不気味な終末の予兆にみちている。承久の乱後の世相の動向と無縁ではありえない。文章は暗愚の雑人の手になり、文字は古文の体あり、と定家は書き記している。すでにこの種の碑文はいくつもあったようで、天王寺の聖霊堂に安置されたという。

六年後の天福元年（一二三三）十一月二十二日、天王寺にまたあらたな記文が出現したことが同じ『明月記』に記される。多くは天王寺や太子廟にまつわるもので、寺院の経営や財政危機と未来記出現が密接に結びついていたことが想像できる。危機的状況のまさしく救世主として、聖徳太子とその未来記はつねに呼び覚まされる。変幻自在で不可思議、かつは便利なテクストであった。何かことがあると、太子の未来記は地底から、もしくは冥界から呼び起こされ、発掘されなくてはならなかった。そしてそれが仮に当事者による偽作やでっちあげであろうと、未来記の出現は〈冥〉からの託宣として人々に衝撃を与え続けた、それが中世という時代であった、といえよう。

慈円の『愚管抄』七には、入道親王が叡山に多い件に関して、世の滅法に聖徳太子の書きおいたのも、「ヒシ

ト、カナイテミユレ」という。歴史を深く洞察した慈円にも、〈聖徳太子未来記〉が重い意味をもっていた。『愚管抄』自体、未来記をめざして書かれたとみるべきであろう。天台宗の口伝法門を大成した『渓嵐拾葉集』一〇七には、「聖徳太子我山未来記事」があり、比叡山に関する未来記もあった。慈円のいう〈未来記〉はこれに重なるのだろうか。

南北朝に下って、観応二年（一三五一）に没した吉田隆長の『吉口伝』（『夕郎故実』とも）がある。兄定房の日記や問答、往復文書を抄録したもので、未来記をめぐる注目すべき記述がある。

ひとつは、元弘二年（一三三二）、後醍醐が討幕に失敗し六波羅に幽閉、三月に定房が藤原家倫に出させた勘文にみえる。家倫は〈聖徳太子未来記〉五〇巻を所持、行基と日蔵の注釈があり、前者は簡略で後者は詳しいという。「太子未来記帝世事、出第十九巻世間事」に、帝王九十五代に仏法王法が繁昌するが、七〇〇日しか続かない。それは日月の光陰にたとえられる記事があるというもの。同じ四月の家倫の勘文でも、七〇〇日の意味について詳述する。

ついで南都招提寺本、東大寺宝蔵の朱塗箱中の鏡裏の銘文、陸関太子記の三種が紹介される。唐招提寺本は家倫本の内容に同じ。東大寺宝蔵の鏡銘文は、九十六代に東夷との戦いに敗れ、七三〇日後に東夷に代わって即位、国土安穏、天下太平となるという。天智の自筆とされる。「陸関太子記」は、九十六代に天下兵乱起こり、東魚来て静め、後に西魚が東魚を食うという内容だった。複数の〈聖徳太子未来記〉がここに結集される。しかも家倫本は五〇巻にもふくれあがっていたらしい。

これらの〈未来記〉が定房に与えた影響は甚大なものがあり、後醍醐が勢力を盛り返す予言として認知し、隠岐に配流された後醍醐の帰還を要請するようになる。

『吉口伝』にみる〈聖徳太子未来記〉の意義はおおきい。それまで太子廟や天王寺などにとどまっていた未来記が、権力闘争の中枢の動向を左右するものにまで押しあげられてきた。『明月記』の碑文は承久の乱がかかわり、すでに亡国の色調がみられたが、南北朝の内乱にいたって、〈聖徳太子未来記〉もまたおおきく浮上するといってよい。また、I・三でもふれたように、『吉口伝』で〈聖徳太子未来記〉を提示していた吉田定房は、『古事記』の写本も入手していたようで（真福寺本・本奥書）、日本紀と未来記の関連をみる上でも示唆深い。

『明月記』の碑文と『吉口伝』にみる「陸関太子記」をあわせると、まさに有名な『太平記』六の楠木正成が四天王寺でみたという「未来記」につながる。

　人王九十五代、天下一乱し、東魚来たり四海を呑み、日は西天に没し、三百七十余日に西鳥来て東魚を食う。三年して彌猴のごとき者が天下をかすめ取り、三十余年に大凶変じて一元に帰す。

一連の鎌倉幕府滅亡、後醍醐の隠岐配流と帰還、足利尊氏謀叛、南北朝合一の歴史の予言としてあった。南北朝の内乱のゆくたてが手にとるようにわかるしくみで、正成は未来記の解読者の位置を与えられていた。未来記が人の生き方を律する規範にまでなり、人はその未来記の筋書き通り、運命に翻弄され、歴史の渦に消えてゆく。

『看聞日記』嘉吉三年（一四四三）四月十九日条にも、天王寺参詣の折り、「太子未来記」に四天王寺が炎上した時、太子が木像を造るように記しおいた、その木像が宝蔵から出てきた、とみえる。木像を再建する正当化として未来記が位置づけられている。

『大乗院寺社雑事記』応仁元年（一四六七）五月十七日条には、「天王寺馬脳記碑文」の未来記がひかれる。これも天王寺にあった碑文で、応仁の乱にまつわる予言の意味をもつ。「本朝代終、百王尽レ威、両王諍レ位、二臣論レ世、兵乱不レ窮」云々という四字句の構成で（『体源鈔』十二・上にも引用）、特に禅宗批判が色濃い。五山への対抗意識が強い天台宗あたりの作かともいわれる。さらに「百王尽レ威」云々のいわゆる百王思想がみえる。これは未来記としておおきな影響力をもった『野馬台詩』の「百王流畢竭」によるもので、天皇百代で日本が終焉するという終末観である。足利義満の時代が該当するが、その後も意味をもち続けたようだ。

4 もうひとつの歴史叙述として

歴史の変わり目ごとに、〈聖徳太子未来記〉は、ある必然をもって世に出現する。それは、『平家物語』八・山門御幸に「聖徳太子の未来記にも、今日の事こそゆかしけれ」とあるように、眼の前の王不在という異常事態を未来記によって解釈し、意味づけようとする指向に通ずる。歴史のゆくえや現実の意味を未来記に託すありかたにほかならない。

数々の聖徳太子伝が中世に作られるが、特に絵解きに供される太子伝があったことも見のがせない。その代表に『正法輪蔵』があり、「聖徳太子未来記云」として本文が引用もされる。絵解きを通して、未来記は一般にも広まっていった。

また『聖徳太子日本国未来記』があり、成立は未詳だが、中世後期にさかのぼりうる（慶安元年版が流布）。これに対処して、慶安二年版『聖徳太子日本国未来記破誤』なるものも出ている。あるいは『上宮太子未然本紀』なるテクストもあり（多和文庫蔵他）、太子伝の注釈書として注目される。未来記は古代・中世をつらぬき、近世や明治期にまで及ぶ。

聖徳太子は、王・仏二法の融和を体現、止揚しうる人物であり、日本の仏陀、救世観音の化身としてあった。王法・仏法の相剋と混迷の克服をめざした中世に太子伝が増殖し続けたのもそのためである。未来記もそういう動向に密接する。聖徳太子の未来記はほとんど未来を掌にした託宣として意義をもち続けた。言い換えれば、中世の人々は歴史をそのように理解し、認識していたのである。中世は歴史物語や軍記も含め、歴史叙述がさまざまに花開いた時代だが、未来記とは、いわばもうひとつの中世の歴史叙述であった。

参考文献

和田英松「聖徳太子未来記の研究」(『史学雑誌』一九二一年三月)。
赤松俊秀『鎌倉仏教の研究』(平楽寺書店、一九五七年)。
黒田俊雄『日本中世の国家と宗教』(岩波書店、一九七五年)。
野口博久「『古事談』第三五九話の背景」(『説話』八号、一九八八年)。
阿部泰郎「中世聖徳太子伝『正法輪蔵』の構造」(『絵解き』三弥井書店、一九八九年)。
出雲路修「未来記の方法」(『説話論集』五集、清文堂出版、一九九六年)。

補記　『先代旧事本紀大成経』に関して、二〇〇一年十二月の調査の折り見出したワシントン議会図書館蔵・朝河貫一収集『大成経破文答釈ノ釈答』(伊勢龍尚舎著)写本に以下の記述あり。

下ニ云如ク未来記ニ寄テ遁ントノ義歟。草薙ノ剣ヲ盗ム年代相違ニ於テ遁ンヤウ無レバ、未来記也ト云。世間ニ太子未来記ト云一冊アリ。怪誕妖妄、又天王寺未来記ニ出セルハ、尚ヲ未審カシ。惣テ未来記讖文ナド云ハ隠語ニシテ、其事ヲ□カニ不言。天喜二年九月二十日、太子ノ御廟ノ辺ヨリ石凾ヲ掘出ス。其内ニ記文アリ。未来ノ事アレドモ事迹ニ預ラズ。然ニ草薙ノ剣ヲ盗ム事ヲ慥ニ記スルヲ未来記ト遁ンハ、甚ダ未来記ノ理ニ闇キ故也。

〈聖徳太子未来記〉をめぐる近世末の位相がうかがえて興味深い。『大成経』をめぐっては『難文』『破文』『答釈』『答釈ノ釈答』『要略』等々、様々な論難、論争があり、未来記の位置づけに関しても今後の課題となるであろう。

また、温頼堂本『未然伝注』『未然本経注』もあり、詳細な検討も今後にゆだねられる(目黒将史氏の示教)。

Ⅱ　『野馬台詩』をめぐる

一 未来記の射程

1 未来記研究の現在と未来

人は生きる限り、見えない未来に思いを託し、過ぎてしまった過去をふりかえり、現在を生き続けるしかない。まだ来ぬ未来へのあこがれや恐れ、不安と期待の交差する思いを今、ここに、刻みつけて生きる。未来を見るために過去をとらえ直し、現在の意味をたぐり、未来への糧とする。未来への予言がいつの時代社会においても求められるのもそのためだろう。予言はより確実なものをめざして、記述されるようになる。予言を未来に託すために文字化されたテクスト、それが未来記である。

未来記の範疇で欠くべからざる条件とは、文書や書物であることだ。未来記とは、未来の予言に関する文字資料の総称であり、おのずと口頭の予言、託宣、童謡などと対比される。童謡も実際にうたわれていたかどうか不明で、最初から文字化され作為されていたものもあるだろう。とすれば、これも未来記の範疇に加えてよいことになる。今はできるだけ広くとらえていくべきで、それら種々の文字テクスト群をここでは〈未来記〉と呼ぶことにしたい。未来の予言に託した歴史叙述や現実の解釈、意味づけに関する言説の総体である。事件や出来事の由来や由縁を、過去から未来に向けた予言として解釈し記述しなおすものにほかならない。

要するに、未来記はことが起きてから、事後に書かれるものである。事件が起きてからその由来や由縁を説明するために未来の予見に措定して記述し直すにすぎない。事後に、時間を反転させて未来を予知するかたちでとらえ返す叙述である。一九九五年の阪神淡路大震災の折り、あとになってから大地震の予兆がいろいろあったと取りざたされた例と同工である。

見えない未来を方向づけ、未来から現実や過去が逆照射され、意味づけ直される。とりわけ〈聖徳太子未来記〉に著しいが、未来記がしばしば発掘や発見の儀礼をともなうのも、発見によって過去と現在の時空のへだたりを一気に埋め、回復するためである。文字は時間を超克する恰好の媒体であり、モノのもつ存在感や失われた声の呪性を文字によって補塡し補完しようとする試みとみてもよい。

近代の実証史学はこうした未来記をことごとく無視し排除し続けてきた。あやしげな、まがいものの言説として、埒外に駆逐してきた。その結果、教科書や歴史講座に凝縮されるごとき一元的で直線的な歴史観しか近代のわれわれは持てなくなってしまった。しかし、前近代にはさまざまな歴史叙述があった。多様で多彩な歴史の記述のありようを回復させなくてはならない。それによってわれわれの豊かな歴史観を再構築する必要があろう。

和田英松「聖徳太子未来記の研究」（『史学雑誌』一九二一年三月）は、未来記の先駆的研究として希有な例であり、その意義はすでに一世紀近く経過している今日においても薄れることはないだろう。未来記研究の出発を告げる記念碑といってよい。和田の研究の時代には、明治期にはやった近代の未来記の一群があった。未来記といえば中世の専属ジャンルのようにみなされがちだが、近世にも近代にもある。ほとんど通時代的に作られ続けたとみて過言ではない。

近代の未来記としてたとえば、以下のような例があげられる。

近藤真琴『新未来記』（一八七八年）、小柳津親雄『二十三年未来記』（東北新報社、一八八一年）、末広鉄腸『二十三年未来記』（古今堂、一八八三年）、服部誠一『二十三年国会未来記』（一八八六年）

以上は、栗田香子「未来記の時代」(『文学』一九九八年秋)にすでに指摘される。ジオスコリデスの『紀元二〇六五年』をもとにする翻訳政治小説の世界に著しい。二十世紀を意識したユートピア幻想の一環としてあった。坪内逍遙にも、

『内地雑居未来の夢』(一八八六年)、「未来記に類する小説」(読売新聞、一八八七年六月)

があり、後にこの路線を批判するようになることが知られている。これ以外にも、

蔭山広忠訳『世界未来記』(春陽堂、一八八七年)、五藤了道『釈迦未来記』(能仁社、一八九七年)、小林宜園『大正未来記』(運命大学院、一九二五年、大日本霊法会出版部、一九二六年)

などがあり、未来記は二十世紀にまで及ぶのである。

これに創作も加えると、全貌をつかむのは容易ではない。たとえば、細川涼一「山田風太郎覚え書き―室町ものを中心に―」(『福神』八号、二〇〇二年)に検証される、山田風太郎『室町の大予言』(『室町少年倶楽部』所収、文春文庫)がある。ここには、「本能寺未来記」なるものが出てくる。嘉吉の乱における足利義教と赤松満佑の関係がそのまま織田信長と明智光秀におきかえられる。つまり嘉吉の乱は本能寺の変を予言した事件だったという見取り図である。創作を介して「本能寺未来記」という未来記が出現する。

近代の創作だからといって一方的に未来記考証からはずしてしまってよいだろうか。未来記とは、時代を問わず常にそのように偽作されてきたはずで、近代だけ分断する理由はないはずだ。それがどの時点でどのような意義をもったかに尽きるだろう。

将来的には、未来記の文学史なり文化史が必要になり、通時代の未来記への射程がもとめられるはずである。国文学研究資料館の『国書総目録』データベース検索によれば、「未来記」は四〇件出てくる。おもな書名のみひろっておくと、

開巻未来記、浮気の未来記、好色未来記、読而未来記、義保未来記、甲賀忍之伝未来記、兵法未来記、人間未来記、未来記一鎚、八卦未来記、俳諧未来記

等々。大半は近世の未来記で、なかには書名のもじりだけのものもあるが、兵法や忍法、占相、俳諧など多種多様である。『俳諧未来記』は歌書の『未来記』を意識したものだろう。書名に「未来記」とありさえすれば、何でも「未来記」として括ってしまってよいかという問題も一方にある。未来記研究はまだほんのとば口にいたったにすぎないことを思い知る。未来記研究の未来は暗くはないだろう。

2　未来記研究の問題群

まずは未来記研究の問題群のいくつかをひろっておこう。ここで集約される問題点は、六点ほどあげられる。第一に未来記のテクスト研究の焦点としては、『野馬台詩』と〈聖徳太子未来記〉とにしぼられること、第二にテクスト本文の注解が不可欠なこと、第三に歴史叙述（日本紀といってもよい）としての視界がもとめられること、第四に中世を主とする注釈書としての位相が問われること、第五に偽書や雑書の観点から追究すべきこと、第六に未来記型の物語形成の面も視野にいれるべきこと、等々である。

第一の双璧のテクスト間の関係については、すでに「中世の未来記と注釈」論（本書Ⅰ・2）で取り上げているので省略する。第二は、具体的には『日本古典偽書叢刊』の企画にもとづいて、『野馬台詩』注釈（本文注と欄外注）と〈聖徳太子未来記〉注釈が予定されている（出版社の都合で未刊に終わった）。埋もれたテクスト群の発掘や個々の解読、注解を進め、未来記資料の全容解明をめざしたい。

第三は、未来記研究の焦点がここにあり、いわば「もうひとつの歴史叙述」として未来記をとらえなおし、あ

るいは〈日本紀〉の観点からも見直し、歴史認識のありかを根源から問いかけたい。これには、未来に仮託された歴史解釈にもとづき、従来の近代的な実証史学の相対化をめざし、日本とは何かの問いにまで掘り下げていくべきであろう。皇統交替論をはじめ、百王思想に象徴される終末論など思想史的、社会史的意義の解明がもとめられよう。(1)

第四は、中世の注釈書としての研究で、注釈による歴史解読、故事による歴史提示が焦点になる。注釈説話の位相を問い、本文注と欄外注の交錯など錯綜する注釈の解明が課題になる。日本紀注・古今注・職原抄注などとの関連がことに着目される。これは説話研究からの解明と言い換えてもよいだろう。

第五は、近年注目されている偽書や雑書からの問題提起で、未来記の担い手は神格化された著名な人物に比定される例が圧倒的に多い。捏造される作者像の問題があり、被仮託者・作り手・注釈者・読み手・受け手の相関が問われる。〈偽〉〈虚〉と〈真〉の位相が中世の表現空間であらたに意味づけなおされるであろう。雑書の観点からも、諸学芸の勃興とあわせてみていくことになろう。(2)

最後の第六、未来記型物語の形成は、現在から過去の始源を指向する本地物と対照的に、現在から未来を予言するかたちで収束させる未来指向のもので、『天狗の内裏』『牛若兵法未来記』『酒呑童子若壮』などのお伽草子や幸若舞曲、説経節など語り物に典型化される。(3)未来記型もしくは予言型の話型といってよく、夢想譚などとも深くかかわるだろう。

先に未来記の問題は通時代に及ぶことを指摘したが、同時に全世界にもひろがる。たとえば、中国の讖緯書や西洋予言書との対比が恰好の対象になるだろう。中国の経書に対する緯書はそもそも予言書が多く、讖緯書という名の未来記とみることができる。『野馬台詩』はその一例にほかならない。『推背図』『三世相』などもよく知られる。中世フランスの『諸世紀』いわゆるノストラダムスの大予言などは、四行詩の形式であり、形態からも時代からも『野馬台詩』と対比的にみることができる。あるいは、朝鮮王朝の『鄭鑑録』なども予言書として流行した、一種の未来記である。[4] 東アジアや欧米との比較研究も視野にいれておきたいところだ。

安居香山『緯書と中国の神秘思想』（平河出版社、一九八八年）、ブランダムール『ノストラダムス予言集』（岩波書店、一九九九年）、平勢隆郎『中国古代の予言書』（講談社現代新書、二〇〇〇年）、『世紀末と末法』（形の文化誌7、工作舎、二〇〇〇年）、『黙示録と幻想・終末の心象風景』（町田市立版画美術館図録、二〇〇〇年）、ジョルジュ・ミノワ『未来の歴史—古代の預言から未来研究まで—』（筑摩書房、二〇〇〇年）。

などが参考になろう。とりわけジョルジュ・ミノワの大著は、紀元二〇〇〇年（ミレニアム）を意識して刊行された記念すべき西洋中心の予言及び予言書をめぐる雄編である。

3　未来記生成の環境、未来記症候群

未来記の生成をどうとらえるか。ここでは視点をややずらして周縁からみつめてみたい。中世には未来記のひろがりに応じて、その名はほとんど記号化しており、「未来記症候群」（シンドローム）といってよい現象が招来されていた。すでにふれた例ばかりだが、以下にみておこう。

まず重源の東大寺再建にまつわる、弟子空諦の室生寺舎利の盗掘事件をめぐって、『玉葉』建久二年（一一九一）六月二十日条にいう、

法皇深以御信仰、証賢僧正読二経幷未来記一。（略）法皇令レ入二未来記一給。

同じく同年七月三日条にも、

静賢法印来、（略）尋二室生舎利之間事一、（略）法皇一向御信伏云々。即令レ入二未来記一給。

とある。空諦が後白河院に舎利を献上、院がすっかり信服してしまうのを「未来記に入らせ給ふ」と形容する。醍醐寺の証賢（勝賢）の読んだ「未来記」が何かは明らかではないが、舎利にまつわることから〈聖徳太子未来記〉のひとつであろうか。ここではテクストの「未来記」とも相乗しあって、院の心的状態をも「未来記に入る」と表現していることに着目したい。いわば、未来記状態になってしまったことを指しており、筆録者の兼実の意識としては明らかにこれを批判的にみていると思われるから、この「未来記に入る」があまりいい意味で使われているとは考えにくい。いんちきくさいものなのにすっかり信じ切ってしまっている、あやしげな未来記の予言をそのまま信じてしまう状態をさすのであろう。

兼実の弟慈円の『愚管抄』六にいう、

サテコノ後ノヤウヲミルニ、世ノナリマカランズルサマ、コノ二十年ヨリ以来、コトシ承久マデノ世ノ政、人ノ心バヘノムクイユカンズル程ノ事ノアヤウサ、申カギリナシ。コマカニハ未来記ナレバ、申アテタランモ誠シカラズ。タダ八幡大菩薩ノ照見ニアラハレマカランズラン。ソノヤウヲ又カキツケツツ、心アラン人ハシルシクハヘラルベキ也。

という「未来記」の規定の仕方とも呼応するものがあろう。慈円は「未来記」だから当たっていたとしても、にわかには信じがたいといっているのである。これは『愚管抄』そのものへの謙辞でもあり、いいかえれば『愚管抄』がたぶんに未来記を意識していて、『愚管抄』そのものが未来記にほかならないことの宣言としてもあるのではないだろうか。

あるいは、神道系の『類聚神祇根源』禁誡篇には、

或人難じて云はく、「人皇三十代欽明天皇の御宇に及び、百済国始めて仏像経論を献ぜる歟。然らば、夫より以往に仏法を忌む神宮の記とは如何。頗る未来記と謂ひつべき哉」と。

答へて云はく、「（略）神宮の記は、雄略天皇の御宇の神宣也。縦ひ未来記たりと雖も、先蹤無きに非ず。和漢に例多し。（略）」。

の一節があり、仏法伝来より先に仏法を忌む伊勢神宮の記述という矛盾を「未来記」ではないかと揶揄している。未来記がやはりにわかに信じがたいあやしげな言辞であることが一般化しているからこそ、こういう言説が出てくるのであろう。逆にみれば、それほどにも未来記の名辞は浸透していたことにもなる。

中世古今注のひとつ『玉伝深秘巻』にも、

「小野小町は大師御入定の時は四歳なり。ここに大師御作の玉造といふ文は、小町が衰退の事と見えたり。この義いかん」。

答へていはく、「これは大師御作の書の中には現在記・未来記とてあり。今、この玉造は未来記の中に入れり。しかれば、小町が末のことを勘じたまふ」と云々。

とあり、弘法大師の著述とされる『玉造小町壮衰書』にまだ幼いはずの小町の零落があることへの矛盾が指摘され、それは大師の未来記なのだと切り返す。これも矛盾を回避し、止揚する弁解じみた言い方であり、未来記はそのように遇されていたことをよく示している。長享元年（一四八七）の『百人一首古注』小野小町に「弘法大師未来記といふ物あり。小野小町の事なるべし」とあるのも関連していよう。

未来記はあてにならない、いい加減なものの代名詞として、あるいは対立、矛盾の止揚としてあったことになる。それだけ中世の人たちは未来記にとらわれていたわけで、これらを称して、「未来記症候群」と名づけておきたい。

この傾向は上流のレベルだけではなく、一般の次元にもあったであろうことは、『玉葉』や『明月記』などからうかがえる。『玉葉』文治二年（一一八六）四月三十日条に、

在二南都辺一之青女房、有二神託事一。多演二説未来事一。粗有二符合之証一。

とあり、南都近辺の青女房が神懸りし、未来のことを予言、いくつか当たったという。これは口頭の予言で、未来記そのものではないが、未来記生成の環境、すなわち未来記シンドロームとしておおいにかかわりのある事象の一端を示すといえよう。あるいは、これも指摘ずみの例だが、『明月記』天福元年（一二三三）六月二十五日条には、

中将家定朝臣宅、有下売二扇紙一下女上。常事也。其絵七月二十二日天下可二滅亡一、面白き之由書二文字厳草木一。其紙賜レ人、覚悟顕然之由、下女称之云々。件紙、進二上院御所一了云々。

などとある。扇紙売りの下女が下絵に天下滅亡の予言を巌や草木に書いたという。これは葦手絵に相当するもので、判じ物に類する一種の未来記とみなすことができる。同じ年の五ヵ月後の十一月二十二日には、天王寺で「新記文」が披露されたという。あらたな〈聖徳太子未来記〉にほかならない。しかし、二日後には、「記文」ではなく、北白河院の夢想だったと訂正される。うわさがうわさを呼んで、増幅される過程をしのばせる。これもまた未来記シンドローム現象の典型例である。天福元年のもつ意味については後鳥羽院の怨霊とのかかわりですでに検討したので、ここでは省略する。(5)

4　日蓮の未来記

次に視点を変えて蒙古襲来をめぐる未来記言説をみておこう。『八幡愚童訓』や『蒙古襲来絵詞』、宴曲をはじめ、蒙古襲来の文学表象をめぐって、すでに多くの研究がつみかさねられているが、(6)ここでは従来まとまって検証されていない未来記に着目したい。蒙古襲来に際して神々の託宣が頻出する。神々の信仰の基本は託宣の予言

力にあり、天野社の丹生明神の託宣が蒙古襲来時点を事前に言い当てていたごとく、他の神仏との差異化がはかられ、ぬきんでた威力を誇示しようとしていた（正応六年〈一二九三〉三月、太政官牒引用の金剛峯寺衆徒申状、『鎌倉遺文』一八一三四号）。託宣の効力が問われるから、予言は証拠として記述され、予言の寓意をわかりやすく説き示す必要があり、予言を文字化し注釈化した未来記が流通する。蒙古襲来という未曾有の事態において、未来の予言を確約する未来記への期待が高まったことは疑いなく、託宣の位相に未来記は深くかかわっていた。

蒙古襲来に直接する未来記言説として見のがせないのが日蓮の遺文群である。(7) とりわけ日蓮は蒙古襲来を直接予言したことで知られる。もともと『法華経』は釈迦が弟子の目連らの未来成仏を予言する授記をはじめ、未来記的な特性をもっており、日蓮自身、経典を未来記言説としてとらえる指向が強かった。『顕仏未来記』の著述はもとより、未来記の言及が目につく（『平成新修日蓮聖人遺文集』）。

此の釈は偏に妙楽大師権者為るの間、遠く日本国の当代を鑑みて、記し置く所の未来記なり。（『守護国家論』）

余、選択集を見るに敢て此の文の未来記に違わず。（同）

日蓮なくば此一偈の未来記は妄語となりぬ。（『開目抄』）

此れは似るべくもなき釈迦・多宝・十方分身の仏の御前の諸菩薩の未来記なり。（同）

日蓮無くば釈迦・多宝・十方の諸仏の未来記は、当に大妄語となるべし。（『真言宗違目』）

疑いて云く、如来の未来記、汝に相当るとして、但し五天竺並に漢土等にも法華経の行者之有るか、如何。（『顕仏未来記』）

問うて曰く、仏記既に此の如し。汝が未来記は如何。（同）

此書（『立正安国論』）は白楽天が楽府にも越へ、仏の未来記にもをとらず。（『種種御振舞御書』）

問うて云く、経文は分明に候。天台・妙楽・伝教等の未来記の言はありや。（『撰時抄』）

細部の検討は省略するが、大半は仏に関する未来記であり、日蓮の未来記像はあくまで『法華経』を主とする経典に焦点があった。未来記の本義に即した認識といえる。いわば、中世の未来記症候群の時代にあって、日蓮は経典から本来あるべき未来記を再発見したとみてよい。その文体には未来記型の発想が横溢している。とりわけ、文応元年（一二六〇）の『立正安国論』が蒙古襲来を言い当てていたことから、未来記言説はいっそう増幅される。以下、いくつかの事例を通観しておこう。

文永五年（一二六八）の『安国論御勘由来』では、文永元年の蒙古国書到来に対して予言の的中を強調、以下に各種の未来記文言を引用する。まず仏による滅後百年の阿育王の舎利弘通、周の大史蘇由の聖教流布、聖徳太子の滅後二百年の平安京創設、天台大師の滅後二百年に東国に再生、正法流布等々、「皆果して記文の如し」という。ここでは日蓮の意識する未来記リストが一括されている。聖徳太子の条は『聖徳太子伝暦』によるのであろうが、中世に輩出する〈聖徳太子未来記〉とも交差しあって興味深い。最後の天台大師の予言に関連するものとして、延慶本『平家物語』一・本がある。中国で最澄がもっていた鍵で宝蔵を開け、天台大師の御記文を読む。「吾レ滅後ニ東国ヨリ上人来テ、此宝蔵ヲバ可開」云々という。(8) 延慶本と日蓮の引用とでは、最澄か天台大師か、中国でか日本で再生かという主体や場が異なるが、天台大師をめぐる双方向からの未来記言説としてあることが確認できる。日蓮は地震や飢饉にもとづく他国侵略の予言的中を「自讃に似たりと雖も」とし、国土毀壊が仏法破滅に通ずることを力説する。

翌文永六年の『法門可被申様之事』では、叡山の仏法破滅が異国の侵略を招いたが、原因は公家武家の失政にあり、梵天・帝釈や天照大神らが隣国の聖人に命じて謗法を試させた、その実例に平清盛があり、天照大神・八幡・山王が与力して頼朝に滅ぼさせたとする。世はあげて仏神の敵となり、大蒙古が起こった。震旦・高麗は天

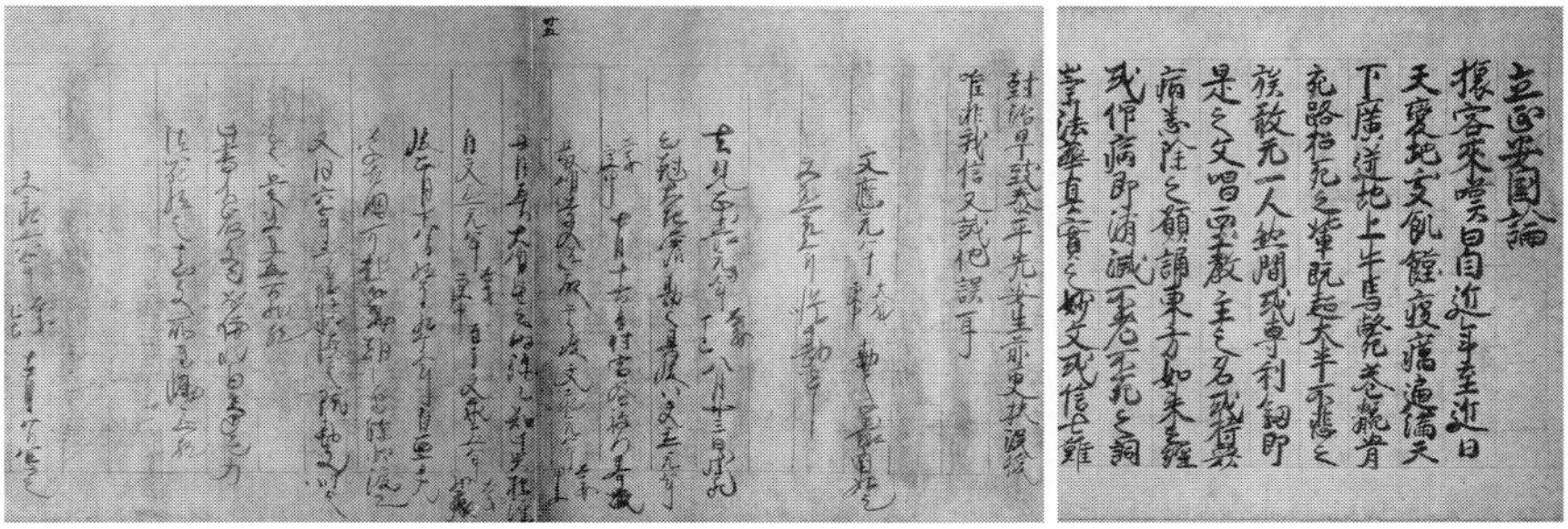

図８　『立正安国論』日蓮真筆本巻首と奥書（中山法華経寺蔵）

竺につぐ仏国なのに、禅・念仏によって蒙古に滅ぼされた。日本はその二国の弟子に当たるから、安穏でいられようかという。

建治元年（一二七五）の『種種御振舞御書』では『立正安国論』の予言が的中したにもかかわらず、登庸されないことに怒り、大蒙古が攻めてきたら、天照大神や八幡とて安穏ではいられず滅ぼされてしまうだろうといい、平頼綱の「蒙古の侵攻はいつか」の問いに「今年だ」と答え、真言の調伏ではかなわず負けるだろうとする。

同年の『一谷入道御書』では文永時の対馬や壱岐の民の被害にふれる。宗氏ら主導者は逃走、男は生け捕りか殺され、女は生け捕りか船に結わえ付けられた。今度百千万億の兵が攻めてきたらどうなるか、梵天・帝釈らが蒙古の大王の身に入って攻めたのだろうという。どういうルートの情報か不明であるが、襲来の翌年の時点で被害の様相が具体的に語られている。東国にもうわさがひろまっていたのであろう。貴重な証言で、一度ならぬ襲来への畏怖が全体を覆っている。

翌建治二年の『清澄寺大衆中』には、

> 過去の事、未来の事を申しあてて候がまことの法華経にては候なり。日蓮はいまだ筑紫を見ず、蝦夷しらず。一切経をもて勘へて候へば、すでに値ぬ。（略）今はよし、後をごらんぜよ。日本国は当時の壱岐・対馬のやうになり候はんずるなり。其後、安房国にむこが寄せて責候はん時、日蓮房

の申せし事の合たりと申すは。

と、『法華経』の未来記的特性にもふれ、このままでは日本全体が対馬や壱岐のような目にあうぞ、安房に攻めてきてはじめて我が予言を信ずるのかという。「むこ」は「むこり国だにもつよくせめ候わば」（『三三蔵乞雨事』）に同じ蒙古（むこり・むくり）をさす。

以上、日蓮の遺文には経典の解読からひき出された予言の正しさが一貫して主張され、徹底した他宗批判が展開される。蒙古襲来も他宗批判の文脈において意義をもち、禅や念仏の流行が仏法破滅と王法衰微をもたらし、異国の侵略を招いたという論理になる。蒙古襲来への畏怖の強調が法華へのゆるぎない確信と共鳴しあい、強靭で力感あふれ、躍動的な言説が充溢する。日蓮はまさにことばによって、他宗ばかりか蒙古とも合戦しているかの印象を与える。日蓮の文言には、神仏になりかわり、それに匹敵する託宣を下すごとき自己認識があろう。未来記的言説もそこから生ずる。蒙古襲来に立ち向かう神仏の託宣に類する表出といえようか。

5 『野馬台詩』と〈聖徳太子未来記〉——空からくるモノ

中世に流行する未来記のなかで、とりわけ影響力をもったのが、すでにくり返し述べている『野馬台詩』と〈聖徳太子未来記〉である。(9) これらの未来記もまた蒙古襲来に深くかかわっていた。日蓮の場合はほとんど託宣に近いリアルタイムの未来記が言説化されていたが、この二種の未来記では暗示的寓意的な表現とその注釈に蒙古襲来がかかわっている。蒙古襲来の呪縛といってよい。

『野馬台詩』のまとまった注釈書で、今日知られる最も古い東大寺本『野馬台縁起』（大永二年〈一五二二〉写）にいう、人王百王ノ後、猿ト犬トノ如ナル者出来テ、世ヲ取ベシ。猿ハムクリ也。犬ハ蛮也。其後、獼猴ノ獨ナル物空ヨリ下テ、人ヲ取テ可シ食。英雄トハ王ノ御名ナリ。

『野馬台詩』の一節「百王流畢竭、猿犬称英雄」に関する注釈で、いわゆる百王思想の典拠とみなされる要の部分である。ここでは、猿が「ムクリ」すなわち蒙古として明確に規定され、犬の「蛮」と対比される。後者は一般に南方を示唆するが、具体的なイメージは明らかではない。「コリヤウ」の訓も文字もやや判読しにくく不明である。三種の注釈が列挙される内閣文庫本『野馬台詩抄』第三注は、東大寺本とほぼ同系統であるが、猿の「ムクリ」に対して「犬ハ夷ナリ」とあり、「其後」以下の一文はない。第一注は猿が「東夷」、犬が「西戎」となる（第二注は『歌行詩』系）。

得体の知れない異形異様のモノが空からやってきて人を食うとは侵略言説そのものであり、終末観を提起する未来記には恰好のモチーフといえる。「ムクリ」はすでに蒙古襲来の歴史事象を超えて記号化した異敵のモノの印象を与える。最も流布した『歌行詩』系の欄外注や『応仁記』が猿と犬を応仁の乱の細川と山名に比定する例と対照的である。他方、『野馬台詩』冒頭の「東海姫氏国」の注では、周の文王の后姫氏が日本を支配するために進撃するが、海が荒れて南蛮国に漂着、怒った后は長一丈の「赤蝦」のごとき夷となり、それが人王百代の後に日本の王を討つだろう、という。呉太伯の日本渡来説の変形で、神功皇后神話の反転でもあるが、ここにも蒙古襲来の刻印を見いだせるだろう。「赤蝦」のごとき夷には蒙古船団のイメージが揺曳しているようにもみえる。

外敵への潜在的な脅威や畏怖がこのような説話をもたらし、海の彼方をつきつめた果てに空に転位し、上空から来襲するモノの形象を生み出す。蒙古襲来のイメージ作用の究極を見るようだ。空からくるモノのイメージは未来記に色濃く投影しており、定家の『明月記』安貞元年（一二二七）四月十二日条、著名な四天王寺の〈聖徳太子未来記〉に、「賢王治世三十年、而後自レ空、獼猴可レ喰二人類一」云々とある。おそらく承久の乱を契機とする発想であり、「賢王」には後鳥羽院の怨霊を反転させたイメージなどがあろうか。四天王寺や磯長廟など聖徳太子ゆかりの寺院間の勢力争いにもとづく未来記が、より国家的な規模に拡大増幅されて権力闘争や内乱をめぐる未来記に成長する、その変遷過程にかかわる。〈聖徳太子未来記〉の飛躍的展開を跡づけうる事例である。

『応仁記』にみる『野馬台詩』末尾の注釈にも以下のようにある。

> 聖徳太子未来記云、王治世以後、空ト作、猿猴ニ似タル物ノ下テ、人ノ頭ヲ食フ。亦云、下賤ノ兵衆、天下ヲ執、自ラ横政ヲ行ヒ、天罰ヲ被ル。

『野馬台詩』の注に〈聖徳太子未来記〉が援用されている点でも注目されるが、定家の引用する未来記とも共通し、より下克上批判が強まっている。類似の注釈は、『歌行詩』系の注釈書の欄外注にみる、別種の未来記言説の終末を説く条にもみえる。

> 五穀枯レ失テ、飢渇十七度有。天下ノ将軍破亡ブコト、四十九度有ラン。其後ハ空中自リ獮猴出デ来テ、蒼生ヲ可喰。日本ハ神国也。故ニ和国ト曰。神慮ノ助ヲ本トスベシ。信力堅固ノ人ハ、子孫増長也。

今、陽明文庫本によるが、諸本いずれも冒頭もしくは末尾の欄外に記される。この文言の出処は明らかではないが、講釈を媒介にテクストの欄外に書き込まれたことは疑いない。〈聖徳太子未来記〉を起点にする言説とみてよく、『野馬台詩』注と〈聖徳太子未来記〉とが交差し、乗り合う例としても興味深い。これらの路線は、『太平記』の有名な楠木正成が天王寺で見る〈聖徳太子未来記〉につらなり、「如二獮猴一者、掠二天下一三十年余」云々の「獮猴」が足利尊氏をさすように、具体的な輪郭をもつにいたっている。

空から来襲するモノは、たとえば先の『八幡愚童訓』にも仲哀天皇を死に追いやる「塵輪」として登場する。

> 其中ニ仲哀天皇ノ御時ハ、異国ヨリ責寄ントテ、先ヅ塵輪ト云者ノ、形ハ鬼神ノ如ク、身ノ色赤ク、頭ハ八ニシテ、黒雲ニ乗リ虚空ヲ飛テ日本ニ着キ、人民ヲ取殺ス。遠クノキテ是ヲ射バ矢折レ、近ク寄レバ心迷テ

身ヲ亡ス。人種既ニツキントス。

仲哀みずから長門の豊浦に出陣、みごと「塵輪」の首を射切るが、流れ矢に当たって亡くなる。「塵輪」は皇学館本では「アテウネヒ」の訓がつく。『日本書紀』一書では、クマソを討った時に矢をうけ、『八幡宮巡拝記』三では、「異国ノ矢」で亡くなったとする。「塵輪」は記紀に記載がなく、典型的な中世日本紀の所産とおぼしい。著名な『平家物語』の頼政の鵺退治でも、鵺は空から襲来する。空から襲ってくる得体のしれぬモノは人々に逃げ場のない恐怖感とともに、異界や異国の存在を強く意識させる。異国より襲来する「塵輪」は、蒙古侵略の衝撃や畏怖の共同幻想として仲哀の死に結びつけられた負の想像力の所産であり、神功皇后の新羅侵攻へ反転させる契機を担っているのである。『八幡愚童訓』の「塵輪」は、〈聖徳太子未来記〉を経由して『野馬台縁起』の「猿・ムクリ」が空から襲来して人を食らうイメージにも直結するであろう。

蒙古・高麗の併称、すなわち「ムクリ・コクリ」が異国の脅威の称号であったことはすでに指摘される通りだが[10]、東大寺本では「猿・ムクリ」に対して「犬・蛮」で指示対象があいまいである。文永八年（一二七一）九月十二日、日蓮の平頼綱宛書状には、「近年之間多日之程、犬戎乱浪、夷敵伺㆑国」とみえる（『鎌倉遺文』一〇八七二号）。『八幡愚童訓』には蒙古は「犬ノ子孫」とされ、神功皇后が石に新羅王名を「日本ノ犬」と刻んだという。後者は朝鮮蔑視の標本にもなる周知の文言である[11]。東大寺本の「犬・蛮」には朝鮮半島（高麗）のイメージがあったかに推察されるが、明確ではない。

いずれにしても、猿のごときモノが空から襲ってくるとする外敵観念は、『明月記』のように承久の乱以降によると考えられるが、〈聖徳太子未来記〉から『野馬台詩』注に転位する過程で、蒙古襲来を契機とする「ムクリ」にイメージが凝集し、輪郭が与えられる。詩の文言を何にどのようにあてはめるかで、注釈の指向性や歴史観、イデオロギーもおのずと規定される。注釈は史観の具体的な発動、追認としてある。東大寺本は古代の奈良期から平安期への転換を焦点としつつも、はからずも「ムクリ」の一語によって注釈の現在を提示していたことがあらためて浮き彫りにされるのである。

『野馬台詩』注釈における蒙古のイメージは、さらに『歌行詩』系の欄外注に直截に投影していることを確認できる。『歌行詩』とは、前著で述べたように『長恨歌』『琵琶行』『野馬台詩』をセットにした注釈書で、室町期から江戸期にかけての写本が多く残存、古活字版や整版もあり、この系統が『野馬台詩』注で最も流布した。本文注に対する欄外の書き入れ注にテクスト間の落差がめだち、蒙古襲来の書き込みもその部分に出てくる。

ここでは最も詳細な注をもつ陽明文庫本によるが、欄外注では『太平記』などで知られる玄恵の注がきわだっており（本書Ⅰ・2）、蒙古関連の記事は結末の詩注にみえる。『野馬台詩』の結末は「青丘与赤土、茫々遂為空」。まさにこの世の終末を説くものだが、詩句に続いて記載される本文注では、詩の語句がくりかえされるのみで注の体裁をなしていない。詩句本文の両脇につく傍注では、「青丘」の右注に「新羅国也」、左注に「或日本也。家跡草也。死果青丘トナラト也（ママ）」、「赤土」の右注に「日本又広原ト云也」とみえる。つまり、右注の系列では「青丘」「赤土」をそれぞれ新羅・日本と対比させ、左注では「青丘」も日本とみなしている。一貫して「新羅」の古称が使われるが、『歌行詩』注では、この末尾にきてはじめて国内から対外関係に眼がむけられる感がある。

傍注に対して、欄外注では以下の二種が間をおいてつけられる。

・青丘、只乱後ニ処々ノ荒野トナラント云也。又、赤土是モ乱後ニ死人、又ハ合戦ノ血ドモ処々ニアラント也。

・玄恵云、青丘新羅国也。彼国ハ松樹多青々。然故ニ之ヲ謂二青丘赤土ト一。彼国自二日本一南方也。南ハ丙丁ノ方也。故ニ謂二赤土一也。蒙古国ト云也。日本敵国也。茫々トシテ新羅与二日本一、無レ何ト空ク成ン二荒野ト一、謂レ成二戦場一也。

双方、同一レベルの注かどうか不明で、講釈などを媒介とする多様な注釈の堆積をうかがわせるが、前者はと

図9　『蒙古襲来絵詞』前巻第23～24紙の部分（宮内庁三の丸尚蔵館蔵）

くに「赤土」を血の色に見立て、死人や合戦の流血を強調する。他方、後者の玄恵注は「青丘」を新羅とし、松樹の青のイメージをとらえ、一方の「赤土」を日本より南方の「丙丁」の方位と解釈し、「蒙古」をもちだす。東大寺本や内閣本第一・三注も、「赤土也」まではほぼ近似するが、「蒙古国」以下はない。しかも陽明文庫本では「敵国」と位置づけ、新羅も日本もむなしき荒野すなわち戦場と化すことをいう。後者の注は新出の仏法紹隆寺本にも「玄恵抄云」としてあり、陽明文庫本より文意のたどりやすい面もあるが[12]、いずれにしても『歌行詩』系の諸本に比して、この二本に蒙古襲来が色濃く刻印されていることは動かない。日本・新羅ともに「荒野」「戦場」となることが予見される。つまり、『野馬台詩』は蒙古襲来を予言し、日本や朝鮮が戦場となって荒廃する終末を予見していたということになる。注釈の第一義の究極が蒙古襲来にあったといいうるであろう。

『歌行詩』系の欄外注全体では応仁の乱まで時代が下がるが、その注はあくまで第二義的であり、注釈の位相差がある。前著では、『平家物語』に象徴される源平合戦までを第一義の注としたが、むしろ蒙古襲来に焦点があると解釈すべきであった。源平合戦以降、侵略戦争による国際情勢の危機におのずと『野馬台詩』の照準があわされていたことになろう。陽明文庫本と紹隆寺本の欄外注（玄恵注）はそのように『野馬台詩』の結句を解読していたわけで、「玄恵注」は蒙古襲来による終末に収束（終息）する。前著で指摘した南北朝の内乱の空白は、語られざる部分の現在的意義であり、歴史的現在としては蒙古襲来までが対象化されていたことが確認できるのである。「茫々遂為空」の結句が日本内部の瓦解ではなく、外部の侵略からもたらされるとの予見(歴史解釈)によって、終末観の構図が枠取られている。「玄恵注」の意義もそこにあろう。

6 『聖徳太子碼碯記文』の結句

『野馬台詩』注が〈聖徳太子未来記〉とも交差し相互に乗り合っていることにふれたが、一連の〈聖徳太子未来記〉で蒙古襲来を明確に表現するのが四字句からなる『聖徳太子碼碯記文』(以下『碼碯記文』と略す)である。仏法紹隆寺本の『歌行詩』には、末尾にこの『碼碯記文』が記されていて、ふたつの未来記の交差の実例としても注目される[13]。すでに和田英松の先駆的な研究や綿引香織の詳細な基礎的研究があるが[14]、『大乗院寺社雑事記』応仁元年(一四六七)五月十七日条がごく早い。応仁の乱を契機に想起されたもので、未来記の効用や意義をよく示した例として知られる。独立した写本としては、長享元年(一四八七)写の高野山金剛三昧院本が古く、『十七ヶ条憲法』『十徳十失馬悩記』や『起註文』などとセットになっている。『十七条憲法』の注釈書や中世太子伝などに併記される場合が多く、太子偽書の一環として注目される。成立は康永四年(一三四五)天竜寺供養の際、延暦寺と天王寺の衆徒によって禅宗批判を目的に制作されたとする和田説があるが、おそらくもっとさかのぼるように思われる。

『碼碯記文』の末尾は、「倒弓箭賞、成禅行類、尽弓箭器、奪蒙古国」。蒙古に襲われ、国を奪われるという文言で閉じられる。ここでは徹底した禅宗批判の延長に蒙古侵略が位置づけられる。蒙古襲来の衝撃度の深さが顕密側から専修系の新仏教異端派攻撃に転化されている。未来記言説は、まさに蒙古襲来を直接の契機として終末思想を扇動したといってよいだろう。このような予言は、蒙古の侵略の事件があってはじめて出てくるわけで、予言は常に事後になされる。蒙古襲来の記憶が消えない段階でこそ意義をもちうるから、それだけながく記憶され続けたことを意味するし、異国の脅威の代名詞となっていたといえる。『碼碯記文』は蒙古襲来の鮮烈な記憶から構想され、禅宗批判に利用されたとすれば、和田説にいう康永四年の『山門申状』に直接するとみる必要は必ずしもないであろう。蒙古による宋の滅亡と禅宗批判、王法衰微、仏法破滅等々、発想や文言の近似性は充分うかがえるが、直接関係を立証する根拠とはいいがたい。立場は異なるが、類似の発想は先の日蓮遺文にもみえたわけで、むしろこの申状が『碼碯記文』の文言を引用していると逆転させてみることもできるのではないか。

いずれにしても、『碼碯記文』が蒙古襲来を契機とする〈聖徳太子未来記〉の一環として制作され、四字句構成の覚えやすさや簡便さとあいまってひろまり、太子伝や太子偽書とからまりあいながら流布していったことはまぎれもない。最後の一句に終末観のかたちを明確に刻み込んだ四字句構成には、うたがいなく『野馬台詩』の流伝がかかわっている。蒙古侵略に集約される共同幻想が音律にのって人々の心奥に浸透していったであろう。

以上、未来記を中心に蒙古襲来をめぐる相をとらえてみた。蒙古襲来に直接する日蓮の未来記に対して、『野馬台詩』注や〈聖徳太子未来記〉はすでに襲来の時代から下って構想されたとおぼしく、それゆえ外敵の象徴、代名詞として記号化されていた。『野馬台詩』の終末イメージにふさわしい歴史事象として定位されたり、『碼碯記文』の結句に位置づけられるように、未来記とその注釈もまた蒙古襲来を内在化させた言説群の一端にあったといえる。始源と終焉は外部からもたらされるとすれば、蒙古襲来はその終焉をかたどる絶好の未来記表象であった。

7 去りゆく神仏、談合する神仏

このように、未来記症候群が蔓延する状況とあいまって、神仏が日本を見放し、去っていってしまうという言説が中世にはめだってくる。見えない未来を見通そうとする欲求や、混沌たる現実の渦中にあって、終末への予感を抱きつつ、漠然とした不安にとりつかれていた人々は、その不安がおのずと神仏に見捨てられ、見限られるのではないかという危惧を誘発し、次第にかたちをなしていったらしい。中世は神仏の信仰がとりわけ希求された時代には違いないが、それは単純無媒介になされたわけではない。信仰の昂揚は、神仏が去っていってしまう危惧や恐れと表裏にあっただろう。以下、目にとまった例のみあげておこう。

①何となく世の中も静かならずみゆる。げにや、嵯峨の釈迦こそ、天竺へ帰り給はんずるとて、一京の人、道も去りあへずまいり侍るめれと申せば、吾朝日本国の不思議には、此仏おはしますを志たんめるに、まことならば心うく悲しくぞ侍るべき。（『宝物集』序）

②仁安元年六月、仁和寺辺なりける女の夢に、天下の政不法なるによりて、賀茂明神、日本国を捨て他所へわたらせ給ふべきよし、みてけり。同七月上旬、祝久継が夢にも同体にみてけり。これによりて、泰親・時晴をめして、うらなはせられければ、実夢のよし各申けり。（『古今著聞集』巻一・二一）

③近日、仁和寺辺女夢云、依㆓天下政不法㆒、賀茂明神棄㆓日本国㆒、可㆘令㆑渡㆓他所㆒給㆖云々。去月幷今月上旬、両度有㆓此夢㆒。仍、賀茂社司等参内幷摂政第申之。（『百練抄』仁安元年〈一一六六〉七月条）

④未刻暴風。其声如㆓炎上㆒。三条大宮人家門多顛倒。件風、起㆓於神泉苑中㆒云々。或云、善如龍王去㆓此池㆒云々。
（同・治承元年〈一一七七〉四月十八日条）

①は『宝物集』の有名な序に出てくる。清涼寺の三国伝来の釈迦像が天竺へ帰ってしまうといううわさで、語り手が参詣におもむく機縁になっている。真偽のほどは確認できないが、『続古事談』四・二四には「霊山の釈迦、明日かへり給など見たりけり。（略）はからず今日釈尊ふたたびいでき給へるとぞ」とあるのも関連していよう。②・③は同一例で、賀茂明神が日本を棄ててよそへ去ってしまう夢想譚、名もない女の夢想が記録されるほど衝撃だったのであろう。④は安元の大火で、神泉苑から起きた暴風が炎をあおった、その風は善如龍王が池を去った時のものだとする。大火の要因をめぐる説のひとつだが、これも神が去ってゆくモチーフとみてよいだろう。

これ以外にも、日吉社の『礼拝講縁起』に山王が都の北の岩陰に隠れてしまった例、『宇治拾遺物語』第二「丹波国篠村平茸生事」の僧が村を去る夢想により、以後平茸がとれなくなる話なども関連しよう。

この種の例はまだまだ出てくるだろう。神仏の鎮座がゆるぎない日常生活を保証していたのに、その土台がゆらいできた、という潜在的な恐怖、不安が蔓延していた。未来を予見したい欲求とあいまって、それら神仏の言説への期待はいやましに募ったに相違ない。日蓮の『立正安国論』にいう「世皆正に背き、人悉く悪に帰す。故に善神、国を捨てて相去り、聖人所を辞して還らず」も該当する。

去りゆく神仏にあわせて、神仏が寄り合って日本のゆくたてを談合する場もめだつようになる。これも神仏と人との一体化がゆらぎ、乖離したあらわれで、乱世の現実認識の由来を解釈する一環として出てくる。乱世を画策する様態を人がのぞき見する体裁が多い。

⑤延慶本『平家物語』二・本

サテ種々ノ御物語アリケル中ニ、大明神（住吉明神）被仰ケルハ、「今夜ノ当番衆ハ松尾大明神ニテ候ヘドモ、イソギ可申事アテ、引カヘテ参テ候。昨日ノ暁、山王七社、伝教大師、翁ガ宿所ニ来臨シテ、日本国ノ吉凶ヲ評定シ候シニ、（略）日本ノ天魔アツマリテ山ノ大衆ニ入カワリテ、公ノ御灌頂ヲ打留メマヒラセ候処也。

後白河院が三井寺と叡山の抗争のあおりで四天王寺で灌頂を受けることになる。その通夜で、住吉明神が今夜の当番は松尾明神だったが急遽代わりに参上したといい、前日に山王七社と伝教大師がやってきて日本の吉凶を評定し、日本の天魔が集まって叡山の大衆に替わって灌頂をとどめたのだという。この後、有名な天狗談議になるが、その前提に神仏の談合があったというもの。三十番神信仰と関連があろうが、住吉神のところへ日吉山王と伝教大師最澄がやってきて日本の吉凶を評定する、そのような設定自体が注目される。神仏が集合し談合する場が中世にはきわだってくる。単一の神仏だけではもはや日本の混乱は収拾がつかなくなってしまったとの時代認識があり、日本の未来を占い、評定する、一味同心の座が神仏間にも要請されてきたことを意味するだろう。

同じ延慶本六・末の、衆徒の夢想譚に、水海の龍神たちが多く集り、

此御舎利ヲ取奉ル事ハ、全ク我等ガ態ニ非ズ。伊勢ノ海ニ侍ル龍ノ、宿執アルニ依テ是ヲ取奉レリ。吾等ガ誤ラザル事ヲ愁申ス。

というのも、衆議の場を示す例とみてよいだろう。

⑥『平戸記』延応二年（一二四〇）七月九日条

これもすでに指摘したが[15]、高野山奥院智行上人の夢想が、東寺覚教から菅原為長へ伝わり、近衛家実邸で語られる。話の伝来が入り組んでいるのが特徴的で、より神秘性を醸し出している。夢想の内容は、智行が天照大神や神々の集会をかいま見る話で、何とそこへ亡くなった後鳥羽院が登場、直訴に及ぶ。隠岐から戻されずに亡くなった恨みを晴らすために旱魃の因をなし、その旨を報告に来ていたのだ。早速、賀茂神が天野神に派遣されるところで、智行は発見され、追放される。当時の旱魃の原因が後鳥羽院によることを証す怨霊譚の一環としてあった。これも神々の談合にほかならず、そういう現場への想像力がかなり深刻かつリアルに作動していたこと

をうかがわせる。夢想の場合が多いが、いずれにしても神仏を可視化し、実体化してとらえようとする指向に根ざしていよう。

⑦『太平記』二七・雲景未来記事

周知の例で、詳述の必要はないが[16]、崇徳院など怨霊天狗らが談合、乱世の画策や筋書きを評定、それを目撃した雲景による見聞記の体裁をとり、「雲景未来記」とされる。ここは怨霊、異類の類であるが、場面状況は右の『平戸記』と共通する。超越的なるものによる談合がそのまま未来記に直結する例である。ここの未来記は超越者の談合の聞書であり、一般の未来記が超越者によって記述される例が多いことと対照的である。神仏や怨霊の未来への先取り、乱世の筋書き作りの画策や演出、その聞書が未来記として提示される。未来記は一種の歴史叙述となっている。

⑧『応仁略記』下

一年両度非道の臨幸、先規いまだ其例を聞ず。聖徳太子の未来記、今既に現前せり。仏法王法、世間出世、神験を覆ひ、仏徳を没す。花洛の体を告来るに、二条より上、北山東西ことごとく焼野の原と成て、（略）去し寛正六年九月十三夜、流星の告ありて、いくばくならず。愛宕山の太郎坊、両天狗（叡山・比良山天狗）を召請す。無量の眷属引率して来る。各談合あり。天下の重仁三人の心に入替らんと云。（略）其後、愛宕の峯山木等一度に頽るる歟と覚え、天地も闇き世界の損滅する歟と覚えて四方へ撥と散にけり。

先例のない事態が生ずると、その由縁を未来記にもとめる、これも未来記シンドロームといってよい。共有された発想の鋳型であり、ここでは〈聖徳太子未来記〉がひきあいに出される。

また、愛宕山の太郎坊以下の談合は、明らかに⑦の『太平記』をふまえる。対象化され劇化される神仏、異類であり、神仏の喪失と回復への期待が未来記発生の土壌といえる。まさに歴史の現場へ〈推参〉する怨霊たちで[17]、状況は未来記誕生や未来記症候群と緊密に結びついていたのである。

このように、去りゆく神仏や、集合し談合する神仏、怨霊らが可視化されるのが中世という時代であり、その歴史の表舞台へ登場する。神仏の退潮と表裏一体であるといえようか。

8　遺告・遺戒、夢想記と未来記

ついで角度を変えて、先人の遺告・遺戒や夢想記との関連から未来記について一瞥しておこう。遺告・遺戒の類は古代からあり、時代をつらぬく一ジャンルとしてみなせるものだが、いまだ総合的体系的な研究を知らない。『寛平御遺戒』『九条右丞相遺戒』『菅家遺戒』『弘法大師御遺告』『行基菩薩遺戒』といった類で、〈遺言ジャンル〉といってよいだろう。名のある人物の場合が圧倒的に多いから、偽書も少なくないはずだ。偽書もふくめての〈遺言ジャンル〉として、将来的にはまとまった研究が必要になるだろう（広義の〈予言文学〉に包摂される。本書Ⅲ）。

一方、未来記を記述する主体も多くの場合、過去に名をなした人物、神格化された人が選ばれるのが常。聖徳太子はもとより、『野馬台詩』の宝誌和尚なども観音の化身とされる。基本的に未来記は偽書であるが、たてまえとして先人が後代に伝え残す、あるいは後世に託した文字テクストである。

とすれば、それ自体、遺告・遺戒といった類のテクストとおのずと相同してくるといえないだろうか。たとえば、〈聖徳太子未来記〉の多くは、自分の滅後何年かに仏法を庇護する人物こそ我が生まれ変わりだ、だから仏法を重んぜよ、といった論理で後代の読者や受け手を規定づけようとする。未来記は現在や後代の受け手に向かって投げかけられ、規範をうえつけ、呪縛しようとする。未来の予言はおのずと未来への遺言のかたちをとる、といってよい。未来記と遺告の類は未来を指向するテクストとして相貌を等しくする。

院政期の『七大寺巡礼私記』「興福寺猿沢池」に「桓武天皇為二未来一契二遺誡一云、我後始長子践祚十年之後、三人次第相譲、其中間可レ無二違乱一云々」とあるのも「遺戒」の一例、平城と嵯峨の皇位継承をめぐる争いが念頭にあろう。

ここでは、『後宇多院御遺告』（『御手印御遺告』とも。『大覚寺文書』所収）を例に抄出しておこう[18]。

可真俗同運励興隆縁起第三

夫以、我大日本国者、法爾称号、秘教相応、法身之土也。故、我後継血脈之法資、伝二天祚之君主一、可レ同二盛衰一、可レ伴二興替一。我法断廃者、皇統共廃。吾寺興復者、皇業安泰。努々背二吾此意一、莫レ悔耳。

可探冥鑑致貴賤祈禱縁起第十三

（略）阿闍梨以二深智一、可二決定一之。若有レ与二非理之事一、忽可レ滅二亡法流一。阿闍梨熟思慮之。

自分の後継の真言法統が断廃すれば、皇統もまた廃れ、寺が隆盛になれば、王権もまた安泰だとするのは、まさに予言にほかならない。

遺言にみる未来の予言、もしくは未来記的言説をたんねんに拾っていけば、おのずと未来記の相貌が浮かんでくるだろう。未来や現在を呪縛するテクストと言い換えてもよい。さらには、神仏への誓言、未来との対話において、起請文などとも関連するし、未来記と類似の発想、口吻がうかがえるだろう。

また、もうひとつ未来記と関連するテクストとして、夢想記がある。夢想もまた未来への啓示であり、これもまた夢の器を借りた未来記にほかならない。げんに先の『平戸記』の例のように、夢想のかたちをとる未来記もあるし、夢想は未来記をもたらす重要な回路のひとつといえるだろう[19]。今は充分検討の余裕なく、今後の考究にゆだねたい。

9　未来記と唱導・聖教

すでに問題が多岐にわたっているが、最後に未来記をはぐくむ土壌もしくは母胎として、法会唱導や聖教の世界から通観しておこう。たとえば、未来記と唱導や聖教にかんして以下のごとき資料がある。

①東大寺北林院旧蔵本『言泉集』見返し、本文別筆・天文二十二年（一五五三）写（古典文庫）

　聖徳太子天王寺瑪瑙御記文

　本朝代終、百王尽威、二臣論世、兵乱不窮（略）、倒弓箭賞、成禅行類、尽弓箭器、奪蒙古国。

②西教寺蔵『法命集』随喜功徳品帖・文亀三年（一五〇三）写

見返し・野馬台詩図の書付け

③願教寺蔵『日本紀私見聞』応永十七年（一四一〇）写

　聖徳太子御記文　隠岐院

人王八十二代時、東夷国五十七年丁卯歳、可レ有二三月潤月一云々。人王九十代時、年号之上建ノ字、彼年三年丙子歳、可レ有二三月潤月一云々。同四月二十二日、当彼時、西戎来、治国七年。其後、我自レ南人来可二弘法一。其時可二豊饒一。其後、依二王治世一十三年後、空ヨリ似ル二猿猴一物下テ、可レ食二人類ヲ一。

④落合博志蔵『説法明眼論』

　天正九年（一五八一）高野山慈光院本　奥州和賀新山寺乗宥写

末尾書写「聖徳太子御廟西壁珊瑚石面二十句文」天喜二年九月二十日未時出現

「太子未来記」「聖徳太子瑪瑙御記文」

いずれも、十五、六世紀の写しになるもので、未来記が中世のいかなる時空に生きていたかを生のかたちで示してくれる貴重な一群である。①は有名な安居院の唱導書『言泉集』写本の見返しに〈聖徳太子未来記〉のひとつ、「聖徳太子瑪瑙御記文」が書かれたもの。後筆であろうが、『大乗院寺社雑事記』をはじめ例が多く、四字一句をつらねた詩形式の太子未来記である。『野馬台詩』などを意識して制作されたものであろう。ここはおぼえのための書付けであり、法会の場でもこうした未来記が教説に媒介された可能性が高いと考えられる。

②は法華経注釈書の一冊の見返しに書き付けられた『野馬台詩』で、そのままでは読めない、ばらばらに並べ替えられた文字列図である。これも講釈の時の話題などになったのであろうか。何かを見て書き留められたのであろう。戯れに書かれたとしても、『野馬台詩』がそういう時空間で生きていた証左として興味深いものがある。[20]

③は中世日本紀のひとつで、〈聖徳太子未来記〉が引用される。落合論に詳しいが、「隠岐院」すなわち後鳥羽院の名がみえることもあわせて注意される。未来記と日本紀との関連の深さをうかがわせる例である。[21]

④は聖徳太子の偽書のひとつ、『説法明眼論』の写本末尾に三種の〈聖徳太子未来記〉が書き付けられたもの。『説法明眼論』自体、釈法身品に〈聖徳太子未来記〉が引用されるから、その連想で集められ、書き留められたものだろう。最後の「瑪瑙御記文」は①と同じものである。『説法明眼論』は成立未詳だが、文永五年（一二六八）写の金沢文庫本をはじめ、康永四年（一三四五）写の身延文庫本、天正十年（一五八二）写の叡山文庫本等々、古写本がいくつか伝存する。版本も複数あり、かなり流布した唱導書で、さらに研究されるべきテクストである。[22]唱導と未来記との関連をうかがう直接的なテクストとして重視されよう。

以上の資料もいわば、未来記に関する新資料であるが、さらに近時、教示を得て管見に入った未来記資料に関して摘記しておく。すべて詳細は今後に待つほかない。おおかたに益することあらば幸いである。[23]

⑤金沢市立玉川図書館加越能文庫蔵『白山比咩神社縁起』近世前期写

然而、建部建太夫未来記曰、「末世者当社ニ不レ可レ在ニ祠官一。適有ニ神人之形一、恭モ御供ヲ奉レ借ニ御供所棚一、其後依レ有ニ炊煩一、以ニ白米一ヲ、各可ニ支配一。其時、天下自ニ当社一滅亡」云々。

⑥叡山文庫蔵『禅林類聚撮要鈔』（内題『本則抄』）整版

第三伽藍・殿堂三十・徳山復子問答

孤峯―潙山ノ此子―ト未来記ヲ見ラレタカ。少シモ差ヌホドニ放過セヌ也。盤結草庵ト云タホドニ、草裡ニ坐スト云也。又、呵仏罵祖ハ為人ジヤホドニ、落草ノ段ゾ。如此未来記ヲ見タハ潙山放過セヌ也。（略）又、被―潙山ノ此子―ト云一箭テ追ツメテニゲ、尻ヲ射ラレタ。潙山□未来記ニ少モ差シタホドニゾ。

⑦瑞巌寺蔵『仏法未来記』 禅文化研究所資料・写本

貞享元年（一六八四）七月二十四日 前東福現住石州安国、見叟智徹寿七二歳、為レ令ニ後生知一之書畢矣。

⑧『天文雑説』四「天王寺未来記之事」 天文二十二年（一五五三）本奥

天王寺未来記の有無につけて、中古よりさまざまの説あれども、いまだ一決せず。（略）昔も太子の未来をしるし給ふ石をほり出たる例あり。又、御作の明昭論にも、未来の事いささかこれあり。此ほか日枝山にも、伝教大師の未来記一巻つたはり侍るといへり。（古典文庫）

⑤は白山社の社家にまつわる未来記として注目される。⑥は禅林の詩文の注釈に引かれるもので、実体は不明だが、「未来記」テクストが前提になっている。⑦は近世の禅系の未来記である。⑧については「御記文」をめぐる論（本書Ⅲ・1）で取り上げるが、〈聖徳太子未来記〉を中心に考証した言説として貴重である。「明昭論」は『説法明眼論』をさすとみてよいであろう。

以上、きわめて雑駁な追究にとどまるが、未来記の射程がどの程度どこまで届くか、どこまで有効か、をみずから計測するために、できるだけ範囲をひろげてとらえようと試みたものである。[24] 今回のシンポジウム（二〇〇二年・説話文学会大会、於奈良女子大学）でようやく未来記研究の夜明けが来た、という思いがする。さらなる探究を期したい。

注

（1）佐藤弘夫「本覚論・未来記・日本紀」（『国文学』一九九九年七月）、『偽書の精神史』（講談社選書メチエ、二〇〇二年）はこの第三からの研究といえるが、第二の基本的な本文解読研究を欠いたままでの提言にとどまっている。

（2）伊藤聡「雑書の世界」（『国文学』二〇〇一年八月）、小峯和明『説話の言説』（森話社、二〇〇二年）。

（3）藤井奈都子「舞曲『未来記』論―素材からみた『未来記』」（『金沢大学国語国文』一一号、一九八六年）、徳田和夫『お伽草子研究』（三弥井書店、一九八九年）。

（4）安春根編『鄭鑑録集成』（韓国・亜細亜文化社、一九一八年）。松本真輔氏の提供による。

（5）小峯和明『説話の声』（新曜社、二〇〇〇年）。

（6）川添昭二「蒙古襲来と中世文学」（『日本歴史』三〇二号、一九七三年）、乾克己「宴曲と蒙古襲来―東国の軍神との関連を中心として」（『金沢文庫研究』一七三号、一九七〇年）、樋口大祐「神国の破砕―『太平記』における「神国／異国」」（『日本文学』二〇〇一年七月）等々。

（7）北川前肇「日蓮聖人の「未来記」をめぐって」（『印度学仏教学研究』六八号、一九八六年）。

（8）小峯和明「御記文という名の未来記」（『偽書の生成』森話社、二〇〇三年、本書Ⅲ・1）。

（9）小峯和明『野馬台詩の謎―歴史叙述としての未来記』（岩波書店、二〇〇三年）他。

（10）田中健夫『対外関係と文化交流』（思文閣出版、一九八二年）。

（11）金光哲『中近世における朝鮮観の創出』（校倉書房、一九九九年）。

（12）紹隆寺本は、「玄恵抄云、青丘ハ新羅国也。彼国ハ松樹多シテ青々。然謂之青丘ト。赤土彼国ハ自リ日本南方也。丙丁ノ方也。故ニ謂赤土也。蒙古国トモ云也。日本ノ敵国。茫々トハ、新羅与日本、後ニハ無何ト空ク成荒野也」。

（13）識語に「蘇我稲目大臣請取之彫字、河内太子之宝蔵納給也」という他本にない情報がみられる。なお、注（9）前著で『野馬台詩』注とは別筆としたが、原本照合によって同筆と認定されたので、訂正しておく。

（14）和田英松「聖徳太子未来記の研究」（『史学雑誌』一九二一年）、綿引香織「聖徳太子碼碯記文の基礎的研究」（『立教大学大学院日文論叢』四号、二〇〇四年）。

(15) 小峯和明『中世説話の世界を読む』（岩波セミナーブックス、一九九八年）。

(16) 小秋元段「『太平記』観応擾乱記事の一側面—「雲景未来記事」を中心に」（『三田国文』一五号、一九九一年）、羽鳥順子「太平記の未来記に関する一考察」（『日本文学論究』五五号、一九九六年）。

(17) 阿部泰郎『聖者の推参』（名古屋大学出版会、二〇〇一年）。

(18) 伊藤聡示教。

(19) 山本ひろ子「神話と歴史の間で」（『歴史を問う一神話と歴史の間で』岩波書店、二〇〇一年）。

(20) 渡辺麻里子示教。

(21) 落合博志「願教寺主要資料紹介」（『調査研究報告』二一号、二〇〇〇年）。

(22) 『臥雲日件録』寛正六年（一四六五）六月十二日条に、周鳳が清原業忠に『十七ヶ条憲法』と『説法明眼論』を返す記事があり、「明眼論題下曰、優婆塞童円通述、聖徳太子也」とみえる。『説法明眼論』は鈴木英之『中世学僧と神道—了誉聖冏の学問と思想』（勉誠出版、二〇一二年）。

(23) ⑥⑦⑧は、それぞれ渡辺麻里子、西山美香、鈴木彰の各氏の示教を得た。⑦は西山氏の翻刻あり（『禅とその周辺学の研究』永田昌文堂、二〇〇五年）。

(24) 幕末明治初期の合巻『釈迦八相倭文庫』序に「大集経未来記に曰如く、白法隠没と説れしこそ今この時と合せ見るに不思議なるかな、甚意不通」とある。

二　『野馬台詩』注釈・拾穂

1　『野馬台詩』とは

未来記とは未来に関する予言書で、先行き不透明な混迷の時代に流行する。とりわけ中世には前章のごとく「未来記症候群」と呼びうるほど未来記にとりつかれた人が多く出て、おおきな影響力をもった。見えない未来や混沌たる現実を未来記によって解釈、掌握し、了解し、今ここに、あることの存在意義を見定めようとしたのである。未来記のなかでも特に力を発揮したのが〈聖徳太子未来記〉と『野馬台詩』である。前者は時代や状況によって多種多彩なテクストが作られ、一定しない。ほとんど普通名詞といってよいテクスト群としてある。一方の『野馬台詩』は五言二十四句の短い詩で、隠喩にみちた表現世界が「讖」（予言書）として機能し、その解読がそのまま歴史叙述としてたちあがってくる構図となる。おのずと詩の解釈による注釈書の結構をそなえる。

先年、この『野馬台詩』をめぐって、『野馬台詩の謎―歴史叙述としての未来記』（岩波書店、二〇〇三年、以下「前著」）を上梓したが、その後、多くの方から誤認や見落とし、新資料を教示され、またみずからも少なからぬ不備に気づき、種々改訂の要が出てきた。まったく手探りの状態で倉卒の内に刊行してしまった自責の念と忸怩たる思いを禁じえないが、ここでは可能な範囲でその訂正や追記を試み、あわせて注釈の問題に接近できればと思う。

2　臨照は琳聖だった

前著では『野馬台詩』の伝来・注釈・流伝という三つの軸から述べ、なかでも歴史叙述としての未来記にかかわる基幹として注釈に頁の多くをさいた。ことに最も注釈の情報量の多い陽明文庫本『長琵野頭説』（近世初期写と思われる）に注目、重点的に取り上げた。白楽天の名高い『長恨歌』『琵琶行』に『野馬台詩』を三点セットにした、近世には『歌行詩』という名で通行する注釈書のひとつである（陽明文庫本は各テクスト名の頭字をとった書名）。この『歌行詩』系が『野馬台詩』注釈の主流といってよいほど流布し、室町期の写本も少なからず伝存し、古活字版や整版も刊行される。界線内の詩句本文の下に書き込まれた本文注に加えて、界線の枠外や余白に書かれた欄外注もあり、各伝本によって書き込みの情報量がおおきく相違する。本文注と欄外注の関係も相互に錯雑した関係をみせている。その最も書き込みの多い伝本が陽明文庫本であった。

たとえば、『野馬台詩』の四、五句目「衡主建元功、初興治法事」の注釈で、「衡主」が中国の「衡岳」の恵思禅師を連想させ、聖徳太子の再誕と仏法流布につらねてゆくのが一般の注である。陽明文庫本はそこにとどまらず、さらに聖徳太子伝に関する条々（太子六種の異名、守屋討伐、片岡山達磨遭遇）が展開され、武帝と達磨が問答し、「志公」が達磨を救世観音の化身だとする説もひかれる。「志公」とは『野馬台詩』を作ったとされる宝誌にほかならない。宝誌もまた観音化身説のある伝説的な人物の一人である。このような聖徳太子伝にちなむ達磨伝との関連から、「野馬台詩終」の下段、行間の欄外注に以下のような説話が記されている。

・物語云、達磨・聖徳・臨照三人、在二摩伽陀一相誓。達磨曰、「震旦、大乗小乗、未レ知二教外別伝之号ヲ一。往二彼国一、説二別伝之旨ヲ一」。照曰、「百済国小乗也。無二大乗一、謂レ弘ント二大乗ヲ一也」。聖徳、「扶桑国無二大小

乗ニ、往テ二彼国ニ一、先弘二小乗一。日本有レ難」。臨照可レ救之約ス。依之、大内百済国ヨリ不動・毘沙門ヲ持シテ来テ、守二護ス之ヲ一。

これによれば、達磨と聖徳太子と臨照の三人が摩伽陀国で誓約、達磨が中国、臨照が百済、聖徳太子が日本へそれぞれ布教におもむくというもの。これに関して、前著では関連話や背景が不明で曖昧なままに、聖徳太子が日本へ布教に赴くが、日本は小乗がひろまっていたため、臨照が百済から不動や毘沙門を伝えて

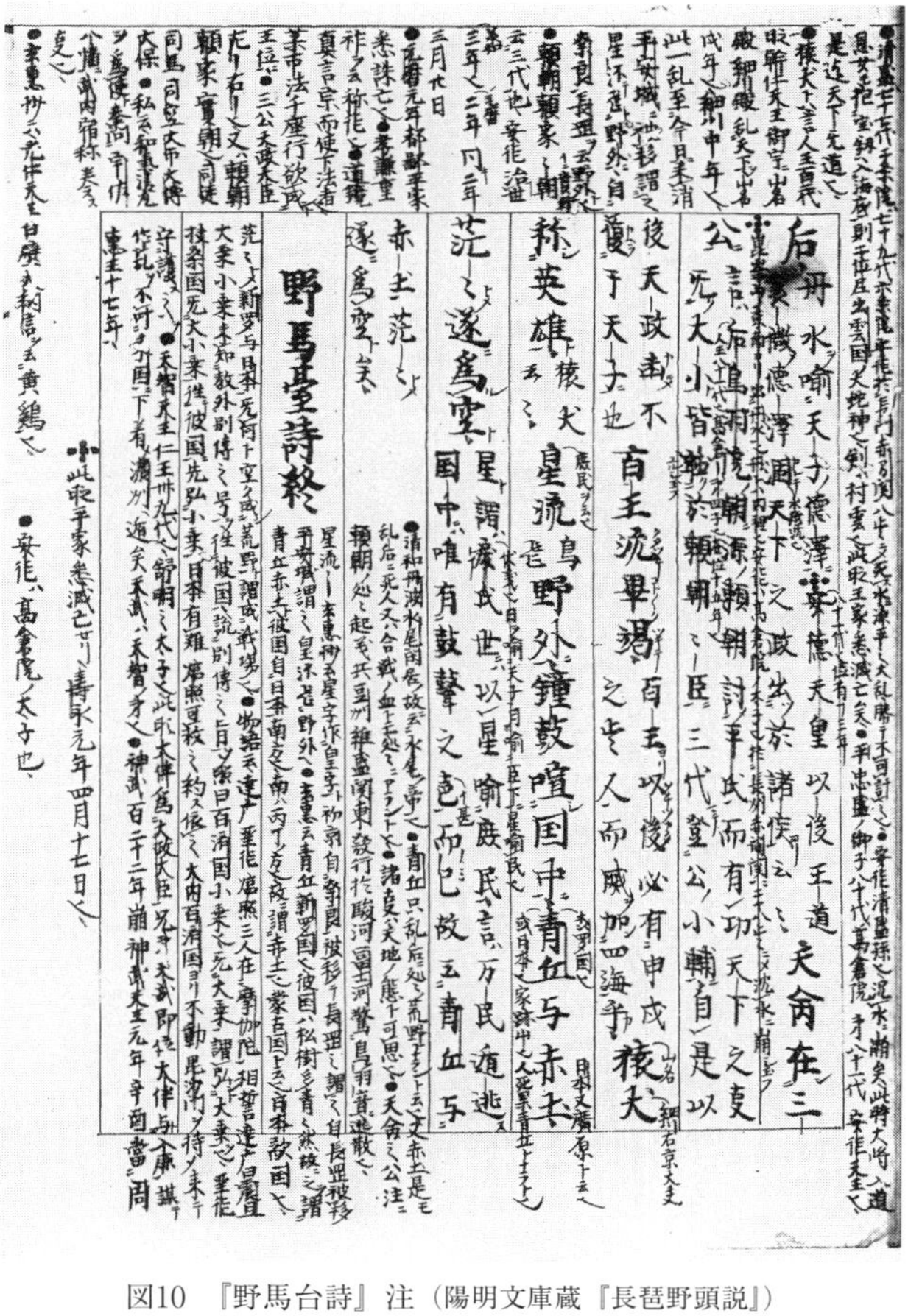

図10　『野馬台詩』注（陽明文庫蔵『長琶野頭説』）
末尾２行目の界線内１行目「・物語云」以下の部分.

守護したというもの。臨照は不明。（一二七頁）

として紹介するにとどまった。これに関して、村井章介氏から書簡を頂戴し、「臨照」は大内氏の始祖伝承にまつわる琳聖太子で、「先弘小乗」の解釈も違うとの指摘を得た。[1]拙著の「小乗がひろまっていたため」という解釈が完全な曲解で、「日本は大小乗いずれもないから、まず小乗からひろめよう。日本の布教はむずかしい」と解すべきだとのご意見であり、まさしくその通りであった。「日本有難」は文意とりがたく、会話とも地の文ともとれる。ここではひとまず聖徳太子の会話にいれて解しておく。村井氏は地の文ととり、「日本は布教が難しいので、臨照は救援を約束した」とする。いずれともとれるであろう。

どちらにしても、中国は大小乗あるが、教外別伝の禅がなく、百済は小乗あって大乗がなく、日本はいずれもない、それで達磨、臨照、聖徳太子がそれぞれ教化におもむくという文脈である。いわば、天竺の聖地で賢人らが談合し、未来を規定する、これもまた未来記的な言説にほかならない。前章でみた「神々の談合」のパターンにある。[2]しかし、本質的な問題は、「臨照」と大内にあった。「臨照」という表記から勝手に僧名と思いこんでしまい、該当名が思い当たらぬままそこで思考が停止し、結果として「大内」の意義も見のがしてしまう失態を演じてしまったわけである。

「大内」といえば、中世周防の守護大名大内氏をさすのが常識。とすれば、まさに「臨照」は、僧名ではなく、その始祖伝承にまつわる「琳聖」太子であり、この説話は大内氏の始祖伝承の根幹を示すものだった。この問題はすでに、須田牧子「室町期における大内氏の対朝関係と先祖観の形成」（『歴史学研究』七六一号、二〇〇二年、『中世日朝関係と大内氏』所収）で詳述されていることも村井氏の教示を得た。以下、おもに須田論文によれば、応永六年（一三九九）、大内義弘は堺で足利義満に対して反乱を起こして敗死、世に「応永の乱」といわれる。その直前に義弘は朝鮮王朝に「土田」の禄をもとめる。その根拠が、大内家の先祖が百済王家だったことにもとめられていたのである。『朝鮮王朝実録』では、義弘は「本百済氏始祖温祥王高氏」の後裔という。また、端宗元年（一四五三）六月条では、大内教弘の使者有栄が朝鮮の礼曹に、かつて大連が兵を起こして仏法を破却しようとしたが、百済王が太子琳聖に命じて大連を討たせた。琳聖とは大内公で、聖徳太子がその論功で州郡を賜り、以来都居の地を大内公と称している。朝鮮にも大内の子孫がいるのでないか、「琳聖太子入日本之記」があるだろう、日本では兵火によってすでに「本記」は失せ、「遺老」の「後述相伝」が残っているだけだ、という。

朝鮮から周防に来て土着した琳聖太子こそ大内氏の始祖であり、これに聖徳太子もかかわっていたことになる。さらに成宗十六年（一四八五）十月条には、大内政弘の使者が朝鮮におもむき、琳聖太子の祖先の名前や事績が伝わらず（余慶—余瑁—余璋—琳聖）、「国史」の賜与を願い出、成宗王は弘文館を通して「略書」を賜ったという。

一方、大内氏系の資料では、『大内氏実録土代』があり、文明十八年（一四八六）、大内政弘が氏寺の興隆寺を勅願寺にするため、後土御門天皇からの諮問に応えて作成した文書の写しが残されている。ここには、大内氏の家譜にまつわる琳聖太子渡来をめぐる詳細な叙述がみられ、ほとんど神話と化しているさまがうかがえる。

概要をかいつまんでいえば、まず推古十七年（六〇九）、王子の来朝を保護するために、周防国都濃郡鷲頭荘の松に大星すなわち「妙見尊星大菩薩」が降臨、その三年後に琳聖太子が渡来する。琳聖太子とは誰か。扶余王が河伯の娘と一緒になり、その卵から生まれたのが朱蒙で高句麗を起こし、その子が温祥で百済を起こし、その子孫が聖明王、その第三子こそ琳聖太子にほかならない。琳聖太子は生身の菩薩に会いたい一念で、お告げによって日本に渡り、周防の多々良浜に着き、荒陵で観音の再来である聖徳太子と出会う。

大内氏の妙見信仰はすでに指摘されている通り、ここもその一端を示し、高句麗と百済の建国神話もひかれ、聖徳太子との出会いも語られる。聖徳太子は、

去比、東海有二国日本一、其国皇子曰二聖徳太子一。乃過去正法明如来、入二重玄門一猶居二菩薩一、是也。今降二誕于

日本、興隆仏法済度衆生観世音菩薩、是也。

とされ、琳聖太子はこのことを白髪の沙門の夢告によって知らされる。また、琳聖太子が聖徳太子と出会う「荒陵」は四天王寺の古称でもあり、聖徳太子ゆかりの地名であった。聖徳太子信仰に根ざす場所であったといえる。妙見信仰と太子信仰の交差するところに、琳聖太子の渡来神話がおり重なりあって、大内氏の始祖伝承は形成されていった。これに高麗の『三国史記』にもとづく建国神話まで加わり、成宗が与えた「略書」もこの『三国史記』の抄出であろうとされる。この時の「略書」が大内氏の家譜の根拠ともなったらしい。

『大乗院寺社雑事記』文明七年（一四七五）八月十四日条には、大内政弘は、「百済国聖明王末」で、先祖が多々良浜に着いたので多々良氏と称し、大内郡に住んだので大内氏と号した、とある。琳聖太子の名はみえないが、この神話をふまえることはまぎれもない。

また、二年後の文明九年二月に、政弘は京の陣に妙見菩薩を勧請、勧請告文を清書したのは、近衛家の出の聖護院准后道興であり、その文言に推古十九年、周防の松に妙見大菩薩が「百済国聖明王第三皇子琳聖太子来朝」の守護のために降臨したという、先にふれた神話が記述されている(3)。

こうして、大内氏の始祖伝承たる琳聖太子渡来神話は、十五世紀後半の応仁文明の戦乱頃には、京周辺にも浸透していたことが確認できる。まさに東アジアの異文化交流、日朝交渉からもたらされた中世神話とみなすことができるもので、まことに興味深いものがある。

このようにみると、陽明文庫本『長琵野頭説』の注釈が大内氏の始祖伝承たる渡来神話をもとにすることは明らかで、しかもそれは聖徳太子信仰とも密接に結びついていたのである。陽明文庫本の『野馬台詩』注釈は管見に入った諸注釈に比べてかなり情報量が多く、個々の注がいったいどのように形成され、どのように書き込まれるにいたったのか、容易につきとめることはできない。ここの達磨と琳聖太子と聖徳太子の三人をめぐる仏法伝来譚が何をもとにするのかは依然として不明であるが、少なくともその源泉の一端がここで明らかになったといえる。陽明本ではさらに、大内が百済から不動と毘沙門を伝えたとあり、これも詳細は未詳であるものの、毘沙門は北方の守護神で妙見菩薩と習合するから、大内氏の妙見信仰に結びつけることはたやすい。不動も密教や修験にかかわり深いからおよそ説明がつきやすいであろう。朝鮮伝来の秘仏伝承などとかかわりがありそうである。

また、これら仏像はおそらく大内の氏寺である氷上山興隆寺に縁が深いと想像される。興隆寺は、『法華経』の談義直談書として有名な叡山文庫蔵『一乗拾玉抄』の制作にかかわる叡海がここの住持であったことでも知られる（本奥書・長享二年〈一四八八〉）[4]。この興隆寺も、寺伝では琳聖太子の創建とされている（『氷上山由緒書』『防長風土注進案』）。宗祇をはじめ連歌師や文化人が大内には多く集まり、学芸が栄えるが、十六世紀半ばには大内氏は滅亡するから、年代からみても、この興隆寺における談義、講釈などが媒介されて『野馬台詩』注にまで届いた可能性が高いように思う。

わずか数行に書きだされた注釈の断片を追っていくと、思いがけず広大な領域が開けてくることがある。『野馬台詩』注釈の追跡行はその連続である。また、その追跡を怠ると思わぬ落とし穴に落ち込む。「臨照」即「琳聖」は、得がたい教訓になった。

3　『野馬台弁義』の出現

『野馬台詩』注釈の追跡行は、また発見につぐ発見の連続でもあった。自分の発見よりも周囲の方々から教示されたケースの方が多かった。これは今も続いている。

当時立教大学の院生だった宮腰直人氏から「『野馬台詩』の注釈書を見つけました」と写本を提示された時に

は仰天した（その後宮腰氏から寄贈され、小峯の架蔵となる）。外題に「野馬台弁義」、写本袋綴一冊、三四丁。縦二七・〇、横一八・八チセン。近世も下る書写と思われる。その素性は明らかではないが、山下琢巳「腹帯習俗と勧化本」（『国文学』二〇〇四年四月）に指摘される、宝暦七年（一七五七）刊『勧化五哀殿』にいう、巻末の広告には、未刊に終わったとおぼしき書目、日本の未来記の注釈書『野馬台詩弁義』二冊、そして、金毛九尾の妖狐が、妖婦となって天竺・中国・日本で跋扈する物語『三国怪狐伝』五冊が載る(5)。

この広告と今回出現した『野馬台弁義』とは、おおいに関連があると考えられる。同一書とすれば、刊行が確認されていないようだが、刊本が存在したとすれば、成立は宝暦七年以前にさかのぼることにもなる。写本と刊本の相違や冊数にも違いがあるし、書名が同一でもまったく同じものか確証はないわけだが、版本系の抄出写本かもしれず、何らかの密接なつながりがあるとみてよいだろう。

『野馬台弁義』の成立をはじめ背景はよくわからないが、以下本書の概要を紹介しておこう。まず巻頭に「野馬台目録」とあり、

聖徳太子、大伴皇子、藤原広嗣押勝、玄昉僧正、孝謙天皇、弓削道鏡、平将門、藤原ノ純友、平相国清盛、頼朝三代、山名細川応仁軍

といった名前があげられる。これらはほとんど『歌行詩』系統の注釈に展開する人物群で時系列に列挙されている。『野馬台詩』注になじみの人物ばかりである。

ついで「野馬弁義」として、

日本ヨリ中華ニ通ズルコト、黄帝唐堯ノ時ヨリ通ズル説アレド信ズベカラズ。（略）正シク中国ニ使ヲ遣スコト、垂仁天王十一代八十六年ニ初テ、中国ニ使ヲ遣ス。後漢光武帝建武未ノ年ニアタレリ。是コト後漢書ニ見ヘタリ。

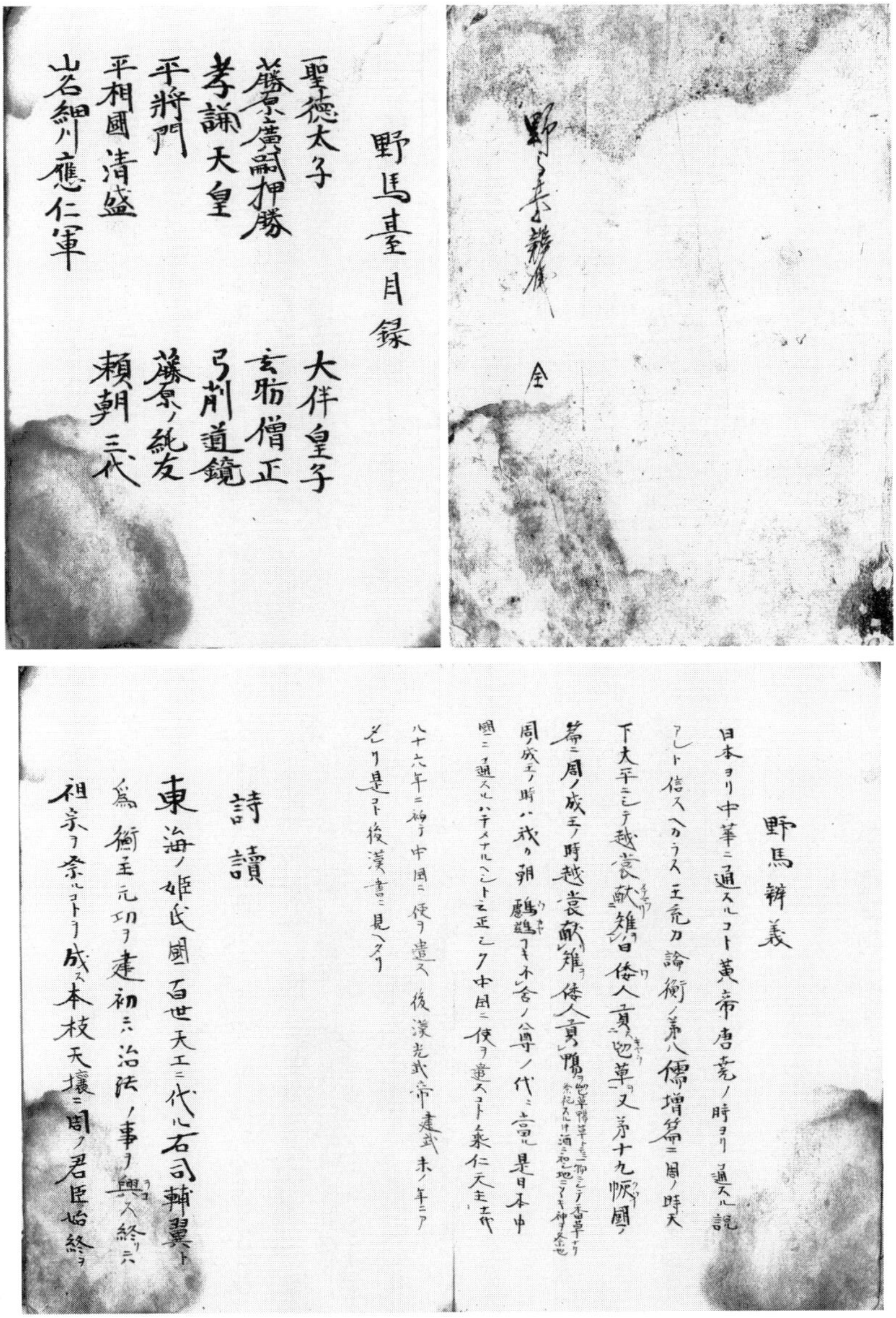
野馬臺辨義　全

野馬臺目録
聖徳太子　大伴皇子
藤原廣嗣押勝　玄昉僧正
孝謙天皇　弓削道鏡
平將門　藤原ノ純友
平相國清盛　頼朝三代
山名細川應仁軍

野馬辨義
日本ヨリ中華ニ通スルコト黄帝唐堯ノ時ヨリ通スル説
アレト信スヘカラス王充カ論衡ノ第八儒増篇ニ周ノ時天
下大平ニシテ越裳献雉白倭人貢鬯草又第十九恢國
篇ニ周ノ成王ノ時越裳献雉倭人貢鬯
周成王ノ時ハ我カ朝鸕鷀草葺不合ノ尊ノ代ニ當ル是日本中
國ニ通スルハ了メナルヘシトイヘトモ正シク中国ニ使ヲ遣スコト垂仁天皇ノ代
八十六年ニ初テ中国ニ使ヲ遣ス後漢光武帝建武末ノ年ニア
タリ是コト後漢書ニ見ヘタリ

詩讀
東海ノ姫氏國百世天工ニ代ル右司輔翼ト
爲衡主元功ヲ建初ニ治法ノ事ヲ興ス終ニ
祖宗ヲ祭ルコトヲ成ス本枝天壤ニ同ノ君臣始終ヲ

図11　『野馬台弁義』表紙・本文・野馬弁義（著者蔵）

云々と、日本と中国の朝貢をめぐる記述が続き、表題と必ずしも合致していない。これに続いて、「詩読」として『野馬台詩』の訓読と「野馬台詩」のばらばらになった文字列を載せ、「野馬台由来」で『野馬台詩』伝来の物語が展開される。千八人の化女による「本朝ノ始終」の語りをもとにした、宝誌和尚の制作以下、『本朝一人一首』などをふまえつつ、吉備真備による由来譚が記される。『文選』、囲碁、『野馬台詩』と難題をつきつけられるが、ことごとく「霊魂」となった阿倍仲麻呂が援助する。『文選』では仲麻呂の霊が真備の後ろで読み、囲碁でも仲麻呂の霊が碁を指示、相碁になって仲麻呂が石をひとつ盗み、真備がこっそり紙に包んで呑みこむ。

或人ノ云ク、光明光覚瑠璃ノ壺ニ吉備ヲ入置キ、目鏡ニテ五臓ヲ見ント是ニ依テ吉備公ヲ壺ニ入、目鏡ヲ以テ見ルニ、□ヨリ朝ノ食臓ニアリ。ココニ一ツノ府ニ紙ニ包ミタルモノ有。是コソ必ズ一石ナラント云。

真備を瑠璃の壺の中に入れて内臓を透視し、紙包みを発見するが、真備は紙で汗をぬぐい、力紙としたのを思わず呑んでしまったのだと強弁、ついに中国側は、碁の相手の周句の首を斬り、碁盤に乗せて真備に献上する。

碁盤ニウラニクボミノ形アルハ、首ヲノスルノインナリ。

とその由来としている。これらの物語は近世になってから出てくるもので、十八世紀の勧化本『安部仲麿入唐記』では石を呑む主体が日中で逆転するが、鏡を使って体内を検査するなど響きあう面がある。

そして、例の長谷観音の霊験による蜘蛛の糸をつたって『野馬台詩』を解読でき、さらに真備の後に小野篁が再び長谷観音の霊験の蜘蛛に導かれて解読する、『歌行詩』以来のかたちになる。ここの由来譚では、『野馬台詩』解読より囲碁の話題に力点がおかれている印象が強い。その末尾には一転して、

俗説ニ曰ク、頼朝伊豆国ニ流サレ居玉フ時、或夜夢ニ、天ヨリ童子、駒ヲ台ニノセ下玉ヒテ賜フト見玉ヲ、夢ノ告ヲ人ニ語リ玉フニ、或人ノ云ク、是日本ヲ君ニサヅケ玉ハン瑞夢也。駒ヲ台ニノスルハ、野馬台本朝ヲサス也ト。果シテ頼朝、後ニ平家ヲ亡ボシ、六十六箇国ノ惣追補使トナル。

と、伊豆に配流された頼朝の夢に、童子から台に乗せた駒を授かるという、後に征夷大将軍となる前兆をめぐる瑞夢の逸話が記される。「野馬台」のいわれにもなっているが、この出処は不明である。

以下、「東海姫氏国」からはじまる『野馬台詩』の注釈が展開される。今ここでその詳細をたどる余裕はないので概要のみにとどめるが、おおむね『歌行詩』系の注釈を前提としつつ、叙述が大幅に増幅され、しかもほぼ詩句の順にそって年代の流れがおさえられており、かなり整序されているとみることができる。冒頭の「東海姫氏国」は呉太伯の渡来譚、「右司輔翼」は天照大神と天児屋根命らの約諾、「衡主元功」は聖徳太子、「谷塡田孫魚膾走」は大友と天武の壬申の乱で、叙述が詳しく、「葛後干戈動」以下は広嗣、押勝、道鏡と続く奈良朝の政変、「黄鶏人代食」は平将門、純友の乱、「黒鼠食牛腸」は平清盛と源頼朝、源平合戦、源家滅亡、「猿犬称英雄」は山名と細川の応仁の乱から北条早雲、織田信長、今川義元、武田信玄以下、郡雄割拠の戦国時代にまで及ぶ。おおよそ詩句にしたがって、日本の内乱史が列挙されている。これが最初に掲げた「野馬台詩目録」の人物群にほぼ合致するわけで、『野馬台詩』が日本紀であることを宣言しているとみてよいだろう。『野馬台詩』はまさに日本史（日本紀）を内に秘めた未来記であった。

言い換えれば、近世まで下がって、日本の歴史のまとまった姿をとらえられるようになったということでもあろう。室町期の『歌行詩』あたりまでは、まだ注釈そのものが断片的なものにとどまっていた。語注を基調とする必然でもあるが、注釈全体からそのような日本史の全体像まで見通すことはできなかった。もちろんそうした指向は感じさせるものの、いくつかの破片を集積統合する作業は読み手の方にゆだねられていた。ここに中世と近世の注釈法の差異がきわだっているとみてとれる。中世までは、あくまで『野馬台詩』を聖典とし、その詩句をどう解読するか、語彙レベルの注解からはじまり、その断片のつづり合わせから背後に日本の歴史が透視される体裁であった。

それが『野馬台弁義』に代表される近世注釈になると、語義のレベルはほとんど捨象され、詩句の意味するものが一気に内乱史の展開相のもとに整序されて、先験的に解読されてしまう。たとえば、「葛後干戈動」がなぜ奈良朝の政争史に結びつくのか、「葛」は「藤」だから「藤原」だ、といった語義による特有の想起型の注解の手続きは飛ばされ、即奈良朝の歴史叙述に接続されてしまう。いわば、歴史叙述のために『野馬台詩』の詩句が利用されるにすぎない。こうなると、『野馬台詩』の詩句はあってもなくてもよい。日本の内乱史を語りあげる手だてや契機として『野馬台詩』はお題目のようにかかげられるにすぎない。つまりは、注釈が肥大化することで、本来の『野馬台詩』の存在まで食いつぶしかねない地平まで突き進んでしまったことになろう。『野馬台詩』の注釈という体裁をとってはいるが、もはやそれは未来を予言するかたちでの歴史叙述ではなく、『野馬台詩』を借りつつ、はじめから日本の過去を描き叙述するテクストに変貌してしまっている。本義としては未来の予言書ではない。

しかし、ここまで注釈が自律的に展開するのは、中世までの注釈の歴史があったからで、結局はそれまでのぶあつい注釈史が前提になっているからこそ可能になったともいえる。中世までの注釈の堆積をふまえ、それを前提に上乗せした自律的な運動体として近世の注釈は回転する。時代が下がれば当たり前の現象には違いないが、これにあわせてみるべきは、『野馬台詩』注釈の近世における出版である。出版によって、『野馬台詩』はお手軽な読み物となり、歴史の真相（深層）を秘めたテクストではありえなくなった。歴史を学び、愉しむ気軽な読み物に変質したのである。中世まではごく限られた人間しか知りえなかったものが、近世には誰でも知っている、もしくは知りうるものに変わった。そこからこの『野馬台弁義』のような注釈書が生み出されたといってよい。

そうした注釈の位相の見きわめが肝要なのであって、中世だけ特権化してみてもほとんど意味はないだろう。注釈と学問研究が中世の特権であるかのように動いてきた従来の研究は、この辺りで一度相対化されなくてはならない。むしろ近世や近代からの逆照射によって、その意義も明確になるはずである。

再び、『野馬台弁義』にもどろう。その書名が示す通り、この書には詩句をめぐる歴史叙述的な記述の後に、「弁ニ曰」として、また別個の注が記される場合が少なくない。いくつか例示しよう。

弁ニ曰、姫氏国ト名ヅクルコト、正史実録神書ニナシ。

弁ニ曰、太子ノ元功ヲ立ト云ハ、サモ有ベシ。唐衡山思和尚ノ化身ト云ハ、信ゼザル処ナリ。太子本朝出生ハ、衡山思和尚死セザル前ト云リ。

弁ニ曰ク、称徳天皇ハ聖武帝ノ皇女ニテ、元正帝ノ養老二年戊午歳ニ生ル。光仁天皇ノ宝亀元年庚戌八月崩ズ。庚辰生レトハ相違ノ説ナリ。

弁ニ曰ク、頼朝ハ大納言ナレバ卿ト云べシ。公ト公ハ大臣ヲ云云ベカラズ。頼家害セラレテ、実朝殺セラル。天命三公ニ有トハ、果シテ何レニ有リヤ。妄誕ノ甚キコト、事実ニ暗キコト、是ヲ論ズルニ足ラズ。

弁ニ曰ク、本朝往古ヨリ動乱多シト雖モ、奥州貞任ガ乱、保元平治ノ戦ヒ、承久ノ乱後鳥羽院ト平ノ泰時合戦、元弘建武ノ兵乱ヲ後醍醐天皇ト平ノ高時太平記ニ有残セリ。

いずれも近世の合理主義による解釈で、従来の注釈の錯誤をつく点で共通する。とりわけ最後の注は戦乱史を語りつつ、この『野馬台詩』注ではそのすべてを補えないことを強調するもので、日本史像への視野が拡大し、内乱史総体を見通した上での批判であることが明らかである。しかし、前章までに述べたように(6)、蒙古襲来の刻印をはじめ、南北朝の内乱そのものが注釈言説の語りの現在であった可能性などからすれば、必ずしもここの「弁」による非難は当たってはいない。『野馬台詩』注の当初の目的は内乱史の記述にはなく、あくまで日本紀の王法史として、日本の王権や体制変革にかかわった歴史事象を、未来記のかたちで提起することにあったからだ。「弁」注の批判は、結果として近世武家の視点からなることを逆に提起している。

『野馬台弁義』の最後は、吉備真備や仲麻呂の伝で終わる。これも近世に再浮上する事象で、対外意識の危機感などに乗じて、異文化とかかわりをもった先人の再評価が進展する経緯をよく示している。

ここでは、『野馬台弁義』の注釈内容に深く立ち入ることができなかったが、近世注釈の位相を典型的に示すテクストの意義が浮かび上がってくる。今後の検証を期したい。

4 武智鉄二の『野馬台詩』論

『野馬台詩』注の片々をめぐって、中世、近世とたどってきたが、最後は近代である。一九六〇年代、演劇界で活躍、「武智歌舞伎」をはじめ新風を吹き込み、映画「黒い雪」の発禁裁判などで話題を呼んだ武智鉄二が、『野馬台詩』をめぐって本を出していたことを知ったのは、恥ずかしながら前著刊行後のことであった。インターネットで偶然知って早速古書店で入手したのが、『邪馬台の詩』（白金書房、ノア・ブックス、一九七五年）である。サブタイトルには、「一〇〇〇年前の詩がえがく日本の明日」とある。おそらく六〇年代から七〇年代に流行したノストラダムスの予言『諸世紀』をはじめとする終末観の影響を受けて書かれたものであろう。実際に引用している五島勉『ノストラダムスの大予言』（祥伝社、ノン・ブック、一九七三年）をはじめ、小松左京『日本沈没』（光文社、カッパノベルス、一九七三年）などに触発されたと思われる。随所に武智の歴史感覚がよく出ており、未来記は歴史叙述にほかならないことを再認識させる。

武智が『野馬台詩』を知ったのは、前著でもふれた歌舞伎『吉備大臣支那譚』であった。河竹黙阿弥の作、市川団十郎の演技で、これも一世を風靡した際物歌舞伎であった。武智は、「活歴」という用語を使うが、演劇の近代化運動の「未曾有といわれるほどのエネルギーに満ちたもの」の実例として、この黙阿弥・団十郎の歌舞伎を評価している。しかも、その当たりは観客側の『野馬台詩』への「説話的な知識」があってはじめて可能となったことも強調する。

歌舞伎の民衆路線から『野馬台詩』に接近するところがいかにも武智らしいところで、彼の関心の焦点は吉備真備にあるようだ。『江談抄』や『吉備大臣物語』『吉備大臣入唐絵巻』の三者も視野に入れて比較分析もしている。絵巻の詞書系が先行し、それを漢文調に書き直して『江談抄』に挿入し、さらに片仮名交じりに直したのが『吉備大臣物語』だとする。独自の解釈ではあるが、前著で分析したように、『江談抄』の背景を無視した分析で受け入れがたい。ついで林鵞峰の『本朝一人一首』を取り上げ、また黙阿弥の『吉備大臣支那譚』にもどり、

近世末期か明治初年までに、この予言はどのように解釈されてきたか。

という問題設定から、従来の『野馬台詩』注釈を一通りなぞってゆく。当時の研究状況からすれば当然であるが、中世の注釈ははなから問題になっていない。鵞峰が標的にしたのは中世の注釈であるから、結果として中世の注釈が投影していることは理の必然。武智の論ではそうしたことにほとんど無自覚である。たとえば、「魚膾生羽翔」に関しては、「シュールな詩句」だとしつつ、従来の壬申の乱説を出し、大友皇子の敗死にふれ、

近江国山前で自殺したので、湖国で身体をきりきざんで、ナマスになって昇天したという意味にでもとっておこう。

などとする（この種の戯れ言めいた切り口の方がまだましだという印象を抱かせはするが）。

ついで自己の解釈に移ってゆくが、その前提として『野馬台詩』が予言書であるなら、「未来の、未知の世界に向けてなされるはず」で、従来の解釈が「過去への予言になってしまっている」ことへの疑問を投げかけている。つまり武智の立場はあくまで『野馬台詩』を未来に向けての予言書としてとらえるところにある。その発想が武智の説の根幹にあり、合理的な説をもたらすことになる。未来記は本質として未来の予言を装った過去の歴

史叙述であることにもかかわらない。

とりわけ第三句の「右司為輔翼」に着目、従来の説では、天照大神を補佐する天児屋根命らとの約諾をいうが、この「右司」を右大臣ととり、吉備真備につなげていく。そして本書で最も多くの頁をさいて、吉備真備の生涯をたどり、道鏡事件をはじめ奈良朝末期の政争を描いてゆく。結論として、吉備真備が遣唐使の在唐時代に『野馬台詩』を書き、その三〇年後に右大臣となることを予言していた、吉備真備こそ道鏡事件の王権危機を救った立役者であり、白壁王（光仁天皇）を推したものの、藤原氏との権力闘争に敗れて最後は失脚するという立場に立ち、以後の詩句もすべてそれ以降の予言でなければならない、というのが武智の解釈である。

したがって、「衡主元功」は、通説の聖徳太子ではなく桓武の平安遷都をさすのだといった調子で、聖徳太子や大化の改新、壬申の乱など吉備真備より前の時代の予言はありえないということですべて排除される。そこから飛躍がはじまり、「谷塡田孫走」にいたっては、木曽義仲と平家の倶利伽羅峠の合戦をさすとする。「魚膾生羽翔」は、「魚膾」が三鱗をさすから北条氏の家紋で北条時政をさし、「窘急寄胡城」は蒙古襲来、「黄鶏代人食」は南北朝の内乱の足利尊氏、「黒鼠喰牛腸」は明智光秀の本能寺の変、「天命在三公」は徳川三代だとする。すべては思いつきの飛躍の連続で、乱世が指向される点では、先の『野馬台弁義』とも類似する。

そうして問題の「百王流畢竭」で一気に現代にまで下がってくる。ここで武智の天皇観が突出し、歴代天皇を朝鮮渡来系の侵略天皇と土着和人系の民族天皇とに区分けし、継体以降が後者に当たり、万世一系にかない、そこから数えると昭和天皇が九十九代、平成の天皇（出版時は皇太子）が百代に相当するという。「猿犬称英雄」に関しては、天皇廃止をいう革新陣営、「星流飛野外」は「月の裏側の宇宙人基地からの攻撃」で、アポロ宇宙飛行士の月の裏側の宇宙人基地発見のうわさ例までもちだす。この辺りからノストラダムスの予言とりわけ五島勉の説とかさねてとらえ、『野馬台詩』との偶合を強調、結末の「青丘与赤土、茫々遂為空」は、宇宙人との戦争

で人類が滅亡、

日本の国土は、そのときもうどこにもない。青丘も赤土も跡形もない。日本人が死に絶えた後に、『日本沈没』がはじまったからである。

と結ばれる。最後は小松左京の『日本沈没』につなげている。

まさに荒唐無稽にはちがいないが、これもまた『野馬台詩』の現代版注釈にほかならない。武智の民族主義的歴史観と歴史への想像力の縮図がここにある。七〇年代前半、高度経済成長の繁栄謳歌からオイルショックや公害問題などの世相不安へ、暗澹たる影がしのびよる時代、社会の裏面や深層から噴出する終末論に傾斜する時代思潮の典型的所産である。『野馬台詩』はノストラダムスの予言（五島勉の本では、一九九九年七月、人類滅亡が強調されていた）に対して、日本自前の未来記、日本版ノストラダムス予言書として武智の前にあらわれてくる。ゲーム感覚で時代を読む絶好のテクストとなった。ウソにきまっているが、でもひょっとすると本当かもしれない、という虚実皮膜を愉しむ、歴史と現実を横断的に解釈するテクスト作りとそれを読む愉楽に徹する。乱世を目の前にして、中世の知識人たちがしきりに『野馬台詩』を口にする状況とも類比できる。未来記が必然的に歴史叙述となることをも同時に証明してみせた点でも着目されるであろう。

以上、『野馬台詩』を中心に、前著でふれえなかった問題を中心に(7)、中世の注釈の聖徳太子と琳聖太子をめぐる説話、近世の『野馬台弁義』や近代の武智鉄二の『邪馬台の詩』といった注釈書をみてきた。時代のアスペクトから通時・共時にわたる注釈の位相を透視する必要があり、未来記はその恰好の対象となる。『野馬台詩』は終末観に即応するばかりでなく、歴史の見直しに応じて、いつでもよみがえる力学を秘めている。それは詩句の隠喩が注釈による解読営為を誘引し続け、おのずと歴史叙述をつむぎださずにはおかない構造を胚胎しているからである。

注

（1）その後、出光泰生氏からも手紙で教示を受けた。
（2）小峯和明『中世日本の予言書』（岩波新書、二〇〇七年）。
（3）近藤清石『大内氏実録』（マツノ書店、一九七四年。初版・私家版・一八九一年）。
（4）中野真麻理『一乗拾玉抄の研究』（臨川書店、一九九八年）。
（5）ちなみに、『三国妖狐伝』などに類する『三国妖婦伝』中篇巻三には、『野馬台詩国字抄』が引用されている（伊藤聡氏の示教による）。
（6）小峯和明「〈侵略文学〉の位相―蒙古襲来と託宣・未来記を中心に、異文化交流の文学史をもとめて」（『国語と国文学』二〇〇四年六月）。
（7）前著でもれていた関連資料名のみあげておく（伊藤聡・曽根原理・宮腰直人各氏の示教を得た）。
真福寺蔵『書集作抄』明応四年（一四九五）長谷寺勧進帳、檀王法林寺蔵の袋中『雑物集』、同『題額聖䤉賛』五・神武天皇、『東照社縁起』〈真名縁起〉寛永十二年（一六三五）十一月（後水尾院）、中京大学図書館蔵『塵滴問答』（古活字版）、『関八州繋馬』、近世随筆『塩尻』、『南部一揆野馬台詩』、黄表紙『吉備能日本智恵』（恋川春町、安永天明期、『森銑三著作集』）。
また、近年の創作に頼迅一郎『小説「野馬台詩」』（『大衆文芸』夏の号、新鷹会、二〇一三年）がある。

三　『野馬台詩』とその物語を読む

1　遣唐使吉備真備の外交神話

吉備真備といえば、八世紀の奈良時代末期の学者で右大臣にまでなり、二度の遣唐使として中国に派遣され、さまざまな学芸を伝えた人物として知られる。一度目の遣唐使は有名な阿倍仲麻呂と一緒で滞在は一〇年以上に及び、二度目はその仲麻呂や名高い鑑真和尚を日本に連れて帰る役目を負っていた（船はそれぞれ別で仲麻呂の船はベトナムに漂着）。真備の活躍ぶりを描いた絵巻が『吉備大臣入唐絵巻』である。十二世紀末から十三世紀初めの院政期に描かれた傑作の絵巻として知られ、現在、アメリカのボストン美術館に所蔵される。『伴大納言絵巻』と似通った描写で、後白河院の命により同じ宮中の絵所で制作されたと考えられている。

絵巻の物語は、その優れた才能を恐れた中国の皇帝が、上陸した真備を高い楼閣に幽閉する。夜半に鬼になった阿倍仲麻呂が現れ、やがて二人は意気投合する。この物語では、仲麻呂は真備より前に遣唐使として渡り、同じように幽閉され、王からの難題を解決できずに亡くなり、鬼になったとされる。真備は王から次々と難題を出され、そのつど鬼の仲麻呂が援助する。第一の難題は中国古典の詞華集『文選』の解読で、深夜に真備と仲麻呂二人は楼閣を抜け出て空を飛んで宮中に侵入し、学者たちが読み上げていた『文選』の文言をそらんじて、楼閣に戻って反故紙にわざとらしく書き散らかす。翌日、使いの学者がそれを見て仰天、日本にも『文選』が作られていたと驚嘆する。『文選』がすでに難解で手のつけられないものになっていたからこそ、こういう説話が生まれたのであろう。

第二の難題は囲碁の勝負、実際に遣唐使団は囲碁の名人を連れて行っており、囲碁は外交上の重要なゲームであったらしい。鬼の仲麻呂から囲碁の打ち方を習った真備は、楼閣の天井の井桁の組みを碁盤に見立てて一晩のうちに習得し、翌日、中国の名人と対局する。何とか引き分けに持ちこんだ真備は、敵の目を盗んでとっさに相手の碁石を呑んでしまい、かろうじて勝利する。これを不審に思った中国側は占い師に占わせ、真備が石を呑んだに違いないと下剤を飲ませる。すると真備はそれを封ずる術を使い、ことなきを得る。

そして問題の第三の『野馬台詩』の解読である。これは中国の僧宝誌（宝志とも）が作ったとされる五言二十四句の短い詩であるが、文字列がばらばらでそのままでは読めない不思議なものであった。鬼の仲麻呂もさすがにお手上げで、窮地に陥った真備は日本の方を向いて長谷寺の観音と住吉神社に祈願する。するとその祈りが通じて、天井から蜘蛛が降りてきて、ばらばらの文字が並んでいる『野馬台詩』の紙の上にぽとりと降り立ち、糸を引いて歩き出したではないか。はたしてその糸をつたって読んでいくと、みごと解読できた、という。こうして難題を解決したものの、それでも王が真備を許さなかったため、真備は最後の手段とばかり陰陽道の術を使って太陽と月の動きを封じてしまい、世の中を真っ暗闇にしてしまう（月食や日食であろうか）。これも真備の仕業とわかり、ついに王は降参して真備を許して日本に帰す。真備は難題の『文選』と囲碁、『野馬台詩』の三つを持ち帰る。日本の高名はまさに真備にあった、とされる。

以上が絵巻の物語であるが、絵巻そのものは残念ながら囲碁の場面までで切断され、以下は今日伝わらない。肝心の『野馬台詩』の解読場面や日月封じの場面は残されていない。『野馬台詩』以下の物語の続きがわかるのは、この話のもととなった平安末期を代表する学者、大江匡房の晩年の談話筆録『江談抄』に一部始終が語られているし、それより後の『吉備大臣物語』という写本が残っているからである（これも古本の『江談抄』からの抄写であろう）。大江匡房の談話は彼が天永二年（一一一一）に亡くなる数ヵ月前のもので、母方の祖父から聞いた話であったという。吉備真備の話はまさに平安時代の貴族社会で脈々と語り伝えられた故事であったことが知られる。

真備の物語は実に奇想天外、荒唐無稽には違いないが、古代社会における東アジアの対外交流のありようを知らせてくれる誠に興味深い逸話であり、いつの時代にも通ずる東アジアの諸国との緊張関係を反映している。遣唐使がすでに遠い過去の歴史となった時代、しかも宋や高麗など東アジアの交流がますます活発な時代にあって、遣唐使の物語はよりいっそう幻想化されていく。吉備真備はそうした外交上のスーパースターであり、大国中国の皇帝を脱帽させる超越的な力を示してやまない。真備はすでに陰陽道をはじめさまざまな術を駆使しうる超越者であった。試しているのは王ではなく、真備の方だったというべきだろう。対外関係のはぐくむ劣等意識が時として振り子が反転するように、絶対的な優越感を誇示するものに逆転する。そうしたコンプレックスの所産でもあろう。同じような話題は隣の朝鮮半島にもある。新羅時代に中国に渡った文人崔致遠を主人公とし、すぐれた力を発揮、中国への優越を説く小説『崔致遠伝』が朝鮮王朝時代に生み出されていた。東アジアに共有されるパターンであった。吉備真備の物語はまさにいつの時代にも甦り再生されうる、外交の神話にほかならない。

2 『野馬台詩』の解読

真備が苦心して解読した『野馬台詩』とはどんな詩であったのか。この詩は「東海姫氏国」（東海、姫氏の国）にはじまり、「茫々遂為空」（茫々としてついに空となる）にいたる二十四句からなる。「黄鶏食人代」（黄鶏、人に

図12　平成22年3月特別企画公演 新作能「野馬台の詩—吉備大臣と阿倍仲麻呂」公演プログラム表紙（国立能楽堂提供）

代わって食し）、「黒鼠喰牛腸」（黒鼠、牛腸を喰らう）、「猿犬称英雄」（猿と犬、英雄と称す）といった動物にたとえた謎めいた不気味な文言に満ちている。詳細は略すが、全体は王と家臣がよく助けあって政治が運営され、体制も安定していたが、やがて反乱が起きて下克上の群雄割拠の時代となり、ついには国土が荒廃して滅亡するという内容になっている。明らかに一国の興亡盛衰の歴史をとらえ、衰滅をうたう予言の詩となっているのである。これを作ったのは中国の宝誌とされるが、日本の予言書とされ、「未来記」と呼ばれるようになる。「野馬台」は本来「やまと」で日本のことを指し、後の中世になってつけられた名称である。はじめの句「東海姫氏国」の「東海」が中国から東の彼方であり、「姫氏」は本来の語義を離れて日本の天照大神、神功皇后など女神や女帝をさすとみなされ、この詩は日本の将来を予言したものと解釈されていく。

　なかでもこの詩が決定的な影響力をもったのは、「百王流畢竭」（百王の流れ、ことごとく尽きて）の一句であり、日本の天皇は百代で終わりだという独特の終末観を生み出すのである。「百王思想」といわれ、仏教の末法思想とも異なる終末の危機感を日本社会にもたらす。源平の争乱から南北朝の内乱など戦乱の世が続く時代と重なって、いっそう危機感を深めた。『野馬台詩』は今や日本の終末を彩る詩として絶大なインパクトをもつようになった。現実に何か異変が起きると、これはすでに『野馬台詩』に予言されていた通りだ、というように、異様な現実を受け入れ、了解するための手がかりとして意味づけられていく。

さらには、過去に起きた歴史上の事件も、『野馬台詩』にあわせて解釈されるようになる。「黒鼠」は誰で、「牛」は誰だ、とか、「猿」と「犬」はいったい誰を指すのか、というように、歴史を解読する鍵となっていく。不気味な動物にたとえられる人物はそのつどいくらでも変わりうるから、『野馬台詩』の詩の文言は変わらなくとも、その解釈は時代ごとに、あるいは人によっていかようにでも変わり、多様に解読されていったのである。たとえば、ある説では「黒鼠」は奈良時代末期の道鏡で、別の説では平清盛だとされたりする。

このように『野馬台詩』は時代を超えてうけつがれ、歴史や現実を解読する絶好のよりどころとなっていった。しかし、江戸時代になると、予言書そのものの信憑性がゆらぐようになり、その欺瞞性が批判されたり、『野暮(やぼ)台詩』や『屁暮(へぼ)台詩』といったパロディも作られ、遊びの要素が強くなっていく。その背景には、『野馬台詩』の注釈書の出版があった。中世までは貴族や僧侶など知識人のレベルに限られていたが、近世の出版によって誰でもいつでも読めるようになり、未来記は一気に大衆化する。幕末から明治にかけて、吉備真備が『野馬台詩』を読む物語が歌舞伎として上演され、九代目市川団十郎の当たり役となる。日清戦争の時局をふまえた芝居として人気を博し、日本の優位を誇示する外交神話として復活する。『野馬台詩』の解釈と、真備が『野馬台詩』を解読する物語とが相乗しあって、さらにひろく受け継がれていくのである。

こうして、『野馬台詩』は〈読む〉とはどういうことか、根源的な意味をわれわれにつきつけている。今日あらたな新作能として『野馬台詩』解読の物語がどのように甦るのか、興味は尽きない。二十一世紀にも『野馬台詩』は生きていることを、あらためて思う。見えない蜘蛛の糸にあやつられ、導かれ、われわれははたしてどこまでいくのであろうか。

参考文献

小峯和明『野馬台詩の謎―歴史叙述としての未来記』(岩波書店、二〇〇三年)。

同　『中世日本の予言書―〈未来記〉を読む』（岩波新書・岩波書店、二〇〇七年）。
同　『遣唐使と外交神話―『吉備大臣入唐絵巻』を読む』（集英社新書、二〇一八年）。

四　未来記の変貌と再生
――その後の『野馬台詩』――

はじめに

未来記及び予言書については、すでに拙著『野馬台詩の謎』『中世日本の予言書』（以下この二書を前著と呼ぶ）をはじめ、いくつかの論考で縷々述べ来たっているが[(1)]、その後もさまざまな資料が出てきて、収束する気配がない。ここではできるだけ生活誌に即したかたちで種々ふれてみたいと思う。

今までの研究では文学や歴史学からも充分認知されていなかった領域で、さらに日本だけではなく、東アジアや西洋をも視野に入れて検証すべきと考えている。また、古代以来、一連の物語類には、予言や予兆にまつわる言説がたくさん見られる。主人公のその後の行く末を示唆し、暗示する予言型（未来記型）の物語も少なからずあり、既知の物語の読みかえも可能であろう。また、美術史研究でも、西洋ルネッサンスを焦点に「予言文化」が問題視されるようになった[(2)]。予言文化・文学から従来の文化史や文学史の枠組みを変えたいと思う。

ここでは、ひとまず未来記の象徴ともいえる『野馬台詩』を中心に論をつみあげていきたい。

1 再生する『野馬台詩』

『野馬台詩』は五言二十四句の短い詩で、作者や制作年代に関しては今も不明のままである。中国の六朝時代、梁の宝誌作者説が一般化しているが、日本では八世紀には伝来していたとされ、中世にはその注釈が多様に展開して、日本の未来や歴史を占う巨大なものとなっていた。とりわけ、天皇が百代で日本は終わりだとの百王思想の典拠として重視され、乱世の時代相とあいまって終末観を醸成するのにおおきな役割をはたした。近世には、未来記そのものへの批判が出てきて弾劾されるが、その一方であらたな注釈も制作され続けた。詩の稚拙さから中国産ではありえず、日本の偽作だとする説も出される。しかし、中国仏教史研究の進展から、宝誌が時代を超えて観音の化身とされ、予言者のイメージを持ち続け、水陸会の始祖と化したり、さまざまに信奉され続けた存在であったことが明らかにされた。近時、中国における宝誌の予言言説を網羅した佐野誠子論文では、中国のそれらと『野馬台詩』とは予言のあり方にかなり隔たりがあることが指摘される[3]（次章）。仮に宝誌の実作ではないにしても、宝誌に仮託される根拠はおおいにあったとみることができ、宝誌偽作や偽書の問題としてとらえ返すことができる。日本でも宝誌の観音化身説は浸透し、中世神道の世界では天照大神と習合するところにまでいたる。朝鮮半島でも大蔵経版で著名な海印寺の創建を予言したり（『踏山記』）、ベトナムでも僧伝集成の『禅苑集英』（黎朝・永盛十一年〈一七一五〉刊）にその名がみえるように、東アジアの時代と地域にまたがるおおきな存在であることが明らかになってきた[4]。

宝誌についての総合的な問題は次章で論ずるので、ここではそれ以上ふれない。前著では、『野馬台詩』の日本への伝来や解読と享受の様相を通時代から追い求めてみたが、その後も多くの方々の教授を得てたくさん資料が出てきたので、若干前著と重複するが、ここでまたあらためて見直しをはかってみたいと思う。まず、『野馬台詩』が未来や現実をとらえ、時代を読むテクストとして機能していたことを前著で詳しく述べたが、その後もいくつか事例を知り得たので、紹介しておきたい。

まず、『千葉県の歴史』資料編・中世3（県内文書2）第一章・妙本寺の二七五「野馬台詩」（九巻二九号）、二七六「未来記写」（九巻三〇号）の二条である。

前者は『野馬台詩』の訓読文であるが、後者は以下のような内容となる。

野馬台王臣代尽テ、赤土トテ百姓ノ国ト成リ、青丘トテ侍土人ト成ラント見ヘタリ。此如未来記、京モ田舎モ、下位ナル者ハ身立家興、侍ハ本来国ヲ持人モ、一所二所ノ所領ヲ知行スル人モ、我レト升ヲ取リ算木握リ、明テモ暮テモ米銭所務ノ業耳而、文武ノ道絶、芸才之嗜曾無之、重欲ヲハゲマシ、自昔定置所ノ所領、年々地検々見ヲ而捨倍踏上ゲ、寺社ヲ没倒シ、百姓没収シテ手ヅカラ自ラ耕作シ、売買利銭公文ヲシ山留シテ不聞温良恭倹謙ノ心遣リ一ト而無之、剰押詰ラレタル百姓万民一命計残ルヲバ家ヲ造ラセ作ヲサセ、普請・飛脚・夫料・雑事・路次役ナンドトテ、日夜朝暮責遣事、猿ヲマワスニ異ナラズ、誠浅間敷世間之為体也。其上、昔人ノ立置タル伽藍・僧坊・堂塔・仏閣ヲ打破、私之殿室、台舎ヲ結構、寺領社領ヲ没倒、妻子眷属ヲ孚。因茲天罰身ニ酬、一旦ハ栄花ニホコレドモ、無程国モ破レ、人之物ト成リ、家モ絶ヘテ跡形モナクナレリ。

天文三年初秋日　　本云、穂田妙本寺先師ノ作也。

右未来記者、文禄三之冬、於二房州府中一有二論談一、然処、同国田辺浄蓮院所持化候。而長狭上村満福寺書写之間、写レ置者也。

これによれば、天文三年（一五三四）、もと穂田妙本寺の先師の作で、文禄三年（一五九四）冬、安房の府中で論談し、田辺浄蓮院の住持が持っていたのを長狭上村満福寺で書写した合間に写したという。冒頭で『野馬台詩』末尾の句「青丘与赤土　茫々遂為空」をふまえ、王臣の世が尽きて、「赤土」は百姓の国となり、「青丘」は侍が「土人」となったことを指すとする。『野馬台詩』から下克上の世界転変の予言を読み取り、京も田舎も問わず、下克上のはびこる世相を慨嘆する趣旨であり、欲のおもむくままに貪る風潮を「浅ましき世間の体たらく」だと諷刺し、痛罵してやまない。やがて天罰がくだり、跡形もなくなるに違いないと、『野馬台詩』の茫々として空となる終末観にもとづく予言を強調する。

前著でふれた、知識人たちが当代の時代相を見つめ、悲憤慷慨し慨嘆する際のよりどころが『野馬台詩』であったのとほとんど軌を一にする。一人醒めたまなざしで度し難い現実を見すえ、現況を憂えるという、いつの時代にも変わらぬ知識人の精神構造をありありと映し出している。世相とのずれを嘆かずにはいられない知識人にとって、絶好のアイテムやツールとして未来記、とりわけ『野馬台詩』はあった。『野馬台詩』がかくも時代を超えて歴史解読の鍵を握り続けたのも、その文言のあやしげな予兆にみちた表現性によるところがおおきいだろう。曖昧で何にでもあてはめて何とでも解釈できる融通性をそなえていたからにほかならず、前代の解釈をふまえてそれと重ね合わせたり、上書きして自在に使える表現システムが確立していたからである。

つまり、混沌たる時代相をとらえ、解釈する発想の型がすでに『野馬台詩』によって規定され、範疇化されていた、とみることができるであろう。『野馬台詩』は意識するとしないとを問わずそのような規範となっていたのである。右の例はそれが十六世紀末期には国家権力にかかわる京の中枢ばかりでなく、在地の僧坊に代表される地域にまでひろがり、浸透し、蔓延していたことをつぶさにうかがわせる点で大変貴重なものといえよう。

これにつがえる京の例としては、十六世紀末期から十七世紀前半の浄土宗の学僧として、また琉球体験を綴った『琉球神道記』や『琉球往来』で名高い袋中があげられる。彼の書き残したものにも『野馬台詩』享受の片鱗がうかがえる。いずれも京都三条の袋中ゆかりの檀王法林寺に直筆本が現蔵される。

吉備大臣入唐時、四州仏玄寺ノ住持宝志和尚、大臣為二智恵一、野馬台ト云作二一紙籤一、令二之文字雑乱一メ不レ知二始終一。爰天井ヨリ蜘蛛下テ引レ糸、教二ス句行ニ一。依之、輙得二タリ読コト一。蜘蛛緊レバ、百変吉トモ云。（『雑物集』）

卯生者、梁ノ宝誌和尚生二於鳥巣一、手足ノ爪皆鳥也。然ニ得脱新ナリ。化生ハ我朝ノ仲算大徳也。（略）陶淵明従二菊籬一生ズ。此人為二盧山帰依ノ衆ト一。或和ノ菅丞相従二苑中一生ズ。（『題額聖𨷻賛』三）

前者は、さまざまな事項をメモ風に書き記したもので、その一節に吉備真備の『野馬台詩』解読をめぐる霊験の話題がある。周知の内容のものだが、ほとんど故事としてカタログ化された趣がある。別の機会にすでに述べたことがあるが(5)、袋中自身、占いや祈禱もやっていたようなので、予言詩などもよく見知っていた可能性が高い。右の引用で着目されるのは、宝誌を「四州仏玄寺ノ住持」とする点で、仏玄寺の僧とする伝承はあまり見ることがなく、しかも宝誌が真備の実力を試す設定になっている。

一方、後者は法然の『浄土初学抄』の注釈書である名越派良山の『初学題額集』のさらなる注釈書で、浄土教義からまとめた体系的な述作である。ここの宝誌の出自をめぐる例は、中国の『梁高僧伝』にみえ、『野馬台詩』の注にも散見する。仏教でいう生命誕生の四生観の化生をめぐる具体例のひとつとしてあげられる。

袋中と安房の僧とのとらえ方の差違がそのまま『野馬台詩』享受と再生の位相差となっていることが知られよう。

近世以降、出版文化の隆盛を迎えると、『野馬台詩』は予言書のかたちをとった一種の歴史解読ゲームとなって、日本史の教科書や教養書のごとくに変貌し、ひろく親しまれるようになる。十九世紀に出版され、ベストセラーとなった教養書『経典余師』のシリーズに加えられたことなどからも明らかであろう。時代を見通し、国家の命運を託し、戦争などにいたる重要な意志決定に作用するような力は失われ、直線的で継起的な歴史と異なり、時代が交差し屈折した予言のかたちをとる変わり種的な歴史物として、歴史を学び知り、楽しめる読み物に変貌したのである。

2 祭礼の場に生きる『野馬台詩』

『野馬台詩』がいかに一般に流布したかを知る絶好の例が、前著でも指摘した神田明神の祭礼における出し物である。いつの時代からかは不明だが、祭礼の風流の作り物ひとつに『野馬台詩』が掲げられ、街を練り歩いた図像が残されている。衆目を集めるための細工や仕掛けを凝らした作り物に『野馬台詩』が選ばれたこと自体、重要な意義をもつ。具体的には、吉備真備が解読すべく蜘蛛が糸を引きながら歩くさまが演出されたと思われるが、一種の演劇的な効果をおびた、出し物の影響力ははかりしれないだろう。それがまた『野馬台詩』をひろめる、より強力な媒体となったことは疑う余地がない。

これと関連して、芝居や演劇の出し物として『野馬台詩』がしばしばかけられていたことも見のがせないであろう。前著では、明治期の際物の歌舞伎の例をあげたが、これがさらに近世期の在地の芝居、いわゆる地芝居にもあったことが郡司正勝『地芝居と民俗』（岩崎美術社、一九七七年）によって知られる。下野国（栃木県）那須郡の烏山城下に伝わる『赤坂祭礼記録』がそれで、永禄六年（一五六三）から宝暦十二年（一七六二）に至る二

図13　「神田明神祭礼絵巻」（龍ヶ崎市歴史民俗資料館蔵）

○○年間の牛頭天王の祭礼記である。「稲垣和泉守様御代」として、享保八年（一七二三）の祭礼に以下のような例がみえる。

吉備大臣遣唐使

仕掛屋台上、唐ノ城構へ、三階櫓、二階門、奥細工始メ仕出シ野馬台詩、五尺、四尺ノ見台、文字ノ上ヲ歩ム、からくり屋形船出ス

三階櫓突出シ奥門作者、孫兵衛

蜘蛛からくり細工作者　八郎治、平吉

というもので、明らかに吉備真備が蜘蛛の糸に導かれて『野馬台詩』を解読する話を細工のからくりで作っていることがうかがえる。その前後をみると、享保四年には「平維持紅葉狩」、同六年には「源頼光四天王」、同十年には「神功皇后三韓責」、同十二年は「羅生門　渡辺綱」、同十四年は「田原藤太秀郷」云々と続く。中世のお伽草子や語り物で人気のあった代表的な物語が目白押しで並んでいる。「源頼光四天王」では、

大山舟ニ頼光四天王乗セテ山ノ中ニ、高サ八尺余上ル、鷲ヲ屋台ノ上山ヨリ踏板ノ而トヒ余飛ス。藤壺ノ鬼女ヲ摑ミ飛カヘル。

とあり、「羅生門」の鬼は高さ「一丈二尺」あったというから、

かなり大がかりなものだったことがわかる。ここの「吉備大臣遣唐使」も、四、五尺ある見台に乗せられた『野馬台詩』の文字を蜘蛛がはいずりまわる様子のからくりが屋形船として出されたわけで、衆目を集めたであろうことは想像にかたくない。

吉備真備が中国の王による難題として『野馬台詩』の解読を命じられ、窮地に陥って日本の長谷観音に祈願するや霊験があらわれ、蜘蛛が糸をひきつつ歩き回った後を伝ってみごと解読できたという説話の顚末を、大仰なからくりを通して人々は知り、あらためてその外交神話ともいえる話を記憶し、日本のナショナリズムを体現する認識を更新していったのである。

ついでにいえば、二〇一〇年三月に、国立能楽堂で新作能「野馬台の詩―吉備大臣と阿倍仲麻呂―」が上演された。野村万斎が真備役で、蜘蛛の糸をたどって『野馬台詩』を解読する場面は子役が蜘蛛を演じて一字ずつぴょんぴょん飛び跳ねて指し示たり、結末は真備と仲麻呂が決別し、いっさいが闇となる演出で、狂言の「唐人相撲」などの趣向も取り入れた、能狂言一体型の興味深いものであった[6]。もともと中世には能「吉備」（「吉備大臣」とも）があったが、現存の台本は近世のもので成立など詳細はよくわかっていないようだ[7]。前著でふれたように、明治には河竹黙阿弥作の『吉備大臣支那譚』が九代目市川団十郎の当たり役としてはやった。『野馬台詩』解読譚はこのような演劇、芸能の面からも立体化されていたのである。

3　変貌する『野馬台詩』

『野馬台詩』の解読と伝来をめぐる真備の霊験譚は、時代が下るに応じて、祭礼の作り物やからくりなどを通して外部にさらされることで秘儀的な面は消去され、今や誰でも知っているような説話になった。それを端的に

示すものに、

唐人の目には蛛なく読むと見へ　（『柳多留』三四編）

野馬台の詩を見るやうな迷ひ路　（享保十二年〈一七二七〉雑俳書『十八公』）

などの川柳や雑俳がある（斎田作楽編『野馬台詩国字抄＊回文錦字詩抄　影印と翻刻』太平書屋、二〇一一年）。前者は、真備の霊験による蜘蛛の手引きが中国の人には見えないだろうという解釈で、「蛛なく」は「苦もなく」が掛けられる。蜘蛛の霊験を中国側に視点をずらしてみせたのが秀逸というべきだろう。

後者は『野馬台詩』解読の蜘蛛の糸をたどって浮かび上がる複雑な図形を迷路にたとえたもので、迷路といえば、『野馬台詩』解読の不思議な図形が連想されるような常識があったことを示す点で興味深い。

これも前著で指摘したが、近世には周知のものとなった結果、『野馬台詩』はパロディの対象にもなる。前著では、安政大地震の折にはやった鯰絵の『野暮台詩』を紹介したが、ここでは『野保台詩』を取り上げよう。幕末の黒船来港にともなう混乱を諷刺したものである。西沢爽『日本近代歌謡史』上（桜楓社、一九九〇年）に図版が掲載されているので、その一部を引いておく。

異治来　（略）　諸自強　（略）　町万閑
乱国成　　　　　倭国騒　　　　　唐人眠
東変船　　　　　異愁驚　　　　　役涙悲

これを解読すると、以下のようになる。

異国船　東国へ来ツテ　治国変　乱国成ル（略）
諸国驚キ　異国強　自国愁へ　倭国騒グ（略）
町人悲ミ　役人閑　万人涙　唐人ノ眠リ

漢字三字一行を三行ずつセットにして、右上から斜め左下へ、左上から斜め右下へ、横中央の行を右から左へ、縦中央の行を上から下へ、と順に読んで意味が通ずるようになっている。魔法陣のかたちで、内容上、『野馬台詩』とのつながりはあまりみられない。もはや『野保台詩』という表題だけが『野馬台詩』にもとづくだけで、それだけ『野馬台詩』が古典化して、表題のもじりにまでなっていたことを示している。鯰絵の『野暮台詩』の方が「起火灰燼軒倒し」(吉備大臣遣唐使)、「家破大の持」(野馬台の詩)や鯰のぬめりをつたって解読する等々、『野馬台詩』の内容にまでかかわるパロディとしてあったといえる。書名のもじりはほかに、『野蛮台詩』『屁暮台詩』などがある。

そして、時代は明治に下ってもこの傾向は引き継がれていく。『明治事物起源』上巻「和英辞書の始」(『明治文化全集』日本評論社、一九六九年復刻)には次のような事例がみえる。まず、ヘボン式ローマ字で有名なヘボンの英和辞書に関して、

　横浜在留ヘボン、和英辞書の編纂あり。(略)

　　野馬台が欧文ならば蟹が這ひ

とある。『野馬台詩』が英文だったら横書きなので、蜘蛛ではなく、横歩きの蟹がはいずりまわっただろうという洒落であり、これまた『野馬台詩』の蜘蛛による解読譚が前提にあってはじめて理解できるものである。ついで同書には、右の例とは別に『維新耶馬台詩』なるテキストも引用される。長くなるが、例示しておこう。

　　無嫌触出過料丹間蚕屁
　　残検御分高本朝之抜童
　　地神月事暗壹運天河旗
　　成給国名出上倍数万本

法稀小畜十計説間八千
国名今分生院事万達惑
大無一古寺界人取迷無
抜同小世貪大当餌文百
種腰出過御賂鳶時姓貫
紙大大苦之損賄困日貳
人壹労橋折輩窮輩里本
非薩枚骨一大高一之唐
長多駄二難体脚運土過
土無○渋分飛一成上大

これは、明治の初年に出でし一種の落首にて、上半分にこの文字と読み進む順序の線を書き、下半分に絵を填めし錦絵も出て居る。各句の略註を施したきも今は只読み方だけを示し、読み順の道をも略す。

第八行の当の字より、斜めに読み出し、七行の界の字に移る。

当時日本唐土成り、一体一橋大腰抜ケ、大名小名暗本丹、間抜旗本八万人、大御苦労薩長士、無駄骨折損鳶ノ餌、迷惑千万天朝料、過分ノ月給法図無ク、小過之輩高運上、大過之輩賂賄貪ル、古今稀成ル地検触出シ、高壹倍間違ヒ無シ、百姓困窮大難渋、○多非人大出世、寺院ノ説教河童ノ屁、蚕之運上十分一、同ジク種紙一枚二分、飛脚は一里貳貫文、取ル事計リテ出ス事御嫌ヒ、無残ヤ神国畜生界。

これによれば、七言二十句の詩形式で、明治新政府の体制や世相を諷刺した「落首」という。『野馬台詩』にならってばらばらの文字列で提示され、読みの順を示す線が引かれ、上段が文字、下段が絵という構図の錦絵もあったらしい。前著で見た鯰絵系の『野暮台詩』も、文と絵が上下二段に分かたれた体裁だったから、これに類するものだったのであろう。○字は本来あったものが差別語のため当書で伏せ字としたらしく、ひとまずこれを踏襲しておく。

『維新耶馬台詩』は先に見た『野保台詩』などに似通うもので、世相諷刺の切り札のように『野馬台詩』をもとに再創造がはかられていた。『野馬台詩』が本来は未来を予言する讖文として機能していたのが、次第にそのような予言書的な意義が薄れ、社会を弾劾したり、世相を諷刺したりする面に比重が移っていく。『野馬台詩』の注釈が過去の歴史を読む歴史叙述の面をもっていたように、未来記がもつ社会的な機能や役割は引き継がれていったといえるであろう。

4　起源としての『野馬台詩』

『野馬台詩』の流布は、同時に吉備真備の解読譚の流布でもあり、蜘蛛の糸の奇瑞譚や長谷観音の霊験譚としてもひろまった。これに応じて、真備の解読譚は物事の起こりや由来を語る起源譚として受け継がれていくことにもなる。ここでは一例のみ示しておこう。

『人倫重宝記』二・二「縫物屋のはじまり」（『重宝記資料集成』第五）にいう。

縫物は昔、吉備大臣唐へ遣唐使にわたり給へば、唐帝大臣の才知のほどを試みんために、野馬台の詩を作りて読ましむ。大臣はいまだ知らざることなれば、わが国にむかつて、長谷の観音に祈誓し給へば、観音、蜘蛛となつて糸を引読ましめ給ふ。大臣死をのがるるのみならず、この賞美に七の宝を得、又縫といふことを相伝し給ふ。

さて大臣帰朝の後、縫給ひて帝へ奉り給ふ。おほやけ叡感なゝめならず上達部・殿上人に指南をえさせ給ふ。その縫所をば縫殿と名づけて今に内裏に有となり、これより世にひろまりて、人の所作とはしけるとなり。吉備大臣の縫給ふより伝はれるわざなれば、今も縫物屋は男のぬふわざなり。吉備大臣は御霊八所の明神のうちの一座にいわひ奉る。縫物は下御霊へ社参すべき事也。東山黒谷三十三所の観音堂のうちに吉備大臣の木像あり。ちかき比、京中の縫物屋集まりて、結構なる厨子を寄進し、とうとく拝まれ給ふも、先年縫物御法度におほせいだされてより、洛中の縫物屋衰微し、紙子きて謡うたふて袖こひする有様を、述懐のあまり吉備大臣を祈りての事なりといふ人もあり。今はいつしか紙子の謡もすくなくなりしは、御代繁栄のしるしなるべし。

縫い物をめぐる起源譚で、真備が長谷観音の霊験で『野馬台詩』を解読できたため、褒美をもらいうけ、縫い物をも相伝したという。帰国後に天皇に献上したところ大変な評判となり、縫殿という場まで宮中にできた。真備が伝えたので今も男の職芸だという。真備は御霊八所に祀られたので、縫い物屋は下御霊社に参詣、黒谷の観音堂にある真備の木像も礼拝の対象で厨子を寄贈したというが、先年の御法度により、縫い物屋も衰退し、紙子をまとった物乞いが歌って歩くようになり、真備を慕っての歌だという説もあり、次第にこの紙子も少なくなったのは、御代が繁栄しているからだ、とされる。

真備が中国から相伝したものは、『野馬台詩』ばかりでなく、『文選』や囲碁をはじめ、陰陽道、暦法、兵法などに加えて片仮名の発明等々、伝説も交えてたくさんあるが、ここでは縫い物が例にあげられる。

類似の例は仮名草子の『拮抗集』寛文六年版（『仮名草子集成』第十八巻）の、巻三・巻三十五「縫物」にもみえる。文章はほぼ同じなので省略する。また、同じ『拮抗集』には、

又、或説に、将棋の馬立は、野馬台の詩を、とり崩して、つくりける、といへり。しかるを、吉備大臣、入

　唐の後、この国へ将来し給ふ、と云々。（巻一・巻十一「将棋」）

とあり、将棋の起源譚にも真備相伝説が示されている。

仮名草子には他に真備関連で、『見聞軍抄』第四「異国より御調の舟、着岸の事」に、

　扨又、異国より吾朝をせめし事、開闢よりこのかた、七ケ度に及べり。いかが有けん、日本より毎年、大唐へ、くわんぐを送り給ひぬ。

　人王四十五代聖武天皇の御宇に、あべの中丸、きび大臣、遣唐使として、入唐せし事、扶桑の未来記に見えたり。

などという例もある。末尾にみる「扶桑の未来記」という呼称は、中世から近世に最も流布した『野馬台詩』注釈である『歌行詩』系の注釈書（「長恨歌」「琵琶行」「野馬台詩」がセット）の序文「野馬台之起」の末尾にいう「従ㇾ是以下、本朝盛行、四夷充満。故此書称㆓扶桑之未来記㆒也」をふまえているとみなせよう。『野馬台詩』解読譚がカタログ化して、そこここに散りばめられていったといえようか。

5　増幅する『野馬台詩』注釈

『野馬台詩』の注釈は近世の出版文化に乗ってひろまるが、これに応じて中世の『歌行詩』注を踏襲したものにほぼ固定化していく。『野馬台詩国字抄』『野馬台詩経典余師』などがその代表である。歴史解読ゲームとしての教養、教育用の読み物になっていくが、その一方で写本レベルでは、近世の当代にかさねた注釈もみられる。前章では、架蔵の『野馬台弁義』について指摘したが、近時さらに別の注釈書の存在が知られるようになった。石川透蔵『増註野馬台詩』がそれである。本書は近世中期の書写かと思われるが、基本的には『歌行詩』注をふ

まえつつ、さらに注釈を増広したもので、『野馬台詩』注釈の近世における展開を示す貴重な一書である。「野馬台之起」「野馬台序」などの序文は『歌行詩』注のそれと変わらない。見返しや遊紙に手習いや「聴て見よ花も」云々の和歌や「秀吉者天正十五年発而」などの書き入れがある。

便宜、以下に『野馬台詩』の全詩句を掲げ、対応する注釈内容を下段に摘記しておこう。

東海姫氏国	百世代㆓天工㆒	呉太伯渡来説
右司為㆓扶翼㆒	衡主建㆓元功㆒	神代紀、天照大神、神武東征
初興㆓治法事㆒	後成㆓祭祖宗㆒	聖徳太子伝
本枝周㆓天壌㆒	君臣定㆓始終㆒	同
谷塡田孫走	魚膾生㆓羽翔㆒	壬申の乱、大化の改新
葛後干戈動	中微子孫昌	藤原氏、道鏡、光仁
白龍游失㆑水	窘急寄㆓胡城㆒	孝謙
黄鶏代㆑人食	黒鼠喰㆓牛腸㆒	平将門、清盛、平家滅亡
丹水流尽後	天命在㆓三公㆒	源氏三代
百王流畢竭	猿犬称㆓英雄㆒	秀吉
星流鳥㆓野外㆒	鐘鼓喧㆓国中㆒	
青丘与㆓赤土㆒	茫々遂為㆑空	関ヶ原の合戦、家康征夷大将軍

これによれば、神代紀からはじまって飛鳥、奈良、平安、鎌倉、戦国、江戸という各時代に即した歴史をたどっていることが知られる。注の付け方としては、『歌行詩』注を踏襲した後に、「○按」として、あらたに詳しい注を追記していく手法で一貫している。いわば、旧注に新注をつがえ、さらに敷衍し、増幅させていく体裁で

ある。たとえば、「初興治法事」の句に対して、『歌行詩』系の注は、「聖徳太子十七箇条憲法、以二治世者一也」だけであるのに対して、

○按、敏達用明帝之時、仏像経論従二中華一来ル。帝並ニ馬子厩戸甚信仰ス之。守屋勝海等忌之、破二却ン寺塔仏像ヲ一。且ツ用明崩ジテ後、欲レ立二天皇ノ之弟穴穂部ノ皇子ヲ一、馬子不レ肯セ、与二厩戸並ニ諸皇子一相議シ、発レ軍ヲ跡見赤檮之矢、中テ二守屋ニ一死。於レ是厩戸造二摂州四天王寺一、使二守屋ノ之領ヲシテ一賜二赤檮ニ一。（略）

云々と語られる。仏教伝来にともない、蘇我馬子と厩戸皇子すなわち聖徳太子が仏教を信奉し、物部守屋と敵対して合戦に及び、守屋が敗れ、太子が四天王寺を建てたことなどを述べる。以下、『十七条憲法』や小野妹子の遣隋使、隋から唐への変転、遣唐使派遣などにもふれる。いうなれば、「初興治法事」の句には、それだけの歴史が埋め込まれていた、というわけである。ほとんど未来記のかたちを借りた歴史叙述と化していることが明らかで、予言が過去の歴史に向かっている。予言は決して未来に向けられるだけではなく。過去にも遡行するものでもあった回路をよく示している。

以下、詳細は割愛せざるをえないが、それまでの『歌行詩』注を継承しつつ、大幅に乗り越えたものになっている。神代紀の記述が増えていることをはじめ、奈良朝末期の道鏡事件や平安末期の源平合戦などの記述も詳しいことがおおきな違いといえるが、とりわけ詳細をきわめるのが「百王流畢竭」以下の句である。

○百者言、其極数之至也。為レ言二王代之多一矣。按二鎌倉三代之後一、歴二北条足利等之乱一、至二人皇一百六代後奈良院一、天文五丙申歳、藤吉郎秀吉誕生矣。尓来二至一百七代正親町院一、永禄中天下大乱而不レ已也。元来秀吉者尾州愛智郡中村郷之微賤人、而仕二遠州松下之綱一、号二木下藤吉郎一。自二永禄元年一謁二于信長一、数度之軍功抜群、而次第被二登庸一、於二京師一使三木下秀吉守護二於義昭一、帰二岐阜城一。

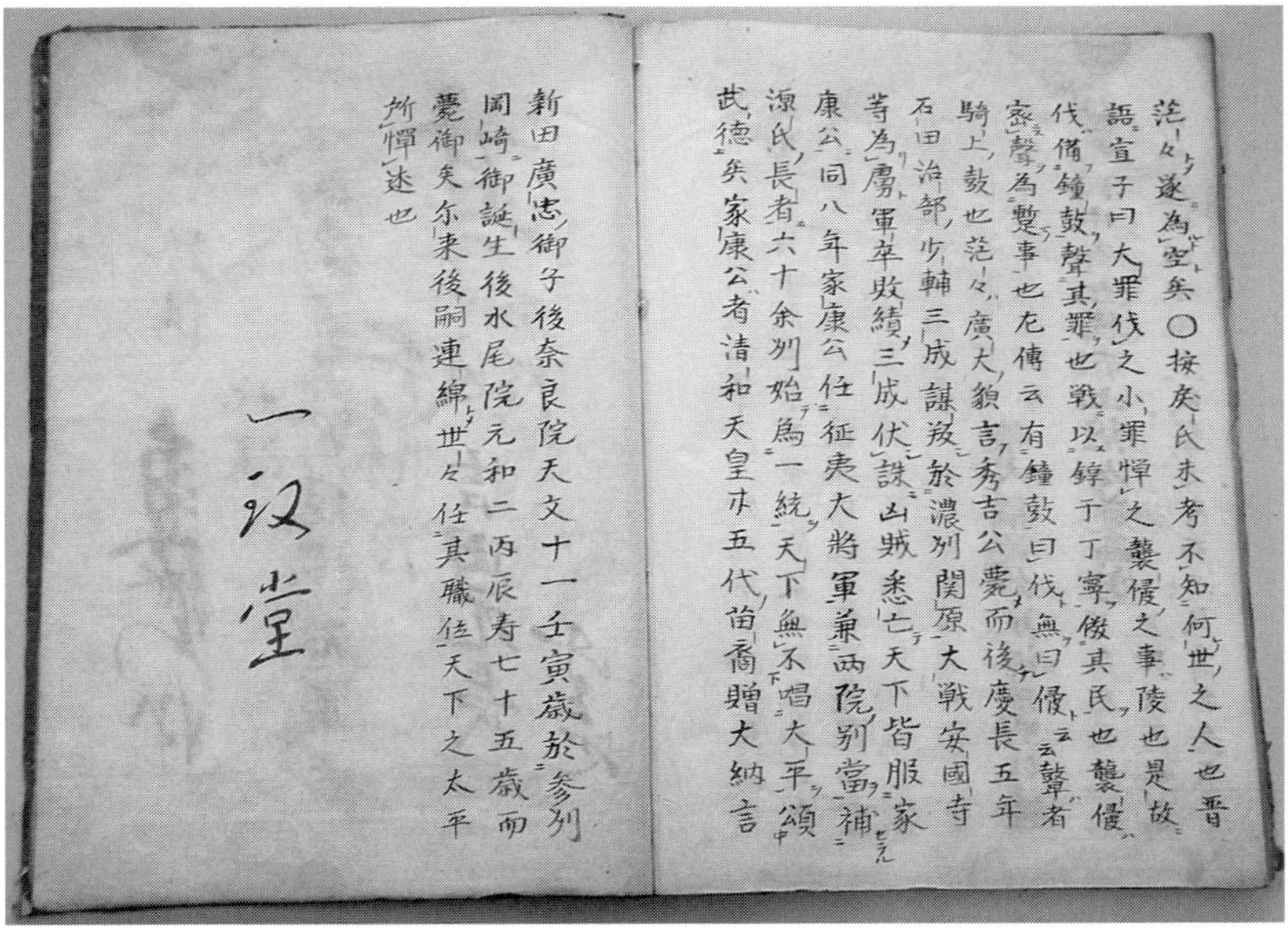

図14　『増註野馬台詩』表紙・本文末尾（石川透氏蔵）

云々と秀吉の一代記が記され、「一百八代後陽成院、慶長三戊戌年、寿六十三歳而薨。猿犬之英雄是也」という。最後には大坂城落城と秀頼の死を「惜哉」とする。「百王」が代々王が続く繁栄説を出すように、もはや天皇が百代で終わりだという終末観の百王思想は終息し、百代を越えた歴史がさらに書き込まれていく。中世の『歌行詩』注では、各句末尾につく本文注ではなく、欄外余白に後から書き込まれた欄外注に、猿と犬を応仁の乱の山名宗全と細川勝元に比定する例が多くみられたが、ここでは秀吉に変わっている。猿の呼称があったこともおきくかかわるであろう。前著ですでに指摘した例でいえば、山口県文書館の文書などにも「日本百王百代過、猿之種成物出来」という類似の比定があるように、当時としては一般の通念としてあったのだろう。

その結果、鎌倉期は最初の源氏三代までで、末期から南北朝の内乱、応仁の乱といった乱世の時代はほとんど記述がみられない。中世の後期はほとんど欠落しているのである。南北朝内乱の欠落は『歌行詩』注そのものがすでにそうであったわけで、『野馬台詩』注釈史上、最大の問題点ともいえる。

最後の句では、『晋語』や『左伝』を引用、「茫々遂為空」の「茫々」は「広大貌言秀吉公薨」で、秀吉の没と関ヶ原の合戦を示すとし、徳川家康の登場による天下太平で終わる。

> 尓来、後嗣連綿、世々任二其職位一、天下之太平所レ憚レ述也。

徳川の治世をことほぐところで終息するわけで、予祝のように結ばれる。百王思想のごとき終末観はみられず、徳川時代繁栄の祝言で終わる、そういう未来記に変貌している。

以上のように、『野馬台詩』は近世になって批判される一方で、その歴史解読法は意味をもち続け、注釈書がいくつも蓄積されていた。常に現在において歴史が必要とされ、歴史を見直すための方策として『野馬台詩』が利用された。時代ごとにその歴史は書き直され、『野馬台詩』の文言のもつ意味も改訂されていった。いつの時代にもどのようにでも対応できるのが『野馬台詩』の世界であったといえよう。

6 「返す返す未来記」とは

最後に『野馬台詩』とは別途の未来記にふれておきたい。錦仁氏の示教による福島県立図書館蔵『百万遍縁記』写本一冊である。内題は「百万遍念仏縁起」、奥書は「文化十四丑年十一月下旬写之」。一八一七年の書写になる。内容は、百万遍念仏の起源、信濃善光寺如来の託宣、「未来記」などからなる。

最初の縁起は、浄土宗総本山の京都智恩院第八世善阿上人による百万遍念仏の縁起で、後醍醐天皇の時代、元弘元年（一三三一）七月三日に大地震あり、疫病流行して多くの犠牲が出たため、諸寺諸山の高僧知識に祈禱させたが効果なく、善阿が呼ばれて高声の百万遍念仏を修してみごと疫病を撃退、帝信感甚しく、智恩寺を百万遍と名づけ、禁裏の宝物、弘法大師自筆の弥陀利剣の名号を授かり、永代の宝物とした。以来、天下の災難が起きるたび、百万遍念仏を修したという。

後花園院の文安六年（一四四九）四月、大地震あり、百万遍で静まり、寛正二年、四年（一四六一、六三）の疫病流行撃退、後土御門院の文明元年（一四六九）の奇星撃退などにふれ、百万遍念仏の功徳の意義を強調し、賞賛する。

ついで「信濃国善光寺如来御託宣」では、善光寺の四門堂の石のかろうとに納めた巻物を取り出し、ひろめたという。念仏の奥義を尋ねると、いざなぎ、いざなみが天から天逆矛で泥海をさがし、国土がそこからはじまり、淡路島へ降りたって告げたという。龍宮浄土から疫神が来て国を悩ませると仏神が来て念仏を勧めて撃退し、南無阿弥陀仏の一字ずつがそれぞれ阿含経、般若経、涅槃経、大般若経、法華経、天台六〇巻・倶舎三〇巻・文随経一四巻から作られるという。また、同じ六字はそれぞれ伊勢の天照大神、熊野権現、八幡大菩薩、十羅刹女、三十番神、いざなぎ・いざなみに連なるとも。天照大神、熊野権現、八幡大菩薩の歌も引かれる。念仏の一遍功力は、龍宮浄土の金で一〇丈の仏を一万三〇〇〇作って供養を一〇度行うより勝るという。

そうして、以下に問題の「未来記」が出てくる。

返す返す未来記

神亀元年辛子八月中旬に人馬死たるを仏神かなしみ給ひて、人衆生を助けんが為に念仏をさづけ給ふなり。是をたもち給はば極楽へ生れ、七宝蓮花によする事疑ひなし。無類仏を作り、急々如令、南無阿弥陀仏、現世安穏、後生前所為菩提なり。

神亀元稔甲子中旬

仏子　秘所之　諸行　無常　法僧　生滅々已　宝　寂滅　為楽　迷故　三界城　悟故

十方　空本来　無東西　何故　有南北

とあり、最後に一休の歌二首が引かれて終わる。

ここでなぜ「返す返す未来記」なのであろうか。神亀元年（七二四）のもつ意味は何か。よく解読できない。「仏子」以下の文言が未来記を意識した文章と思われるが、つらねて読めば、有名な無常偈を主体とする文言で、特に難解な隠喩や箴言ではない。すでに八世紀の昔から南無阿弥陀仏の称号の功徳が唱えられていたことが未来の予言となっていたということであろうか。今は後考をまつほかないが、あらためて「未来記」のもつ言葉の重みに思いをいたさざるをえない。前近代に生きていた「未来記」という名の予言書は、このように人々の胸中深く浸透し、過去や現実を見つめ直し、未来をさぐるための恰好のよすがとなっていたのである。

そして、「未来記」は近代にいたって再び西洋と出会うことで復活蘇生することになるが、それはまた別の機会に譲るほかない。

注

（1）小峯和明『野馬台詩の謎―歴史叙述としての未来記』（岩波書店、二〇〇三年）、『中世日本の予言書―〈未来記〉を読む』（岩波新書、二〇〇七年）、「『野馬台詩』とその物語を読む」（『新作野馬台の詩』国立能楽堂、二〇一〇年三月、本書Ⅱ・三）。
（2）水野千依『イメージの地層　ルネサンスの図像文化における奇跡・分身・予言』（名古屋大学出版会、二〇一一年）。
（3）佐野誠子「釈宝誌讖詩考」（武田時昌編『陰陽五行のサイエンス・思想篇』京都大学人文科学研究所、二〇一一年）。
（4）小峯和明「〈予言文学〉の世界、世界の〈予言文学〉」（本書Ⅲ・5）。
（5）小峯和明「袋中上人と琉球―『琉球神道記』と『琉球往来』の世界」『袋中フォーラム実施報告書―来琉四〇〇年・その歴史的意義を考える』（首里城友の会、二〇〇五年）。『東奔西走』（笠間書院、二〇一三年）所収。
（6）『新作能　野馬台の詩―吉備大臣と阿倍仲麻呂』（国立能楽堂特別企画公演、二〇一〇年三月）。
（7）西野春雄「信光の能（下）」（『芸能史研究』五一号）、堂本正樹「番外曲水脈」（『能楽タイムズ』三六九号）。

＊　引用資料のうち、『千葉県の歴史』以下の諸資料は、宮腰直人氏の示教により、『維新耶馬台詩』は岩波新書の編集担当だった早坂のぞみ氏の教示による。また、石川透蔵『増註野馬台詩』は石川氏のご厚意で調査、撮影させていただき、福島県立図書館蔵『百万遍縁記』は錦仁氏から複写の提供を受けた。これら多くの方々からの教示がなければ小稿はできなかった。あらためて厚く御礼申し上げる。みずから見えない蜘蛛の糸に導かれる思いである。
　なお、阿部泰郎『中世日本の世界像』（名古屋大学出版会、二〇一八年）に、『高野物語』に吉備真備が唐で日本の国号を問われ、「大日ノ本国」と答える例があることを指摘する。

五 予言者・宝誌の変成
——東アジアを括る——

1 生き続ける宝誌

ここでは『野馬台詩』を書いたとされる中国六朝時代の僧宝誌（四一八～五一四）について東アジアに視野をひろげてみていきたい。実在した僧には違いないであろうが、中国でもつとに伝説化され、予言者として君臨、さらには観音の化身ともされ、仏像が作られる。宝誌が実際に書いたかどうかは不明であるが、予言書の『野馬台詩』は宝誌と切っても切れない関係で時代を超えて受け継がれていく。宝誌のイメージは日本の歴史でも消えることなく、語り継がれていくのである。宝誌はいわば、日本の宝誌になったわけでもあるし、中国でも宝誌伝説は生き続けた。近年、この宝誌は朝鮮半島やベトナムなどでもみられることが分かってきた。まさに東アジアの漢字漢文文化圏に宝誌は生き続けていたのである。

ここでは、東アジアにおける変成の課題から、そのような予言者として長い歴史を生き続けた宝誌和尚を例にしたい。日本の宝誌に関してはすでに多くの研究が積み重ねられてきている。『野馬台詩』の作者説にとどまらず、観音の化身説はその肖像画をめぐる話題として諸書にひかれるし、水陸会の始祖にもなるし、ついには中世神道の重要人物の一人にもなるのである。実に多彩な宝誌像が生み出されていたことが明らかになってきたが、いずれも個別的な検証にとどまり、その全体像を掌握するところまではいたっていない。また、日本における宝誌像が中国のそれとどうかかわるのか、その様相はまだ充分解明されてはいない。

近時、佐野誠子「釈宝誌讖詩考」（武田時昌編『陰陽五行のサイエンス　思想編』京都大学人文科学研究所、二〇一一年）が出て、中国における宝誌の予言の実相がかなり明らかになった。佐野論では、予言者宝誌の史料を徹底的に洗い出して逐一再検証したもので、これによって中国における事例がきわめて明確に位置づけられるとともに、日本で宝誌作とされる『野馬台詩』との位相差もまた解明されてきたといえる。

今、佐野論の結論のみ要約すれば、

・中国の種々の予言の事例と『野馬台詩』はそれほど類似しない。
・中国諸書の引く宝誌の予言は、おおよそ梁武帝と侯景の乱、唐玄宗時代の安禄山の乱、北宋王朝出現の三つに限定される。
・「文字謎」の表現による単一の具体的な事件や特定の人物の予言に終始する。
・『野馬台詩』のような複数の事例にまたがったり、複数の解釈の余地を残す曖昧なものはみられない。

といったもので、日本の『野馬台詩』と中国の予言詩、讖との差異も明確になったが、佐野論では、『野馬台詩』が日本産かどうかの結論は保留され、なお双方の関連の追究の余地を残すように配慮されている。とりわけ宝誌が安禄山の乱を予言していたとの記述は、すでに宝誌が後代の歴史的事件を予言していたとするもので、日本でいえば聖徳太子が後世の歴史事象を予言するのと同じパターンであり、〈聖徳太子未来記〉の例に相当する。歴史的な予言者に変貌したことを意味していよう。

佐野論では、宝誌の予言者としての変貌が唐代の時点であることと、宝誌と『野馬台詩』の日本での享受の事例がほぼ同時代であることに何らかの関連があると示唆している。

たしかに宝誌について伝える日本側の代表例は、円仁の有名な『入唐求法巡礼行記』であり、円仁は山東の赤山から五台山に向かう途次に、実際に宝誌の観音化身像を礼拝している。また、円仁についで入唐した円珍が持ち帰った書籍目録『円珍入唐求法目録』に「梁朝誌公歌一巻」とあり、すでに宝誌をめぐるさまざまな伝説のひろがりをうかがわせる。

後者の「梁朝誌公歌一巻」は、『景徳伝灯録』巻二九にいう「誌公和尚大乗讃」「誌公和尚十二時頌十二首」、あるいは『洛陽伽藍記』巻四「白馬寺」にみる宝誌の「十二辰歌」などとも共通するであろう。具体的な内容は知られないが、宝誌の「歌」は予言めいたものを暗示させる。「童謡」に類するものであろうか。とりわけ名高い円仁、円珍の例は中国に赴いた学僧の記録であり、宝誌のイメージが確実に日本に伝えられたことを示す点で貴重である。留学僧が宝誌を日本に移植する直接の媒介役をはたしたのである。

あるいは、敦煌本『梁武問志公』断簡の存在からみて、語り物や講釈などでかなり浩瀚にひろまっていたこともうかがえ、中国に渡った遣唐使の一団や留学僧たちがじかに見聞した可能性もあるだろう。

ちなみに、宋の一大類書『太平広記』にも、宝誌は以下のように出てくる。

梁簡文之生、誌公謂㆓武帝㆒、此子与㆓冤家㆒同年生。其年侯景生㆓於雁門㆒、乱梁、誅㆓蕭氏㆒略尽。出朝野僉載。

（巻一四六「定数一」宝誌）

劉禹錫曰、逆胡之将軍中原、梁朝誌公大師已贈㆑詞曰、「両角女子緑衣裳、却㆓背太行邀君王㆒、一止之月必消亡」。両角女子安字也。緑者禄也。一止正月也。果正月敗亡。聖矣符、誌公之寓言也。出公嘉話録。（巻一六三「讖応」誌公詞）

前者は有名な侯景の乱を予言した類の話題。後者は胡将軍が宝誌に詞を贈った内容を見て反乱と敗北を予言する話。よくある文字謎解読の一環としてある。佐野論にも縷々指摘されるが、おそらくこの種の例はまだたくさんあるだろう。何がどこでどのようにつながっているのか、見えない糸で結ばれたものを解きほぐす不断の試みがもとめられていよう。

2　その後の宝誌

宝誌の伝は『梁高僧伝』巻一〇「神異」「梁京師保誌伝」にあり、明の『釈氏源流』「宝誌事蹟」（『法苑珠林』に依拠）などにもつらなり、『芸文類聚』巻七七「誌法師墓碑銘」をはじめ、唐『南史』の讖言など、おおよそ唐代あたりから予言者としての宝誌像が肥大化しはじめ、時代とともにそのイメージは拡充していったようだ。

近年、中国の予言書を集成する試みが盛んであり、ことに『中国予言救劫書』全一〇巻（新文豊出版公司、二〇一〇年）の集成がおおきい。この第一巻・解説にいう、

有的学者認為《五公経》尊基於宝誌信仰。（略）梁朝的誌公、生前即以預言国運著名。死後民間更流伝、不少相関讖言、最著名叫「誌公讖」、「誌公符」。由於歴代帝王皆重視宝誌、原在民間流行的誌公讖言、不僅未受厭抑、反而得到新的発展。其中最値得注意的就是《五公符》出現。

これによれば、『五公経』なる予言書があり、宝誌の信仰の重さを示している。宝誌が生前から梁の国運の予言をし、死後も民間では宝誌が少なからず「讖言」した伝承がひろまり、なかでも「誌公讖」「誌公符」と呼ばれるもので、歴代の帝王もこれを重視したため、民間で流行した宝誌の讖言も弾圧されることなく、より展開していった。なかでも重視されるのが『五公符』であるという。

『五公符』から『五公経』へ、というあらたな宝誌の予言書の展開がみえてくる。そこで宝誌和尚作とされる『五公符』をみると、宋の覚範『石門文字禅』巻三〇「鍾山道林真覚悟大師伝」所引の「五公符」があり、以下

のようである。

梁大菩薩僧宝公・宝誌

自釐二其面一分披之十二首観世音、慈厳妙麗、傾都聚観欲尊事之。（略）公作四柱記、五公符、十二時偈、壁記、心鏡図、数千言伝二于世一。本朝太平興国七年、舒州民柯萼者、遇二異僧一、於二歳山下一以レ杖指二松根一、令二萼钁一之得二瑞石一一篆文皆讖、聖宋国祚無二彊萼一進三其石于二京師一。（『文淵閣四庫全書』集部九九、台湾商務印書館）

この資料は別に金文京氏の示教も得たが、これによると、有名な宝誌が額を裂いて観音があらわれたという観音化身説（ここでは十一面観音と明記）をはじめ、種々の予言書他、複数の作例が列挙される。「十二時偈」は先にあげた「十二時頌」「十二辰歌」に相当するであろう。他に「四柱記」「五公符」「壁記」「心鏡図」等々があげられるが、いずれも具体的な内容は不明である。「数千言」が世に伝わったという。また、太平興国七年（九八二）に、舒州の民が異僧と出会い、山の松根を僧が杖で指したところを掘ると、瑞石が出てきて、篆書で讖文が彫られてあったという。石碑の予言書が発掘されたわけで、日本の〈聖徳太子未来記〉の碑文発掘と同じパターンである。

〈聖徳太子未来記〉の場合も、やはり土中から掘り当てられたり、壁に刻まれていたり、複数の事例が伝わる。〈聖徳太子未来記〉は時代ごとにいくつものテクストが作られた普通名詞に近いが、いずれも土中から出現するように、〈発見〉されるドラマが必要とされた。過去に予言されていたことの具体的な裏づけであり、あらかじめ作られた予言が遠い過去のものであることを証明するための必須の措置であったといえる。もちろんそれは当代ごとに繰り返される作為であり、捏造には違いないが、発掘され、発見されるという一種の儀礼が予言書の権威化にも必要とされたのである。宝誌の場合もこれと全く等しい。予言書発見のドラマが普遍性をもっていることがうかがえる。

ここでの発見は異僧による指示で村人が掘り当てるという、いかにもそれらしい説話仕立てのドラマが設定され、予言書発掘の儀礼化にも近いものを思わせる。「篆文皆讖」の内容はやはり知られないが、もはやこの種のものが出土したという事実だけが意味をもっており、内容の如何は問われない。予言者宝誌の神秘性を醸しだし、神格性を高める逸話として機能する。

ところが、佐野論文によって、『続資治通鑑長編』巻二三、太平興国七年六月条に石碑の内容まで記されていることを知った。これによると、「歳山」は「万歳山」で出土した石は「黝石」、青黒い石で、以下の文言があったという。

吾観㆓四五朝㆒後、次丙子年、趙号二十一帝。敬㆓醮潜山九天司命真君㆒、社稷永安。

というもので、この石碑が献上され、その文言通り司命真君の祠を修理し、霊仙観と名づけたという。碑文の内容は、王朝が四、五代変わった後の丙子の年に、趙氏が二一人の皇帝を輩出するだろう。潜山の九天司命真君を祀れば国は安泰だ、というもので、それによって、祠を修理したとする。これも『四天王寺御手印縁起』や磯長廟発掘の碑文など初期の〈聖徳太子未来記〉に共通する。要するに、自己の寺社の領地や利権を確保し拡充させるために仕組まれた作為的なもので、聖徳太子の権威を使って予言書を作り上げた例といえ、ここの宝誌と全く共通する。

宝誌の予言は、梁から陳、隋、唐、五代から宋にいたる「四五朝」で、「丙子」は宋の太宗が即位した太平興国元年をさすとされる。「趙号二十一帝」に関して、佐野論では、北宋・南宋あわせた九人ずつの皇帝をあげるが、後代の実数を直接反映するものとは考えにくい。後考をまちたいと思う。

宋代に道教が隆盛を迎えるのに対抗して、仏教側が宝誌をテコに讖を作為し強調したとされる。しかしながら、ここで発見されたのは石碑であり、碑文の予言内容からみても、宝誌の「四柱記」「五公符」「壁記」「心鏡図」

等々とは縁がない。結局これらの具体的な文言は明らかではない。なかでも後世にかかわってくるのが、『五公符』であるが、その詳細は不明である。『五代史補』巻一・梁二十一条「太祖応讖」にいうに、

太祖朱全忠、黄巣之先鋒。巣入㆓長安㆒、以㆓刺史王鐸㆒囲㆓同州㆒、太祖遂降、鐸承制拝㆓同州刺史㆒。黄巣滅、准蔡間秦宗権復盛、朝廷以㆓准蔡㆒与㆓汴州㆒相接、太祖汴人、必究㆓其能否㆒、遂移㆓授宣武軍節度使㆒、以討㆓宗権㆒、未幾滅之。自㆑是威福由己、朝廷不㆑能㆑制、遂有㆓天下㆒。先是、民間伝㆓讖五公符㆒。又謂之、李淳風転天歌、其字有㆓八牛之年㆒、讖者以㆓八牛㆒乃朱字。則太祖革命之応焉。

とあり、「五公符」は李淳風の「転天歌」ともいう、とあり、それ以上のことは不明である。

先に引いた『中国預言救劫書』の解題にみる、『五公符』から『五公経』へ、という展開の具体相は今は明らかにすることができない。

3　『五公経』と『野馬台詩』

そこで次に『五公経』をみると、こちらは『中国預言救劫書』に数種類のテクストが収録されている。以下これによると、『五公経』とは、宝公、誌公、朗公、康公、化公の五位菩薩が天台山に集まって経符を作ったもので、すでに神格化された存在が種々の予言や占相をする怪しげな文言に満ちたテクストである。宝公と誌公は明らかに宝誌を分解したもので、これを二人に分けたと考えられる。いわば、宝誌が増幅し分割されたとみなせようか。テクストの関係は錯綜していて書誌的な解題も充分なされていないため、相互の関係性も不明である。ここでは、そのいくつかを拾って摘記するにとどめたい。

①『大聖五公経』

誌公雲裡説、吉凶災難自二銷鎔戊亥年一刀兵競起、悪人相殺冤報冤戊亥子寅卯、白骨蒲二荒田一、更慮、此時人種絶、屍骸蒲圻壠太歳逢二牛馬一、好誦二五公経一。（略）誌公雲裡符篆降、此只見在二青煙上一、手提二宝剣一下凡来、聴誦二五公経一、善者不レ遭者害、天使魔王下界来、向後加レ愁鼠牛頭、男児昼夜臥二荒圻一、妻子作二軍使一悪虎如二家犬一、夜夜巡門転、咬二人猪羊一、天下尽損傷。（略）自レ見二太平年一、但見二寅卯明君出一、度レ人如レ見レ仏。（石印本）

②『大聖五公海元』

又有向後転二憂愁一、老鼠上二牛頭一、天是無レ風亦自動、（略）水浅鯉魚何処走、東畔空栽レ柳、石榴花発不レ禁レ霜、（略）猪頭鼠尾尽成レ灰。（略）康公菩薩曰、（略）今年災瘴起、百姓尽二悽惶一、染レ病命難レ救、十中有二九亡一、世境多二変易一、人物並凋荒、四海英雄起、差レ兵往二洛陽一、（咸豊辛酉年刊）

③『五公聖経』

志公曰、吾与二諸大聖衆一、皆来会集、親二其義理一。災瘴満二天下一、英雄競起、九州八部分張、南北之地、六国争闘邪魔蔵、変為二国王一、病患悪疾卒亡。如有深二信此経符之家一、観音菩薩、便生二救苦之心一、令二一切災障全消一、故伝二下天図形首妙経一。（民国三年重刊）

云々といった類で、誌公の説として、乱世の変転きわまりない世相の不安や暗転、災厄に満ちた末世の混乱や混沌を描き、観音の救済も説かれる。『五公経』を読誦すべきことが力説される。注釈的な読みをふまえた細かい検証は今、省かざるをえないが、傍点で示したように、「四海英雄起」「英雄競起」とか、「加愁鼠牛頭」「老鼠上牛頭」といった動物を用いた妖しげな表現が目につく。ここですぐに連想が及ぶのが、日本で問題になる『野馬台詩』の文言である。『野馬台詩』との近似性に着目しておきたい。確認の意味で、以下に『野馬台詩』の全文をあげ、類似する表現を太字で示しておこう。

東海姫氏国 百世代天工
右司為扶翼 衡主建元功
初興治法事 後成祭祖宗
本枝周天壌 君臣定始終
谷塡田孫走 魚膾生羽翔
葛後干戈動 中微子孫昌
白龍游失水 窘急寄胡城
黄鶏代人食 黒鼠喰牛腸
丹水流尽後 天命在三公
百王流畢竭 猿犬称英雄
星流鳥野外 鐘鼓喧国中
青丘与赤土 茫々遂為空

誤解のないようにいえば、もとより『野馬台詩』の中国制作の証拠はまだみられず、その例は日本に限られるが、遅くとも初見は八世紀にさかのぼる。十五世紀の明代以降に下るであろう『五公経』との関係性を指摘しようとするわけではない。問題はこの種の箴言が隠喩や暗喩として動物表現を駆使して、怪異や暗澹たる状況や不気味さを描出しようとする表現指向にある。いわば、混沌や不安、恐怖などに傾斜した「負」の表現指向が著しくみられる。表現位相として『野馬台詩』も『五公経』も共通するものがあり、類同性をもつことに注目したいと思う。

とりわけ『五公経』に展開される言説は、曖昧でどのようにでも解読されうる暗喩が込められており、どの時代状況にもあてはめて解釈されうるものではないだろうか。佐野論では、宝誌の予言の具体的な事例に即して、予言と出来事との直接的な一対一対応を強調するが、『五公経』のような例も視野に入れるとまた様相は変わってくるであろう。

『野馬台詩』が中国産か日本産かの二者択一的な議論は水掛け論になりそうで、もはや生産的ではない。大事なことは、それがどこで作られようが、宝誌という存在が作者として仮託されたことで、そのことの意味や詩句の表現を東アジアからあらためて位置づけ、読み直していくことであろう。

4　朝鮮・ベトナム・日本の宝誌

ここで視点をかえて東アジアの次元から宝誌のゆくえを追ってみよう。

まず朝鮮半島であるが、宝誌には『踏山記』なるものがあったらしい。すでに指摘した例でいえば、『伽耶山海印寺古籍』(『朝鮮寺刹史料』)にみえる。宝誌が臨終に書いた『踏山記』を弟子に託し、高麗から来る僧に渡すよう遺言、はたして高麗から順応、理貞の二人が来て伝領、宝誌の墓に詣でると、宝誌が現れて説法し、衣鉢と草鞋を渡して牛頭山海印寺に当たる場所を探し出して寺を建てるようさとす。二人は帰国して寺を創建、それが今日の海印寺であるという縁起譚になっている。世界遺産にもなった一切経収蔵で名高い海印寺も宝誌の予言によるというわけである。十八世紀後半の『青荘館全書』三「海印寺八万大蔵経事蹟記条」や有炯の『山史略抄』や『僧尼録』「順応・理貞」(『韓国仏教全書』所収)などにも同種の記載があることが知られる。

朝鮮半島にも宝誌の影が及んだことがうかがえるが、「踏山記」や「踏山歌」は宝誌以外にもみえるようだ。詳細は省略するが、『高麗史』巻一二二・金謂磾伝に「道詵の踏山歌」があり、『朝鮮王朝実録』にも、「踏山記」の事例が太宗五年(一四〇五)十一月二十一日条、太宗六年三月二十七日条、成宗十二年(一四八一)七月

図15 海 印 寺

二十日条等々にみえる。

また、『東文選』巻一一七「白鶏山玉龍寺贈諡先覚国師碑銘」（崔惟清）には、

若国師之於二太祖一、其事甚偉。蓋先識三之於二降生之前一。而施三其效於二身没之後一、其神符冥契、有二不可思議者一。於二献師之道一、其詣二於極一者、与二仏祖一合。寓二於迹者一。若張子房之受二書於神一、釈宝誌之預言未レ兆。一行之精貫術数者耦歟。師所伝陰陽説数篇。世多有。後之言地理者皆宗焉。（刊本影印本）

といった一節がみえ、宝誌の「預言」が取りざたされている。「先覚国師」は高麗統一時の予言者「道詵」である。筆者の崔惟清は十二世紀の文人。あるいは、『東文選』巻六四「三角山重修僧伽崛記」（李預）には、「梁朝乃宝誌明公。皆化跡多奇。亦声名甚偉」といった表現もみえる。

さらに朝鮮王朝時代、儒教政策の関係で道教や仏教に関する予言書、偽書や雑書などあやしげなテクスト群がしばしば禁書とされ、弾圧されたようだが、そのなかに「誌公記」なるものがみえる。この「誌公記」もまた宝誌のそれであることに疑いの余地はないだろう。

『朝鮮王朝実録』世祖三年（一四五八）五月二十六日条でみると、

論二八道観察使一曰、「古朝鮮秘詞、大弁説、朝代記、周南逸士記、誌公記、表訓三聖密記、安含老元董仲三聖記、道証記、智異聖母、河沙良訓、文泰山・王居仁・薛業等三人記録、修撰企所一百余巻、動天録、磨蝨録、通天録、壺中録、地華録、道詵漢都讖記等文書、不レ宜レ蔵二於私処一、如レ有レ蔵者許令二進上一、以自願二書

冊回賜一。其広諭二公私及寺社一。（太白山本『朝鮮王朝実録』国史編纂委員会）

今は伝わらないものが大半であるが、書名からしていかにも道教や仏教系のそれらしいテクストが列挙される。太字で示した「誌公記」が問題のそれで、一方の「道詵漢都讖記」も王建の高麗建国にまつわる僧道詵による予言書であることは間違いない。一般に『道詵秘記』として知られるそれに共通するとみてよいだろう。類似の記事は、睿宗元年（一四六九）九月十八日条にもある。

禁書とされた「誌公記」が具体的にどういうものかは不明であるが、宝誌に仮託された数々の予言書をさすことは疑いない。『踏山記』と同様、宝誌の予言書が朝鮮に伝来し、影響力をもったことを示していよう。

朝鮮における宝誌は『韓国仏教全書』や韓国古典籍データベースなどを検索するだけでもたくさん用例が出てくるので、あらためて総合的に検証する必要があろう。

ついでベトナムであるが、ここにも宝誌は伝わっていた。ベトナムの僧伝集成である『禅苑集英』（漢喃研究院所蔵刊本、黎朝・永盛十一年〈一七一五〉刊）にみる、武寧山報徳寺大捨禅師の条に、「昔梁武帝、常以レ是問二宝誌禅師一、誌亦如レ是。対今竊為二陛下一挙」とあるのみだが、梁武帝との関係の深さを示す話題に登場する。ベトナムの場合も予言書が少なくないから、宝誌にかかわる例はまだ出てくるであろう。今後の調査の進展を期したい。

最後に日本の場合で、これについてはすでに拙著『中世日本の予言書』でふれたので、簡略にとどめたいが、重要な一例を見落としていたので、追記しておきたい。『日本三代実録』貞観六年（八六四）正月十四日条の「慈覚大師円仁卒伝」にみる、

帰国。夢達磨和尚、宝志和尚、南岳天台六祖大師、并日本国聖徳太子、行基和尚、叡山大師等、倶共来集、語云、「吾等為レ護レ汝令レ到二日本国一、故到二此間一」。語竟即起、前繞、向レ東相送。

円仁伝における夢想譚で、達磨、宝誌、恵思禅師や聖徳太子、行基、最澄らが集まって円仁を守護して日本に帰国させるというもの。前著で指摘した仏神の談合の事例（本書Ⅱ・一）としても注目される。円仁を守る中国側の代表として達磨や恵思と並んで宝誌が出てくるのもやや意外な感じがする。最初の二人は仏法伝来史の上で宗派上重要な地位の人物であるのに対して、宝誌は予言者以外に事歴がなく教学上の関連は薄い。むしろ観音の化身説から重視されたのであろう。恵思は天台宗上、重視される人物であるし、後の聖徳太子に再生したとされ、太子もまた観音と習合するから、化身説の関連がある。行基もまた文殊の化身とされる。最澄は円仁の師である。

いずれにしても、円仁帰還の守護神の一人に宝誌が登場することは、すでに予言者として神格化され、観音の化身としても君臨する圧倒的な存在感があったことを示す。さらには日本の終末を予言する『野馬台詩』作者としての面もあわせて意識されていたとみることができるように思われるがどうであろうか。

宝誌についての早い例は『日本紀私記』丁本であり、『野馬台詩』に関する日本の初例は『延暦寺護国縁起』に引用される「延暦九年注」（七九〇年）である（後者は偽書説もあるが）。奈良朝末期から平安初期への一大転換期——孝謙帝から光仁・桓武帝への変転すなわち天武系から天智系への王統交替の予言書として読まれた痕跡を示すと考えられる。したがって、奈良朝末期の最重要人物の一人である吉備真備がこの予言書を伝えた、とする説も、まさに時代の重なりにおいて説得力をもつ。十二世紀の『江談抄』や『吉備大臣入唐絵巻』にみる伝来の物語は、まさに『野馬台詩』の起源譚にふさわしい。王朝交替にかかわる予言書として『野馬台詩』は機能し、それにかなう作者として宝誌が呼び起こされたのであろう。最初から宝誌作の『野馬台詩』だったかどうかはさておき、この段階で宝誌と『野馬台詩』は分かちがたくつなぎとめられたといえよう。

『野馬台詩』が百王思想の典拠となってその重みを増すにつれて、宝誌もまたさまざまな転生を繰り返すようになる。中国でも宋代から水陸会の始祖となり、観音化身説は生き続けるが、日本でも顔を裂いた中からまた顔が出てくる観音化身の肖像画説話をもとにする中世の一木作りの仏像が現存する（西往寺蔵、京都国立博物館寄託）。また、『野馬台詩』解読の機縁となった長谷寺の観音に関連して、長谷観音の霊験譚を集成した『長谷寺験記』上巻・第六には、穀城山の素神仙人なる者がもとは宝誌で長谷寺に帰依したという。観音の化身だったはずの宝誌が日本にやってきて長谷寺の観音に帰依するわけで、日本主義の説話成長を示す典型例でもある。

異文化交流の文学史の一環としての「往く人、来る人—幻想の異文化交流」論（『立教大学日本学研究所年報』九号、二〇一二年）でもふれたが、日本と東アジアを行き来する人物で実際にはありえない人物の往還が物語られる。これを荒唐無稽としりぞけるのは簡単だが、なぜそのような説話が作為され、それがどのような意義を担い、影響力をもったのかの検証が必要であろう。宝誌もその一人である。

さらには、宝誌は中世の神道説にもせり出していく。金沢文庫保管の説草『天照大神儀軌』（『宝誌和尚口伝』）や真福寺蔵『日本紀三輪流』等々によれば、日本の古代神話で有名な天照大神が天岩戸に籠もって世間が暗闇になった時に、宝誌がその場にいて、日月の光の恩恵は諸仏にもまさるという詩を唱えると、天照大神が岩戸から出て日月の光があまねくゆきわたる。宝誌は涙を流して入定し、天照大神の真実の正体を観想すると、観音だったことを知る。天照大神法という修法があり、これは「日本記秘巻」にあり、吉備大臣が宝誌に会って伝えたものだという。

天の岩戸の現場に立ち会い、天照大神が観音と同体であることをあまねく知らせる役割を宝誌がおびる。宝誌は天照大神の至高神であることをあかす証人となっている。こうして宝誌は日本の神々を再編成する中世の神道世界にも組み込まれ、宝誌もまた観音化身を介して天照大神とも習合するのである。また、宝誌から天照大神法を伝えたのが吉備大臣すなわち吉備真備である、という説は、明らかに『江談抄』や『吉備大臣入唐絵巻』などの『野馬台詩』伝来譚をふまえており、宝誌作者説から転じて宝誌の直伝へ、さらには宝誌みずからも日本へ渡

図16　南京・上：志公殿，下右：宝公塔，下左：宝誌三絶詩（著者撮影）

来する話にまで飛躍、展開するのである。まさに宝誌は東アジアに君臨するといってよいだろう。

以上、日本で影響力をもった予言書の『野馬台詩』の作者とされる宝誌をめぐって、東アジアに視野をひろげてみてきた。時代や地域ごとに変成していくさまがあらためて浮き彫りにされてきた。まだまだ埋もれた資料や世界があるはずで、さらなる追究は他日を期したいと思う。

補記　中国での宝誌に関して近年、野村卓美氏の一連の研究がある。「南京霊谷寺志公殿三絶碑探訪記」(『華夏文化論壇』二〇一八年第六期)他。また、四川省の大足山をはじめ、宋代前後の宝誌の石像が種々残されている。小峯『遣唐使と〈外交神話〉―『吉備大臣入唐絵巻』を読む』(集英社新書、二〇一八年)参照。ちなみに大足山の宝誌像の一つに、不老不死の薬草とのかかわりを示す石像があり、たとえば五山文学の横川景三『補庵京華外集』上「鹿苑院殿拈香」結座に「昔、梁志公」が仏心天子(粛宗)に五蘊山に行って薬草を採ることを伝える本草系の話題がみえることなどとも響きあう(『五山文学新集』第一巻・七三九頁)。

また、高麗の義天編『釈苑詞材』巻一九四に『誌公墓銘』がみえる(『韓国仏教全書』第四巻)。資料に関して、金英順、金英珠、グェン・ティ・オワイン各氏の示教を得た。

Ⅲ 〈予言文学〉の世界

一　「御記文」という名の未来記

1　未来記の時代と偽書

混沌の渦中、あらたな価値観が模索され、先が見えない不透明な時代に未来記が流行する。(1)中世に未来記が輩出するのはまさしく時代の要請だったといってよい。何らかの決断を迫られる時、選択の岐路に立たされたり、重要な意思決定をはからざるをえない時、しばしば予言や託宣がもとめられるように、未来記もまたそのよりどころのひとつとしてあった。『太平記』で有名な、楠木正成が天王寺の〈聖徳太子未来記〉によって後醍醐方につくことを決めるなどはその典型であろう。機能としては口頭の予言と同じではあるが、時空を超える文字テクストであることが決定的な意味をもった。

中世の未来記の中心は『野馬台詩』と〈聖徳太子未来記〉であり、注釈書の質量や影響力のおおきさにおいて群をぬく。いきおい、未来記といえば、このふたつに焦点がしぼられ、研究対象もこれらに集約される。しかし、未来記はそれだけではない。この二点を追究する過程で、それ以外のさまざまな未来記が浮かび上がってきた。それはほとんど〈未来記症候群〉といってよい状況であり、「未来記文化史」が記述できそうなほど、未来記は蔓延しているのであった。

そこでここでは、今まで中心にすえてきた『野馬台詩』や〈聖徳太子未来記〉をあえてはずし、それ以外の未来記群の一環として、「御記文」と呼ばれる一群に注目してみたい。これを当面する偽書の課題につないでいきたいと思う。

偽書といえば、未来記はすべて偽書である。近世になると、〈聖徳太子未来記〉や『野馬台詩』注釈は誤謬にみちているると糾弾され、低価値の偽書の地位におとしめられる。未来記としての効力がもはや薄れ、『野馬台詩』注はたんなる歴史の読み物として扱われ、『野暮台詩』など書名をもじったパロディが生まれる。未来記は近世にほぼその役割を終えたかのようであるが、一方でしたたかに生き続ける。そこが歴史文化のおもしろいところで、決して一元的にことは運ばない。〈聖徳太子未来記〉の一大集約ともいえる『古史大成経』をはじめ、『野馬台詩』にちなむ際物歌舞伎が上演されたり、未来記は近世にもたくさん生み出され、近代には政治小説のかたちであらたな装いをとげ、『大正未来記』などのごとく再生し続けるのである(2)。

不当におとしめられつつも、したたかに歴史を見通そうとする欲求に応じて制作されるのが未来記であった。いつの時代でも、未来は見えない、手につかめない、不透明なものであり、未来への不安や期待、恐れやあこがれが交錯する。そういう人々の思いが未来記を生み出し、ささえ続けてきたのである。

偽書が偽書として意味をもつのは、真書として遇されるからである。最初から偽物とされれば相手にされない。それが名のある作り手によると信じられるからこそ意味をもつ。つまり偽書は真書とされるから偽書なのであって、最初から偽書と認定され、弾劾されるわけではない。〈真〉と〈偽〉のあわいに浮上するものである。

偽書の作者名は多く著名な人物に限られる。神仏の名がつく場合もある。常に超越的な聖なる存在が要請されていた。遠い過去から現在や未来を予言していたとすれば、その力は絶大なものが期待される。皆が納得しうる人物や神仏でなくてはならない。と同時に、その力や名の影響力を計算し、利用して作られることにもなる。はなから偽書を仕掛け、捏造し偽造する人間がいた。偽書制作の仕掛け人と呼ぶべきであろうか。聖徳太子の廟で知られる磯長廟で〈太子未来記〉の碑文が出現、それが寺領拡大のためのでっちあげだったことが暴露される有名な事件など（『古事談』他）、まるで考古学者が旧石器を自分で埋めて発見のドラマを作った近年の事件の手口そのものに等しい。

しかし、それはことの一面にすぎない。一方で名辞のもつ権威や呪力に拠り、その名に乗り移って、同化して書かれたものもあったに相違ない。いずれにしても、未来記は過去と現在の時差を埋めるために発見されるドラマを必要としていた。〈偽〉が介在しやすい要因もそこにあろう。未来記の時代と偽書の時代は重なりあい、未来記は偽書の象徴ともいえるのである。

2　「御記文」というテクスト

未来記探索の過程でしばしば「御記文」という名を見るようになった。「御記文」とあれば未来記の可能性が高い（全部がそうとは限らないが）。そしてそれは当然、偽書だということになる。「御置文」「置文」と記されるものもあるが、これは「おきぶみ」であり、武家などが子孫に伝えるための遺戒や遺告に近いが、たぶんに未来記的な要素をもっている。三種の『野馬台詩』注をもつ内閣文庫蔵『野馬台詩抄』第一注「東海姫氏国」句の欄外注に「鑑㆓未来㆒作㆓置文㆒也」とある例が参考になろう（「作り置ける文」とも訓めるが）。どちらにしても「御」という敬称のつくことはみのがしがたい。つまりは敬称に値する人が書いたとされるわけで、そこに権威を楯にした〈偽〉が入り込む余地があったといえよう。

「御記文」の作者は、当然権威のある誰でも知っている人物でなければならないし、おのずとオーラが漂う何かを読者に喚起せずにはおかない。読者はそうした作者のイメージに呪縛され、影の作り手の術中にはまりこんでしまう。「御記文」という名には、人をとりこにする喚起力がこめられている。絶対的なゆるぎない発信によって、読者はあらがいがたくそのことばに縛られてしまう。そんなイメージが色濃く漂うことを否定できない。そこに文字の権威がある。未来記には、口頭の音声による予言や託宣と異なり、文字の呪力をまざまざと浮かび上がらせる何かがある。

予言や託宣のもつ音声の響き、オーラルな声のもつ呪力ももちろん強いものがあるが、それは一回限りで消えてしまうし、声の届く範囲は限られる。声の響きが受信者の心深く残ることはあるにしても、音声そのものはかたちに残らない。それに対して未来記は文字として後代まで残る。時代を超えて受信者を呪縛することができる。「御記文」の権威は消えない。未来記なり「御記文」は記録された、書かれた文字テクストである。口頭の予言と決定的に異なる質をみのがすべきでない。つまり、記された文章だからこそ、後代に伝えうるわけで、まさにそこに〈偽〉が介在する根本的な要因があった。

文字による未来記は、遠い過去の名だたる人物が書き残したもの、というのが大前提であり、時代が遠ければ遠いほど、その予言は重みを増す。時空間の距離感が必要である。常に発信の現場から離れえない託宣と、そこが異なる。だからそれらはしばしば地中から発掘されたり、寺社の蔵やお堂の中から発見される。発見や発掘の儀式を必要とする。モノとしての存在感を示す必要があった。発見や発掘によって一挙に時空間の距離を縮めるわけである。未来記の現場がそうしたかたちで回復されるといってもよい。未来記を偽作する者にとって、虚偽や作為が仕掛けやすいことにもなろう。文字テクストであるがゆえに、そうした作為がはらまれるわけで、発掘や発見は未来記の現場回復の儀礼ということになろう。

「御記文」をはじめ、未来記が偽書として作為されやすいのは、その予言が発信・受信と一体化した口頭言語ではなく、文字による現場不在のものだからである。名はあっても、実のところ、誰が、いつ、どのように書いたともしれぬ、得体のしれないものとして未来記は浮上する。うさんくささが常につきまとうこともまた否定できない。名のある人物の書いたテクストとして偽装され、権威の衣装をまといやすかったともいえるが、しかし一方で、実際の担い手や作り手がその人物に乗り移って書いている面もみのがせないだろう。それをたんに虚偽的作為とだけ決めつけられるかどうか、おおいに疑問である。むしろその人物になりかわり、憑依し、重ねあわせて書かれた面もあわせみるべきであろう。

「のる」ということばが、「告知する」の意味と、「乗る」や「載る」の意味とをもつこととは、おそらく無縁ではない。気分が「のっている」という今日のことばは、そうした憑依の感覚を今も伝えている。託宣はまさに憑依して告げるのであって、「のる」の二重の意味がかさなりあっている。今の感覚でいえば、偽書はにせものにほかならない、でっちあげられた、いんちきな、いかさまの書物というほかないが、こうした憑依の面からもっとみてよいのではないか。すでにふれたことがあるが、「名のる」という行為がそもそもそうした「のる」言語行為の基本としてあった。私は誰それだと名のることで、その人物は本来別人であっても、その人になってしまう。(3)「御記文」はそうした憑依の文体の典型ではないだろうか。

だからこれを後人の心ない作為だとか、偽装や捏造という近代的な観念だけで裁断してはならない。むしろ逆に、なぜそういう作為を必要としたのか、それが時代社会を超えてどう受けとめられたか、そのよってくる意味をもとめるべきであろう。

さらに、未来記を書いた側からみれば、たとえば聖徳太子なら聖徳太子が後世への言い伝えとして書きおくわけで、これは一種の遺言とみなすこともできる。未来に向けてのメッセージとは、後の子孫や当事者に託された遺言にほかならない。遺告とか遺戒などが該当する。僧侶や貴族に多く、子弟や一族に残す意味合いが強いが、これも未来に向かって投企された未来記の一種とみなすこともできるのではなかろうか。先にふれた「置文」も類似の例であろう。

遺告では弘法大師のそれが有名だが、未来記の側面からの検証がもっとあってもいいかもしれない。すべてが未来の予言におおいつくされているわけではないが、これこれこうしなければ衰退するであろうとか、滅亡するぞとか、逆にこうすれば繁栄するであろうといった文言があるから、未来を規制する予言的な力をもっているとみなせよう。全体が未来記そのものとはいえないにせよ、未来記にかかわる指向性をもつことは確実である。とりわけ「御記文」に縁が深いテクストであり、その意味で未来記論としてもより視野にいれていくべきであろうかと思う。今はその余力がないので、いずれまたこの観点からあらためて検討したい。

いささか前置きが長くなったが、以下に「御記文」の具体例をみていこう。「御記文」の例として、たとえば次のようなものがあげられる。

①「聖徳太子の御記文」（『野守鏡』、『天文雑説』四他）
②「達磨御記文」（『聖徳太子伝』九）
③「聖武天皇ノ御記文」（金沢文庫保管・弁暁説草、延慶本『平家物語』二末、『保暦間記』）
④「天台大師記文」（延慶本『平家物語』一本）
⑤「伝教大師ノ御記文」（『源平盛衰記』五、覚一本・一、『天文雑説』四、『じぞり弁慶』中）
⑥「智証大師御記文」（『古今著聞集』二、『吾妻鏡』元暦元年十一月、『寺門高僧記』六）
⑦「弘法大師御記文」（『高野山秘記』）
⑧「義家の御置文」（『難太平記』）
⑨「南無正八幡大菩薩の御記文」（仮名本『曾我物語』二）

『とはずがたり』にみる「熱田の御記文」が日本紀をさすように、「御記文」のすべてが未来記とは限らないが、まだこれ以外にもいろいろ出てくる可能性がある。延久二年（一〇七〇）八月十八日「熊野権現金峯山金剛蔵王行者御記文」（『修験道史料集・西日本篇』）もその一つである。さらに探索を続ける必要があるが、ひとまずこれらの例を中心に、以下個別に検証していこう。

3　〈聖徳太子未来記〉という「御記文」

まず①の聖徳太子は例が多い。いわゆる〈聖徳太子未来記〉はほとんどこれに該当する。(4) ここでは『野守鏡』と『天文雑説』にしぼってみておこう。

後鳥羽院の御時、建仁寺いできて後、仏法おとろへ、かの寺禅院の洛陽に立ちしはじめ也。聖徳太子の御記文に、建の字の年号の時、世中あらたまるべき由、見えて侍り。

かの御時、建の字の年号のみおほかりしにあはせて、まづ仏法おとろへにき。既に都鄙、建の字の年号の時、禅院みなたちはじめて後より仏法すゐになれり。恐るべきはこの建の字、つつしむべきはまた禅の法也。

後鳥羽院の時代、建仁寺が建てられて以後、仏法が衰えたとし、徹底的に禅宗が批判される。その根拠に〈聖徳太子未来記〉があった。「建」の字の年号の時、世の中が変わるという予言であった。

「建」の字が問題だとする説は、年代は下がるが、ほかに仁和寺蔵『聖徳太子未来記』にもみえる。

建字を置きて後、二年丙子四月二十三日、まさにこの時、西戎国を取ること七年云々。

私云、

建字を置きて後二年とは、建武三年なり。即ち丙子歳に当る。この年五月、足利尊氏卿、鎮西より上洛し、官軍を伐ちおはんぬ。去る四月、尊氏卿、鎮西より起て西国靡く、と云々。時に後醍醐院、京洛を避け山門に幸す。御合戦あり、官軍遂に敗北す。その後、足利天下を伏し、武家を中興しおはんぬ。

ここでは、南北朝の内乱が全国にひろがる契機となる尊氏と後醍醐の全面対決が「建」の字の年号、すなわち「建武」に集約され、すべて聖徳太子の予言として提起される。「西戎国を取る」が尊氏謀反に凝縮され、その後の室町幕府の起源につらなっていく。

現実や歴史の必然を、〈聖徳太子未来記〉によってみつめ直そうという未来記の指向が明確にあらわれている。

聖徳太子の「御記文」はほかにも例が多いが、ここでは従来指摘されていない『天文雑説』を取り上げておこう。本書は一九九九年に古典文庫で紹介されたもので、それまでほとんど知られていなかった。本奥書に天文二十二年（一五五三）とあり、文字通り「雑説」を集成した〈雑談〉の集で、十六世紀の広義の説話集といえる。一二巻九〇条からなり、新旧さまざまな説話が展開される。物語として語るばかりでなく、考証も少なくないのが中世も下った時代の特徴であろう。書写は近世も下ると思われる。

近時紹介された願教寺蔵『日本紀私見聞』にも類似の例がある(5)。

問題の「御記文」は、巻四「天王寺未来記事」にみえる。以下、長くなるが引用しておこう（表記は私意で改めた）。

天王寺未来記の有無につけて、中古よりさまざまの説あれども、いまだ一決せず。先将軍の御在世に、此事の虚実をしろし召られんとて、上使を下しめ給へるに、彼寺の僧申けるは、「未来記とて、近代拝見つかまつりたる事も侍らねど、伝へ来る所は、実儀に侍る。その故は、上宮太子の御記文を納めたりとて、昔より相続つかまつる箱有り。此内にありと申侍れど、近代寺僧ごときもの、其器だにたやすく拝見なりがたし。いわんや、中の御記文をや。されば、夏月に虫払ふ事もなく、納めたてまつるまま也。昔正成が拝見したりと申は、いかにもそのいはれあるべき事に侍る」とこたへを申上けるとぞ、まことにしかるべき事なり。

未来記といへる題あらば、その書のなき事はあるまじ。そのうへ此寺の重宝、昔よりちりうせたりといふ事も伝へきき侍らず。たやすく見がたき記なるによりて、有無の説ありとみえたり。

前将軍の時に未来記の臨検があり、未来記を納めた箱が伝わっているが、今は誰も見られないと天王寺の僧が説明。すでにその有無が取りざたされていたことがうかがえる。「先将軍」とは、義輝の前の義晴をさすのであろう。

以下、続きを要約すると、昔も太子の未来記の石を発掘したり、「御作の明昭論」(『説法明眼論』のこと)に未来のことが記してあったり、比叡山にも「伝教大師の未来記一巻」があり、代々の座主が自分の名まで見てその先を見ることができず、明雲も自分の横死の記載を見たことが「彼の山の記」にあるという。ただ、伝教大師の未来記は叡山のことだけ記しているといい、それさえたやすくは見られないのだから、ましてや太子は「神気無方」で未来世界の善悪を鑑みあかしておられ、簡単に見られるはずがない。また、正成が見たという未来記は、味方を鼓舞するために作ったというが大きな誤りであり、「未然の記文」を彼の所為と決めつけるのはおかしい、そこまでいうなら正成は太子の再来というべきだ、とまでいう。

ここには、(1)太子未来記が礒長廟から発掘され、捏造が暴露された事件、(2)太子作とされる『説法明眼論』の未来記、そして(3)伝教大師の未来記があげられ、(4)楠木正成が読んだとされる未来記の一節も引用され、正成偽書説が否定される。知られるだけの未来記が列挙されており、当時の未来記の流布状況の一端がうかがえる。

(1)は『古事談』などで知られる有名な事件であり、礒長廟をはさんだ天王寺と法隆寺の確執が背景にあった。(2)の『説法明眼論』は法会唱導資料で、聖徳太子作とされるもののひとつ。これも偽書に相当する。第十三・釈法身品、十文段の条に「太子未来記」の一節があり、お伽草子の『鴉鷺記』や『太子憲法抄』(尊経閣文庫蔵、末尾)のように、そこだけ独立して引かれたり読まれることが多かった。金沢文庫に文永五年(一二六八)奥書本が伝わるから、成立は十三世紀半以前にさかのぼることが知られる。ほかに康永四年(一三四五)写の身延文庫本、天正九年（一五八一）写の落合博志蔵本、天正十年写の叡山文庫本などがあり、中世後期にはかなりひろまっていたようだ。(6)

(3)は、『平家物語』で知られるもので、(4)の正成の話が『太平記』にあることとあわせて、『天文雑説』の依拠資料がうかがえる点でも興味深い。(3)については後述する。(4)の正成に関しては、『太平記』であまりにも有名だが、

楠木が士卒をすすめて勇をはげまさんがために作する所也、といふは大きなる誤り、且、勿体なき事也。

とする。この正成作為説は、『太平記評判秘伝理尽抄』など中世の『太平記』読みの講釈書にすでにみえるもので、これらによった可能性があろう。『太平記』の正成が天王寺で未来記を読み、後醍醐方につくのを決意する、という段は、『太平記』講釈では正成の作為とされ、彼による捏造説が一般化していたのである。そうした状況がはしなくもこの『天文雑説』に投影されているのであった。

以上、『天文雑説』によってみてきたが、十六世紀における〈聖徳太子未来記〉の様相をうかがうに絶好のテクストであり、その信憑性を信じて疑わぬ姿勢の面からも注目されるであろう。

ところで、太子伝には、②達磨の「御記文」なるものがみられる。一般的な『聖徳太子伝』によれば、巻九、太子四十二歳の条、有名な片岡山で異相の飢人に出会い、「しなてるや」と「いかるがの」の歌を唱和する。その飢人こそ達磨であり、亡くなって棺に収められても遺骸はなく、文殊の化身とされる。その石棺に「一の御記文」があり、

「吾已に片域の化縁尽きて、蘭波州に海底起く。太子亦逝去して、天寿国に生まれ給ふ。而るに我が大乗深法、遷化五百六十余年を経て、日域に再来して、興法利生本懐を遂げまくのみ」。これ大なる秘事也。まことにこの記文にたがはず。達磨遷化の後、五百六十二年にあひあたり、人皇八十二代後鳥羽院の御時、達磨

再誕し給ひて、栄西僧正といはれて、一院の御勅願として建仁二年、洛陽の東に大伽藍を建立し給へり。年号をもつて寺号とす。是、我朝の禅院のはじめ也。今の白河の建仁寺、則是なり。まさしく達磨再誕して建立し給へり。

達磨が文殊の化身で、さらに栄西に生まれ変わって建仁寺を建て、禅宗の隆盛を招いたとする。太子と達磨の出会いは禅宗の起源神話となっていた。それが太子伝にも投影されていたわけであり、ここにも達磨の御記文というかたちで栄西として再生を予言する。そういう未来記が描かれていた。御記文としての太子未来記に別の未来記が織り込まれた構造になるだろう。

『日蓮遺文』「安用論御勘由来」にいう「皆果して記文の如し」もまた、〈聖徳太子未来記〉を指すのであろう。物語系の例として、元和本『弁慶物語』に「聖徳太子の御記文に末代に及ばば、男衣鉢をたもつて高座にのぼり、説法せば、法師は甲冑を帯して軍すべきと見へたり」があることを追記しておく。

4 聖武天皇の「御記文」

次に取り上げるのは、③の聖武天皇の「御記文」である。これも複数の資料にみえる点で重視されるものである。

まず近年その所在が明らかになった金沢文庫保管の法会唱導資料、東大寺尊勝院の弁暁の説草にみえる。損傷が進んでいて全体の解読が充分できないため、ひとまず関連部分のみあげておこう(三・37)。

アノ聖武天皇ノ御記文ニ、我寺興複セバ□此勅誓之趣、是ヲ計思之候ニ、

とみえるのがそれである。全体の文意をはかりがたいが、

若仁王般若経ヲ受持読誦書写之所アラバ、我レ引率無数ノ眷族ヲ、一念ノ間ニ往テ其所ニ、（略）
日本国大仏無事、復本御サバ凡過タル之。払災難テ之道ヲ物ヤハアル、（略）
追討使向北陸道向ヤ遅ト、ヤガテ一々次第ニ打靡テ、越前モ已落、加賀モ又、（略）

といった文言からみて、源平争乱が激化しつつある時期、平家の南都焼討ち事件にからむことは疑いない。とりわけ弁暁草には東大寺焼失と再建にまつわる例が多く(7)、このテクストも一連のものであろう。おそらく『仁王般若経』による護国安泰を祈願する法会の表白と思われる。

聖武天皇の「御記文」がここに呼び出されるのも東大寺炎上に深くかかわるはずである。法会唱導と未来記のかかわりを示す貴重な資料といえよう。ことに「アノ聖武天皇ノ御記文」という「アノ」の呼称にそれが周知のものであることが示されている。弁暁草にはこの種の「アノ」がよくみられる。聴聞衆を意識した呼びかけであり、知識を共有していることを強調し、確認しあう行事共同体としての言説の典型であろう。また、それだけこの聖武の「御記文」が周知のものといえるほどひろまっていたともいえる。少なくとも、弁暁ら教説者にとっては聴聞衆にそう呼びかけうるものだったことがうかがえる。

平家焼打ちに象徴される南都の危機から東大寺創建にまつわる聖武の記憶が呼び起こされ、それが「御記文」を浮上させる、という構図になるだろう。

聖武の「御記文」は必然的に南都炎上を描く『平家物語』にもかかわってくる。延慶本二・末にみる、

聖武天皇ノ書置セ給ヒケル東大寺ノ碑文云、「吾寺興複、天下興複。吾寺衰微、天下衰微」ト云々。今灰燼トナリヌル上ハ、国土之滅亡無レ疑。

長門本もほぼ同じで、「御記文」とはないが、碑文に刻まれるのは、〈聖徳太子未来記〉などに共通し、明らかに未来に向けての予言的文言になっている。これが「御記文」と認定されるのは、後の『保暦間記』である。

聖武天皇ノ御記文ニハ、「我寺興隆セバ、天下モ興隆セン。我寺衰微セバ、天下モ衰微セン」ト書レタリ。知ヌ、国土ノ滅亡、朝家ノ御大事ト見タリ。

この聖武の「御記文」とは、もともと東大寺の金銅碑文で、天平勝宝元年（七四九）の銅板詔書の一節である。それが次第に「御記文」とされ、未来記のテクストとして遇されるようになったのであろう。「御記文」という表記そのものには未来記的な指向はなかったとしても、『平家物語』の文脈や南都炎上の現実から、つき動かされるように、次第に、もしくは一気に、聖武の未来記という意味を担って、前面に突出するようになってきた、と考えられる。また、「東大寺重訴状案」にも「本願天皇御記文云」としてほぼ同文がみられる。

聖武の文言が「御記文」として未来記的意義をおびて人々に訴えかけるようになる。弁暁草の文言はこれらと異なるが、すでに聖武の「御記文」が一人歩きして、東大寺や南都の危急存亡を訴え、荒廃を悲嘆し、危機感をおおいに扇動する役割を担ったはずである。それがあらたな復興への契機ともなったであろう。南都焼失という事態が聖武の「御記文」を蘇生させたわけで、すぐあとの延慶本『平家物語』にみる、澄憲の『法滅ノ記』（実在は確認できないが）と恰好の対になるテクストといえるだろう。

5 天台・真言の「御記文」

「御記文」は顕密の寺院にも浸透する。ここでは、天台と真言の双方からみておこう。最初にあげた一覧の④から⑦に相当する。④⑤の天台系は、『平家物語』に出てくる。まず延慶本では、中国に留学した最澄が天台大師の「御記文」を読むくだりがある。一連の白山騒動にからんで後二条師通が日吉山王の怒りにふれ、呪詛もあって急死、延暦寺や山王の威光を延々と述べ立てるくだりである。他本には見あたらない。

鑑真が法華三大部を持って日本に来るが、機根熟さないため、石室にそのまま納めてしまう。最澄は天台の法文につくが、なおきわめられず、延暦二十三年（八〇四）に入唐する。

先ヅ彼ノ聖主ニ奏シテ、天台ノ遺跡ヲ巡礼シ給ケルニ、一ノ宝蔵アリ。天台大師、入滅ノ朝ヨリ今ニ至ルマデ、鑰（かぎ）無クシテ開ク人ナシ。大師記文云、「吾レ滅後ニ東国ヨリ上人来テ、此宝蔵ヲバ可ㇾ開」云々。

天台山の宝蔵の鍵がないのを、天台大師の「記文」によって、最澄の来るのが予言されていたというわけである。これもまた未来記の「御記文」にほかならないだろう。はたして最澄はふところに持っていた鍵を取り出す。この鍵は比叡山で延暦寺を建てる時に土中から掘り出したもので、何かいわれがあるだろうと肌身離さず持っていたとし、みごとこの鍵で宝蔵が開き、宝蔵の聖教をすべて譲り受けて叡山に招来したという。『塵荊鈔』下にも「止観院ノ地ヲ引給時、土中ヨリ八舌ノ鑰ヲ得タリ。入唐之時是ヲ持ス」「試ミニ此鑰ヲ以テ開ケニ滞ル事ナシ」とある。

いささか出来すぎの話だが、叡山の喧伝にはまたとない話で、ここでは地中から出てくるのは鍵であった。天台大師の予言に最澄の行為はささえられ、聖教を伝授する正統性を得る。これはもはや叡山聖教や教学の神話というほかなく、天台大師の「御記文」がそれを保証するわけである。これも宝蔵伝承の一種であり、失われた権威をそのような神話で回復しようとしていたことがうかがえる。始祖の未来記はそのためにある。まさしく伝家の宝刀であった。

そして、この最澄もまた「御記文」を残していたとされる。『源平盛衰記』五、神輿騒動に巻き込まれて流罪の身となった天台座主明雲を叡山の衆徒たちが力づくで奪還する。その僉議の時、なみいる僧兵たちの前で滔々と大弁説をふるったのが「いかめ房」とあだ名された祐慶であり、彼の叡山の威勢を強調するせりふに出てくる。他本にはみられない条である。

於二我朝日本一、延暦寺平安城之鬼門也。伝教大師ノ御記文ニハ、「此山滅亡セバ、国家モ必ズ滅亡セン」トイヘリ。而ニ末寺末社ノ訴訟ニ依テ、衆徒子細ヲ奏スウハ先例也。

これも先の聖武の「御記文」に似ており、仏法・王法相依の理念から出やすい論理であったろう。ここだけ不意に引き合いに出されるので、「御記文」全体の内容がどのようなものか、そもそも実在したのかさえおぼつかないものだが、逆にそうであればあるほど、より〈未来記症候群〉に陥っていた中世の状況が浮かび上がってくるだろう。「御記文」としての権威が重要であり、それをたてまえに弁論もきわだつものになり、おおいに説得力をもったと思われる。叡山の威光を強調するためにそれら「御記文」は必須のテクストだった。それが実際にあったかどうかは問題にはならない。言説を誘導する力学として必要とされていたことそのものが意味をもつ。まさしく中世は〈未来記症候群〉の渦中にあった。

『平家物語』ではもうひとつ最澄の「御記文」にまつわるくだりがある。これも未来記というべきものだが、覚一本にみえ、読み本系にはない。

先に名の出た明雲が天台座主になった折り、根本中堂で礼拝、宝蔵を開く。

種々の重宝共の中に、方一尺の箱あり。しろひ布でつつまれたり。一生不犯の座主、彼箱をあけて見給ふに、黄紙にかけるふみ一巻あり。伝教大師、未来の座主の名字を兼て記しをかれたり。我名のある所まで見て、それより奥をば見ず、もとのごとくに巻き返してをかるる習也。されば此僧正もさこそおはしけめ。かかるたつとき人なれ共、先世の宿業をばまぬかれ給はず。哀れなりし事ども也。

根本中堂の宝蔵に、最澄が未来の座主の名をあげた巻物があったという。まさしく最澄筆の「御記文」にほかならない。始祖が書いた未来の「天台座主記」である。しかも、歴代の座主は自分のところまで見て、その先は見ないのが慣例だったという。明雲はそのため、最後は非業の死を遂げることまで予知しえなかった、という説明にもなっている。最澄だけが将来の代々の座主とその命運を見通していたことになる。これも最澄の手になる「御記文」、すなわち未来記の例に加えてよいだろう。

先にみた最澄が天台山の宝蔵の鍵を持っていて、天台大師に予言される話とも構造的に対応している。「御記文」を軸にみていくと、右の例は前二例と異なり、語り本にあって読み本にない。諸本間で差があるのも注意されるところであるが、期せずして最澄を中心に未来記の言説が多様にはぐくまれていた経緯を示して興味深い。

ところでこの最澄の座主予言の未来記は、先に〈聖徳太子未来記〉でふれた『天文雑説』にも言及されていた。

> 日枝山にも、伝教大師の未来記一巻つたはり侍るといへり。是も代々座主住のはじめ、我名のある所まで一覧して、それよりさきの文義を拝見する事かなはず。又外さまの人に語る事もなりがたし、といへり。明雲大僧正も、此記一覧せられけるに、正しくみづからの名有て、横死の事までしるされ侍るを拝して、此難を常に思へるといふ事、彼山の記に侍るとかや。これ、太子の未来記とひとしき談なり。但し伝教の未来記は、我が山の事しるしたまふばかりなり、といひつたへたり。

ここでは最澄の「未来記」と規定され、明らかに『平家物語』をふまえてはいるが、さらに明雲はこの未来記の先まで見て、自分の横死を知ってしまい、いつも意識していたことが「山の記」にあるという。この未来記が〈聖徳太子未来記〉と対比されるわけだが、ここでは『平家物語』をもとにしながら、「山の記」をひきあいに出して、明雲の末路まで提示してしまう点がきわだっている。『平家物語』の注釈ないし語り変えになっている点がおおいに注目されるであろう。「山の記」の説は『平家物語』が前提にあるからこそ出てくるのである。

さらにこの未来記は、すでに指摘されるお伽草子『じぞり弁慶』中巻などにもみえる。[8] 弁慶が叡山に入寺、寛慶僧正の弟子となるが、手のつけられない暴れ者となる。酒呑童子などと共通するいわゆる捨て童子の型である。一山の衆徒が訴訟を起こすが、僧正は聞き入れない。

当山には、伝教大師、未来記といふものを作りて、根本中堂にこめ給ふ。此山の座主はじめて当山し、開堂し給ふ時、一代に一度、是をひらきて拝み給ふと聞えたり。さるほどに、此山はじまりてすでに三百五十年にあたれり。若一といふゑせ稚児のあつて、一山の稚児同宿を悩ますべしと、かの未来記の記されけるにや。何とて僧正は聞き入れ給はぬぞと、みな人不思議に思ひけり。

ここでも伝教大師の未来記が想起され、若一つまり弁慶のことも記されているのだろうかとされる。衆徒にとって未来記は周知のもので、すべてはそこに記されているが、座主でも一度しか見られないもの、と神聖視されていたことがうかがえる。叡山の歴史は未来記が握っていたという常識であり、誰も自由に見られないからこそさまざまな憶測や幻想が生まれていた。そうした未来記をとりまく状況がこの物語から浮かび上がってくる。早稲田大学図書館蔵教林文庫本『三院山王記』にも「顕密六合ノ箱」に「安置未来記ノ文ヲ」がある。

天台系ではさらに寺門派にも未来記があった。⑥の智証大師の「御記文」である。比較的早い例の「御記文」を引く『古今著聞集』には未来記的な要素はなく、開創にいたるまでの経緯を一人称で語った三井寺縁起的な性格をもつ。ところが、『吾妻鏡』元暦元年（一一八四）十一月二十三日条には、十月付の三井寺発、頼朝宛の書状が引用されており、都落ちにともなう平家の領地を仏法興隆のために三井寺へ寄進するよう訴えている。その末尾のくだりに「御記文」がみえる。

抑、大師記文云、予之法可レ付二属国王大臣一。於二此法門一、王臣若忽緒者、国土衰弊、王法減少、天神捨離、地祇忿怒、内外驚乱、遐邇騒動、相二当彼時一、王臣恭敬、祈二我仏法一矣。

要するに三井寺を軽視すると国が乱れるぞという脅しであり、それを智証大師の「御記文」に託して主張する。ことに源平争乱のさなかであり、一ノ谷の合戦後、頼朝が体制を着々と固めていた時期であるから、この「御記文」は説得力をもったにちがいない。後の『寺門高僧記』六では、さらにこの一節は増幅されている。(9)

一方、真言では⑦空海のそれがある。中世高野山の秘事口伝を集成、中院流の教説に深くかかわった『高野山秘記』にみえる(10)。

大師御記文

東寺ハ是レ、密教相応ノ勝地、馬台鎮護ノ眼目。帰シテ而フ者ノハ、王化照明夾本乎。

亦、不レ崇者、朝ニ有二天害一、国ニ有二災乱一。天下可レ有二大乱一者、東寺先可二荒廃一云々。

此記文者、後中書王、所検カヘ出シ給也。

まさしく弘法大師空海の「御記文」にほかならない。東寺が鎮護国家の要であることを強調、これを崇めなければ、天下国家に害が生じ、災難が起きるであろう、天下に大乱が起きる時はまず東寺が荒廃するであろう、という予言である。「馬台」は「野馬台」の略で、日本をさす。これも先にみてきた聖武や最澄の「御記文」と基本は同じである。東大寺や延暦寺についで、東寺もまた天下国家の存亡にかかわる、との文言で、仏法・王法の相即を前提にする予言、ないし危機意識の発露や扇動の言説である。構造としては、すべて共通していよう。

『高野山秘記』では、この「御記文」を後中書王、すなわち具平親王が検出したとされる。これもまた発掘・発見される未来記の一環としてあったことがうかがえる。さらに引用の後に、東寺は金剛界、化他の浄土とされ、一方の高野山は胎蔵界、化度の花蔵とされる。また、『善光寺縁起』「三如来由来」にも「弘法大師御記文」として太子廟堀偈を引く例がある（『善光寺縁起集成』1、龍鳳書房）。

この空海の「御記文」もまた、この一節をみるだけで、その全体をうかがい知ることはできない。数ある「御記文」のなかで、ある程度まとまってひかれるのは〈聖徳太子未来記〉くらいであろう。いいかえれば、「御記文」の多くはその一部が引用されるだけで、全体は背後に沈めこまれている。もしくは、引用されるその部分しかない。真相、ないし深層は追究しえない謎が残される。その神秘性がまた「御記文」の未来記たるゆえんでもあろう。

空海の「御記文」もまた、東寺の正統性と深くかかわり、天下大乱の時代と結びついていた。そういう時代に呼び起こされ、前面にクローズアップされてくるのである。時の顕密体制の危機に遭遇して、体制擁護のために必須とされたのが顕密の始祖たちによる「御記文」であった。ここに偽書発生の必然性がよくみえてくるだろう。

6 武家の「御記文」

最後に武家の「御記文」をみておこう。一覧の⑧「義家の御置文」である。これは先にふれたように、「置文」であって、厳密には「御記文」と区別した方がよいかもしれないが、ここではひとまず未来記の一環としてみておきたい。今川了俊の有名な『難太平記』にみえるもので、足利尊氏の登場にまつわる。[11]

されば又、義家の御置文に云、「我七代の孫に吾生替りて天下を取るべし」と仰せられしは、家時の御代に当たり、猶も時不来事をしろしめしければにや、八幡大菩薩に祈申給ひて、「我命をつゞめて、三代の中にて天下をとらしめ給へ」とて、御腹を切給ひし也。其時の御自筆の御置文に子細はみえし也。まさしく両御所の御前にて故殿も我等なども拝見申たりし也。今、天下を取事、唯此発願なりけりと両御所も仰有し也。

名高い八幡太郎義家の残したものとされる。義家―義国―義康―義包―義氏―泰氏（平石殿）―頼氏（治部大輔殿）―家時（伊予守）―貞氏（讃岐入道殿）―尊氏（大御所）・直義（錦小路殿）という系譜が示される。義包の時に細川・畠山が分家し、義包は丈八尺で力すぐれ、為朝の子といわれたという。義康は世をはばかり、空物狂いになって子孫にとりつくと予言したともいう。

家時が義家の「御置文」にいう七代目に当たるが、天下を取る時節至らず、八幡に祈って「自分の命を縮めて三代で天下をとらせてほしい」と切腹したといい、詳細は自筆の「御置文」にあるとされる。この文章は、尊氏・直義兄弟の前で著者の了俊も見たという。

つまりここでは、「御記文」が二重化している。最初は義家の「御置文」で七代目で天下を取るという予言であったが、それが実現せず、予言された当人家時が三代延期を祈願して自害する。これもまた「御置文」があったという。後の家時の「置文」は未来記というより起請文のようなかたちになっているが、義家の「御置文」がそのような行動をもたらした、と解釈されていることになる。家時が切腹したことからその正当化を企図してこの種の説が作られたとしても、実に未来記は人の行為、生死にかかわるほどの規範になっていたといえる。実際にそうだったかどうかの問題ではなく、そういう言説が出てくること自体の意味が問題である。これも〈未来記症候群〉の一端にみることができるであろう。

足利尊氏が天下を取る予言を祖先の義家の「御置文」にもとめ、その正統化をはかっていることが明白である。しかも七代目の予言にそぐわないことによる軌道修正まではかられている。未来記を軸にすべての意志決定がなされているかのようである。

ここまでみてくると、もはや「御記文」という未来記は、たんなる偽書としてすまされないものがあることをあらためて感じさせる。〈偽〉か〈真〉かという二項対立的な発想ではおおいきれない。今となれば偽書としかいえないものが、これだけ人の生き方を左右するとすれば、その力は無視しえない。「御記文」というテクストの力学に思い至るのである。おそらく義家の「御置文」は八幡のそれと同じ意義を帯びていたはずである。聖徳太子や弘法大師が観音の化身とされるごとく、「御記文」の文言はそれら神仏の化身の発することばに近いものとしてうけ入れられたに相違ない。

一覧の⑨にあげた仮名本『曽我物語』の八幡大菩薩の「御記文」がこれに関連してこよう。

道すがらの御祈誓には、南無正八幡大菩薩の御記文に、「われ末世に、源氏の身となりて、東国に住して、夷をたいらげん」とこそちかいましませ。しかるに、人すたれ、氏ほろびて、正統ののこり、ただ頼朝ばかりなり。

伊豆に流されていた頼朝が伊東を逃れて北条に身を寄せる、その道行きでの祈誓の一節である。ここにみる八幡の「御記文」は、八幡が末世に源氏の身となって東国を支配する意志をあらわしたもので、おのずと将来の予言となっているから、未来記に相当するものとみなすことができよう。

一方、真名本『曽我物語』二では、頼朝の祈誓がさらに増幅される。

されば大菩薩の記文を見るに、御誕生の時は八つの幡五色にして天より雨り下る故に、（略）頼朝既に末世に及びて、東国に住して、今この苦に合へり。そもそも八幡大菩薩の御願には、「我必ず東国に住して東夷を平らげん」とこそ誓ひ御在す。しかるに、源氏皆亡び了て頼朝一人になれり。

とあり、八幡の「御記文」が「御願」になっている。その前の八幡の「記文」は縁起をさし、前にみた「智証大師の御記文」の用例に類する。

いずれにしても、八幡が後に源氏の身となることの宣言は未来にまつわる予言に相当し、頼朝を八幡の化身とする説に結びつくだろう。先の『難太平記』の義家の「御置文」と構造的には変わらないといってよい。

こうして「御記文」は、神仏そのものの発するテクストにまでいたるのである。

ここではもはや検討する余裕がないが、後鳥羽院の「置文」の例もあり、これもまた一種の未来記的なテクストとみてよいだろう(12)。

以上、未来記の一環として「御記文」に注目してさまざまな事例を検証してみた。この種の例は今後もまだ出てくるであろう。今日の目からみれば、偽書にはちがいないが、真書として遇され、あるいは利用され、その力が期待され、受け手もその呪力を受けとめる。そういう表現の時空間に「御記文」は生きていた。過去から発せられた未来の予言、時空を超えた言説には支配や呪縛への欲望がたぎり、渦巻いている。過去から照射される時間ではなく、未来から照り返される時間への熱き意志をみる。そこには常に権門の支配原理に直結する正統性の問題がひそんでいる。

　未来の予言などもともと〈偽〉以外の何ものでもない。予言は常に事前ではなく、事後になされるものだ。[13] 現実の事件や出来事を、時間を逆手にとることで、過去からの予言としてずらし、解釈しなおす。それが未来記言説の基本の構図である。〈偽〉や〈虚〉を近代の固定的な〈個〉の論理の呪縛から解き放ち、あらたな座標軸からとらえなおすことがもとめられている。偽書はまさしくその問題群の先端的な事例であり、「御記文」に代表される未来記は偽書の問題の根源にまつわる典型をなしている。

注

（1）小峯和明『野馬台詩の謎』（岩波書店、二〇〇三年）。

（2）漆澤その子「明治期の際物に関する試論―『吉備大臣支那譚』を題材に」（『日本史学集録』二一号、一九九八年）、栗田香子「未来記の時代」（『文学』一九九八年秋）。

（3）小峯和明『説話の言説―中世の表現と歴史叙述』（森話社、二〇〇二年）。

（4）和田英松「聖徳太子未来記の研究」（『史学雑誌』一九二一年三月）。

（5）落合博志「願教寺主要資料紹介」（『調査研究報告』二一号、二〇〇〇年）。

（6）『臥雲日件録』寛正六年（一四六五）六月十二日条に、周鳳が清原業忠に『十七ヶ条憲法』と『説法明眼論』を返す記事がある。また、正和二～末年（一三一三～一七）頃の『東大寺具書』「東大寺殊為真言宗本所事」に「彼宮南製作三説法明眼論、猶有二瑜伽行要之軌則一」とある。

（7）神奈川県立金沢文庫編『称名寺聖教　尊勝院弁暁説草　翻刻と解題』（勉誠出版、二〇一三年）、『仏教文学』二五号（二〇〇一年）の小特集参照。

（8） 徳田和夫『お伽草子研究』（三弥井書店、一九八九年）。

（9） 佐藤弘夫『偽書の精神史』（講談社選書メチエ、二〇〇二年）。

（10） 真福寺善本叢刊『中世高野山縁起集』（臨川書店、一九九九年）。

（11） 岡邦信「置文と一族相論―渋谷入来院氏の事例を素材として」（『九州中世史研究』第三輯、文献出版、一九八二年）。その他、置文に関しては鈴木彰氏の示教による。

（12） 能登の永光寺を創建した曹洞禅の瑩山紹瑾の『洞谷山尽未来際置文』などがある。

（13） ジョルジュ・ミノワ『未来の歴史―古代の預言から未来研究まで』（筑摩書房、二〇〇〇年）。

補記 宮腰直人「御記文の生成と変容―八幡の御記文を端緒にして」（小峯編『〈予言文学〉の世界』アジア遊学・勉誠出版、二〇一二年）は、八幡や武家の「御記文」について検証し、有益である。また、資料に関して小川豊生氏の示教を得た。

二 〈予言文学〉の視界
――過去と未来をつなぐ――

1 〈予言文学〉の範疇

〈予言文学〉とは、私に命名した新概念で、予言書（日本の中世以降は「未来記」とも）を中心に、巷間に流行する予言の歌謡である童謡（わざうた）、神仏の予言を直接記録した託宣記、神仏の啓示などの夢の記録である夢想記、神仏に祈願し祈誓する文書の起請文、子孫や後継に将来を託して訓戒を残す遺言書、遺訓、遺告、遺戒、置文の類の文字テクストの総称である。

現在の繁栄や隆盛が未来にも持続することを託したり、あるいは現実の苦境や困窮から脱却するために未来の救済を祈願したり、未来のために現在を規制したり呪縛する作用をもつ、記述されたテクスト総体である。未来を鍵やテコにして、過去と現在と未来を連接させようとする一連の言説群に当る。過去をふりかえり、現在を見つめ直すことで、未来に向けて発信したり、逆に未来に仮設的に身を置くことで、未来から現在や過去に反転させる言述でもある。従来の文学研究や実証的な歴史学から充分認知されていなかった領域で、今後さらに日本だけではなく、東アジアや西洋をも視野に入れて検証すべき課題でもある。

見えない未来を見ようとするのは人間の本性であり、未来を見通す透視力を持つシャーマンはいつの時代にも必要とされる。予言、予測、予想、予知、予見とは、見えない未来と過去をつなぐ行為、言説であり、見えない未来に向かうために過去を整理し、とらえかえす行為が必然化する。過去を意味づけ規定する営みは過去への予言でもある。〈予言文学〉はおのずと歴史叙述となる。聖書や仏典の多くも予言書であるように、予言は宗教言説に不可欠であり、政治権力とも緊密にかかわる。また、予言は事後にこそ意味をもち、予言書は事後に作られるのが一般的である。終末の予言などはその時々の世相不安につながる社会現象であるように、予言は時として「予言症候群」（シンドローム）といってよい事象をもたらす（ノストラダムスの予言、マヤ暦など）。

また、古代以来、一連の物語類には、予言や予兆にまつわる言説がたくさん見られる。主人公のその後の行く末を示唆し、暗示する予言型（未来記型）の物語も少なからずあり、既知の物語も〈予言文学〉を基調に読みかえることができるように思われる。近年、美術史研究でも、西洋ルネッサンスを焦点に「予言文化」が問題視されている。〈予言文学〉を鍵に東アジアをも視野に入れて従来の文学史や文化史の枠組みを変えたいと考えている。

こうした〈予言文学〉を軸にみていくと、予言が発せられる端緒や契機の多くは怪異であることに気づかされる。〈予言文学〉と怪異は密接なつながりをもつ。怪異研究にも〈予言文学〉の視座は欠かせないといえる。怪異が何らかの予知、予見、予言を暗示するのはことあらためていうまでもないが、同時に予言そのものが逆に怪異を示唆する場合もあるだろう。怪異と予言は決して一方通行ではなく、双方向から複雑にからみあい、動揺し続けておおきなうねりとなっていくように思われる。いずれは「〈予言文学〉と怪異」の課題にも接近することになろう。

ここでは〈予言文学〉が多くの人々を引きつけ、おおきな影響力や効力を発揮した日本の中世を中心に前近代を主対象にする。たとえば、託宣書は神仏や超越者から発せられる、異界から通達、告知される言説であり、それによって個人や共同体の未来が規定され、生活や生き方が決められたり、国家存亡をかけた意志決定がなされたりする。個々人の生を決定づけるだけでなく、戦争をはじめ国家や民族、地域共同体などの重要な岐路の選択をも左右するものとして作用する。通常、託宣は口頭によるその場限りの一回性のものであるが、『宇佐八幡宮御託宣集』のように、それらが記録され蓄積されて託宣集類の文字テクストに編纂される例もある。夢想記も夢を媒介に神仏、異類によって告知され、異界との回路が開かれ、未来を切りひらくべき指針が伝えられる。前近代に夢がはたした効力や意義は絶大であり、夢を介して異界との交信がかなったから、夢による予言は決定的な役割をもっていた。夢想記は託宣記とほぼ同じ機能をもつ。また、子孫に伝える家訓や遺言書、置文の類も後世に伝え残すことを目的とするから、必然的に現実の生活や生き方をめぐっての信条や指針が吐露され、おのずと将来への提言、教訓がなされ、未来を指向する言説が全体を覆うことになる。その意味でこれらもまた〈予言文学〉の範疇に入れることができるだろう。

これに加えて、『天狗の内裏』や『酒呑童子若壮』など、お伽草子や語り物にみる未来の予言型の物語も含まれる。前者は幼少時の源義経が天狗の内裏に赴き兵法を伝授され、亡父から源平合戦での活躍を予言される、義経物の代表作。後者は酒呑童子が源頼光らに将来滅ぼされることを第六天魔王に予言される体裁で、『酒呑童子』の流布にともなって制作された酒呑童子前史の物語である。これらは、いうなれば物語史上名高い人物伝の著名な部分を遡行したり下降したりして、時間軸をずらしたところから、そのいわれを説くもので、おのずと予言のかたちで読者に提示される。その予言の中身は読者や聞き手にとって周知のことで、おのずと暗示の作用をもつ。過去の前世にさかのぼって現在との因縁やかかわりを説く釈迦の本生譚（ジャータカ）や人物の苦難と克服を通して神になる必然を語る本地物など、過去に回帰し過去から語り直し、現在に連接させる物語群と対照的な位相にあるといえる。このような予言を内部に仕組ませた物語を予言型もしくは未来記型の物語と名づけてよいであろう。これらもまた、ひろき〈予言文学〉の範疇に加えうるものである。

〈予言文学〉の特徴はあくまで文字で記載されたテクストとしてあり、口頭言語と密接にかかわりつつも書記文学であることが重要な意義をもつ。予言や予兆として機能する童謡も書かれたものとしてあるから、同一の位相になる。口頭で行われる予言や占相は今日でも一般にひろまっていて、いつの世にも変わらない。時代、地域、社会を超えて普遍的にみられる。見えない未来を見通そうとする人間の本性としての欲求や欲望に根ざしている。その大半は一回限りで消えてしまい、きわめて限定された時空間で生産ないし消費される。その場だけで後には残らないし、残さないものであろう。しかし、これら〈予言文学〉は記載されることで、時空間のひろがりを得、後世に伝わることで、後々の時代にまで影響を及ぼすことにもなる。むしろ後代に影響力を行使すべく意識的に筆録され、受け継ぎ、語り伝えられる指向をもっていた。

これら〈予言文学〉として括りうる領域は、かつては文学はもとより歴史学からも一部の研究を除いて、うさんくさい、あやしげな荒唐無稽なものとして排除され、歴史を再構築すべき史料として認められることがなかった。しかしながら、聖書がそもそも予言書の意義をもつように、ノストラダムスの予言書をはじめ、西洋のキリスト教文学圏からはつとに着目され、かなりの研究の蓄積がある(1)。アジアでも中国はおびただしい予言書の資料集成が行われ、韓国でも『鄭鑑録』をめぐる問題など多くの研究がみられる(後述)。日本でもかつて俎上に上ることはあったが、全円的な研究は充分なされていなかった。筆者は未来記研究をひとつの柱とするにいたり、その世界の少なからぬ意義や重要性に気づき(2)、そこから〈予言文学〉としてあらたな領域を括り直し、既成の文学・文化史や表現史の見直しをはかりたいと思うようになったものである。いまだ試行錯誤の域を出ないが、まさに過去と未来をつなぐ言説の枢要に〈予言文学〉はある。

今までの中世日本を主とする未来記研究をふまえ、前近代の十九世紀以前を主対象に、日本にとどまらず東アジアに対象をひろげて具体的に資料学の観点から比較研究を行いたいと考えており、おのずと仏教や道教、神道などの東アジアの宗教言説が焦点になるが、十六世紀以降のキリシタン（天主教）伝来に伴い、キリスト教の予言書などもかかわってくる。(3) 宗教の聖典がすでに預言書にほかならないことからもその意義は明らかであろう。近世期だが、近時紹介された亀岡瑞巌寺蔵『仏説未来記』には、「凡ソ未来記ハ皆仏道ヨリ出ヅ。不思議ニ験有者也」とされる例が参考になる。(4)「未来記」という名称は漢語になく日本だけに限られ、中世を中心にひろまり、たとえば、歌学書にも定家偽書に『未来記』があり、近世俳諧にも蓼太編『俳諧未来記』があるし、近代にも『一島未来記』（明治十九年〈一八八六〉）、『日本宗教未来記』（明治二十二年〈一八八九〉）などのように使われ、ほぼ未来記ジャンルといえるほど多岐に及ぶ。未来記だけでも通時的な文学史・文化史が記述できるほどで、近代の未来記にまで視野をひろげて検証されるべき課題としてある。

ことは〈予言文学〉に限らないが、そのよってたつ基盤に東アジアの領域があり、日本だけ見ていてもその実相は明らかにはならない。中国、朝鮮半島、ベトナム、琉球など前近代の漢字漢文文化圏と目される諸地域においても、予言書、託宣書、遺言書の類は多く伝わり、東アジアにおける様相を掌握してはじめてその意義も解明できるはずである。漢字漢文文化圏の主要な領域として〈予言文学〉を提起し、これを基礎的な資料探索、書誌調査からはじめてその全容をとらえ、相互の比較研究を総合的に試みたい。中世の領域を主体としつつも、時代の区分にこだわらず、ひろく前近代の東アジアにわたる古典学の一領域として〈予言文学〉を提唱しようとするものである。点と線を結ぶだけではない、多面的で多角的な視野から東アジアの漢文文化圏に即して考察したいと思うが、ここではそうした全面的な問題展開に至る瀬踏みとしての提言をひとまず試みたい。

2　歴史叙述としての〈予言文学〉

〈予言文学〉は、未来に向けてのメッセージとして見えない将来にばかり焦点が向けられがちであるが、決してそうではない。予言はそもそも事後になされるもので、事が終わってからあの時こうだった、ああだったとふりかえられる時にこそ意味をもつ。ましてや記載され、書記された予言であればなおさらである。予言というかたちをとりながら、それは過去に向けられ、過去を見通すための方策として未来の予言として形作られるものなのである。〈今、ここ〉という現在や現実を掌握し、認識する手だてとして予言はある。今をとらえなおし、見つめ直すためにわれわれは常に過去をふりかえり、過去を検証しつつ前へ進まなくてはならない。人は見えない未来に突き進むために常に過去を整理し、その意味をふまえ、把握せずにはいられない生き物である。

したがって、〈予言文学〉とは、過去と未来を結ぶ言説にほかならない。見えないのは未来だけではない。過去もまた見えない。見えるのは、今、この現在だけであり、その現在も瞬時のうちに過去に追いやられ、見えない未来は瞬時に現在になっていく。そういう時間の構造にあらがうかのように、過去と未来の闇に立ち向かわざるを得ないのが人間の業といってよいだろう。大仰な言い方かもしれないが、日常の中でわれわれは多かれ少なかれ、その体験のくり返しで生きているといって過言ではない。したがって、予言書は必然的に未来を語ろうとして過去をも同時に語ることになる。過去と未来をつなぐ歴史叙述となる。意識するしないを問わず、そういう表現の仕組みを内にはらんでしまうのが〈予言文学〉だといってよいだろう。具体例で少しく検討してみよう。

京都五山の東福寺、霊隠軒の太極による日記『碧山日録』応仁二年（一四六八）三月十七日条に以下の記事がある。

昏黒而若二大傘一之物、飛而自レ南至二於北一、其光如レ月。咸曰、「稲荷神去託二於他境一、避二群聚之穢一也」。

夕刻に大傘のようなものが南から北に向けて飛来、まるで月の光のようだった。それは稲荷神が群集の穢れを避けるために他の場所に移ったのだ、と皆が言いあった、という。稲荷の群集とは、前日の十六日条に道元なる者を首領とする三〇〇人余の徒党が稲荷社に「蝿集」し、西軍の糧道を絶ったとある騒動を指す。さらに翌日の十八日条では、道元徒党が七条の街の民家に火を放ち、西軍を脅かした。十九日条には、十七日の東西の戦いで京の内外は騒然、殺傷の者あまた出た、という。まさに前年から始まった応仁の乱の争乱ぶりを伝える貴重な記録である。そのような騒動の渦中での天変地異や異変は、神仏の離反を想像させるに充分であったろう。これも前著及び本書Ⅱ・1で述べた「去りゆく神仏」の典型例といえる(5)。乱世など世情穏やかならざる時代に、このような神仏が自分たちの共同体から去っていってしまう、という不安が社会現象となっていた。異様な事象が起きるとその原因が神仏の去就にもとめられていた。太極はさらに『碧山日録』に、居士が持参した「魚庵賛文殊」と、「口占」を引用している。その前者にいう「根本智死、後得智活」や後者にいう「五逆禅僧被酒眠」「零落袈裟不直銭」等々の文言は、長期化しつつあった応仁の乱の情勢とも重ねあわせてみれば、意味深長であろう。一見現実世界と無縁のようでいて、退嬰や韜晦に傾斜した雰囲気を色濃くとどめており、自嘲の裏に活性への願いをみてとることができるのではないだろうか。そこには乱世を超えた未来への指向を看取させるものがあることを否定できない。少なくともそうした心的状況から未来への予言を希求する回路が開かれてくるだろう。応仁の乱勃発時に、『大乗院寺社雑事記』応仁元年（一四六七）五月十七日条には、〈聖徳太子未来記〉のひとつ、四字句の詩形式の「瑪瑙記碑文」が記されていたことなども深くかかわるだろう。

ついで時代が下って、秀吉の朝鮮侵略をめぐる『松村家文書』（『山口県史』史料編・中世三）にみる(6)、

日本に御座候野馬台と云伝、恭正徳太師之見来帰にも、「日本国王百代過、猿之様成物出来、日本をしるべ

し。其時、大明へ人数を渡し、悉滅す」とあり。日本今之有様、欲を面にして悪を裏にし、天道仏神政を棄之由候。大明国正直を面にして慈悲を裏にして、天道仏神を祭事を専とする。日本合戦は鶏子にて石を如打、大明之合戦は石にて鶏を打ごとし。日本之合戦難儀候哉。

岡本越後守なる者が加藤清正の家中の矢田兵衛尉なる者に宛てた書状で、「高麗にて大明国より矢文之写し」とあるから、日本から明・朝鮮軍に寝返った者が清正軍に投降や寝返りを呼びかけた文という設定になっている。おそらく偽文書であろうが、ここに期せずして「野馬台と云伝」即『野馬台詩』と「正徳太師之見来帰」即〈聖徳太子未来記〉とが出てくることが注目される。双方は既述のように、中世の未来記を代表する二大予言書である。

日本国王が百代過ぎた、というのは『野馬台詩』の「百王流畢竭」句にみる、天皇百代で日本は滅亡するという、いわゆる百王思想の予言で、仏教の末法とも異なる独特の終末観をふまえていよう。さらに、猿のようなものが出てきて日本を支配するというのも、『野馬台詩』の「猿犬称英雄」句の諸注釈にかかわるだろう。それが猿のあだ名をもつ秀吉と符合する点が興味深いが、猿のようなものが天から降りてきて人を喰い殺すとか日本を支配する、という不気味な予言は、『野馬台詩』と〈聖徳太子未来記〉の諸注に頻出する表現であった。早い例は、定家の日記『明月記』安貞元年（一二二七）四月十二日条にみる、河内の聖徳太子廟から出てきた瑪瑙石に刻まれた碑文である。この碑文はおそらく数年前に起きた承久の乱を予言しており、それがみごとに的中した、という文脈に位置づけられるもので、数ある〈聖徳太子未来記〉が聖徳太子ゆかりの寺域の利権にからむものから国家的な命運を占う予言に増広するおおきな契機となったものである。ついで『野馬台詩』注の全貌をうかがわせる最古注である、大永二年（一五二二）写の東大寺本『野馬台縁起』にみる。ここでは、百王の後に、猿と犬のようなものが現れて世を奪うだろう、猿は「ムクリ」、犬は「蛮」だとされる。「ムクリ」は蒙古を指すから蒙古襲来がトラウマとしてあったとも読める。その後、「獼猴」のようなものが空から下りてきて人を喰ってしまうだろう、とされる。内閣文庫本『野馬台詩抄』などでは、猿は「東夷」、犬は「西戎」だとする。解釈は必ずしも一定していないが、いずれにしても、こうした注が定家の見た〈聖徳太子未来記〉碑文などと重なることは明らかで、暗澹たる不安や畏怖を増長させずにはおかないイメージに覆われている。(7) 猿のイメージは『太平記』の著名な楠木正成が天王寺で読む〈聖徳太子未来記〉にもそのまま継承される（Ⅱ・一）。

右の岡本越後守書状で問題になるのは、その後の「大明へ人数を渡し、悉滅す」とある文言で、これは秀吉の朝鮮侵略を意味するから、それらの文言が『野馬台詩』や〈聖徳太子未来記〉にあったという示唆であるが、従来知られているふたつの未来記にそのような内容を盛り込む注釈例は見いだせない。この引用でそのように増幅されて記されたか、あるいは実際にそうした文言を含む注釈があったかもしれないが、事の真偽はすでにさだかではないし、その如何は問題ではない。問題は現実の歴史事件をふまえてそれにあわせて予言が記されていることで、予言書がおのずと歴史叙述をはらむことが確認できればよいだろう。

偽文書に胚胎される未来記・予言書の類が現実にあわせて注釈内容を増幅させていく、自律した運動体になっていることを見のがせない。時代の進展に応じて、未来記につけあわされる情報が増えてくる。それだけ盛り込むべき歴史事象が増加するからで、言い換えれば、記述すべき歴史の厚味が増してくることで、予言もまたそれらに対応せざるをえなくなる。というよりいかなる歴史事象にも耐えうる、どのような事象にも応接できるほどの包容力をもつのが未来記・予言書たりうる特性だといえよう。

未来の予言を記すテクストとは、すなわち未来を語るために限りなく過去に遡り、歴史をとらえ直し、記す運動体の謂である。そういう時間の往還を本性とするのが〈予言文学〉の特徴である。『野馬台詩』享受の有名な例でいえば、相国寺の禅僧瑞渓周鳳の『臥雲日件録抜尤』康正二年（一四五六）八月二十四日条に、周鳳と知足院東岳澄斤との「茶話」の折り、足利義満と氏満との対立をめぐり、『野馬台詩』の「猿犬称英雄」の猿と犬にそれぞれ生まれ年の干支にちなんで二人を当てはめる論議がなされている。あるいはその翌年、長禄元年（一四五七）十月二十七日、興福寺僧経覚の『経覚私要抄』には、頻発する土一揆をめぐって、『野馬台詩』の「黒鼠喰牛腸」が引かれる。前者はすでに八、九十年ほど前の南北朝内乱時の話題であり、後者は眼前で起きた事件をさす。現実の理解しがたい名状しがたい事態に遭遇してまず念頭にイメージされるのが『野馬台詩』の文言であり、それによってはじめて現実を納得し了解し、受け入れることができた。それと同時に過去の事象でも予言書の解釈をあてはめて意味づけ直すことがよく行われていたわけで、過去や現在の事象を解釈し、適応させるためにも予言書は必要とされたのである。未来記・予言書が中世の時空でどのように機能し、生きていたかを如実に知らせてくれる。

これが既述の近世の『野馬台弁義』（架蔵）にいたると（本書Ⅱ・2）、「黒鼠喰牛腸」は平清盛と源頼朝、源平合戦、源家滅亡、「猿犬称英雄」は中世注にみる応仁の乱の山名と細川にはじまり、北条早雲、織田信長、今川義元、武田信玄以下、戦国期の群雄割拠にまで及ぶ。さながら日本の内乱史が展望され、『野馬台詩』が日本紀に異ならないことを知る。予言書が歴史解読のゲームと化している。

今、既知の〈聖徳太子未来記〉や『野馬台詩』などを例にみたが、〈予言文学〉の観点から未来記とかかわらせつつここで取り上げたいのが「置文」である。たとえば、万里小路時房の日記『建内記』文安元年（一四四四）二月四日条にいう、[8]

第二長老思空上人元徳置文載㆓子細㆒、以㆓一﨟㆒可㆑為㆓住持㆒之由、記㆓未来㆒者也。

西谷の法光明寺の住持職をめぐって、律宗の西大寺の興正菩薩門弟が候補にあげられるが、浄土門であるから行事はおのずと異なる、思空上人が元徳年間（一三二九〜三二）に一﨟を住持とすべきだと未来を記した置文があると反論、恵林房堯信を住持に推奨したいと提案、西大寺は難色を示すが結局「置文」の通り決まったというもの。思空の「元徳置文」が決め手となったわけで、まさに「記未来者」、これも未来記に相当すると考えてよいだろう。

あるいは、能登の永光寺に開祖の瑩山紹瑾禅師の「尽未来際置文」が伝わる。[9] 元応元年（一三一九）十二月八日。内容は、永光寺は酒匂頼親の息女平氏女の寄進になり、わが墓所となし、五老峰の寺の中でも最も重視されるべきもので、弟子たちによって嗣法を順守して盛り立て、願主の一族を重んじて未来永劫親交を結んでいくように、という遺言である。門弟と門徒との和合を誓わせ、寺の繁栄を祈願する文書で、この種の文章が「置文」とされる。そこでは、「尽未来際」という表現がくり返され、未来永劫の繁昌ぶりが期待される。過去の経緯をふりかえり、現在を見つめ、未来長久が確約される。未来への期待の地平が提示されるのが「置文」であり、これも遺訓、遺言、遺告などの類と変わらず、〈予言文学〉の最たるものにあげられる。先の思空の「元徳置文」が実際に元徳年間とすれば、宗派は異なっても瑩山禅師の置文との同時代性が確認できる。

右の二例は僧侶によるものだが、武家の「置文」もみられる。前章で述べたが、[10] 今川了俊の『難太平記』に足利尊氏が天下を取る予言として「義家の御置文」がかかわっていたという。その「置文」とは、七代の孫に自分が生まれ変わって天下を取るだろうというもので、七代目に当たる家時は時節至らず、自分の命と引き替えにさらに三代の延期を願い、自害する。彼自身の「置文」もまた別にあり、その「置文」を尊氏と弟の直義、著者の了俊も実見した、という。ことの真偽はさておいて、足利の天下取りに祖先の「置文」が深く介在しており、支配原理の正統化が「置文」という未来記テクストによってはたされようとしていた。これもまた〈予言文学〉の典型といえよう。

右の「義家の御置文」のごとく、天下取りの予言が系図をたどり直すことで可能となるように、過去の整理があってはじめて予言を措定することができるわけで、系図は人物の系譜で示される歴史叙述そのものといってよい。

未来記は近代にも及ぶことは先にふれたが、近世の場合も例外ではない。その一例に『予州別子御銅山未来記』がある。[11] 明和三年（一七六六）の年記で、別子銅山の採掘をめぐって、別子山神の化身と目される切上り長兵衛の予言で難所を掘り進むべきことを主張する。これは住友伝右衛門が金十郎なるものから聞いたのを直接、銅山の帳面に書記し、「永子孫に伝置者也」とあるから、まさに未来記の「置文」とみなすことができる。

こうした置文に関連して、起請文もまた「未来記」にかさなる例として、今まで見のがしていた『石山寺縁起絵巻』がある。第二第一、般若寺の観賢が高野山奥院の弘法大師即身仏を実見する有名な話題で、これに弟子の淳祐も同行し、聖宝の小野法流を観賢がつぎ、さらに淳祐がついだという。

> 御弟子観賢僧正受け継ぎて、補し給けるに、当寺は鎮護国家の霊場、浄行薫修の聖跡なるべしと、未来記の起請文を書置き給たるとかや。

とある。これも置文であり、起請文ともいわれる、「未来記」であった。神仏に誓約し祈願する「起請文」もまた〈予言文学〉の範疇に入ってくることになろう。

3　過去への予言、前生譚と夢告――『今昔物語集』から

今まで〈予言文学〉の範疇に入りうると思われる資料群に光を当ててみたが、一般的な文学の場合でも、〈予言文学〉の観点から種々読み直せるものがあるのではないだろうか。〈予言文学〉の射程がどこまで届くかがさらなる課題となる。優れた古典はおのずと時代を先取りした予言書的な意味合いをもつ場合も少なくないはずだ

が、そうした比喩的な次元ではなく、より内実に即した〈予言文学〉としての面をそなえたものもあるはずだ。さしあたりここでは『今昔物語集』に注目してみるとどうであろうか。〈予言文学〉からみるとまた今までと違った面がみえてくるのではあるまいか、という予見のもとに読み直してみると、種々かかわりが出てきそうである。(12)

何より『今昔物語集』の全話が、「今ハ昔」で始まることの時間認識にかかわり、歴史叙述上の意義を見のがせない。たんなる「昔」ではなく、「昔」と「今」が対置されることは、物語を語る現在がそれだけ強く意識されているからであり、過去と現在の断絶とそれを越えて過去とつらなりあい、過去を今に甦らせてさらに未来を見すえようとする指向に根ざしているだろう。

まず全体を通観して目につくのは、天竺部の釈迦の予言が多いことである。そもそも仏教の経典も予言書の面を多分にもっており、仏教に限らずキリスト教をはじめ、宗教が未来の救済を説くために予言を核にすえる必然としてある。たとえば、『法華経』にみる釈迦は、成仏できないとされていた仏弟子「声聞」たちの未来の成仏を次々と予言し確約する（「授記品」の各章）。釈迦の生涯の物語「仏伝」を根幹にする『今昔物語集』に釈迦の過去や未来を透視する予言が充ち満ちているのは本義としてあったことが了解されよう。ここには「予言者」としての釈迦像がおおきく刻み込まれている。

二、三例示すれば、腐った米汁を布施として差し出した女に対して、釈迦はこの功徳によって「天上ニ生レバ忉利天ノ王ト成リ、人界ニ生レバ国王ト成ルベシ」と女の未来を予言し、「後世ノ事ハ此ヲ以テ知ルベシ」とする（巻一・一二）。長者の子どもの自然太子が生まれる際、男か女のいずれかをめぐって外道と術比べとなる話で、釈迦が「男子也。必ズ祖ヲ化シテ仏ノ道ニ入ルベシ」と予言する（巻一・一五）等々である。

さらに目をひくのは、口からよい香りを発した人物が前世は木こりで香を焚いたからだという、過去世からのいわれを釈迦が語り、さらに「遂ニ仏ト成ルベシ」と香身仏となることを予言する例である（巻二・一六）。この巻二前後の大半は、釈迦が特定の人物の過去世を語り、現世のいわれとして提示する「前生譚」で、釈迦が一切衆生の、生きとし生けるものの過去から未来を透視する巨大な存在として浮かび上がってくる。『今昔物語集』の仏伝語りで最も力点がおかれる部分である。巻五に集中する釈迦自身の前世を語る「本生譚」とも類同する。これら前生譚群をみていくと、右の事例のような過去を語り、あわせて未来をも保証する語りの型が少なくない。

一見して未来語りと過去世語りとは、時間が対照的で反転しあうようにみなされがちだが、決してそうではない。むしろひとつなぎであることが了解されるであろう。未来の語りは、前生譚と表裏一体であり、過去の因縁を説くことがそのまま現世のいわれとなり、さらには未来の救済をも保証する構造となっている。未来の予言と過去の洞察とが一体化し、つながりある道筋を示すのが釈迦の予言にほかならない。釈迦の言説は未来の予言ばかりではなく、過去の予言でもあるのだ。現在の時点からすれば、見えないことにおいては未来も過去も同じである。見えない過去を透視して現在の意味を明らかにし、未来につなげるとしたら、その言説もまた予言とみなしうるのではないか。これを「過去の予言」と名づけてみたい。その根拠を示すのが釈迦の予言にほかならないであろう。

見えない過去と未来、見えない時間の道筋を釈迦が見定め、提示する。過去を見極めることがそのまま未来を照射することにつらなる。過去と未来の照射が、「今、ここに、在る」ことの現在と現実の意義を明らかにしてくれる。そういう構図ができている。〈予言文学〉の原質がここにあるとみてよいであろう。

このように、天竺部の釈迦を中心に予言による救済譚の型がうかがえ、〈予言文学〉として定位できる話群が多く見いだせるが、次の震旦部や本朝部になると、また様相が変わってくる。まず釈迦の直接の語りや声が響いてくることはない。代わりに前面に出てくるのは、夢のお告げである。釈迦に限らず観音や地蔵など種々の仏菩薩が、これから起きること、将来そうなるであろうことを、夢を通して告知する、夢告の型が圧倒的に増える。

震旦部では、まず後漢の明帝が夢で金色の人が来ると見て仏法伝来を示唆される（巻六・二）。あるいは、僧が『法華経』の二字をおぼえられないいわれを、前世に女身でそこだけ虫に食われた本によったからだと夢で知らされ、実際にその場に行って経典を見つける（巻七・二〇）。夢は未来を指し示すある種の啓示であり、その内容は一種の物語ともなっていて、それによって現実を再発見することにもつらなる。

また、新日本古典文学大系の脚注で指摘したが、冥途から蘇生した志達が長寿を全うした後に家族が彼の書き付けをみつけ、「千仏が自分を迎えに来て『般若経』を翼にして浄土に往生する」と書いてあったという話（巻七・八）は、まさに未来の予言書にほかならない。また、峰文本は幼時から『法華経』の観音普門品を唱えていて、船が転覆しても助かり、仏事の祈りに客僧が不意に出現、天下が乱れるが、災難を免れ富貴を得るであろうことを告げられ、はたしてその通りになったという（巻七・二八）。これなども観音の予言そのものである。

本朝部でも事情は変わらない。聖徳太子は自らの死をみずから予見し、予言する（巻一一・一）。空海、最澄など真言・天台の始祖は、中国の師恵果や智者大師によってあらかじめ出会いを予見されていた（巻一一・九、一〇）。先験的に両者の出会いを提示し、より権威化しようとする。あるいは志賀寺の縁起譚では、先に夢で寺を建立すべき場所を指示され、その告知をもとに訪ねて行くと、はたしてその通りの所があった（巻一一・二九）。夢を媒介に未来が枠取られ、意志決定や行動にそのままつながっていく。未来を示唆し啓示を与え、行為や行動を引き起こさせる。夢とそのお告げは説話の必須の枠組みとして作用する。往生者もまた自らの極楽往生を夢で知らされていた（巻一五）。

また、ある僧が『法華経』の三行分だけどうしても暗誦することができない、そのわけは前世に紙魚の虫でその部分のみ食べてしまったからだ、力を加えて読めるようにしてやろうと夢で知らされ、以後覚えられたという

(巻一四・一三)。すべて夢と現実がひとつなぎで、夢は現実を先取りし、未来の姿やあるべき姿を指し示してくれる。「前生告知譚」ともいうべき一連の話型が、震旦部をそのまま受けて、巻一四に集中する。これらは天竺の釈迦が人々の前世を見通して語る過去の予言譚の日本版ともいえよう。

なかでも注目されるのは観音霊験譚で、夢ではっきり未来の行く末を知らせるのではなく、まず最初にどうしろこうしろと指示するだけのお告げの型がある。有名なわらしべ長者の話(巻一六・二八)がそれで、長谷寺に籠もった貧しい身寄りのない男が最後にお告げを得て、「寺を出て最初に手にしたものを大事にしろ」といわれる。寺を出て転んで手にしたのがわらしべで、そこから次々とさまざまな物と物とを交換して、ついには長者になる、という口承文芸でも知られる説話である。これは観音がすべてを見通して最初のものを大事にしろというわけで、途中から男は観音の加護を確信するようになり、みずからの才覚を発揮する相乗作用がある。観音の最初の指示もまた予言とみることができるだろう。

似たような例は、大晦日に百鬼夜行と遭遇して鬼に唾を吐きかけられ、隠形すなわち透明人間になってしまう男の話(巻一六・三二)。いつも通っていた六角堂の観音に祈ったところ、夢のお告げで最初に出会った者の指示に従えと言われる。はたして牛飼い童の男に会い、ついて来いと言われるまま、貴族の屋敷の門のすきまからすっと入り、打ち出の小槌で病気の姫を叩くが、修験者の祈禱による火界呪の火炎にあおられ、大声を上げた瞬間もとの身に戻る。これもそうした展開を観音がすべて見通していたとしか理解できないわけで、最初の指示が結果として予言となっている。物語の仕組みにまで観音の夢告、予言が深くかかわっているところに観音霊験譚のおもしろさがある。

一方、こうした仏菩薩の予言としての夢告ばかりでなく、転生した存在が夢に現れ、予言する場合もある。戒律を破った僧が鯰に転生し、息子の僧に夢でそのことをさとすが、息子の僧はそのことを知りながら地震でつかまえた鯰を食べて骨がのどに突き刺さって死んでしまう（巻二〇・三四）。鯰に生まれ変わった父僧の予告の効果がなかった例である。

さらには、鬼が富豪の婿に化けて娘を喰い殺す話（巻二〇・三七）では、依拠した『日本霊異記』では冒頭に童謡が示され、それが事件の展開を予言するものとなっているが、『今昔物語集』では削除され、欲に目がくらんだ両親の因果応報の話とされる。童謡は東アジアにひろまる〈予言文学〉の典型であるが、『今昔物語集』はそれを採用しなかった例でもある。童謡は口頭でうたわれるものだが、しかし多くはうたわれることを前提に書記されたもので、記載されるところに意義があり、〈予言文学〉の範疇に入る。『今昔物語集』がこれを排除したのは、巷間にひろまるあやふやな童謡の意義を認知せず、予言はあくまで仏法の枠にそったものでなければならないという認識があったことをうかがわせる。『今昔物語集』の翻訳は予言の正当性への配慮を逆に示しているだろう。

以上、仏法譚から〈予言文学〉の観点を軸にすると、仏菩薩の正統な予言が中心にすえられている諸相が浮かび上がってくる。

4　見えない未来へ――『今昔物語集』「宿報」の世界

これに対して、世俗の話題ではどうであろうか。結論だけいえば、百鬼夜行との遭遇を師より先に予見する安倍晴明に代表される陰陽師など、予知予見のプロであるシャーマンの説話が〈予言文学〉としては目をひく。民間の隠れ陰陽師の占相などもみえ、巻二四・一三～二二あたりに集中してみえる。笛吹きの貴公子が行き来するのを、僧の登照が笛の音色から、行きは短命と判断するが、帰りは普賢講の功徳で寿命が延びることを予見する話（二一話）などに典型化される。予言の特殊技能者として権力者から尊重され、除目で誰がどこの国守になるなど人事異動を常に正確に言い当てる豊前大君をはじめ、いつも関白の膝に座っていて予言をした「打ち臥しの巫女」などと呼ばれる者もいたほどだ（巻三一・二五、二六）。しかし、これらは専門家としての予言者の姿の点描であり、いわば物語風景上の群像にとどまる。

そうした例とともに、『今昔物語集』の構造からより重視されるのは、予見や予言できない人の世の姿をとらえていることだろう。その典型が巻二六「宿報」である。ここでは人の生と死をわける契機が、仏菩薩の予言のごとく手に取るように明確な道筋ではとらえきれないことが問いかけられている。天竺の釈迦のようにはもはや誰もそれを明らかにできない。それを規定するとすれば、より曖昧とした抽象的な前世の因縁とか、宿業とか宿世による、とするほかない。「宿報」という巻のテーマも、そういう人間の存在や人の世の不思議のひとつの理解の仕方、認識法の帰結としてあろう。予見しえない、感知しえない偶然性や運命に、見えない未来の解釈をゆだね、着地点を得ようとするのが「宿報」である。巻二六に限らず、「前生ノ宿業」（巻一九・四二）、「前世ニ鼠ニテヤ有ケム」（巻二八・三二）等々のとらえ方は随所にあらわれる。これらは予言・予見譚と背中合わせの関係にあり、表裏一体とみてよいだろう。

そのような中で民間伝承の運定めや産神問答などと共通する説話があるのは見のがせない（巻二六・一九）。東国へ下るある男がたまたま宿にした家で偶然、出産の場に遭遇するが、身の丈八尺ほどの不気味な者が不意に現れ、その子供が八歳で亡くなることを予言して姿を消す。男は八年後、その家に宿り、はたして予言通りその子が樹上で鎌で枝を切っていて木から落ち、その鎌が頭に刺さって亡くなっていたことを知る。すでに中国の『捜神記』に類話があり、何らかの影響関係も想定されるが、「産神問答」の話型としてひろく口頭伝承でも流布している。

得体の知れない超越者による予言であり、運定めのモチーフともされるが、この話は予言者の声を別の第三者が耳にし、ことの真相が明らかになる型で、目撃者、証人が仕立てられ、それが語り手に転位する。神仏のやりとりを偶然聞いて事の真相を知り、難局を打開したり、ことがうまく運ぶきっかけとなる、という話のパターンである。とりわけこの話は人の人生が目に見えぬ綾や業によって生かされていることを認識させる絶好の話譚であり、人の行く末が通常は感知し得ぬもので、先のことは見えない偶然や運命にゆだねるほかないものであることを知らしめている。

つまり、天竺の釈迦の予言が仏と人の一体感に裏打ちされた関係で成り立っており、それゆえ釈迦の予言が確たる絶対的なものとしての意義を担っていたのに反し、本朝の世俗譚の運定めにいたると、同じ予言でも予言の主体の実体はすでに明らかではなく、超越者への不気味さや不可知性が前面に出ていて、そこにはよるべき信頼関係や一体感はない。人間を離れた何か得体の知れないモノにゆだねるしかない人物の孤絶感が浮き彫りにされている。この話には何か底知れぬ空恐ろしさが潜められているのではないだろうか。そこに「宿報」の真義があり、釈迦の予言のもつ意義も逆照射され、〈予言文学〉としての重層的な意義もまた浮かび上がってくるし、『今昔物語集』をつらぬく物語世界も俯瞰できるように思う。従来の観点では、この説話は『捜神記』や口承文芸との比較から出典論や口頭伝承論の次元に解消するにとどまりがちであるが、これが筆録されることで、あらたな〈予言文学〉としての意義をおびることに着目したい。ここの予言者はそれまでの明確な神仏の姿ではなく、名付けのできない不気味な存在である。共同体から隔絶した外部の他者であり、その存在もまた目撃者と同じように通りすがりの旅の者のような浮遊感がつきまとう。もはや共同体を庇護し支えるような神仏ではない。まさに神なき時代を暗示するかのようだが、こういう話譚の語りによって共同体は逆に維持され、安定できたともいえる。それはそのまま『今昔物語集』の表現の構造にもあてはまるであろう。異端の存在とその語りがむしろ

〈仏〉の存在をより強固に補塡する、という構図である。

『今昔物語集』は一千話以上もの説話を集め語ったが、それはすべて「今ハ昔」の過去の物語であり、過去を語ることで未来へ投企しようとしたと考えられる。釈迦の語りがそうであるように、過去を徹底して見すえることで未来につらねようとする。過去の予言が未来の予言につらなる物語世界を構築しようとしたといえよう。

以上、『今昔物語集』を例に〈予言文学〉についてみてきたが、『今昔物語集』が〈翻訳文学〉であることに連関して、〈予言文学〉と〈翻訳〉の相関もあらたな課題となる。予言はそれ自体、隠喩や暗喩に満ちているから、翻訳しなければ解読できないものが少なくない。

とりわけ未来記のような文言はそれ自体では解釈しきれない謎の多い表現に満ちており、現実や過去の歴史にあてはめてはじめて納得でき、了解しうるものであるから、これは翻訳による再解釈もしくは再創造の過程を経て意味が完結する言説といえる。いうなれば、〈予言文学〉は〈翻訳文学〉でもあるということになろう。

このように『今昔物語集』の語る説話世界には予言が満ちているが、それは『今昔物語集』というテクスト総体にもあてはまるといえそうだ。個々の説話はすべて過去の世界であり、過去を今現在語ることがそのまま未来への橋渡しになる。決して過去は回顧されるだけではない、過去から未来への予言を導き出そうとするのが『今昔物語集』であり、そのことは全話の冒頭が「今は昔」ではじまることに象徴されるだろう。

以上いまだ試掘の域を出ないが、既知の古典をいかに読みかえるか、〈予言文学〉はそのひとつの手がかりになるのではないだろうか。

5　東アジアへ

ここのところ日本文学を東アジアの土俵に解き放ち、それにあわせて東アジアの漢字漢文文化圏の比較説話学を資料学として確立するために諸資料を発掘、蘇生させるべく、双方向からの提言を試みている。(13)〈予言文学〉もその絶好の沃野となるだろう。中国では予言書への関心がもとより高く、『中国預言救劫書』全一〇巻（新文豊出版公司）や『中国預言書伝本集成』（勉誠出版）などがあいついで編纂され、資料が整備されてきている。影印本を中心とするため書誌的な裏づけが不明で、それら膨大な〈予言文学〉がいつ、どのように作られ、どのように語られ読まれ、いかなる効力を発揮したか、どう受け継がれていったか、という基本的なことが共有されておらず、これらをいかに読み込んで既成の文学を読みかえられるかが今後のおおきな課題となる。また、これら予言書には図像、イメージが介在する場合も少なくないから、絵画イメージ研究からも恰好の対象となるはずである。

一方、朝鮮半島の場合はどうか。近時、ペク・スンジョン『韓国の予言文化史』（青い歴史社、二〇〇六年）が刊行され、ずいぶん見通しがきくようになった。(14)本書は、予言書として朝鮮で最も影響力をもった『鄭鑑録』を焦点に、ことに政治史とからませながら通史的に問題の本性をダイナミックにとらえており、〈予言文学〉全体に益するものが大である。ちなみに拙著『中世日本の予言書』（岩波新書）とわずか一ヵ月の時差で公刊されたところに、偶然ではあろうが何がしか研究の気運の醸成を思わせるものがある。

『鄭鑑録』は朝鮮王朝時代から反権力の指標としてくり返し甦り、権力諷刺、体制転覆や反正のスローガンとなった。その動きは近代にまで及ぶ。これも〈聖徳太子未来記〉と同様、書名は同じでも複数のテクストがあり、多岐にわたる。『鄭鑑録』ひとつとっても巨大な〈予言文学〉の地層や岩盤につき当たるわけだが、もとより朝鮮の予言書も『鄭鑑録』にとどまらない。高麗の道詵の予言書などもひろく伝わり、『高麗史』などにくり返し出現していることが知られる。とりわけ朝鮮半島では予言は風水にかかわりが深く、今も東アジアでは日本を除いて風水思想は生きている。韓国では「風水説話」が確たる研究領域としてあり、予言や占いが密接に連関する。それと同時に中国の場合も同様であるが、一般の文芸にも〈予言文学〉がどのように及んでいるかもあわせて追究されなくてはならない課題であろう。それは決して個別の国々や地域、時代、ジャンル領域だけに限られるべきでないことは、たとえば『日本書紀』天智七年（六六八）十月に、高句麗の滅亡に関する予言めいた文言がみられる例などから明らかであろう。

大唐の大将軍英公、高麗を打ち滅す。高麗の仲牟王、初て国を建つる時に、千歳治めむことを欲しき。母夫人の云ひしく、「若ひ善く国を治むとも得べからじ。但し当に七百年の治有らむ」といひき。今此の国の亡びむことは、当に七百年の末に在り。

高句麗建国神話の「仲牟王」（朱蒙）が千年の繁栄を祈願したのに、母夫人は七百年と予言したのが当たったというもので、これが唐の『新唐書』高麗伝では、『高麗秘記』なる予言書に「九百年に及ばないうちに八十の大将が高句麗を滅ぼすだろう」とあるという。高句麗滅亡の予言が東アジアにひろまっており、その核に『高麗秘記』なる予言書があったらしい。テクストが実際にあったかどうかではなく、そのような予言書にある、と認定され、言説が引用されることが意義をもつ。〈予言文学〉とはそうした機能や構造をもつところが見のがせないだろう。

ベトナムの場合も同様であるが、拙著で紹介した『讖記秘伝』（ハノイ、国立漢喃研究院蔵）などがあるが、チュノム文字も介在し、解読は難しい状況にある。その後の調査とグェン・ティ・オワイン氏の示教によって、予言書の主体が阮秉謙（白雲・程国公）であることが分ってきた。『讖記秘伝』もこの程国公に仮託されたもので、目録解題（台湾版）に「讖言集、託名程国公阮秉謙所作、内容為預言報賢人的出現、動乱的来臨等」とあり、乱世の予言書であることが知られる。他に漢喃研究院では、『程国公讖記』『程国公記』『白雲阮程国公録記』などがあり、『白雲庵程国公詩集』ほかの詩集も数点ある。詩人として名高い程国公が次第に予言の讖の作者に仮託されていったようだ。

十八世紀の『公余捷記』続編の「名儒名臣」にある「武探花寄詩成讖」は、唐安の丹鑾が考試の際、同門の者と争うが、公家が一方に寄った「風余万里天猶狭、肯与鷦鷯一枝」という詩を作り、はたして丹鑾は合格し、一方は落ちて不遇となった。これこそ「詩讖」ではないか、という。「詩讖」すなわち〈予言文学〉にほかならないだろう。予言書が詩のかたちをとりやすいことは、すでに日本の『野馬台詩』で論じた通り、有名なノストラダムスの予言詩をはじめ世界に共通する。僧伝集成の刊本『禅苑集英』にも讖をめぐる記述があり、さらに十七

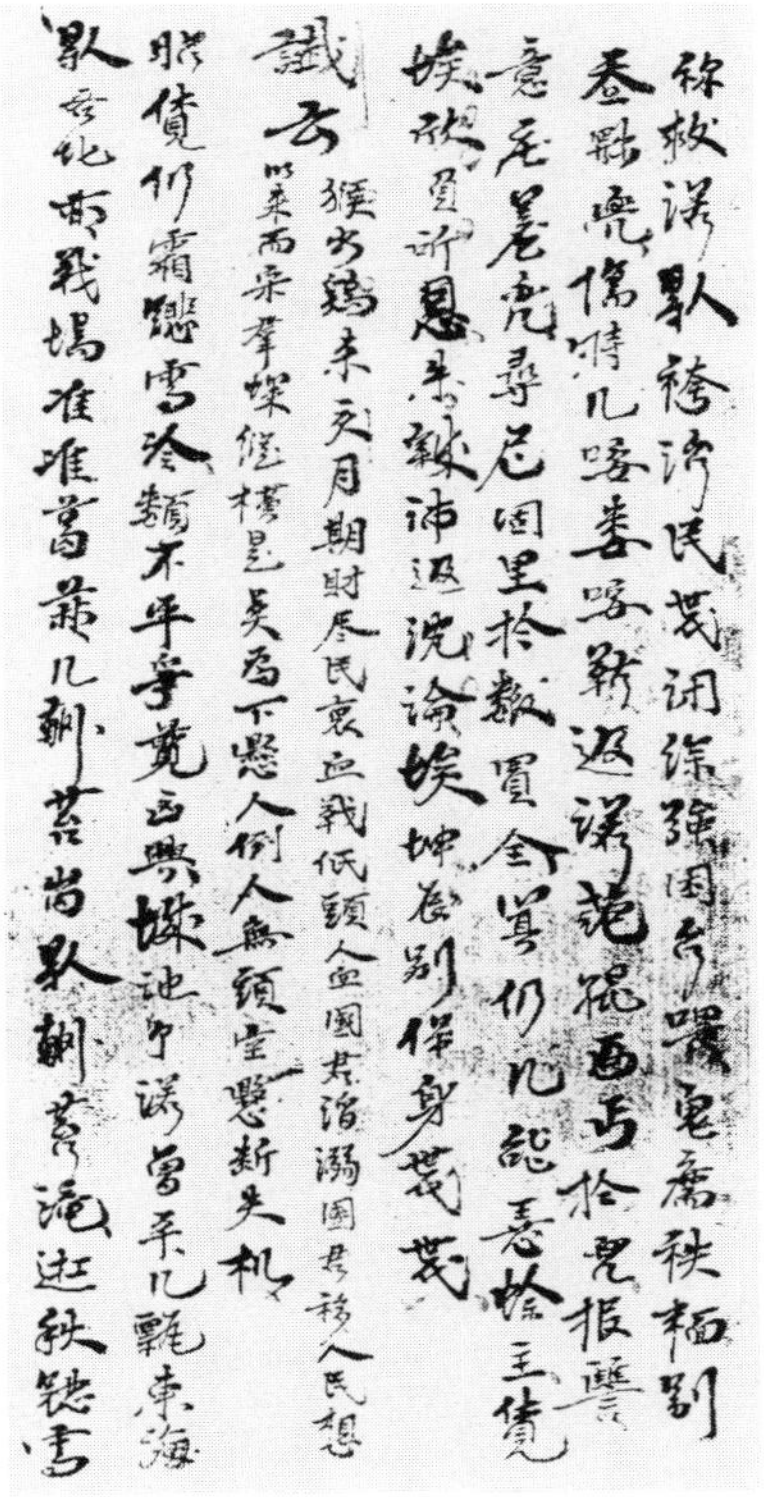

図17　『讖記秘伝』（ハノイ，国立漢喃研究院蔵）

世紀のベトナムの南北朝内乱の歴史演義小説『越南開国志伝』などにも、「讖詩四句」の「三五之時、黒龍遇虎、軍削二龍城一、生擒文武」（巻二）や讖文「雖レ有二同姓一、亦非二苗裔一、九九之数、非レ三則四」（巻五）等々の例がみえる（『越南漢文小説集成』第七巻、上海古籍出版社）。今は指摘に止めるほかない。

以上、ひとまず〈予言文学〉の言挙げとして提起してみた。〈予言文学〉という座標軸がどこまで有効か、既成の文学を再生しうるものたり得るか、今後さらに追究していきたいと考えている。(15)

注

（1）ジョルジュ・ミノワ著、菅野賢治・平野隆文訳『未来の歴史―古代の預言から未来研究まで』（筑摩書房、二〇〇〇年）、リーヴス著、大橋喜之訳『中世の預言とその影響　ヨアキム主義の研究』（八坂書房、二〇〇六年）。

（2）小峯和明『野馬台詩の謎―歴史叙述としての未来記』（岩波書店、二〇〇三年）、『中世日本の予言書―〈未来記〉を読む』（岩波新書　二〇〇七年）他。

（3）米井力也『キリシタンと翻訳』（平凡社、二〇〇九年）。

（4）西山美香「亀岡瑞巌寺蔵見叟智徹著『仏説未来記』翻刻と紹介」（『禅とその周辺学の研究』永田文昌堂、二〇〇五年）。

（5）注（2）拙著『中世日本の予言書』。

（6）神田千里「戦国日本の宗教に関する一考察」（『東洋大学文学部紀要』六一集・史学科篇・三三号、二〇〇八年）、『宗教で読む戦国時代』（講談社選書メチエ、二〇一〇年）。この文書は藤木久志氏の示教により、『中世日本の予言書』や拙文「未来記注釈」（『教養教育の再構築』第二回シンポジウム報告、日本学術振興会人文社会科学振興プロジェクト、二〇〇五年二月）でも取り上げている。

（7）中世の聖徳太子伝のひとつ、『顕真得業口決抄』では、「往古於件盤石上白北方、小荘獮猴来テ焼数万石米」などの文言がみえるし、『平家物語』の安元の大火で猿が松明をかざして家々に火を放っていたという幻想などとも響きあうものがあるだろう。

（8）鈴木彰氏の示唆による。引用は大日本古記録本による。

（9）注（2）拙文「御記文という名の未来記」。

(10)『永光寺の名宝』(永光寺図録、一九九八年)。

(11)安国良一「「予州別子御銅山未来記」を読む―経営者の不安と苦悩」(『住友史料館報』三八号 二〇〇七年)。

(12)小峯和明「東アジアの『今昔物語集』と翻訳・〈予言文学〉のことども」(小峯編『東アジアの今昔物語集―翻訳・変成・予言』勉誠出版、二〇一二年)。

(13)小峯和明編『漢文文化圏の説話世界』所収「東アジアの説話世界」(竹林舎、二〇一〇年)、「東アジアにおける日本文学―研究の動向と展望」(『日語学習与研究』一四一号、北京・対外経済貿易大学、二〇〇九年)、「東アジアの〈東西交流文学〉の可能性―キリシタン・天主教を中心に」(『アジア遊学』一一四号、二〇〇八年九月)。

(14)白承鍾箸、松本真輔訳『鄭鑑録』(勉誠出版、二〇一一年)。

(15)新見の資料について若干付記しておく。早稲田大学・教林文庫蔵『三院及山王記』にみる(国文学研究資料館『調査研究報告』七号・翻刻)。

又本院還ニ中堂ノ北前唐院有リ。覚大師御本坊也。此ノ内ニ顕密六合ノ箱有リ。其中方ニ座主記ノ箱有リ。此中ニ未来記ノ文ヲ安置ス。此ヨリ左右ヲ分明テ右ヲバ顕一顕二顕三在秘一秘二秘三トテ六合箱ヲ安ス。凡ソ一ノ箱ノ大事ト云事、三合内ニ在顕シテ此ノ内ニ紅葉ノ箱ト云事有。之ヲ広レバ、二十合第九ノ箱、今宇都宮ノ宝蔵安置ス。

叡山に代々伝わる箱の大事という秘事口伝にまつわるもので、箱の中には「未来記」が入っていたという。『平家物語』にみる伝教大師の未来記に相当する。また、『宮川舎漫筆』に「理斎翁未来記」なるものあり(『随筆大成』8巻、宮腰直人氏示教)。

三　災害と〈予言文学〉

1　〈予言文学〉の射程

『中世日本の予言書』（岩波新書）を上梓して四年（二〇一一年）が過ぎたが、これを受けて、「未来記」に代表される予言書にとどまらず、神仏の託宣書や夢のお告げを記録した夢想記、神仏に誓いを立てる起請文、あるいは子孫や弟子に残す遺言書（遺告、遺訓、遺戒の類）等々、未来に託した言説をまとめて〈予言文学〉というあらたな領域を提唱している。これら資料群をデータベース化して全体像を探ることが当面の目標である。

予言とは一般に現時点から未来を言い当てる言説を指すが、〈予言文学〉はそれだけでなく、現在の繁栄や隆盛が将来にも持続することを託したり、現実の苦境や困窮から脱するために未来の救済を祈願したりする言説も含む。過去を振り返り、現在を見つめ直して未来に向けて発信し、未来に仮に身を置くことで逆に現在や過去を規定づけるメッセージでもある。要は現在を軸に過去と未来を連接させようとする、一連の書かれたテクストの総体をいう。見えない未来に向かうためには、必然的に過去を整理し、とらえ直さなくてはならない。過去もまた未来と同じように見えない。過去を意味づけ規定する営みは、過去への予言ともいえようか。予言書の類が内実は歴史叙述になっているのもそのためである。かたちはどうあれ、未来と過去をつなぐ言説が〈予言文学〉の基本構造でもある。

見えない未来を見ようとするのは人間の本性であり、その営みは時代社会を問わず普遍的に見いだせる。宗教の終末観や占いはもとより、天気予報やスポーツ、ギャンブルなどすべて未来の予測、予想、予知、予見から成り立つ。学問研究も過去と現在を見すえ、将来をよりよく生きるための方策を探ろうとするから、おしなべて未来指向から成り立つといってよい。あらゆる言説はすべて未来につながり、細かくみていくと収拾がつかなくなるほどだ。予知能力を持つ専門家が常に必要とされ、占い師などのシャーマンをはじめ、現代では地震の予測など科学者がその役割を負う。

予言が問われるのは、実際に当たったかどうかにあるから、むしろ事が起きた後にこそ意味を持つ。予言書はおよそ事後に作られるものだ。今度の東日本大震災でも、想定外とか予測不能ということばが飛び交ったが、未来とはもともとそういうものであり、予言の機能があらためて問い直されることにもなる。事後の意味づけのために、あらかじめそれが前もって想定されていたことを提起し、事の起こりや由来を了解し、納得させるために、予言の仕掛けや仮構が必要とされるのである。物語や歴史ドラマにその傾向がよくうかがえる。冒頭に主人公の将来が予言され、はたしてその通り進行するパターンがある。これを予言型もしくは未来記型の物語として、〈予言文学〉の範囲に加えることができる。たとえば、源義経が牛若丸の頃に鞍馬で修行し、天狗から兵法を教わり、将来源平合戦で手柄をたてるであろうことが予言される類である。義経の生涯を皆が当然知っていることを前提に、それをあらかじめ天狗だけが掌握して示唆するというかたちで、語り手が受け手と密なる共有関係を作り出そうとしているからである。読者はそういう予定調和的な構図によって、安心してその世界に入り込むことができる。あるいは、人は目に見えないまま規定された定めを背負って生きざるをえないことを了解する。

ここで提案している〈予言文学〉は、言説史全体にかかわる重要な課題であるはずのものだが、今まではうさんくさい、あやしげなものとして排除され、疎外されてきた。近代の実証史学において歴史を再構成すべき史料として認知されなかったばかりか、文学研究においても、古典として認められることなく、不当におとしめられてきたといってよい。しかし、予言書や夢想記などは宗教とも深くかかわり、聖書や仏教経典も予言書の性格を持ち、有名な西洋のノストラダムスの予言をはじめ、おびただしい研究の蓄積がある。東アジアでも、中国は近年、予言書の資料集成が活発であり、韓国でも高麗建国にかかわる『道詵秘記』や朝鮮王朝時代の『鄭鑑録』などがあり、多くの研究がみられる。日本では前著で述べたように、『野馬台詩』と〈聖徳太子未来記〉が特に影響力をもったが、それだけにとどまらない。古典の世界でも、『源氏物語』の高麗人の観相による光源氏の予言や『大鏡』の語り手世継が最後に示す陽明門院誕生の夢想など、既知の物語も〈予言文学〉の面から読み直すと、またあらたな相貌がみえてくるであろう。現代でも、村上春樹『ねじまき鳥クロニクル』で、シューマン作曲「森の情景」の「予言する鳥」が第二部のタイトル名に使われるような例もある。

〈予言文学〉がはたしてどこまで有効か、その提起によって既成の文学観を更新したいと思うが、総合的、体系的な地点にいたるのは容易ではなく、しばらくは試行錯誤が続きそうである。

2 末の松山の波越す記憶

今度の大震災時は、たまたま絵巻の調査でニューヨークにいて、四日後に帰国してしばらくは茫然とするばかりで何も手が着かなかったが、次第に〈予言文学〉はこういう時にこそ意義や役割をはたせないかと思いがけめぐるようになった。ちょうどその折り、畏友の錦仁氏より学会の準備に関連して手紙や論文のコピーが送られてきた。論文の中身は、河野幸夫「歌枕「末の松山」と海底考古学」(『国文学臨時増刊 百人一首のなぞ』学灯社、二〇〇七年十二月)。この特集号は錦氏が企画したもので、以前雑誌も頂いて読んでいたはずだが、記憶の彼方にあり、こういう状況になってあらためてその意義がおおきく甦ってきた。

河野氏は海底考古学の専門家で、『百人一首』で有名な「契りきなかたみに袖をしぼりつつ末の松山なみこさじとは」を取り上げる。清少納言の父清原元輔の作であり、もとは勅撰集の『後拾遺集』に収録され、『古今集』巻二十の東歌「君をおきてあだし心をわがもたば末の松山波もこえなん」を本歌にすることも知られている。そこで、河野氏は「末の松山」という歌枕と「波が越す」とはどういう関係にあるのかを問いかける。

この問いかけ自体、文学研究者にはない発想であったろう。その結論は、「昔、この地方に大きな地震があり、太平洋から大津波が押し寄せ、「末の松山」を飲み込んで内陸へ逆流したのではなかったか。そのときの恐ろしい情景が、この歌のなかに〈記憶〉されて残ったのではないか」というものである。「末の松山」は歌枕の大半がそうであるように、もはや場所を特定しがたい。東北や各地の歌枕は江戸時代に藩主や文人によって決められたにすぎない。それを具体的に復元しようとすることがそもそも無理ではあるが、河野氏は多賀城市八幡の沖合の海底調査で発見された大根大明神の祠を、巨大津波により陥没したものと推定、それがまさに『日本三代実録』貞観十一年（八六九）五月二十六日条の記述にかさなる、とする。貞観の大津波はすでに新聞やテレビなどでも紹介され、今回の震災はそれ以来のものとされる。実に一一〇〇年も前のことである。本文をみると、「流光、昼のごとく隠映」し、家屋が倒壊、人々は圧死し、大地が裂け、「海口哮吼し、声、雷霆に似る。驚濤、涌潮す。泝洄し漲長して、忽ち城下に至る」と、津波の様相を特有の漢文表現で簡潔かつ的確に描写

図18　末の松山（多賀城市観光協会提供）

している。津波は数十里まで押し寄せ、「原野道路、惣じて滄溟となる」、一面海となり、一千人が犠牲になったとされる。もとより実数ではなく、数え切れない犠牲者が出たということであろう。「城下」が多賀城を指すことは明らかで、甚大な被害をもたらしたことがうかがえる。『古今集』の東歌はこの地震にかかわるとみるのが河野説の眼目で、その時の記憶が「末の松山」を「波が越す」表現に刻み込まれたのではないか、というわけである。海岸の松原が瞬時に呑み込まれ、一本だけ残って復興のシンボルになっている陸前高田市の「希望の一本松」の例が想起される。

河野氏はこの説を「貞観一一年の地震と遺跡と和歌を、ゆらりとした糸で繋いでみた」「遊び心」だとするが、まさに卓見であろう。もとより「末の松山」と波越す表現史がそれだけで解けるわけではないが、表現を生み出す原質や記憶の問題が取り出されて示唆深い。海底考古学による遺跡調査と地震津波の分析と和歌の解釈とが融合した、まさに学際的な結実で、和歌を和歌だけで研究することの限界を教えてくれる。もちろん和歌だけに特化した研究も、それはそれで詩学としての意義はあろう。しかし、それ以上に他分野との協働からもっとダイナミックに読まれてよく、河野説はその恰好の例といえる。

大規模な地震は「千年に一度の割合で発生している」とは今なら誰でもいえることだが、河野論は今度の震災の四年前に出されたものであり、まさにその予言にもなっている。貞観津波の解析は河野氏の研究に限っても、九〇年代から二〇〇〇年代に進められていた。この論文こそが〈予言文学〉ではないか、と思われてならない。少なくとも三月一一日を境に、この論文のもつリアリティーが変わったことだけは確かである。

3 血のついた卒塔婆

それと同時に『日本三代実録』本文のもつ意味も変わった。遠い彼方の一一四〇年も前の出来事の記録が俄然、重みを増して心に響いてくるようになった。貞観といえば、私などになじんでいたのは、十二世紀に描かれた『伴大納言絵巻』で有名な貞観八年（八六六）の応天門の変であり、遠い過去の出来事の、文字や絵画世界での話でしかなかった。その三年後に起きた災害の記録が、今やテレビの映像で見たそのもののイメージとして、きわめて鮮烈に浮かび上がってきたのである。しかも応天門の変と津波とは確実に結びつけられていた（保立道久『歴史のなかの大地動乱―奈良・平安の地震と天皇』岩波新書、二〇一二年）。

同じようなことは、一九九五年一月に起きた阪神淡路大震災の時にもあった。その折りに甦ったのは、十三世紀、鎌倉時代の鴨長明『方丈記』である。この有名な古典には、京都を中心にした大火、地震、飢饉など災害の様子がきわめて具体的に、研ぎすまされた筆致で描かれている。元暦二年（一一八五）七月の地震は以下のようである。

山は崩れて河を埋み、海は傾きて陸地をひたせり。土裂けて水涌き出で、巌割れて谷にまろび入る。（略）地の動き、家のやぶるる音、雷にことならず。家の内にをれば、忽にひしげなんとす。走り出づれば、地割れ裂く。羽なければ空をも飛ぶべからず。

山―河、海―陸、土―水、巌―谷、地―家といった対比を基調にする漢文訓読の対句仕立ての文体で表現され、家の下敷きになった子どもの惨状や三ヵ月に及ぶ余震にもふれ、「恐れの中に恐るべかりける」は地震だ、とまで強調する。こういう描写を読むと、災害の表現には、漢文や訓読文体がよりふさわしく思える。『方丈記』は阪神大震災であらたなリアリティーをもって甦り、今度の災害は『日本三代実録』の記録を甦生させた。言い換えれば、そういう過去を描いたテクストを範型にして、現実に起きた出来事をあてはめ、解読しようとするのである。表現のリアリティーとはそういうことだろう。

鴨長明にはもうひとつ、入間川の洪水を描いた説話がある。彼の編んだ『発心集』巻四にみえる。五月雨の出水で村の長が家ごと流され、河口で妻子を見捨てて水に飛び込み、必死で泳いで蘆にとりすがって奇跡的に助かる話が、これも淡々とした筆致で語られる。当人の体験がおおもとにはあっただろうが、当事者に乗り移り、状況を対象化して距離をおいて語りうる語り手がいなければ、こういう説話にはならない。当事者を装う語り手が介入する次元に変わっているからこそ誰が読んでも説得力や臨場感あふれる話になる。建暦二年（一二一二）の『方丈記』から来年二〇一二年は八〇〇年を迎える。出来事を文字に刻み、その表現を記憶し、受け継ぎ、甦らせる不断の営みの大切さをあらためて認識させられる。

〈予言文学〉に話題を戻せば、『今昔物語集』巻十第三十六にこんな話がある（『宇治拾遺物語』第三十も同話）。中国が舞台だが、ある山里で八十を過ぎた老婆が毎日欠かさず、山に登っては頂上にある卒塔婆を点検に来ていた。それをたまたま夏の涼みに来ていた若者たちが見かけてわけを尋ねると、「先祖代々の言い伝えで、この卒塔婆に血がつくと山が崩れて深い海になってしまうといわれているから、毎日点検に来るのだ」という。若者らはそれをばかにして笑い飛ばし、いたずらで卒塔婆に血をつけてしまう。翌日、それを見た老婆は仰天し、里の人にふれまわって孫子を連れて逃げ出す。若者らは笑って見ていたが、次第に地鳴りがして、空も真っ暗闇となり、山が崩れ出し、笑っていた者達は逃げ遅れ、老婆と家族だけが一切を失うことなく、避難できたという。

古来、伝承の多い洪水神話の一例でもあるが、説話学からみれば、老婆一族に伝わる伝承が真実たる証を得た話であるし、この伝承は家の秘伝であったはずで、老婆がその秘伝を暴露した結果、村が崩壊するタブー破りの話とも読める。一方、老婆の暴露を若者らはヲコの「ためし」として笑う。「ためし」とは笑いの対象となる世間話であり、老婆の秘伝はたんなる村のうわさ話になりさがる。秘伝の凋落と嘲笑を反転させて真実たるをあかすという逆転があり、ふたつの語りの世界のすれ違いが主題にもなる。生き残った老婆は今度は村の崩壊を語る語り部になりうる。というように、この話は説話を伝承することの意味を問いかけてもいる。

旧著では、さらにこの話の意味を現代に置き換え、ダムで水没する村の伝承になぞらえた（『説話の言説』森話社）。卒塔婆は「科学」や「近代化」の比喩や記号であり、説話は世界を認識し、解読する〈喩〉としてあると結論づけた。しかし、今やこの話はダムの水没どころか地震津波の災害そのものに当てはまる現実的な話になってしまった。血のついた卒塔婆は予言の表象となる。この話はまさに〈予言文学〉として読まれるべき話題であった。震災後、テクストを読むことの意味やステージが変わってしまったことを痛感せざるをえない。この論文をおさめた旧著は、二〇〇一年の9・11から二週間後、ニューヨークに滞在して校正を続けたが、その一〇年後の3・11もニューヨークにいて、あらためてこの話が甦ってきた。第三者にはさしたる意味もないことではあろうが、個人的には何か因縁めいたものを思わざるをえない符合であった。

たまたま昨年来、ある出版社から古典文学史の企画を依頼され、一般の文学史とは違うものにしたいので「環境と文学」はぜひ立項したい、なかでも「災害と文学」はおおきなテーマになるだろう、と構想していた。その時は漠然としたイメージで、過去の遠い古典世界を読み直すひとつの方策としか考えていなかった。その不明を今はひたすら恥じるばかりである。

今度の震災よりこの方、文学研究のはたすべき役割はさらに重くなるに違いない、とりわけ〈予言文学〉研究のもつ意義は決して小さくはないだろう、と手前味噌ながら思う。一〇〇〇年後を見通してどこまでことばを刻み込むことができるか、読むことの深みへ分け入ることができるか、あらたな想いが涌いてくる。今はひとまず旧著のことばを再びくりかえそう。「血のついた卒塔婆は今もどこかで世界を凝視し続けているかのようだ」と。

四　占いと予言をめぐる断章

はじめに

『吉備大臣入唐絵巻』解読に端を発して『野馬台詩』探索に迷い込み、その勢いで〈聖徳太子未来記〉に踏み込み、「未来記」などの予言書から〈予言文学〉へと網をひろげてみたものの、その後、この方面の研究がさしたる進展を見せたとは言いがたい反面、占いへの一般の関心が高まり、研究がずいぶん蓄積されつつあることに気づかされる。予言と占いはどう違うのか、どう重なるのか、今後の研究の展望はいかなるものか、覚書き風に少しく探ってみたい。

1　予言書「未来記」から〈予言文学〉へ

まず予言とは、未来を先取りして伝える言説で、予知、予見、予想、予測、予報なども共通する。日常の生活をふりかえれば、我々はいかに日々それらの言説のなかで生きているか、容易に気づかされるであろう。直接の叙法によらずに、隠喩や暗喩、啓示などのかたちで示される場合も少なくない。口頭言語の予言はその届く範囲が限られ、言語を発した刹那に消えてしまうが、聞き手が記憶し語り継がれる場合もあるし、個人的な予言情報などはその場ですぐに消えてしまった方が都合のいいものもあるだろう。他方、長く後世に止めて記憶されることをもとめる予言もある。一族の繁栄や国家共同体の命運にかかわるようなものは口頭伝承で受け継がれても共同体の変質や解体にともない、消失してしまうから、これを文字言語に書き残し、後世に託して末永く伝えようとするであろう。

すなわち後者の文字化されたテクストが予言書であり、中世日本には「未来記」と呼ばれた。『野馬台詩』や〈聖徳太子未来記〉のように時代を超えた影響力を持ったものもあり、「未来記」にとりつかれた人々が出る「未来記症候群」（シンドローム）ともいえる現象も起きた。「未来記」は近世以降批判の対象にもなるが、一方であらたに作り続けられ、近代日本の始発期にも甦り、『二十世紀未来記』をはじめいくつものテクストが成立してジャンル化するから、通時代性を持つといえる。だが、見えない未来を見ようとする営為だったはずの「未来記」は、近代の合理主義とともにその意義が薄れ、いつしか効力を失っていく。とりわけ近代の学問がこれら予言書群を荒唐無稽の言説として排除、無視したため、まともな対象として扱われることなく、その多くは埋もれてしまい、省みられることが少なかった。

しかし、『野馬台詩』と〈聖徳太子未来記〉を主とする「未来記」研究に取り組む過程で、それらが未来への予言の形をとりながら、実際には現実や過去の解釈を主とする歴史叙述にほかならないことが次第に明らかになってきた。そもそも、予言はその対象となる事件や出来事が実際に起きてから意味をもつ。むしろ予言は事後になされ、事後にこそ意義をおびる言説であるから、すでに起きた事象の意味づけを試み、規定する作業であった。既定の出来事を予言のかたちで措定する言述の操作や作為がなされる。

したがって、予言書は必然的に歴史叙述となる。言いかえれば、過去の予言である。予言の形式で現実の出来事を理解し、納得了解させるかたちで過去や歴史を語るのが「未来記」であった。たとえば、災害や戦争など異様な非日常的な現象や現実を人が受け入れ、了解するための措置や仕組みとして、予言書が必要とされる。予言書に指摘される啓示や警鐘にあてはめて納得、了解する、知的な仕掛けがもとめられる。起きてしまった理不尽な現実を目前にして、すでに事前にそのことは予言されていたのだ、という知的作為(からくり)によって、人は事態を受け入れようとするのである。それにもかかわらず、あるいはそれ故に、近代の実証史学はこれらの予言書を不当に無視し、排除してきた(和田英松の〈聖徳太子未来記〉の研究は先駆的な例外に近い)。これこそ近代の迷妄にほかならない。ならば、文学研究がこれを引き受けざるをえないだろう。歴史叙述は歴史学の領分であるだけでなく、文学の領域でもある。

というような経緯から文学研究の受け皿のもとに言挙げするかたちになった。そしてさらには、託宣書や起請文、遺言書や家訓、訓戒書をはじめ、未来を規定し、指向する、予言を取り巻く周縁の多様な言説を集約して、〈予言文学〉という包括的な概念を打ち出してみたわけである。結局、〈予言文学〉は美術史の「予言文化」論などと共鳴する可能性を持ちつつも、一つの提言として止まった感が強い。打ち上げ花火のようなものだが、いずれまた復権する時も来るだろう(という予言的な言辞に今はとどめざるを得ない)。

そうして、その前後から占いへの研究視野が進化拡大しつつある印象を抱いていたが、これを充分対象化するいとまがなかった。予言と占いはどう対応するか、があらたな課題として浮上してきたといえる。

2 予言と占い

見えない未来を知りたいと思うのは、人間の本能的欲求であり、文字通りまだ来ぬ未来への希望や期待と不安や畏怖とが常に入り交じりあう。個々の人生にとどまらず、家族や共同体、社会、国家あるいは地球や銀河系の宇宙規模にまで未来への想念はつきまとう。

人はさまざまな選択の岐路に立たされた時、意志決定の拠り所をどこにもとめるのか。そこには人知を超えた世界があり、人は絶対的、超越的なもの、広義の〈神〉から未来の具現や啓示を受けようとする。確たる未来や祈願の実現への保証をもとめるのである。〈神〉の言葉を媒介するのがシャーマン（特定の技能者、媒介者）であり、予言や占いが宗教と深いかかわりにあるのは当然である。シャーマンは未来という異界との交信を可能にする存在であり、〈神〉の声を聞くことができる。〈神〉や異界との交信のためには、儀礼をはじめ特殊の言語や所作が必要であり、それらの行為が「占い」であり、その結果得られた言葉が「予言」である。

占いと予言は未来を予知するための不断の営みであり、これを迷信としてさげすむのは逆に近代の不遜である。未来を知るために人はたゆまぬ努力を積み重ね、あらゆる手段をこうじてきた。宗教や科学はまさにその追究の軌跡にほかならず、占いもまた同様である。人は生きる限り、時代社会を越えて、地域を越えて、叡智を結集して、未来の解読に挑み続けずにはいられない生き物である。科学技術がいくら進んでも占いや予言はなくならない。むしろ社会が複雑になるにつれ、人々の潜在的な不安は深刻化するから、逆にますます必要とされていくだろう。

予言と占いは、どう違うのか。前者の予言が、未来に関する言説として発せられるメッセージを指すのに対して、後者の占いは、そのような予言にかかわり、予言をもたらす行為や所作、儀礼などさまざまな方法を指す。占いの行為によって生み出された具体的な内容が予言だ、といえる。自然現象や絵画イメージなどから何かを読み取って未来のことにつなげれば、それは予言であり、読み取り解釈する行為が占いだ、と規定できよう。しかし、占いは未来の予言だけに止まらず、人の性格や土地の地勢を占うようなものもあって多様であり、逆に占いをともなわない予言もあるから、双方は完全に合致するとは限らない。重なる面とそうでない面とがあるが、相補の関係にあることはまぎれもない。

占いとは、未来の吉凶や禍福、災異と瑞祥の如何を探る行為であり、恋愛や結婚、進学や就職など個人的な運勢や運命などを探る営みも対象となる。現実や現状の判断や未来への予知がもとめられる。

占いは、否定したり、肯定したり、あるいは信じてのめり込んだり、恐れたりする対象ではない。（略）それはまさしくわれわれ自身を発見するために存在するものだ。（藤巻一保・二〇〇一年）

とあるように、占いと予言は自己や国家、共同体の今現在の在りようや来し方行く末を見つめ直す「発見」のための契機であり、装置であるといえよう。

3　占いの東アジア

占いの諸相をみていくと、命、卜、相の三つからなるとされるが、占いを行う対象の多くがまずは自然界の「怪異」に集約されることに気づかされる。天体、気象、動植物等々をめぐる、それらの異変などが「怪異」とされ、前兆としての意味が問われる。「怪異」という語彙は昨今の妖怪ブームに乗って多義的な意味を帯びてきているが、本来は上記の意義をもつ。自然からのメッセージを「怪異」として解釈するのが占いである。自然界の諸現象を人間側がいかに受け止め解釈するかという認識法であり、自然や環境と人との対峙のあり方にもとづくものである。あるいは偶然性に左右されやすく、一回性や偶発性により、一定しない。必然性や客観性がともないにくい。

そうした事象を克服するために出てきたのが、自然界の偶然性に左右されない人為的な占い法であり、不変性や普遍性を指向するもので、亀卜や太占に始まり、さらには易で体系化される。『周易』（『易経』）なる聖典が作られ、陰陽二元論による陰陽五行（木火土金水）説をはじめ、算木による八卦、占筮が開発される。あるいは、星占（七惑星、十二宮）による宿曜、暦の発展にともなう暦占や、日時と方角による式占なども発達する。占術が古代中国を中心にすでに高度に展開され、日本では、陰陽道などにつらなる。場所と結びつくものに、橋占、辻占などがあり、異界との境界の場が必然的に選ばれた。また、気の論理をはじめ、地相を占う風水も発展し、いずれも東アジアにあまねく広まった。

人の心にかかわるものでは、夢占があり、歌占、字占等々、今日も盛んなおみくじにつらなり、あるいは、人間の身体も対象となり、手相、人相、骨相などがあり、相法、観相と呼ばれる。これらは、日本の固有性をさぐるとともに、東アジアの共有性からもさらに検証されなくてはならない、漢字漢文文化圏共有の課題としてあり、西洋や他地域にもひろげうる広領域の問題群である。

4　占いと説話

説話と占いの問題はどうかかわるであろうか。多岐にわたる占いの諸相はさておき、占いとは、何らかの方法によって特定の対象から隠された意味を解読する行為である。見えないものから、ある意味を引き出し、白日のもとに照らしだし、意味あるものを可視化する営みである。これはまさに〈読む〉という行為の始原に相当する。ヨムという語が時を数えることに由来するように（暦・コヨミ）、本来〈読む〉ことは占いに起源していた。文字テクストにとどまらず、あらゆる対象を〈読む〉行為である、という意味で、広く、深く、文学行為にかかわるであろう。したがって、説話と占いは想像以上に深い関係にあるといいうる。

占いと説話といえば、すぐに安倍晴明の逸話などが連想されるが、ことはそうしたスーパースターのエピソードに限らない。より深い部分に根ざすことに着目すべきである。つまり、説話があらゆるものにかかわり、物事や出来事や人物、世界などを説明する〈喩〉という媒体であるとすれば、それはおのずと占うという行為とも不可分である。自然のちょっとした現象、たとえば風も吹かないのに葉が落ちたなどの現象を、異常や異様な事象すなわち「怪異」と認定されて占いが行われるとすれば、その「怪異」の説明はおのずと説話のかたちを取らざるをえない。占いは、説話という言述法を用いて解釈が施され、読みを開示するからである。

あるいは、占いの判断には故事先例がつきものであり、それもまた説話のかたちになる。占いと説話はかなり親近性がある。これに晴明のごとく陰陽師など占いの専門家（シャーマン）達の逸話が取り巻く。『今昔物語集』が安倍晴明ら陰陽師の説話を集めたのはごく早い例であるが、王朝国家を支えるべく、占いも学芸や芸道の一環としてあり、その存在意義を人々に伝えるには、いきおい技芸による奇蹟の〈物語〉が目を引くだろう。人々がいちように抱く超越的な技芸者、すなわち異能への憧憬や羨望、もしくは嫉妬や畏怖は普遍性をもつから、おのずと人々の意表をつく驚愕、驚嘆、感嘆を呼ぶ話題が構想されやすい。それが社会の安寧や繁栄につらなるか、逆に反秩序の不安を呼び起こすか、に人々は敏感に反応する。説話はそうした動向に作用する強力なメディア力を持っているのである。占いは当たるか、はずれるか、が一般の関心のよりどころであり、占いの方法や対象、その過程が虚構もまじえて仕組まれていくだろう。フィクションとは何か、なぜ必要とされるのかを考えるのにも最適な対象であるといえよう。

おわりに

先に述べたように、占いの基本に自然との対話、コミュニケーションがある。怪異という自然現象はおのずと、環境の問題にもなる。人と自然との関係性をどうとらえるか、自然界に働きかけ、その意味を読み取り続けてきた占いは、〈環境文学〉からも絶好のテーマとなるだろう。占いを〈環境文学〉の側から取り上げ、さらにいかに読み替えていくのかが、さしあたっての私的な今後の関心事である。

主要参考文献

澤田瑞穂『中国の呪法』（平河出版社、一九八四年）。

矢野道雄『密教占星術―宿曜道とインド占星術』（東京美術、一九八六年）。

坂出祥伸『中国古代の占法』（研文選書、一九九一年）。

矢野道雄『占星術師たちのインド―暦と占いの文化』（中公新書、一九九二年）。

橋本敬造『中国占星術の世界』（東方選書、一九九三年）。

小和田哲男『呪術と占星の戦国史』（新潮社、一九九八年）。

藤巻一保『占いの宇宙誌　運命を読み解く思想の源流』（原書房、二〇〇一年）。

池田知久他編訳『占いの創造力　現代中国周易論文集』（勉誠出版、二〇〇三年）。

シンポジウム報告書『絵入り占本の国際的比較研究』（慶応大学・石川透代表、二〇一〇年）。

菅原正子『占いと中世人　政治・学問・合戦』（講談社現代新書、二〇一一年）。

工藤元男『占いと中国古代の社会』（東方書店、二〇一一年）。

棚木恵子『占の文化誌』（三弥井書店、二〇一二年）。

服部龍太郎『易と日本人　その歴史と思想』（雄山閣、二〇一二年）。

小峯和明編『〈予言文学〉の世界　過去と未来を繋ぐ言説』（アジア遊学・勉誠出版、二〇一二年）。

板橋作美『占いにはまる女性と若者』（青弓社、二〇一三年）。

中町泰子『辻占の文化史』（ミネルヴァ書房、二〇一五年）。

井上亘『古代官僚制と遣唐使の時代』（二〇一六年）。

国文学研究資料館編『もう一つの日本文学史』「もう一つの室町―女・語り・占い」（アジア遊学・勉誠出版、二〇一六年）。

＊　二〇一六年五月、中国の貴州大学に講演に赴いた折り、貴陽郊外の聖地である黔霊山弘福寺の羅漢堂で、五百羅漢像の占いを偶目した。まず多くの羅漢像から気に入った羅漢を選び、そこから自分の年齢の数分の羅漢像まで進み、その羅漢の名を堂外の専用窓口で伝え、羅漢名の入ったカードをもらってから、堂内入口にいる僧に占ってもらう、というものだった。その来歴に関しては詳らかにしない。

五　〈予言文学〉の世界、世界の〈予言文学〉

1　〈予言文学〉とは何か

〈予言文学〉とは私に命名した新概念で、予言書・未来記を中心に、童謡、神仏の託宣記、夢想記、神仏に祈願し祈誓する起請文、子孫や後継に残す遺言書、遺訓、遺告、遺戒、置文の類の文字テクストの総称である。現在の繁栄や隆盛が未来にも持続することを託したり、あるいは現実の苦境や困窮から脱却するために未来の救済を祈願したり、未来のために現在を律し、規制したり呪縛するために語られ、書かれるテクスト総体を指す。未来を軸に過去と現在と未来を連接させようとする一連の言説群に当る。過去をふりかえり、現在を見つめ直して未来に向けて発信し、逆に未来に仮設的に身を置くことで未来から現在や過去に反転させるメッセージとしてある。

今までの研究では歴史学の史料としても文学研究のテクストとしても充分認知されていなかった領域であるが、未来への不安が前代とは比較にならないほど増大しつつある今日の状況にあって、今後ますます重要視される分野となることが予想される（これも予言的言説だが）。このテーマは人が生きる限り時代社会を超えて共通する普遍性をそなえているから、東アジアや西洋をも視野に入れて検討していく必要があり、すでに西洋美術研究では「予言文化」論が俎上に載せられている（水野・二〇一一年）。

また、古代以来、一連の物語テクストには予言や予兆にまつわる言説がたくさん見られる。なかには、主人公のその後の行く末を示唆し、暗示する予言型（未来記型）と呼びうる物語も少なからずみられる。既知の物語も〈予言文学〉を基調に読みかえることができそうであり、すでに『今昔物語集』を例に試みたが（本書Ⅲ・2）、〈予言文学〉を軸に従来の文学史の枠組みを変えたいと思う。

〈予言文学〉はすべて予言や予兆、未来にかかわる言説をめぐる文字テクストであり、見えない未来を見ようとする人間の本性から必然化する。われわれは、日常的にも天気予報、スポーツの勝敗の予想など、予言、予測、予想、予知、予見等々の言説世界に生きている。過去を分析することで見えない未来を見すえ、現在とつなげようとする行為や言説に日々おのずとかかわっている。

見えない未来に向かうためには過去を整理し、とらえかえす必要があり、過去を意味づけ規定する営みは、同時に過去への予言でもあるとみることができよう。したがって、〈予言文学〉はおのずと歴史叙述にもなる。因果律による単線的な時間意識や歴史認識ではない、過去と現在と未来が重層化し交錯する時空間の認識に深くかかわる。聖書や仏典の多くも予言書であるように、〈予言文学〉は宗教言説に欠かせず、政治権力の言説とも緊密に連関する。個人的な次元にとどまらず、共同体や国家の存続、維持発展をも左右する力を持っていた。

〈予言文学〉のメカニズムからみると、予言は事後にこそ意味をもつ。予言書は事後に作られるもので、過去へ遡及することで、未来に反転する。ノストラダムスの予言、マヤ暦など終末の予言はその時々の世相不安につながる社会現象として繰り返される。一種の予言シンドローム（症候群）といえる。そうした言説総体を〈予言文学〉として括り直そうという試みである。

これに合わせていえば、十六世紀以降の時間認識が深くかかわるだろう。神田千里『宣教師と太平記』（集英社新書、二〇一七年）で勝俣鎮夫論を援用して、中世後期までは過去を「サキ」と呼び、未来を「アト」と呼んだ。

「過去は前方にあり、未来は後方にある、という時間認識だった。知覚可能な過去・現在を前方に見据え、知覚不可能な未来は背後に置く」という前近代の世界「共通の視覚的体験」から生み出された認識で、それが十六世紀辺りを境に時間観念を転換させ、「未来をみつめて過去を背にして生きていくようになった」とする。神田論ではその転換と統一国家「日本国」の成立とを結びつけるが、未来記〈予言文学〉の問題としても示唆深い。

2　物語のなかの予言と〈予言文学〉

物語や歴史ドラマにはしばしば予言の言説がみられる。その表現機能や意味作用をさぐってみると、大半は主人公の将来への予言とその具現に集約される。主人公のその後の活躍や生き方に結びつけ、そのいわれや由来を説き明かす構造になっている。歴史上名高い人物や物語上著名な人物が主人公の場合、その後の展開を読者があらかじめ知っているから、おのずと示唆や暗示や隠喩が色濃くなり、読者に想像をゆだねる部分も多く、その構造化はさらに深度を増すようになる。

主なものを以下メモ風に拾っておくと、

・『源氏物語』　高麗人の光源氏への予言。
・『大鏡』　語り手の世継が最後に語る夢想譚が陽明門院誕生（後三条院の母）を予言。
・『今昔物語集』　釈迦の予言が過去と未来の予言で充満。釈迦滅後は菩薩、高僧などが担う。本朝世俗系では無仏の世の得体の知れないモノの予言あり。
・お伽草子『天狗の内裏』　幼少時の源義経が天狗の内裏に赴き兵法を伝授され、亡父から源平合戦での活躍を予言される、義経物の代表作。

・舞の本『牛若兵法未来記』 義経が鞍馬山で天狗から兵法を指南され、将来を予言される。
・古浄瑠璃『酒呑童子若壮』 酒呑童子が源頼光らに将来滅ぼされることを第六天魔王に予言される。お伽草子『酒呑童子』の流布にともなって制作された酒呑童子前史の物語。

等々があげられる。名高い人物伝の著名な部分を前提に、時間をそれより前に遡行したり、逆に下降したり、時間軸をずらしたところから、そのいわれを説く型が多い。その予言の中身は読者や聞き手にとって周知のことで、おのずと暗示の作用をもち、読者への喚起力がまさる仕組みである。これらの物語群をひとまず予言型もしくは未来記型物語と名づけることができるであろう。

その一方で、釈迦の前世を説く本生譚（ジャータカ）や人が神になるいわれを語る本地物などは過去への予言とみることができる。本生譚は釈迦が過去の前世にさかのぼって現在との因縁やかかわりを説く説話の類型で、釈迦みずからの過去世の一齣を語るものと、釈迦が特定の人物の過去世を説いて聞かせる前生譚のパターンとがある。ジャータカには、飢えた虎に我が身を与える薩埵太子をはじめ、猿の子供を救うためにみずから腿の肉を切り裂いて交換する獅子（釈迦の前生）のように、自己犠牲の物語が多く、それが衆生救済の釈迦の指向性にかさなる。本地物の場合も、『諏訪の本地』の甲賀三郎や『小栗』のように、主人物の苦難とその克服の物語で、神になる必然を語る。人としてさまざまな苦難を乗り越え、克服してこそ人々を救う神となりうるという論理がそこにあり、凄惨なまでの苦難が描出される。いずれも過去に回帰し過去から語り直し、現在に連接させる物語群であり、過去への予言といってよい表現機能をもつ。

ついで、物語に引用される予言書をみておくと、たとえば『平家物語』には『野馬台詩』や〈聖徳太子未来記〉が引用されるが、それ以外にも種々みられる。長門本『平家物語』巻三「赦文」（「予言の会」島岡美奈氏発表、二〇一一年十月）には、陰陽頭泰親朝臣申しけるは、「蚩尤気にもあらず、赤気にもあらず、天文要集のごとくは「太白犯昴井者、天子浮海失珍宝、西海血流、大臣被誅」」といへり。

とあり、平家一門の壇ノ浦滅亡の予言となっている。『天文要集』は陰陽書であるが、天子が海に浮かび、珍宝を失い、西海が血で染まり、大臣が誅せられるなどの文言は、壇ノ浦合戦そのままの展開であり、あまりに直截の予言にすぎるであろう。いわば予言が散文化しており、過去と未来を結びつける歴史への透視がそれだけ弱まったことを示していよう。

あるいは、時代が下がってこれも有名な滝沢馬琴『南総里見八犬伝』の第六十回にみえる（西田耕三「馬琴の天機」〈『文学』二〇一一年七、八月〉）。

犬飼現八が「願ふは讖語を示し給へ」というや、赤岩一角の魂が四言十四句の讖語で、「相遇講レ武、相別誘レ仇、（略）八犬具足、八犬未レ周、窮達有レ命、離合勿レ謀、南総雖レ遠、経二帰一流一」と示した、という。

これも八犬士の集合離散を経て、最後はまとまって一流に帰すというもので、「讖語」は「讖詩」に同じく予言詩にほかならない。それが物語の帰結をおのずと言い当てている。

また、『中世日本の予言書』で紹介したが、十七世紀の『源平太平記評判』（筑波大学蔵）には、浦島太郎が龍宮城から戻ってその後の日本の未来を予言する『浦島未来記』などもある（宮腰直人氏の示教）。

既知のテクストから予言にかかわる言説をさぐりあて、その表現機能や意味作用を解析する試みと、テクストに引用され、はめ込まれた〈予言文学〉を発掘し、その意義を見いだす試みとの双方を織りあわせた読み取りが今後さらに必要となるであろう。

3　キリシタンと〈予言文学〉

次に十六世紀以降のキリシタン文学を例にみていきたい。キリシタンの渡来はたんにキリスト教の伝来のみならず、西洋との出会いの文化衝撃をともない、世界観や死生観をはじめ、精神世界や文化総体にわたって、アジアや日本文化のその後の展開におおきな影響を与えた。〈予言文学〉の場合も例外ではなく、世界の〈予言文学〉をとらえる上でもひとつの座標となるであろう。

まずは、キリシタン側の言説からみていくと、優れた翻訳で知られる修養書の『ぎやどぺかどる』（国字本活版・長崎刊、一五九九年　ヴァチカン図書館、大英図書館、天理図書館他蔵）にみる、

是をさして、いざいやす、以前の搦手をからめ返し、せばめし者を随ゆべしとの未来記を遂給ふ者也。（上巻二、七）

でうすひいりよの御出世と申すは、でうすにて在ます証拠として、昔の未来記に書き置かれしに違はず、御ぱしよんの窮めに至て、日輪は光を失ひ、大地は震動し、死したる人は活り、種々の不思議を顕し給ふ中の一ツといふは、則、御右の盗人を扶け給ふ事也。（下巻一、二）

（尾原悟編『ぎやどぺかどる』キリシタン文学双書、教文館、二〇〇一年）

すでに米井力也論（二〇〇九年）に指摘されるが、最後の審判にかかわる言説が「未来記」と明記される。中世にひろまっていた予言書「未来記」が翻訳語として想起され、そのまま転用されたわけで、終末論とも響きあう。十六世紀の表現時空におけるキリシタン文学の位相をうかがう恰好の指標ともなるであろう。

このような未来記をより具体的に示すのが、キリシタン版の『太平記抜書』である。国字本で慶長十五年（一

六一〇）の刊行、『太平記』の慶長八年古活字版（天理図書館蔵）をもとにするとされる（高祖敏明編『キリシタン版太平記抜書』全三巻、キリシタン文学双書、教文館、二〇〇七〜〇九年）。ここの巻四・二十四に有名な「雲景未来記之事」が抜書される。修験僧の雲景が怨霊天狗たちの集まって乱世を画策する現場をまのあたりに目撃し、一部始終を記録したもので、歴史のあるべきさまを模索する典型例である。キリシタンが引用する日本の未来記として注目され、「未来記」が定着する契機ともいえる。先の『ぎやどぺかどる』に「未来記」が表出されることなどとも深く連関するとみてよい。ただし、もうひとつの著名な話題、楠木正成が天王寺で〈聖徳太子未来記〉を披見する『太平記』巻六の段はみられない。

ついで、反キリシタンの急先鋒の一人である禅僧雪窓宗崔の記録する『覚』（一五八九〜一六四九年、多福寺蔵写本）に、

でうすは天地の作者、慈悲憲法の源、諸善万徳をそなへ、未来之事をも悉しろしめし治之斗にて給。（略）其あんしよ共、天狗となり、人間に障碍をなす也。でうす万徳の尊体にて未来之事をも知給におゐては、るしへるを初として属したるあんじよまでも、後々加様に可成とは知可給処に、何とて加様之者を作り給哉。是以、諸善万徳之そなはりたるでうすには不覚之儀也。（大桑斉編『雪窓宗崔　禅と国家とキリシタン』同朋舎、一九八四年）

とあり、未来をすべて掌握する絶対神のデウスが登場する。これは反キリシタン文学のなかに引用されるキリシタン文学であり、ほかにも注目すべき点が多いが、未来を知るデウスと予言との深いかかわりを示している。

また一五八九年・有家発「イエズス会日本報告」フランシスコ・ペレスの山口のキリシタンに関する書簡（松田毅一監訳『十六・七世紀イエズス会日本報告集』第一期第一巻、同朋舎、一九八七年）に興味深い例がみえる。長いので適宜、摘記して引用しておこう。

山口のわが修道院の裏手に数人の仏僧たちがいた。この仏僧たちは彼岸とよばれる時期に説教の盛大な競技会を催す。この時に最も達者な説教家が選ばれる習わし。（略）次回の説教の際、彼らが釈迦の或る予言を説法するという出来事。その予言にいわく、「二千五百年の後、釈迦の法を軽侮する一種の法が渡来するであろう。白い半ズボン姿のその法の法師たちは死者には葬礼を行うであろう。両腕に息子を抱いた既婚の婦人たちは、死者の霊魂が昇天の栄冠をかちうるよう祈りつつ、墓所まで死者につき従うであろう」と。（略）「キリシタンたちのうちにおいてこの釈迦の予言の正当性が実証されつつあるではないか」「キリシタンたちの教えがデウスとよばれるのに対し、諸仏は悪魔の宗教などと呼ばれる有様」「ゆえに諸仏の教えを奉ずる者は、すべからくキリシタンたちとの対話を避け、彼らの教義を遠ざけねばならぬ」。

（ダミアン）「今お前様に、釈迦の予言に関する私の疑念をば提出しておきたい。あの釈迦の予言とやらだが、私の考えによれば、あれはお前様が曲げて解釈しているのではあるまいか」。（一〇七～一〇九頁）

日本の仏教僧が彼岸の儀礼における説教で語ったという一節がひかれる。釈迦が二五〇〇年後に仏法を軽侮する宗教が来ることを予言していた、というもので、明らかにキリシタン渡来を指している。傍点部分、二五〇〇年後とは釈迦の滅後の年数を示し、まさにザビエル渡来の当代に符合するし、「白い半ズボン姿」は目の前にいるキリシタンたちを名指しているだろう。葬送儀礼にまつわる対立が背景にあったことも知られ、まさに障碍としてのキリシタン渡来を釈迦が予言したという語り（騙り）が説教で展開されていた。ダミアンはその説教僧に反論し、論争を挑んでいる。キリシタンから見た仏教僧の予言語りとして注目されよう。

一方、反キリシタン文学の側からみると、島原天草の乱にまつわる例が散見する。米井力也の卓論がすでにあるが、ここでも再確認しておこう。

まず著名なものに、浅井了意の『鬼理志端破却論伝』に出てくる『末鑑（すえかがみ）』がある（寛文五年〈一六六五〉以前刊）。

これも長いので摘記して引用する。

慶長の末、天草上津浦にいた一人の伴天連がキリシタン禁制により帰国、その遺物に「ひとつの未来記」すなわち『末鑑』あり、五人の弟子に託して、「時が来たなら世にひろめよ」と言い残す。五人はまさに今こそその時だと、ひそかに読み聞かせる。その文言は、以下の通り。

従二向年一及二五々之暦数一時、於二日域一善導之人出二生于世一。不レ習而通二諸道一、不レ学而悟二深義一、其行粧実厳重。至レ斯時、雲焼二東西一、花開二枯木一。而我宗大興、信敬之輩甚夥。頭戴二鳩婁須一、口唱二是須麻留一。海河浮二兵船一、山野靡二旌旗一、大撃二怨害一而天帝之尊威露焉。

龍集年月日

その志ひとへに唐土の傅大士の讖文に比し、本朝の聖徳太子の未来記になぞらへて、只この宗（キリシタンのこと）をすすめんとするところ、いつはりあざむく事、かくの如し。（略）

早く思ひ立て、末鑑の未来記にしたがひ、年来の恨みをはらさん、といふ。（略）

座中の愚人共は、此巻物を実の未来記なりと心得、「我らいかにも宗旨のため、一命を捨て前代の憤をはらし申すべし」。その座の者共、血判連署して、一味同心、（上巻）

如来の出世は、中道の理を説かんがために、百億三千世界の中心なる中天竺の摩謁陀国に出て、仏法を教へ、未来記を述べ給ふに違はずして、大唐日本に仏法は伝はれり。（下巻）（『仮名草子集成』第二十五巻）

二五の年数に日本に優れた人物が現れ、学ばずして諸道に通じ、深義を悟り、行いは立派で、時至り、雲が東西に焼け、枯れ木に花が咲き、キリシタンの信仰がひろまり、クルスを頭に載せ、スマルを唱え、海河に兵船が浮かび、山野に旗をなびかせ、天帝の威厳があまねくいきわたる、という文言がキリシタンの未来記『末鑑』であった。それはあたかも、中国の「傅大士の讖文」と日本の〈聖徳太子未来記〉になぞらえて、キリシタンの布教を偽って説いたものだ、とする。前者は宝誌の『野馬台詩』をさすだろう。

その『末鑑』がひそかにキリシタン信者の間にひろまり、恨みを晴らそうと一味同心して一揆が起こったとされる。また、後段では、釈迦の「未来記」にみる通り、中国や日本にも仏法が伝わった、とする。釈迦もまた「未来記」を説いていた。つまりは、仏教でもキリシタンでも、未来記という予言書が共通し、前者は正当化され、後者は邪教として排除される。未来記を軸に、仏教とキリシタンの双方が相対して、背反する軌跡を描いていることが知られる。〈正〉の未来記と〈負〉の未来記との拮抗と言い換えてもよいだろう。

また、『耶蘇天誅記』「伴天連等説未来記事」にも、慶長十九年（一六一四）にキリシタン帰還、「一紙の未来記」「其讖文に云」、

向年五五暦数、出㆓世二八天童㆒、生知而達㆓諸道㆒、安行而現微妙、天命焦㆓東西雲㆒、地令㆑開㆓不㆑時花㆒、国郡州里鳴動、民家草木焼込、人首各載㆓九珠㆒、山野忽列㆓白旗㆒、宗威自呑㆓三教㆒、天帝普救㆓万民㆒。（林銑吉編『島原半島史』長崎県南高来郡教育会、一九五四年）

とあり、キリシタンの帰国から二五年後、日本に天童師なる天帝主の再来出世、文武諸道に通じ、枯れ木に花咲き大地震動し、民家も草木も焼亡、民が首にクルスをかけ、野山に白旗が充満し、儒・仏・神道の三教がすたれ、キリシタン一宗の世界となり、万民が天帝の救いの御憐みを受けるであろう、という。そのまま天草四郎の登場と島原天草の乱の予言となっている。先の『鬼理志端破却論伝』の『末鑑』と細部は異なるが基本は合致する。

以上、西洋文化とも交差するキリシタン文学に着目した。キリシタン文学に投影する未来記・予言書と、反キリシタン文学にみるキリシタンの予言書など、キリシタン・反キリシタン文学との交錯から、相互の宗教批判の鍵となっている様相が浮かび上がってくる。〈予言文学〉の意義を双方向から照射することができるだろう。

なお、加藤敦子「未来記による虚構化—『傾城島原蛙合戦』の夢解き」（小峯編『〈予言文学〉の世界』〈アジア遊学・勉誠出版、二〇一二年〉）は、「キリシタン隠し」の手法を用いた島原・天草の乱をめぐる浄瑠璃の論として興味深い。

4　世界の〈予言文学〉

キリシタン渡来は西洋との最初の出会いとして特筆されるが、再び西洋と出会う近代にも未来記は輩出する。ここでは詳しくふれる余裕がないが、特に明治期、西洋文化にふれた衝撃が「世紀」という時代認識の革新にもかかわり、あらたな予言書の叢生をもたらした。見えない現実の混沌があらたな未来志向をうながしたのである。いわば、右にみたキリシタン時代の再来ともいえるであろう。近代文学・文化言説における未来記ジャンルの確立といってよい。

最後に世界の〈予言文学〉についてふれておこう。まず、中国では、予言書集成が刊行されてテクストは整備されたものの、書誌情報が少ないため、やや扱いにくい。「推背図」や「焼餅歌」「梅花心易」（井上智勝論文参照、二〇一七年）など伝統的な予言書が重層化して再生産され続けた。日本で影響力をもった宝誌の『野馬台詩』は中国ではその存在を確認できないが、宝誌の予言は六朝から唐宋以降にも影響を及ぼし、『五公符』から『五公経』へ展開していく（佐野・二〇一一年、本書Ⅱ・5）。

朝鮮半島では、王建の高麗建国にまつわる『道詵秘記』が有名であるが、新羅の名高い文人崔致遠が書いたという予言詩もあるし、高麗の『海東高僧伝』の安弘伝にも、「和尚帰国以後、作讖書一巻」なる讖文の例がみられ、善徳女王の死や天王寺の建立などを予言したという（小峯・金英順編『海東高僧伝』平凡社・東洋文庫、二〇一六年)。朝鮮王朝以降では、何といっても『鄭鑑録』が圧倒的な影響力をもった。近時、白承鐘の好著(松本真輔訳)が出て、朝鮮時代以降の予言書とその文化の様相が明らかになってきた。朝鮮半島の場合は、建国や遷都にまつわるものが多く、「讖詩」の形態がめだつ。

ベトナムにも「讖詩」の例があり(『公余捷記』)、『讖記秘伝』をはじめいくつかの〈予言文学〉テクストの存在が知られているが、まだ充分解読が及んでいない。詩人の程国公(阮秉謙・白雲)が予言書の作り手として仮託されていたらしいことは先の章で述べた(グェン・ティ・オワイン「ベトナムにおける「讖文」—李王朝についての史書を中心に」〈小峯編『〈予言文学〉の世界』勉誠出版、二〇一二年〉)。〈予言文学〉をめぐり、東アジアを軸にどこまで射程を延ばせるか、今後の課題が多い。

一方、西洋では、聖書に黙示録があるように、予言書の文化がもともと定着、浸透していた。中世にはノストラダムスの予言があり、マヤ暦などともあいまって時代の変転とともに再生、復活を繰り返してきている。近年、美術史から西洋ルネッサンスを「予言文化」から読み解く刺激的な研究が出され、「一五世紀末から一六世紀前半にかけて広まった世界終末の恐怖と「新たな時代」への待望のなか、予言的徴候として解読された奇跡や幻視の数々」「終末論的予言文化」の展開が説かれる(水野千依『イメージの地層』)。まさに〈予言文学〉から「予言文化」へ、研究のステージがあがってきたといえる。

物語・詩歌に見られる〈予言文学〉を軸にした文学・文化史の読みかえの試みとともに、〈予言文学〉から「予言文化」へ、資料学と図像学のあらたな追跡も今後の課題となるであろう。

5　近代の未来記瞥見

〈聖徳太子未来記〉や『野馬台詩』など、中世の未来記を追いもとめていくうち、近代の未来記も視野に入ってくるようになった。同時に、近世にも『俳諧未来記』や『八卦未来記』をはじめ、少なからず未来記が作られ、前代の未来記が享受されていたこともわかってきた。近時、藤田真一「「未来記」俳諧新論」（二〇一六年）によって、和歌の定家偽書『未来記』から俳諧の『未来記』への展開をふまえ、俳諧の『未来記』が過去から文字通り未来の予言を指向していた様相が鮮明に取り出された。研究の新段階に到ったことを痛感する。『野馬台詩』を手がけはじめた頃には、未来記ジャンルは中世の専売特許かと思っていたがとんでもない話で、未来記はほとんど通時代的にひろがっていたことが明らかになったのである。拙著『野馬台詩の謎』でも、近世や近代における『野馬台詩』享受や再生の様相がひとつの焦点になっている。

人々が未来記に託した思いはひととおりではなく、中世を例に「未来記症候群」と名づけてみたが、そのシンドローム現象はひとつの時代を優に超えるものだった。未来記文学史や文化史が書けるほどで、通史的なものがこれからますます必要になりそうな情勢である。古典の未来記の変相や再生を探究する課題と、近代に生み出された未来記を掘り起こす課題とは、同一次元で問い直されるべきものだろう。

近代の未来記として、たとえば以下のような例がある（部分的に會津信吾編「日本古典ＳＦ作品年表」〈横田順弥『日本ＳＦ古典〔３〕未来への扉』集英社文庫、一九八五年〉に拠る）。

『皇太子未来記』明治四年（一八七一）

ジオス・コリデス著、近藤真琴訳『新未来記』青山清吉、明治十一年（一八七八）

小柳津親雄『二十三年未来記』東北新報社、明治十四年（一八八一）

末広鉄腸『二十三年未来記』古今堂、明治十六年（一八八三）

服部誠一『二十三年国会未来記』仙鶴堂、明治十九年（一八八六）

拉里阿諾著、小嶋泰次郎、木下賢良訳『一島未来記』二書房出版、明治十九年（一八八六）
牛山良助『日本之未来』春陽堂、明治二十年（一八八七）
大久保夢遊『東京未来繁敏記』春陽堂、明治二十年（一八八七）
ロビダー著、蔭山広忠訳『世界未来記』春陽堂、明治二十年（一八八七）
松永道一『内地雑居　経済未来記』春陽堂、明治二十年（一八八七）
芦津実全『日本宗教未来記』船井弘文堂、明治二十二年（一八八九）
西河鬼山、吉本秋亭『鉄道未来記』安田官次郎、明治二十四年（一八九一）
服部誠一『支那未来記』小林喜右衛門、明治二十八年（一八九五）
五藤了道『釈迦未来記』能仁社、明治三十年（一八九七）
ハミルトン著、岡田竹澳訳「日米開戦未来記」（『文芸倶楽部』九月増刊号、明治三十年〈一八九七〉）
Eベラミー著、美禄居士訳「社会未来記」（『太陽』一月号、明治三十二年〈一八九九〉）
法令館編「日露戦争未来記」（『法令館雑誌部』一月号、明治三十三年〈一九〇〇〉）
サマローフ著、中内蝶二訳『日露戦争未来之夢』博文館、明治三十七年（一九〇四）
ウィリアム・ル・キュー著、高田知一郎・佐藤忍訳『英独戦争未来記』博文館、明治四十年（一九〇七）
井出清海『陰陽哲学　預言秘録』田中活版所、明治四十一年（一九〇八）
破天荒生「空中戦争未来記」（『冒険世界』五月号、明治四十一年〈一九〇八〉）
『冒険世界』臨時増刊三巻五号「世界未来記」特集号、明治四十三年（一九一〇）
樋口麗陽「日米戦争未来記」（『新青年』一月～七月号、大正九年〈一九二〇〉）
猪狩史山「夢語日本未来記」（『日本及日本人』四月増刊号、大正九年〈一九二〇〉）

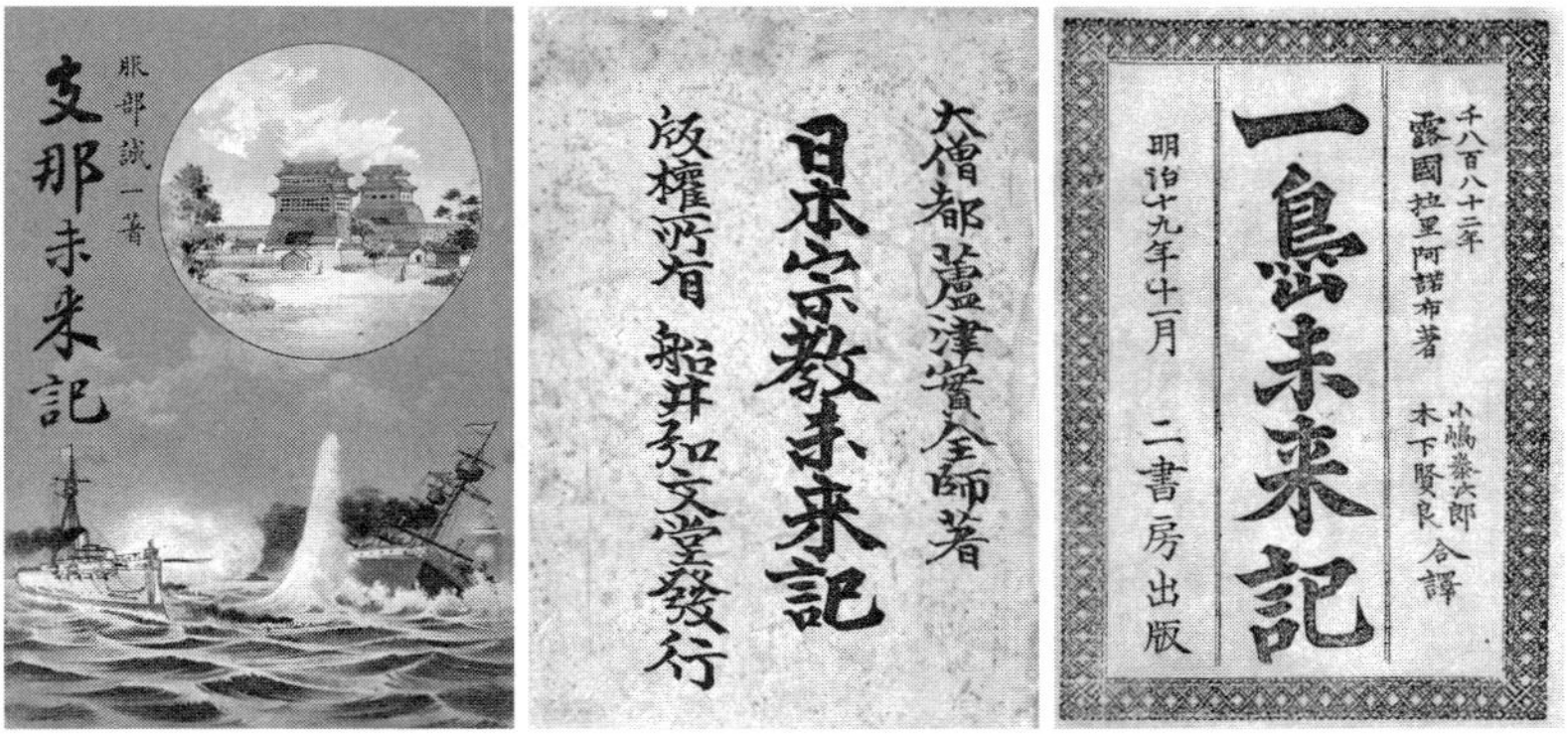

図19　近代の未来記（著者蔵）

樋口麗陽「第二次世界大戦未来記」（『新青年』七月～翌三月号、大正九年〈一九二〇〉）
中里右吉郎『支那大未来記』大阪屋号書店、大正十二年（一九二三）
小林宜園『神秘の鍵　大正未来記』大日本霊法会出版部、大正十四年（一九二五）
樋口麗陽『嗚呼日本未来記』日本書院出版部、大正十五年（一九二六）
長野朗『支那未来記』東亜公論社、昭和十四年（一九三九）

ほぼ明治期を覆うように生産され、大正期につらなる。小林の『神秘の鍵　大正未来記』は大正二十二年以後の情勢までを予言したものの、昭和になってしまったので、『昭和革政の預言』として改訂続編を出しているほどである。

たとえば、近藤真琴の『新未来記』がジオス・コリデスの『紀元二〇六五年』をもとにした翻訳であるように、二十世紀を意識したユートピア幻想の一環としてひろまったらしい。未来記は次第にその名の通り未来の空想小説、SFものに展開していくことになる。終末観だけではなく、明るい未来を指向するのもまた未来記の一方の極である。そうした未来記隆盛を背景に、明治十九年（一八八六）の『雪中梅』に代表される政治翻訳小説の世界が開花する。国会開設の日に、主人公の伝記である『雪中梅』が発見されるという設定は、土中から〈聖徳太子未来記〉の碑文が発掘されるのと同工異曲である。未来記には時空の距離を埋めるため、この種の〈発見〉という名のドラマが必要とされる場合が多い。

あるいは、明治十九年（一八八六）の『一島未来記』は、ロシアのラリオノフの著書の翻訳本、「一島」とは対馬のことで、近代の帝国主義による欧米列強のアジア進出をめぐって、ロシアやドイツとのかかわりにおける対馬の地政が問題視されている。日清、日露戦争よりも前の時点でかなり詳細な国際情勢の分析を行っており、あたかも日露戦争の予言書のごとき意義をおびている。

右の未来記リストの中で多少おもむきの異なるのが『釈迦未来記』である。美濃の五藤了道により、名古屋の能仁社で発行された小冊である。まず大蔵経の『増一阿含経』巻五十一を引用、天竺の波斯匿王が一〇の夢を見て、釈迦に夢の意義を教わる。この夢の記述をひとつずつ取り上げ、中国の古典や日本の歴史とを対応させて解説する、という体裁である。最後の第十の夢は、谷川に血が一面に流れているもので、これに対して釈迦は、「末世に造悪が増長して肉親の間でも争うようになり、山野ことごとく血を流すにいたるさまをあらわしたものだ、だから仏道をよく精進せよ」と説き、王はおおいに歓喜礼拝したという。釈迦は夢解きを通して仏道精進を説示する。著者は、釈迦入滅から二八四五年を経た今でも、その夢判断は、

今日世界の現状に就て其徴応の空しからざる、宛かも其掌中を指すが如し。

とし、第九の夢までは符節が合ったものの、第十は感じなかったところ、

今回征清の事変に付て、十夢悉く其徴応を得たりといふべし。

とする。つまり釈迦の第十の夢解きは、日清戦争を予言するものだったことになる。仏説によって道徳を守り、信義を固くしなくてはいけないという一般的な教訓に集約され、国家的なイデオロギーの色彩は薄いが、語り手はほとんど釈迦に乗り移っていただろう。

世の中の人の心が直ならば曲りし鑰はいらまじ物を

という歌までそえられる。いかにも説教師らしい口調が横溢している。

この『釈迦未来記』は、未来記論にいくつかの示唆を与えてくれる。第一に、『増一阿含経』をもとにした釈迦の説法引用は、未来記の原像によくかなっている。仏説こそが本来の未来記であったからだ。釈迦が弟子たちに将来仏になることを予言し確約する『法華経』の授記品に典型化されるように、釈迦は予言者として君臨する。未来記とは本来そのようなものだった。第二に、予言の解釈はおよそ歴史叙述となる場合が多い。ここでも、夢判断をさらに解釈する過程で、おのずと中国の故事をもちだし、日本の過去の事例を語っている。未来の予言のかたちを借りた歴史叙述にほかならない。

そして最後に釈迦の予言を日清戦争と結びつける。自我の主張が戦争に帰着する夢判断を、現在の歴史に置き換えたのである。未来記は中世には歴史叙述として盛んに機能しており、その意味で、たとえ十九世紀末の作であっても、きわめて古典的な未来記といえる。

このような小冊にも歴史叙述が脈々と息づいているわけで、今後も些細で些末なものから問題を掘り起こしていく必要があるだろう。

この本の末尾には、二種類の本の宣伝が載っている。一方は、『宿曜経占の真伝』、他方は『内地雑居準備のしをり』である。前者は、八卦などと異なる経典にもとづく「仏教の占術」として「布教家」が利用すべきことを強調する。後者は、仏教側から基督教を排斥、糾弾するための演説の指南書であり、副題に「雑居準備演説説教家節用集」とある。「内地雑居」とは西洋人の日本定住を意味し、それにともなう基督教流布を恐れた仏教徒の演説のためのもので、こうした状況に未来記は応じていよう。

「内地雑居」といえば、当初は未来記の流行の影響を受けつつ、後に批判を展開する坪内逍遙の『内地雑居未来の夢』などもあった。これもまた未来記のひとつであろう。

ここでまた別の創作に目を転じてみよう。一九八九年、山田風太郎の短編『室町の大予言』(『室町少年倶楽部』文春文庫所収)である。ここには『太平記』の有名な天王寺の〈聖徳太子未来記〉を枕に、日蓮の「本能寺未来記」なるものが出てくる。くじ引きで将軍になった足利義教が法華宗の日親を弾圧、日親がこの未来記を持ち出し、義教が赤松満祐に暗殺される嘉吉の乱を予言する。しかも暗殺の舞台となった西洞院は、後に明智光秀が謀反を起こし、織田信長を殺す本能寺だった、という。義教・満祐の関係は、そのまま舞台を同じくして、信長・光秀の関係に置き換えられる。嘉吉の乱と本能寺の変とが偶合しあう、その予言が「本能寺未来記」だったという構図である。

嘉吉の乱と本能寺の変との相同性を見いだし、双方を日蓮の未来記でつなぎとめる風太郎の着想と文のわざに喝采を送りたい。日蓮自身、『顕仏未来記』をはじめ未来記に深くかかわりがあったわけで、聖徳太子の「天王寺未来記」とも好一対をなす。歴史上、波状的にくり返される権力闘争を素材に、中世の未来記シンドロームを体現させた快作である。

「本能寺未来記」なるものが実際にあったかどうか、たんなる思いつきにすぎないかは、さしあたって問題ではない。過去に生産されたおびただしい未来記も似たようなもので、作為され、捏造された代物にすぎないかもしれない。しかし、それが現実的に想像力を刺激し、歴史の見方を更新し、知と学のうねりを形成するほどおおきな影響力を及ぼすとすれば、その意義はもはや無視できない。未来記とはそのように再発見されてきたといえる。近年の研究でいえば、〈偽書〉にほかならない。未来記こそ時代を問わず偽作されてきたわけで、まさに〈偽書〉の精髄である。〈偽書〉研究の進展は、今やにせものだから価値がある、と言いうるほどの段階に至っている。一連の未来記リストに「本能寺未来記」はぜひとも加えなくてはならない。

未来記の方法を取り込んだ『雪中梅』が新しい歴史語りを開拓したとされるように（亀井秀雄「時間の物語」『文学』一九九七年春号）、未来記とは常に歴史叙述の課題としてある。近代の実証主義にもとづく歴史学が排除し、切り捨ててきた歴史の認識法や記述法がそこには展開される。歴史学からこぼれ落ちたものを丹念に拾い集め、直線的な因果律にもとづく歴史観と異なる、いくつもの歴史叙述からなる歴史像を再構築していきたい。それこそが文学研究の課題であろうと考えている。

近代の創設期を担った歴史学者として著名な和田英松の論考に、「聖徳太子未来記の研究」（『史学雑誌』大正十年〈一九二一〉三月）がある。まさに未来記研究の先駆である。徹底した文献博捜、的確な問題展開など、今もその意義を失っていない。和田のこの仕事はどこからきたのか。聖徳太子伝研究との関連はもちろんのことだが、同時に当時流行していた近代の未来記が前提にあったのではないだろうか。証明はできないが、創作と研究がわかちがたく連動しあう典型のように思えてならない。

＊　二〇一一年秋、パリのＩＮＡＬＣＯにおける〈予言文学〉の学会の折り、司会のジャン・ノエル・ロベール氏から、仏の授記は予言といえるかという指摘を頂いたが、成稿後、『三国七高僧伝図絵』（万延元年版影印、国書刊行会、一九七四年）の天竺之巻・龍樹菩薩・第二「釈尊於楞伽山説未来記」条に「是を委く説宣たるを楞伽経といへり。其中に未来記を説たる文に、南天竺国の中に大徳の比丘あらん、龍樹と名くべし」とみえる。釈迦が龍樹の出現を予言するわけで、これも授記に近いもので、近世にはこの種の理解があったことになる。

参考文献

和田英松「聖徳太子未来記の研究」（『史学雑誌』一九二一年三月）。
村山智順『朝鮮の占卜と預言』（国書刊行会、一九三三年、復刊・一九七二年）。
石山福治編『歴代秘密　厳禁絵本　預言集解説』（第一書房、一九三五年）。
中野　達「「推背図」初探」（『東方宗教』三六号、一九七〇年）。

菊村紀彦『釈迦の予言』(雄山閣出版、一九七四年)。

宮田　登「鄭鑑録の預言」(『民俗宗教論の課題』未来社、一九七七年)。

中村恵一『ノストラダムス大予言の構造』(思索社、一九九一年)。

李連賦編『推背書　点注評析』(北京師範大学出版社、一九九二年)。

東方居士『東方大預言　中華両千年預言詩』(朝華出版社、一九九三年)。

高田知波「鉄道と女権―未来記型政治小説への一視点」(『国語と国文学』一九九三年五月)。

米田利昭「『吾輩は猫である』の文明批評―その未来記と『河童』および細君との関係」(『駒沢女子大学紀要』二号、一九九五年)。

レオン・フェスティンガー他、水野博介訳『予言がはずれるとき』(勁草書房、一九九五年)。

『道詵国師』(著者未詳、仏教伝記文化研究所、一九九七年)。

小和田哲男『呪術と占星の戦国史』(新潮選書、一九九八年)。

金知見外『道詵研究』(民族社、一九九九年)。

串田久治『中国古代の「謡」と「予言」』(創文社、一九九九年)。

歴史学研究会編『再生する終末思想』(青木書店、二〇〇〇年)。

樺山紘一・高田勇・村上陽一郎『ノストラダムスとルネサンス』(岩波書店、二〇〇〇年)。

中野　達『中国預言書伝本集成』(勉誠出版、二〇〇一年)。

杉山欣也「博文館日米戦争―明治四十年代の戦争未来記」(『明治から大正へ』筑波大学近代文学研究会、二〇〇一年)。

日本民話の会、外国民話研究会編『世界の運命と予言の民話』(三弥井書店、二〇〇二年)。

"*Picturing the Apocalypse*"(the Metropolitan Museum of Art、二〇〇二年)。

谷川恵一「翻刻の領野―末広鉄腸『二十三年未来記』」(『明治の出版文化』二〇〇二年)。

ジョセフ・デスアール、アニク・デスアール著、阿部静子・笹本孝訳『透視術　予言と占いの歴史』(文庫クセジュ、白水社、二〇〇三年)。

エルヴェ・ドレヴィヨン、ピエール・ラグランジュ著、伊藤進訳『ノストラダムス　予言の真実』(知の再発見双書、創元社、二〇〇四年)。

栗田香子「幸田露伴と未来—『露団々』の時間的考察—」（『文学』二〇〇五年一、二月）。

李慶同「梁啓超的《新中国未来記》与日本明治期的未来記小考」（『追手門学院大学文学部紀要』四一号、二〇〇五年）。

王永寛『河図洛書探秘』（河南人民出版社、二〇〇六年）。

リーヴス、大橋喜之訳『中世の預言とその影響　ヨアキム主義の研究』（八坂書房、二〇〇六年）。

安国良一「「予州別子銅山未来記」を読む—経営者の不安と苦悩」（『住友史料館報』三八号、二〇〇七年）。

荒木浩『日本文学　二重の顔〈成る〉ことへの詩学』（大阪大学出版会、二〇〇七年）。

蔵持重裕『声と顔の中世史』（吉川弘文館、二〇〇七年）。

串田久治『王朝滅亡の予言歌　古代中国の童謡』（大修館書店、二〇〇九年）。

長山靖生『日本ＳＦ精神史　幕末・明治から戦後まで』（河出ブックス、二〇〇九年）。

神野志隆光『変奏される日本書紀』（東京大学出版会、二〇〇九年）。

米井力也『キリシタンと翻訳　異文化接触の十字路』（平凡社、二〇〇九年）。

清水克行『日本神判史』（中公新書、二〇一〇年）。

斎藤希史「詩讖—詩と予言—」（『漢文スタイル』羽鳥書店、二〇一〇年）。

神田千里『宗教で読む戦国時代』（講談社選書メチエ、二〇一〇年）。

王見川、宋軍、范純武編『中国預言救劫書』全一〇巻（新文豊出版公司、二〇一〇年）。

斎田作楽編『野馬台詩国字抄＊回文錦字詩抄』（太平文庫、二〇一一年）。

菅原正子『占いと日本人』（講談社現代新書、二〇一一年）。

白承鐘著、松本真輔訳『鄭鑑録』（勉誠出版、二〇一一年）。

呂宗力『漢代的謡言』（浙江大学出版社、二〇一一年）。

水野千依『イメージの地層　ルネサンスの図像文化における奇跡・分身・予言』（名古屋大学出版会、二〇一一年）。

佐野誠子「釈宝誌讖詩考」（武田時昌編『陰陽五行のサイエンス—思想篇』京都大学人文科学研究所、二〇一一年）。

佐藤弘夫「未来予知の作法」（上杉和彦編『経世の信仰・呪術』生活と文化の歴史学1、竹林舎、二〇一二年）。

松本真輔「韓国の予言書『鄭鑑録』と東アジアを駆けめぐった鄭経の朝鮮半島侵攻説」（千本英史編『「偽」なるものの「射程」』アジア遊学・勉誠出版、二〇一三年）。

藤田真一「「未来記」俳諧新論」(『国文学(関西大学)』一〇〇号、二〇一六年)。
井上智勝「怨霊祭祀譚の均質性と易占書」(『日本民俗学』二八九号、二〇一七年)。
栾　保　群『中国古代的謡言与讖語』(江蘇鳳凰文芸出版社、二〇一八年)。
阿部泰郎『中世日本の世界像』(名古屋大学出版会、二〇一八年)。
孫　蓉　蓉『讖緯与文学研究』(中華書局、二〇一八年)。

『野馬台詩』注釈資料集

解　題

はじめに

本資料集は、研究の便宜をはかるために、『野馬台詩』に関する中世・近世期の注釈書本文を影印版で提示するものである。『野馬台詩』の中世・近世の注釈書は少なからず残存するが、紙数の制約もあり、ここでは八点に止めた。まとまった注釈書としては最も古い十六世紀の東大寺本『野馬台縁起』をはじめ、白居易の名高い『長恨歌』『琵琶行』とセットで最もひろまった『歌行詩』系統の注釈書、なかでも詳細な情報量を持つ陽明文庫本、仏法紹隆寺本、伊達文庫本、斯道文庫本及び同系統の高野山大学蔵『神祇聞書』の五点（いずれも十六世紀前後の書写）、さらに近世末期に流布した教科書的な読み物の『野馬台詩経典余師』や新出の近世後期の『野馬台弁義』で、おおよその様相はこれらでたどれるであろう。なお、『歌行詩』系の『長恨歌』『琵琶行』の注釈に関してはここでは割愛した。注釈の具体的な内容、問題に関しては、前著『野馬台詩の謎―歴史叙述としての未来記』（以下、副題略す）を参照していただきたい。

以下、個別の解題を簡略に附しておく。紙数の都合で書誌の詳細については割愛する。一の仮綴一冊以外は、袋綴一冊本である。掲載を許可された東大寺図書館、陽明文庫、仏法紹隆寺、宮城県立図書館伊達文庫、慶應義塾大学附属研究所斯道文庫、高野山大学図書館等々、関係諸機関に篤く御礼申し上げる。

一　東大寺図書館蔵『野馬台縁起』

『野馬台詩』の注釈はすでに『延暦寺護国縁起』所引の「延暦九年註」（七九〇年）にさかのぼり、十二世紀初期の大江匡房の『江談抄』にも注釈を前提とする談話がうかがえ、十三世紀の仁和寺蔵『覚印阿闍梨口伝』や叡山文庫蔵『叡山略記』等々にその断片が見いだせる。年代が明らかで、まとまった注釈全体を伝える最も古い写本が本書である。本文末尾に「戒壇院経蔵」、奥書に「于時大永二年壬午二月二十一日、山偉浄宗之本也。右筆永心」とあり、大永二年（一五二二）の書写である。冒頭に「野馬台縁起」として解読と伝来をめぐる由来譚、「野馬台讖文」として当初の読めない文字列図、さらに「倭」字を分解して千八人の女が来て未来を語ったという一字注による神話的言説（中世神話）もみえる。

以下、一句ごとに注釈が一段下げで記される。全体としては、奈良朝末期の孝謙女帝・道鏡と光仁即位による天武系から天智系への皇統交替をとらえる指向で一貫し（長岡京・平安京遷都にもふれる）、「延暦九年註」や『叡山略記』「本朝天運事」などにも共通する。まさに吉備真備が『野馬台詩』を持ち帰る時代と即応し、古注を伝えるとみなせる。後掲二以下の『歌行詩』系の本文注が、平将門と平清盛を対置させて平安朝前後の内乱を平氏に見いだす史観と対照的である。また、『野馬台詩』冒頭の「東海姫氏国」注で、周文王の后姫氏が日本を攻めるが悪風で南蛮国に漂着、赤蝦のような夷となったとあるように、外敵への脅威や畏怖が根底にあり、「猿犬称英雄」注で「猿ハムクリ」とすることから蒙古襲来のトラウマを思わせる。『歌行詩』系は「姫氏」を天照大神や神功皇后などの女帝系とみるのが一般的である。なお、年代の最も新しい人物は、源氏三代将軍の実朝である。

本書では掲載できなかったが、三種の注釈書を持つ内閣文庫本『野馬台詩抄』の第一と第三の注釈二種は特に後半が本書に近い点も留意される（第二注は『歌行詩』系）。『歌行詩』系の注釈などとかなり位相を異にし、第一に注目すべきものである。

二　陽明文庫蔵『長琵野頭説』

『長恨歌』『琵琶行』と『野馬台詩』とをあわせた写本が十六世紀前後に流布し、次第に注釈が付随して増広する。三点セットの由来は不明であるが、『歌行詩』の書名で呼ばれるのが一般的で、室町期十六世紀の古写本が多く残り、古活字版や整版も刊行される。さらに近世には同系統の『歌行詩三部抄』『歌行詩諺解』『歌行詩詳解』などの刊本注釈書もみられる。陽明文庫本の書名のみ『長琵野馬頭説』で、『歌行詩』と逆に三書それぞれの名称の頭文字をとったもので、他に例を知らない。

龍門文庫蔵『唐土歴代歌抄』に『歌行詩』系の『野馬台詩』注らしき条に大永七年（一五二七）の年記がみえ、『歌行詩』系の注釈に拠る『応仁記』は大永三年（一五二三）成立とされるから、それ以前にひろまっていたことは確実で、年代的には一の東大寺本とそれほど変わらない。複数の注釈がそれぞれ別途に増幅し展開していたことがうかがえる。

『歌行詩』系の伝本で書写が最も古いのは、三重大学図書館本で享禄四年（一五三一）、ついで東京大学図書館本・天文十八年（一五四九）、内閣文庫本『野馬台詩抄』が元亀二年（一五七一）序、東洋文庫本が天正十年（一五八二）等々である（三重大本は黒田彰氏がすでに影印本を紹介）。

構成は、陽明文庫本では最初に「野馬台起」、「野馬台詩序」、当初のばらばらで読めない文字列図、『野馬台詩』詩句となり、諸本によって前後異同がある。最後は一丁分の「日本七種異名」や天神七代、地神五代の欄外注がつく。本文は界線つきの一面九行で、本文の語句が一行でその下に二行書きで直接つけられる「本文注」と、欄外の余白に小字で書き込まれた「欄外注」とがある。さらに本文注の語句にも細かい注が書き込まれる場合もあり、それらの関係はかなり複雑な様相を呈している。本文と欄外注とはおおむね同筆である。これらの注釈はさまざまな講釈をもとにすると思われる。

とりわけ欄外注の書き込み量は伝本によって大きく異なり、陽明文庫本はこの系統では最も情報量が多く、第一に注目される。本文の語句の傍注や本文注の語彙にも傍注がつく場合が多く、結句「青丘与赤土、茫々遂為空」の「青丘」「赤土」に左右それぞれ傍注がつき、さらに欄外注がつくごとく、多層化した読みの痕跡を示している。特に欄外注では、「玄恵云」「玄恵抄云」「玄恵法印ノ説」のように、『太平記』作者説もある有名な玄恵の名が注釈主体にみえる。その実体は不明だが、注釈の位相をみる上で重視されよう（本書Ⅰ・二）。欄外注の多寡は諸本で異同が多いものの、記された注釈の内容自体は共通するものが少なくない。陽明文庫本では、末尾に一丁分の欄外注がつき、本書Ⅱ・二でふれた琳聖太子と聖徳太子の話題など陽明文庫本にしかみられない例がある。

先の年代が明らかな伝本では、東大本以下はあまり欄外注の書き込みがみられず、ここでとりあげる三〜五の紹隆寺本、伊達文庫本、斯道文庫本以外で他に書き込みが多い伝本は、台湾故宮博物院本、成簣堂文庫本などである。『歌行詩』注釈の全般にわたって言えることだが、『長恨歌』『琵琶行』に比べて『野馬台詩』注が最も精細であり、歴史性、説話性に富んでいる。

三　仏法紹隆寺蔵『歌行詩』

前著『野馬台詩の謎』で初めて紹介した伝本。信州諏訪の真言宗古刹で、長年調査を続けている渡辺匡一氏の示教による。中世末期から近世初期の書写で、陽明文庫本について詳しい注釈がみられる。巻頭に「野馬台起」として「日本七種異名」があり、ついで「野馬台之起」、「野馬台詩序」、文字列図、詩句と続き、さらに一丁分の欄外注があり、天神七代・地神五代や陽明文庫本より詳しい小野篁の誕生異説などもみえる。注釈末尾丁について、無求作「十月海棠」「人跡板橋霜」「夜寒無夢」「葉落有感」の七言絶句、さらに一丁分、四字句の『聖徳太子瑪瑙記文』が引かれる。前著ではこの『瑪瑙記文』と本文とは別筆としたが、原本調査により同筆と認定できるので訂正しておく。末尾に「蘇我稲目大臣請取之彫字、河内国太子之宝蔵納給也」という注記がある。蘇我稲目が文字を彫って、河内の太子の宝蔵に納めたという。河内の太子の宝蔵とは、磯長廟であろうか。その三行後に「従無始来迷己為物　　釈氏洲」とある。

それら追記の経緯は不明だが、さまざまな読みの変遷をふまえて累積した情報が浄書の際に書き込まれていったのであろう。七言絶句の書き込みは、『長恨歌』『琵琶行』など白居易の作を意識した可能性が高いが、『瑪瑙記文』は明らかに『野馬台詩』との関連によるもので、『野馬台詩』注と結びつけられた〈聖徳太子未来記〉の実例として注目されるものである。

また、渇鹿説話、呉太伯渡来譚、常陸の鎌足社、後鳥羽院の歌等々、他の注釈になかったり、内容の異なるものもみられる点、貴重な伝本である。

四　宮城県立図書館伊達文庫蔵『長琵琶野三註』

『歌行詩』系で二、三の陽明文庫本や紹隆寺本について注釈の情報量の多い伝本で、宮城県立図書館での資料名は、「長恨歌伝一巻附長恨歌一巻琵琶行一巻野馬台一巻（三〇四八一一）」。

他の伝本に比して、一面の界線八行。「野馬台之起」、「野馬台詩序」、文字列図、詩句の構成。末尾に「日本七種異名」や竹が枯れ、水が枯渇する別種の未来記がみられる。これらは陽明文庫本以下、詳しい伝本には共通してみられるが位置に異同がある。

本書は、前著『野馬台詩の謎』「竹から生まれた篁」章でみたように、欄外注にみる小野篁の逸話が詳しい点も注目されるが、最大の特徴は和歌が多いことである。巻頭見返しの欄外には、天神七代・地神五代に関連して、スサノオの著名な神詠「八雲立つ出雲八重垣」歌と「梁田姫」の返歌とを載せ、序の「野馬台之起」で阿倍仲麻呂の話題に関して、「天の原ふりさけみれば」の名高い歌を傍注に記す。さらには吉備真備に関する欄外注でも『下学集』を引用し、真備が唐で歌を詠んだ、とする。真備の和歌は実際にはほとんど知られていない。ほかに、聖徳太子の達磨との「しなてるや」の贈答歌はもとより、『袋草紙』にみえる「いにしへを伝て聞くも」歌があるし、小野篁の「わたの原八十島かけて」歌や天智天皇の「秋の田の刈り穂のいをの」歌など、「百人一首云」とする歌もみられ、末尾の「日本七種異名」の「豊葦原」にちなんで「世の中に稲おほせ鳥の」歌も引かれる。伊達本だけなぜそうなるのかは不明だが、中世の古今注の世界などとの交差をうかがわせるだろう。

さらに欄外注で特異なのは天智と天武に関わる注で、天智の子の大友と弟の天武との壬申の乱について、詩句の後半一丁分の余白を埋め尽くすようにして、かなり詳細に書き込まれている。歴史の総ざらえ的な記述が少なくない。

五　慶應義塾大学附属研究所斯道文庫蔵『歌行詩』

虫損多く、欄外注の読めない箇所がいくつかある。「野馬台詩序」、文字列図についで詩句、最後に「野馬台詩之起」がくる。「野馬台詩之起」が詩句の後に位置する例は珍しい。これに続いて、竹が枯れ、水が涸れるという別種の未来記がみられる。本書の特徴はこれらについで、源義経の有名な『腰越状』や文覚の『手習学文之事』の文章がみえることで、濱野文庫・麻生文庫の各印記の後に、「手習学文巻了　蓬莱野侶□心書写之」と奥書がみえる。末尾の遊紙の表に「猿投山／深識之」とあり（著名な三河の猿投神社であろう）、裏には、玄宗と楊貴妃をめぐる概略と漢武帝と李夫人をめぐる話題とが一二行にわたって小字で書かれる。おそらく『長恨歌』の注釈に関わるものと思われるが詳細は不明。また、その二行空いて、「千秋楽、青海波」以下の雅楽名が三行分も列挙される。これもその経緯は未詳である。いずれも本文同筆と認められる。

書物としての成り立ちは不明であるが、『歌行詩』というテクストのありようや伝来の上で留意されるべき伝本である。なお、慶應義塾大学蔵の『野馬台詩』諸本に関しては佐藤道生氏のお世話になった。

六　高野山大学図書館蔵『神祇聞書』

本書は伊藤聡氏の示教による。外題・神祇聞書。表紙右袖に「相誉」。外題のごとく中世神祇書の一つで、『野馬台詩』の注釈書を銘打っているわけではなく、種々の資料の一端に『歌行詩』系の注釈がまとまって抜き書きされた写本である。中世神道書系の資料に『野馬台詩』注釈が交じっていることは、中世日本紀として『野馬台詩』が位置づけられる証左としても貴重な実例といえる。しかも本書は、『歌行詩』系の本文注と欄外注の双方を引用し、対比させている点が見のがせない。特に寛文六年（一六六六）刊の『歌行詩三部抄』は本書ときわめて近く、その関連性が注目される。『野馬台詩』の語彙を中心に本文注と欄外注もあわせて組み込んだ特異な注釈書であり、こうした書物が刊行されること自体に、古典としての『野馬台詩』の意義もあるだろう。

巻頭は「天智諱葛城号開別天王」で始まるが、これは『歌行詩』「谷墳田孫走　魚膾生羽翔」句の本文注の末尾に相当する。その前を欠いており、欠脱であろう。続いて次の「葛後千戈動　中微子孫昌」の本文注以下、「茫々遂為空」の最後句と本文注まで引用される。ついで「智度論云」として「日本高サ百万八千七百四十丈」以下「星縦広百二十里」まで一つ書きで一五条列挙される。間に「牡丹花下酔猫児」句が記され、「日本有七種異名」、天神七代・地神五代が続く。「七種異名」以下の一節は『歌行詩』伝本の欄外注に種々見いだせるもので、末尾に位置するケースが多く、本書の引用する注釈書もおそらくそれに該当する。

しかし、その後に「世界建立時」として火輪から火が出、水輪から水が流出、風輪から風が吹き出す云々の天地創成神話が展開されるが、これは『歌行詩』注にはみられない。次の「関白流」を引く前後は欄外注にみえるが、その後のスサノオの八岐大蛇退治譚等々、諸注にはみえない部分もある。「起此ハ書付人、不知人ヲ、後人書之、故義理不審」以下、宝誌と武帝の関係に言及、「左伝杜預注」を引き、崑崙山から黄河が流れ出ることなどにふれるが、これらも『歌行詩』注にはない部分である（『三部抄』とは共通）。その後は注釈にみえる内容が続き、「野馬台詩序」に移り、「野馬台」の語義などにふれ、「東海姫氏国」以下の語句の注が引用される。ここでは「元恵抄云」とあるように、欄外注も引用され、さらに「注」「此注」として本文注も対比される。

すでに指摘しているが、「黄鶏代人食、黒鼠喰牛腸」の「黄鶏」と「黒鼠」がそれぞれ誰を指すかという問題で、本文注では平将門・平清盛に対して、欄外注では光仁・道鏡となるが、本書は前者を「此注ニハ」、後者は「玄恵抄ニハ」として対比する。双方の注を対照させるあり方が注目される。ただ、管見の諸資料には見えない注釈も混在しており、現存本とは異なる『歌行詩』系の注釈書に依拠した可能性が高い。「黒鼠」句の引用までで、後はとぎれている。以後は『野馬台詩』注とは異なる、「一、人倫門　三国次第不同」以下の一つ書きで、達磨と聖徳太子の片岡山の故事、布袋、道昭、明恵、行基、鑑真、竹林七賢等々の人物や最後は金翔鳥や鵬についての短い辞書的な説明が三丁分続くが、ここでは割愛した。

以上からみて、ここでは、『歌行詩』系の注が二ヵ所にわたって別途引用され（いずれも欠脱あり）、前者は主に本文注が中心で、後者は欄外注と本文注とが併記され、意識的に対比される。今後さらに詳細を検証すべき重要な資料である。

七　架蔵『野馬台詩経典余師』

幕末のベストセラーである教科書的な読み物『経典余師』シリーズの一書として公刊された小型版本。天保十四年（一八四三）刊行、弘化三年（一八四六）再版（本書は後者を掲載）。「東都書肆　本所表町　菊地虎松梓」。内容は寛政九年（一七九七）に刊行された『野馬台詩国字抄』にほぼ同じで、『歌行詩』注から『野馬台詩』注だけを特立させたものである。巻頭には吉備真備が『野馬台詩』の紙の上に降りてきた蜘蛛を見つめる「吉備大臣入唐野馬台詩読図」、『野馬台詩』の文字列図、蜘蛛の糸を伝って浮かび上がる鼎型の図形「蜘蛛糸を曳図」があり、挿絵の効用を生かしている。しかも内容は林鵞峰の『本朝一人一首』にみる『野馬台詩』批判を受け継ぐ論難書でもあり、近世の考証学にのって、合理的な解釈で中世以降の注釈を非難する。「黒鼠喰牛腸」句注の平将門・清盛説に加えて、清盛が後白河院を鳥羽に押し込めたことなども記し、内容の増幅とともに、「牛腸は異国祭祀に獣肉を用る」「日本も仏教入ざる前は都て祭に肉食を徒もせし也」とするように、イデオロギー性が濃厚になっている。

ことに末尾には「弁正」として一一条にわたって『野馬台詩』の由来や注釈の誤謬を非難している。特に阿倍仲麻呂に対する思い入れが強く、中国皇帝の処遇を「卑劣」とし、仲麻呂は唐では敬われたはずで、「荒原の赤鬼」となるのは「僻説」だとする。宝誌作者説も附会であり、「聖徳太子未来記等の妄説に擬して杜撰」したものだろう、という。ここで、〈聖徳太子未来記〉も「妄説」とされ、慶安二年（一六四九）の『聖徳太子日本国未来記破誤』では、『野馬台詩』批判を前提に〈聖徳太子未来記〉が非難されることと好対照である。

こうした論難書が流行するのが近世の特色でもあるが、裏を返せばそれほどまでに未来記や『野馬台詩』注がひろまっていたわけで、歴史の謎解きゲームのごとく、遠い過去の歴史を読んで楽しめる読み物に変貌したことを意味している。

巻末には考証学の成果をいかした阿倍仲麻呂伝も添え、簡便さが売り物になっていたことをうかがわせる。

八　架蔵『野馬台弁義』

近世の注釈書として他に例のない伝本。宮腰直人氏が古書肆から入手し、後に稿者の架蔵となったもの。本書Ⅱ・二で紹介しているが、外題のみ「野馬台弁義　全」。成立や編者などは不明。宝暦七年（一七五七）刊『勧化五哀殿』巻末の広告にみる「『野馬台詩弁義』二冊」が同一書とすれば、成立は宝暦以前にさかのぼることになる。刊本・写本、二冊・一冊の違いはあるが、おそらく同一書であろう。「野馬台目録」には、聖徳太子、大伴皇子以下、山名・細川応仁軍の名が列挙される。『歌行詩』系の注釈に登場する人物群で、時系列に配される。ついで「野馬弁義」では日中の朝貢をめぐる記述があり、次の「詩読」では『野馬台詩』本文の訓読、暗号のごとき文字列図がみえ、「野馬台由来」で『野馬台詩』伝来の物語が展開する。林鵞峰『本朝一人一首』がふまえられ、囲碁の物語などかなり近世の粉飾が加わった展開をたどる。

注釈も目録の人物群の通り、『歌行詩』系の注釈をもとにしながら大幅に増広され、『野馬台詩』の詩句に沿って歴史の流れがおさえられる。冒頭の呉太伯の渡来に始まり、天照大神や聖徳太子以下、壬申の乱、奈良末朝の政変、源平合戦、応仁の乱、北条早雲から織田信長や武田信玄など戦国時代にまで到る。通史的な体裁を整えているのが最大の特徴で、近世という時代において可能になった記述といえる。

さらに、これらの注釈に加えて、個々の注釈ごとに「弁ニ曰」としてその錯誤が指摘される。近世の考証学をふまえた論難の傾向をみせている。とりわけ最後の「弁」注では、動乱に関して、東北の前九年・後三年の乱、保元・平治の乱、承久の乱、南北朝の内乱等々にふれていないことを指摘しており、近世の日本史像の常識がすでに『野馬台詩』注を追い抜いたことを示している。

末尾には、吉備真備と合わせて阿倍仲麻呂の伝記が添えられる。近世に特にこの二人の伝記が注目される時代指向にかなっている。対外的な危機感などに応じて、異文化交流に深くかかわった先人の顕彰が進む経緯を表わしていよう。

影印掲載は以上の八点であるが、これとは別に本書でも紹介した石川透氏蔵『増註野馬台詩』も他にない伝本であり（Ⅱ・四）、百王思想の終末観ではなく、むしろ徳川の治政をことほぐ結末になっている。注釈が時代と共に変貌していく様相をよく示していよう。

なお、内閣文庫本の三種に及ぶ注釈をはじめ、本書で掲載しえなかった貴重な資料も少なくない。次の機会を待ちたいと思う。

一　東大寺図書館蔵『野馬台縁起』

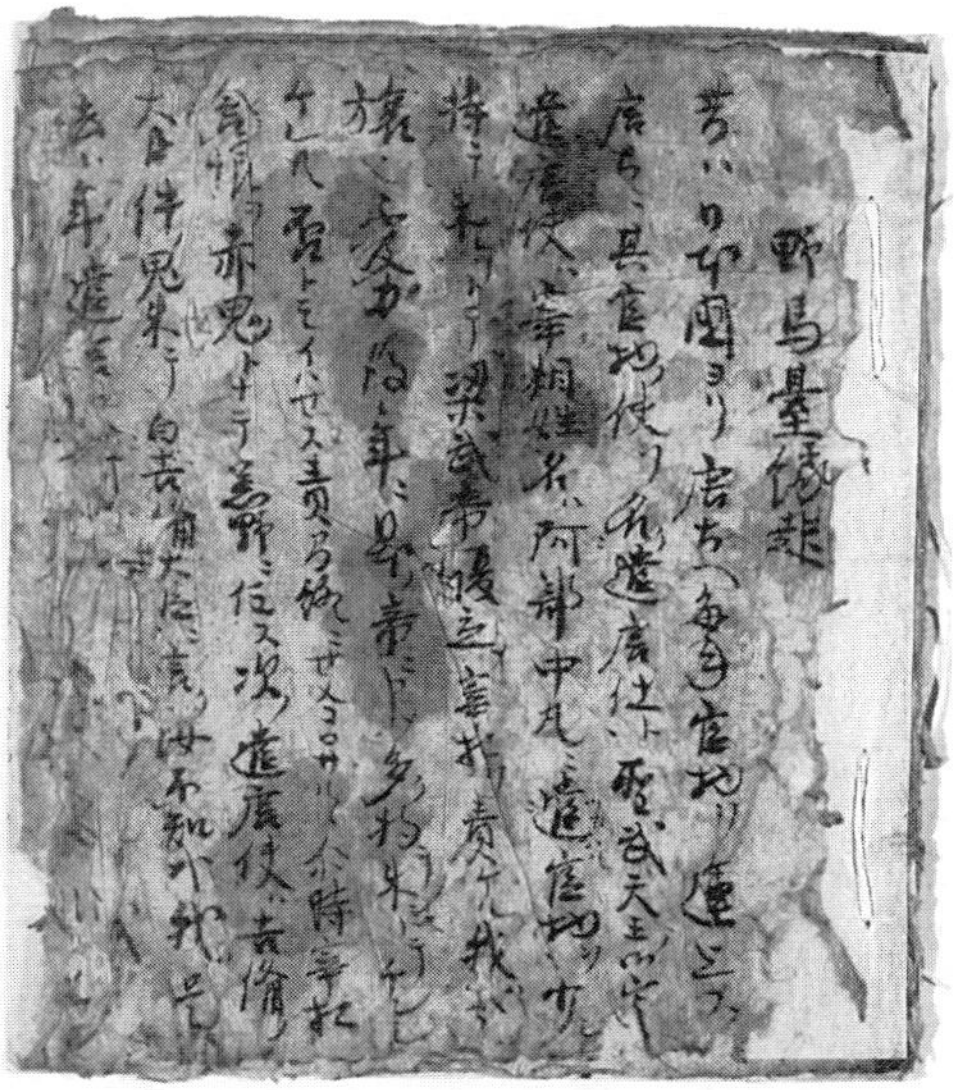

1

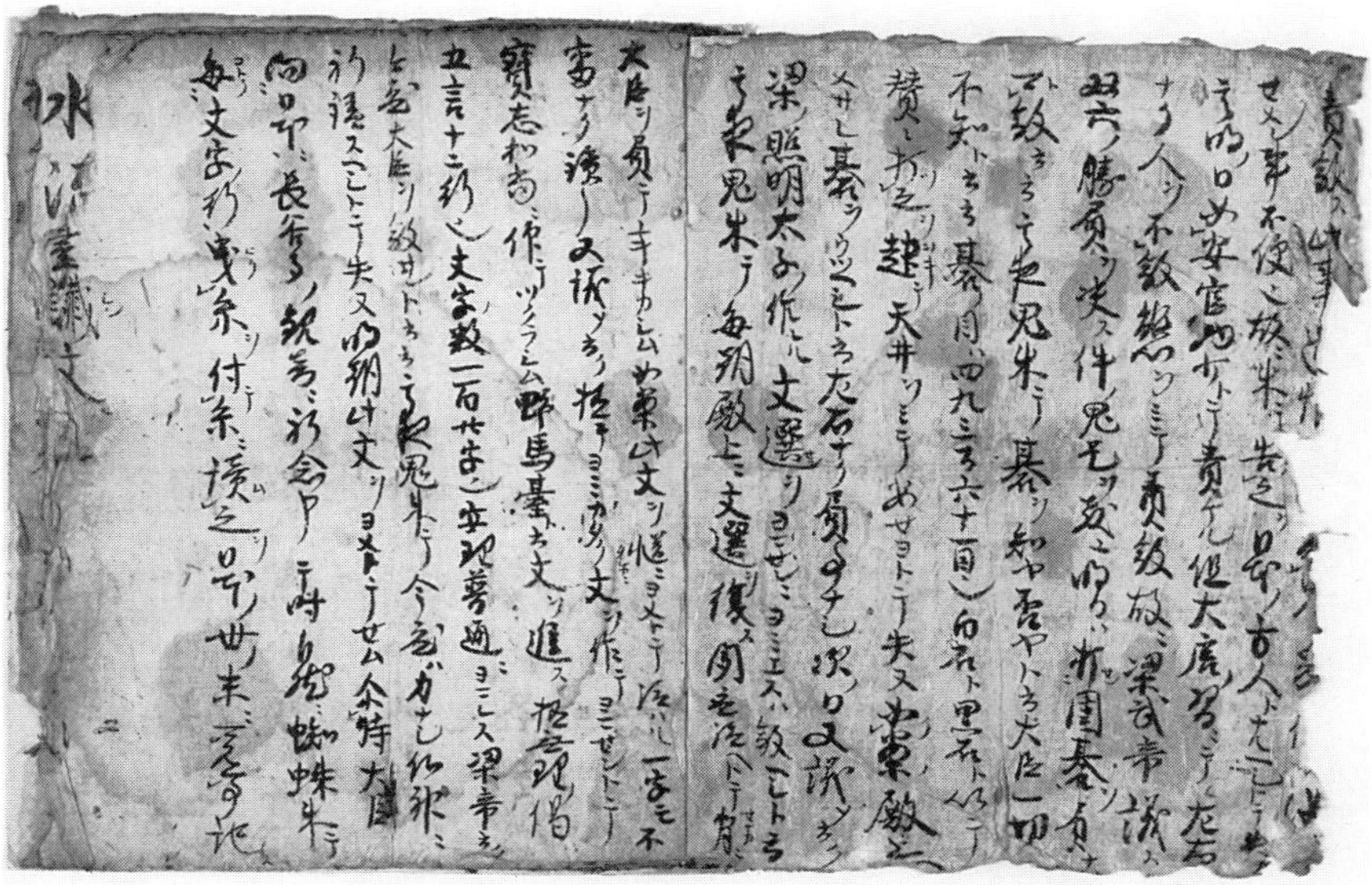

2

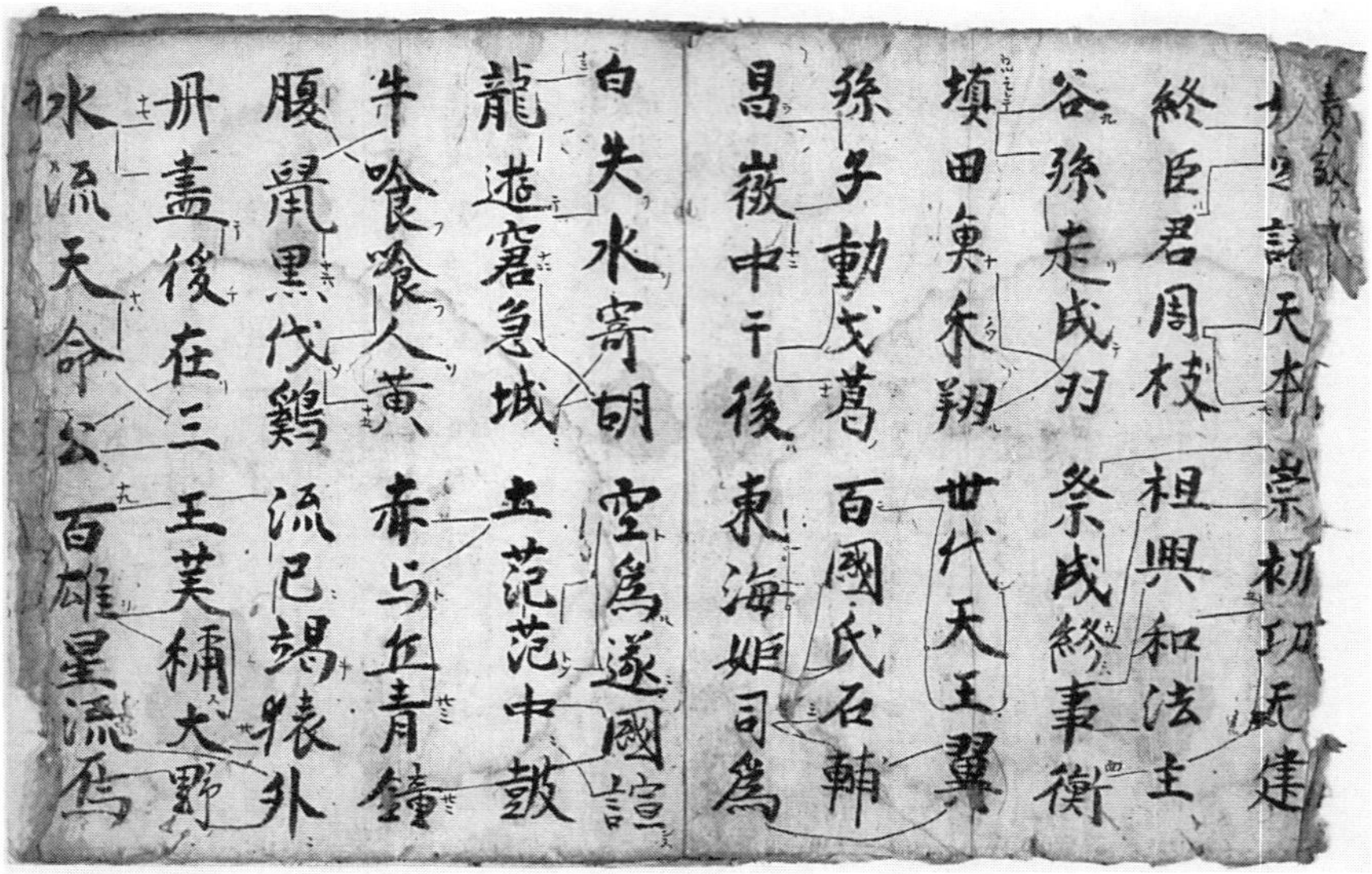

3

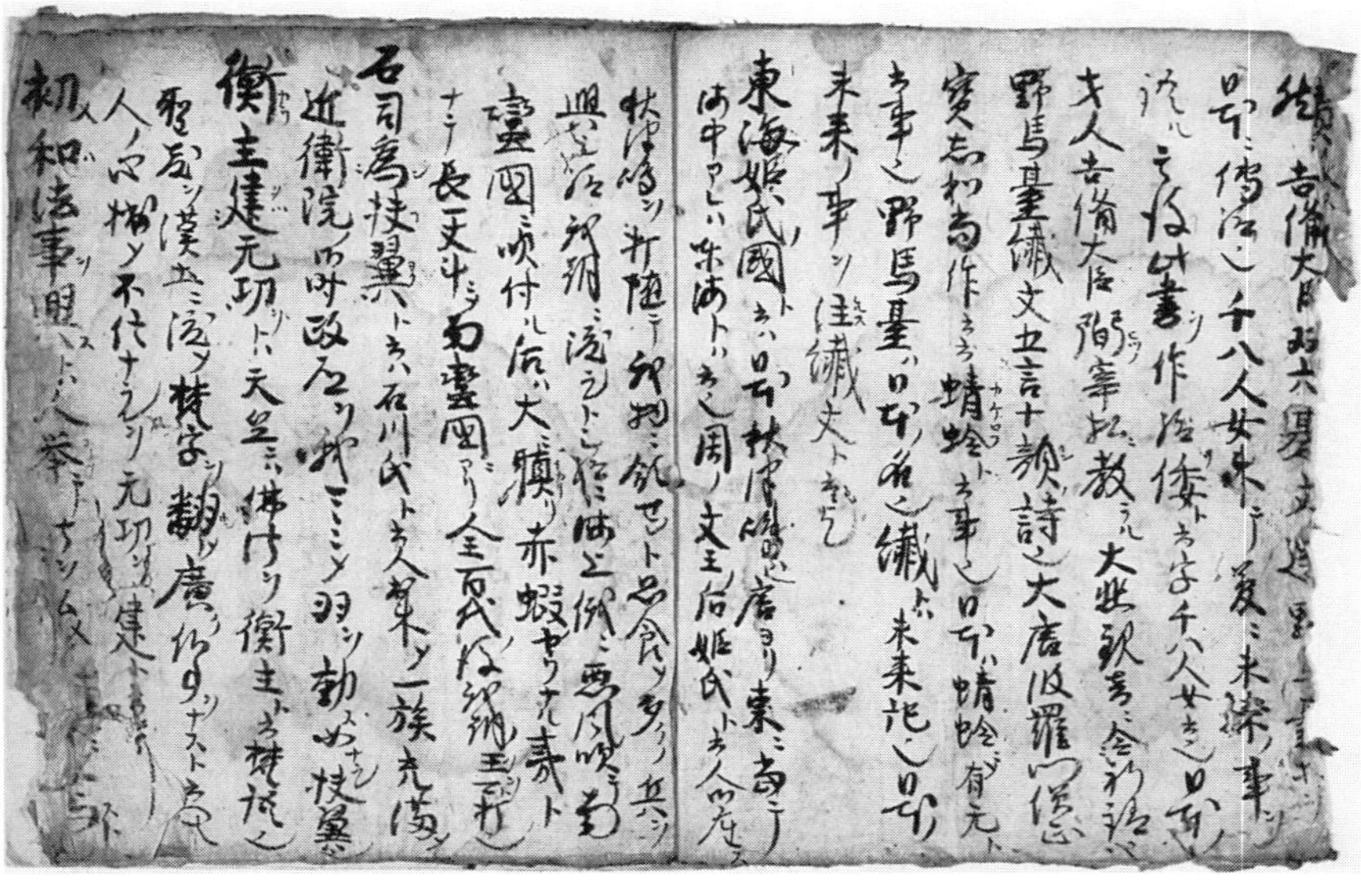

4

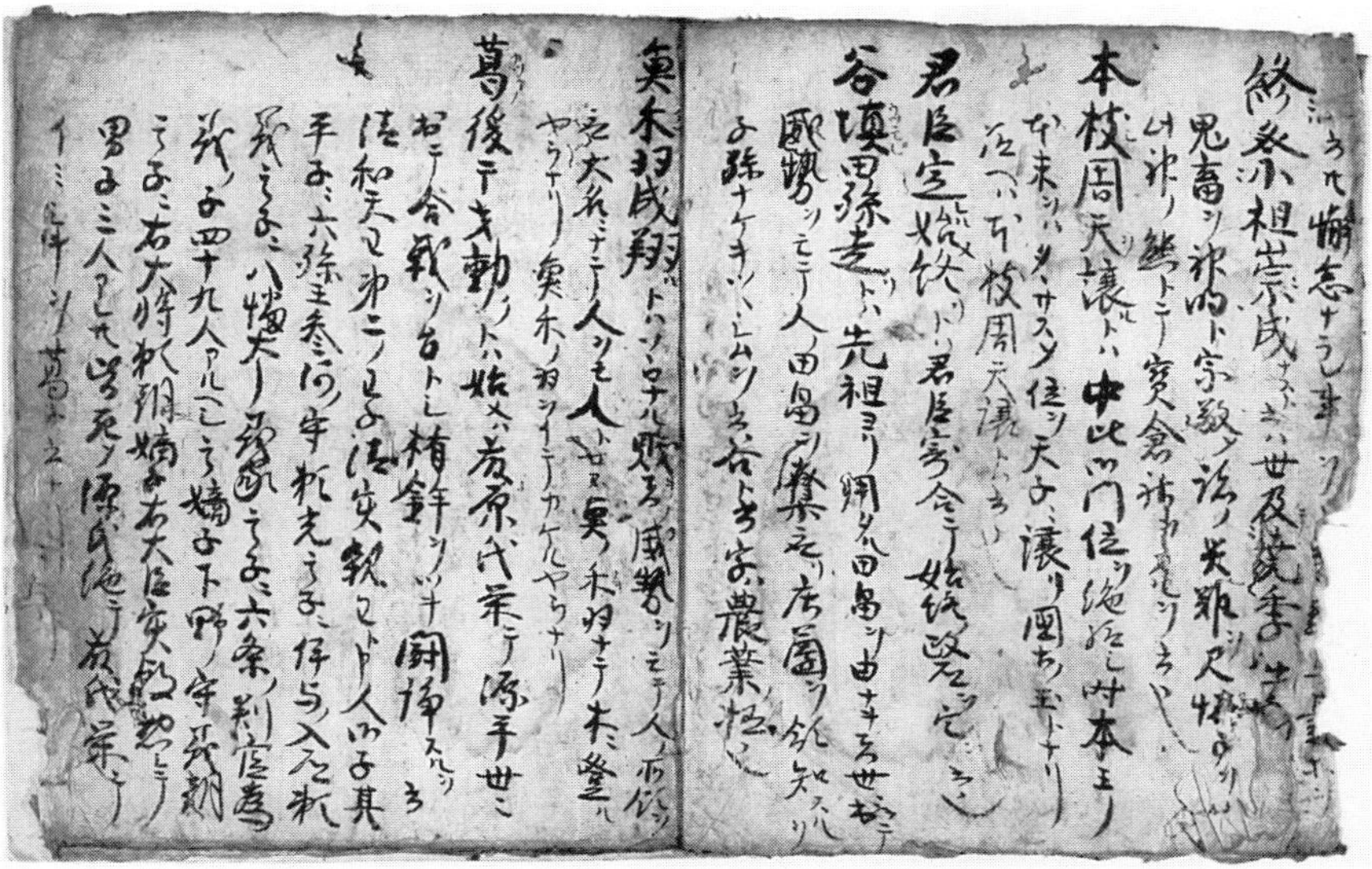

5

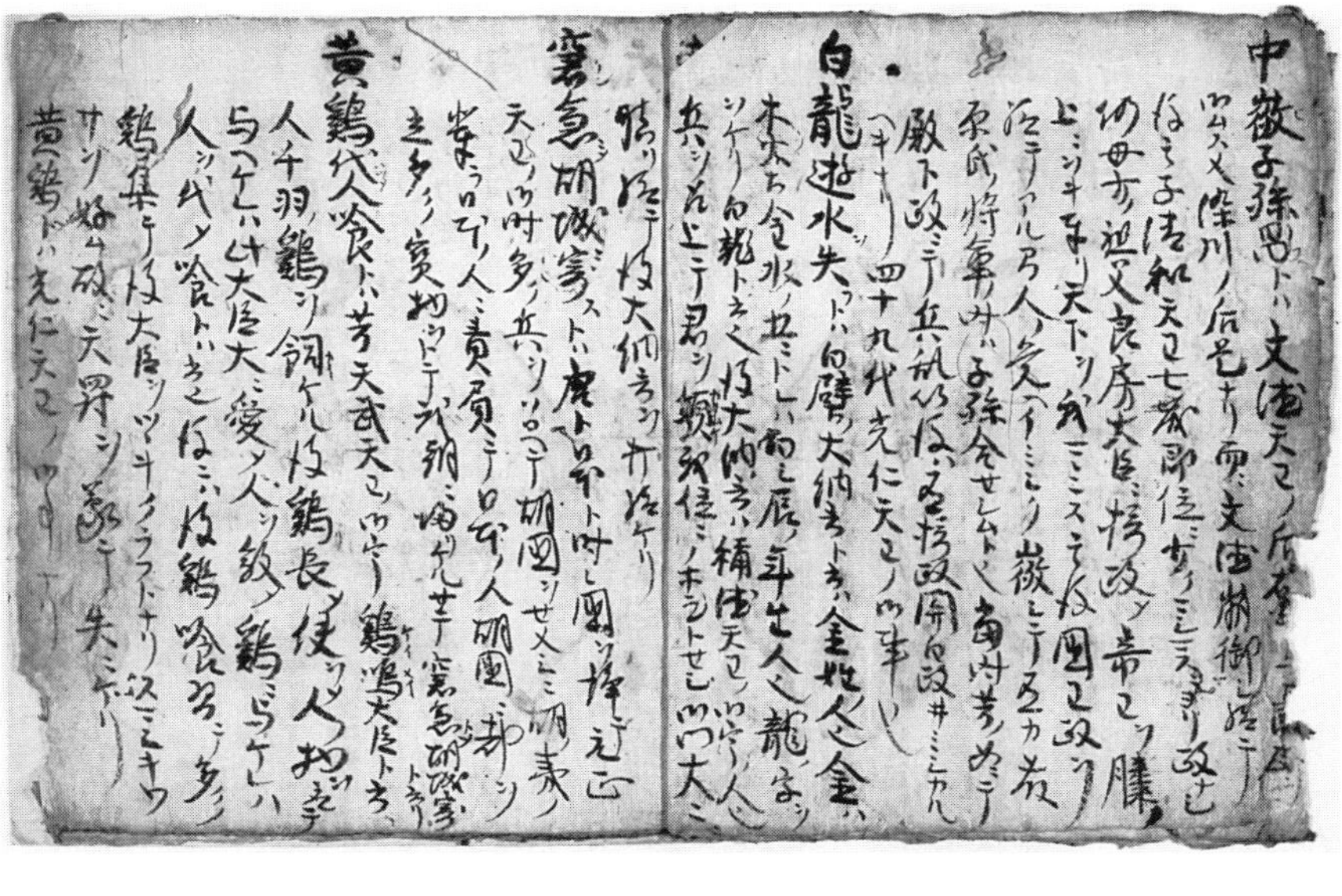

6

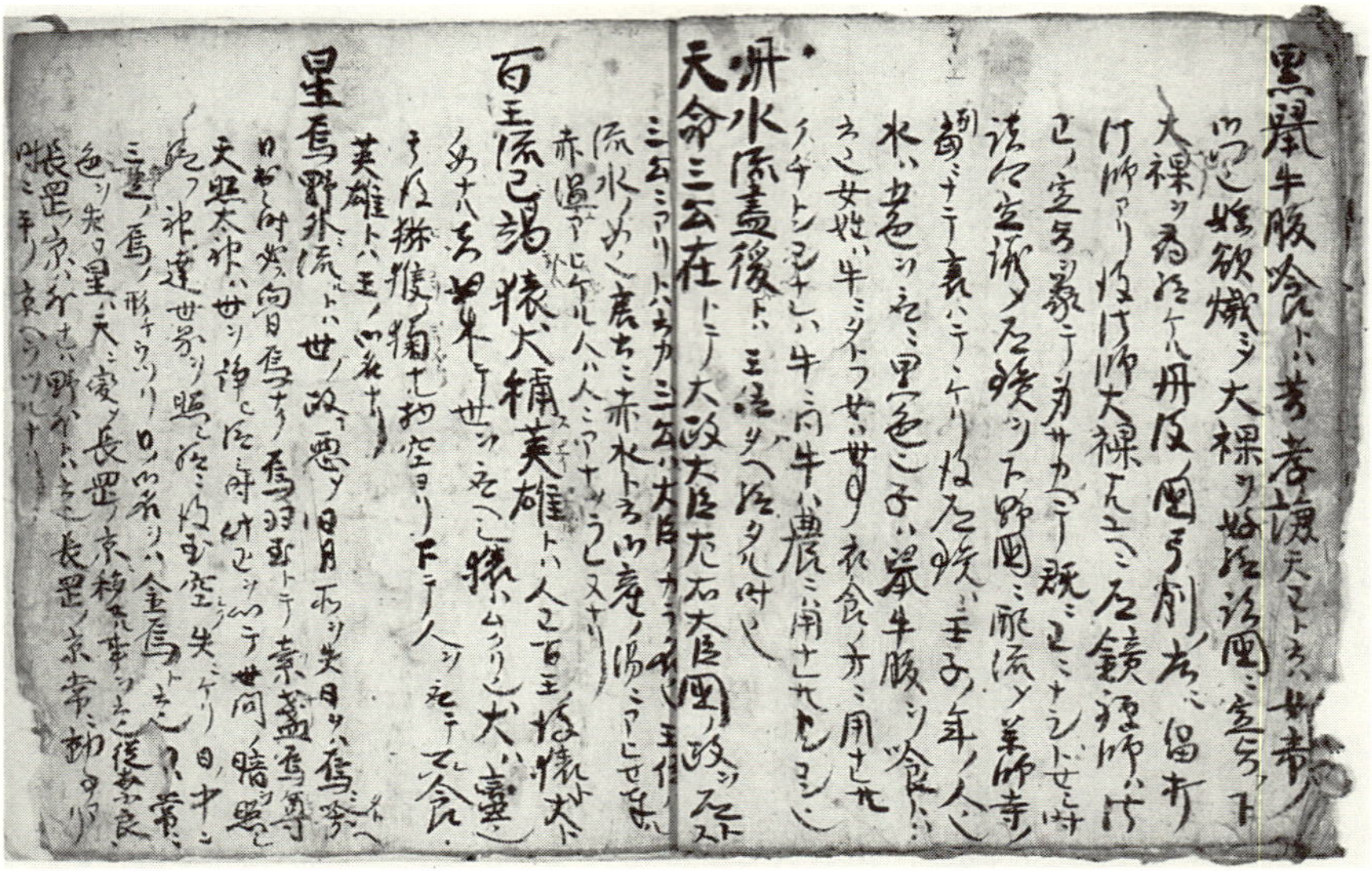

7

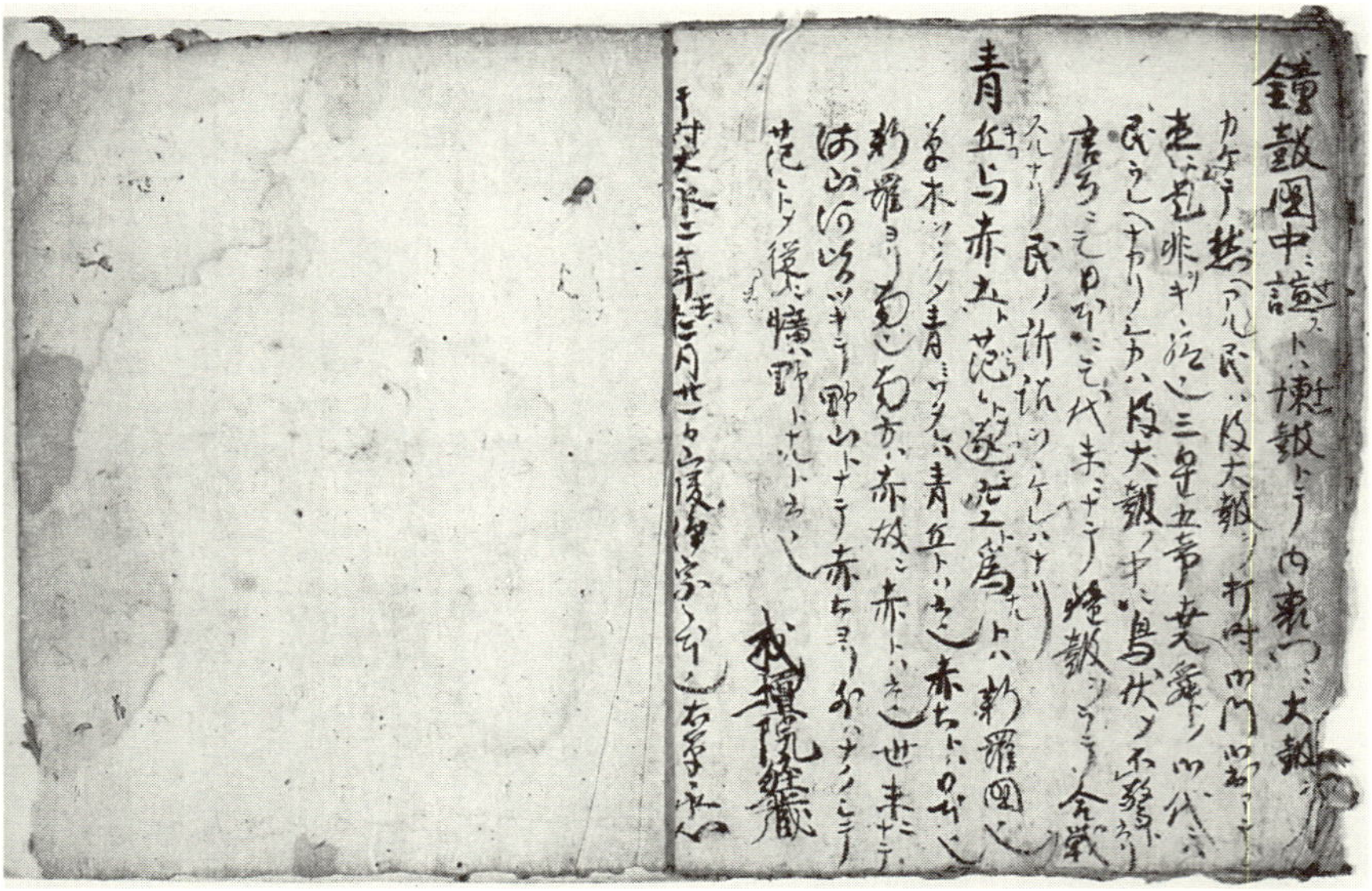

8

二　陽明文庫蔵『長琵野頭説』

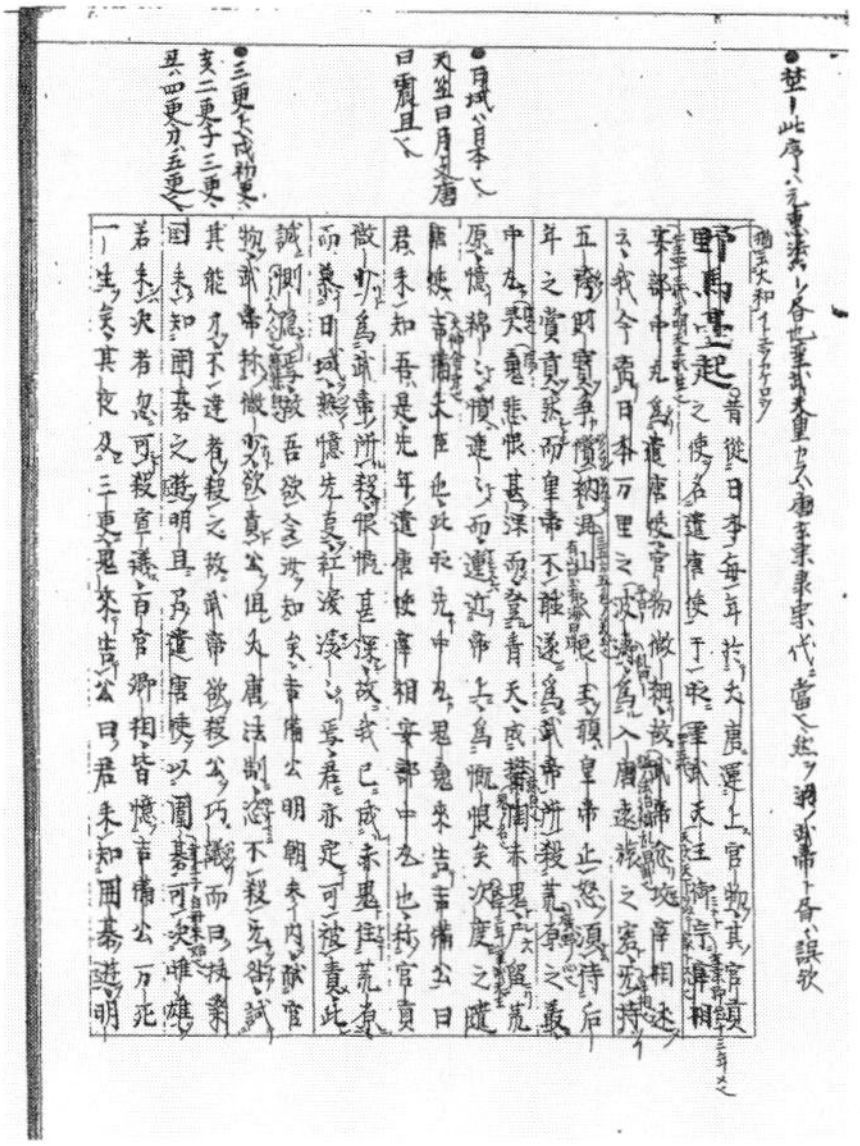

1

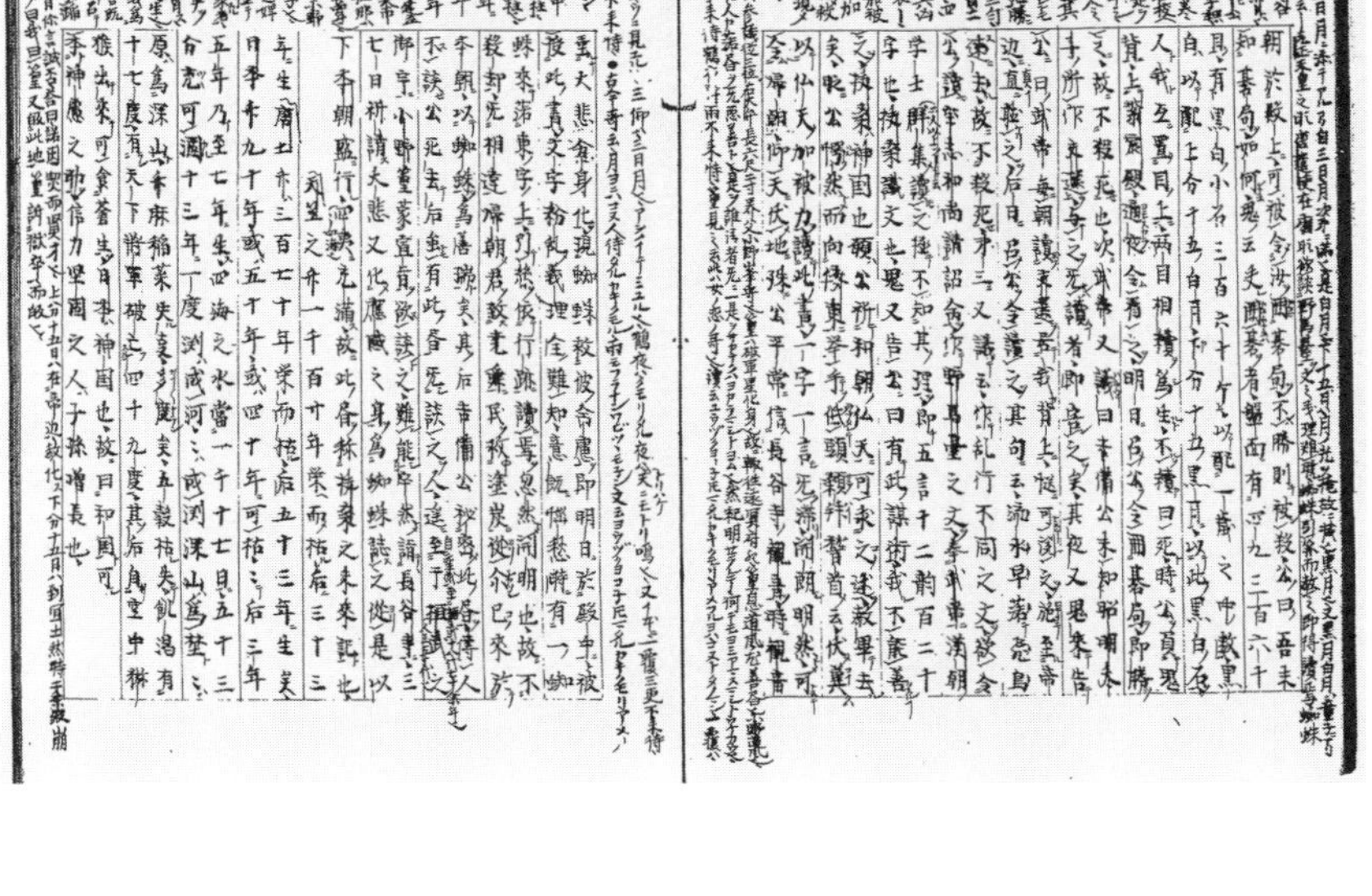

2

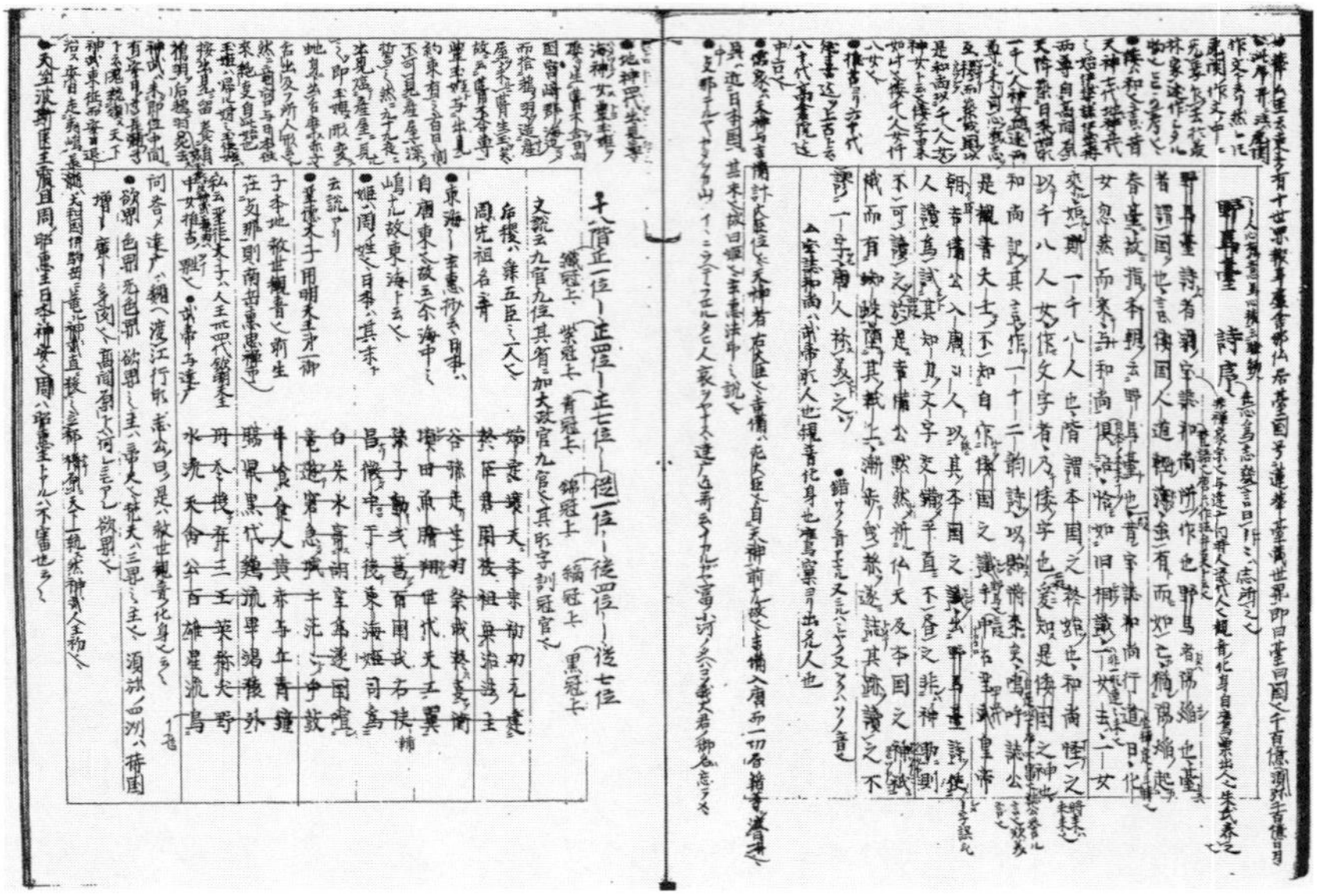

3

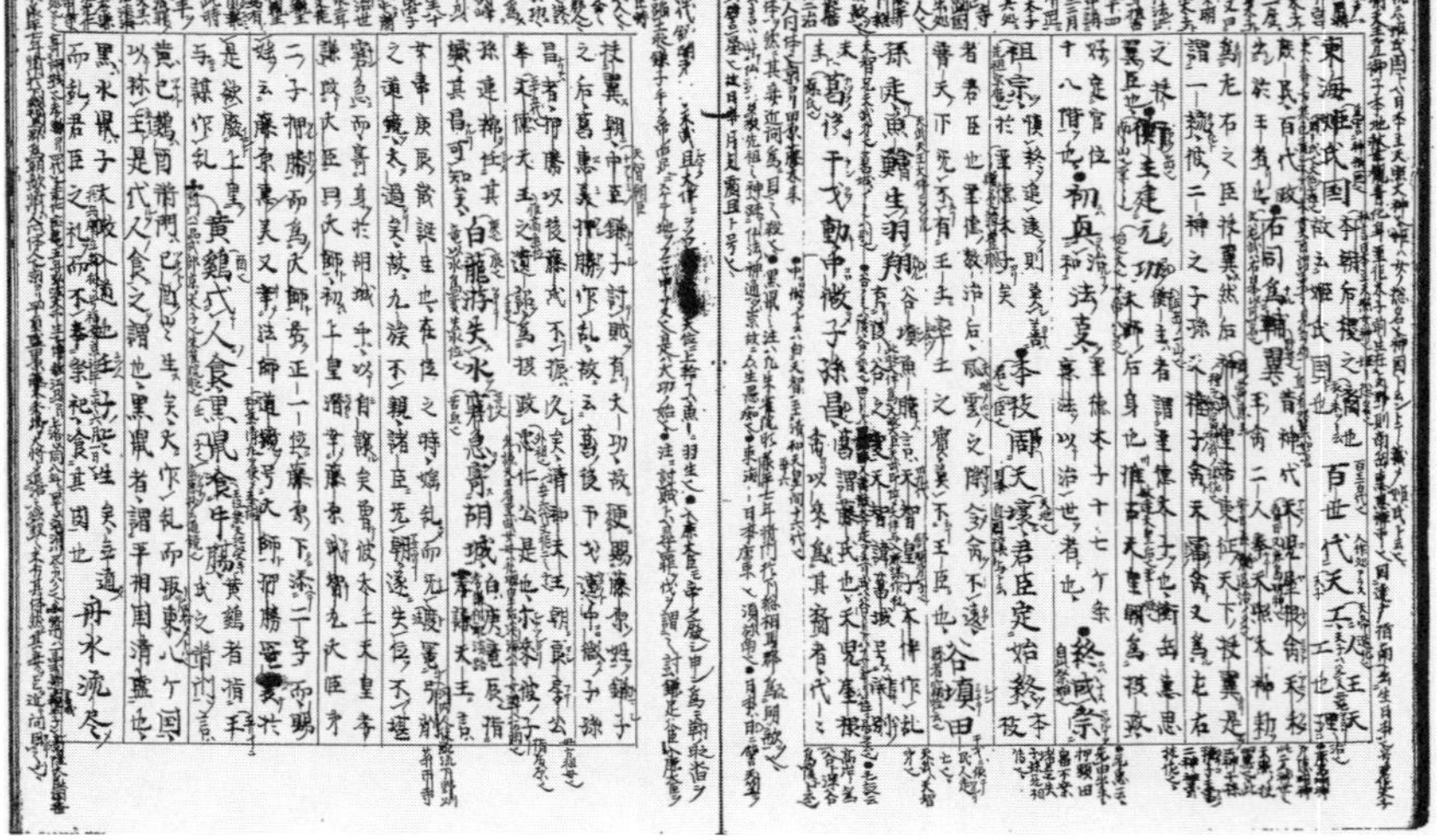

4

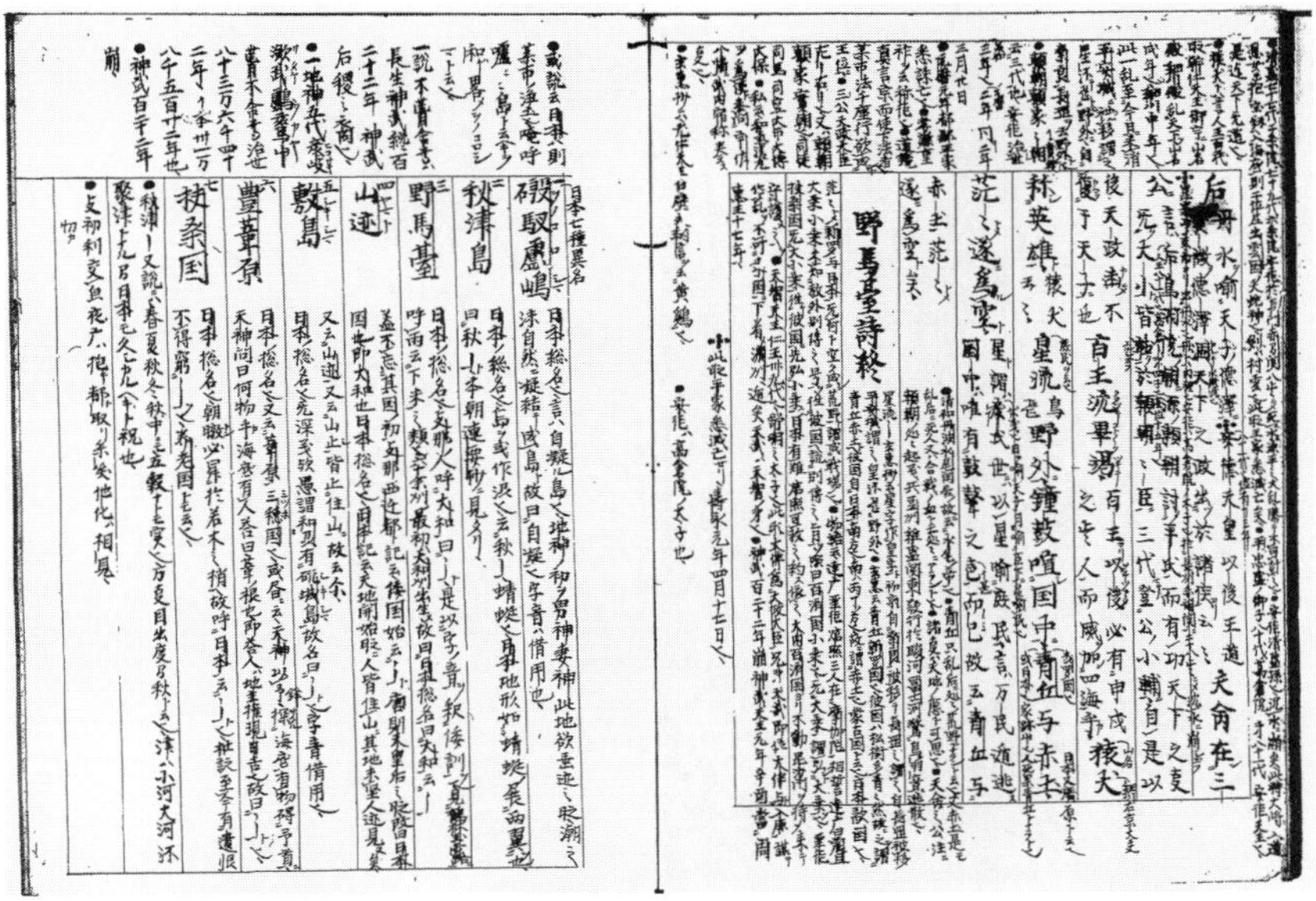

5

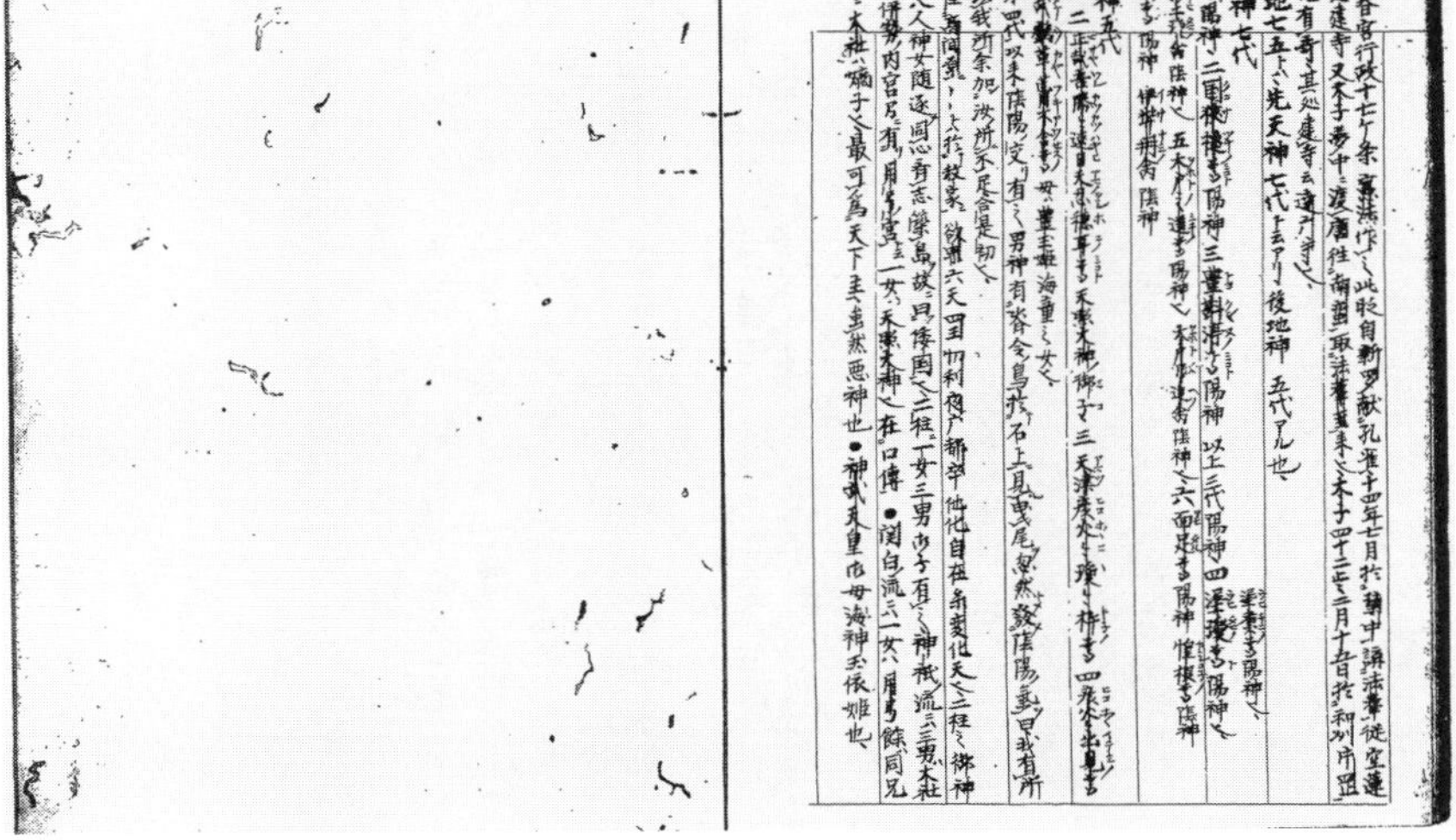

6

三　仏法紹隆寺蔵『歌行詩』

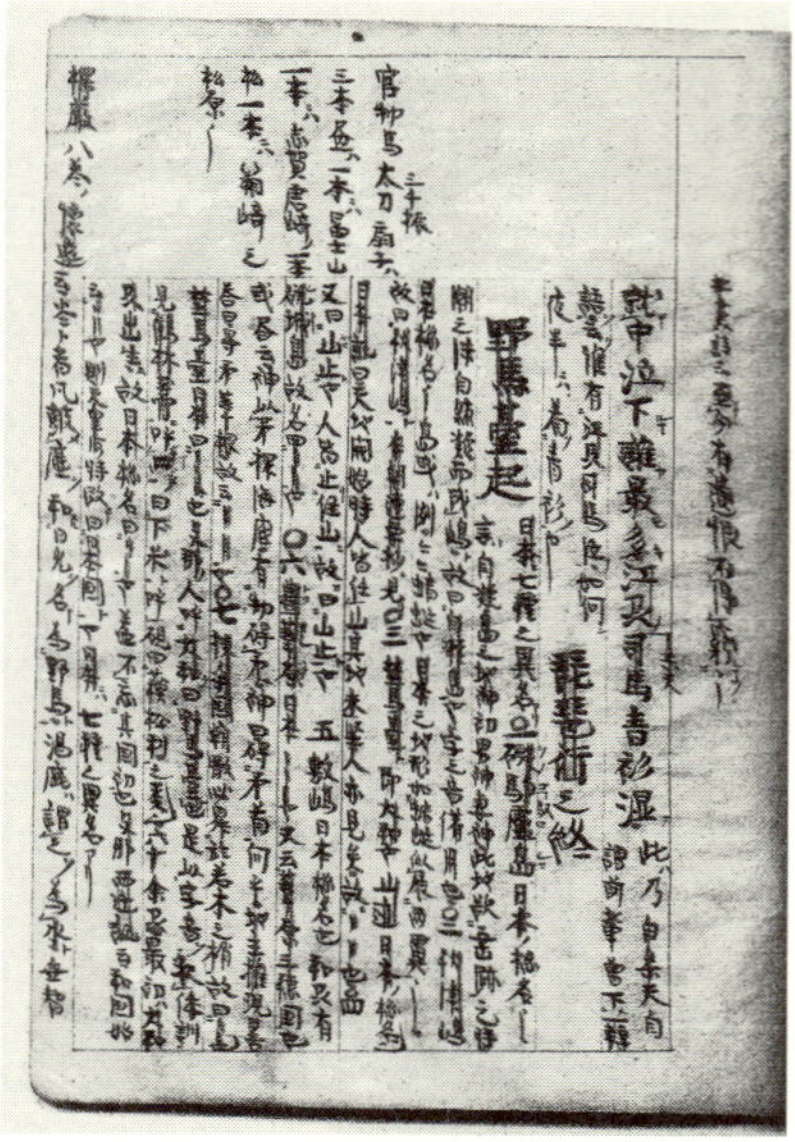
1

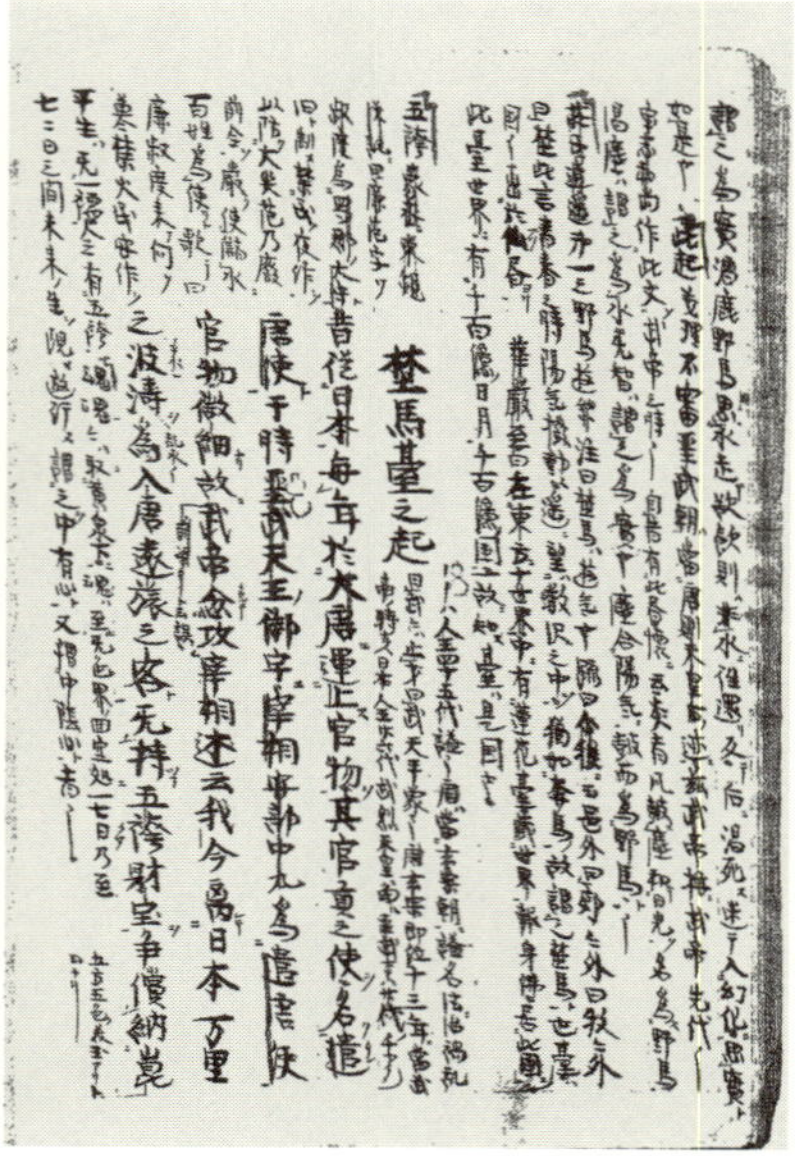
2

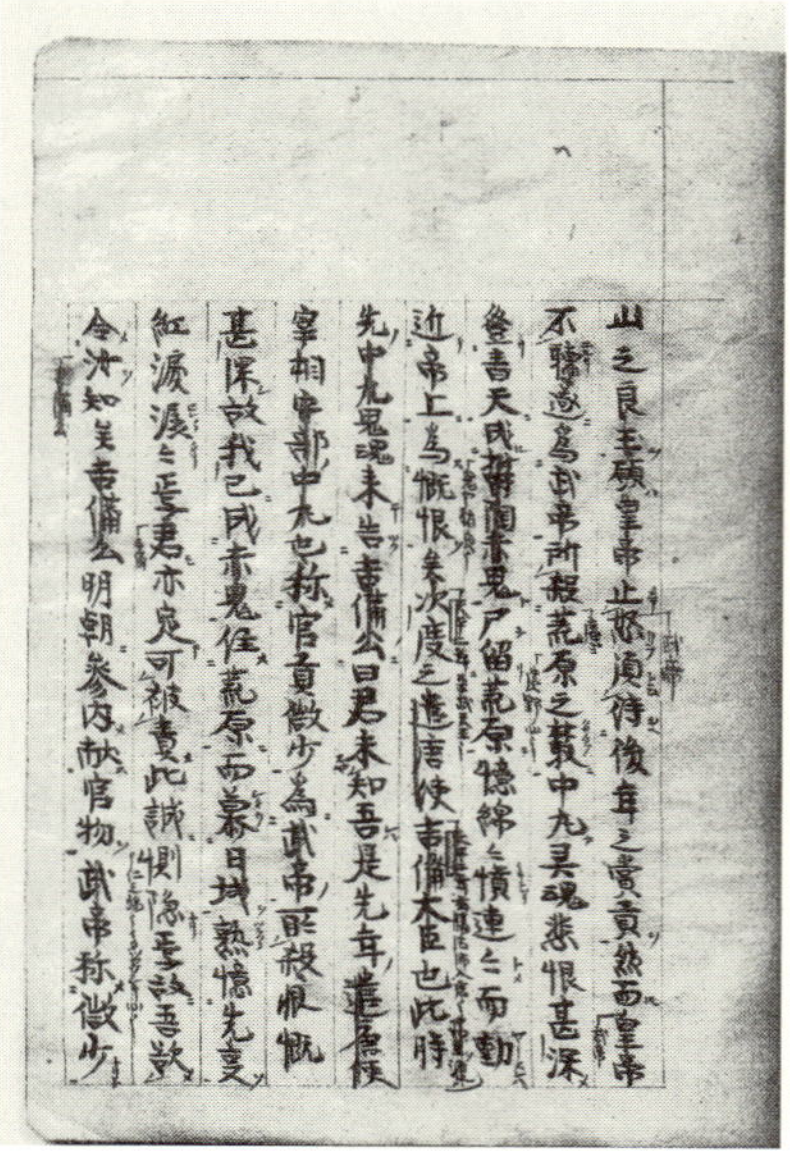
3

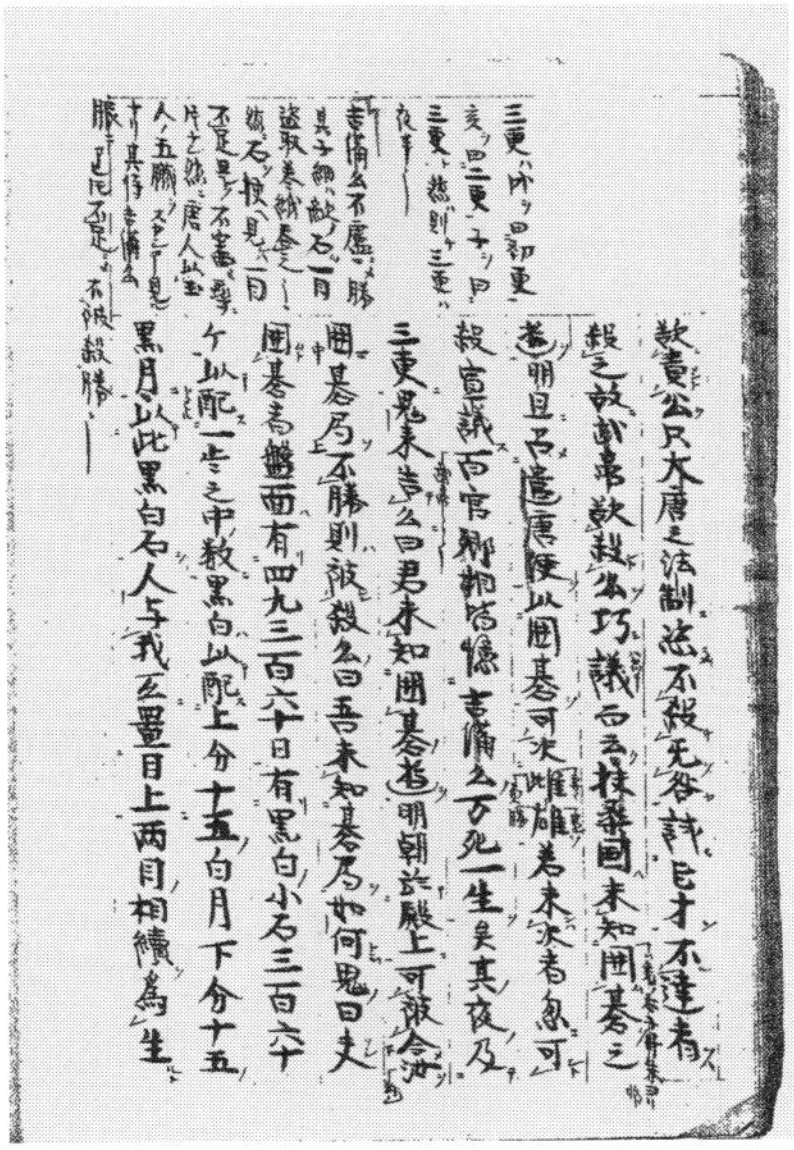

4

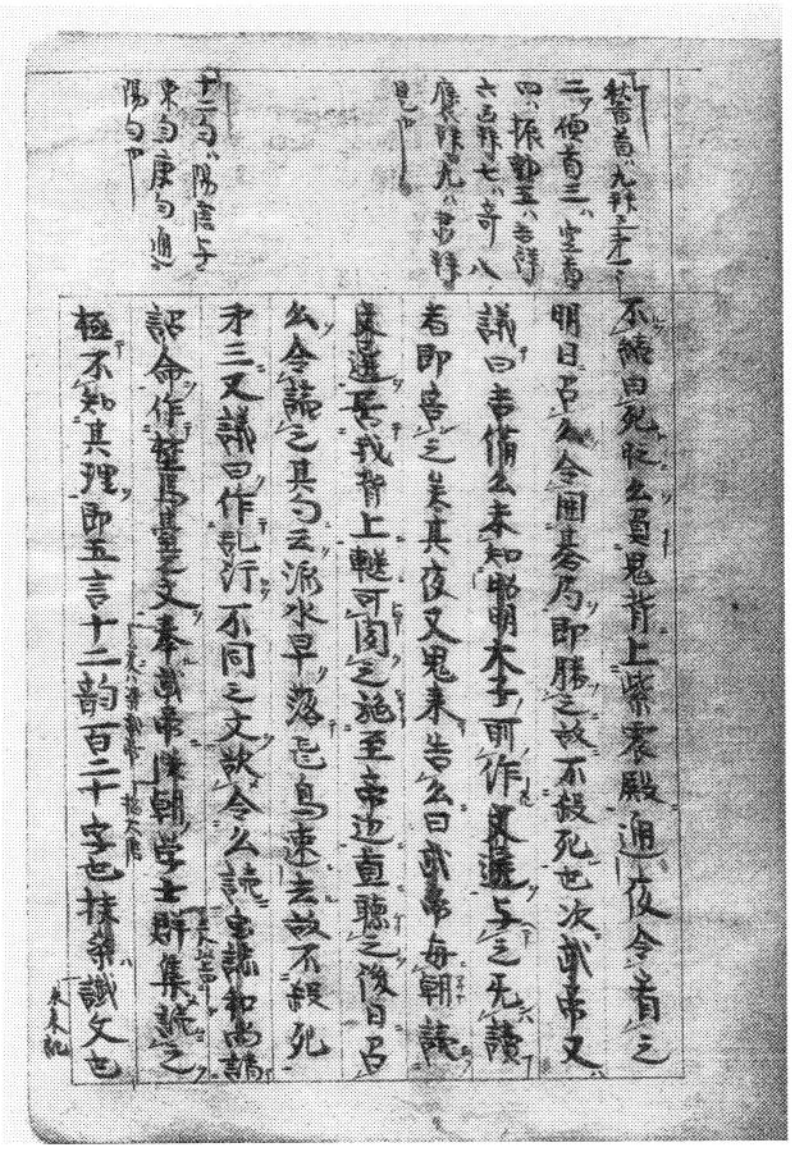

5

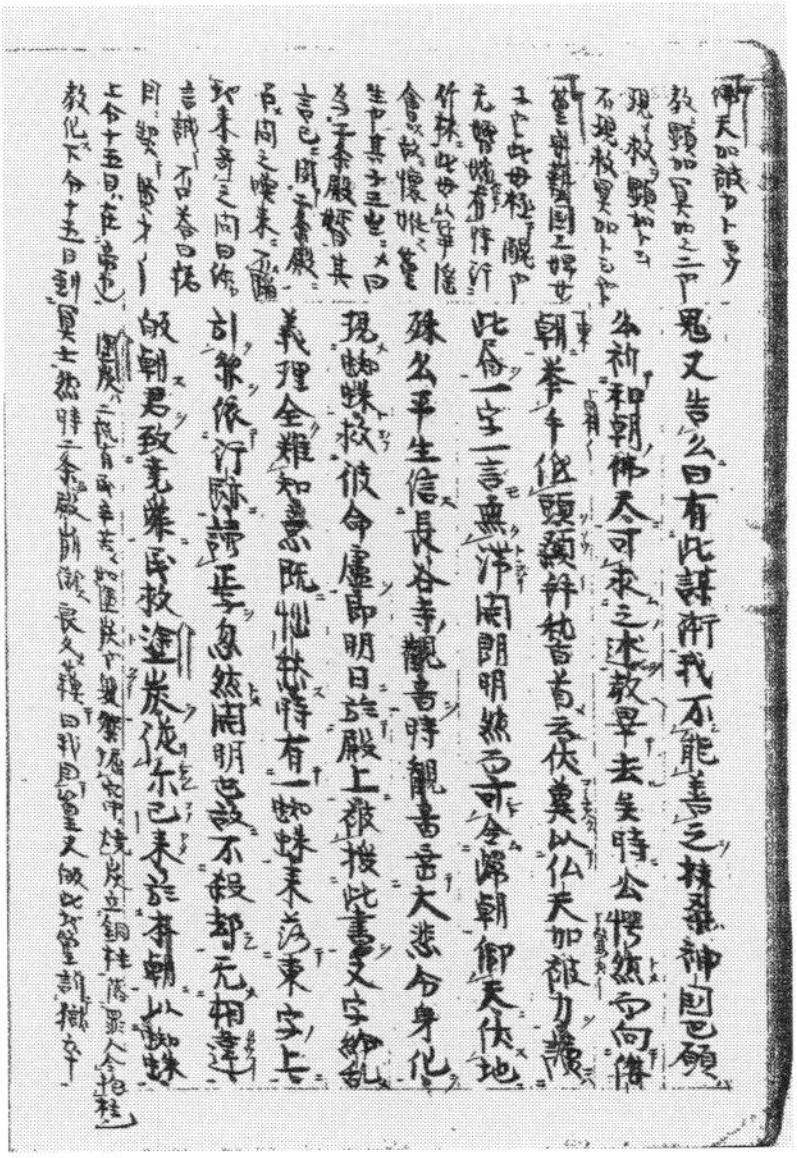

6

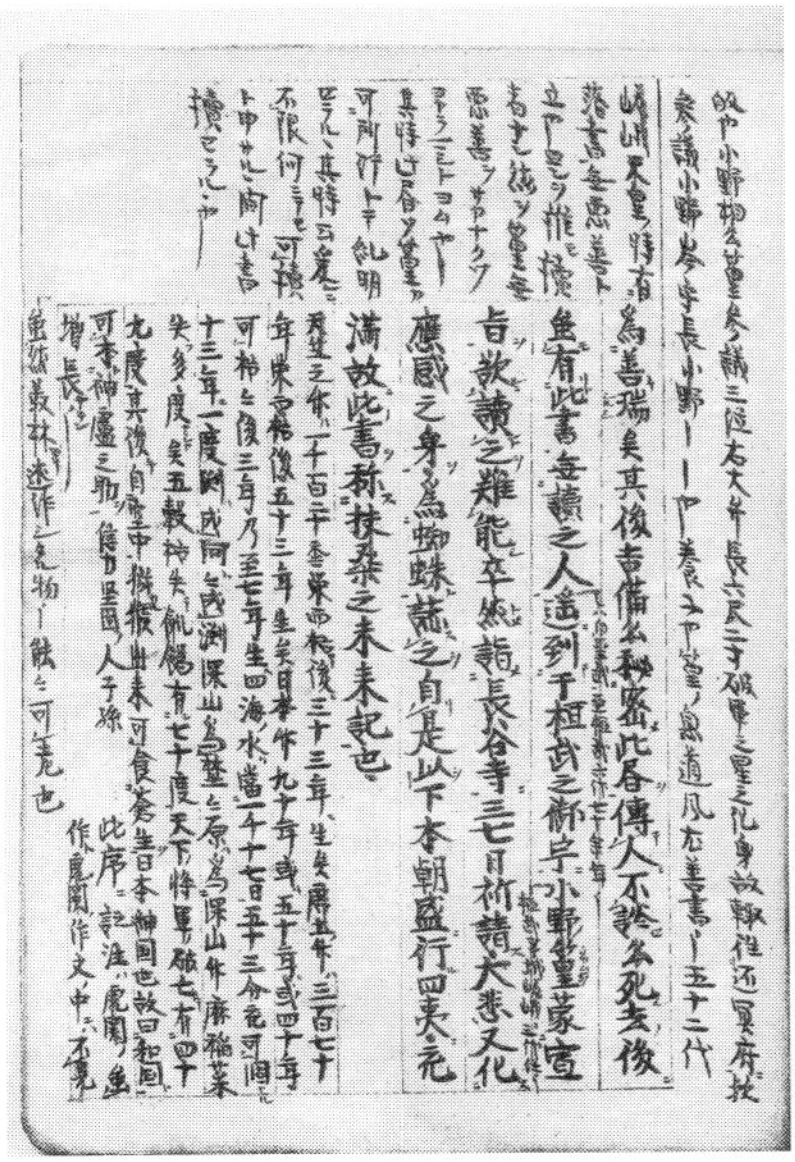

7

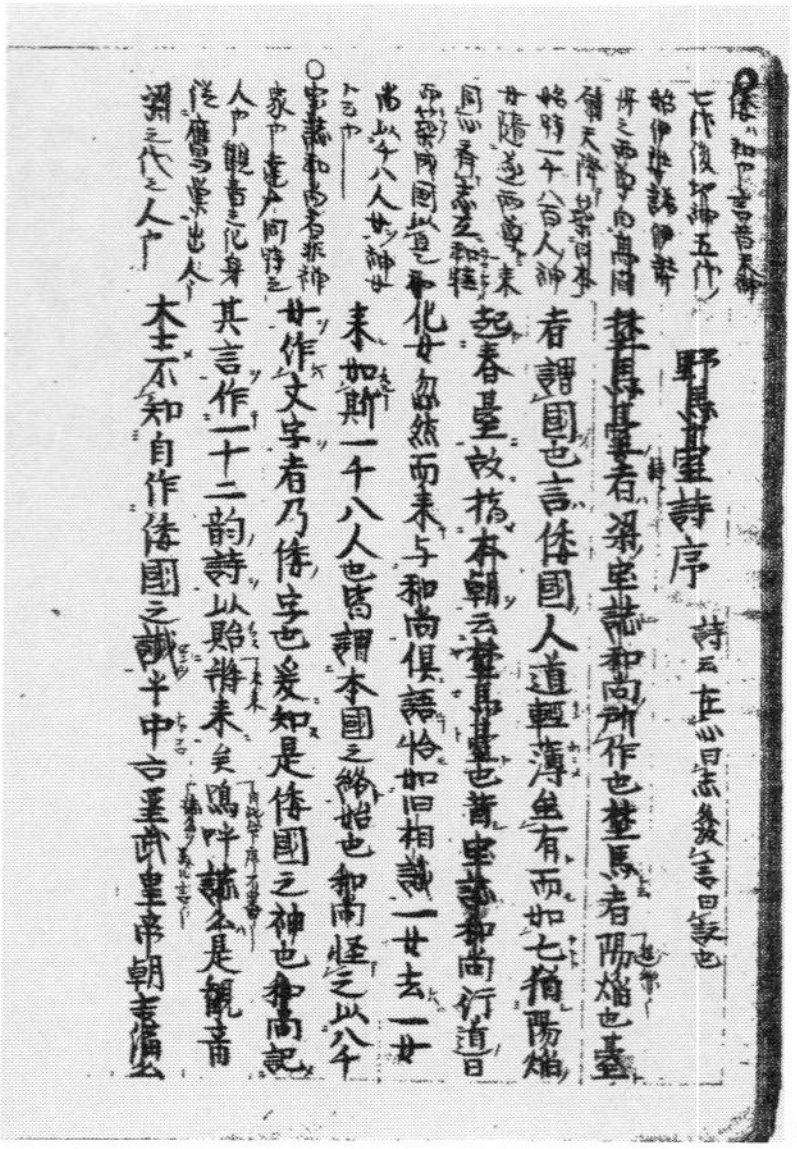

8

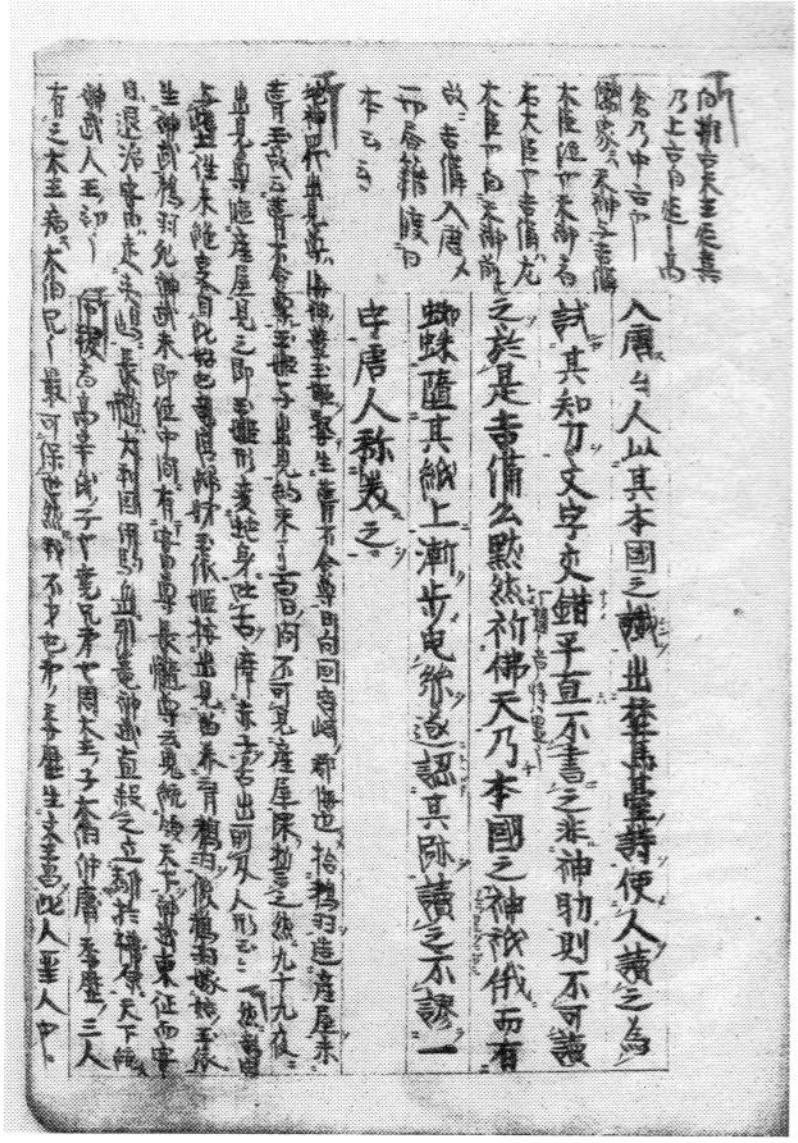

9

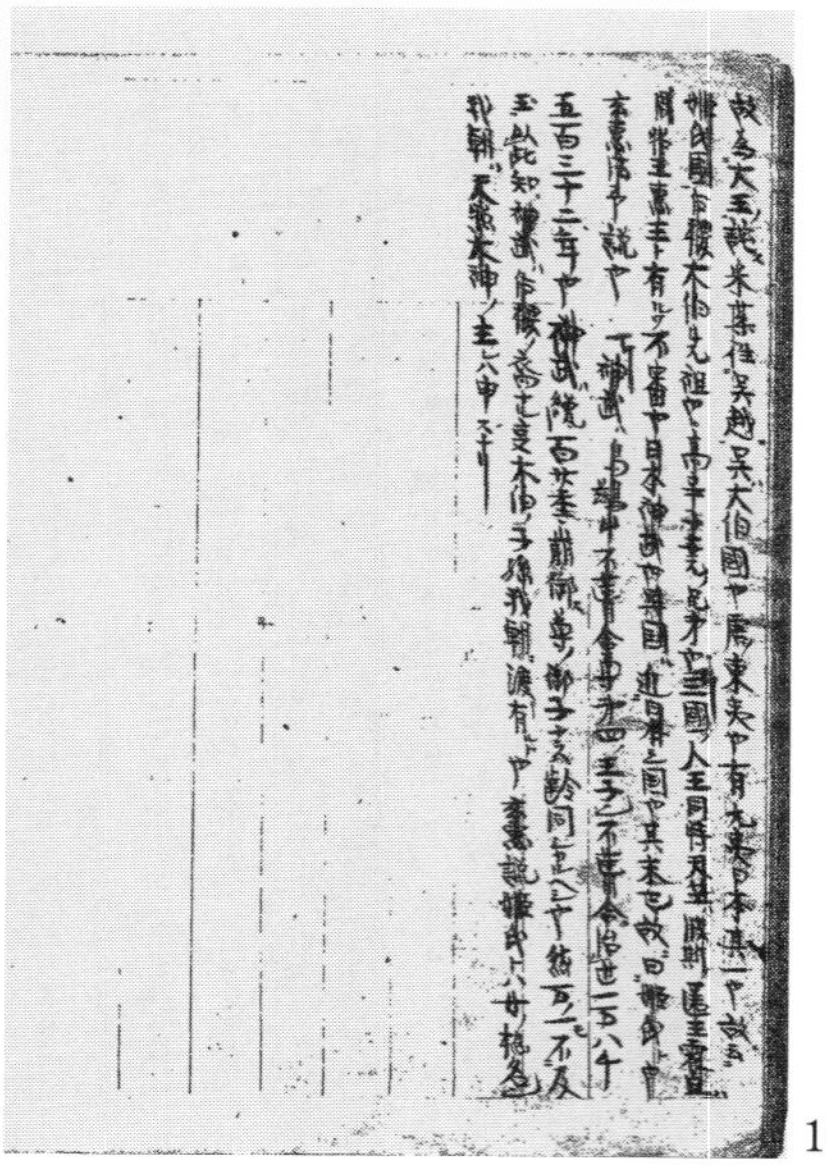

10

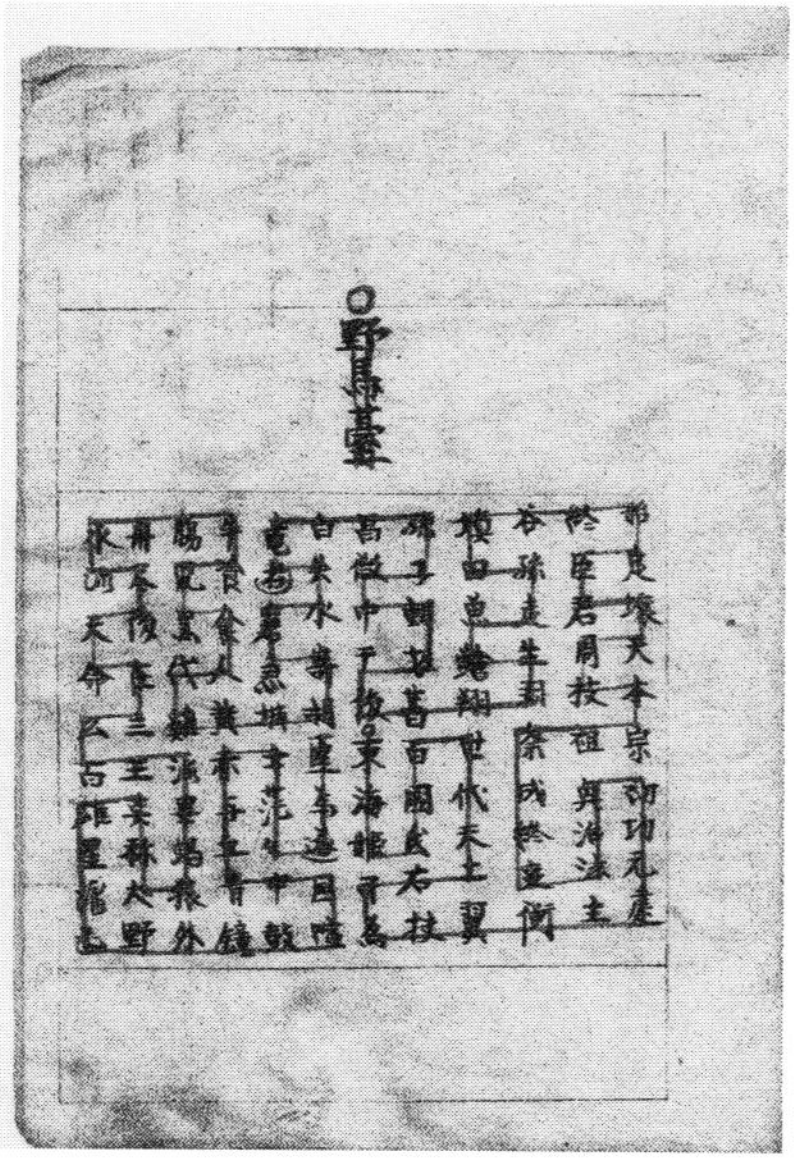

11

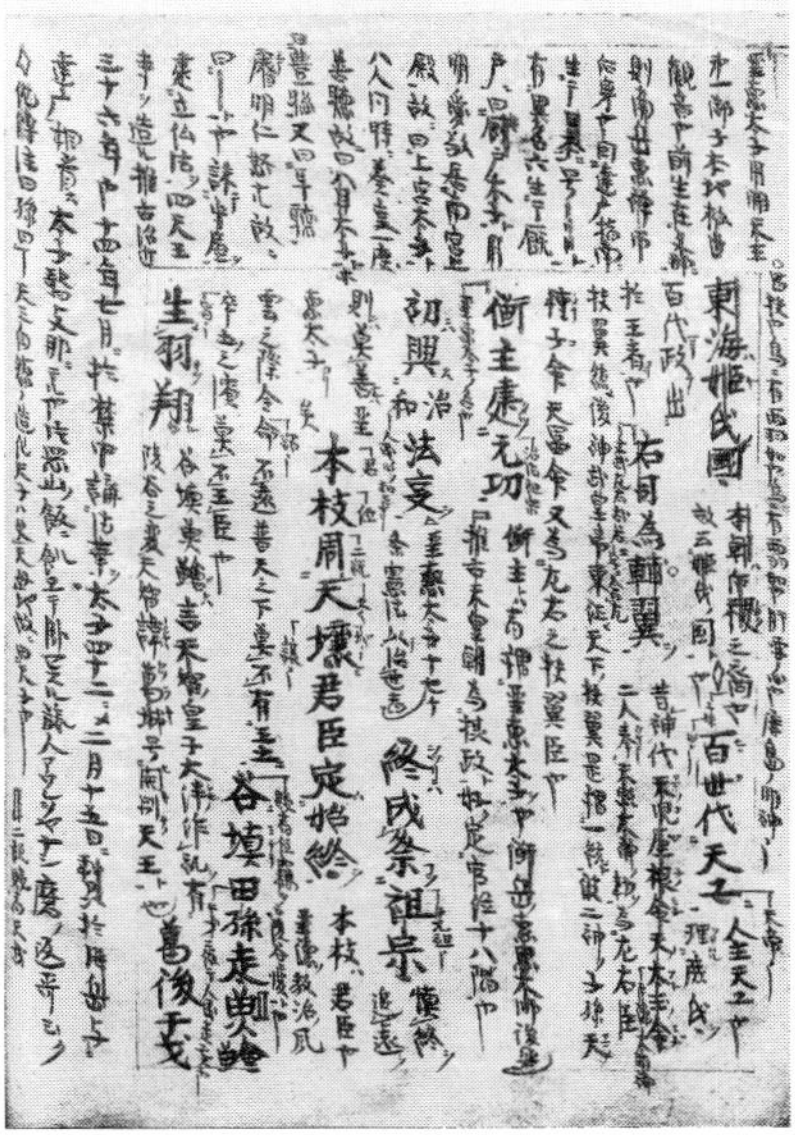
12

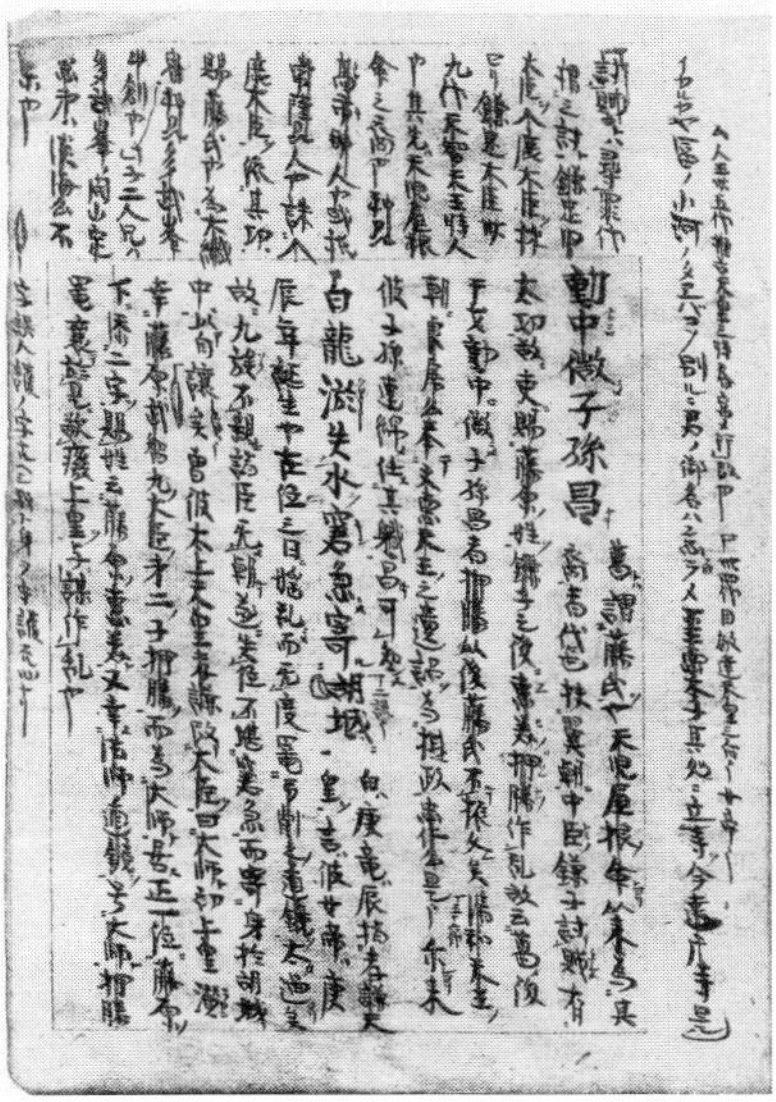
13

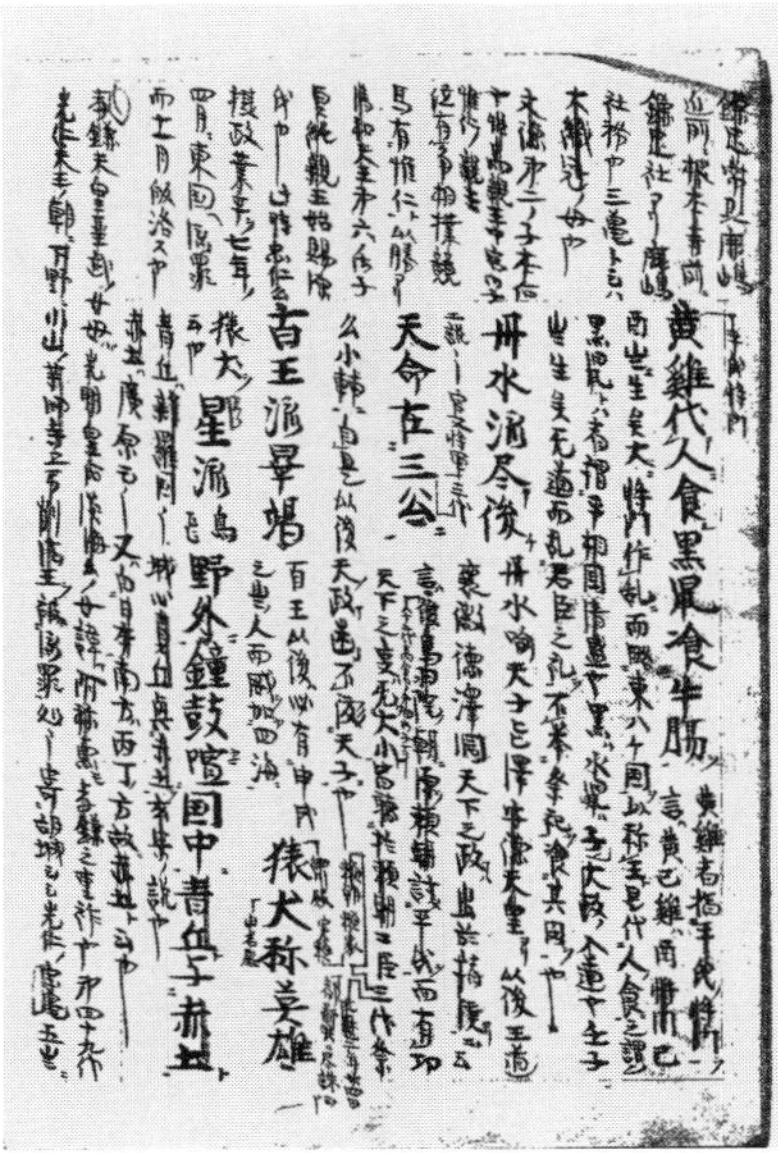
14

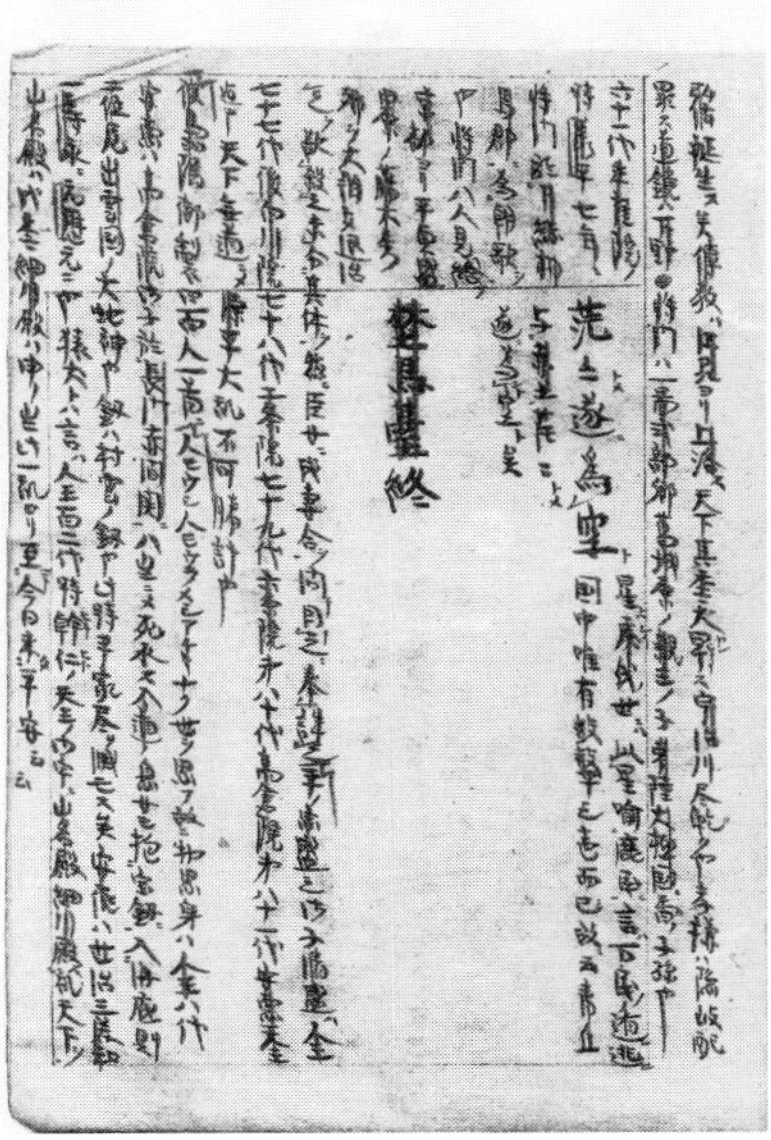
15

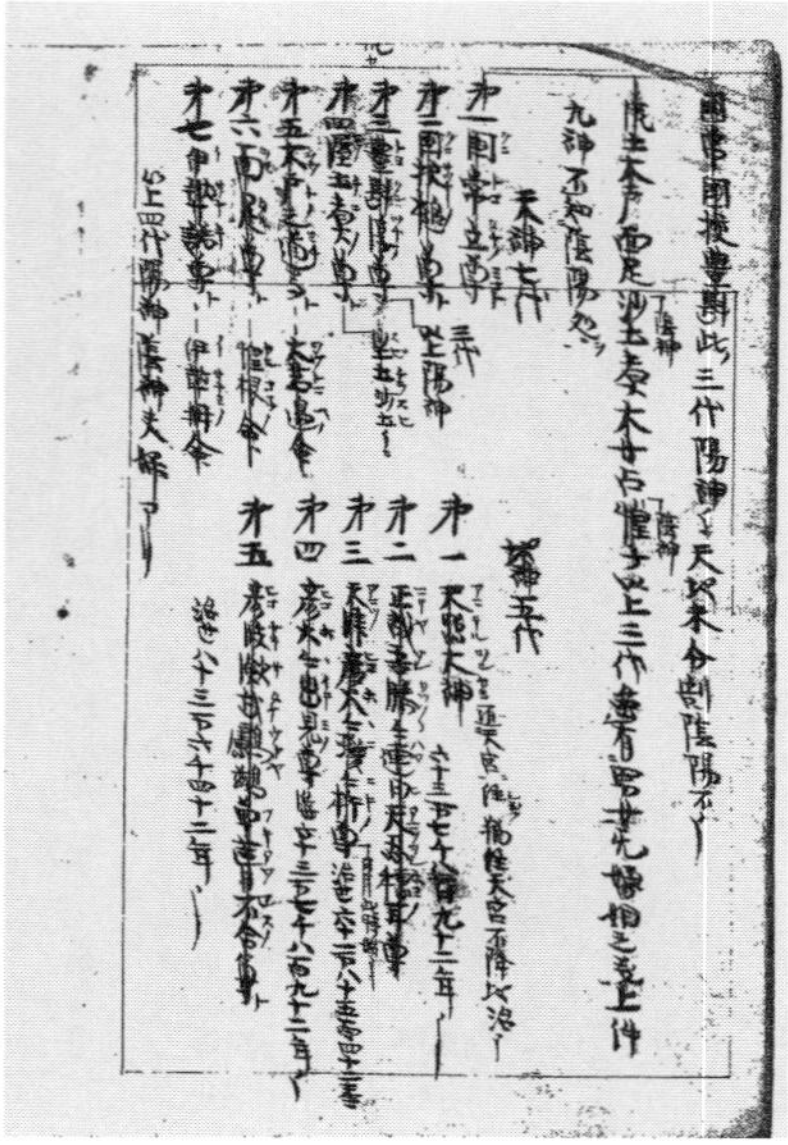

16

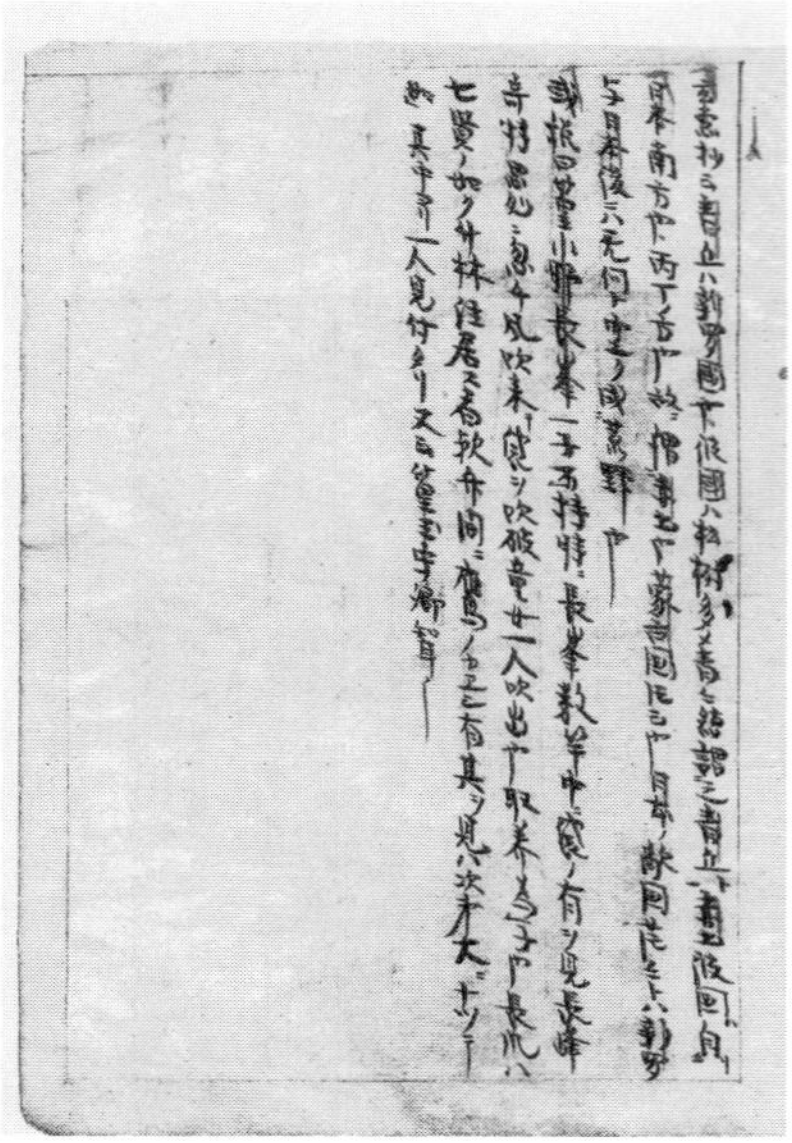

17

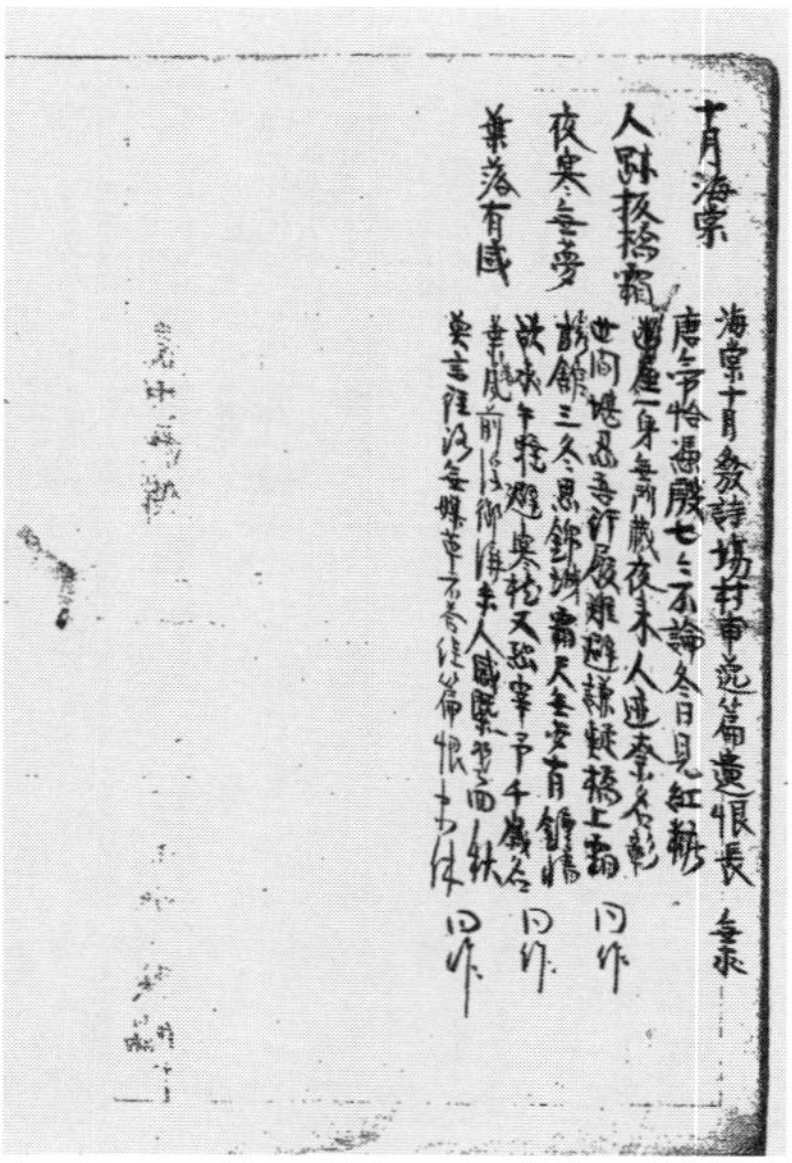

18

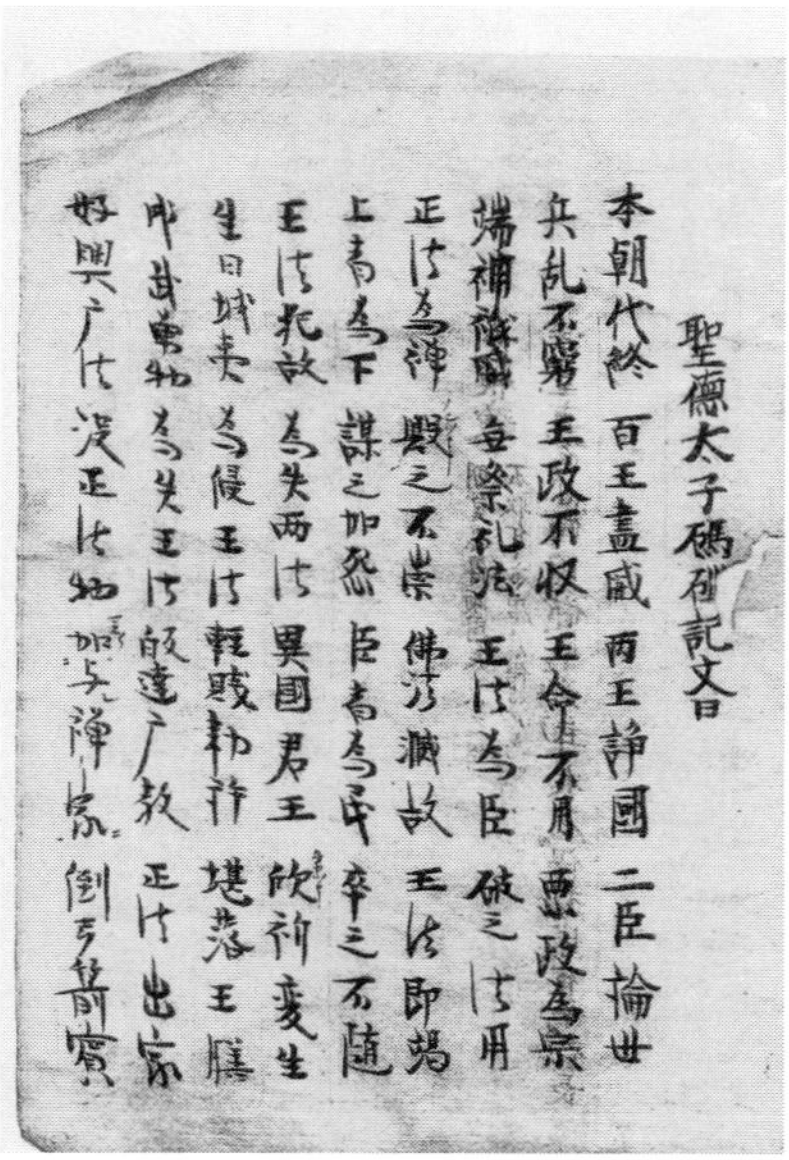
聖徳太子碼碣記文曰
本朝代終　百王盡滅　两王諍國　二臣論世
兵乱不窮　王政不收　王命不用　悪政為宗
端禰滅　無祭礼法　王法為臣　破之法用
正法為禅　毀之不崇　佛法滅　故王法即竭
上者為下　謀之加怨　臣者為民　卒之不随
王法死故　為失两法　異國君王　欣祈変生
生日域者　為侵王法　軽賤勅詐　堪落王膳
成出萬物　為失王法　啟達広教　正法出家
好興広法　没正法物　加之禅家　倒弓箭賓

19

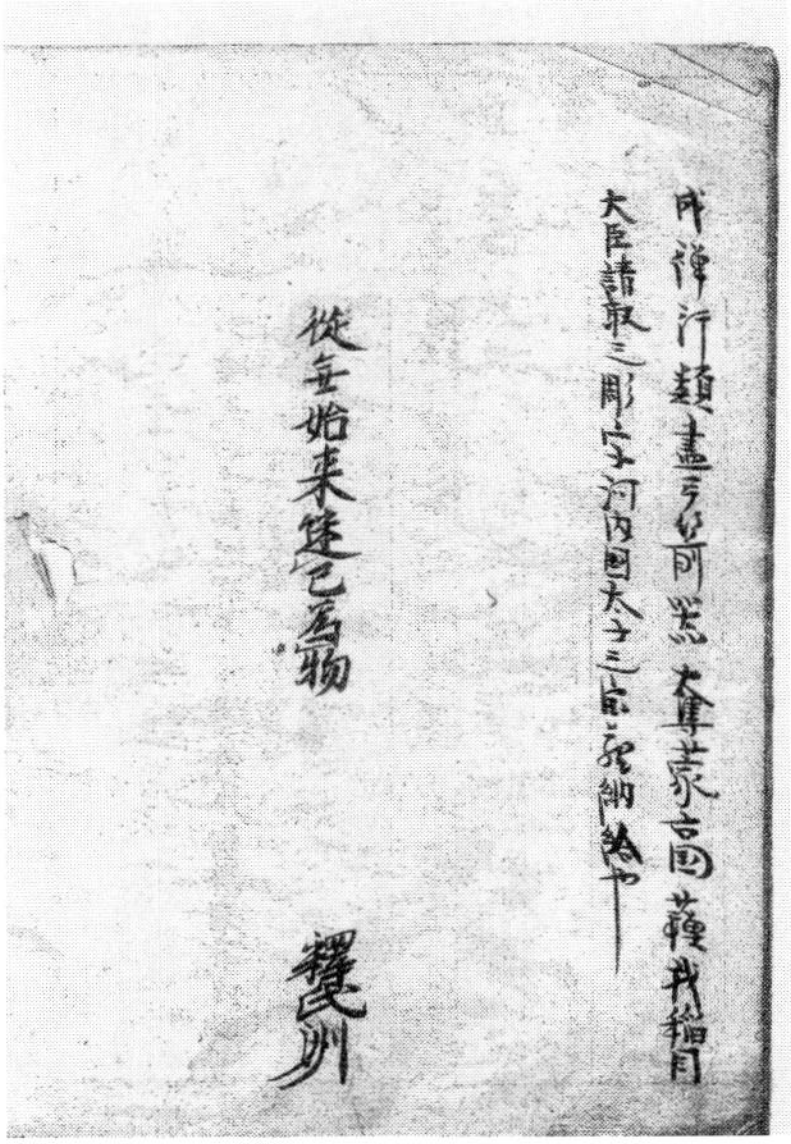

20

四　宮城県立図書館　伊達文庫蔵『長琵琶野三註』

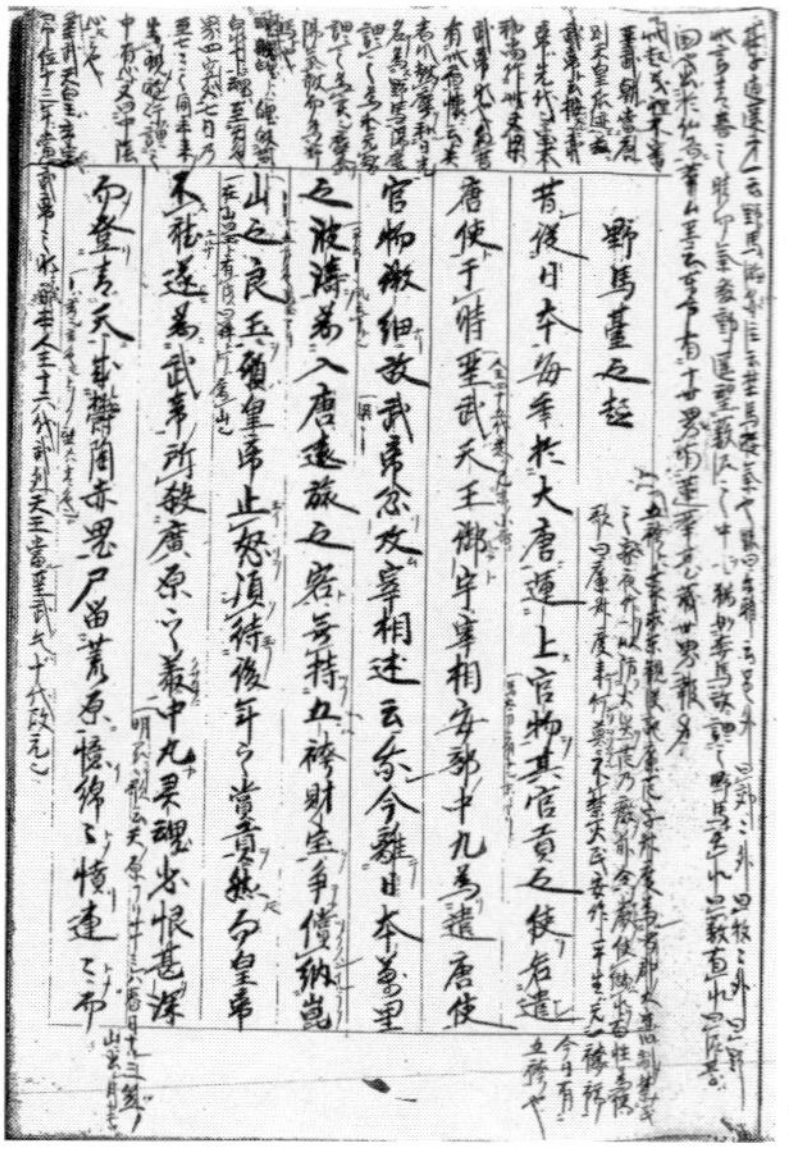

1

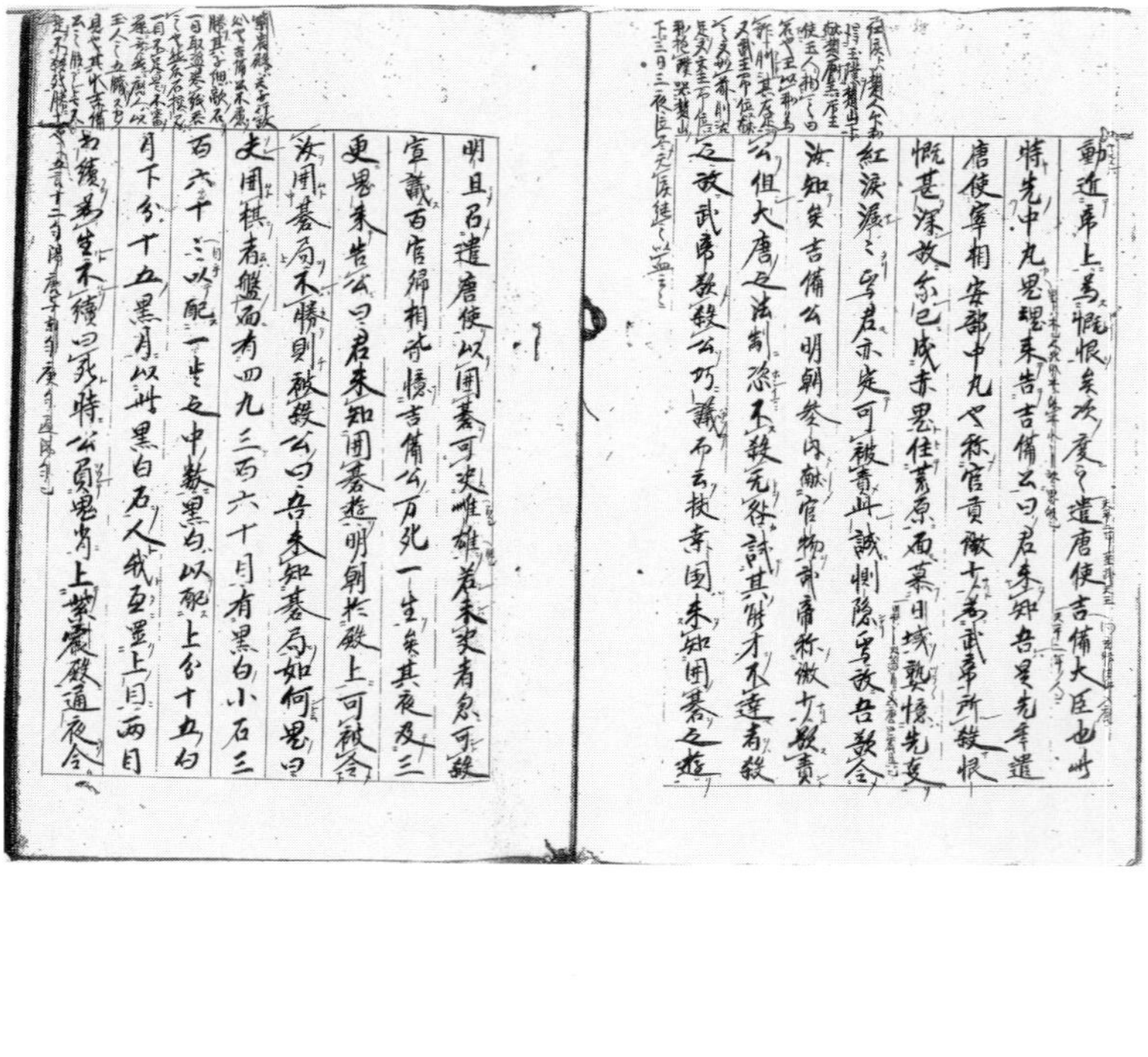

2

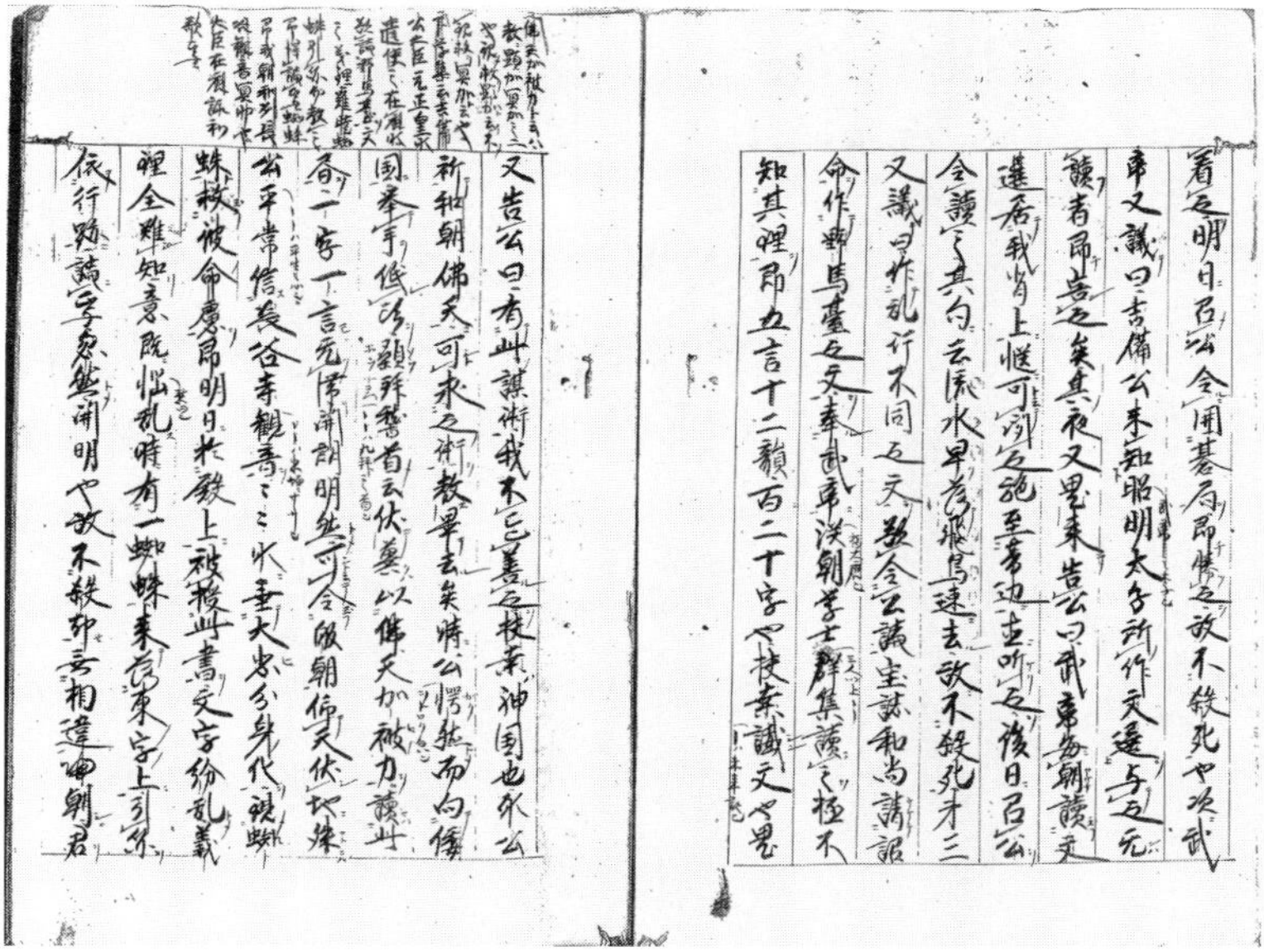

3

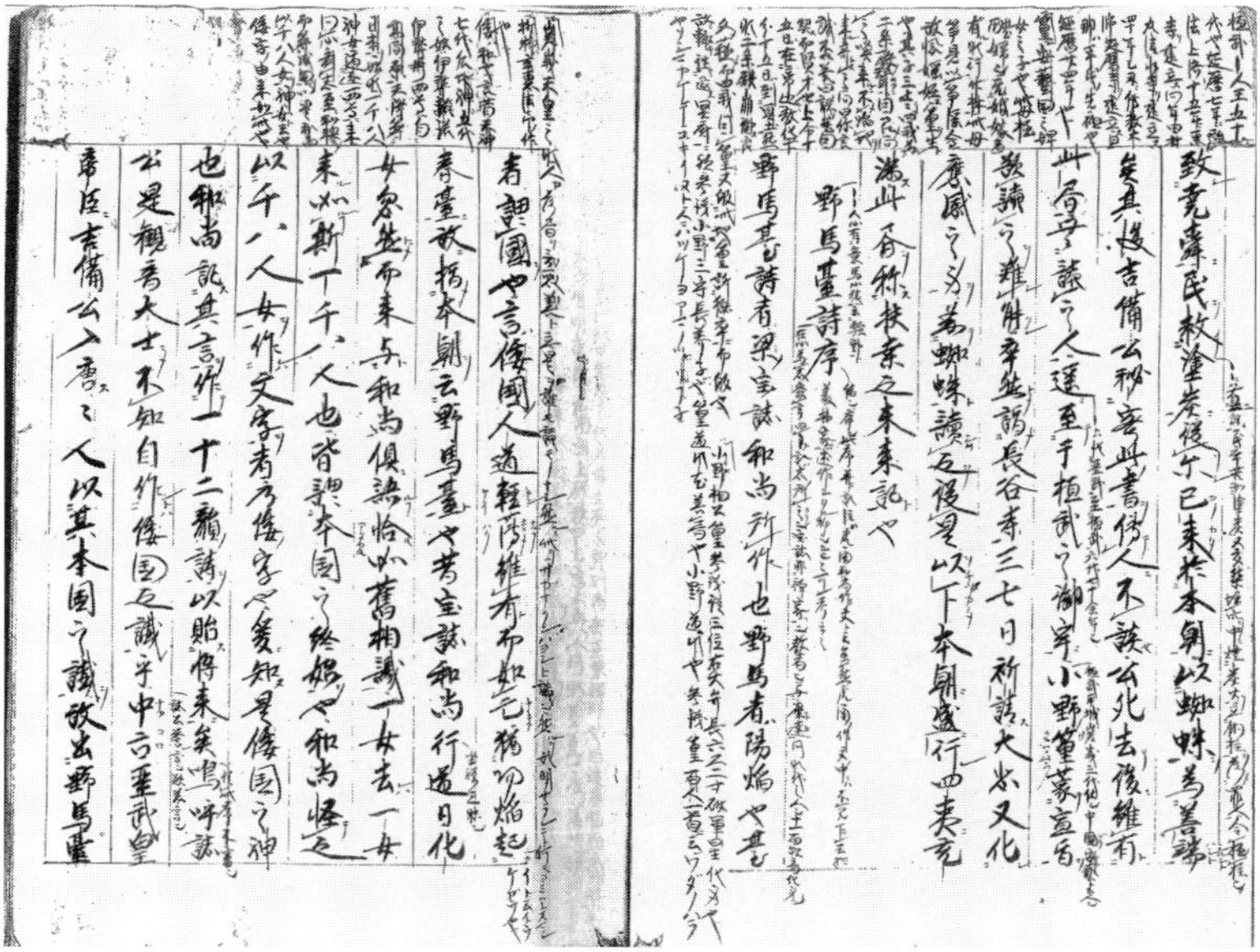

4

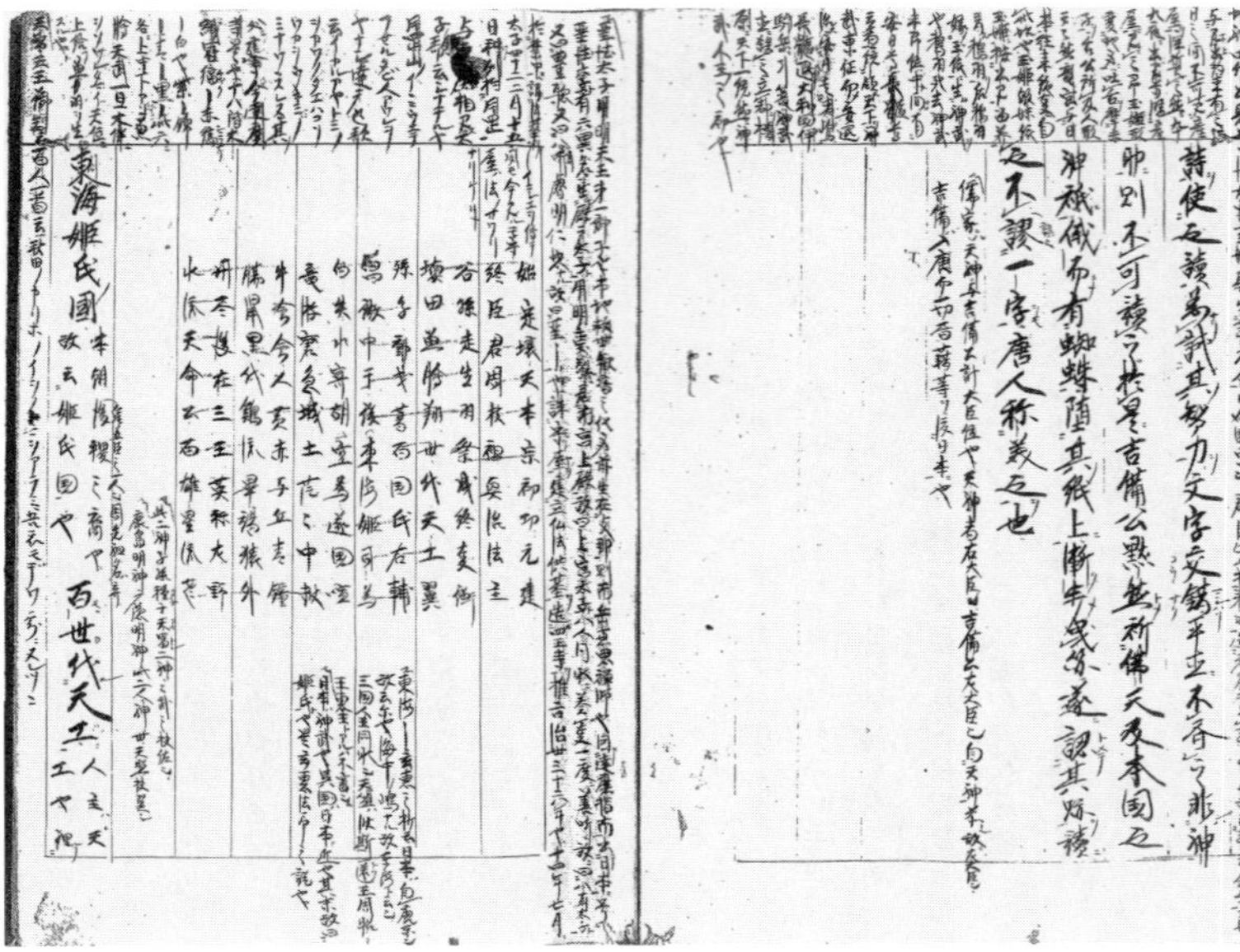

5

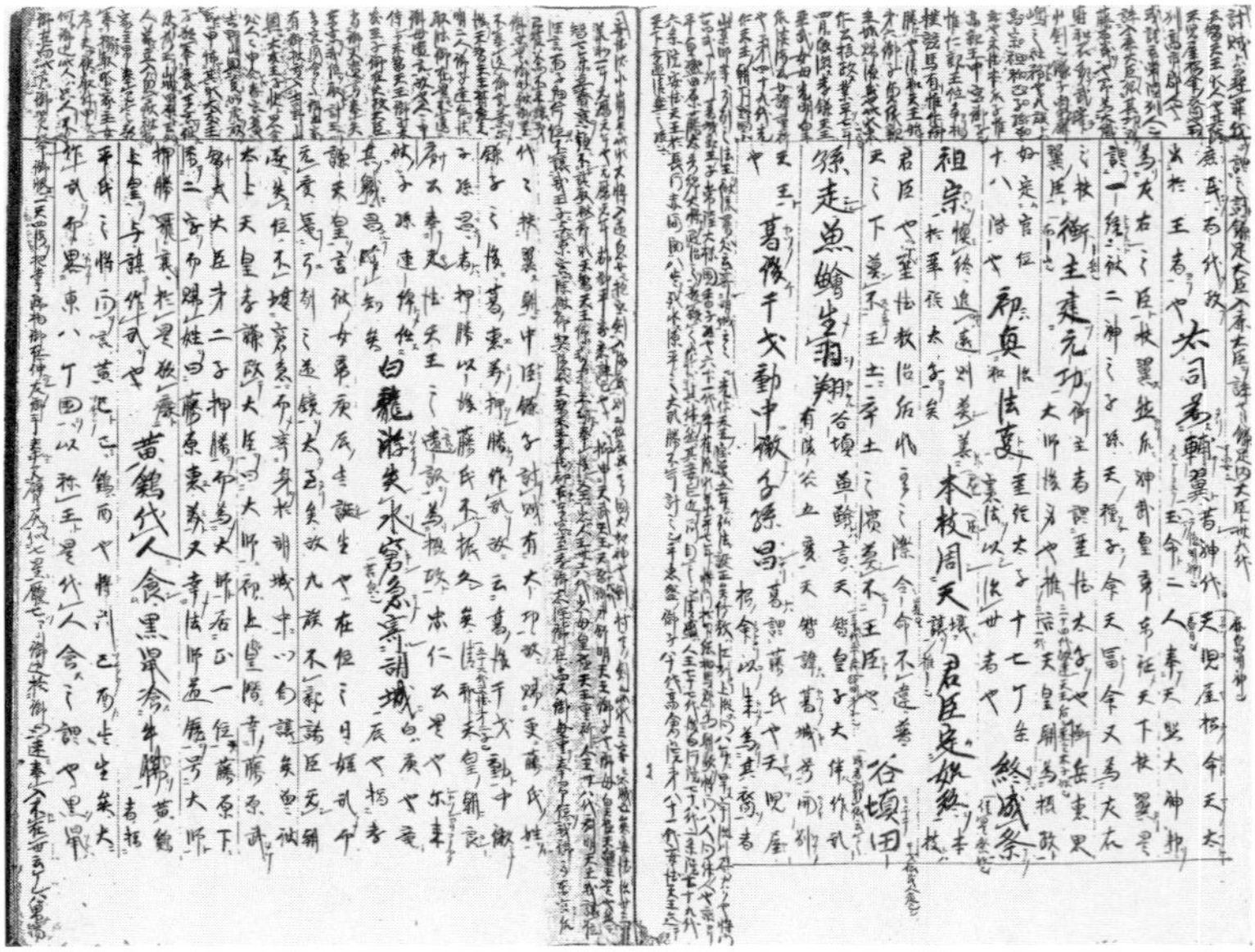

6

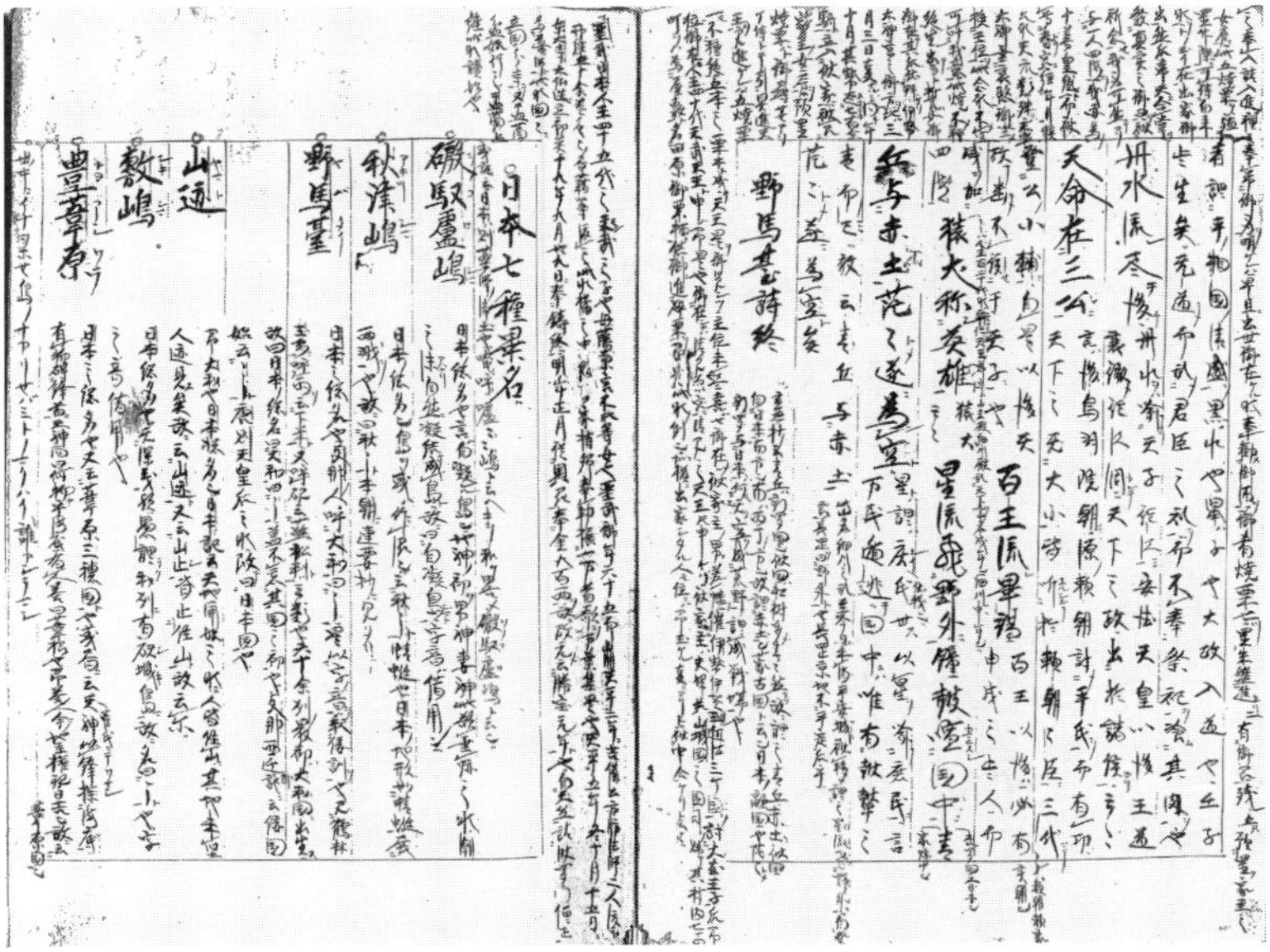
野馬臺詩終
日本七種異名
磯馭盧嶋
秋津嶋
野馬臺
山迹
敷嶋
豊葦原

7

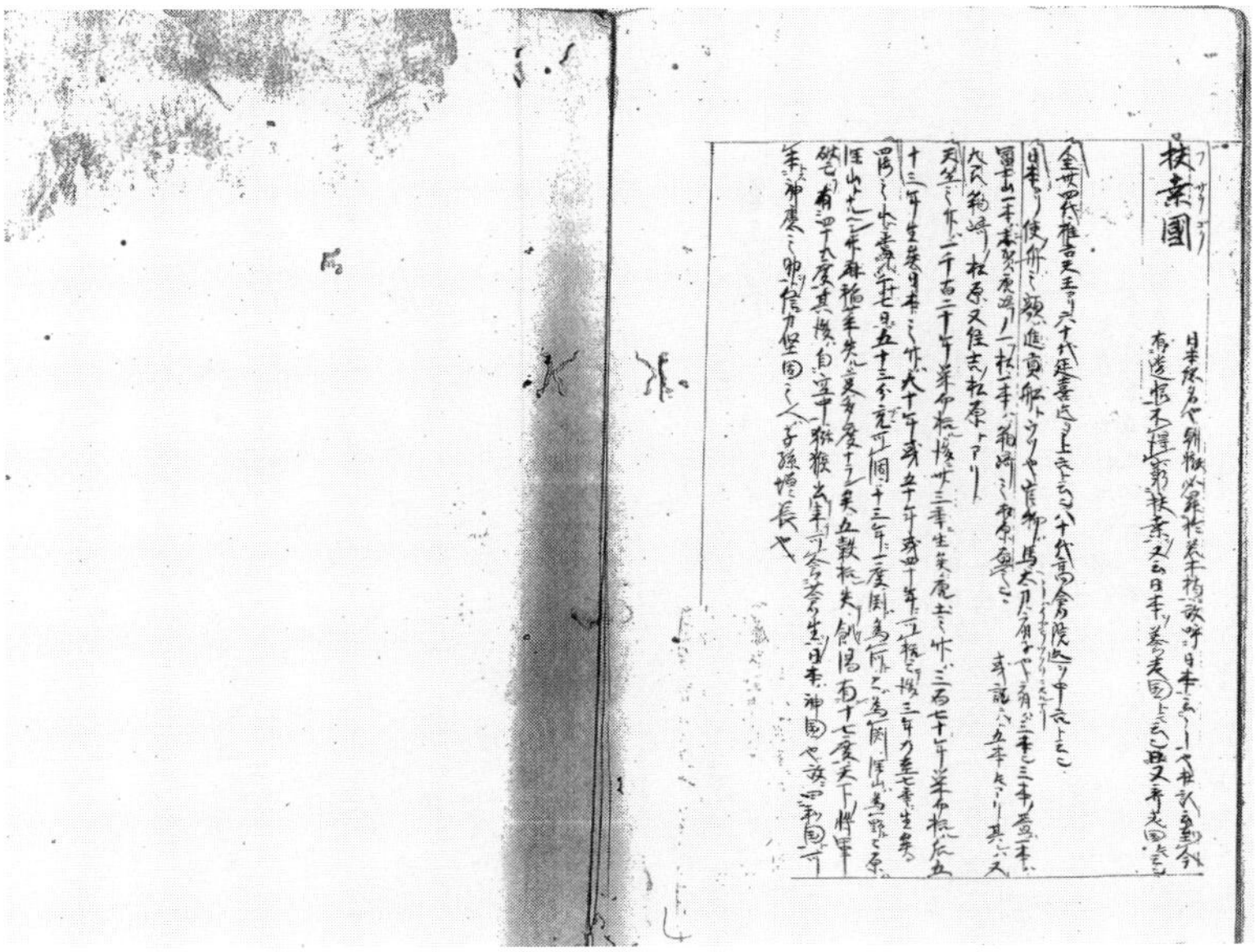
扶桑國

8

五　慶應義塾大学附属研究所斯道文庫蔵『歌行詩』

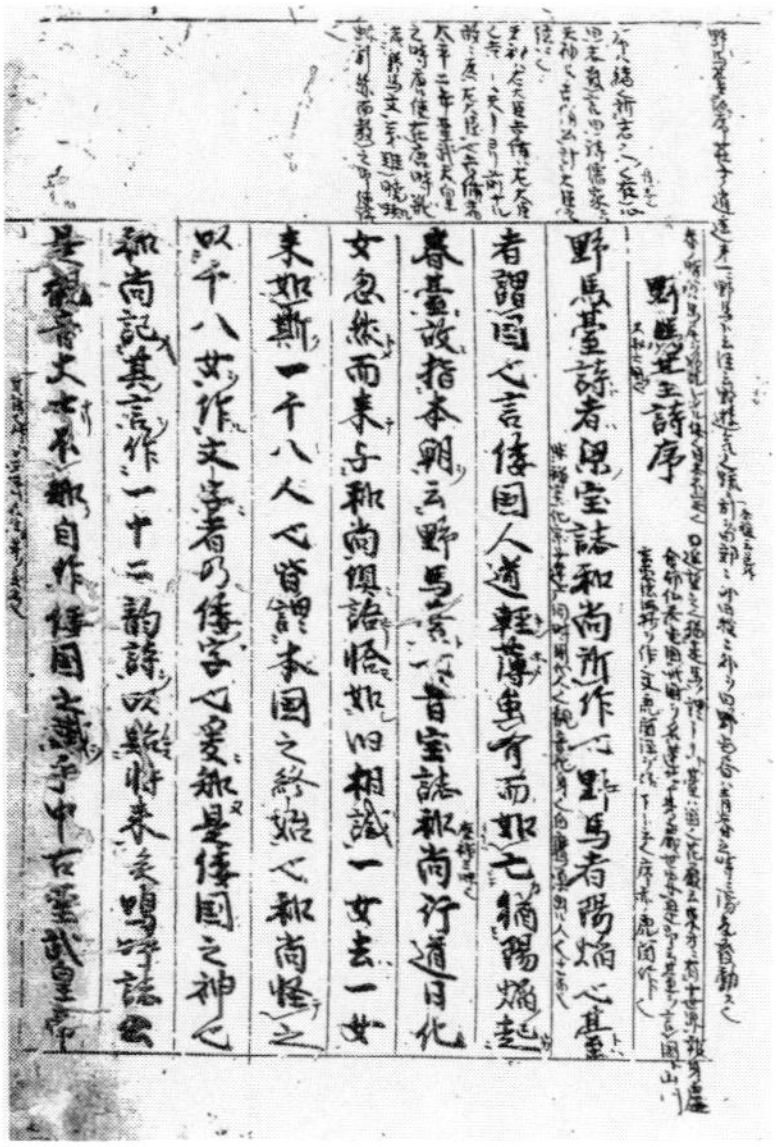

1

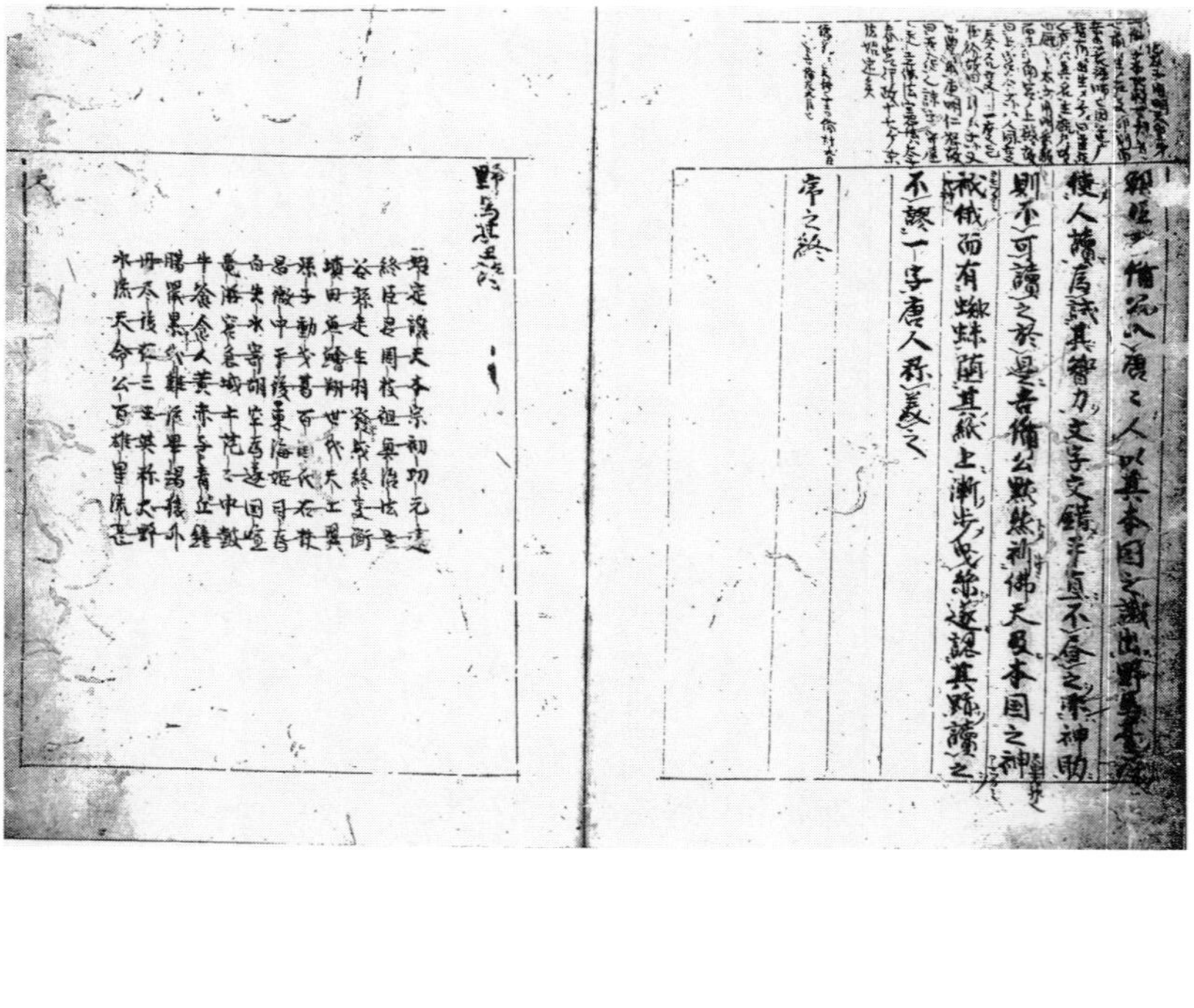

2

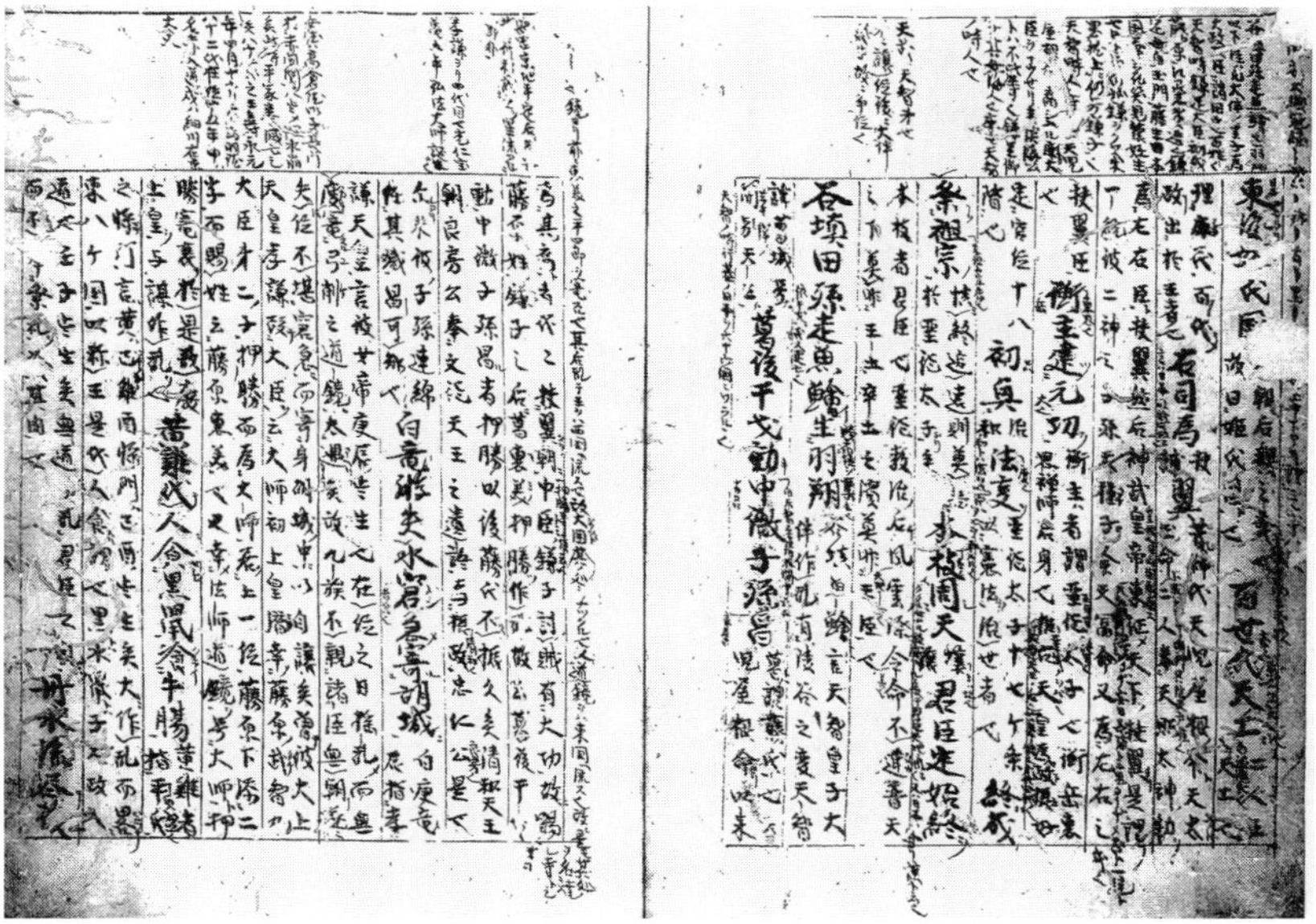

3

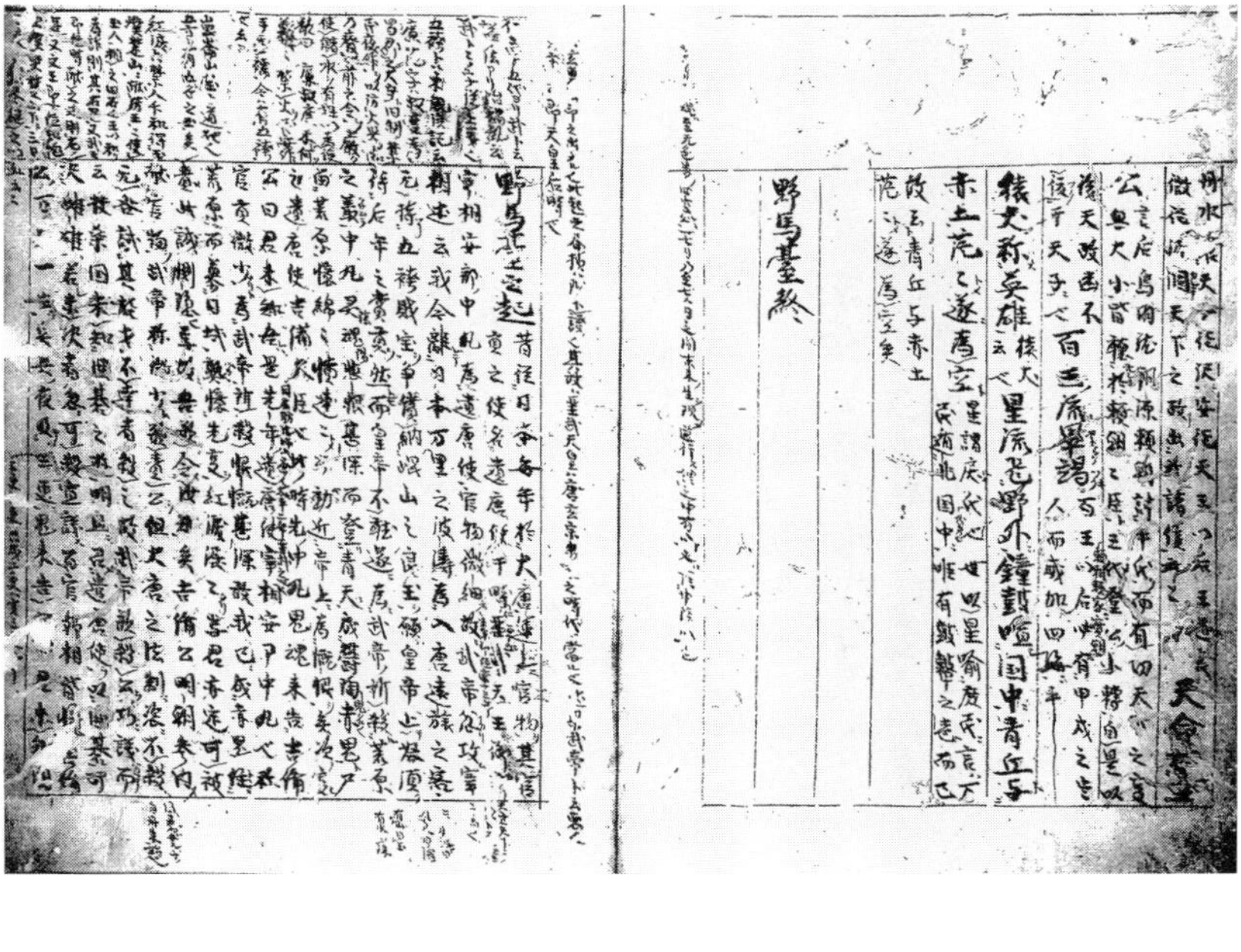

4

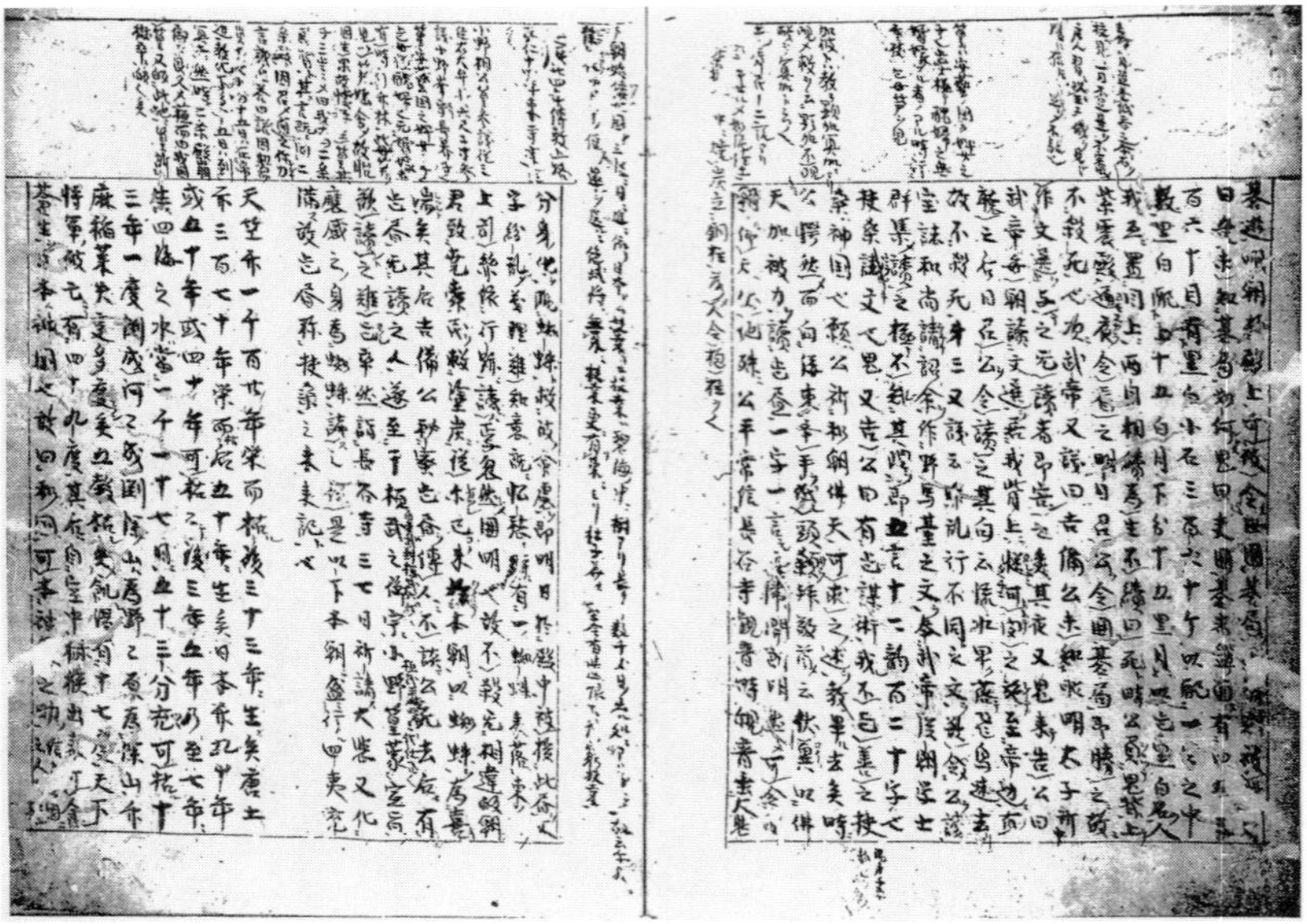

5

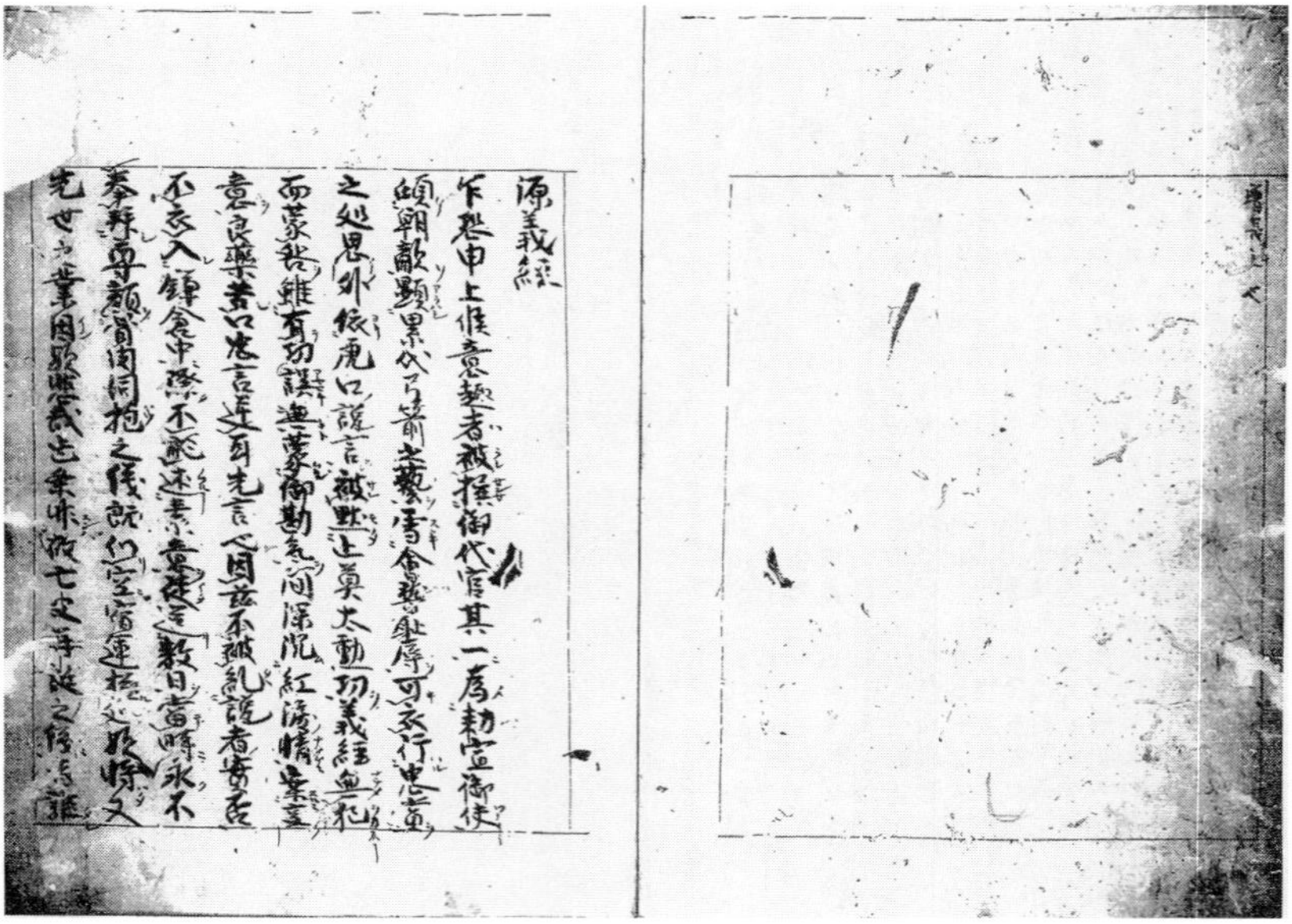

6

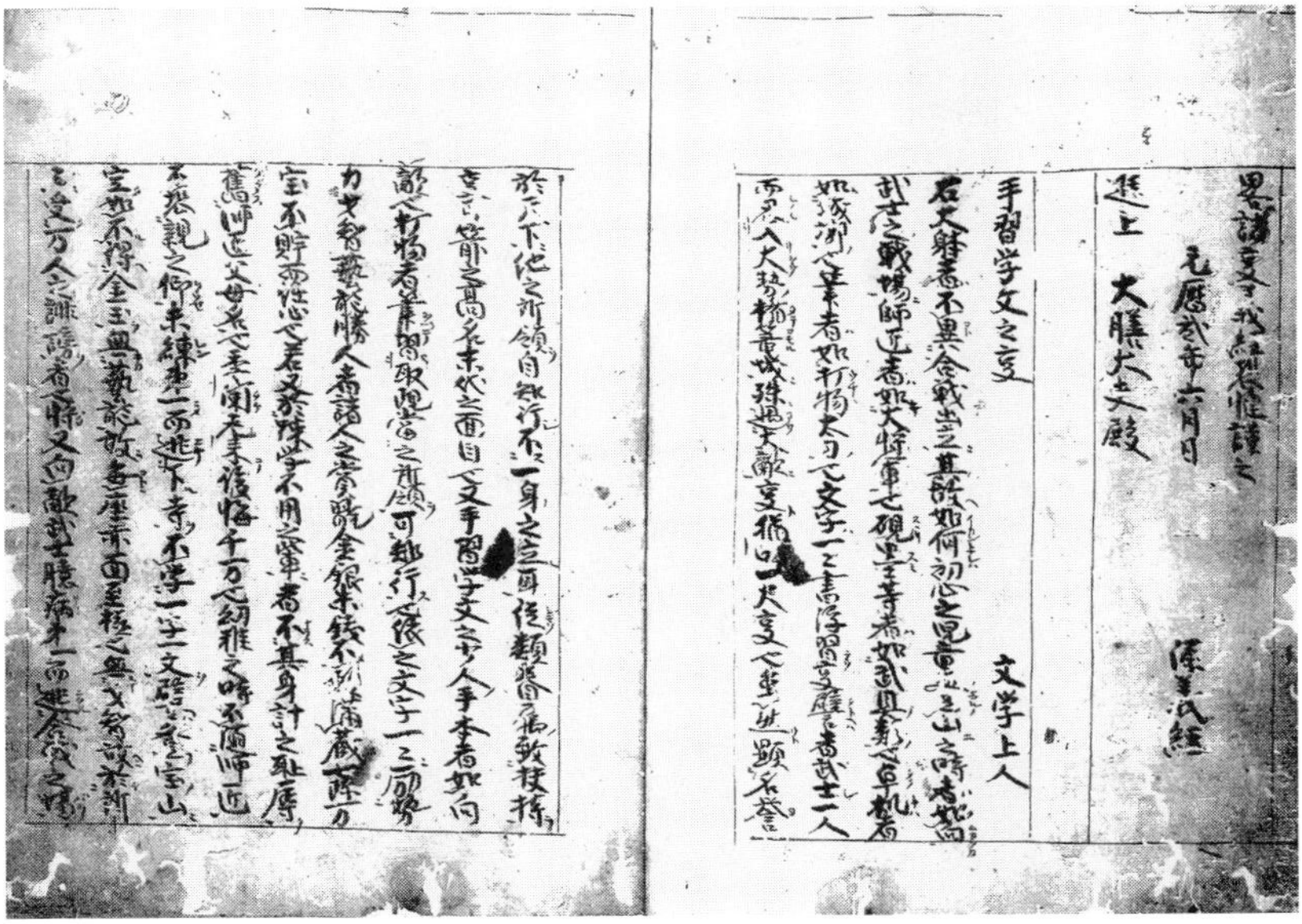

7

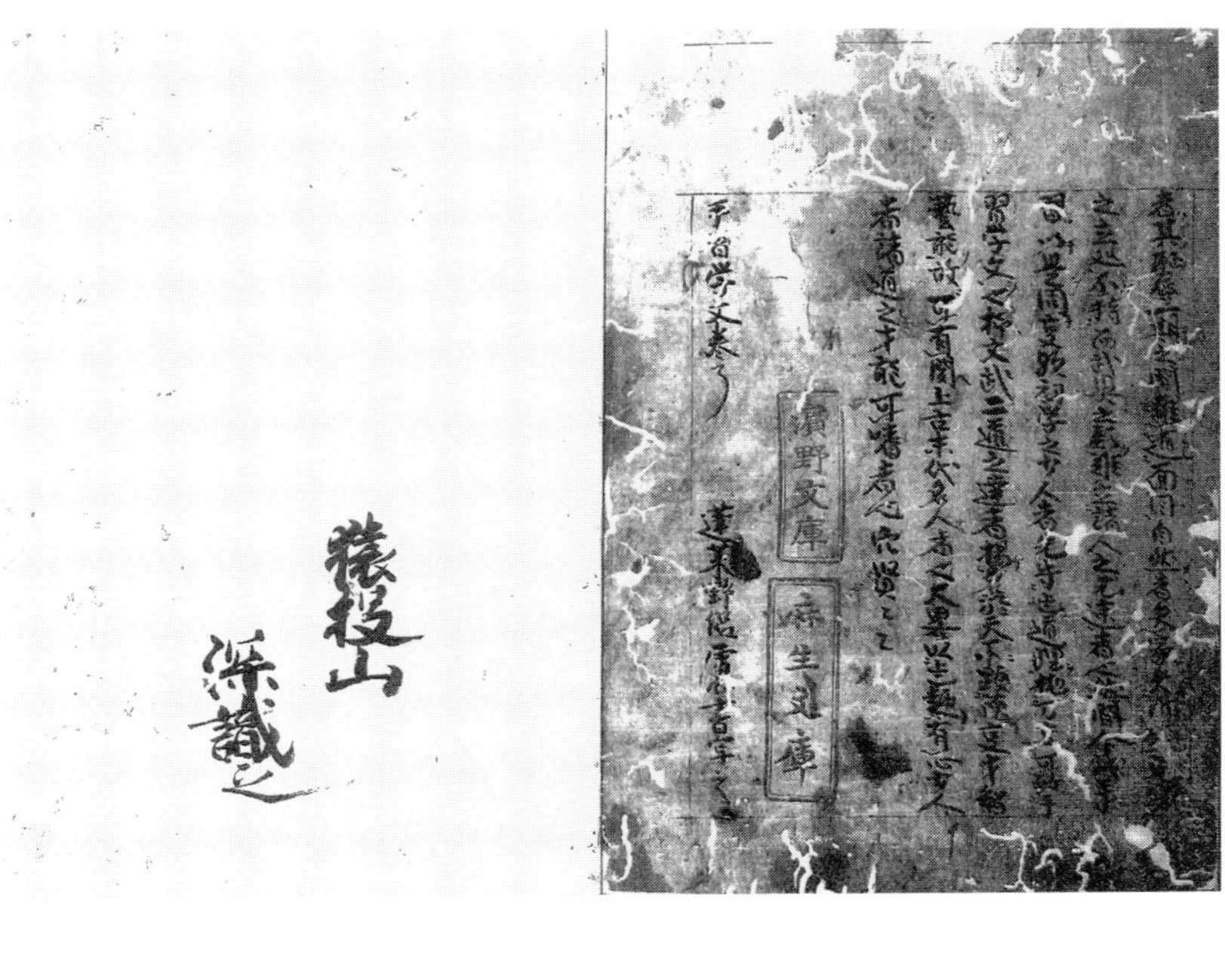

8

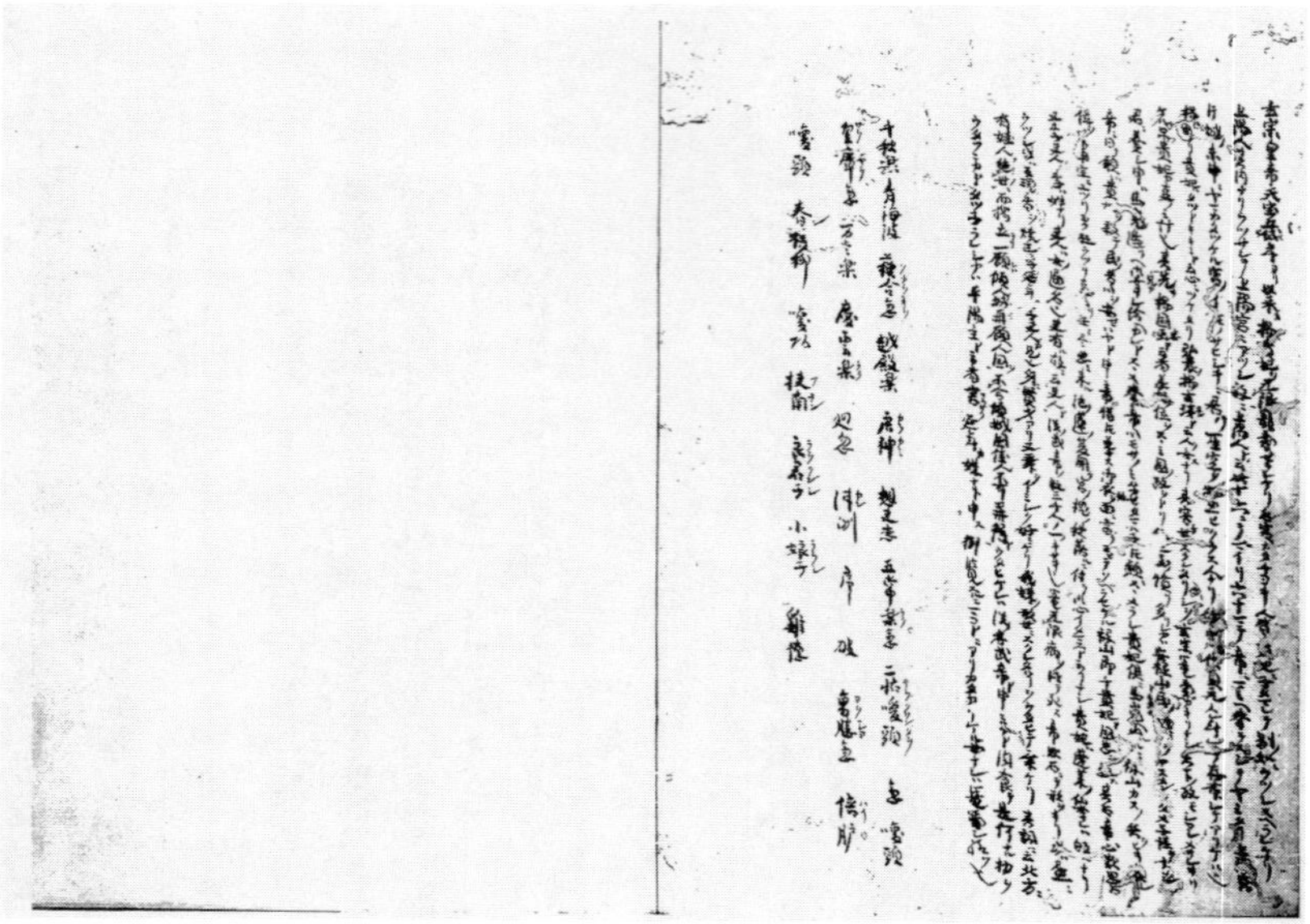

9

六　高野山大学図書館蔵『神祇聞書』

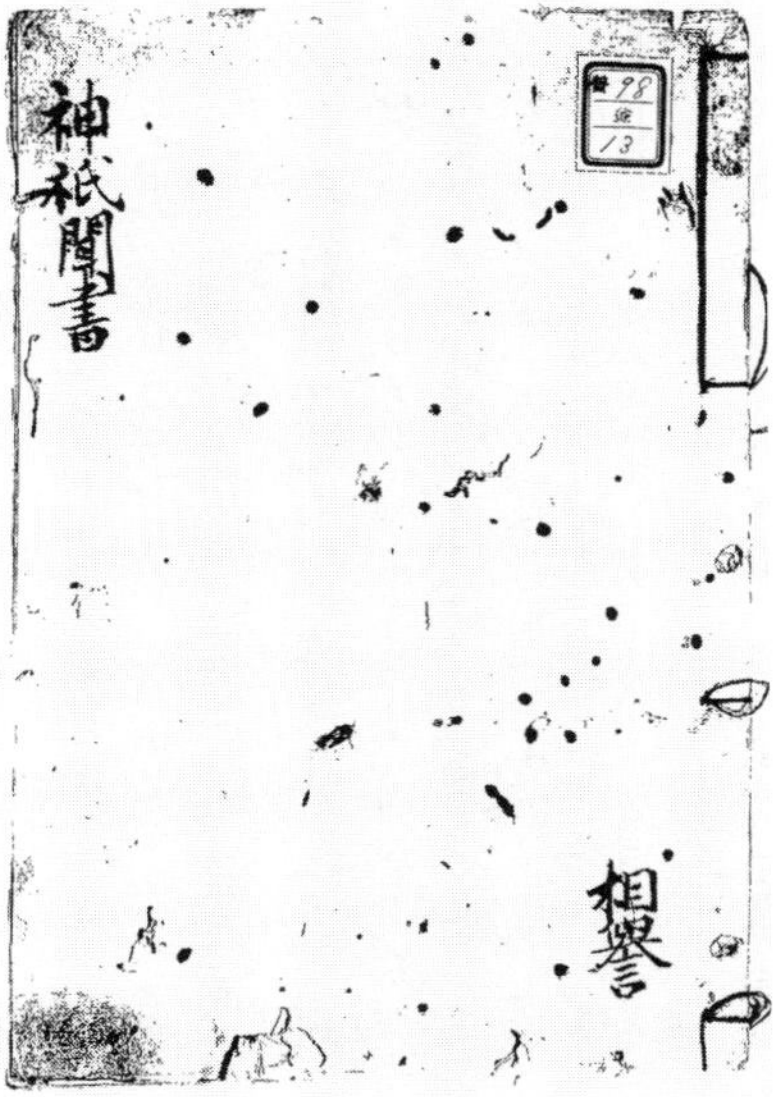

1

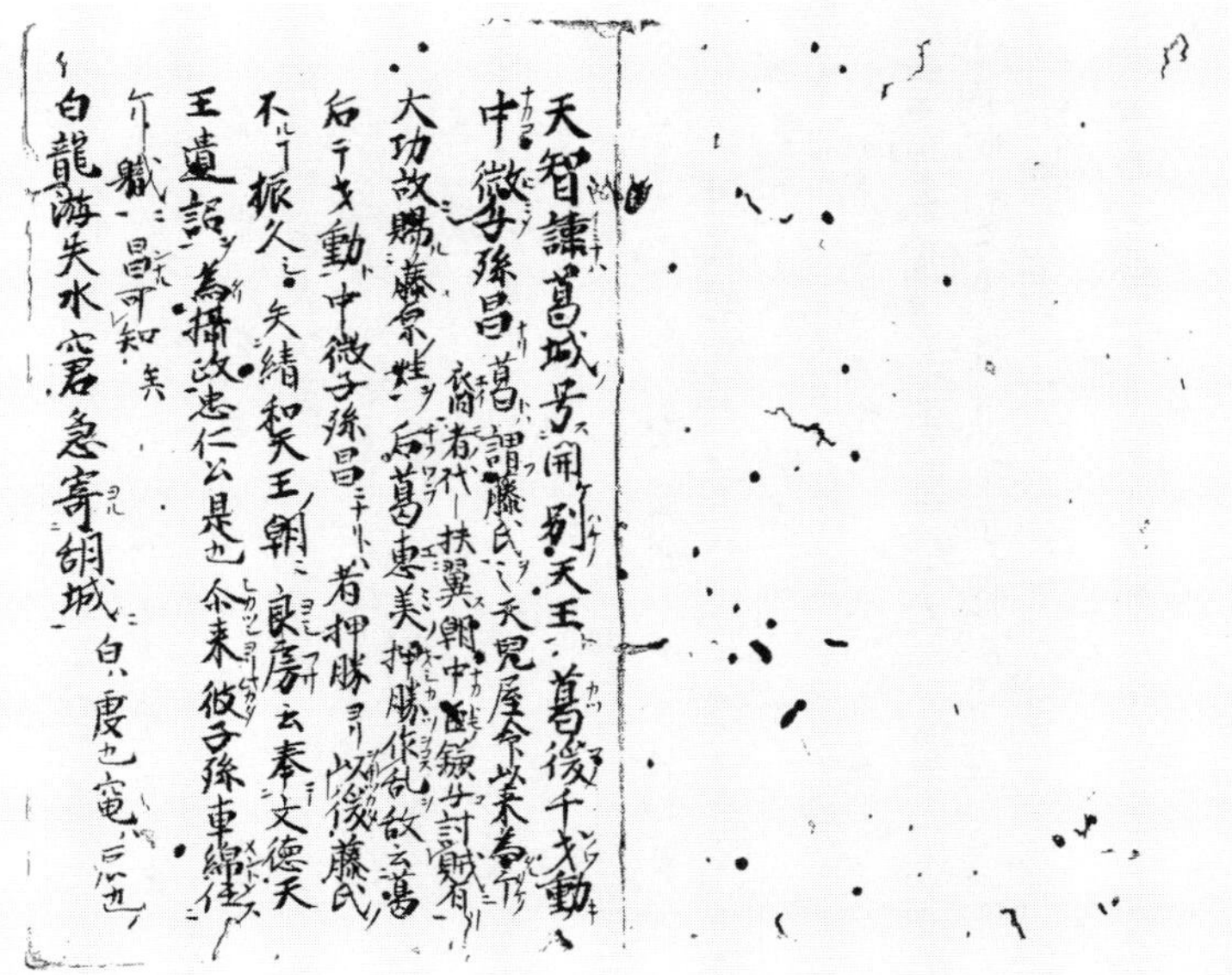
天智謚葛城号開別天王ニ葛後干戈動ハ
中微子孫昌葛謂藤氏ニ天児屋命以来為行
籍者代一扶翼ノ朝中臣鎌子討賊有
大功故賜藤原姓ヲ后葛恵美押勝作乱故云葛
后干戈動中微子孫昌ニナルトハ者押勝ヨリ以後藤氏ノ
不振久ニ矢續和天王朝ニ良房云奉文徳天
王遺詔ニ為摂政忠仁公是也尓来彼子孫連綿任
職ニ昌可知矣
白龍海失水ニ君急寄胡城　白ハ慶也竜ハ后ノ心也

2

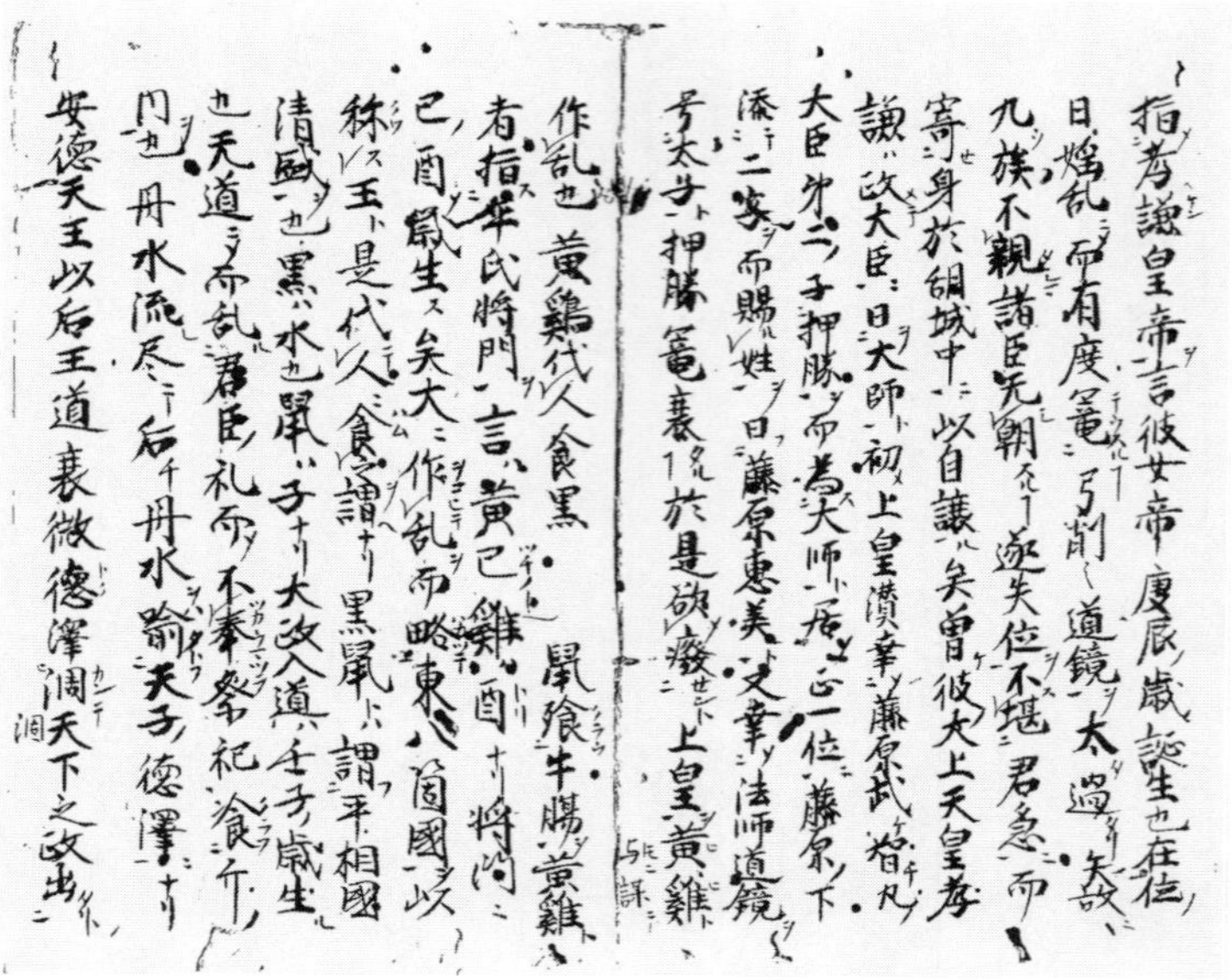

指孝謙皇帝言彼女帝庚辰歳誕生也在位
日始乱而有度竃弓削道鏡太過矣故
九族不親諸臣先朝遂失位不堪君意而
寄身於胡城中以自譲矣曽彼太上天皇孝
謙改大臣日太師初上皇潰章藤原武智
大臣弟二子押勝而為大師居正一位藤原下
添二字而賜姓日藤原恵美又章法師道鏡
号太学押勝竃衰於是欲廃上皇黄鶏
作乱也　黄鶏代人食黒　鼠喰牛腸黄鶏
者指平氏将門言黄巳雞酉将門
巳酉歳生矣大作乱而略東八箇国以
称王是代人食謂黒鼠謂平相国
清盛也黒水也鼠子大改人道壬子歳生
也天道而乱君臣礼而不奉祭祀食木
門也　丹水流尽后丹水喩天子徳沢
安徳天王以后王道衰微徳沢涸天下之政出

3

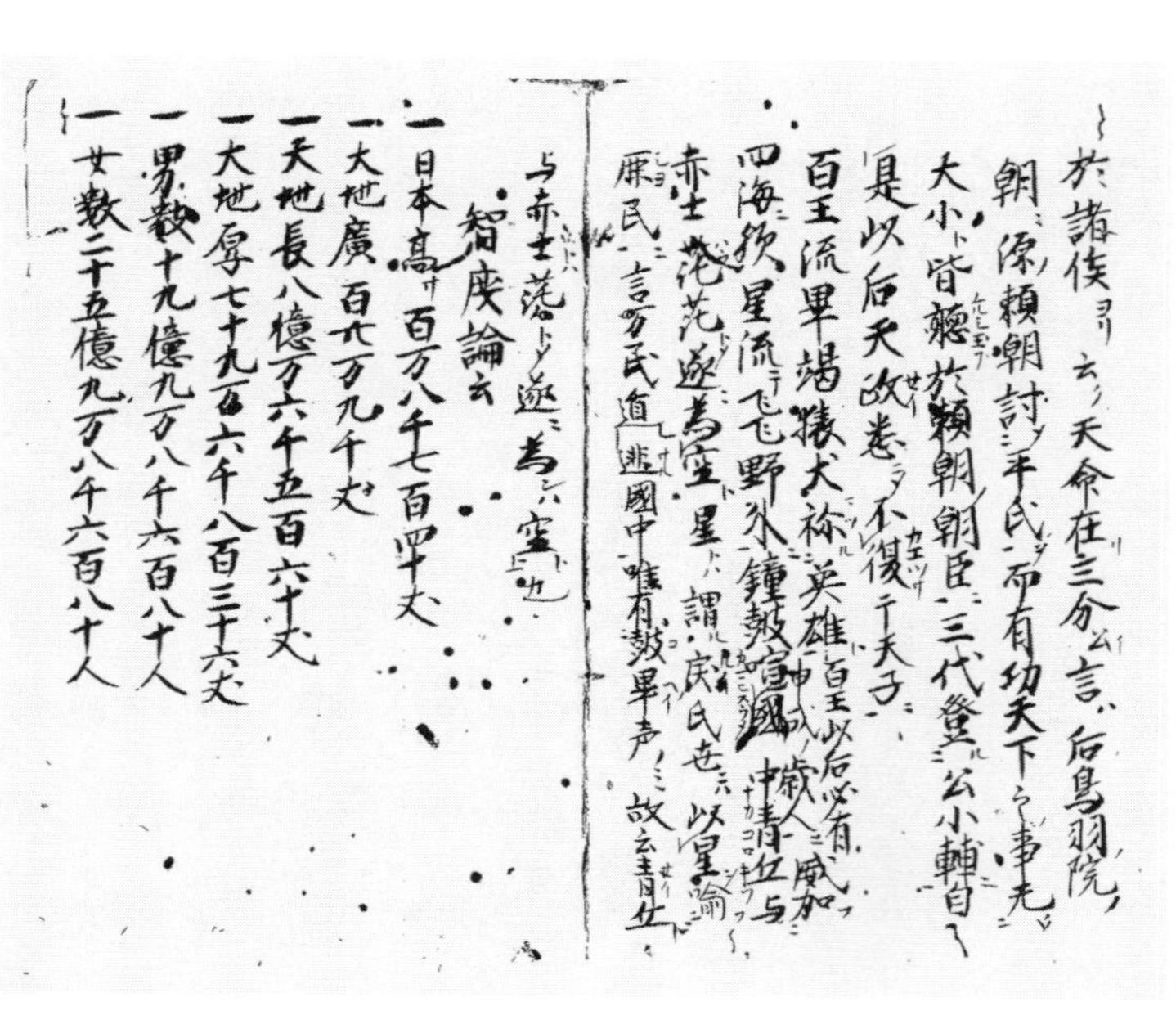

於諸侯　云天命在三分　言后鳥羽院
朝源頼朝討平氏而有功天下事无
大小皆聴於頼朝朝臣三代登公小輔白
是以后天政巻不復于天子
百王流畢竭猿犬称英雄　百王以后必有
四海鉄星流飛野外鐘鼓喧国中　猿人威加
赤土茫茫遂為空　星トハ謂庶氏也以星喩
庶民　言万民道逃国中唯有鼓鼙声　故云青丘
与赤土落遂為空也
智度論云
一日本高百万八千七百四十丈
一大地廣百六万九千丈
一天地長八億万六千五百六十丈
一大地厚七十九億六千八百三十六丈
一男数十九億九万八千六百八十人
一女数二十五億九万八千六百八十人

4

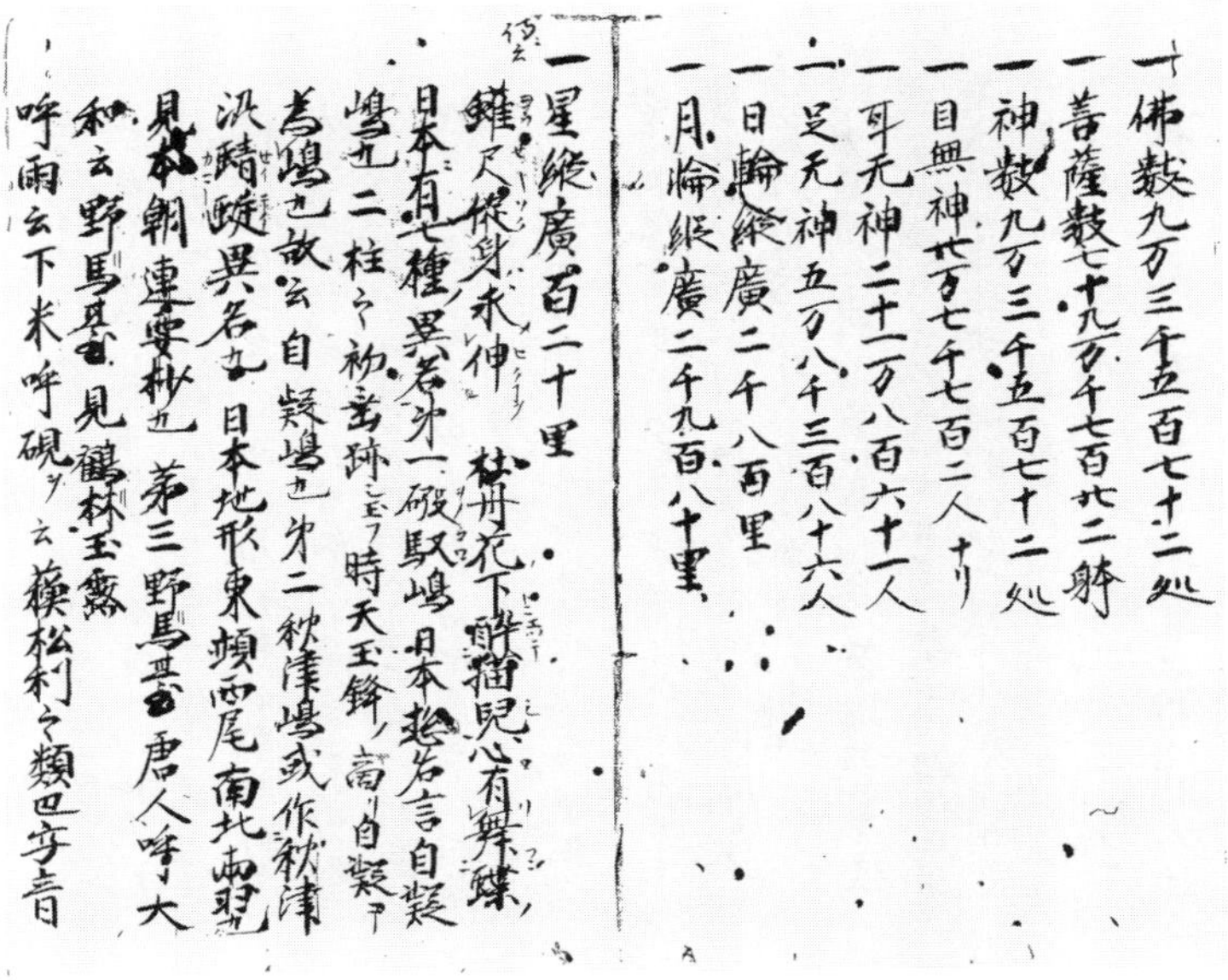
一 佛数九万三千五百七十二処
一 菩薩数七十九万千七百廿二躰
一 神数九万三千五百七十二処
一 目無神廿万七千七百二人ナリ
一 耳无神二十一万八百六十一人
一 足无神五万八千三百八十六人
一 日輪縦廣二千八百里
一 月輪縦廣二千九百八十里
一 星縦廣百二十里
雉尺従身求仲　牡丹花下酔猫児心有舞蝶
日本有七種異名　第一破馭嶋　日本紀言自凝
嶋也　二柱ノ神ノ跡ヲ云フ時天玉鉾ノ滴リ自凝テ
為嶋也　故云自凝嶋也　第二秋津嶋　或作秋津
洲蜻蛉異名也　日本地形東頭西尾南北両翅也
見本朝連要抄也　第三野馬臺　唐人呼大
和云野馬臺　見鶴林玉露
呼雨云下米　呼硯ヲ云蘇松利ノ類也　字音

5

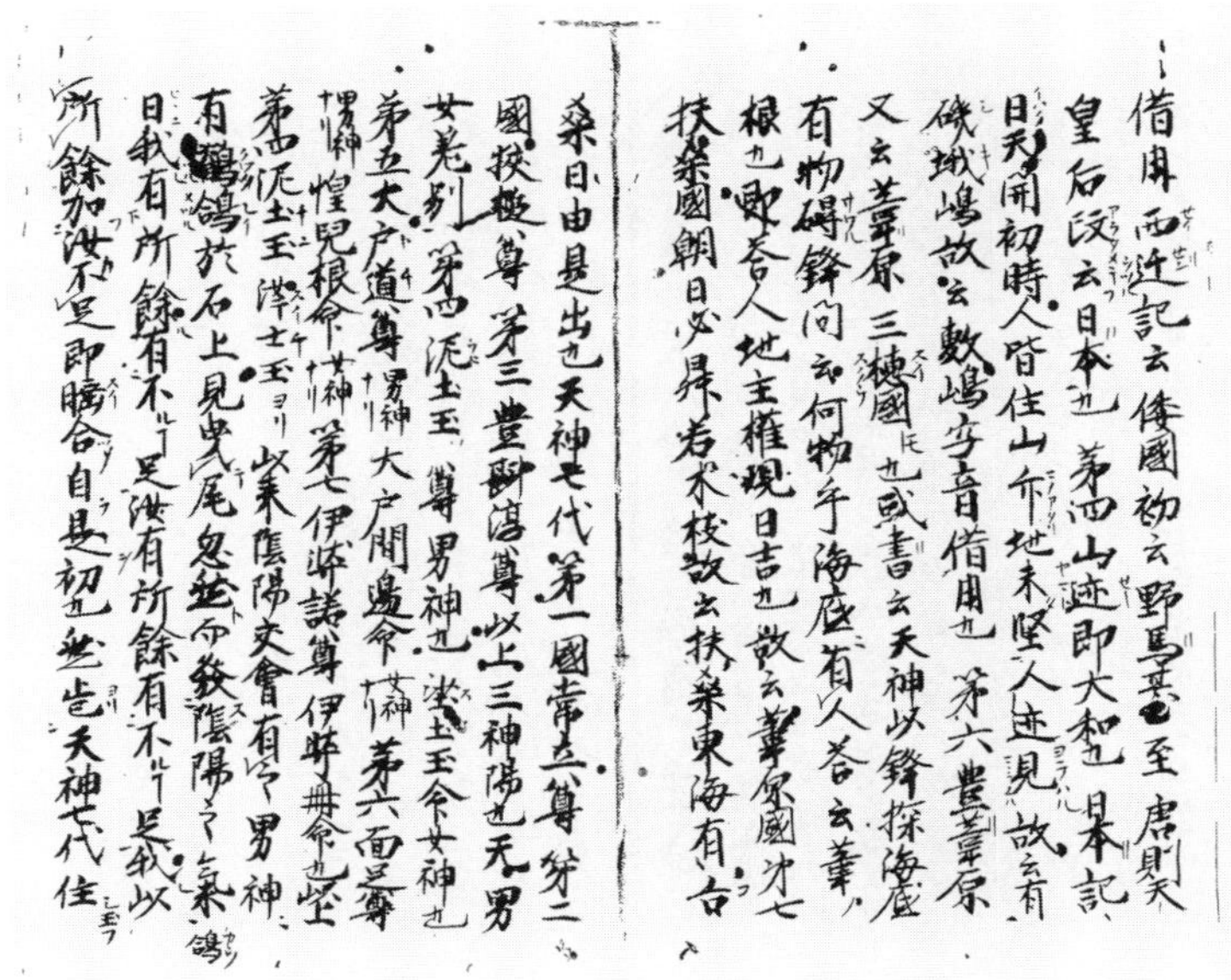
借用　西遊記云　倭國初云野馬臺　至唐則天
皇后改云日本也　第四山迹　即大和也　日本記
日天開初時人皆住山　爾地未堅人迹見　故云有
磯城嶋　故云數嶋　字音借用也　第六豊葦原
又云葦原　三穂國也　或書云天神以鋒探海底
有物碍鋒　問云何物乎　海底有人答云葦ノ
根也　即答人地主権現日吉也　故云葦原國　第七
扶桑國　朝日必昇若木枝　故云扶桑　東海有台
桑日由是出也　天神七代　第一國常立尊　第二
國狭槌尊　第三豊斟渟尊　以上三神陽也　无男
女形別　第四泥土煮尊　男神也　沙土煮命　女神也
第五大戸道尊　男神　大戸間邊命　女神　第六面足尊
男神ナリ　惶根命　女神ナリ　第七伊弉諾尊　伊弉冊命也
第四泥土煮　沙土煮ヨリ以来陰陽交會有之　男神
有鶺鴒於石上見其尾忽然而發陰陽之氣　鶺鴒
日我有所餘有不足　汝有所餘有不足　以
所餘加汝不足即勝合　自是初也　然后天神七代住

6

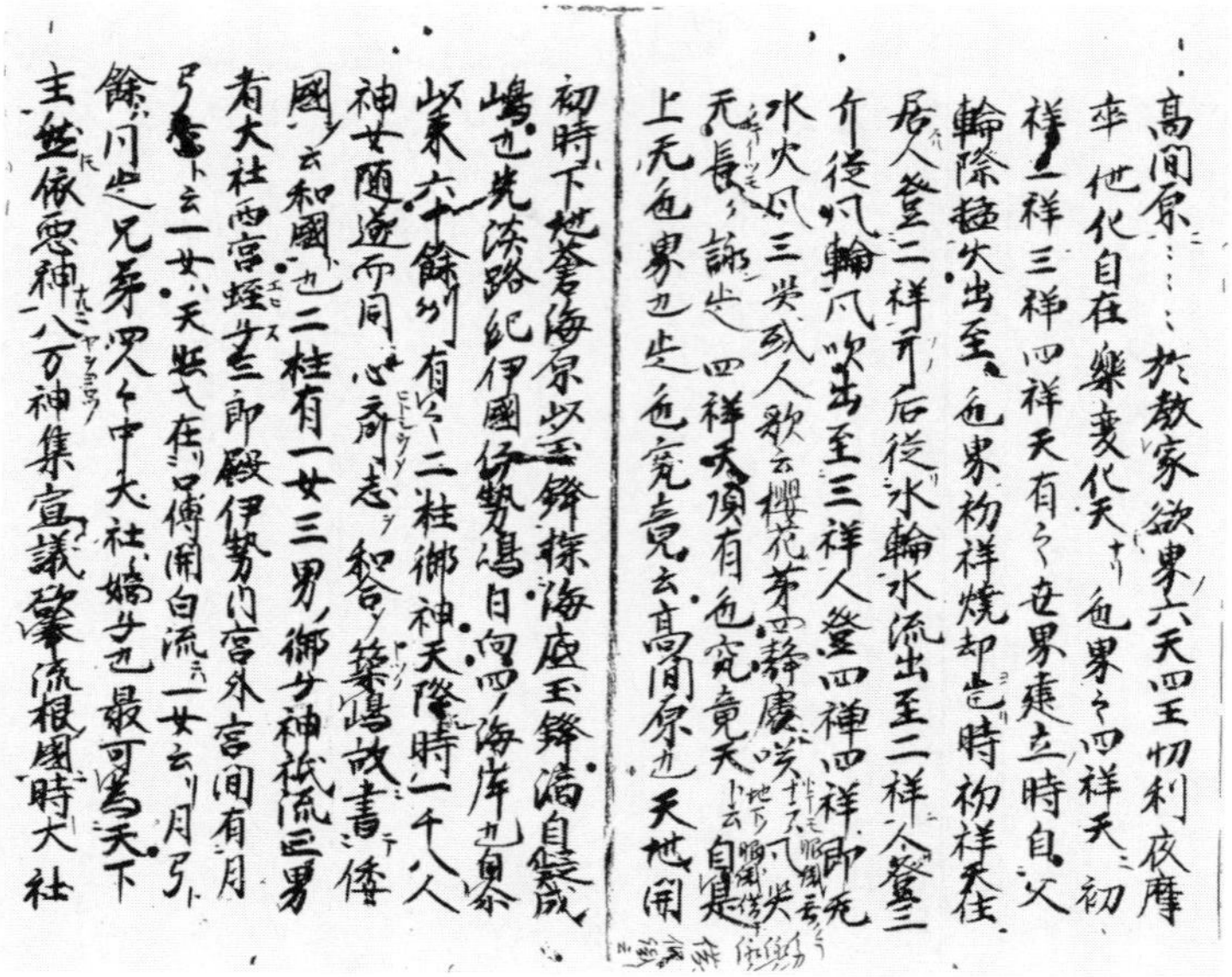
高間原・・・於教家欲界六天四王忉利夜摩
率世化自在樂變化天ナリ色界ニ四禅天ニ初
禅ニ禅三禅四禅天有ケ色界建立時自ニ火
輪際梵天出至ト色界初禅焼却ヨ時初禅天住
居人登ニ禅ニ后従水輪水流出至ニ禅ハ登三
禅后従風輪風吹出至三禅人登四禅四禅即無
水火風三災或人歌云櫻花芽四静慮咲フ風災
無長ク謡也四禅天頂有色究竟天ト云自是
上無色界也色究竟云高間原也天地開
初時下地蒼海原以鉾探海底至鉾滴自凝成
嶋也先淡路紀伊國伊勢嶋自向四ノ海岸也自奈
以来六十餘州有ニ二柱御神天降時一千人
神女随逐而同心爲志和合築嶋故書倭
國ト云和國也二柱有一女三男御女神祇流正男
有大社西宮姪女云即殿伊勢内宮外宮間有月
弓ト云一女ハ天照大在リ口傳開白流ト云一女云リ月弓ト
餘ハ同也兄弟四人ケ中大社嫡女也最可爲天下
主然依惡神八万神集宣議敬奉流根國時大社

7

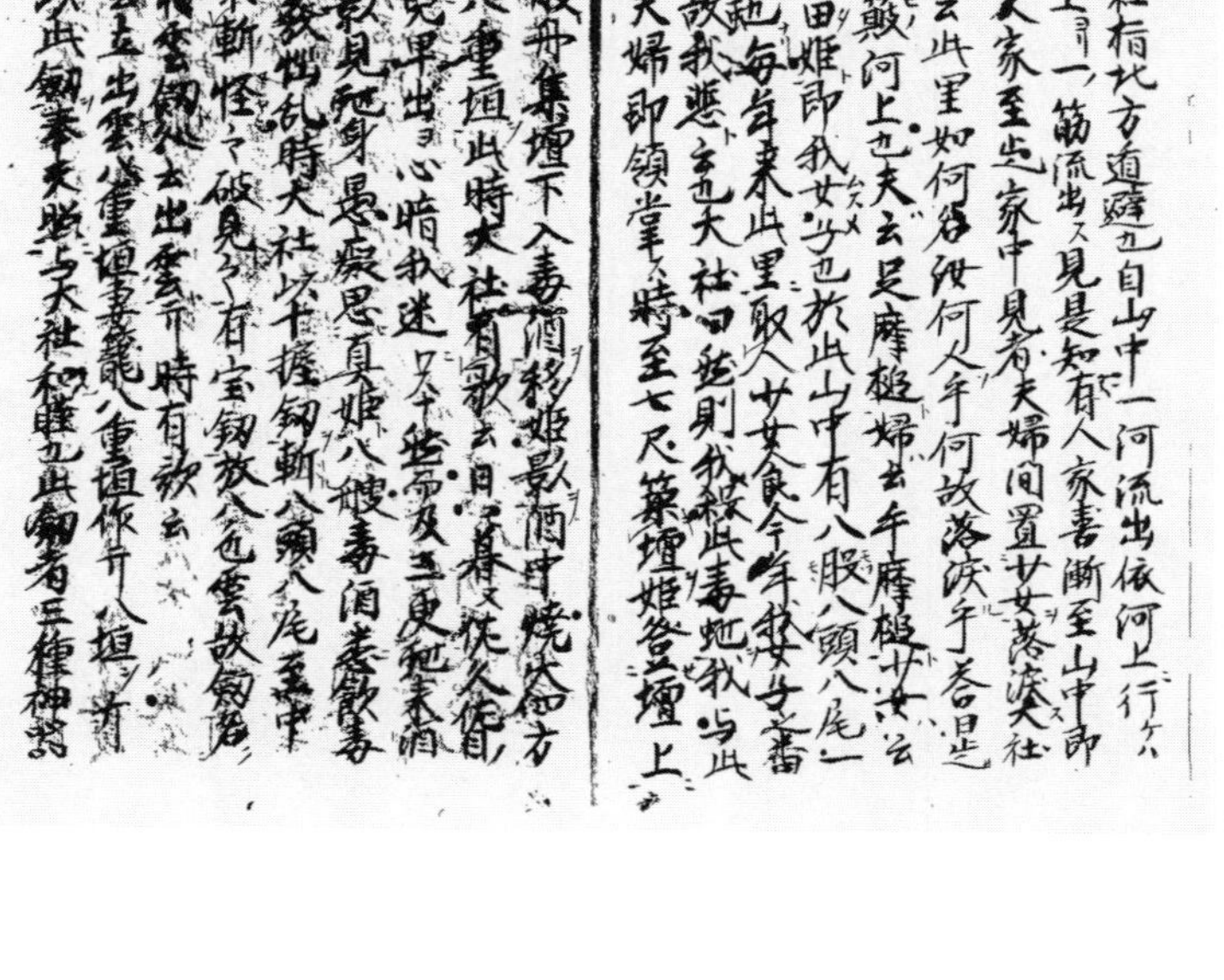
大社有比方道遊也自山中一河流出依河上行ケハ
河上ヨリ一筋流出ス見是知有人家書漸至山中即
有人家至也家中見有夫婦間置女女落涙大社
問云此里如何汝何人乎何故落涙乎答曰是
里簸河上也夫云足摩槌婦云手摩槌女云
稲田姫即我女也於此山中有八股八頭八尾一
身蛇毎年来此里取人女女食今年我女当番
也故我悲云也大社曰然則我殺此毒蛇我与此
女夫婦即領掌ス時至七尺築壇姫登壇上
八艘舟集壇下入毒酒移姫影酒中焼火向方
構八重垣此時大社有歌云自是春ス
都見界出ヨ心暗我迷
中影見蛇身愚癡思真姫八艘毒酒悉飲毒
気我悩乱時大社以十握劒斬八頭八尾至中
央不斷怪見之有宝劒放八色雲故劒名
天叢雲劒云出雲而時有歌云
八雲立出雲八重垣妻籠八重垣作其八重垣乎
云以此劒奉天照与大社和睦也此劒有三種神器

8

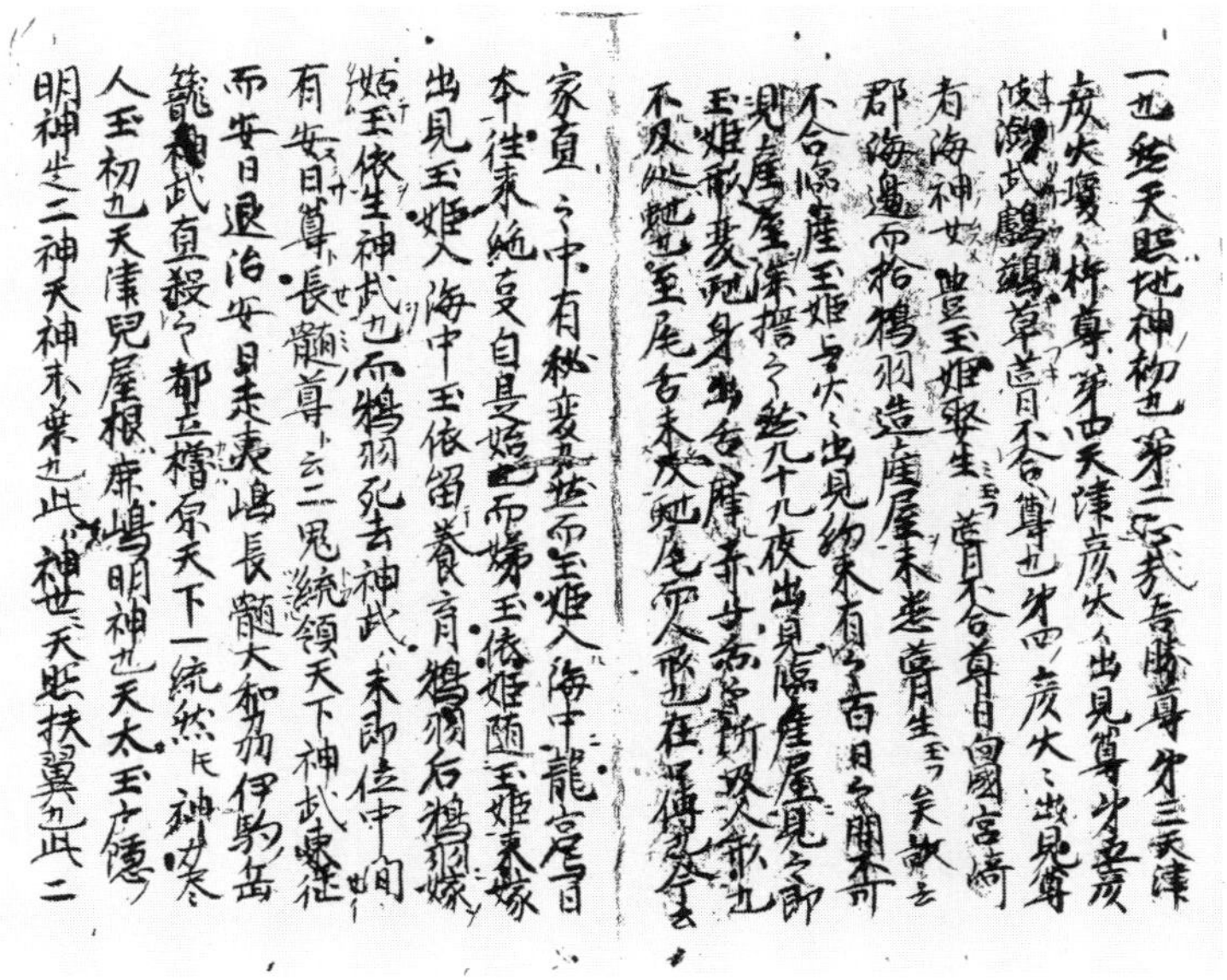

9

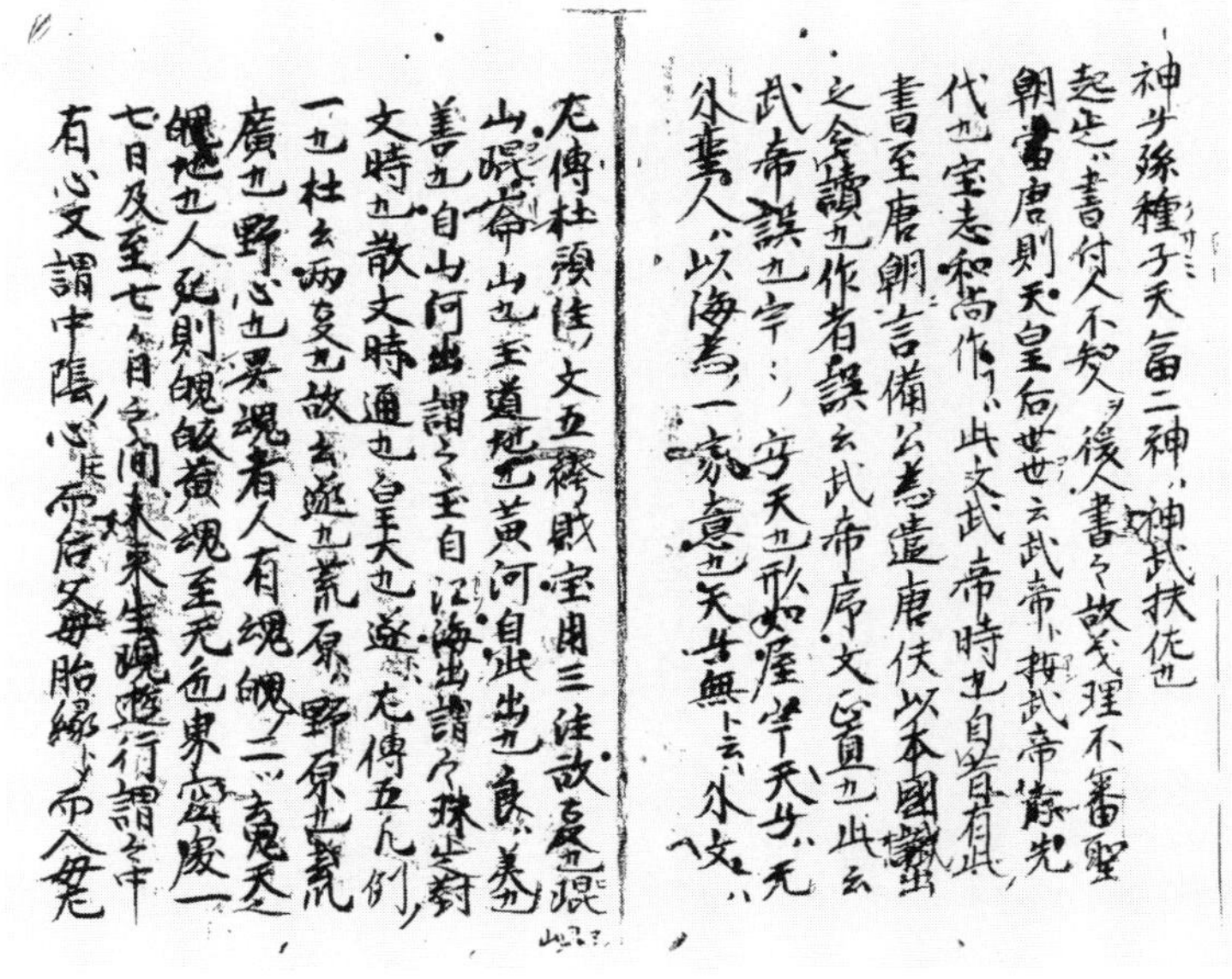

10

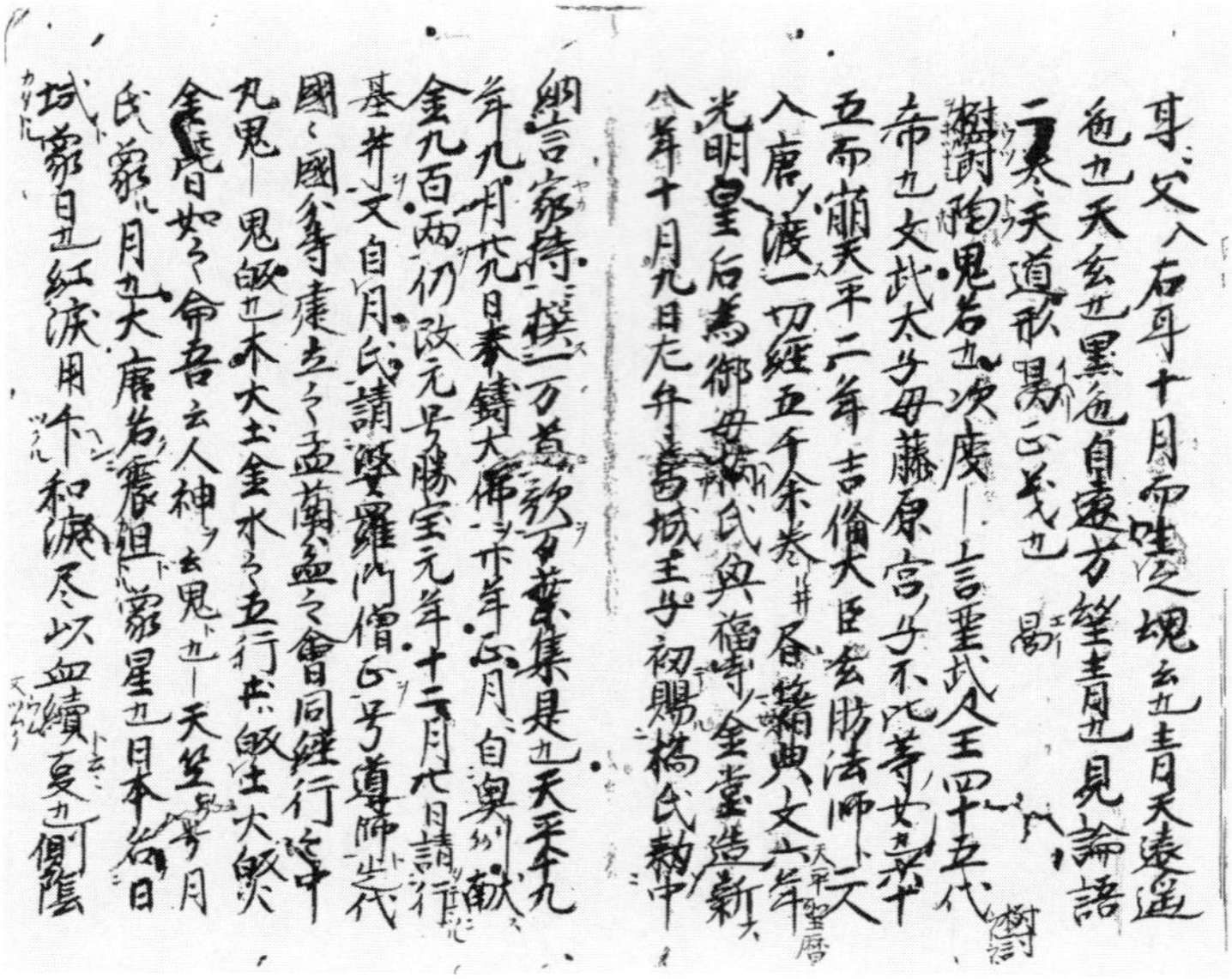
耳、又八右耳十月帝唾之塊玄也青天遠遥
色也天玄也黒色自遠方望青也見論語
二又天道形易正也　易
樹詩陶鬼若也次度一言聖武天王四十五代
帝也文武太子母藤原宮子不比等女也十
五帝崩天平二年吉備大臣玄昉法師入大
入唐渡一切経五千余巻并吾籍典文六年
光明皇后為御母藤氏與福寺金堂造新
八年十月九日左弁葛城王母初賜橘氏勅中
納言家持撰一万首歌万葉集是也天平十九
年九月廿九日奉鋳大仏ヲ示年正月自奥州献
金九百両仍改元号勝宝元年十二月廿日請行
基并文自月氏請婆羅門僧正号導師也代
國々國分寺建立々孟蘭盆々會同経行於中
丸鬼一鬼歛也木火土金水々五行也歛土大歛
金昏日如々命吾玄人神ヲ玄鬼也一天竺号月
氏歛月也大唐号震旦歛星也日本号日
域歛日也紅涙用于和涙尽以血續夏也側隱

11

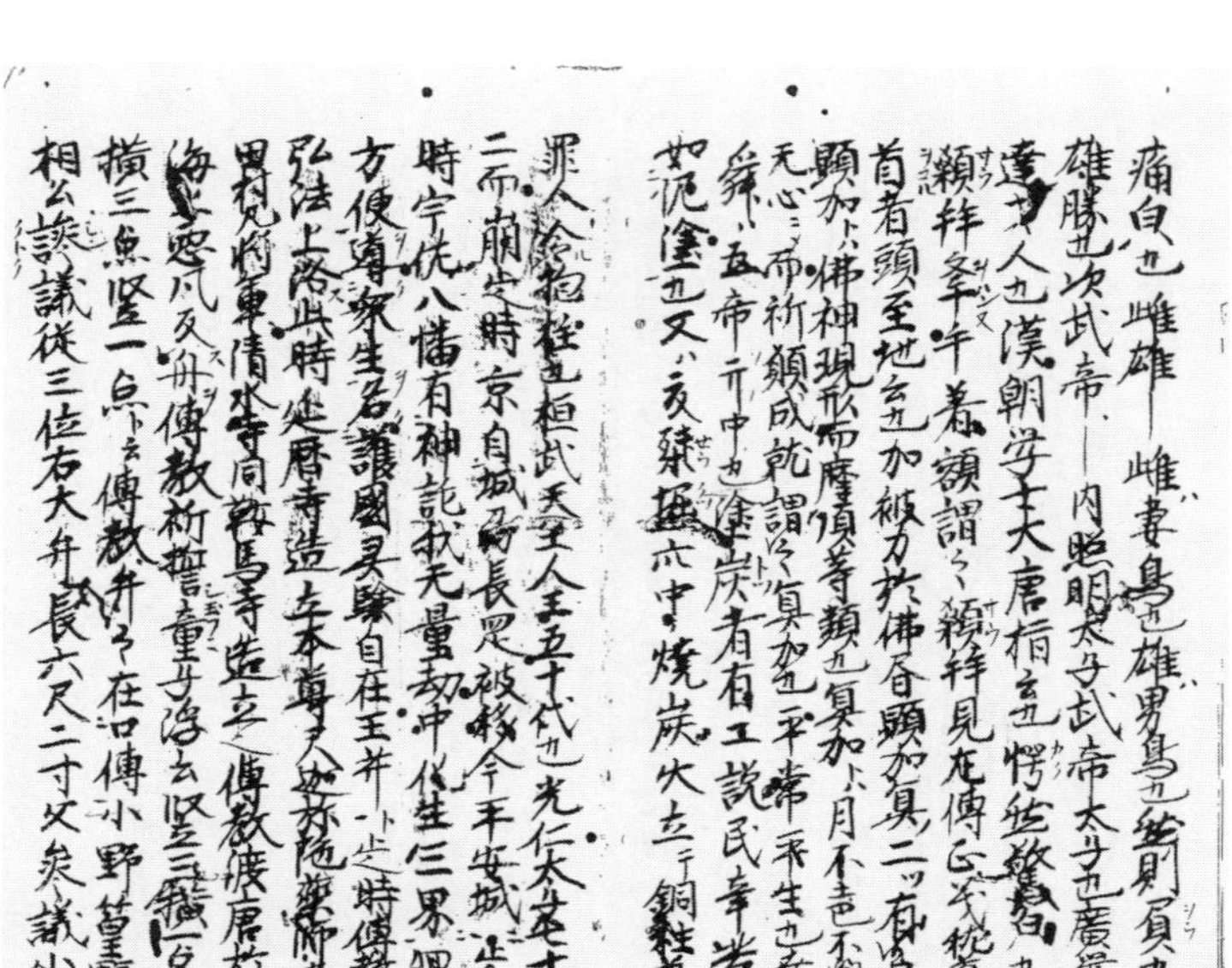
痛白也雌雄一雌妻鳥也雄男鳥也前則眉也
雄勝也次武帝一内照明太子武帝太子也広学
達才人也漢朝学士大唐指玄也愕然驚也
額拜叉手着額謂々額拜見在傳正也稽首
首着頭至地玄也加被力於仏吾頭加真二ッ有之
頭加ト八仏神現形而摩頂等類也真加ト八月不也不倒
天心ニ而祈願成就謂之真加也平常而生也竟
舜八五帝元中也塗炭者有エ説民辛苦
如泥塗也又八炙燎極六中焼炭火立テ銅柱落
罪人令抱柱也桓武天皇人王五十代也光仁太子也十
二而崩之時京自城而長罡被移今平安城是之
時宇佐八幡有神託我無量劫中化生三界廻
方便導衆生名護國霊験自在王菩薩ト也時傳教
弘法上路此時延暦寺造立本尊薬師也
田村丸将軍清水寺同鞍馬寺造立之傳教渡唐於
海上悪風反舟傳教祈誓童子浮云堅三横一点
横三点竪一点ト云傳教弁ニ在口傳小野篁野
相公談議従三位右大弁長六尺二寸文学議小

12

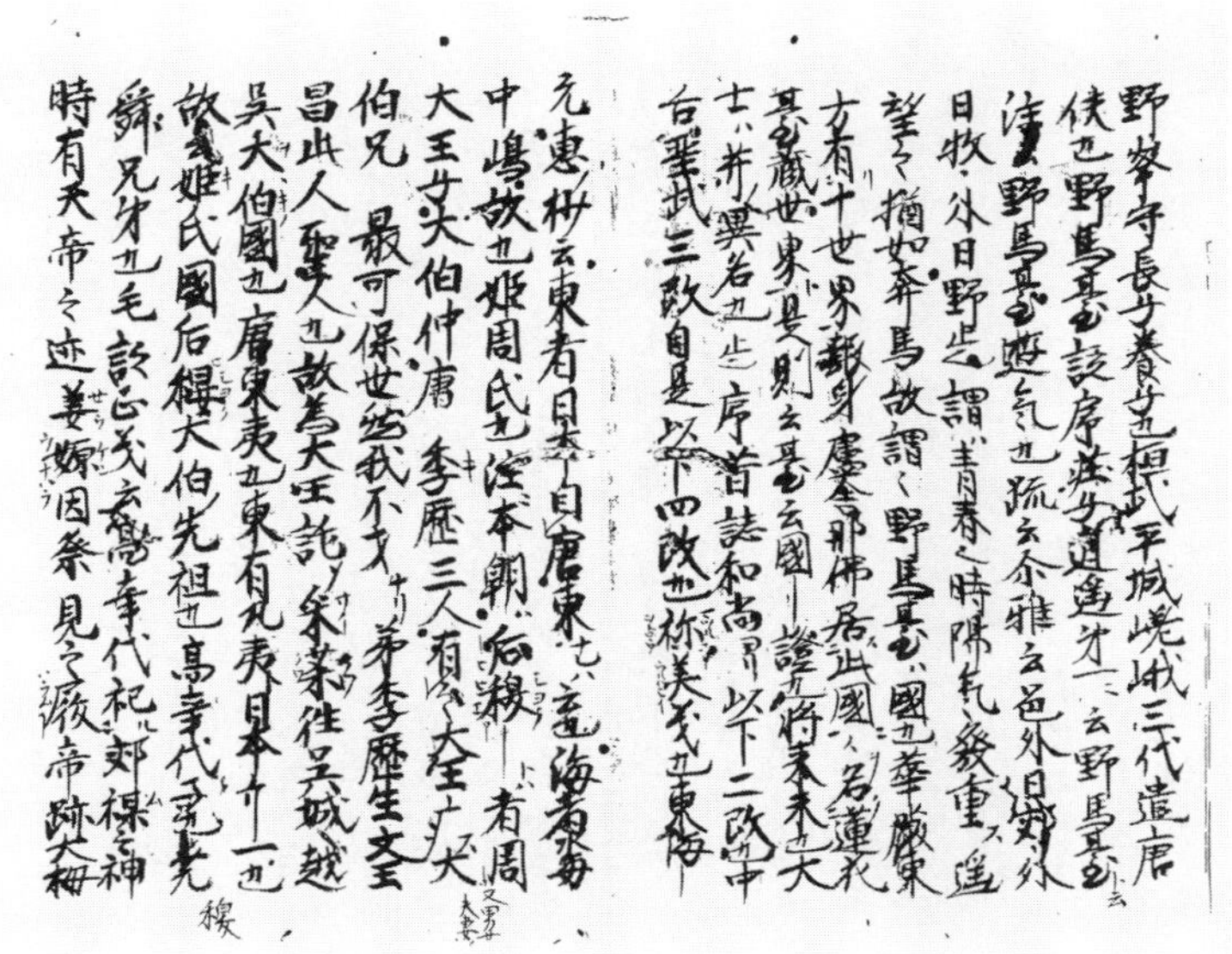

13

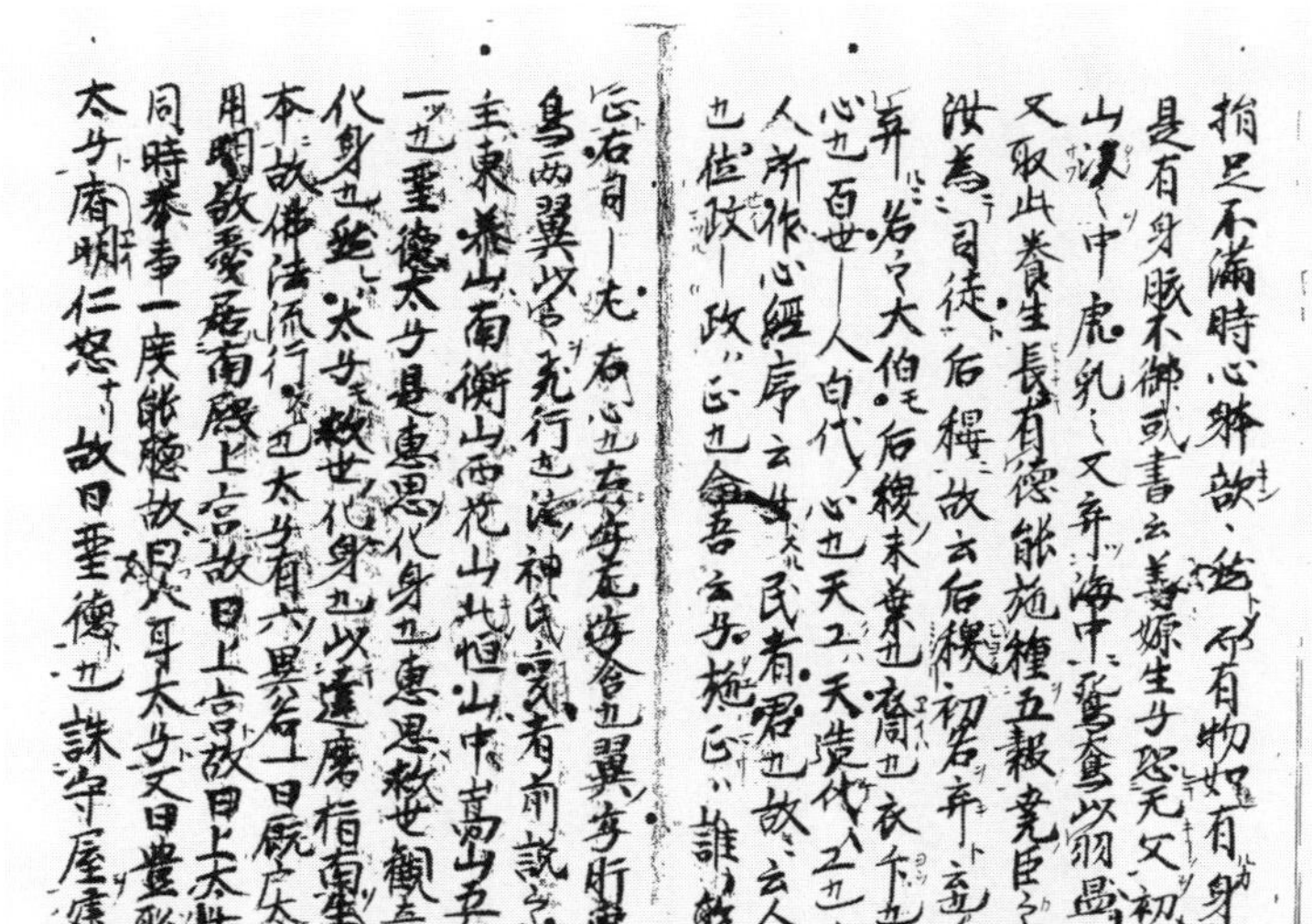

14

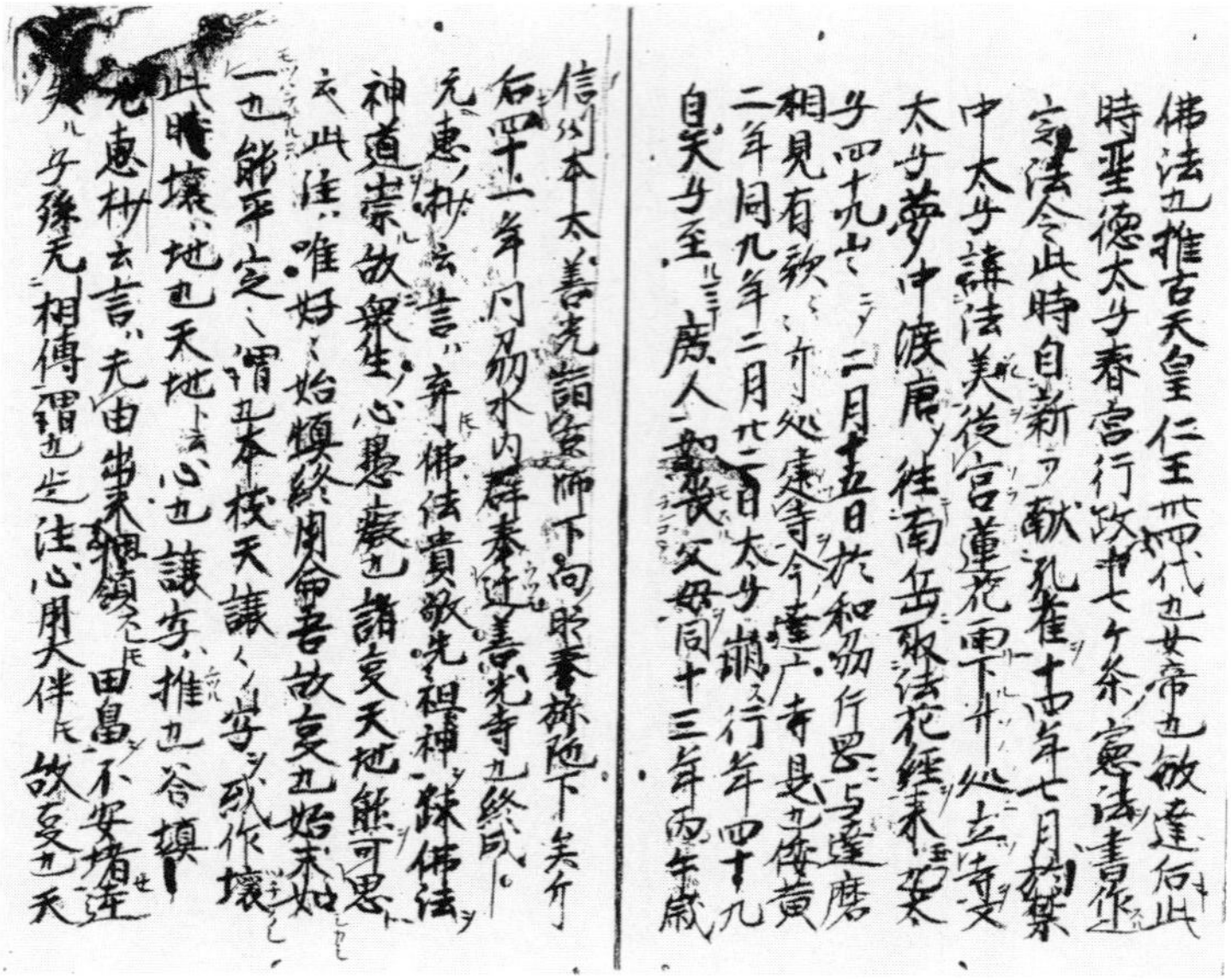

佛法也推古天皇仁王卅四代也女帝也敏達后也
時聖徳太子春宮行政卅七ヶ条憲法書作
定法令此時自新ニ献孔雀十四年七月於禁
中太子講法美従宮蓮花雨下卅一処立寺又
太子夢中渡唐ノ往南岳取法花経来
子四十九也二月十五日於和州片岡与達磨
相見有歌有処建寺今達广寺是也俊黄
二年同九年二月廿二日太子薨行年四十九
自妃太子至三十一人一挙衣文母同十三年丙午歳

信州本太善光詣宮師下向晩要添随下矣介
后四十一年内邪水内群奉迎善光寺也終成
元惠ノ相云言ハ弃佛法貴敬先祖神ヲ誅佛法
神道崇故衆生ノ心悪懐也諸夏天地熊可思
云此注ハ唯好始慎終用命善故夏也始末如
一也能平定謂也本枝天議安或作壊
此時壊ハ地也天地ト云心也譲安ハ推也谷填
元惠相云言ハ元由出来相鎖之氏田畠不安増迷
矣子孫元相傳謂也是注心用大伴氏故夏也天

15

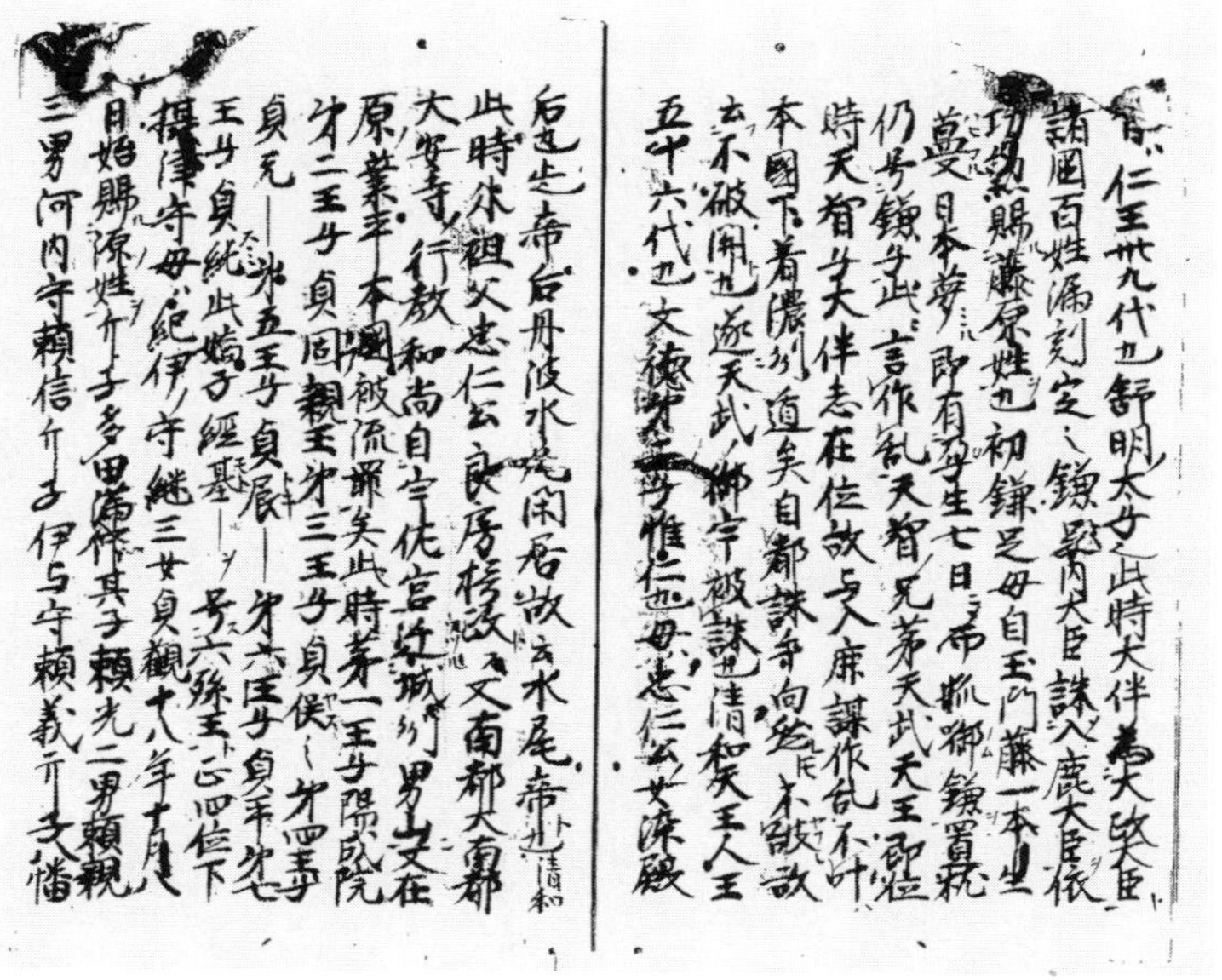

皆ハ仁王卅九代也舒明太子之此時大伴為大政大臣
諸国百姓漏刻定鎌足内大臣誅入鹿大臣依
功勲賜藤原姓也初鎌足母自玉門藤一本生
蔓日本夢即有孕生七日而帰御鎌置莽
仍号鎌子武言作乱天智兄弟天武天王即位
時天智子大伴志在位故与人麻謀作乱不叶
本国下着濃州道矣自都誅手向然不破敵
云不破関也遂天武ノ御宇被誅也清和天王人王
五十六代也文徳帝子母ハ惟仁也母ハ忠仁公ノ女深殿

后也是帝台丹波水尾閑居故云水尾帝也清和
此時休祖父忠仁公良房移政又南都大南都
大安寺ノ行教和尚自宇佐宮移城州男山又在
原業平本朝敵流罪矣此時第一王子陽成院
第二王子貞国親王第三王子貞保第四王子
貞元―――第五王子貞辰―――第六王子貞平第七
王子貞純此嫡子経基―――号六孫王正四位下
摂津守母ハ紀伊ノ守継三女貞観十八年十月
月始賜源姓介子多田満仲其子頼光二男頼親
三男河内守頼信介子伊与守頼義介子八幡

16

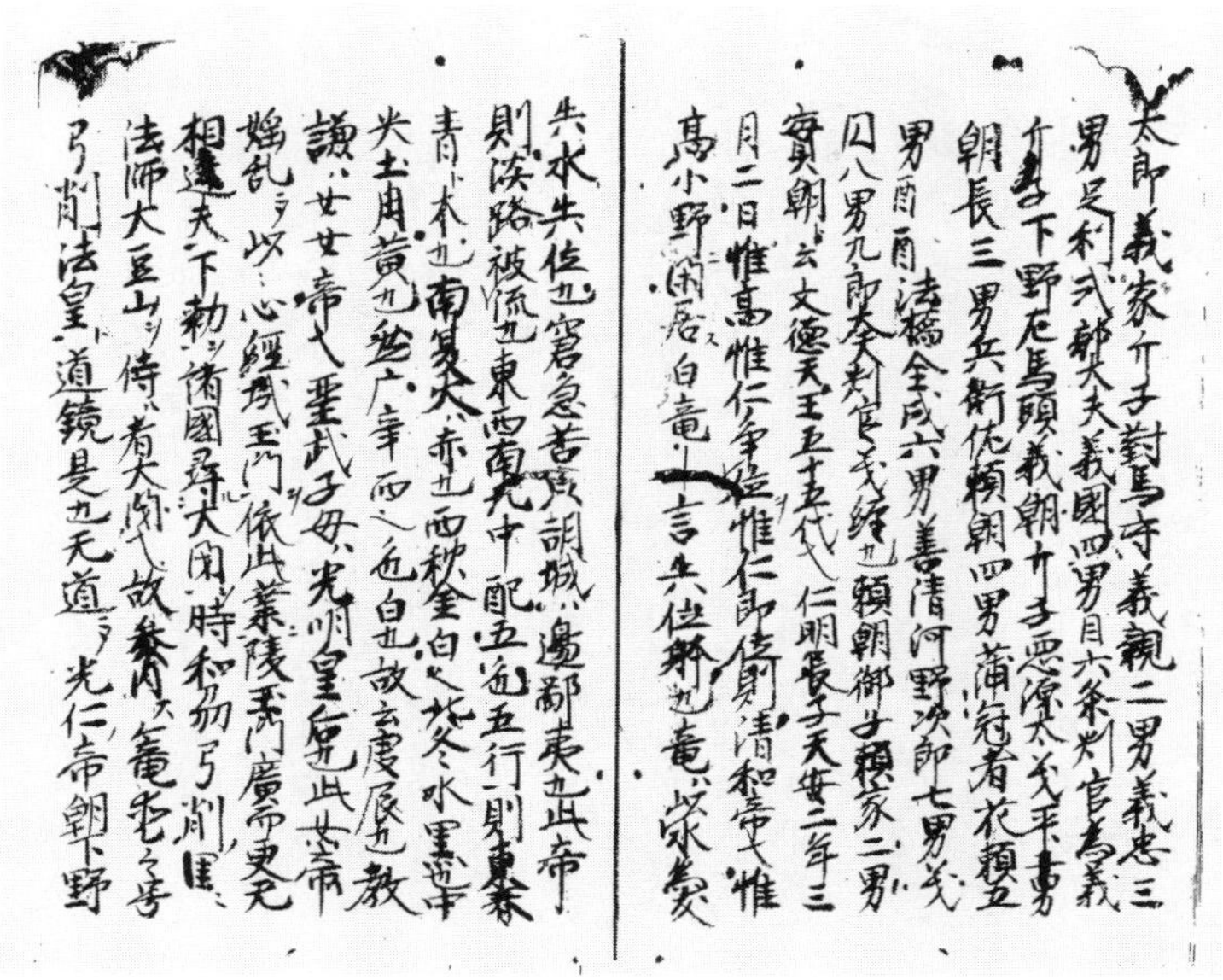
太郎義家ヶ子對馬守義親二男義忠三
男足利式部大夫義國四男目六条判官為義
ヶ子下野左馬頭義朝ヶ子悪源太義平一男
朝長三男兵衛佐頼朝四男蒲冠者範頼五
男悪禪師法橋全成六男善清河野次郎七男義
円八男九郎大夫判官義經也頼朝御子頼家二男
實朝ト云文徳天王五十五代仁明長子天安二年十三
月二日惟高惟仁争位惟仁卽位則清和帝也惟
高小野閑居白竜ノ一言失位事也竜ハ家為
失水失位也宮急着胡城ハ邊鄙夷也此帝
則淡路被流也東西南北中配五色五行則東春
青ト木也南夏火ハ赤也西秋金白也北冬水黒也中
央土用黄也然广辛酉之色白也故云庚辰也教
譲ハ女帝也聖武子母ハ光明皇后也此女帝
號乱ヲ以心經感王門依此叢陵禾門廣帝更无
相違天下勅ヲ諸國為大閑時和納弓削
法師大臣山ヲ侍ハ着大衲故参内ス庵毛之等
弓削法皇ト道鏡是也天道ヲ光仁帝朝下野

17

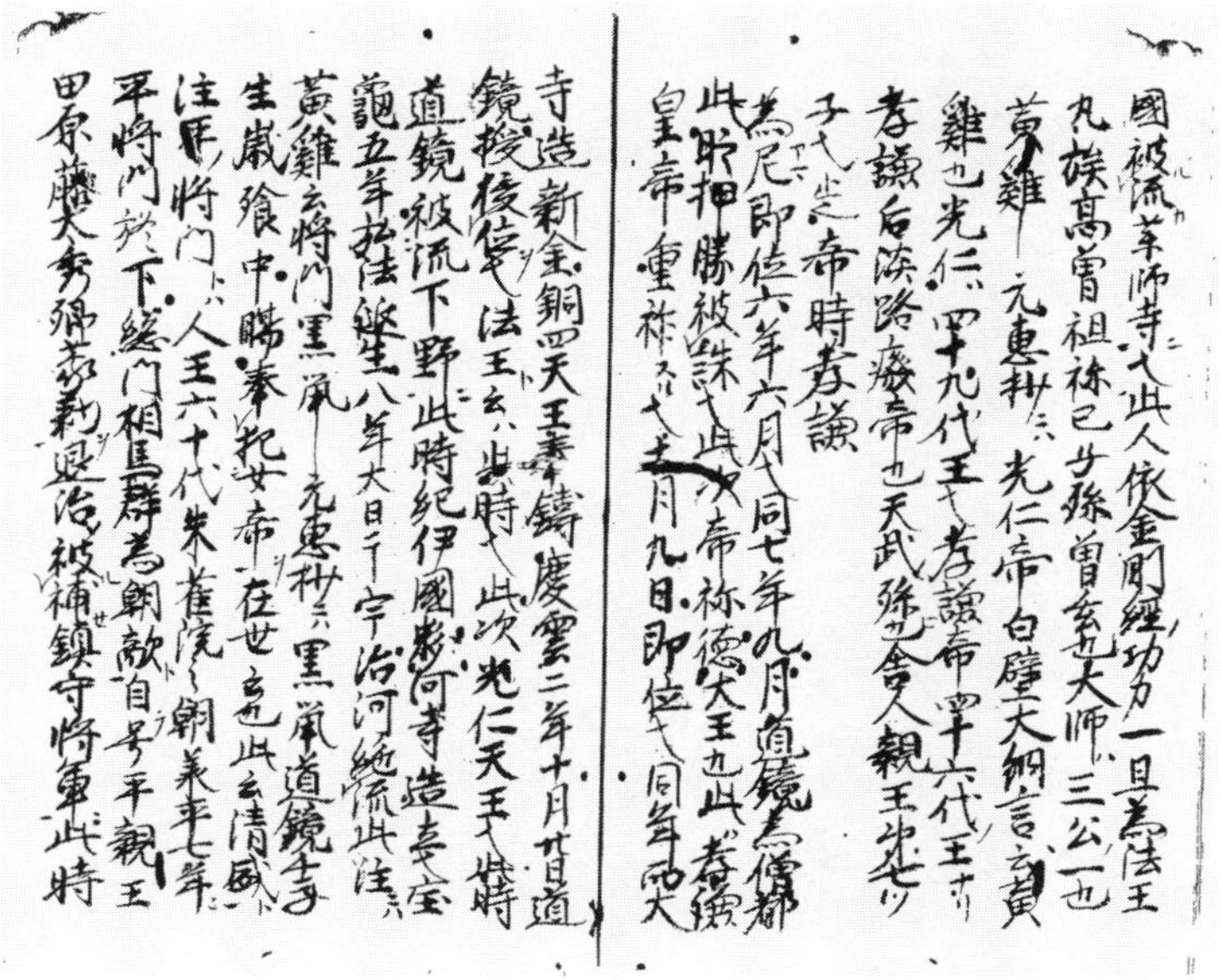
國被流革師寺ニ此人依金剛經功力一旦為法王
丸族高曽祖称已女孫曽玄也大師ハ三公一也
黄雞ト元惠抄ニ云光仁帝白壁王大納言云黄
雞也光仁ハ四十九代王也孝謙帝四十六代王也
孝謙后淡路廃帝也天武孫也舎人親王御子也
子也是帝時孝謙
為尼卽位六年六月同七年九月道鏡為僧都
此時押勝被誅此ノ帝称德天王也此ノ孝謙
皇帝重祚ス也十月九日卽位也同年而大
寺造新金銅四天王并像鑄慶雲二年十月廿日道
鏡授後位也法王云ハ此時也此次光仁天王也此時
道鏡被流下野ニ此時紀伊國於河寺造寺宝
龜五年於法皇八年大日子寺治河絶流此注ハ
黄雞ト云将門黒風ト元惠抄ニ云黒風道鏡王ヲ
生歳後中勝奉把女帝在世是也此云清盛ト
注ル将門ト人王六十代朱雀院ノ朝承平七年
平將門叛下総門相馬郡為朝敵自号平親王
田原藤太秀郷等勅退治被補鎮守将軍此時

18

兼平四年、奈良東西金堂焼失、比叡山中堂
焼劫大長谷寺焼亡、天慶二年自四月至八月ニ
大地震スル毎日也、此時賀茂行幸石清水臨
時ノ祭初ル　注平相國ノ平ノ氏相國大政大臣
人王八十代高倉院ノ御時平相國清盛治承四年
六月一日於摂州兵庫ニ立新都号ス福原京ト平
安城ヨリ以来四百廿也円四年四月九日源三位入
道高倉院於宇治平等院父子自害ル、宮ニ文御
自害、飛騨判官景高取御頸供奉ス三井寺円
廿六日青、南都廿八日、東大寺興福寺并興田寺
八月頼朝起兵ヲ豆州ニ、九月二日注進使到新
都廿二日紀國園東発向大后宮藤原子胎宮公
女也

一善一止　千經万論不信无益名荷
佛心得　一文一句信心度世
惡覺發　一念發起菩心勝於造立百塔
宝塔破壞成微塵　菩心種成佛道

19

七　架蔵『野馬台詩経典余師』

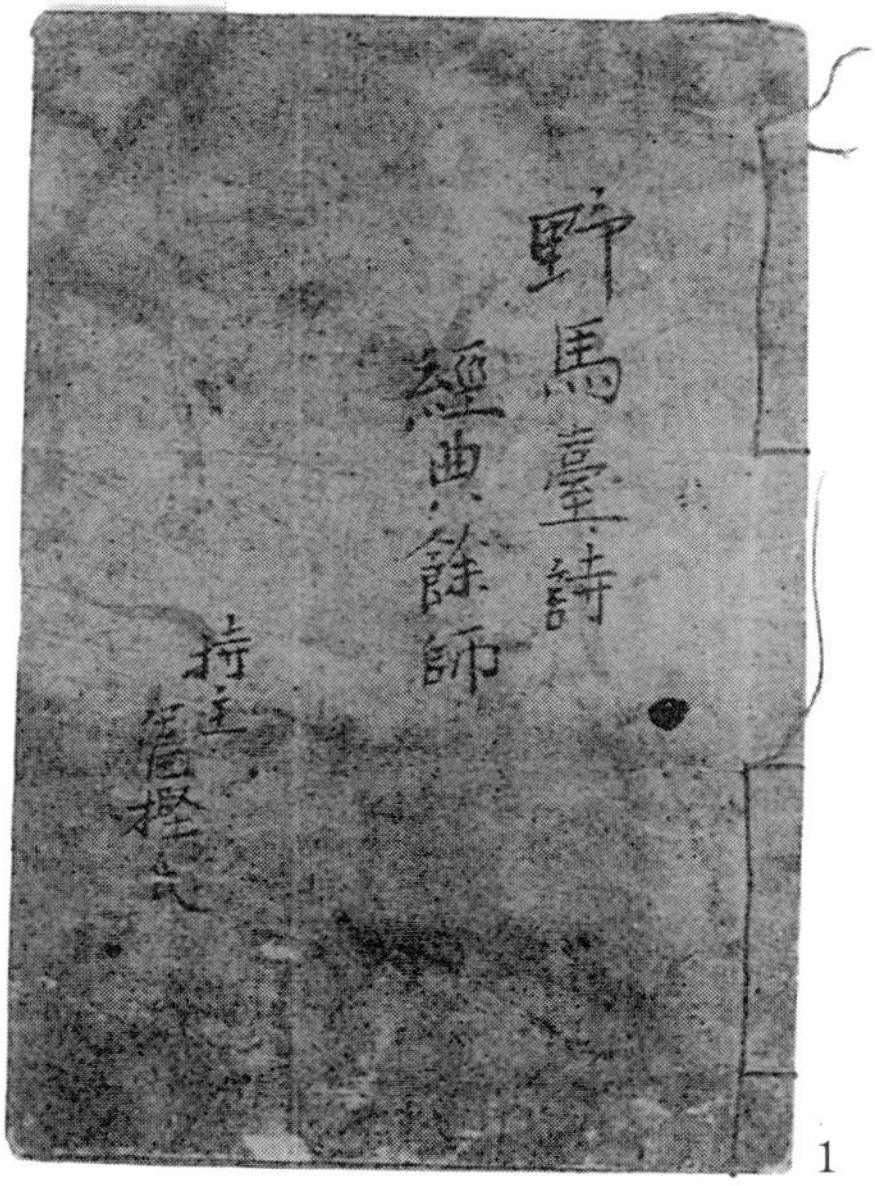

1

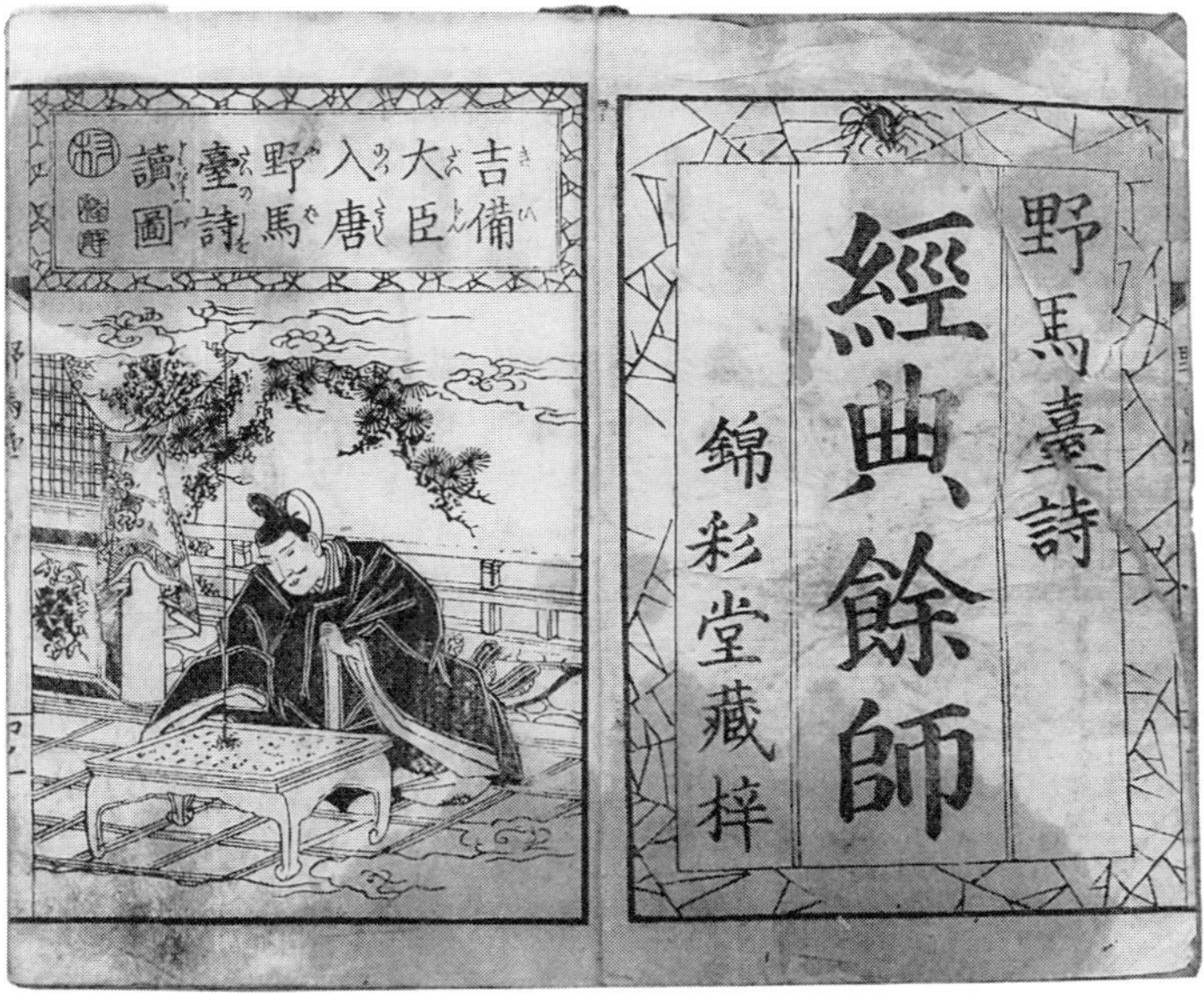

2

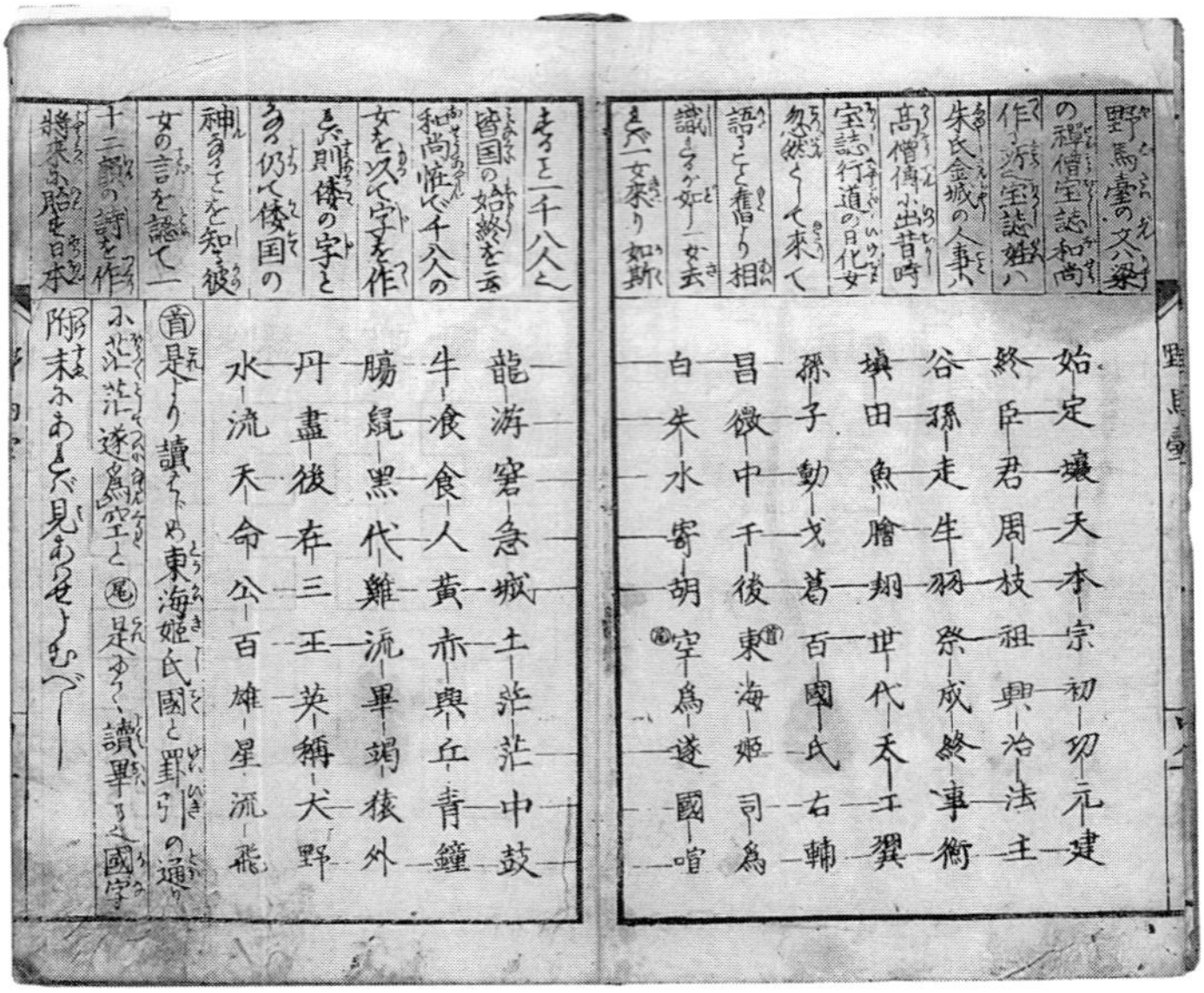
野馬臺
始定壌天本宗初功元建
終臣君周枝祖興治法主
谷孫走牛羽祭成終事衡
塡田魚膾翔世代天工翼
孫子動戈葛百國氏右輔
昌微中干後東海姫司為
白失水寄胡空爲遂國喧
龍游窘急城土茫茫中鼓
牛喰食人黄赤與丘青鐘
腸鼠黒代雞流畢竭猿外
丹盡後在三王英稱犬野
水流天命公百雄星流飛

3

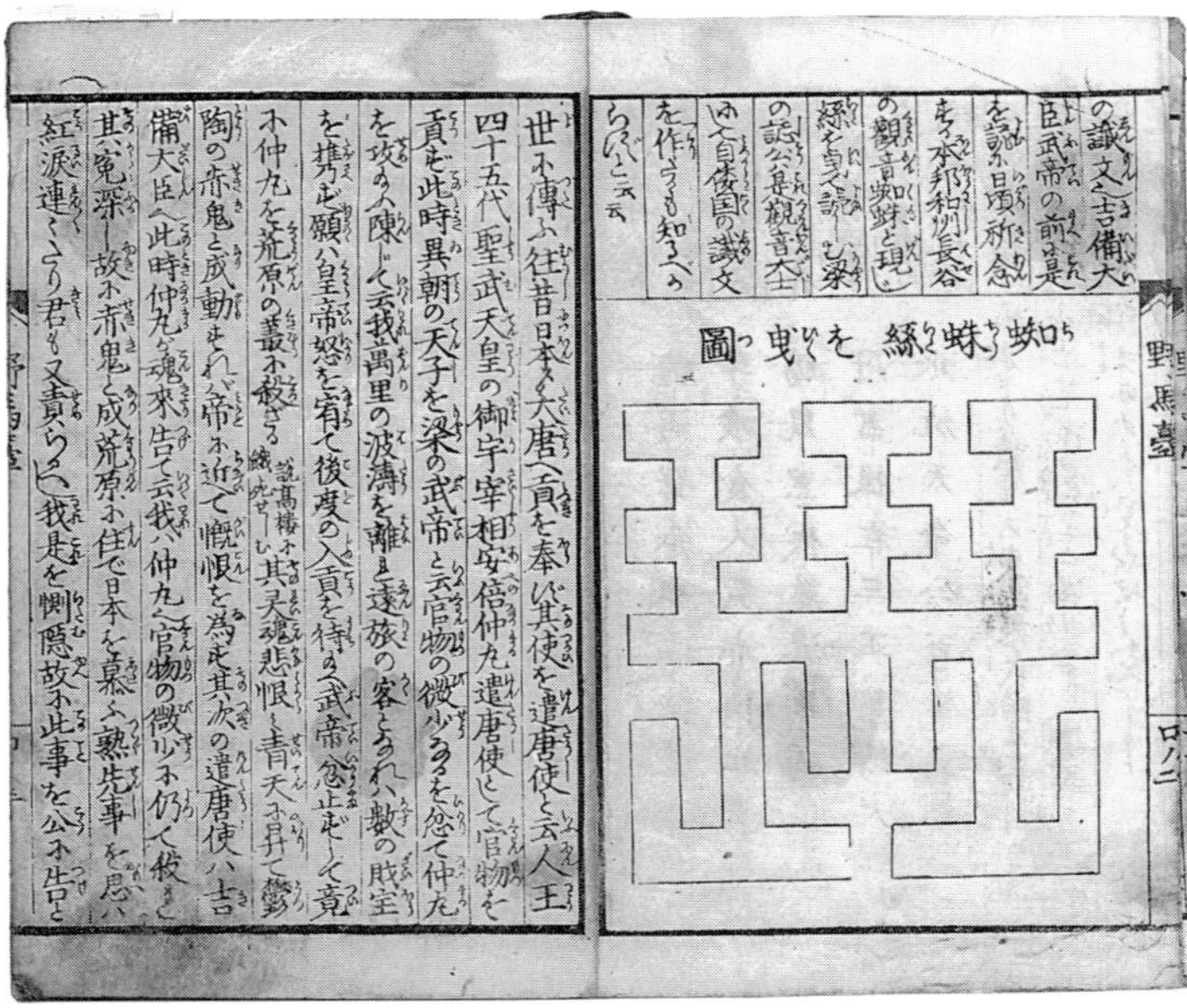
野馬臺
蜘蛛の縁を覓つ圖

4

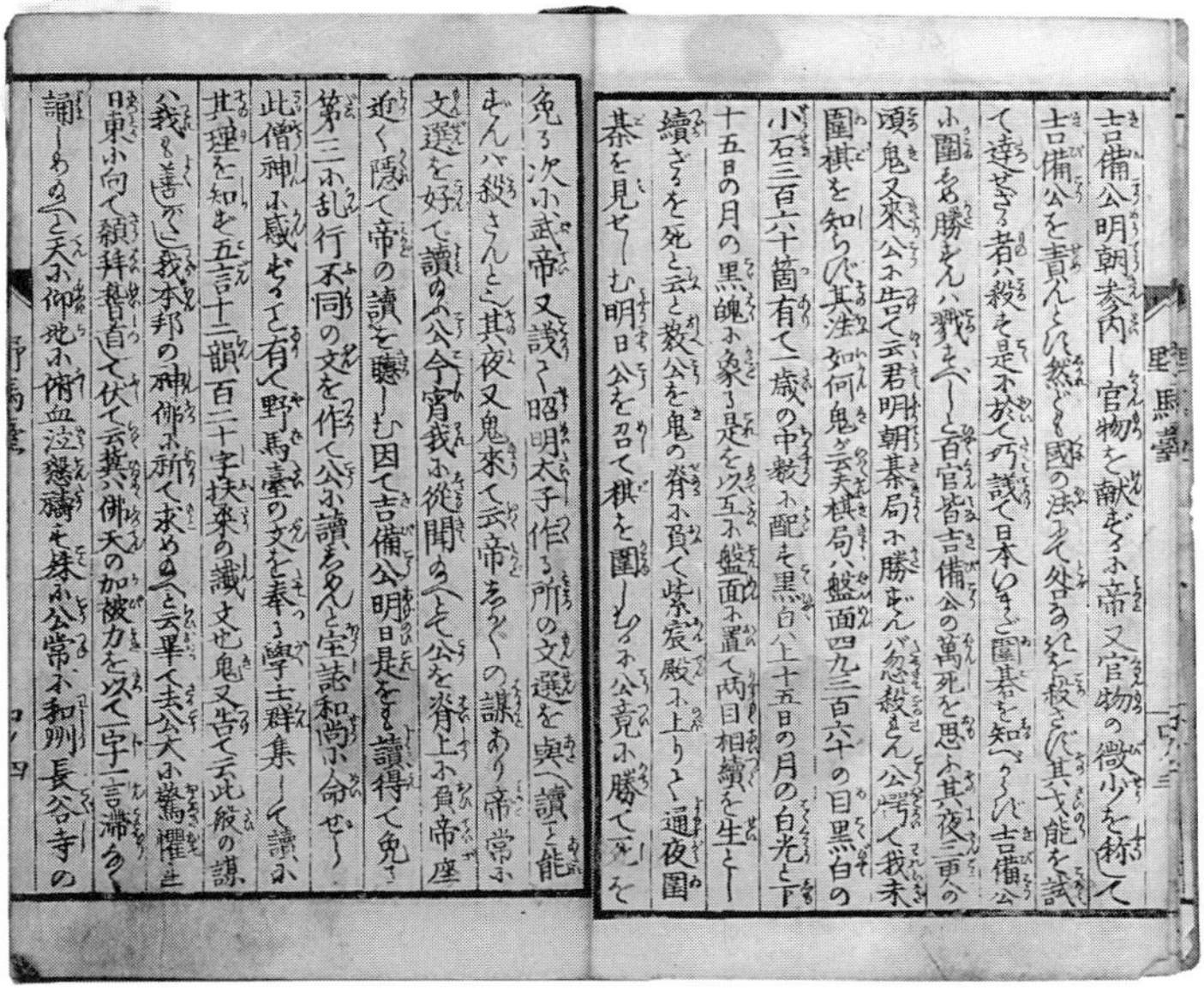

5

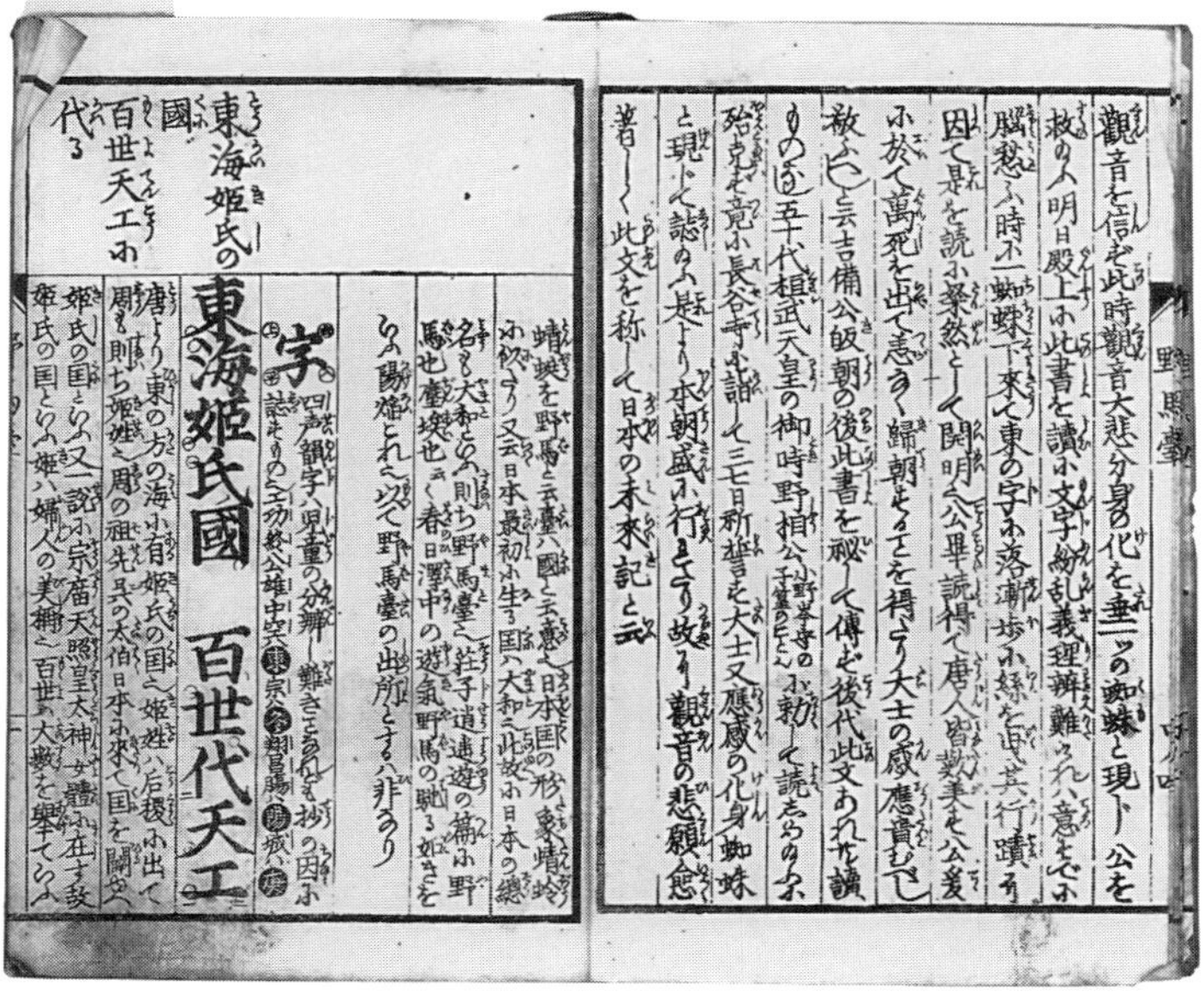

6

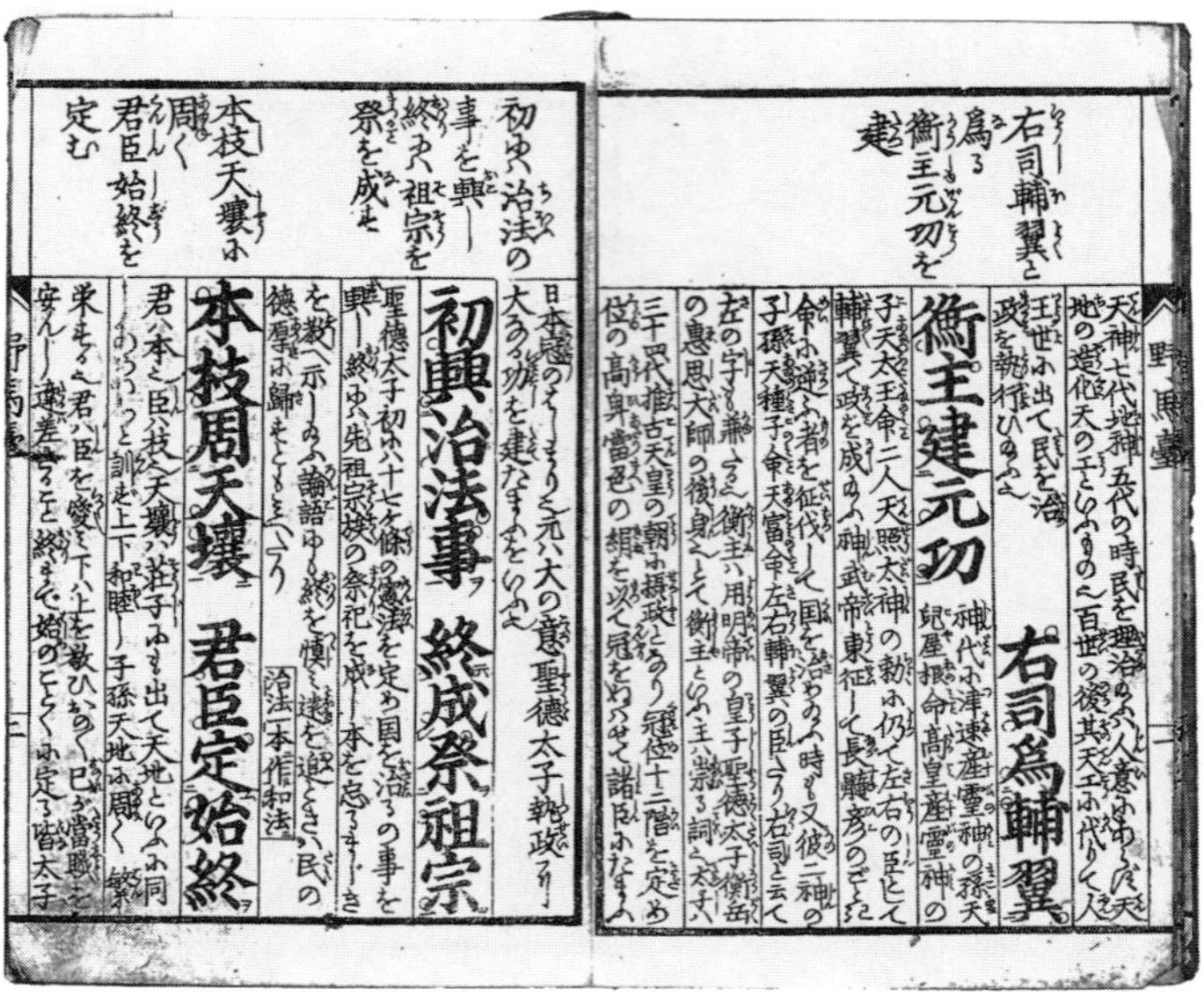
右司輔翼と為る　衡主元功を建
右司為輔翼　衡主建元功
初めに治法の事を興し　終りに祖宗を祭を成せ
初興治法事　終成祭祖宗
本枝天壌に周く　君臣始終を定む
本枝周天壌　君臣定始終

7

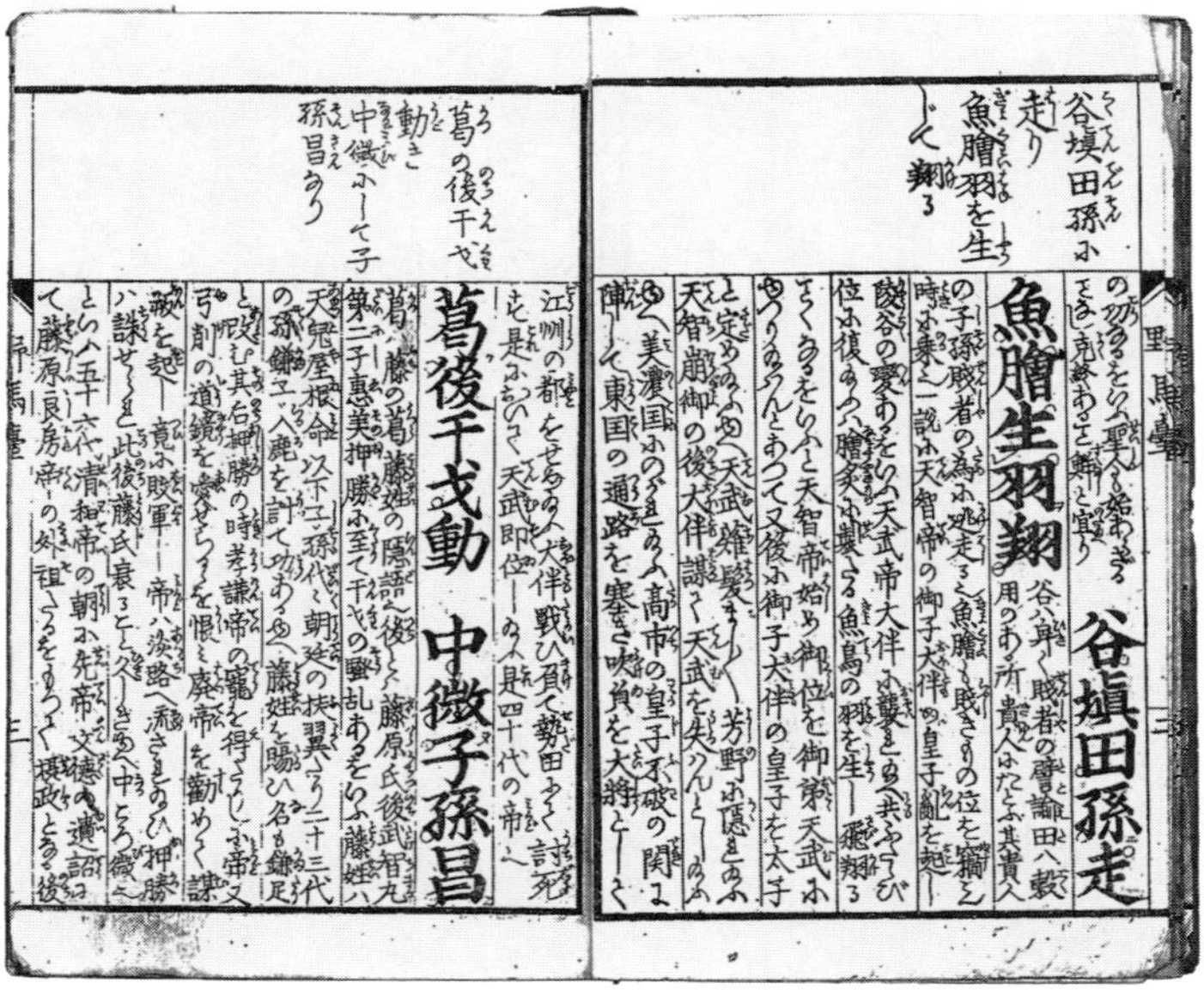
谷塡田孫に走り　魚膾羽を生じて翔る
谷塡田孫走　魚膾生羽翔
葛の後干戈動き　中微にして子孫昌なり
葛後干戈動　中微子孫昌

8

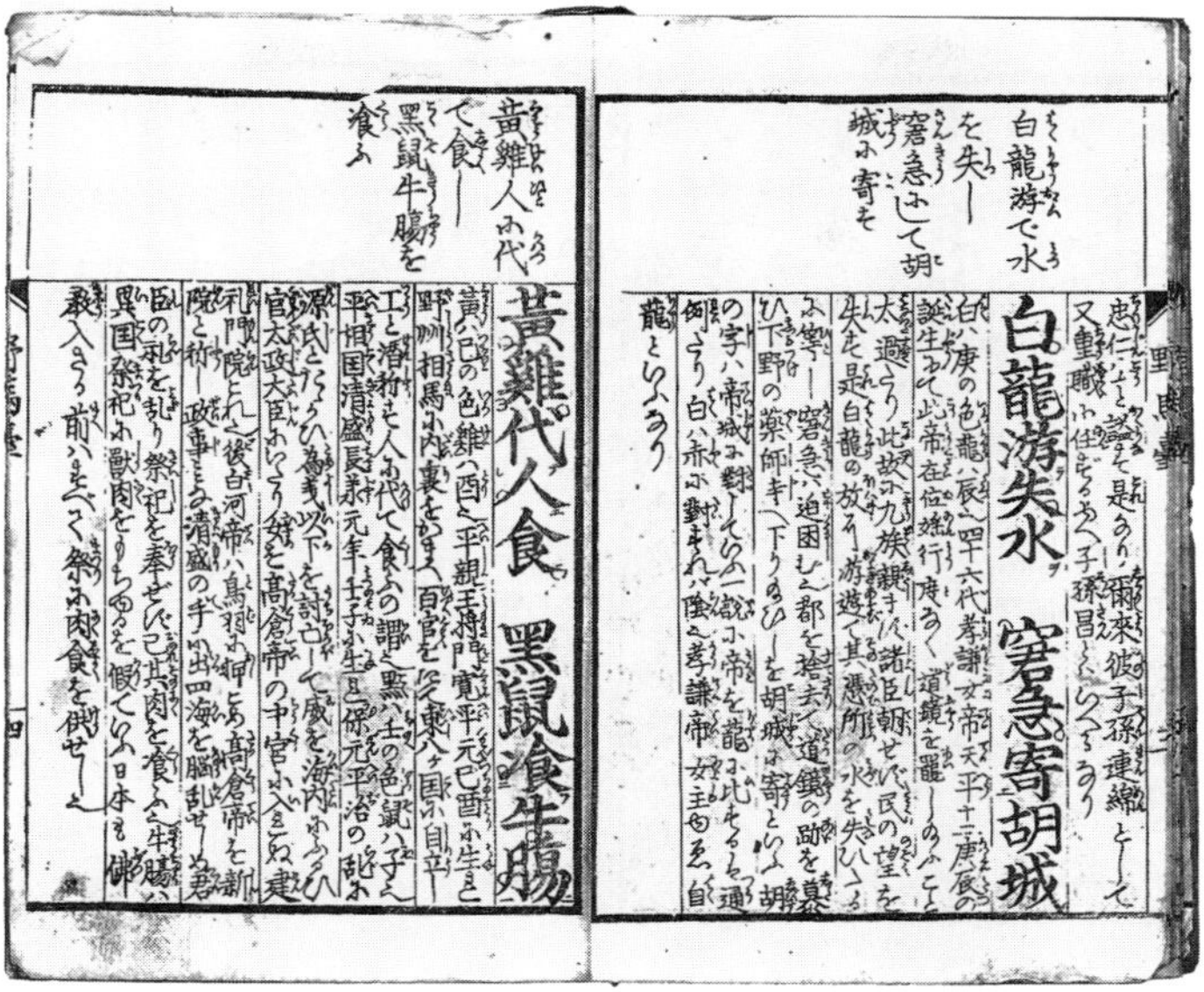

白龍游て水を失し　窘急ふして胡城ふ寄そ

白龍游失水　窘急寄胡城

黄雞人ふ代て食し　黒鼠牛腸を飡ふ

黄雞代人食　黒鼠飡牛腸

9

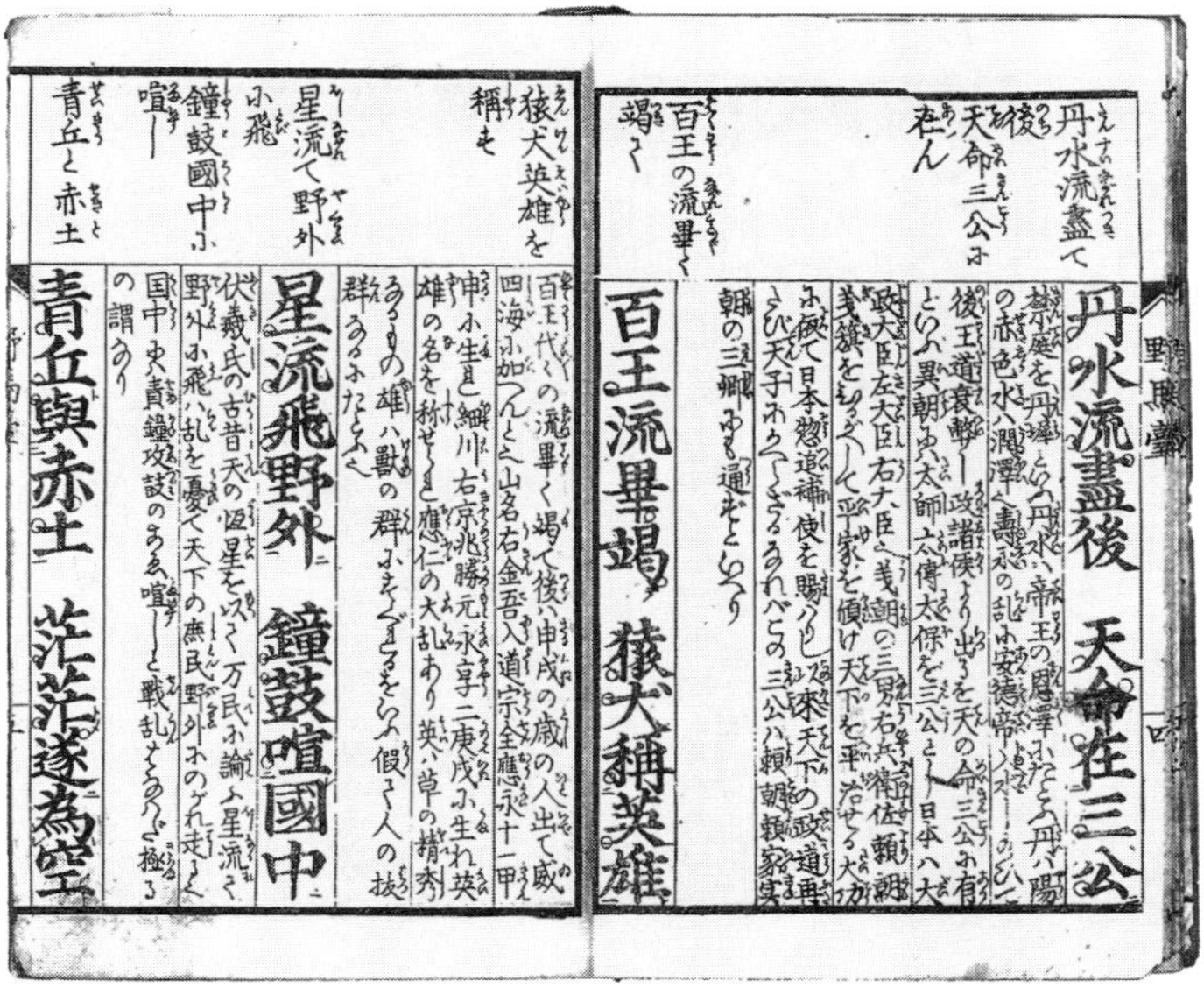

丹水流盡て後　天命三公ふ在ん

丹水流盡後　天命在三公

百王の流畢く竭く

百王流畢竭　猿犬稱英雄

猿犬英雄を稱せ

星流て野外ふ飛　鐘鼓國中ふ喧し

星流飛野外　鐘鼓喧國中

青丘と赤土

青丘與赤土　茫茫遂為空

10

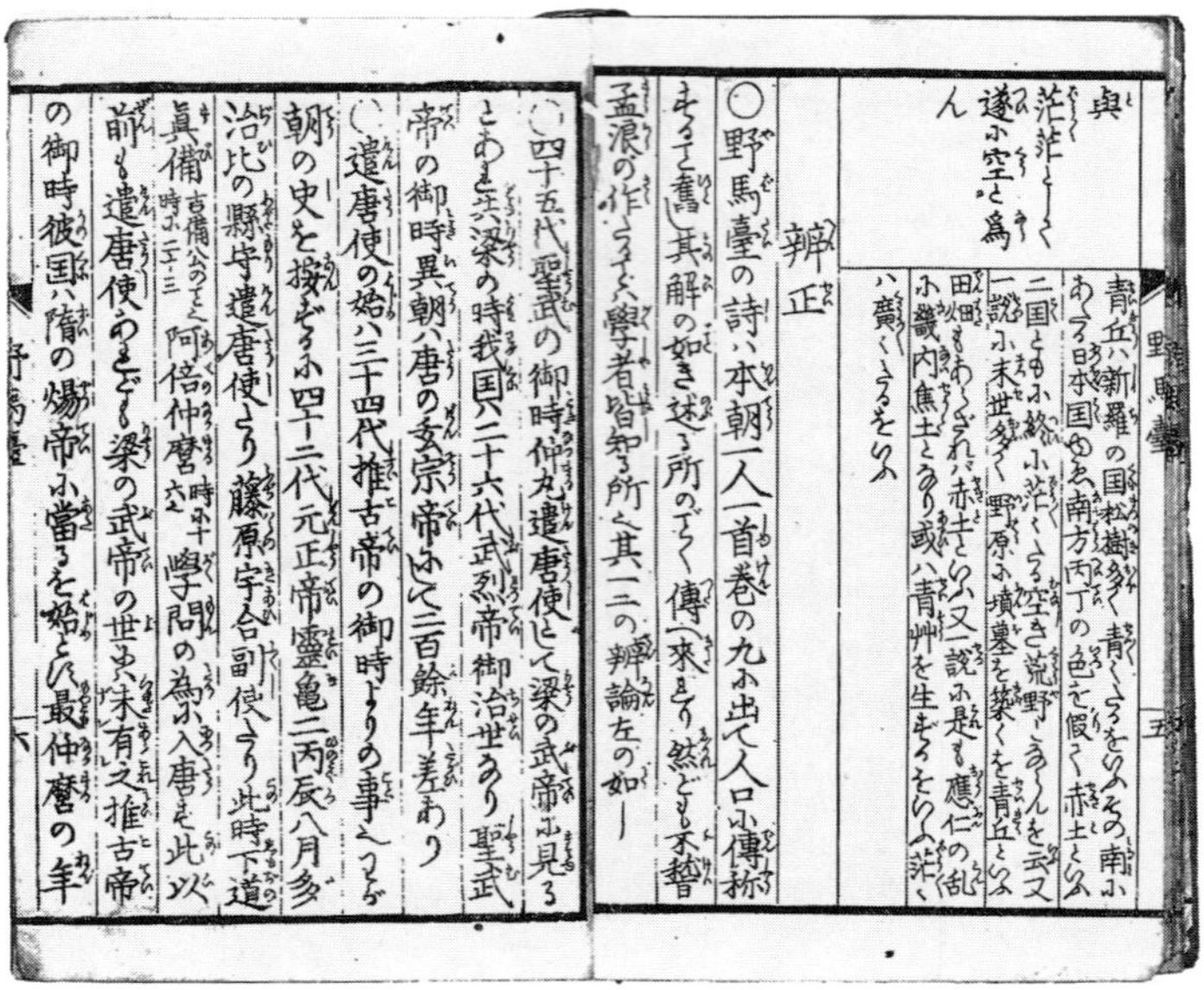

与
茫茫として
遂に空と為ん

青丘ハ新羅の国松樹多く青くあるをいふその南にあたる日本国也又南方丙丁の色を假て赤土といふ二国ともに終に茫々たる空き荒野とならんを云又一説に末世多く野原に墳墓を築くを青丘といふ田畑もあれぬれハ赤土といふ又一説に是も應仁の乱に畿内焦土となり或ハ青艸を生ぜざるをいふ茫々ハ廣くなるをいふ

辨正

○野馬臺の詩ハ本朝一人一首巻の九に出て人口に傳称せること舊し其解の如き述る所のごとく傳へ來れり然ども不審孟浪の作なるゆへ學者皆知る所也其一二の辨論左の如し

○四十五代聖武の御時仲丸遣唐使として梁の武帝に見るとあれど異国梁の時我国ハ二十六代武烈帝御治世なり聖武帝の御時異朝ハ唐の玄宗帝にして二百餘年差あり

○遣唐使の始ハ三十四代推古帝の御時よりの事なれど朝の史を按ずるに四十二代元正帝靈亀二丙辰八月多治比の縣守遣唐使より藤原宇合副使より此時下道真備（吉備公の事也時に二十三）阿倍仲麿（時に十六）學問の為に入唐す此以前も遣唐使のことども梁の武帝の世ハ未有之推古帝の御時彼国ハ隋の煬帝に當るを始として最仲麿の年

11

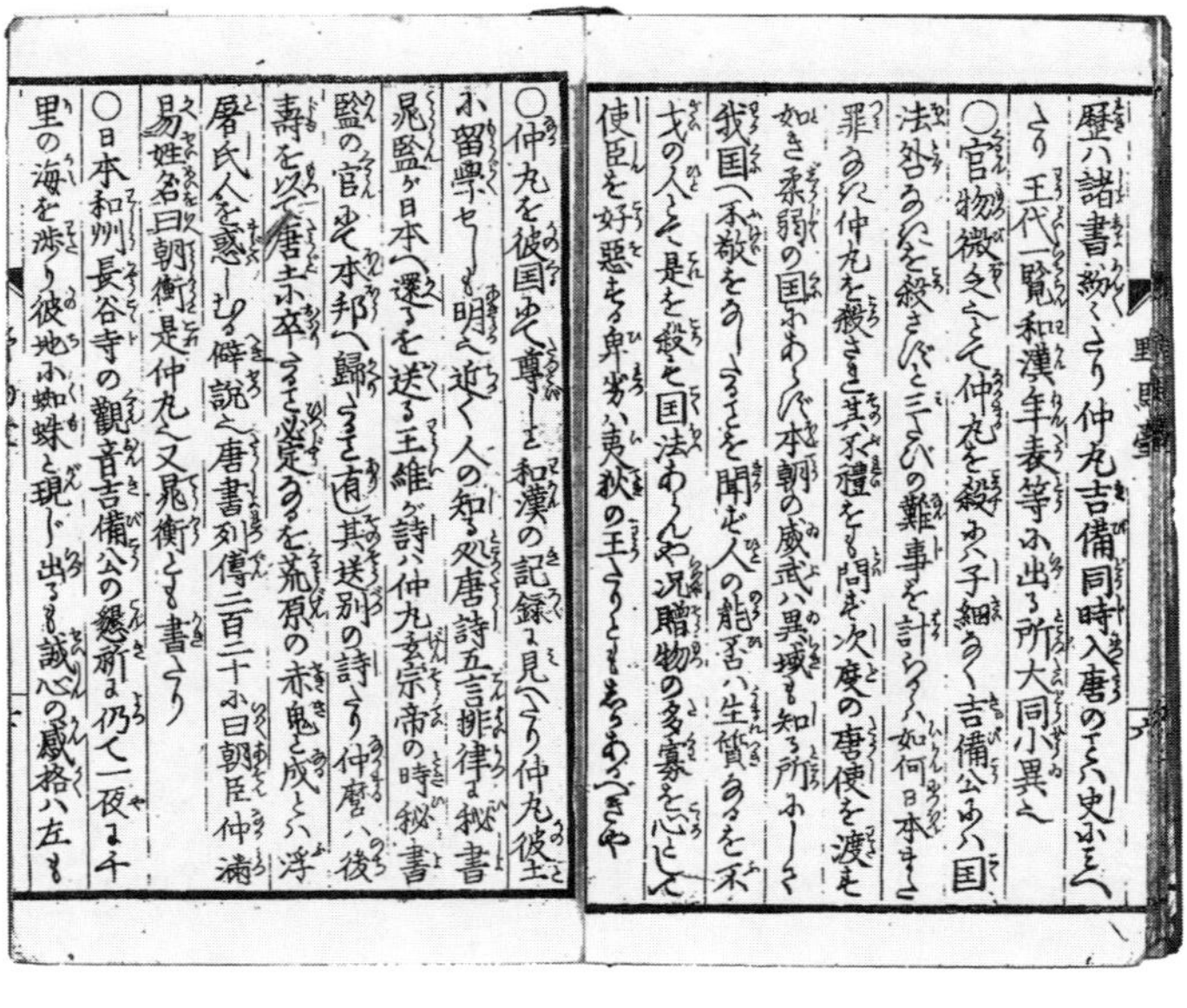

歴ハ諸書に紛々たり仲丸吉備同時入唐のことハ史にも見へたり王代一覧和漢年表等に出る所大同小異也

○官物微々なるとて仲丸を殺せんハ子細なく吉備公也ハ国法然るべきを殺さんとてたびたびの難事を計らバ如何日本まさ罪なくして仲丸を殺さば其不禮をも問ずて次度の唐使を渡さざる柔弱の国にあらず本朝の威武ハ異域も知る所なれば我国へ不敬をなしたることを聞ば人の能否ハ生質なるを不才の人なりと是を殺せバ国法あらんや況贈物の多寡を心として使臣を好悪する卑劣ハ夷狄の王たりともあるべきや

○仲丸を彼国にて尊しこと和漢の記録に見へたり仲丸彼土に留學せしも明也近く人の知る処唐詩五言排律に秘書晁監が日本へ還るを送る王維が詩ハ仲丸玄宗帝の時秘書監の官にて本邦へ歸らんとする其送別の詩なり仲麿ハ後壽を以て唐土に卒すること必定なるを荒原の赤鬼と成といふ浮屠氏人を惑しむる僻説也唐書列傳二百二十に曰朝臣仲滿易姓名曰朝衡是仲丸也又晁衡とも書けり

○日本和州長谷寺の観音吉備公の懇祈に仍て一夜に千里の海を渉り彼地に蜘蛛と現じ出るも誠心の感格ハ左も

12

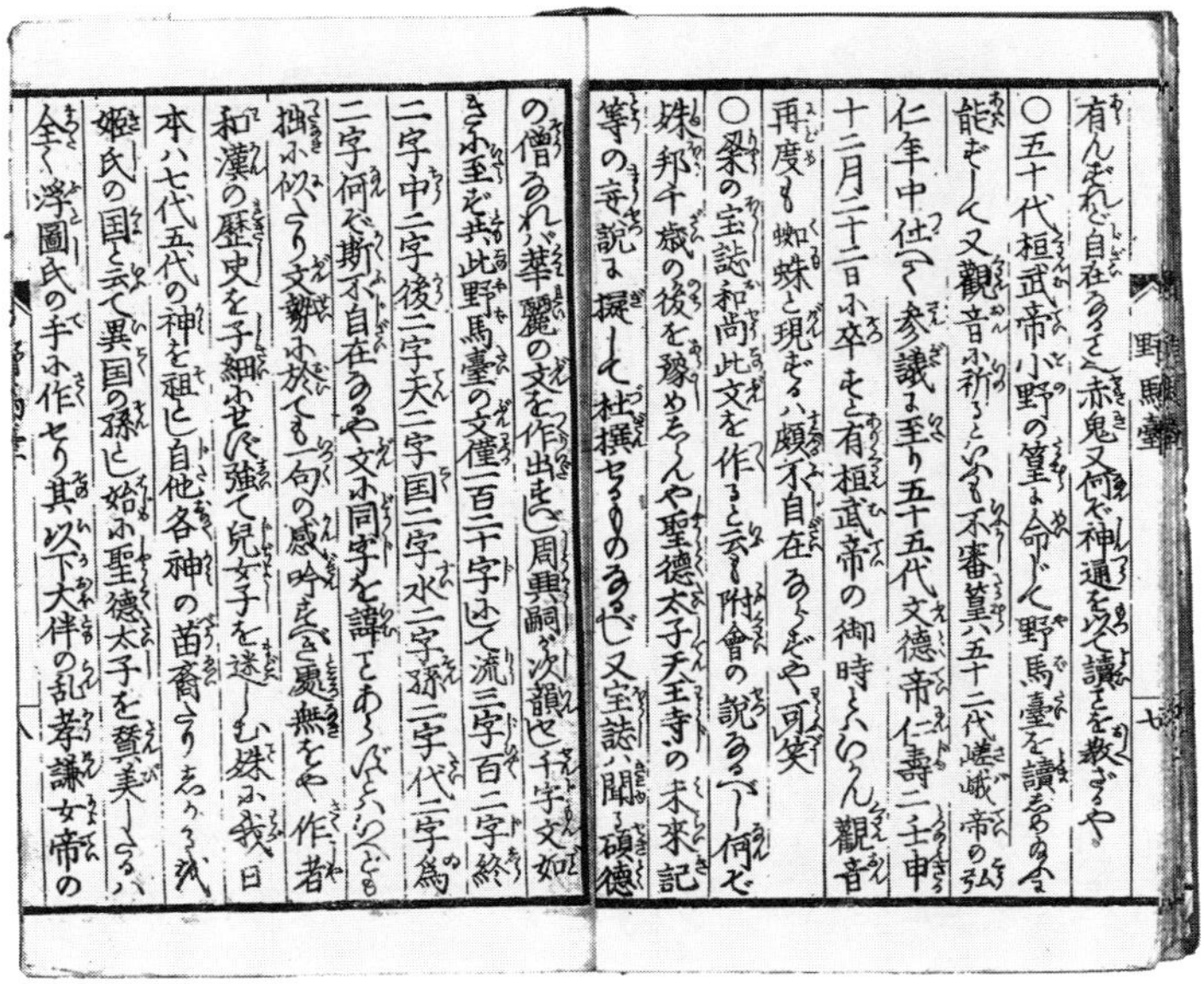

有んぞれど自在なることあ赤鬼又何ぞ神通を以て讀ことを教ぞるや
○五十代桓武帝小野の篁に命じて野馬臺を讀ぞるの令
能ざして又觀音に祈るといふも不審篁ハ五十二代嵯峨帝の弘
仁年中仕て參議に至り五十五代文德帝仁壽二壬申
十二月二十二日に卒せと有桓武帝の御時といふん觀音
再度も蜘蛛と現ぞるハ頗不自在なるぞや可笑
○粱の宝誌和尚此文を作ると云も附會の説なるべし何ぞ
殊邦千歳の後を豫めそらんや聖德太子天王寺の未來記
等の妄説に擬して杜撰せるものなるべし又宝誌ハ聞る碩德
の僧なれバ華麗の文を作出さじ周興嗣が次韻せし千字文如
きに至ぞも共此野馬臺の文僅一百二十字にして流三字百二字終
二字中二字後二字夫二字国二字水二字孫二字代二字為
二字何ぞ斯不自在なるや文に同字を諱てあらバ如何といへども
拙に似たり文辭に於ても一句の感吟すべき處無をや作者
和漢の歴史を子細にせバ強て兒女子を迷しむ殊に我日
本ハ七代五代の神を祖とし自他各神の苗裔なりあるか我
姫氏の国と云て異国の孫とし始に聖德太子を賛美しるハ
全く浮圖氏の手に作せり其以下大伴の乱孝謙女帝の

13

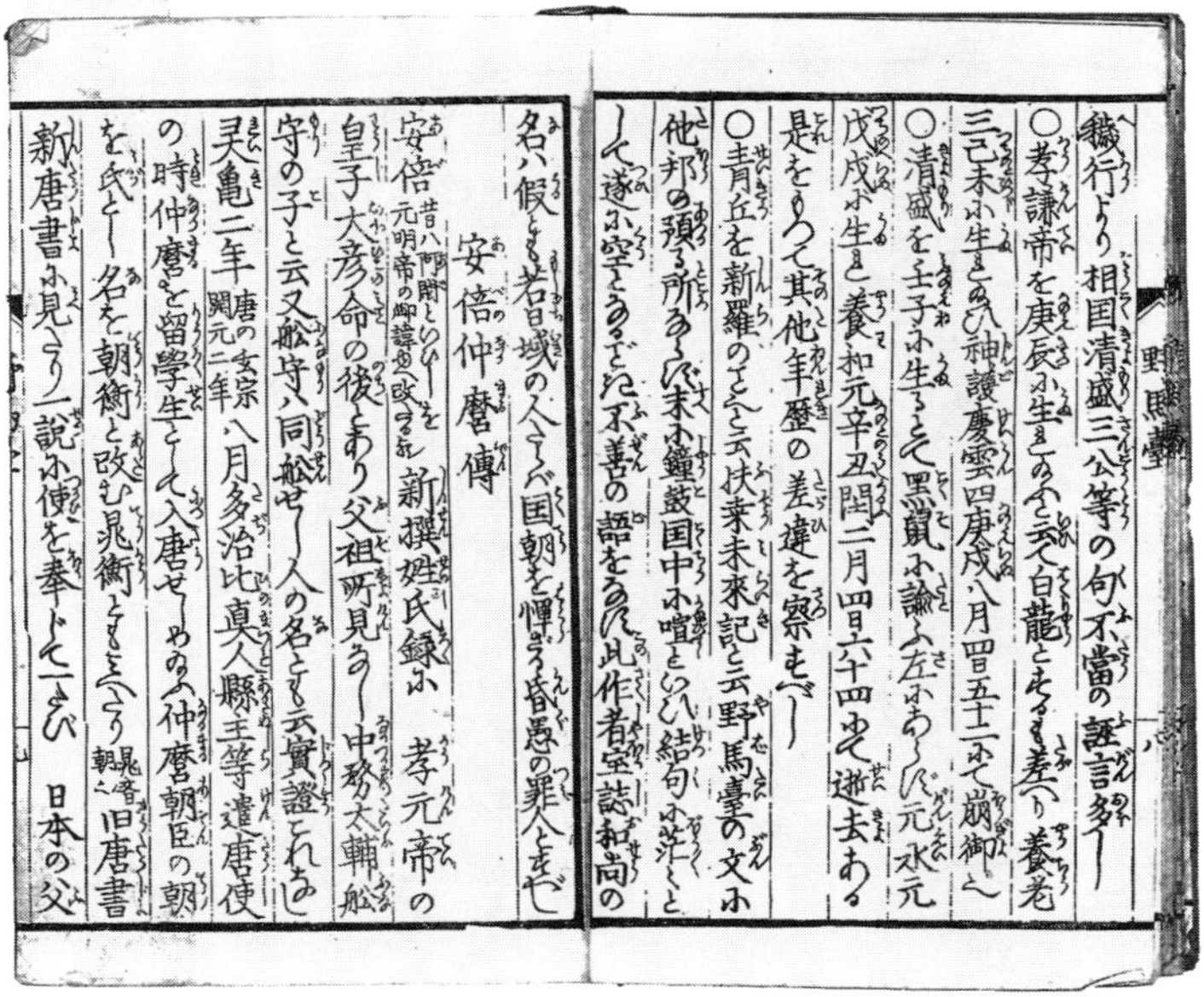

鐵行より相国清盛三公等の句不當の誣言多し
○孝謙帝を庚辰に生まとあるを云て白龍とせるも差へり養老
三己未に生まとあれバ神護慶雲四庚戌八月四日五十三にて崩御し
○清盛を壬子に生るとて黒鼠に諭ふ左にあらバ元永元
戊戌に生まと養和元辛丑閏二月四日六十四にて逝去ある
是をもつて其他年歴の差違を察まべし
○青丘を新羅のことと云扶桑未來記と云野馬臺の文に
他邦の預る所あらバ末に鐘鼓国中に喧といひし結句に然くと
して遂に空となるぞたゞ不善の語をなして此作者宝誌和尚の
名ハ假とも若日域の人なるべ国朝を憚ざる昏愚の罪人となぜ

安倍仲麿傳

安倍 昔ハ阿閉といひしを元明帝の御諱なれバ改するなり 新撰姓氏録に 孝元帝の
皇子大彦命の後とあり父祖所見なし中務大輔船
守の子と云又船守ハ同船せし人の名とも云實證これなし
灵亀二年 唐の玄宗開元二年 八月多治比真人縣主等遣唐使
の時仲麿を留學生として入唐せしめるへ仲麿朝臣の朝
を氏とし名を朝衡と改む晁衡ともいへり 晁ハ音朝之 旧唐書
新唐書に見へたり一説に使を奉じて一たび 日本の父

14

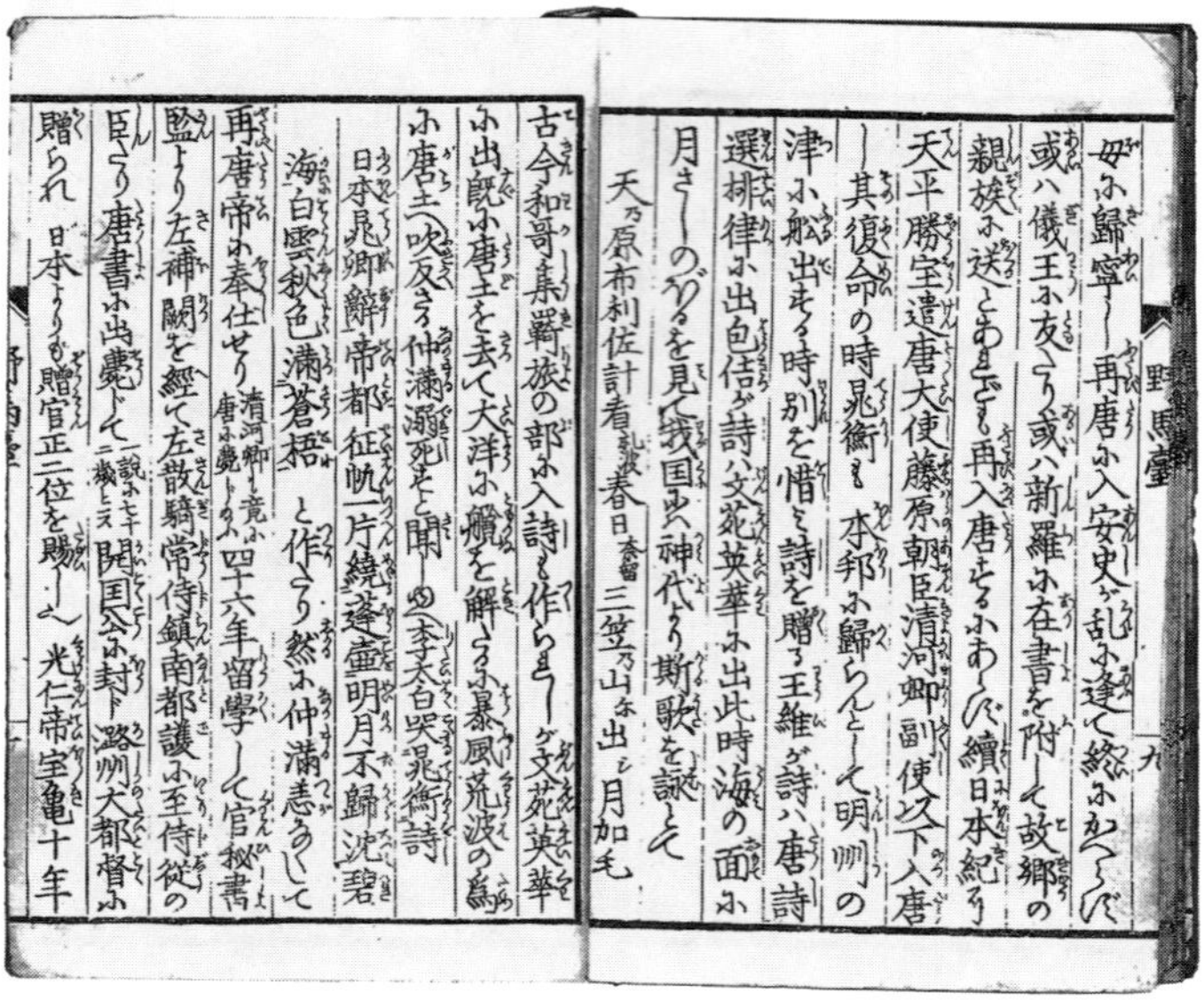
毋ふ歸寧し再唐ふ入安史が乱ふ逢て終ふかへらバ
或ハ儀王ふ友とり或ハ新羅ふ在書を附して故郷の
親族ふ送とあきども再入唐せるふあらバ續日本紀ふ
天平勝宝遣唐大使藤原朝臣清河卿副使以下入唐
し其復命の時晁衡も本邦ふ歸らんとして明州の
津ふ船出せる時別を惜ミ詩を贈る王維が詩ハ唐詩
選排律ふ出包佶が詩ハ文苑英華ふ出此時海の面ふ
月さしのぼるを見て我国の神代より斯歌を詠じて
天乃原布利佐計者春日三笠乃山ふ出し月加毛

野馬臺　九

古今和哥集羇旅の部ふ入詩も作られしが文苑英華
ふ出既ふ唐土を去て大洋ふ艤を解きしふ暴風荒波の為
ふ唐土へ吹及さる仲満溺死せと聞り（李太白哭晁衡詩
日本晁卿辭帝都征帆一片繞蓬壷明月不歸沈碧
海白雲愁色滿蒼梧 と作り然ふ仲満恙なくして
再唐帝ふ奉仕せり 清河卿も竟ふ唐ふ薨ぜり 四十六年留學して官秘書
監より左補闕を經て左散騎常侍鎮南都護ふ至侍従の
臣より唐書ふ出薨じて 一説ふ七十二歳とぞ 開国公ふ封じ潞州大都督ふ
贈られ 日本よりも贈官正二位を賜し又 光仁帝宝亀十年

15

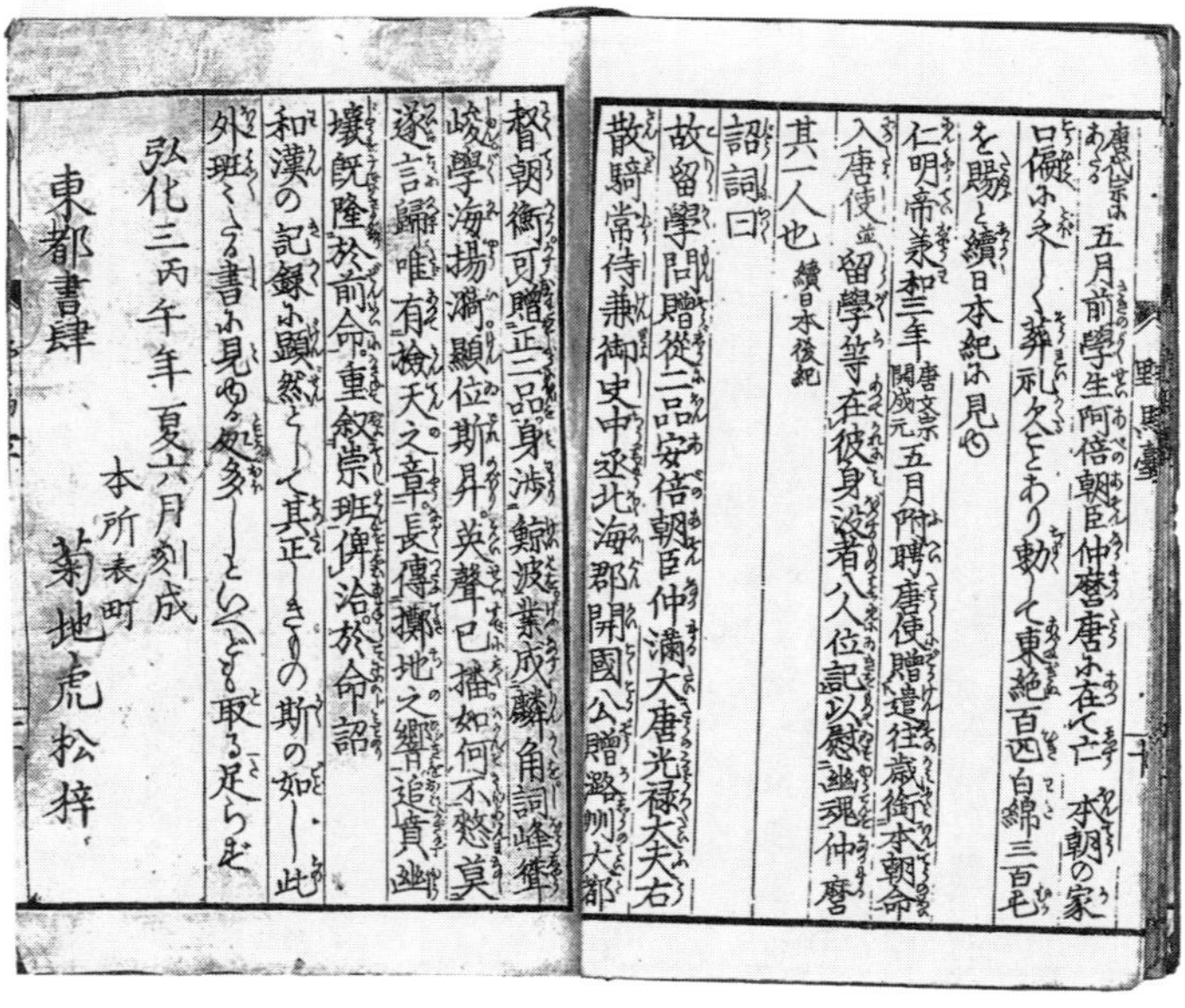
唐代宗ふ 五月前學生阿倍朝臣仲麿唐ふ在て亡 本朝の家
口偏ふ乏し葬礼欠とあり動して東絁百疋白綿三百屯
を賜ふと續日本紀ふ見ゆ
仁明帝承和三年 唐文宗開成元 五月所聘唐使贈遣往歳銜本朝命
入唐使并留學等在彼身没者八人位記以慰幽魂仲麿
其一人也 續日本後紀
詔詞曰
故留學問贈從二品安倍朝臣仲滿大唐光禄大夫右
散騎常侍兼御史中丞北海郡開國公贈潞州大都

野馬臺　十

督朝衡可贈正二品身渉鯨波業成麟角詞峰聳
峻學海揚瀾顯位斯升英聲已播如何不慭奠
遂言歸唯有掄天之章長傳擲地之響追賁幽
壌既隆於前命重叙崇班俾洽於命詔
和漢の記録ふ顕然として其正しきの斯の如し此
外理くる書ふ見ゆる処多しといへども取る足らざ

弘化三丙午年夏六月刻成
本所表町
東都書肆　菊地虎松梓

16

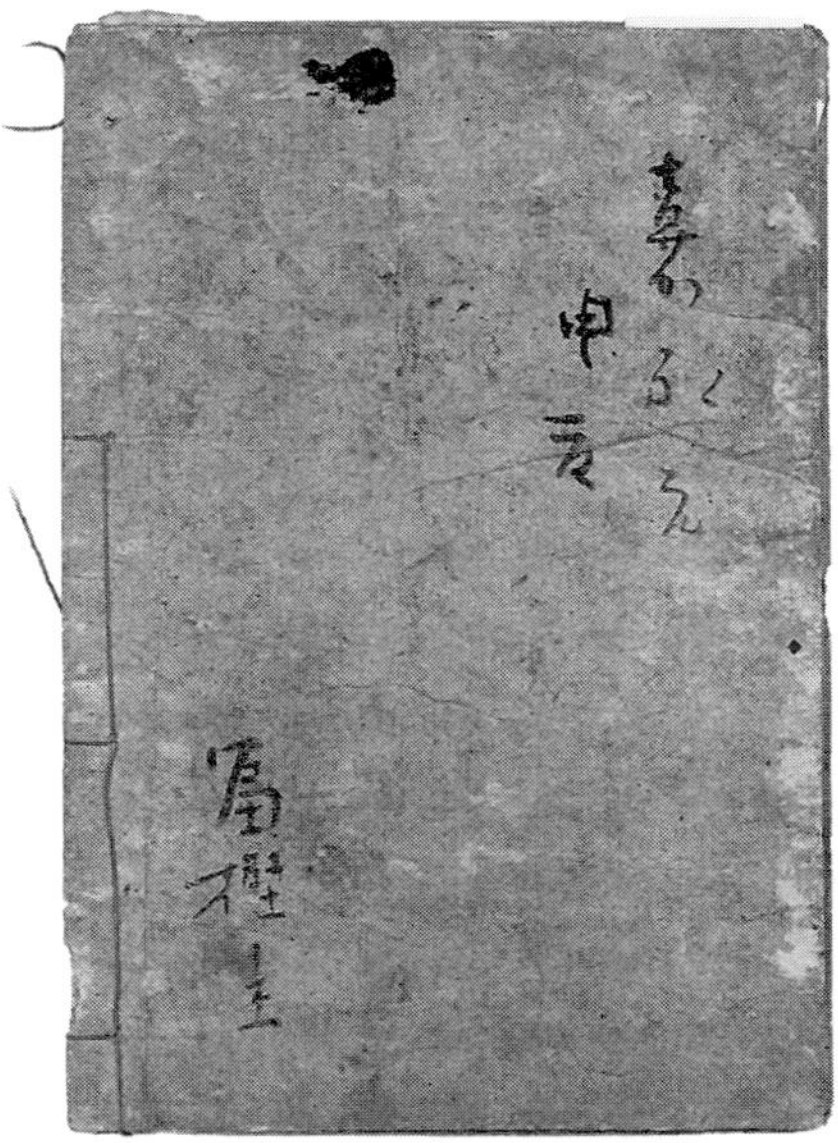

17

八　架蔵『野馬台弁義』

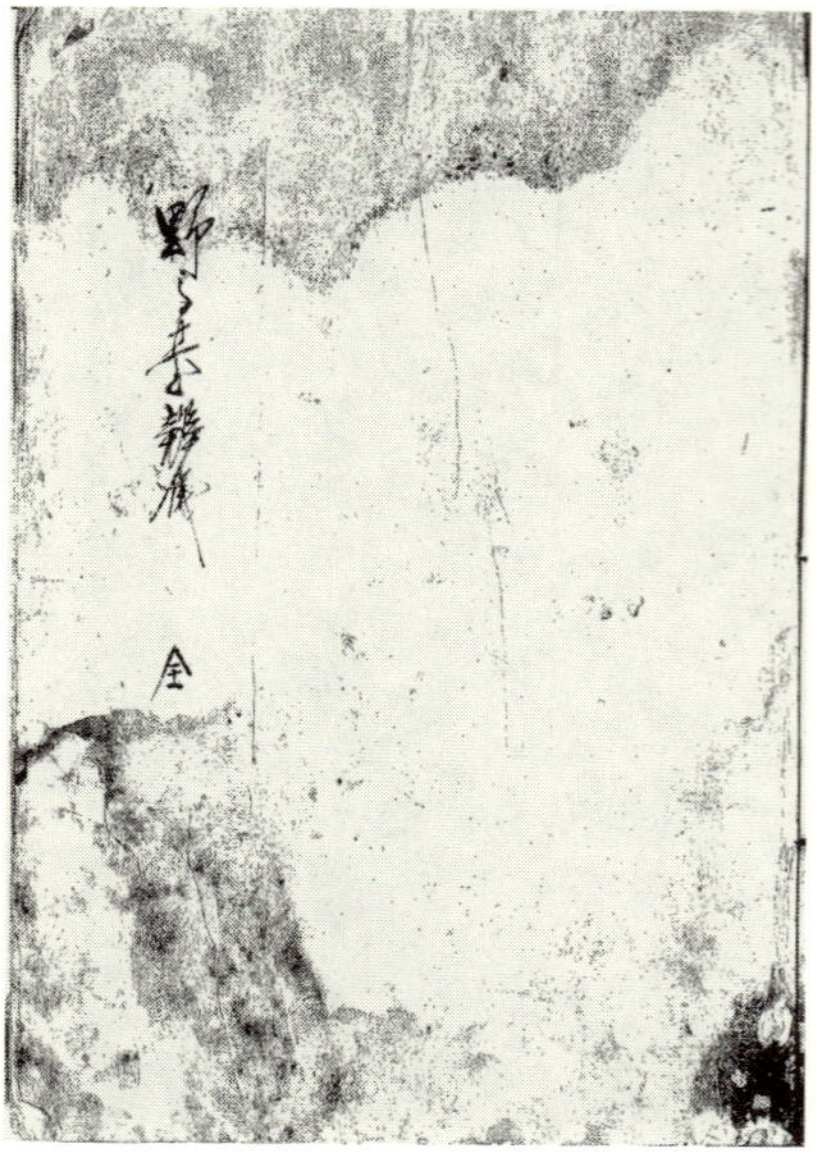
野馬臺辨義
全

1

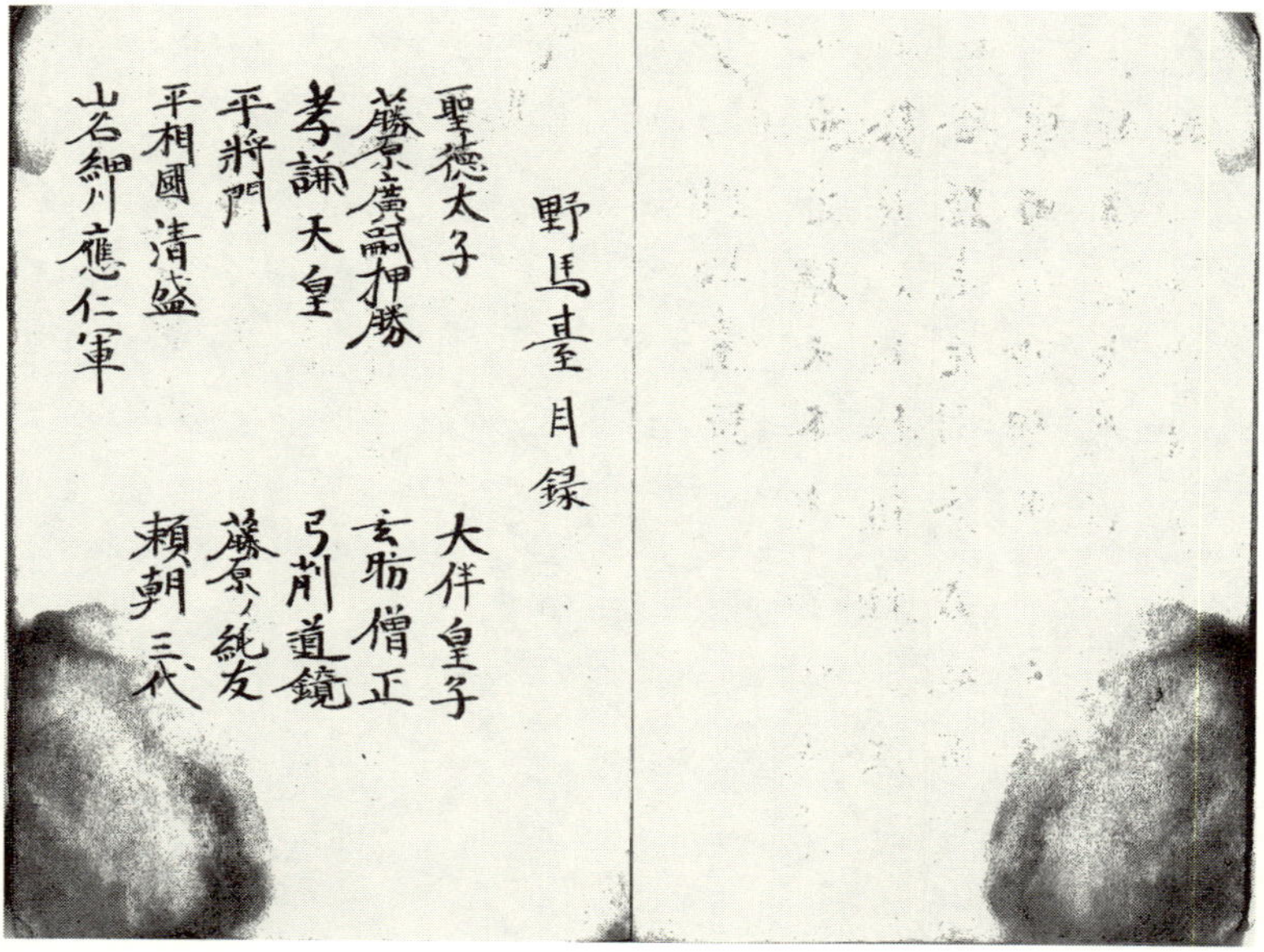
野馬臺目録
聖徳太子　大伴皇子
藤原廣嗣押勝　玄昉僧正
孝謙天皇　弓削道鏡
平将門　藤原ノ純友
平相國清盛　頼朝三代
山名細川應仁軍

2

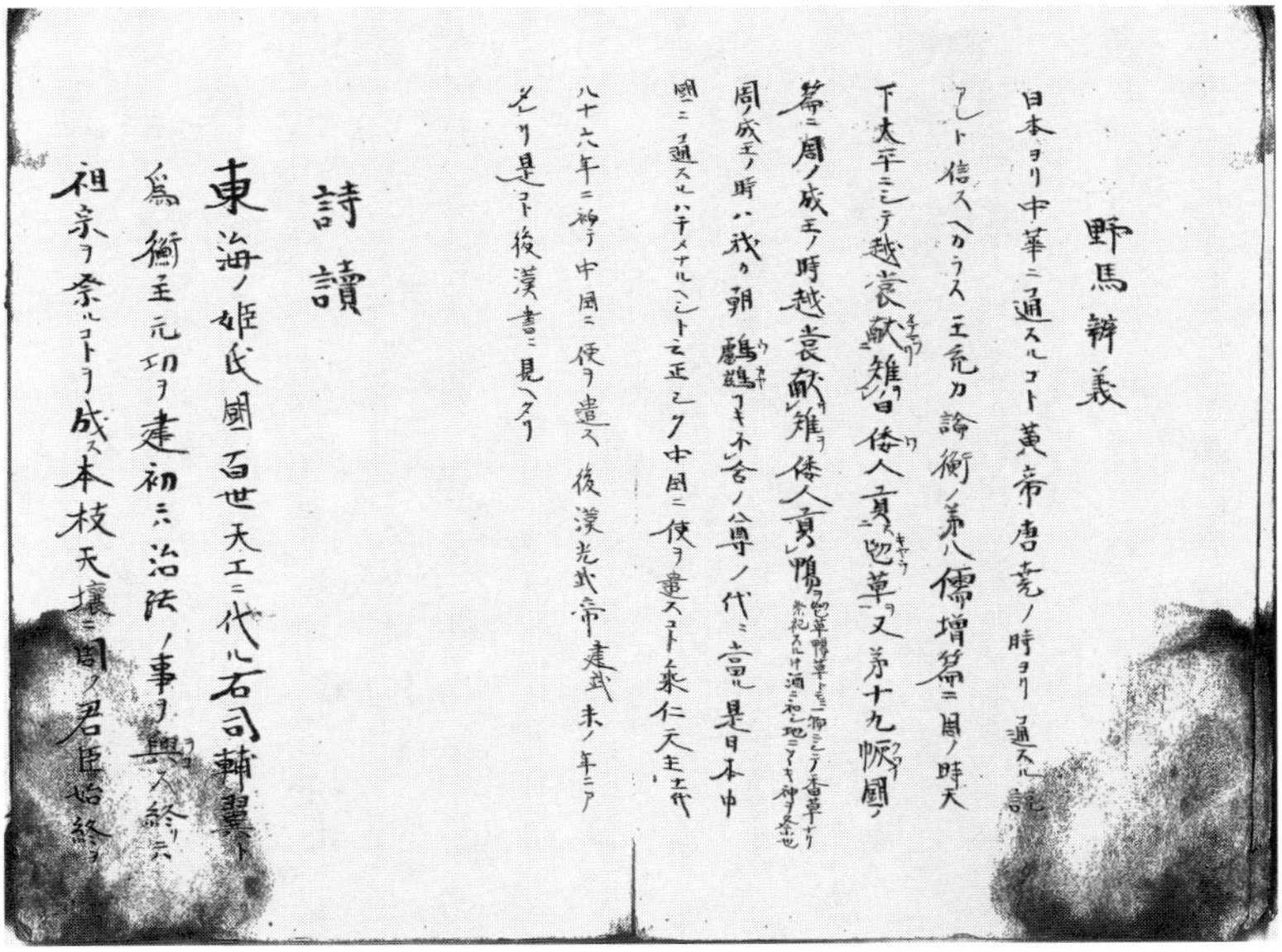

野馬辨義

日本ヨリ中華ニ通スルコト黄帝唐堯ノ時ヨリ通スル記
アレトモ信スヘカラス 王充カ論衡ノ第八儒増篇ニ周ノ時天
下太平ニシテ越裳献雉白倭人貢鬯草又第十九恢國
篇ニ周ノ成王ノ時越裳献雉ヲ倭人貢暢ヲ[illegible]
周成王ノ時ハ我カ朝鸕鷀草不合ノ尊ノ代ニ當ル是日本中
國ニ通スルハジメナルヘシト云正シク中國ニ使ヲ遣スコト垂仁天皇ノ
八十六年ニ始テ中國ニ使ヲ遣ス 後漢光武帝建武末ノ年ニア
リ是コト後漢書ニ見ヘタリ

詩読

東海ノ姫氏國百世天工ニ代ル右司輔翼ト
爲衡主元功ヲ建初ニ治法ノ事ヲ興ス終リニ
祖宗ヲ祭ルコトヲ成ス本枝天壌ニ同ノ君臣始終ヲ

3

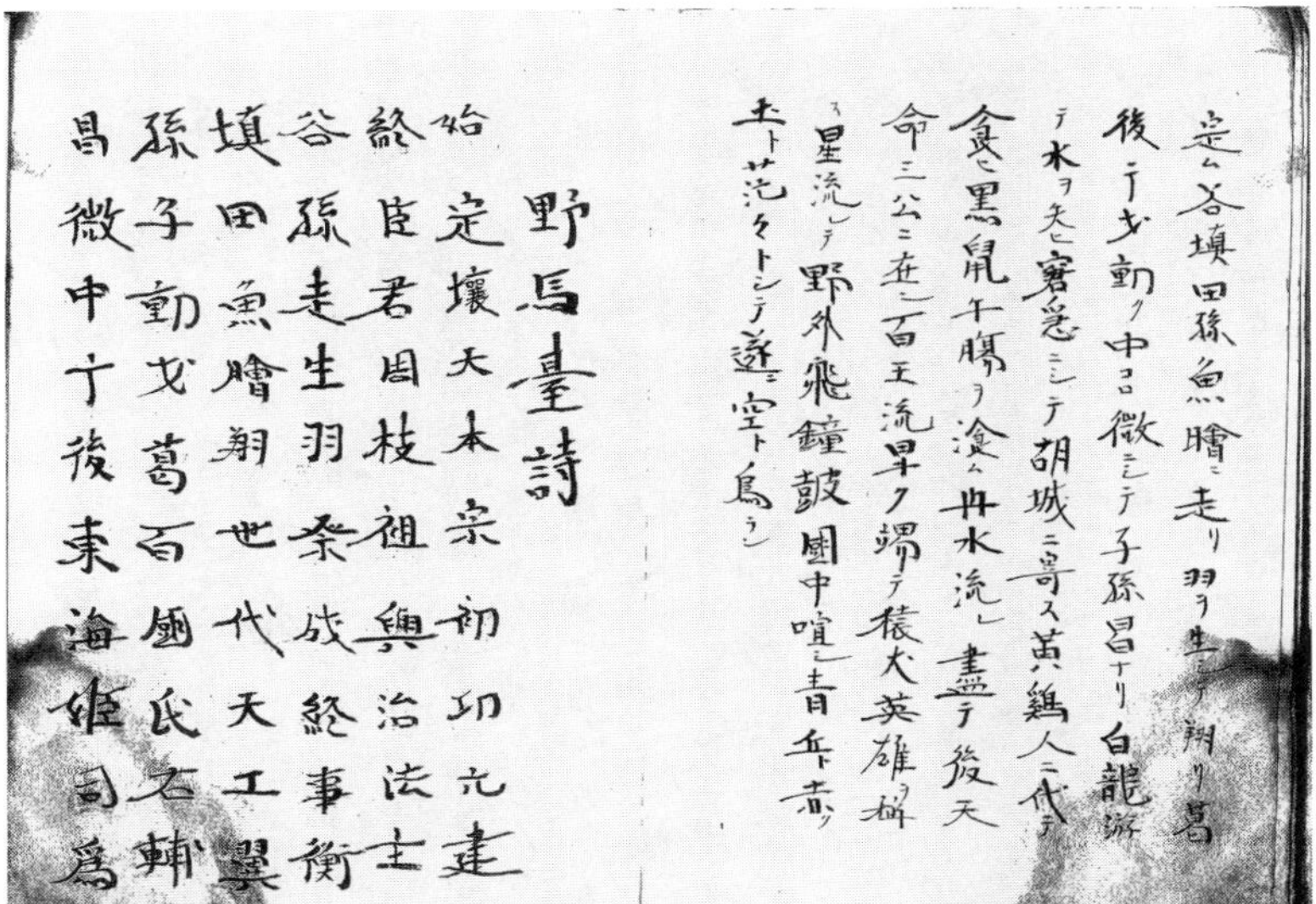

定ム谷塡田孫魚膾ニ走リ羽ヲ生シテ翔リ昌
後ニ戈動ク中ゴロ微ニシテ子孫昌ナリ白龍游
テ水ヲ失ヒ窘急ニシテ胡城ニ寄ス黄鶏人ニ代テ
食ヒ黒鼠牛腸ヲ飡ム丹水流レ盡テ後天
命三公ニ在ル百王流畢ク竭テ猿犬英雄ヲ称
ス星流レテ野外飛鐘鼓國中喧シ青丘赤
土ト茫々トシテ遂ニ空ト爲ラン

野馬臺詩

始
定 壤 天 本 宗 初 功 元 建
終 臣 君 周 枝 祖 興 治 法 主
谷 孫 走 生 羽 祭 成 終 事 衡
塡 田 魚 膾 翔 世 代 天 工 翼
孫 子 動 戈 葛 百 國 氏 右 輔
昌 微 中 亍 後 東 海 姫 司 爲

4

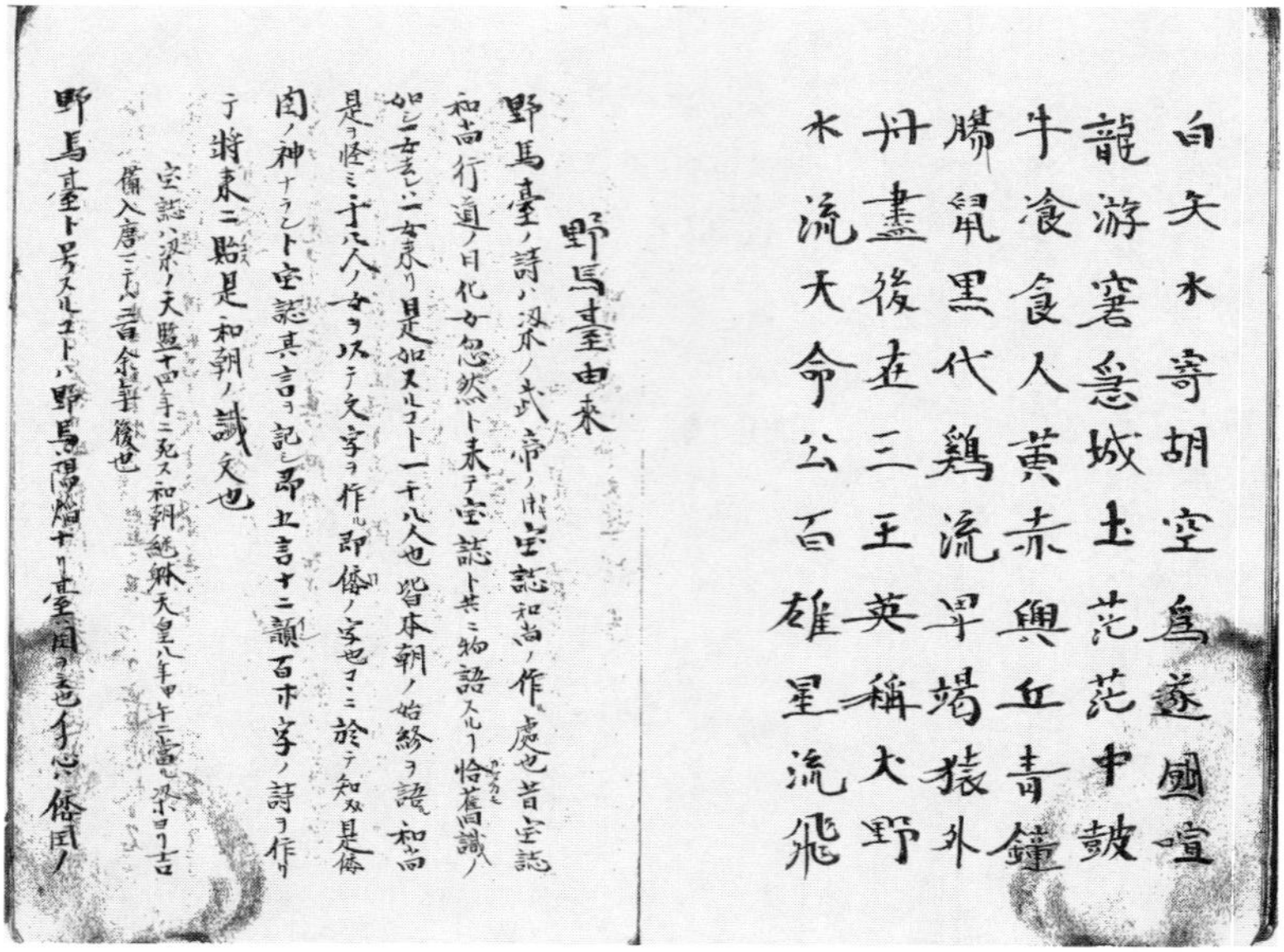
白矢水寄胡空烏遂國喧
龍游窖急城土茫茫中鼓
牛飡食人黄赤與丘青鐘
腸鼠黒代鶏流畢竭猿外
丹盡後在三王英稱犬野
水流天命公百雄星流飛

野馬臺由来

野馬臺ノ詩ハ梁ノ武帝ノ時宝誌和尚ノ作ル処也昔宝誌和尚行道ノ日化女忽然ト来テ宝誌ト共ニ物語スル丁恰舊識ノ如シ女去レハ一女来リ是如スルコト一十八人也皆本朝ノ始終ヲ語ル和尚是ヲ怪ミ十八人ノ女ヲ以テ文字ヲ作ル即倭ノ字也ココニ於テ知ヌ是倭国ノ神ナラント宝誌其言ヲ記シ即五言十二韻百廿字ノ詩ヲ作リテ将来ニ貽ス是和朝ノ讖文也

宝誌ハ梁ノ天監十四年ニ死ス和朝継体天皇八年甲午ニ当ル梁ヨリ吉備入唐ニ至ルニ二百余年後也

野馬臺ト号スルコトハ野馬陽焔ナリ臺ハ国ヲ云也千心ハ倭国ノ

5

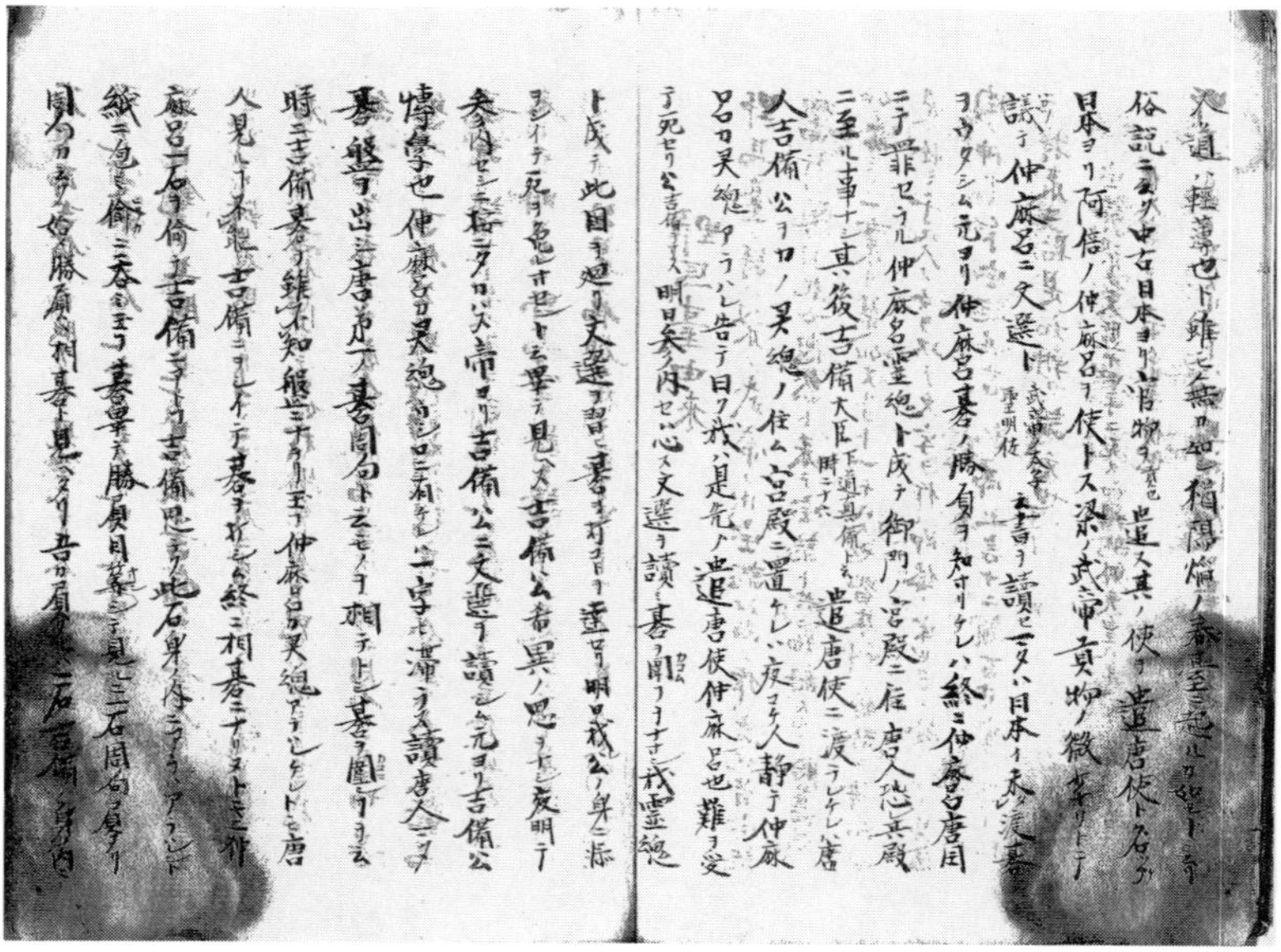
人道ハ軽薄也ト雖モ無ガ如シ稍陽焔ノ春至ニ怨ルカ如シト云リ
俗説ニ云ク中古日本ヨリ貢物ヲ献シ遣ス其ノ使ヲ遣唐使ト名ク日本ヨリ阿倍ノ仲麻呂ヲ使トス梁ノ武帝貢物ノ微ナルヲ以テ議テ仲麻呂ニ文選ト（武帝ノ太子ノ撰 昭明ト号）云書ヲ読セシメハ日本ノ人渡来ヨウタシム元ヨリ仲麻呂碁ノ勝負ヲ知サリケレハ終ニ仲麻呂唐国ニテ罪セラル仲麻呂霊魂ト成テ御門ノ宮殿ニ在唐人恐レ兵厳ニ至ル事ナシ其後吉備大臣（下道真備ト云 時ニ廿六）遣唐使ニ渡ラレケレハ唐人吉備公ヲ口ノ昊魂ノ住ム宮殿ニ置ケレハ夜ニ入テ静テ仲麻呂ノ昊魂アラハレ告テ曰ク我ハ是先ノ遣唐使仲麻呂也難ヲ受テ死セリ公吉備ナラハ明日参内セハ必ス文選ヲ読ミ碁ヲ闘ハセ給フナラン我霊魂ト成テ此国ヲ廻リ文選ヲ習ヒ碁ヲ打コトヲ達セリ明日我公ノ身ニ添ヨシイテ死ヲ免ルヘキ也ト云畢テ見ヘス吉備公奇異ノ思ヲナシ夜明テ参内セシニ帝ヨリ吉備公ニ文選ヲ読シム元ヨリ吉備公博学也仲麻呂ガ昊魂ロニ相テ一字モ滞ラス読唐人ニテ碁盤ヲ出シ唐ノ第一ノ碁闘向ト云モノヲ相テ碁ヲ闘ハシム時ニ吉備碁ヲ雖不知盤上ニ十九ノ目ヲ仲麻呂昊魂アテ唐人見ルト不見ト吉備ニ示テ碁ヲ打シム終ニ相碁ニナリヌトキニ仲麻呂一石ヲ偸ミ吉備ニテ吉備思テ此石ヲ身ノ内ニテアラント銀ニ包ミ飲ニ呑ミテ碁畢テ勝負目数ヲ見ニ一石闕ク国ノ始勝負相碁ト見ヘタリ吾カ二石吉備ノ身ノ内

6

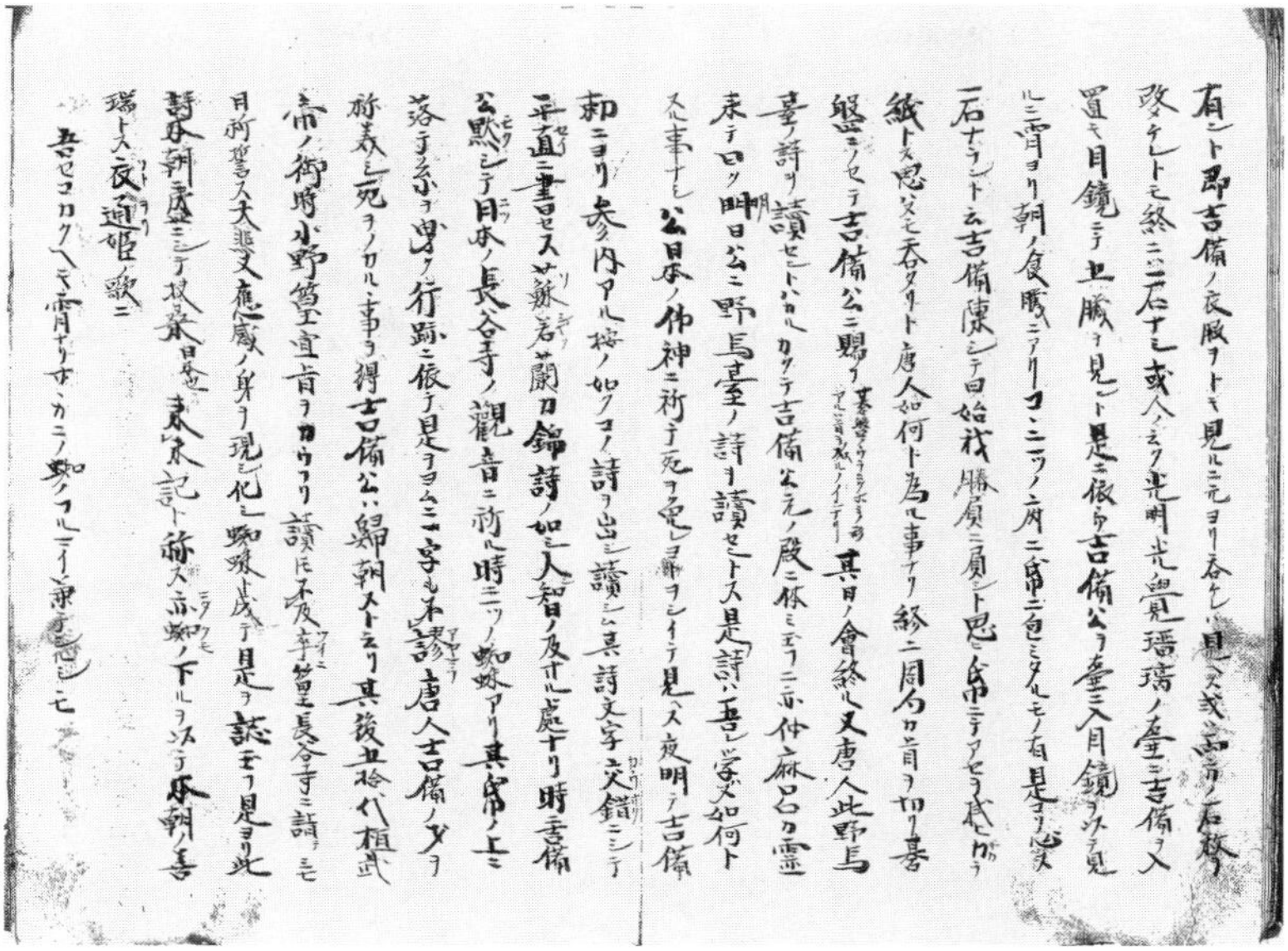

7

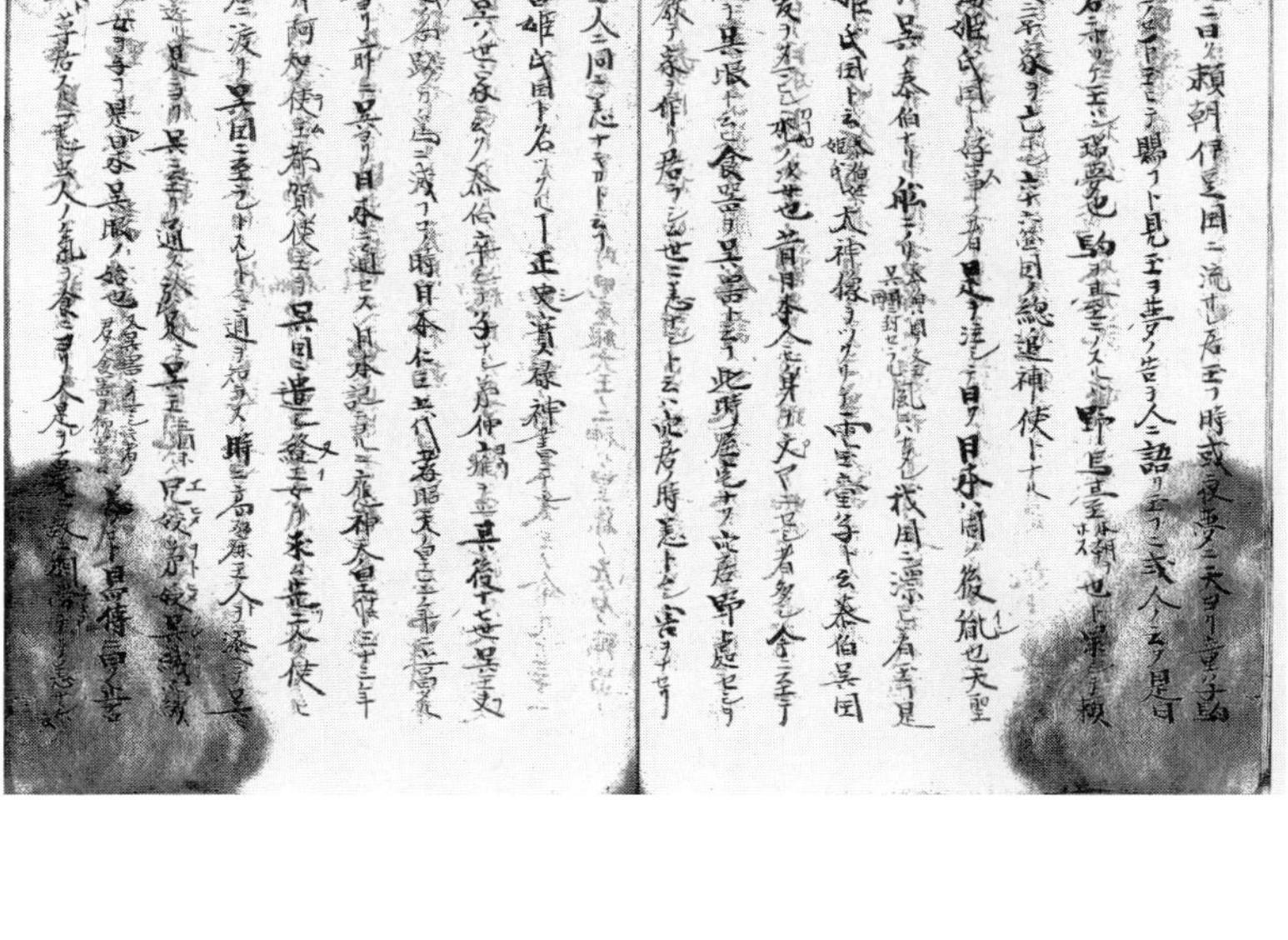

8

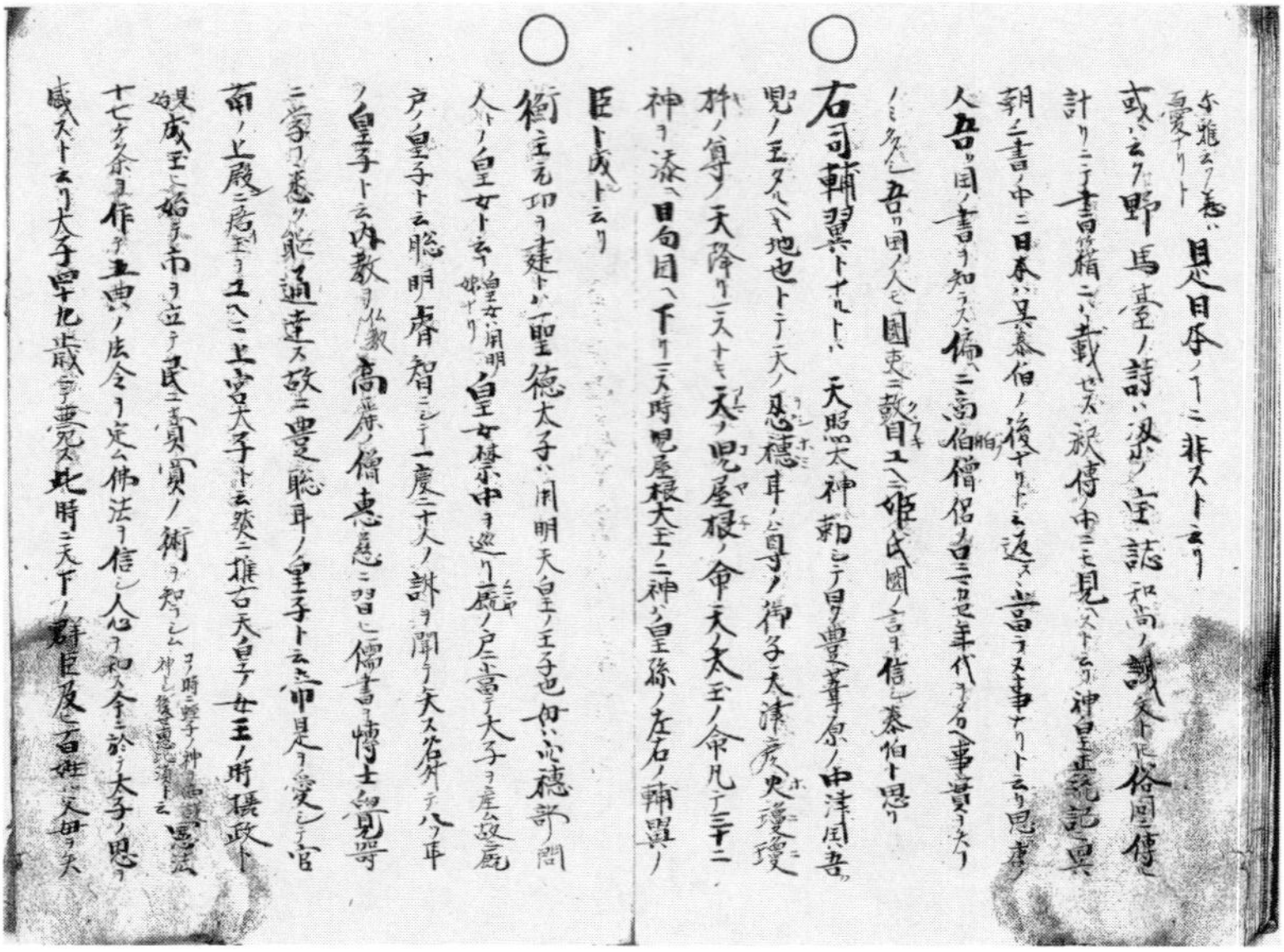
本雅ニ云フ義ハ再愛ナリト　是日本ノ事ニ非ズト云リ
或ハ云ク野馬臺ノ詩ハ梁ノ宝誌和尚ノ讖文ト云ヒ俗間ニ傳ヘ
計リニテ書籍ニハ載セズ釈傳ノ中ニモ見ヘズト云リ神皇正統記ニ異
朝ノ書ノ中ニ日本ハ呉泰伯ノ後ナリト云フ返ス返スモ当ラヌ事ナリト云リ思ニ唐
人吾ガ国ノ書ヲ知ラズ偏ニ高伯儒侶ノ言ニ任セ年代ヲ考ヘ事実ヲ失ヘリ
ノミ多シ　吾ガ国ノ人モ園史ニ暗キ故ニ姫氏国ノ言ヲ信ジ泰伯ト思ヘリ
○右司輔翼トナルトハ　天照大神勅シテ曰ク豊葦原ノ中津国ハ吾ガ
児ノ王タルヘキ地也トテ天ノ忍穂耳ノ尊ノ御子天津彦火瓊瓊
杵ノ尊ノ天降リマス時モ天児屋根ノ命天太玉ノ命凡テ三十二
神ヲ添ヘ日向国ヘ下リマス時児屋根太玉ノ二神ハ皇孫ノ左右ノ輔翼ノ
臣ト成ルト云リ
○衛ニ元功ヲ建トハ　聖徳太子ハ用明天皇ノ王子也母ハ穴穂部間
人ト云フ皇女ナリ（皇女ハ用明ノ姉ナリ）皇女禁中ヲ巡リ厩ノ戸ニ当テ太子ヲ産ミ玉フ故ニ厩
戸ノ皇子ト云フ聡明睿智ニシテ一度ニ十人ノ訴ヲ聞テ失ズ分テ八耳
ノ皇子ト云フ内教ヲ仏教　高麗ノ僧恵慈ニ習ヒ儒書ヲ博士覚哿
ニ学ブ悉ク能ク通達ス故ニ豊聡耳ノ皇子ト云フ帝是ヲ愛シテ宮
南ノ上殿ニ居エ玉フ故ニ上宮太子ト云フ癸丑推古天皇ノ女主ノ時摂政ト
成玉ヒ始テ帝ヲ立テ民ニ貴賎ノ術ヲ知ラシム [illegible]
十七ケ条ヲ作テ五典ノ法令ヲ定メ佛法ヲ信ジ人心ヲ和ス今ニ於テ太子ノ恩ヲ
感ズト云リ太子四十九歳ニテ薨ス此時ニ天下ノ群臣及ビ百姓ハ父母ヲ失

9

フガ如ク耕夫ハ耕ヲ止メ舂女ハ杵ヲ響ズ人云日月光ヲ失ヒ天地モ既ニ
崩ルト太子ノ死ヲ悲ム
辨ニ曰ク太子ノ元功ヲ立ト云ハ甘モ有ベシ唐衡山思禅師ノ化身ト云信
ゼサル処ナリ太子本朝出生ハ衡山思禅師ノ死セザル前ト云リ
○谷塡田孫魚膾ニ走ルトハ大友皇子ノ乱ヲ云也大友皇子乱ノコト国
吏ヲ悔ズル仁王四十代天武天皇ハ天智天皇ノ三十九大弟ニテ又婿也天
武ノ姫ハ広野姫ノ皇女ヲ后トス是後ニ位ニ即玉ヒ持統天皇ト云
大友太子ハ天智ノ太子ニテ叔ハ天武也天智元年ニ天武ヲ皇太子ニ
立ラル同十年天智帝病ニ臥テ天武ヲ呼テ朕病重シ後ノ事汝ニ云ス
ルト有シニ時ニ蘇我ノ臣安麻呂ト云者大友皇子自立ノ志有テ天
武ニ謀反セシコトヲ知リ密ニ天武ニ申テ云ク君ヨク意アリテ答ヘ玉ヘ
是ニ依テ天武奏シテ云ク吾レ元ヨリ多病ナリ能天下ヲ保ツコトヲセじ
願クハ皇后ニ位ヲ譲テ大友皇子ヲ立テ太子トシ玉ヘ我ハ出家シ帝ノ為
ニ功徳ヲ修セント偽リ奏シ即日ニ出家シ玉フ天智帝ヨリ袈裟ヲ贈玉フ
天武又ヨリ吉野ノ宮ニ入玉フ諸卿宇治ニテ送リ還ル同年十月ニ天智
太子ニ立玉フ同十二月三日天智帝近江ノ国志賀ノ宮ニテ崩御成ル御
年四十六ナリ同五日大友皇子位ニ即玉フ白鳳元年ト改元ス天智崩
御ノ後皇子群臣ト儀シテ天武ヲ殺サントス故ニ天智帝ノ陵ヲ造
作ルト風シテ兵ヲ集ム時ニ朴井連雄君ト云者密ニ吉野ニ至テ告テ
云ク大友山陵ヲ造ニ事寄セ兵ヲ集ム必事有早ク難ヲ避玉ヘ

10

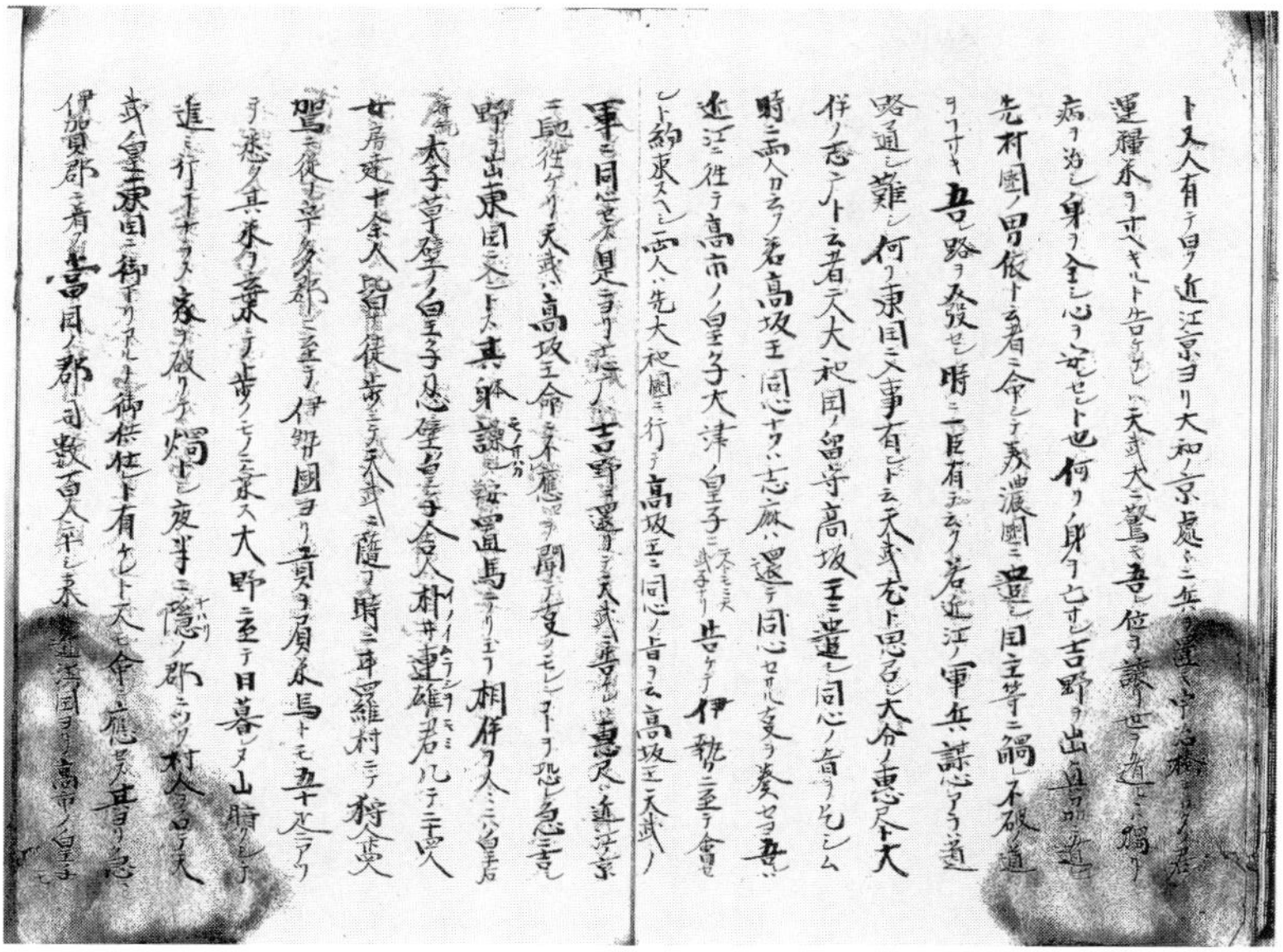

ト云人有テ曰ク近江京ヨリ大和ノ京處々ニ兵ヲ置キ宇治ノ橋守ニ命シテ
運糧米ヲ過サシムヘキカト告ケレハ天武大ニ驚キ吾レ位ヲ讓リ世ヲ遁レ獨リ
病ヲ治シ身ヲ全シ心ヲ安セント也何ソ身ヲ亡サン吉野ヲ出テ美濃ニ至
先村國ノ男依ト云者ニ命シテ美濃國ニ遣シ国主等ニ觸レ不破道
ヲフサケ吾レ路ヲ發セン時ニ一臣有テ云ク若近江ノ軍兵謀アラハ道
路通シ難シ何ソ東国ニ入事有ンヤト云天武尤ト思召シ大分ノ恵尺ト大
伴ノ志摩ト云者ニ大和国ノ留守高坂王ニ遣シ同心ノ旨ヲ乞シム
時ニ両人カ云ク若高坂王同心ナクハ志麻ハ還テ同心セサル事ヲ奏セヨ恵尺ハ
近江ニ往テ高市ノ皇子大津皇子ニ天智ノ皇子ナリ告ケテ伊勢ニ至テ會セ
シト約束スヘシ両人ハ先大和國ニ行テ高坂王ニ同心ノ旨ヲ云高坂王ハ天武ノ
事ニ同心セス是ニヨリテ志麻ハ吉野ニ還リテ天武ニ告ク恵尺ハ近江京
ニ馳往ケリ天武ハ高坂王命ニ不應ヲ聞テ事ノモレン事ヲ恐レ急ニ吉
野ヲ出東国ニ入ントス其駅謀ル故ニ驛馬ヲモ得ス相併ク人ニハ皇后
太子草壁ヲ白ス皇子忍壁皇子舎人朴井連雄君ナルテ二十四人
女房廿余人皆徒歩ニテ天武ニ随フ時ニ莵羅村ニテ猟人ノ
馬ニ従テ辛ク多米郡ニ至テ伊賀國ヨリ貢ヲ負ハセ馬ト之五十疋アリ
ヲ悉ク其米ヲ棄テ貴ノモノニ乗ス大野ニ至テ日暮レヌ山暗クシテ
進ミ行ナリカタク家ヲ破リテ燭トシ夜半ニ隠ノ郡ニ至リ村人ニ告テ天
武皇子東国ニ御行アル故ニ御供仕レト有ケレトモ天モ命ニ應スル者ナシ急
伊賀郡ニ着ク當国ノ郡司数百人率シテ来ル近江国ヨリ高市ノ皇子

11

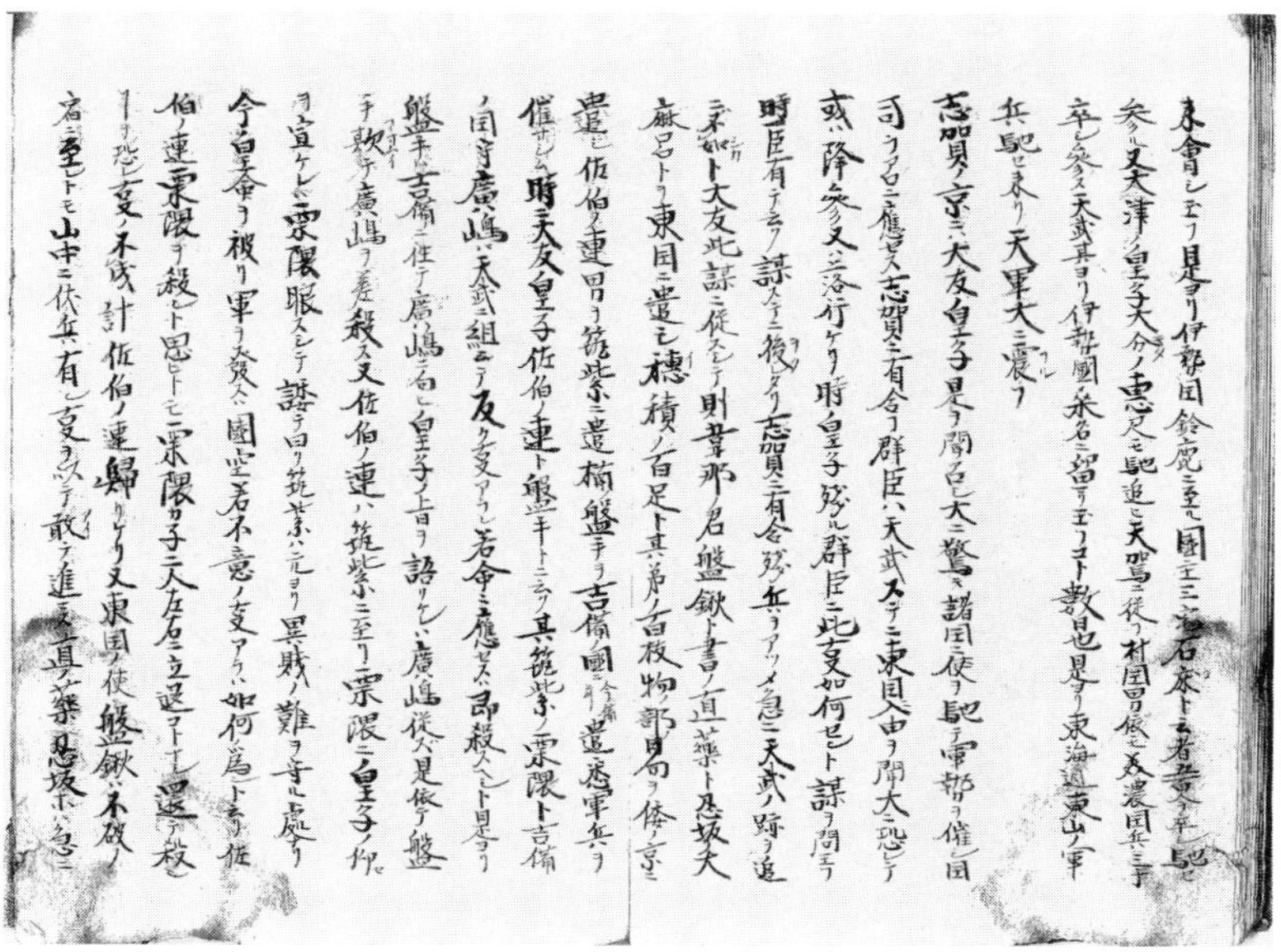

來會シテ云ク是ヨリ伊勢国鈴鹿ニ至ル国主三宅石床ト云者五百人ヲ率シ迎ヘ
参ル又大津ノ皇子大分ノ恵尺モ馳追ヒ天皇ニ從フ村国男依モ美濃国兵三千ヲ
率シ参ル天武其ヨリ伊勢國桑名ニ留リ玉フコト数日也是ヨリ東海道東山ノ軍
兵馳セ来リ天軍大ニ震フ
志賀ノ京ニハ大友皇子是ヲ聞召シ大ニ驚キ諸国ニ使ヲ馳テ軍勢ヲ催シ国
司ラヲ召ニ應セス志賀ニ有合フ群臣ハ天武ニ入テ東国ヘ由ヲ聞大ニ恐レテ
或ハ降参ス又ハ洛ニ行ケリ時ニ皇子残ル群臣ニ此事如何セント謀ヲ問玉フ
時臣有テ云ク謀スレハ後レタリ志賀ニ有合フ兵ヲアツメ急ニ天武ノ跡ヲ追
ヒ玉ハント大友此謀ニ従ヒ玉ハステ則韋那ノ君盤鍬ト書ノ直薬ト忍坂ノ大
麻呂トヲ東国ニ遣シ穂積ノ百足ト其弟ノ五百枝物部ノ日向ヲ倭ノ京ニ
遣シ佐伯ノ連男ヲ筑紫ニ遣シ樟ノ盤手ヲ吉備國ニ遣シ悉ク軍兵ヲ
催サシム時ニ大友皇子佐伯ノ連ト盤手トニ云ク其筑紫ノ栗隈ト吉備
ノ国守廣嶋ハ天武ニ組シテ反ク事アラン若命ニ應セスハ即殺スヘシト是ヨリ
盤手ハ吉備ニ往テ廣嶋ニ命シ皇子ノ旨ヲ語リケレハ廣嶋従ハス是依テ盤
手欺テ廣嶋ヲ差殺ス又佐伯ノ連ハ筑紫ニ至リ栗隈ニ皇子ノ仰セ
ヲ宣ケレハ栗隈服セスシテ謂テ曰ク筑紫ハ元ヨリ異賊ノ難ヲ守ル處ナリ
今皇命ヲ被リ軍ヲ発スハ國空シク若不意ノ変アラハ如何ト為ント言フ佐
伯ノ連栗隈ヲ殺シト思ヒトモ栗隈カ子二人左右ニ立ヨリテ還テ殺
サレン事ヲ恐レテ変ノ不成ハ計佐伯ノ連帰リケリ又東国ノ使盤鍬ハ不破ノ
宿ニ至レトモ山中ニ伏兵有シ事ヲ知テ敢テ進マス薬忍坂ハ急ニ

12

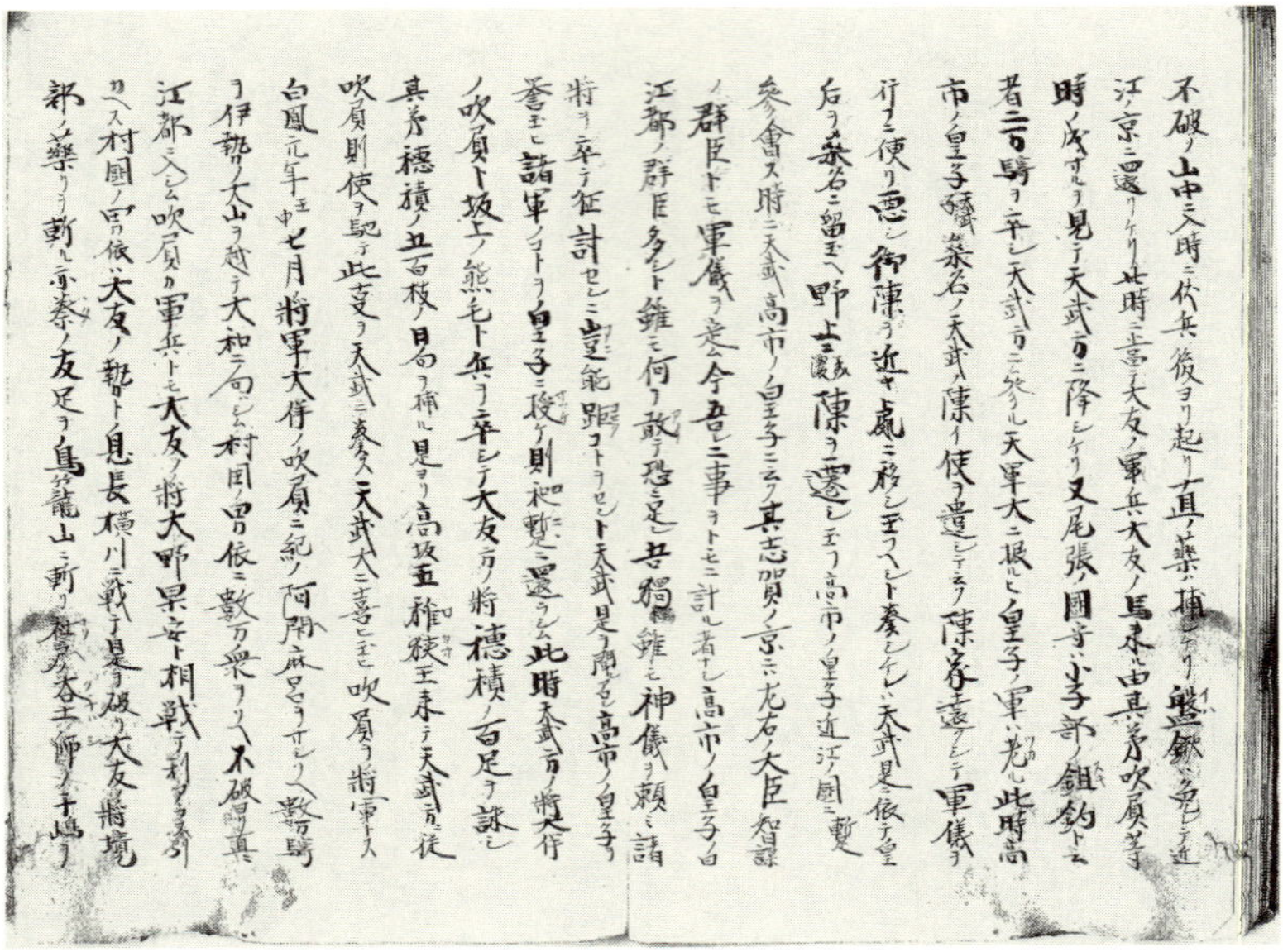

不破ノ山中ニ入時ニ伏兵後ヨリ起リ直ノ葉ハ捕レケリ盤鉄ハ免レテ近
江ノ京ニ還リケリ此時ニ壹大友ノ軍兵大友ノ馬来田吹負等
時ノ成ザルヲ見テ天武方ニ降シケリ又尾張ノ国守ハ小子部ノ鉏鉤ト云
者二万騎ヲ率シ天武方ニ参ル天軍大ニ振ヒ皇子ノ軍ハ危シ此時高
市ノ皇子鐵菟名ノ天武ノ陳ノ使ヲ遣シテ云ク陳ヲ遠クシテ軍儀ヲ
行ニ便リ悪シ御陳ヲ近キ處ニ移シ玉ヘシト奏シケレハ天武是ニ依テ皇
后ヲ菟名ニ留玉ヘ野上ニ濃ス陳ヲ遷シ玉フ高市ノ皇子近江ノ国ニ更
参會ス時ニ天武高市ノ皇子ニ云ク其志賀ノ京ニハ左右ノ大臣智謀
ノ群臣トモ軍儀ヲ定ム今吾ニ事ヲトモニ計ル者ナシ高市ノ皇子白
江都ノ群臣多シト雖モ何ゾ敢テ恐ルニ足ン吾独リ雖モ神儀ヲ頼ミ諸
将ヲ率テ征討セン豈能ク距コトヲセント天武是ヲ褒玉ヒ高市ノ皇子ヲ
誉玉ヒ諸軍ノコトヲ皇子ニ授ケ則和蹔ニ還ラシム此時天武方ノ将大伴
ノ吹負ト坂上ノ熊毛ト兵ヲ率シテ大友方ノ将穗積ノ百足ヲ誅シ
真前穗積ノ五百枝ノ目命ヲ捕ル是ヨリ高坂王稚狭王来テ天武方ニ従
吹負則使ヲ馳テ此支ヲ天武ニ奏ス天武大ニ喜ヒ玉ヒ吹負ヲ将軍トス
白鳳元年壬申七月将軍大伴ノ吹負ニ紀ノ阿閉麻呂ヲ副リ数万騎
ヲ伊勢ノ大山ヲ越テ大和ニ向ハシム村国ノ男依ニ数万衆ヲ副ヘ不破ヨリ直
江都ニ入シム吹負カ軍兵トモ大友ノ将大野果安ト相戦テ利アラス然リ
カヘス村国ノ男依ハ大友ノ将智ト息長横川ニ戦テ是ヲ破リ大友ノ将境
部ノ薬ヲ斬ル亦秦ノ友足ヲ鳥籠山ニ斬リ社戸ノ大口王ノ師ノ十嶋ヲ

13

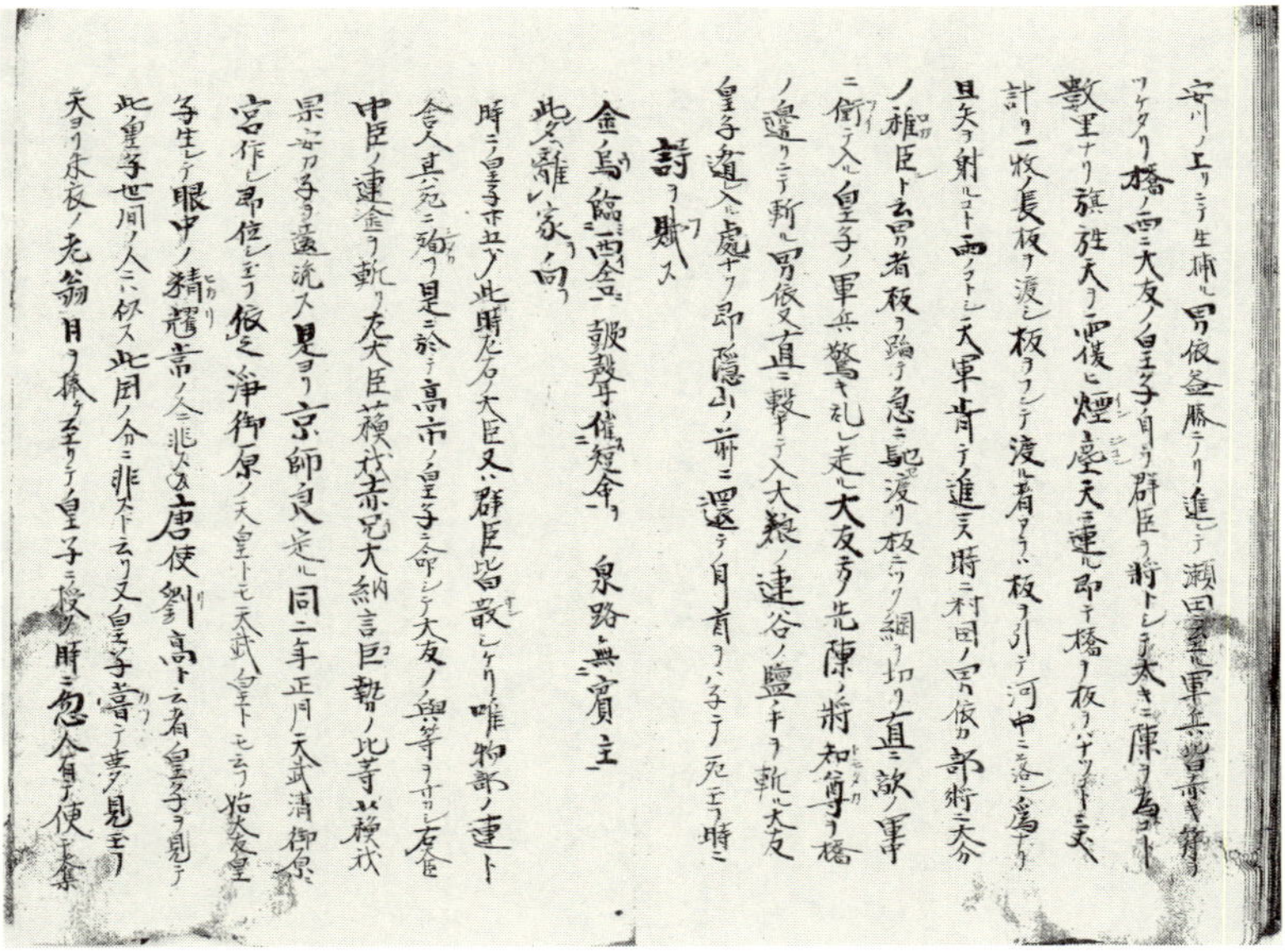

安河ノ上リニテ生捕ル男依益勝ニノリ進ンテ瀬田ニ至ル軍兵皆赤キ符ヲ
ツケタリ橋ノ西ニ大友ノ皇子自ラ群臣ヲ将トシテ太キニ陳ヲ為コト
数里ナリ旗旌天ヲ覆ヒ煙塵天ニ連ル即テ橋ノ板ヲハナツコト三丈
許リ一枚ノ長板ヲ渡シ板ヲフンテ渡ル者アラハ板ヲ引テ河中ニ落シ為ナリ
且矢ヲ射ルコト雨ノゴトシ天軍背テ進マス時ニ村国ノ男依カ部将ニ大分
ノ稚臣ト云フ者板ヲ踏テ急ニ馳渡リ板ニツク綱ヲ切リ直ニ敵ノ軍
ニ衝テ入ル皇子ノ軍兵驚キ乱レ走ル大友方ノ先陳ノ将知尊ヲ橋
ノ邊リニテ斬ル男依又直ニ撃テ入大殺ノ速谷ノ豊ナラ斬ル大友
皇子遁入ル處ナク即隱山ノ前ニ還テ自首ヲハネテ死玉フ時ニ
詩ヲ賦ス
金烏臨西舎　鼓聲催短命　泉路無賓主
此夕離家向
時ニ皇子廿五ノ此時左右ノ大臣又ハ群臣皆散シケリ唯物部ノ連ト
舎人其死ニ殉フ是ニ於テ高市ノ皇子ニ命シテ大友ノ與等ヲサガシ右大臣
中臣ノ連金ヲ斬リ左大臣蘇我ノ赤兄大納言巨勢ノ比等及蘇我
果安カ子ヲ遠流ス是ヨリ京師良定ル同二年正月天武清御原
宮作シ即位シ玉フ依之浄御原ノ天皇トモ天武皇トモ云フ始大友皇
子生レテ眼中ノ精耀常ノ人ニ非ス又唐使劉高ト云者皇子ヲ見テ
此皇子世間ノ人ニハ似ス此国ノ分ニ非スト云リ又皇子嘗テ夢ヲ見玉フ
天ヨリ衣衣ノ老翁目ヲ捧ケ来リテ皇子ニ授ル時ニ忽人有テ使テ棄

14

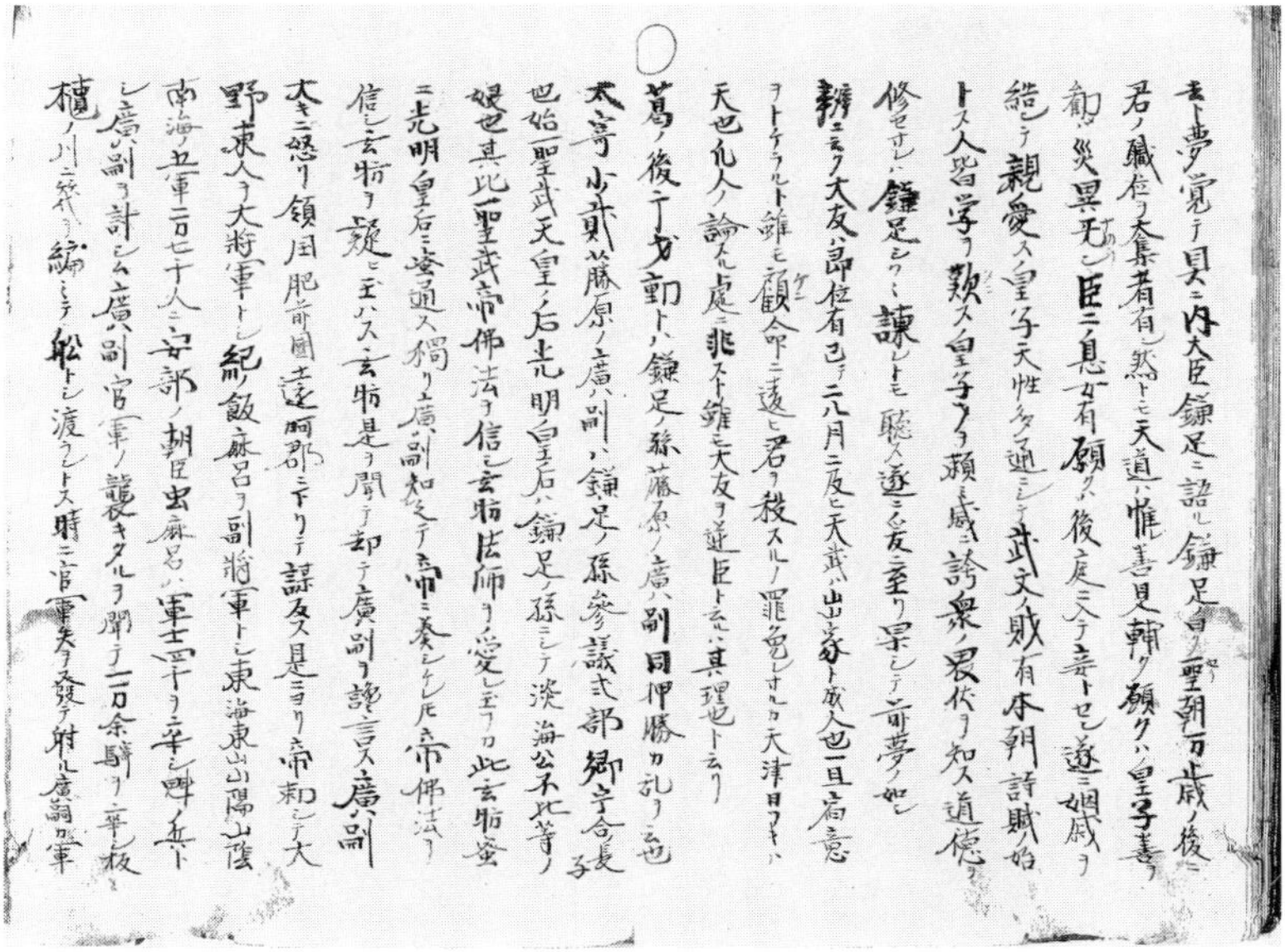
去ト夢覚テ昊ニ内大臣鎌足ニ語ル鎌足曰ク聖朝万歳ノ後ニ
君ノ職位ヲ奪ント集ル者有ン然トモ天道ハ惟善是輔ク願クハ皇子善ヲ
勧メ災異无シ臣ニ息女有願クハ後庭ニ入テ妾トセン遂ニ姻戚ヲ
結テ親愛ス皇子天性多ク通シテ武文ノ賊有本朝詩賦ノ始
トス人皆学ヲ歎ス皇子ノ才ヲ頼ミ感ニ誇衆ノ畏伏ヲ知ス道徳ヲ
修セサレハ鎌足シハ／＼諫レトモ聴ス遂ニ之友ニ至リ果シテ前夢ノ如シ
辨ニ云ク大友ハ即位有已テ二八月ニ及ヒ天武ハ出家ト成ス也一旦宿意
ヲトケテラルト雖モ顧命ニ違ヒ君ヲ殺スルノ罪免レサルカ天津日ツキハ
天也凡人ノ論スル處ニ非ス雖ニ大友ヲ逆臣トスルハ其理也ト云リ
葛ノ後テカ動トハ鎌足ノ孫藤原ノ廣ハ嗣同押勝カ乱ヲ云也
太宰少貳藤原ノ廣ハ嗣ハ鎌足ノ孫参議式部卿宇合長子
也始聖武天皇ノ后光明皇后ハ鎌足ノ孫ニシテ淡海公不比等ノ
娘也其比聖武帝佛法ヲ信シ玄昉法師ヲ愛シ玉フカ此玄昉蜜
ニ光明皇后ニ蜜通ス獨リ廣嗣知之テ帝ニ奏シケレトモ帝佛法ヲ
信シ玄昉ヲ疑ヒ玉ハス玄昉是ヲ聞テ却テ廣嗣ヲ讒言ス廣嗣
大キニ怒リ領国肥前国遠珂郡ニ下リテ謀反ス是ニヨリ帝勅シテ大
野東人ヲ大將軍トシ紀飯麻呂ヲ副將軍トシ東海東山陽山陰
南海ノ五軍一万七千人ニ安部ノ朝臣虫麻呂ハ軍士四千ヲ率シ畔ノ兵ト
シ廣嗣ヲ討シム廣嗣官軍ノ襲キタルヲ聞テ一万余騎ヲ率シ板
櫃ノ川ニ於テ陣シテ船トシ渡ラントス時ニ官軍矢ヲ發テ射ル廣嗣ノ軍

15

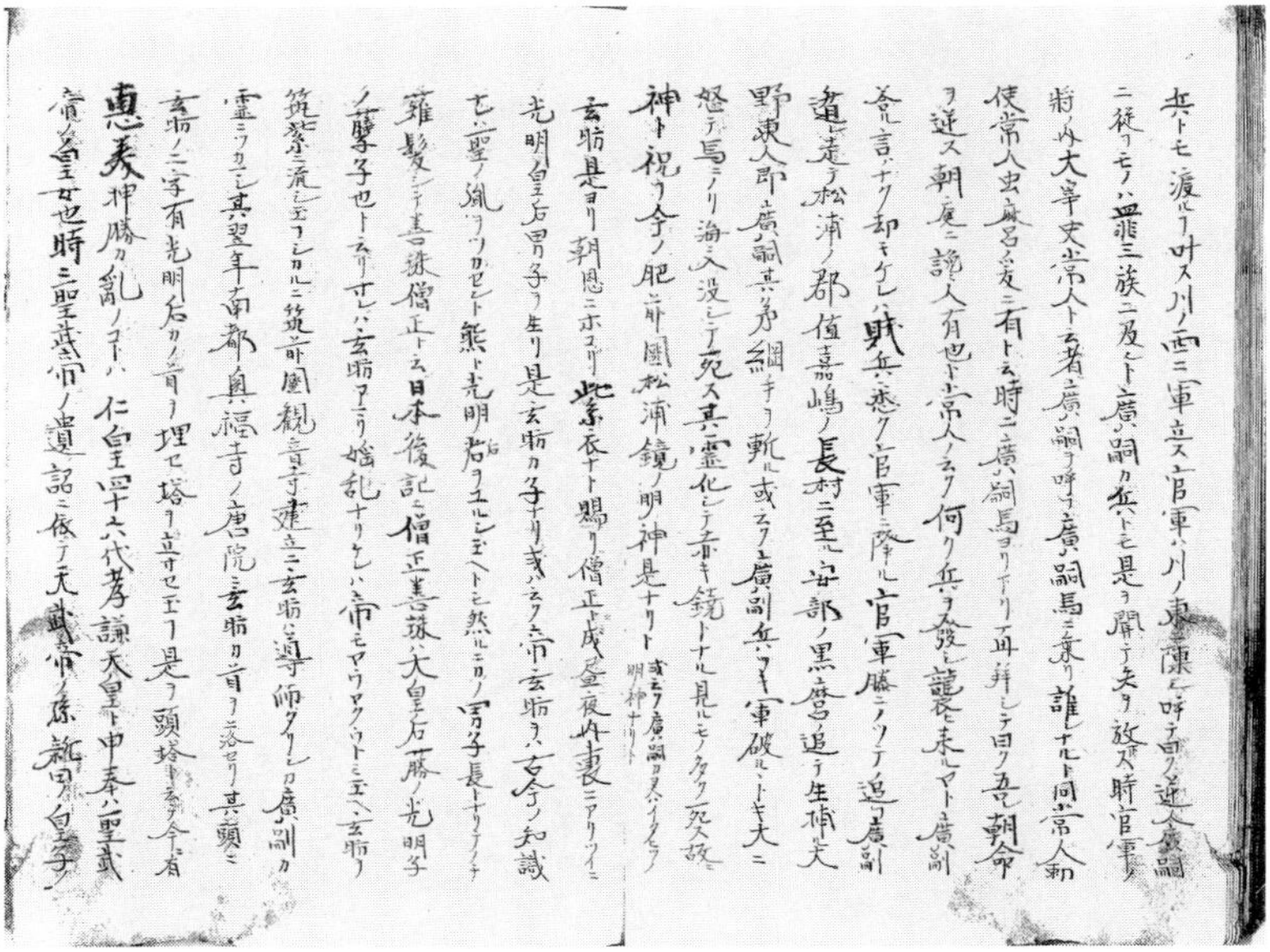
兵トモ渡ルヿ叶ス川ノ西ニ軍立ス官軍ハ川ノ東ニ陳ス呼テ曰ク逆人廣嗣
ニ従フモノハ罪三族ニ及ヒト廣嗣カ兵トモ是ヲ聞テ矢ヲ放タス時官軍ノ
將ノ内大宰史常人ト云者廣嗣ヲ呼テ廣嗣馬ニ乗リ誰ナルト問常人勅
使常人虫麻呂ノ之ニ有ト云時ニ廣嗣馬ヨリオリテ再拝シテ曰ク吾朝命
ヲ逆ス朝庭ニ讒人有也ト常人ノ云ク何ク兵ヲ發シ襲ヒ来ルヤト廣嗣
答ル言ハナク却キケレハ賊兵悉ク官軍ニ降ル官軍勝ニノツテ追フ廣嗣
逃レ走テ松浦ノ郡値嘉嶋ノ長村ニ至ル安部ノ黒麿追テ生捕ス大
野東人即廣嗣其弟綱手ヲ斬ル或云ク廣嗣兵ヲ率キ軍破ルヽトキ大ニ
怒テ馬ニノリ海ニ入没シテ死ス其霊化シテ赤キ鏡トナル見ルモノタクク死ス故ニ
神ト祝ヲ今ノ肥前国松浦鏡ノ明神是ナリト　或云フ廣嗣カ又ハイクヒアノ明神ナリト
玄昉是ヨリ朝恩ニホコリ紫衣ナト賜リ僧正ト成昼夜内裏ニアリツイニ
光明皇后男子ヲ生リ是玄昉カ子ナリ或ハ云ク帝玄昉ヲハ古今ノ知識
也ハ聖ノ胤ヲツカセントテ態ト光明后ヲ玄ルシ玉ヘトモ然ルニカノ男子長ナリテノチ
薙髪シテ善珠僧正ト云日本後記ニ僧正善珠ハ大皇后藤ノ光明子
ノ孽子也ト云リサレハ玄昉アニヨリ婚乱ナリケレハ帝モヤウヤクウトミ玉ヘハ玄昉ノ
筑紫ニ流シ玉フシカルニ筑前国観音寺建立ニ玄昉ニ導師タリシカ廣嗣カ
霊ニツカミシ其翌年南都興福寺ノ唐院ニ玄昉カ首ヲ落セリ其頭ニ
玄昉ノ二字有光明后カノ首ヲ埋セ塔ヲ立サセ玉フ是ヲ頭塔ト云今ニ有
恵美押勝カ乱ノコトハ　仁皇四十六代孝謙天皇ト申奉ハ聖武
帝ノ皇女也時ニ聖武帝ノ遺詔ニ依テ天武帝ノ孫新田部皇子ノ

16

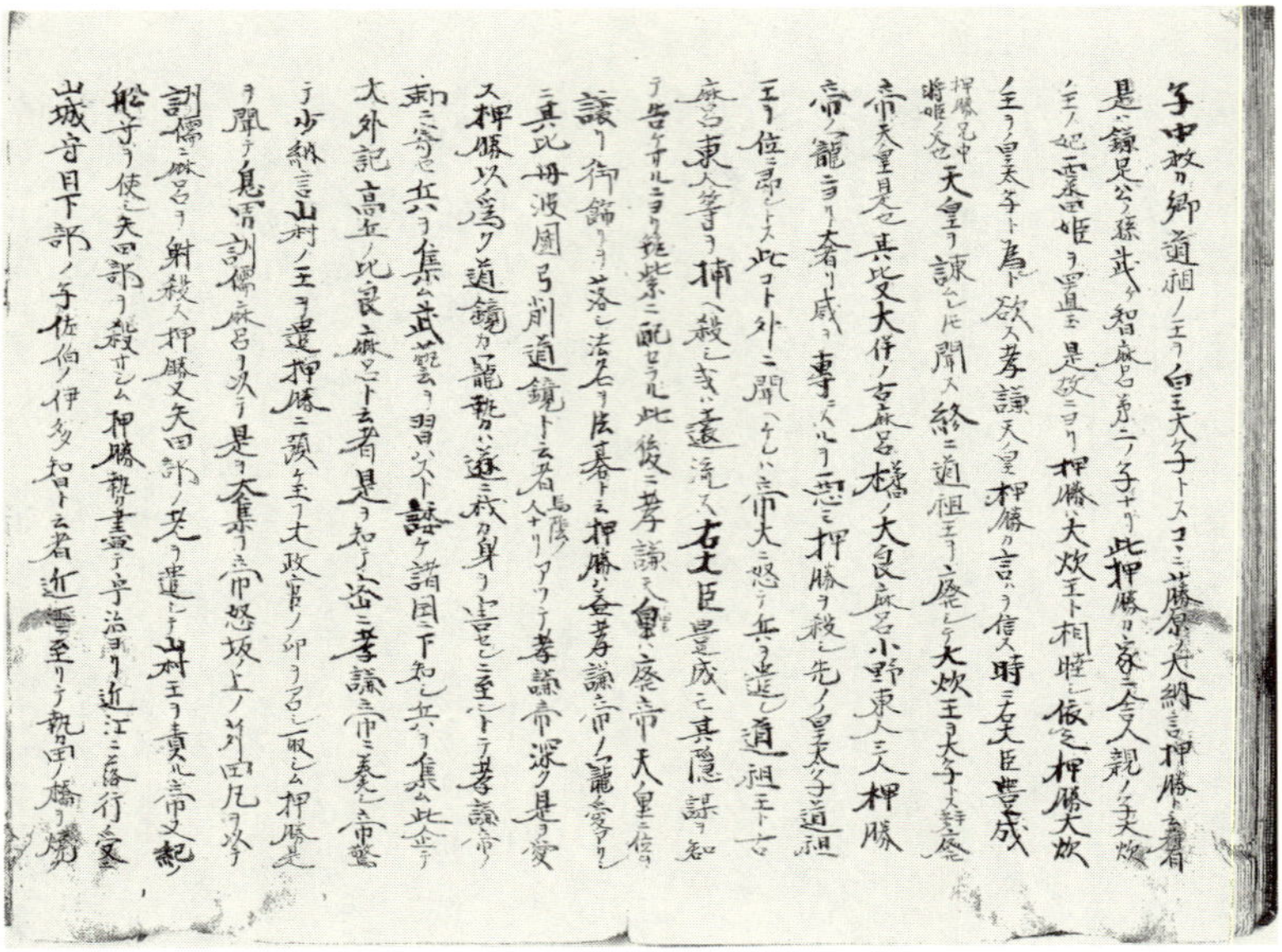

17

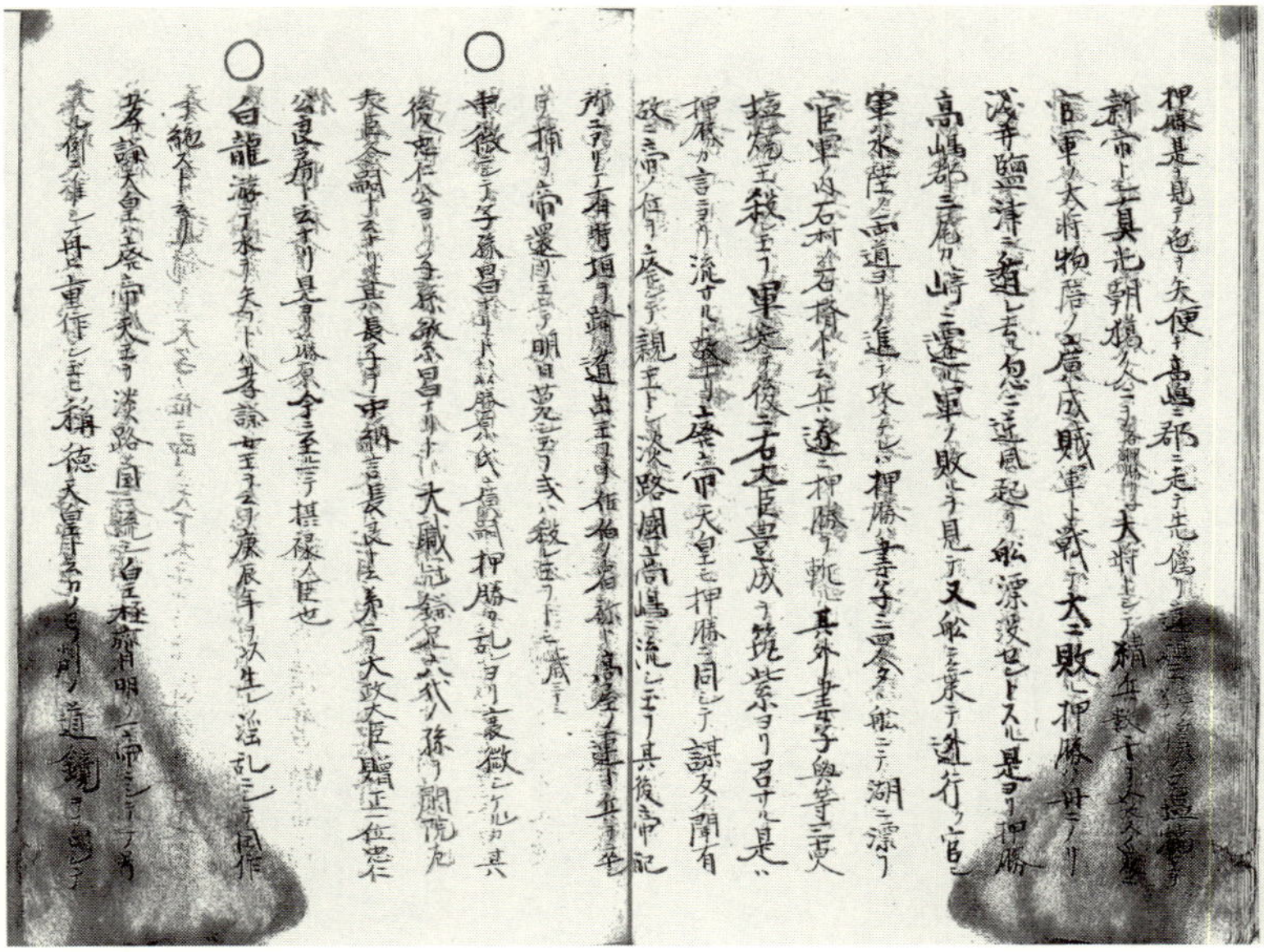

18

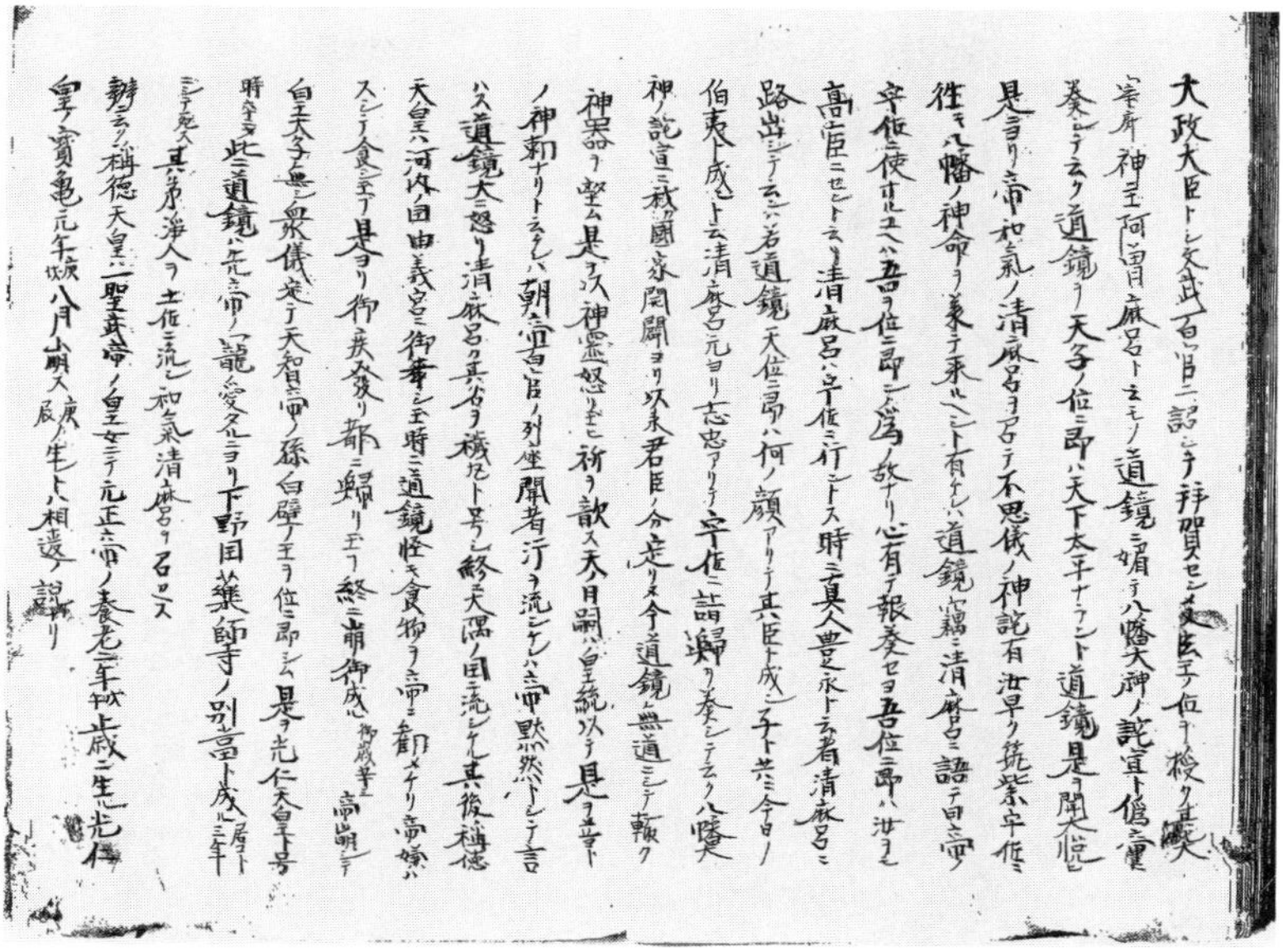
大政大臣ト成文武百官ニ詔シテ拜賀セシム是ニ於テ位ヲ极ク是大
宰府神主阿曽日麻呂ト云モノ道鏡ニ媚テ八幡大神ノ託宣ト偽ニ奏
奏シテ云ク道鏡ヲ天子ノ位ニ即バ天下太平ナラント道鏡是ヲ聞テ悦
是ヨリ帝和気ノ清麻呂ヲ召テ不思儀ノ神託有汝早ク筑紫宇佐
往テ八幡ノ神命ヲ兼テ来ルヘシト有ケレハ道鏡窃ニ清麿ニ語テ曰ク帝
宇佐ニ使スルユヘハ吾ヲ位ニ即シメン為ノ故ナリ心有テ報奏セヨ吾位ニ即ハ汝ヲ
高官ニセント云リ清麻呂ハ宇佐ニ行ントスル時ニ真人豊永ト云者清麻呂ニ
路出シテ云ハ若道鏡天位ニ即ハ何ノ顔アリテ其臣ト成ン子ト共ニ今日ノ
伯夷ト成ント云清麿モ元ヨリ忠志アリテ宇佐ニ詣シ帰リ奏シテ云ク八幡
神ノ託宣ニ我カ国家開闢ヨリ以来君臣ノ分定リヌ今道鏡無道ニシテ輙ク
神器ヲ望ム是ヲ以神霊怒リ玉ヒ祈ヲ歆ス天ノ日嗣ハ皇統ヲ以テ是ヲ立ト
ノ神勅ナリト云ケレハ朝庭百官ノ列座聞者汗ヲ流シケレハ帝默然トシテ言
ハス道鏡大ニ怒リ清麻呂カ名ヲ穢麻呂ト号シ終ニ大隅ノ国ニ流シケル其後称徳
天皇ハ河内国由義宮ニ御幸シ玉フ時ニ道鏡怪キ食物ヲ帝ニ勧メケリ帝嫌ハ
スシテ食シ玉フ是ヨリ御疾発リ都ニ帰リ玉フ終ニ崩御成ル 御歳五十三 高山陵ニ
皇太子無シ衆儀定テ天智帝ノ孫白壁ノ王ヲ位ニ即シム是ヲ光仁天皇ト号
時ニ至テ此ニ道鏡ハ先ニ帝ノ寵愛アルヨリ下野国薬師寺ノ別当ト成ル居ルコト二年
シテ死ス其弟浄人ヲ土佐ニ流シ和気清麻呂ヲ召ス
謚シテ称徳天皇ト云ハ聖武帝ノ皇女ニシテ元正帝ノ養老二年戊午歳ニ生ル光仁
皇ノ宝亀元年庚戌八月四日崩ス庚辰ノ年ト云ハ相違ノ誤リ

19

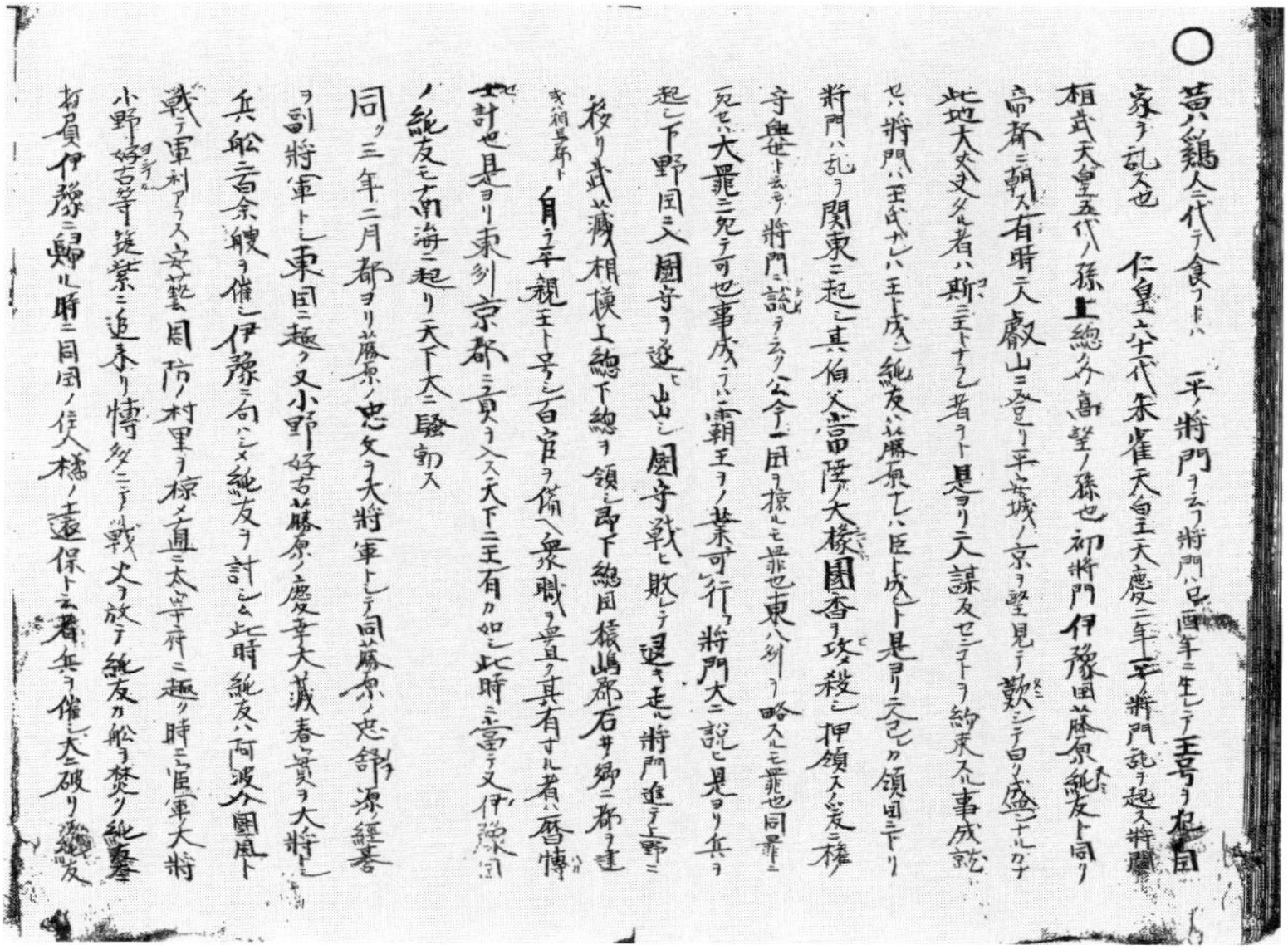
○黄ハ鶏人ニ代テ食ストハ 平ノ将門ヲ云フ将門ハ己酉年ニ生レテ王号ヲ犯シ国
家ヲ乱ス也 仁皇六十一代朱雀天皇ノ天慶二年平ノ将門乱ヲ起ス将門
桓武天皇五代ノ孫上総介高望ノ孫也 初将門伊豫国藤原純友ト同リ
帝都ニ朝ス有時ニ人叡山ニ登リ平安城ノ京ヲ望見テ歎シテ曰ク盛ナルカナ
此地大丈夫タル者ハ斯ニ王トナラン者ナリト 是ヨリ二人謀反セントヲ約束スル事成就
セハ将門ハ王氏ナレハ王ト成シ純友ハ藤原ナレハ臣ト成ント 是ヨリ二人己カ領国ニ下リ
将門ハ乱ヲ関東ニ起シ其伯父常陸大掾国香ヲ攻殺シ押領ス又爰ニ権
守興世ト云モノ将門ニ説テ云ク公今一国ヲ掠ルモ罪也東八州ヲ略スルモ罪也同罪ニ
死セハ大罪ニ死テ可也事成ラハ覇王ノ業可行ト将門大ニ説ヒ是ヨリ兵ヲ
起シ下野国ニ入国守ヲ逐ヒ出シ国守戦ヒ敗レテ逃キ走ル将門進テ上野ニ
移リ武蔵相模上総下総ヲ領シ即下総国猿嶋郡石井郷ニ都ヲ建
或ハ相馬郡ト 自ラ平親王ト号シ百官ヲ備ヘ衆職ヲ置ク其有ナル者ハ暦博
士計也是ヨリ東ノ京都ニ貢ヲ入ス天下二王有カ如シ此時ニ当テ又伊豫国
ノ純友モ南海ニ起リ天下大ニ騒動ス
同ク三年二月都ヨリ藤原ノ忠文ヲ大将軍トシテ同藤原ノ忠舒源ノ経基
ヲ副将軍トシ東国ニ趣ク又小野好古藤原ノ慶幸大蔵春実ヲ大将トシ
兵船二百余艘ヲ備ヘ伊豫ニ向ハシメ純友ヲ討シム此時純友ハ阿波今国風ト
戦テ軍利アラス安芸周防ノ村里ヲ掠メ直ニ太宰府ニ趣ク時ニ官軍大将
小野好古等筑紫ニ追来リ情多ニシテ戦ス火ヲ放テ純友カ船ヲ焚ク純友
打負伊豫ニ帰ル時ニ同国ノ住人橘ノ遠保ト云者兵ヲ備ヘ大ニ破リ純友

20

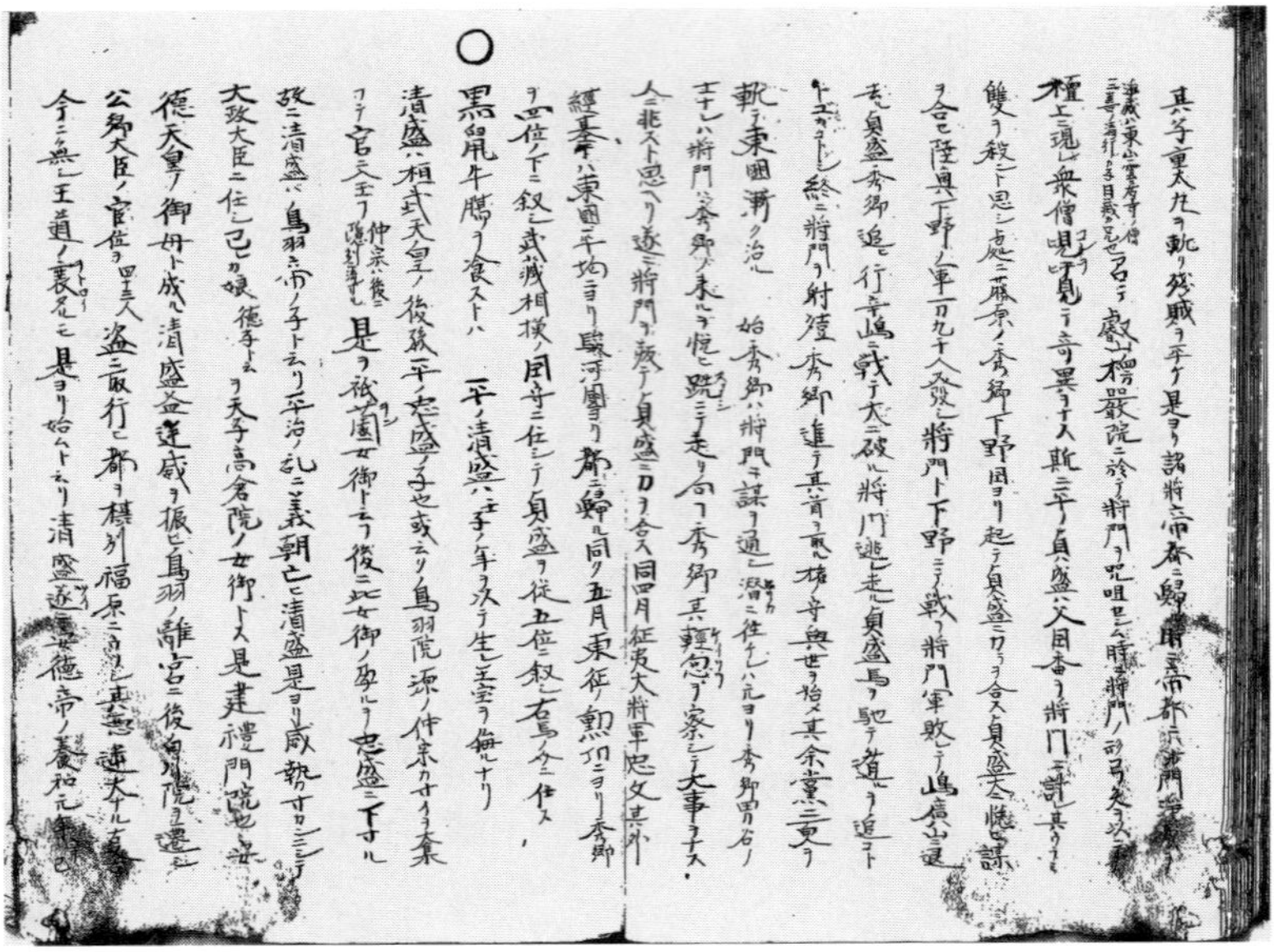

21

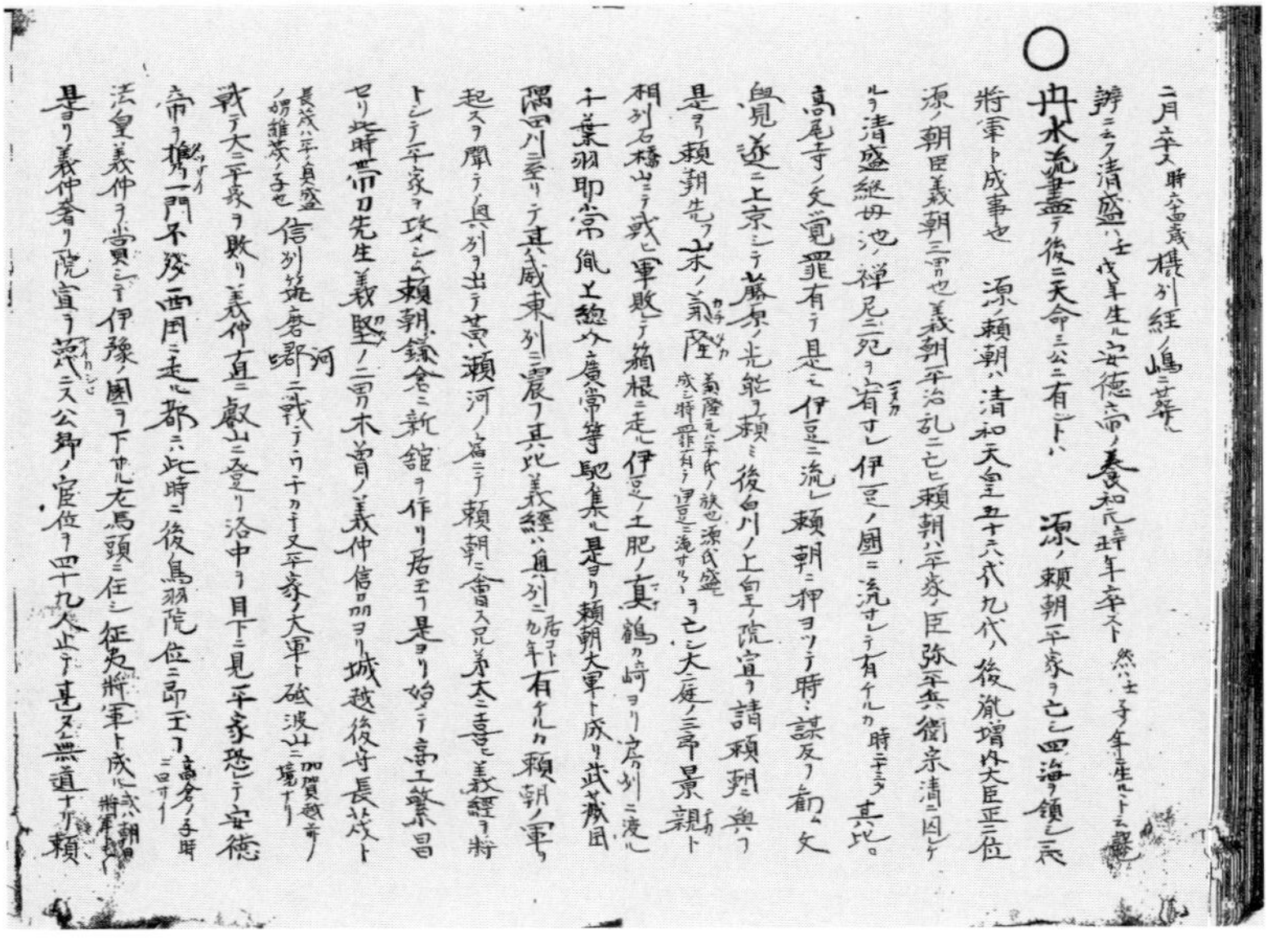

22

朝ハ是ヲ聞玉ヒ參河守範頼九郎義經ヲ將トシテ大軍ヲ卒シ平治瀬田ニテ
戰フ義仲遂ニ打負テ相模国三浦ノ石田爲久カ射ル矢ニ中ツテ死ス此時ニ當
テ平家ハ讃岐ノ屋嶋ニ内裏ヲ建テ又津国一ノ谷ニ城ヲ築ク範頼義經
大軍ヲ卒シテ一ノ谷ヲ攻メ落ス平家ノ一門生捕戰死ノ者多シ殘兵三千余人逍レテ
屋嶋ニ歸ル義經又四国ニ渡リ不意ニ押寄セテ八嶋ノ皇居ヲ焚ク平家恐
レテ長門国檀ノ浦ニ退ク義經又追テ平家ヲ攻ル平氏終ニ安徳帝ヲ始メ
宗盛ノ母二位ノ尼一門悉ク入水シテ亡フ
宗盛清盛ノ三男三十九歳　清宗宗盛ノ子十七歳　生捕レ江州篠原ニテ誅ス
或云ク清盛ノ妻二位尼女子ヲ生リ其女子ヲ以テ愚清水寺ノ息ヲ遣リ傘工ノ男子ヲ
産ヲ取テ女子ニ取リ替テ清盛ニ見セシム清盛不疑大ニ喜フ宗盛是也二位ノ尼亡ル
リシテ其ハ實ヲ云人始テ是ヲ知ル
平家亡ヒテ海内定リケレハ後白河ノ上皇叡感有テ頼朝ヲ正二位大納言
右大將ニ任シ六十六箇国ノ惣追捕使ト成サル是ヨリ武家始テ諸国ニ守
護ヲ置キ庄園ニ地頭ヲ立テケリ時ニ頼朝卿稲毛三郎重成ニ妻頼朝ノ姉ナリ
追善ノ爲ニ相模河ニ橋ヲ建ル頼朝公是ニ行玉フ歸路ニ落馬シ病ヲ發シ
正治元年土御門年号正月十三日ニ薨ス時五十三才治世四年ヨリ治世二十年　嫡子頼家十八才父ノ跡ヲ續ク
母ハ北条時政ノ娘政子後ニ尼御臺ト云　時ニ將軍頼家病有テ天下ヲ二分トシ
關西三十八ケ国ヲ弟實朝ニ讓リ十二才坂東二十八ケ国ヲ一幡ニ頼家ノ子六才讓ル
時ニ一幡ノ外祖頼家ノ舅ナリ比企ノ能員吾カ權威ノ後ナラホルヲ思セ濟ニ頼
家ニ語リ實朝北条ノ二家ヲ亡サントス御台尼此事ヲ障子隔ニ

23

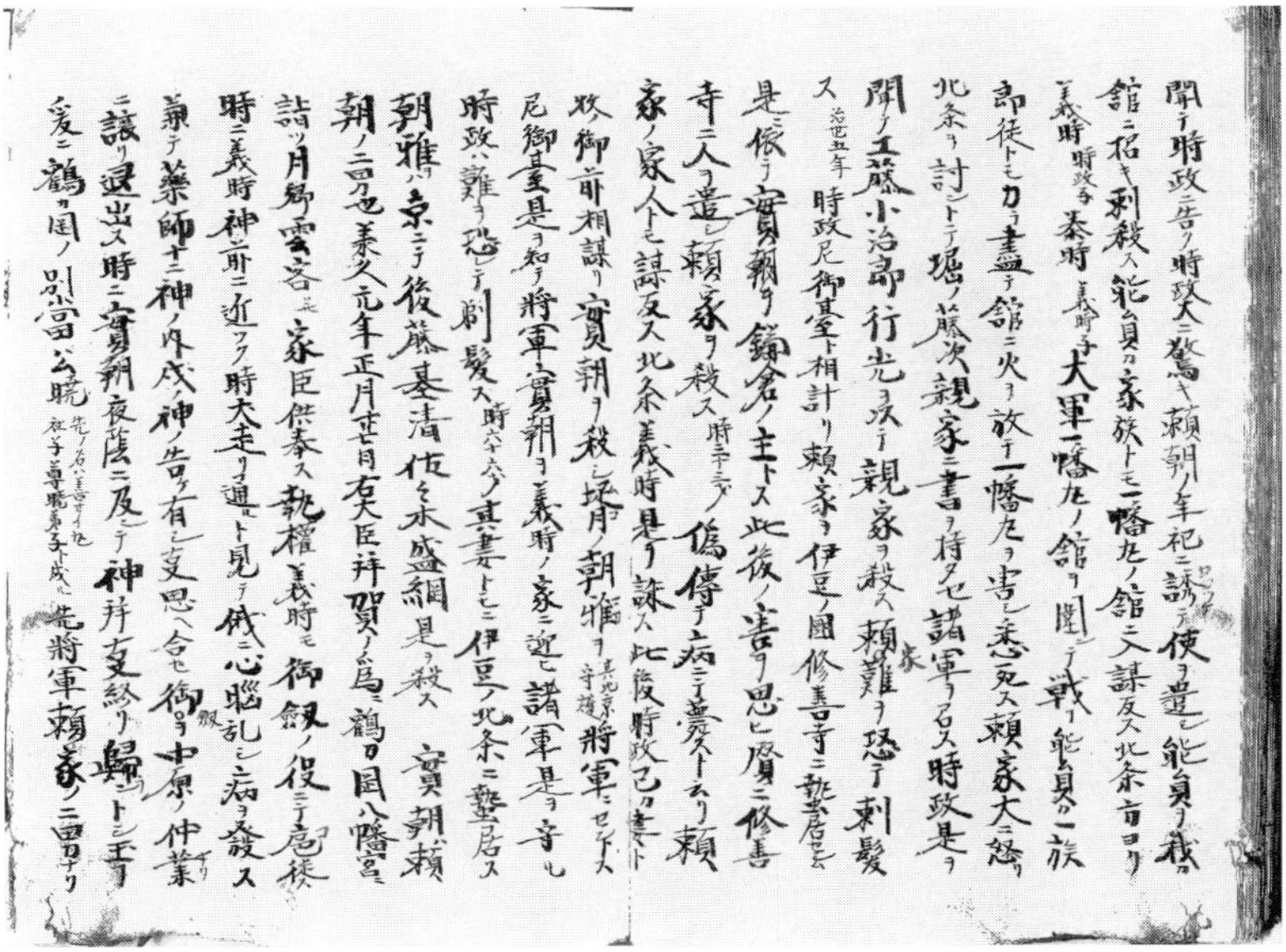
聞テ時政ニ告ク時政大ニ驚キ頼朝ノ年祀ニ託シテ使ヲ遣シ能員ヲ我カ
舘ニ招キ刺殺ス能員カ家族トモ一幡ノ舘ニ入謀反ス北条方ヨリ
義時時政子泰時義時子大軍一幡カ舘ヲ圍テ戰フ能員カ一族
郎従トモ力ヲ盡テ舘ニ火ヲ放テ一幡ヲ害シ悉死ス頼家大ニ怒リ
北条ヲ討ントテ堀ノ藤次親家ニ書ヲ持タセ諸軍ヲ召ス時政是ヲ
聞ク工藤小治郎行光ヲ以テ親家ヲ殺ス頼家難ヲ恐テ剃髪
ス治世五年　時政尼御臺ト相計リ頼家ヲ伊豆ノ國修善寺ニ蟄居セシム
是ニ依テ實朝ヲ鎌倉ノ主トス此後ノ害ヲ思ヒ屬ニ修善
寺ニ人ヲ遣シ頼家ヲ殺ス時二十三才ノ　偽傳テ病ニテ薨ストイフ頼
家ノ家人トモ謀反ス北条義時是ヲ誅ス此後時政己カ妻ト
牧ノ御前相謀リ實朝ヲ殺シ婿ノ朝雅ヲ其比京守護將軍ニセントス
尼御臺是ヲ知テ將軍實朝ヲ義時ノ家ニ迎ヘ諸軍是ヲ守ル
時政ハ難ヲ恐レテ剃髪ス時六十八才ノ其妻トモニ伊豆ノ北条ニ蟄居ス
朝雅ハ京ニテ後藤基清佐々木盛綱是ヲ殺ス　實朝ハ頼
朝ノ二男也　承久元年正月廿七日右大臣拜賀ノ爲ニ鶴カ岡八幡宮ニ
詣ツ　月卿雲客ニ家臣供奉ス執權義時モ御劔ノ役ニテ扈從
時ニ義時神前ニ近ツク時大走リ過ルト見テ俄ニ心惱乱シ病ヲ發ス
兼テ薬師十二神ノ内戌ノ神ノ告ケ有シ事思ヒ合セ御劔ヲ中原ノ仲業
ニ讓リ退出ス時ニ實朝夜陰ニ及テ神拜事終リ歸ントシ玉フ
處ニ鶴カ岡ノ別當公暁先ノ名ハ善哉ト云　先將軍頼家ノ二男ナリ

24

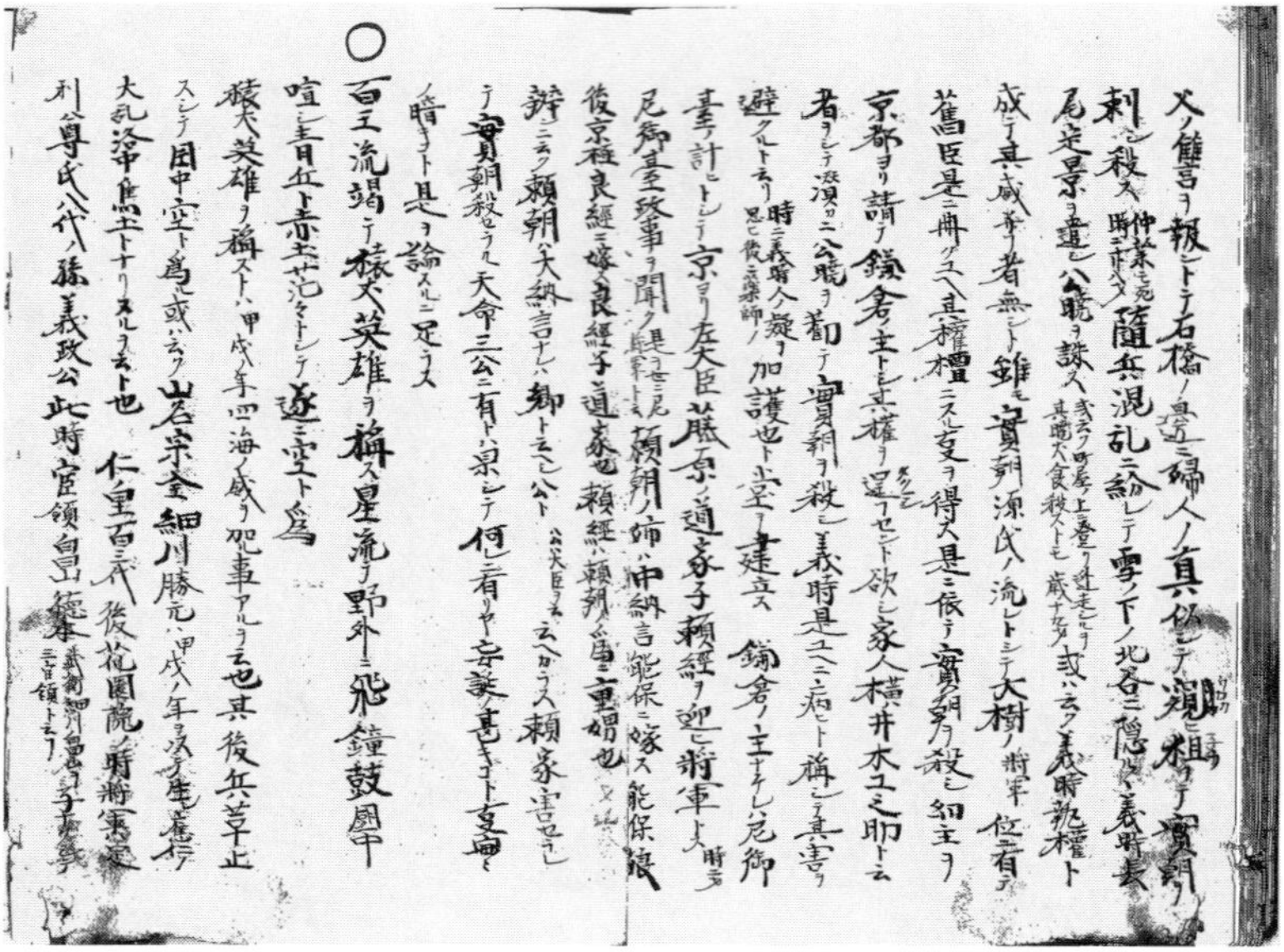
又ノ讎ヲ報ントテ石橋ノ邊ニ婦人ノ真似シテ潤ニ狙テ實朝ヲ
刺シ殺ス 随兵混乱ニ紛レテ雪ノ下ノ北谷ニ隠ル 義時長
尾定景ヲ遣シ公暁ヲ誅ス 或ハ云ク義時執權ト
成テ其威並ブ者無シト雖モ實朝源氏ノ流レトシテ大樹ノ将軍位ニ有テ
舊臣是ニ帰ス 只其權ヲ擅ニスル事ヲ得ス 是ニ依テ實朝ヲ殺シ幼主ヲ
京都ヨリ請テ鎌倉ノ主トシ其權ヲ逞フセント欲シ 家人横井木工之助ト云
者ヲシテ公暁ヲ勸テ實朝ヲ殺シ 義時是ヲ知ズト稱シ其害ヲ
避クルトモ云リ 時ニ義時人ノ疑ヲ加護也ト云テ建立ス 鎌倉ノ主ナシ 尼御
臺ヲ計ヒトシテ京ヨリ左大臣藤原道家ノ子頼經ヲ迎ヘ将軍トス
尼御臺政事ヲ聞ク 頼朝ノ姉ハ中納言能保ニ嫁ス 能保ノ娘
後京極良經ニ嫁ス 良經ノ子道家也 頼經ハ頼朝ノ姉ノ曾孫也
詩ニ云ク頼朝ハ大納言ナレハ卿ト云ヒ公ト云ヘカラス 頼家害セラレ
テ實朝殺サル 天命ニ公ニ有ト 泉下ニシテ何ノ看リヤ
暗コト是ヲ論スルニ足ラス
○百王流竭テ猿犬英雄ヲ稱ス 星流テ野外ニ飛ヒ 鐘鼓國中
喧シ 青丘ト赤土ト茫々トシテ遂ニ空ト為
猿犬英雄ヲ稱ストハ甲戌ノ年四海ノ威ヲ犯事アルヲ云也 其後兵革止
スシテ国中空ト為ル 或ハ云ク 山名宗全細川勝元ハ甲戌ノ年ヲ以テ生ル
大乱洛中焦土トナリスルヲ云ト也 仁皇百二代後花園院ノ時 将軍ハ
利ハ尊氏八代ノ孫義政公 此時管領白山徳本

25

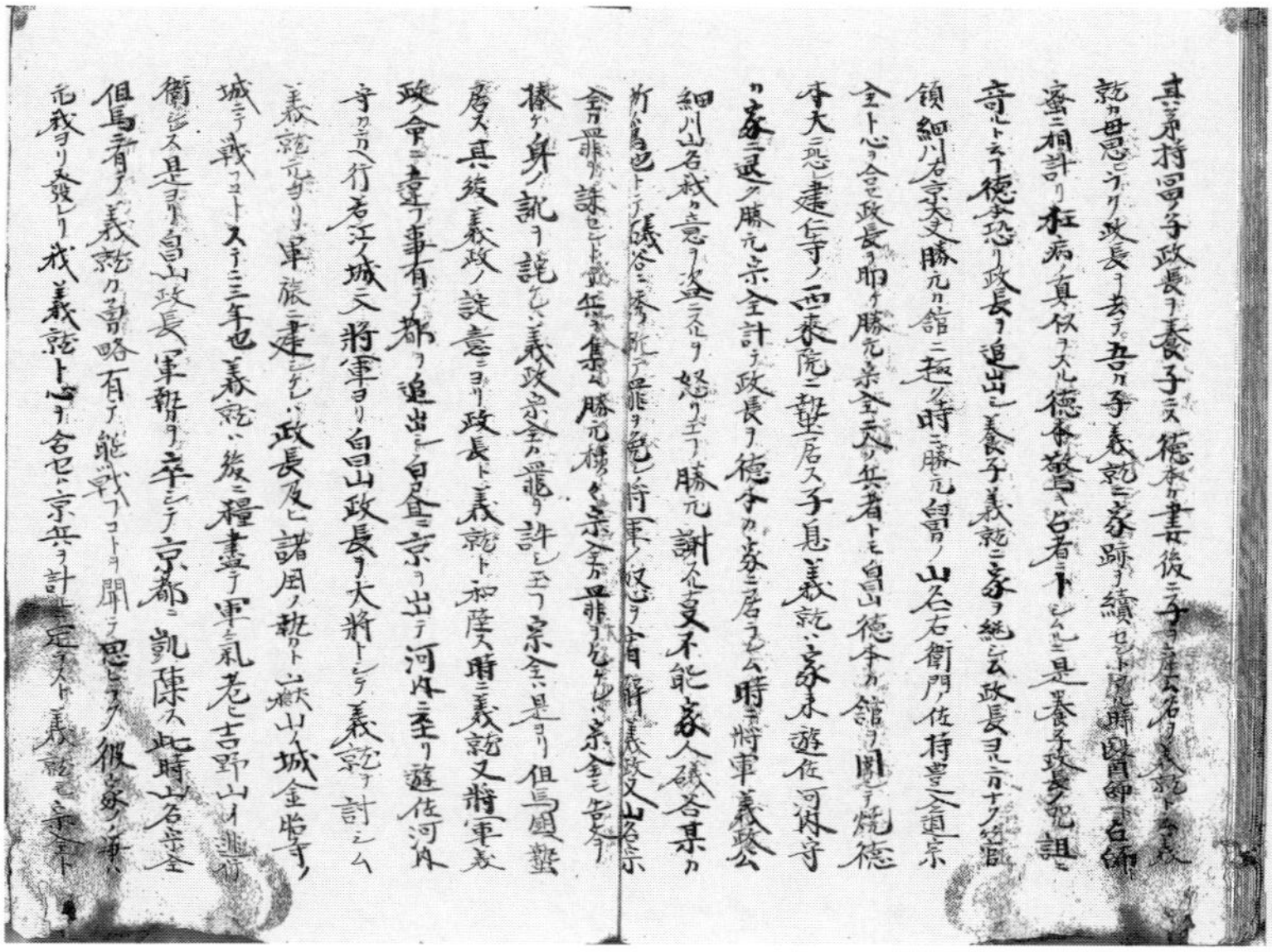
其弟持国ノ子政長ヲ養子トス 徳本ガ妻後ニ子ヲ産ム 名ヲ義就ト云 義
就ガ母思フラク政長ヲ去テ吾ガ子義就ニ家跡ヲ續セント
密ニ相計リ狂病ヲ真似スル 徳本驚キ占者ニトハシム 是養子政長ノ咒詛ニ
寄ルトス 徳本恐リ政長ヲ追出シ養子義就ニ家ヲ継シム 政長
領細川右京大夫勝元ガ館ニ趣ク 時ニ勝元ト山名右衛門佐持豊入道宗
全ト心ヲ合セ政長ヲ助ケ 勝元宗全ノ兵者ト白山徳本ガ館ヲ圍テ焼 徳
本大ニ恐レ建仁寺ノ西来院ニ蟄居ス 子息義就ハ家ヲ遊佐河内守
ガ家ニ退ク 勝元宗全計テ政長ヲ徳本ガ家ニ居ラシム 時ニ将軍義政公
細川山名ガ威ヲ恣ニスルヲ怒リ玉テ勝元ヲ謝ス 又不能家人
宗全ガ罪ヲ誅セントス
椿ガ身ノ訛ヲ 義政宗全ノ罪ヲ許シ玉フ 宗全ハ是ヨリ但馬国ニ蟄
居ス 其後義政ノ 政長ト義就ト和睦ス 時ニ義就又将軍義
政ノ命ニ違フ事有テ都ヲ追出シ 白昼ニ京ヲ出テ河内ニ至リ遊佐河内
守ガ方ヘ行 若江ノ城ニ入 将軍ヨリ白山政長ヲ大将トシテ義就ヲ討シム
義就元ヨリ軍旅ニ達シケレハ 政長及ヒ諸国ノ勢 山ノ城ヲ堅守
城テ戦フコト三年也 義就ハ後ニ糧尽テ軍ニ乱有 吉野山ニ逃行
是ヨリ白山政長軍勢ヲ率シテ京都ニ凱陣ス 此時山名宗全
但馬ニ有テ義就ガ智略有テ能戦フコトヲ聞テ思ヒラク 彼ガ家ノ争ハ
元我ヨリ発レリ 我義就ト心ヲ合セハ京兵ヲ討ン

26

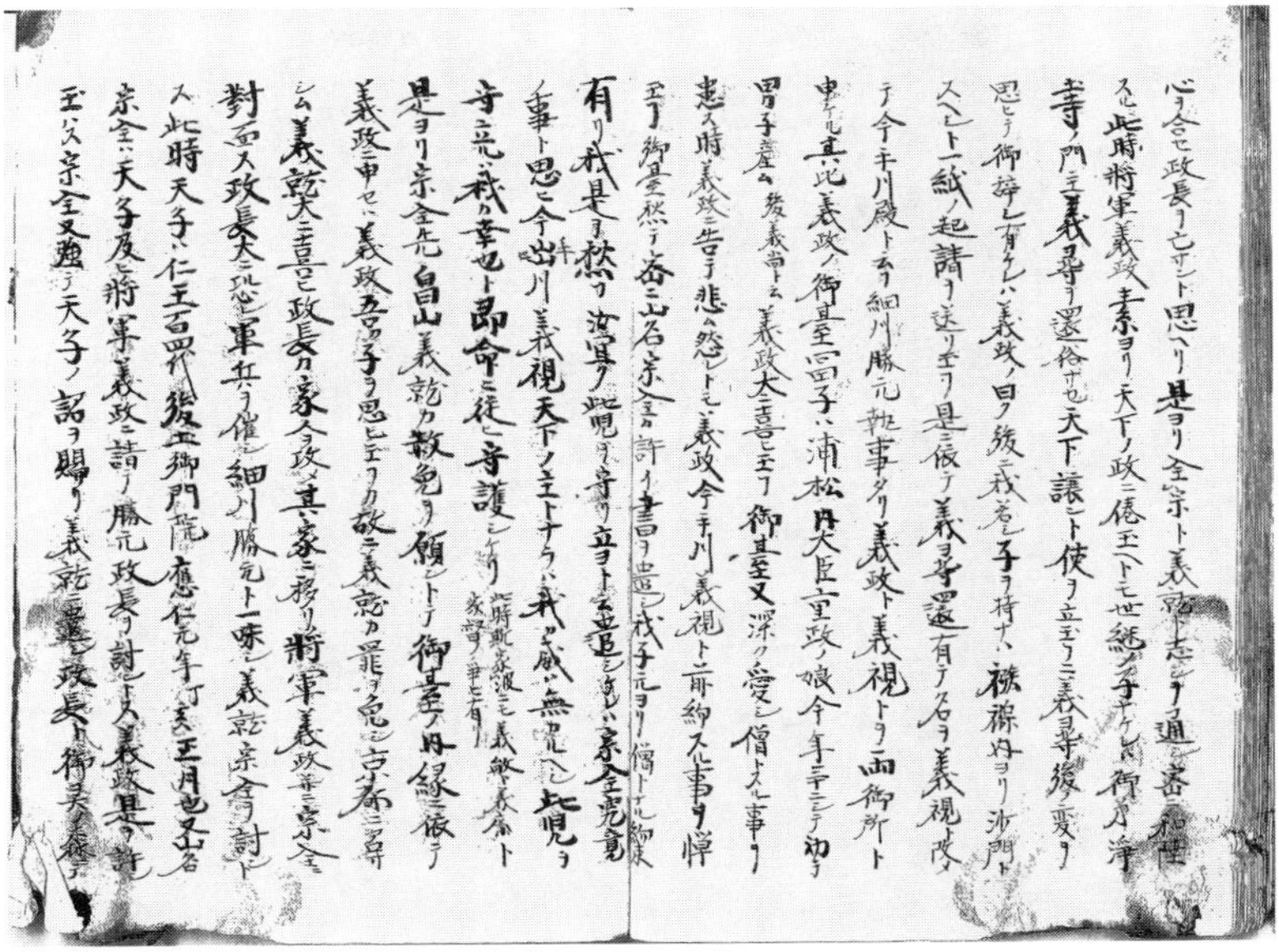

27

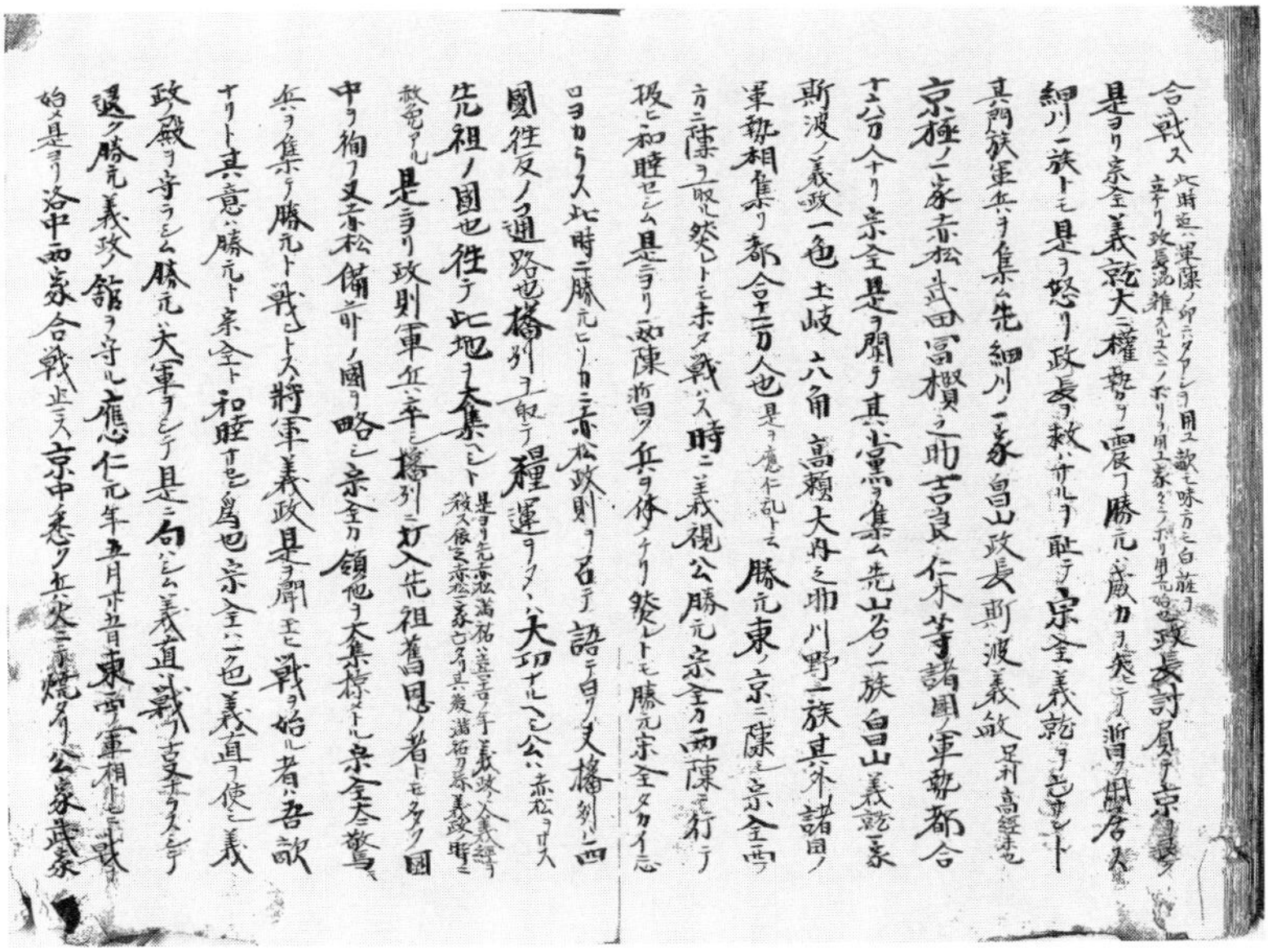

28

寺院若干亡ヒ人民大ニ恐レ老ヲ扶ケ幼ヲ携ヘ逃迷ヒ勝元方ハ戦度ニ十ニ九
テリ宗全ハ頻ニ諸國ノ兵カノ贊ヲ集ムコトヲ計ル時ニ當テ周防國
大内之助政弘ハ兵船一千七百余艘ニ大軍ヲ卒シ宗全ヲ救ヒト上洛ス勝元
是ヲ聞テ赤松政則秋場備中守ヲ大將トシ七千余騎ニテ津国住吉尼崎
ニテ戦フ赤松打負テ退ク大内之助ハ京ニ入ル宗全大ニ喜フ是ヨリ宗全幸
利ヲ得タリ勝元ハ戦フ度ニトリ利ヲ失フ勝元義政ノ御前ニ参テ云ク今靈
頻軍ニ利ヲ得東軍利ヲ失フコト軍法ノ拙ニアラス君ノ近臣ノ非事ニ志ヲ
宗全ニ通シ計畧ヲ泄ルユヘナリ近臣ヲ退ヒトニ云近士ノ衆是ヲ聞怒テ云ク
我々何ノユヘヲ以テ罷ヲ得ン將軍ノ御館ニ火ヲカケ勝元ト同ク死セント憤ル
ル義政是ヲ聞玉ヒテ抑ヒ止玉フ是ヨリ近臣十三人義政ノ館ヲ去ケル
勝元追テ殺シトスレトモ成ラス勝元又主上後土御門上皇ニ種ノ神器ヲ迎ヘ
室町ノ花ノ御殿ニ行幸申ス是ハ若シ將軍義政我ヲ捨宗全ニ心ヲ
寄玉ハンヘ天子ヲ守護シ合戦センカ為ナリ是ヨリ日々合戦止ニス
洛外ノ寺社兵火ニ罹テ亡ヒケリ此時義政ト義視ト兩御所タカ
イニ疑ヒ玉フユヘ不快トナリ義視ハ頻ニ京ヲ出テ勢州ノ國司
北畠教具ノ館ニ走ル義政驚キ書ヲ遣シ意恨無キヨシヲ宣ヘ義
視ヲヨロス是ヨリ義視ハ伊賀・伊勢ノ兵ヲ率シ路次ノ逆キ従テ
平テ京ニ着玉フ此時ニ軍務ノ中ニ流言シテ曰ク勝元義政ヲ廢テ義
視ヲ將軍ニセントスルセト風聞ス義政是ヲ聞疑ヒ蜜ニ御館ヲ出テ
山名宗全カ陳ニ至ントス勝元大ニ驚キ義視ヲ宗全カ陳ニ入ケン奉

29

ラスハ疑ヒ有ン義視ヲ放シ奉ラハ此疑ヒ有間敷ト則義視ヲ北山ニ
ラシム宗全是ヲ聞大ニ喜ヒテ義視ヲ吾カ陳ニ迎ヒテ臣ト稱シ諸兵
共ニ守護シケリ是ヨリ京都二人ノ將軍有ルカ如ク洛中乱レ合戦止
間モナシ爰ニ京極ノ佐々木一族ニ近江國ノ住人多賀豊後守高忠京極
三千余兵ニテ勝元ニ随ヒ東軍ニ有ケルカ佐々木六角亀壽丸高忠在
陳ヲ窺ヒ其虚ニノリテ多賀ノ城ヲ責ム高忠是ヲ聞勝元カ陳ヲ去テ
分國近江ヘカヘル是ノミナラス大内之助政弘カ伯父道頓ヲ政弘カ留
主居ニ尾加賀守弘直謀反シカノ道頓ヲ率シ因防長門両国ヲ
掠ム勝元カ方ニ降ル又太宰ノ少弐喜頼ハ對馬ヨリ起リ筑前ヲ
掠メ其外九州大ニ乱レケルユヘ大内之助政弘モ宗全カ陳ヲ去テ分國ニ
歸ケリ又越前國斯波家足利高経ヨリ代々領スル所ナリ其家老甲斐ノ
朝倉織田三氏也時ニ甲斐何某謀反シテ主人斯波ノ義雄ヲ械シテ越
前國ヲ奪ント集ム織田何某又尾張國ヲ奪ント集ム朝倉高景京ニ居テ是ヲ
聞テ越前ニ趣キ甲斐ヲ殺シ其國ヲ領ス斯波ノ一族ハ東国ニ漂泊ス
是ニヨツテ義政ヨリ越前國ヲ高景ニ賜ル戦国ナレトモウノ始也勝元ニ宗
全数年對陳ニ糧米ノ運送不自由成ケレハ勝元竊ニ義政ノ命ト稱シ
自山義統能登国守護抔ケレハ義統宗全ヲ背キ勝元ニ降リケレハ北國ノ通路
塞ケ兵糧悉ク東陣ニ来ル是ヨリ西陣甚困ム是ヨリ又東陣大ニ盛ナ
而后ヒケリ斯リケル時ニ文明五年三月山名宗全西陣ニテ卒ス歳七十勝元大
喜ヒ是レ狼狽野ニ斃ル時ハ猟人手ヲ勤ナス得ル世ナ其ヲ説

30

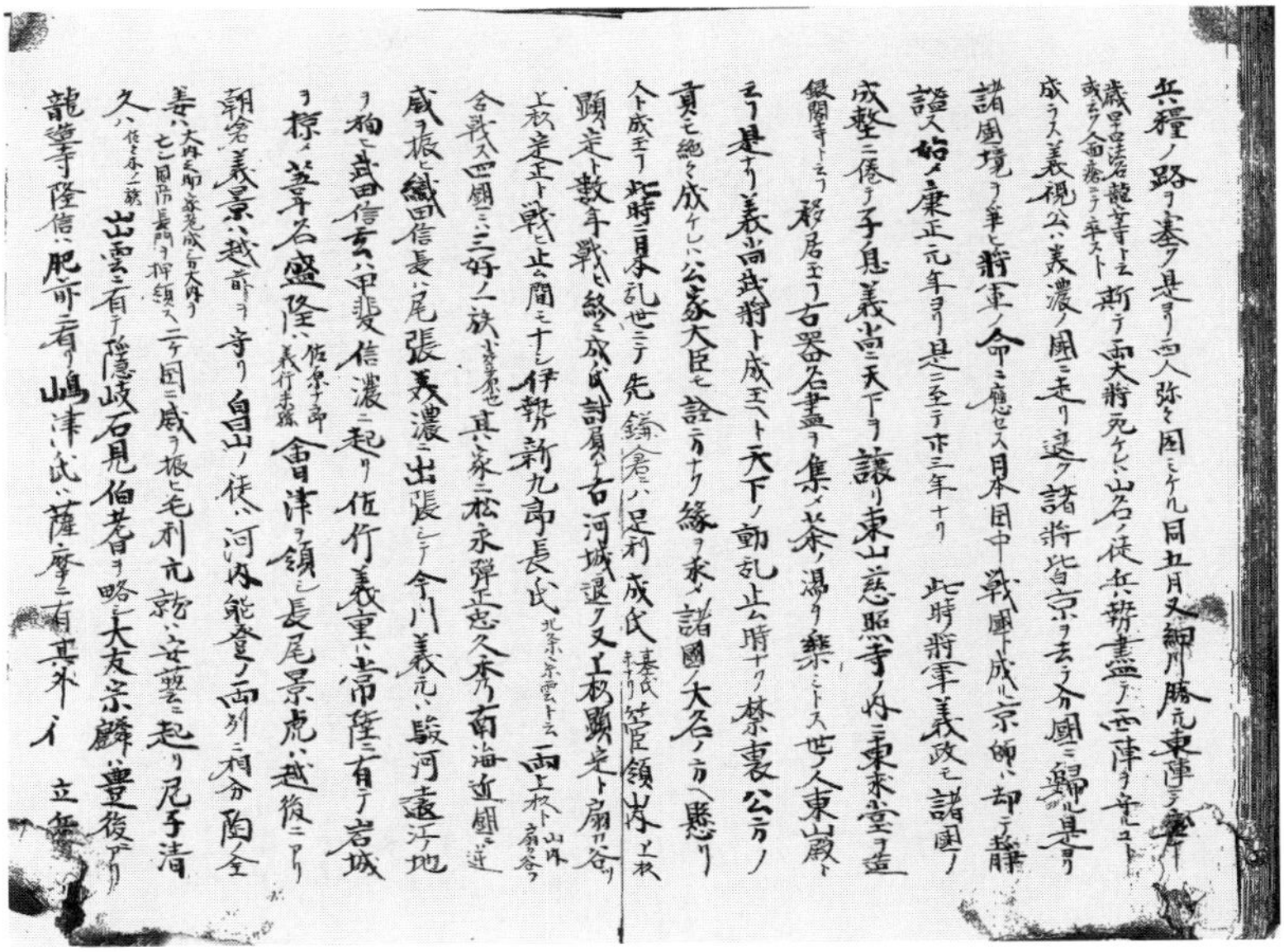

兵糧ノ路ヲ塞ク是ヲ以テ西人弥々困ミケル同五月又細川勝元東陣ヲ率テ
或曰法名龍安寺ト云 斯テ西大将死ケレハ山名ノ徒兵勢盡テ西陣ヲ守ルコト
或云ク宗全ニテ卒ストモ 成ラス義視公ハ美濃ノ国ニ走リ退ク諸将皆京ヲ去テ分國ニ歸ル是ヨリ
諸国境ヲ爭ヒ将軍ノ命ニ應セス日本国中戦国ト成ル京師ハ却テ静
謐ス始メ康正元年ヨリ是ニ至テ亦三年ナリ　此時将軍義政モ諸国ノ
成整ニ倦テ子息義尚ニ天下ヲ譲リ東山慈照寺ノ内ニ東求堂ヲ造
銀閣寺ト云フ 移居玉フ古器名畫ヲ集メ茶ノ湯ヲ楽ミトス世ノ人東山殿ト
云フ是ヨリ義尚武将ト成玉ヘトモ天下ノ動乱止ム時ナク禁裏公方ノ
貢モ絶々成ケレハ公家大臣モ詮方ナク縁ヲ求メ諸國ノ大名ノ方ヘ懸リ
人ト成玉フ 此時ニ日本乱世ニテ先鎌倉ハ足利成氏 基氏ノ孫ナリ 管領ス 上杉
顕定ト数年戦ヒ終ニ成氏討負テ古河城ニ退ク又上杉顕定ト扇ガ谷リ
上杉定正ト戦ヒ止ム間モナシ伊勢新九郎長氏 北条早雲ト云 両上杉ト 山内 扇谷ヲ
合戦ス四國ニハ三好ノ一族 其家ニ松永弾正忠久秀南海近國ニ逆
威ヲ振ヒ織田信長ハ尾張美濃ニ出張シテ今川義元ハ駿河遠江ノ地
ヲ掬ミ武田信玄ハ甲斐信濃ニ起リ佐竹義重ハ常陸ニ有テ岩城
ヲ掠メ芦名盛隆ハ 佐原十郎義行末孫 會津ヲ領シ長尾景虎ハ越後ニアリ
朝倉義景ハ越前ヲ守リ自山ノ徒ハ河内能登ノ両州ニ相分陶全
姜ハ大内之助ヲ亡シ周防長門ヲ押領ス 二テ国ニ威ヲ振ヒ毛利元就ハ安藝ニ起リ尼子清
久ハ 佐々木ノ一族 出雲ニ有テ隠岐石見伯耆ヲ略シ大友宗麟ハ豊後ニアリ
龍造寺隆信ハ肥前ニ有リ嶋津氏ハ薩摩ニ有リ其外イ　立

31

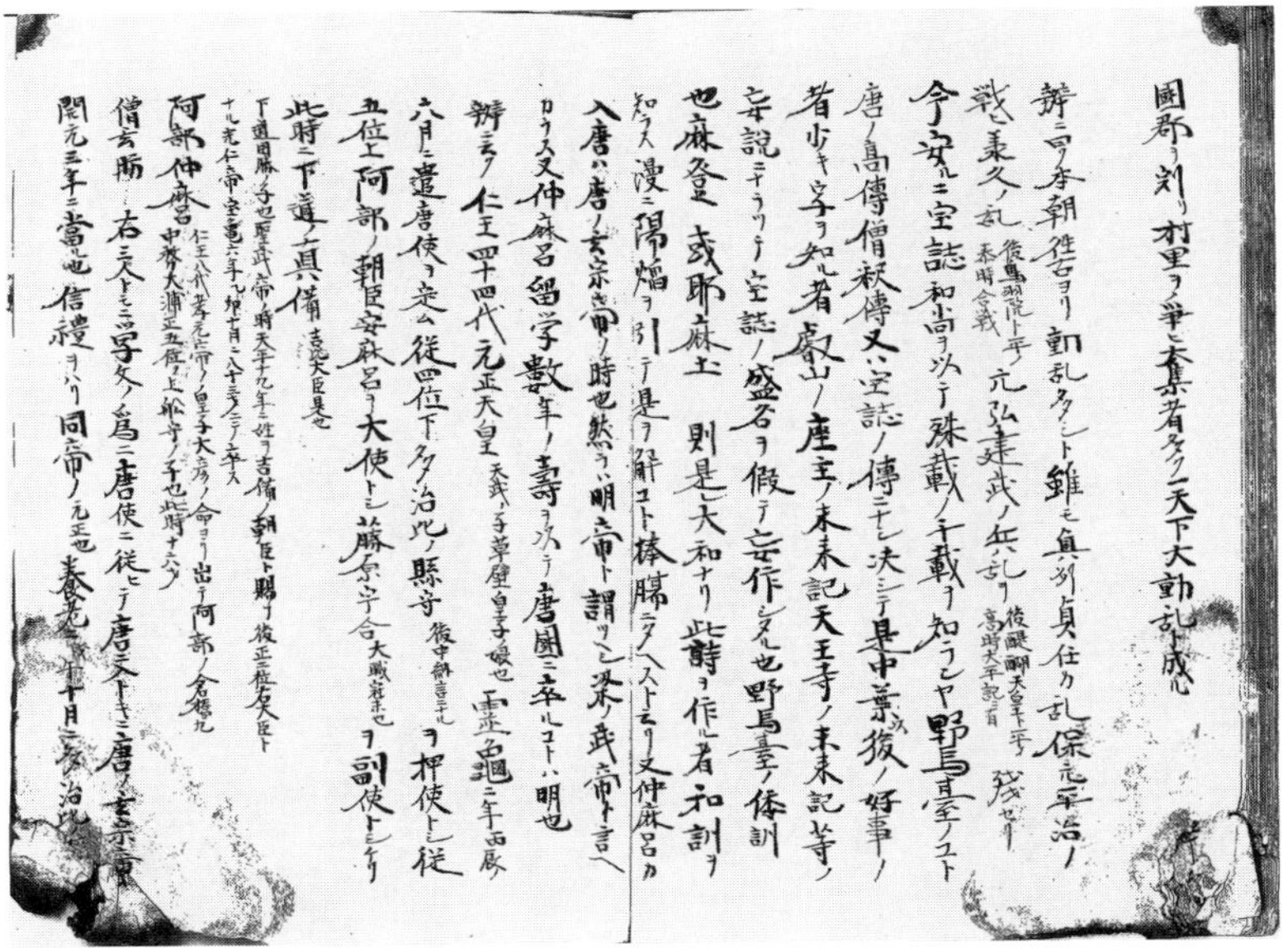

國郡ヲ剣リ村里ヲ爭ヒ集者多ク天下大動乱ト成ル
辨ニ曰ク本朝往古ヨリ動乱多シト雖モ 奥州貞任カ乱 保元平治ノ
戦ヒ 承久ノ乱 後鳥羽院ト平ノ泰時合戦 元弘建武ノ兵乱ヲ 後醍醐天皇ト平ノ高時 太平記ニ有 残セリ
今安ルニ室誌和尚ヲ以テ殊載ノ千載ヲ知ラシヤ野馬臺ノユト
唐ノ高僧傳僧袮傳又ハ室誌ノ傳ニモ决シテ是中葉以後ノ好事ノ
者少キ字ヲ知ル者叡山ノ座主ノ未来記天王寺ノ未来記等ノ
妄説ニテラツテ室誌ノ盛名ヲ假テ妄作シタル也野馬臺ノ倭訓
也麻登 或耶麻土 則是大和ナリ此詩ヲ作ル者和訓ヲ
知ラス漫ニ陽焔ヲ引テ是ヲ解コト棒腸ニテノヘストスリ又仲麻呂カ
入唐ハ唐ノ玄宗帝ノ時也然ラハ明帝ト謂ツヘシ梁ノ武帝ト言ヘ
カラス又仲麻呂留学數年ノ壽ヲ以テ唐國ニ卒ルコトハ明也
辨ニ云ク仁王四十四代元正天皇 天武ノ子草壁皇子ノ娘也 霊亀二年丙辰
六月ニ遣唐使ヲ定ム従四位下多ノ治比ノ縣守 後中納言ニナル ヲ押使トシ従
五位上阿部ノ朝臣安麻呂ヲ大使トシ藤原宇合 大職冠ノ末也 ヲ副使トシテ
此時ニ下道ノ真備 吉備大臣是也
下道国勝ノ子也聖武帝ノ時天平十九年ニ姓ヲ吉備ノ朝臣ト賜ル後正二位右大臣ト
十九光仁帝宝亀六年乙卯十月ニ八十三ニテ卒ス
阿部仲麻呂 仁王八代孝元帝ノ皇子大彦ノ命ヨリ出テ阿部ノ名嶋九 中務大輔正五位上船守ノ子也此時十六歳
僧玄昉 右三人トモニ学文ノ為ニ唐使ニ従ヒテ唐ニ入ル時ニ唐ノ玄宗
開元三年ニ當ル也信禮ヲハリ同帝ノ元正也 養老元年十月ニ多治比

32

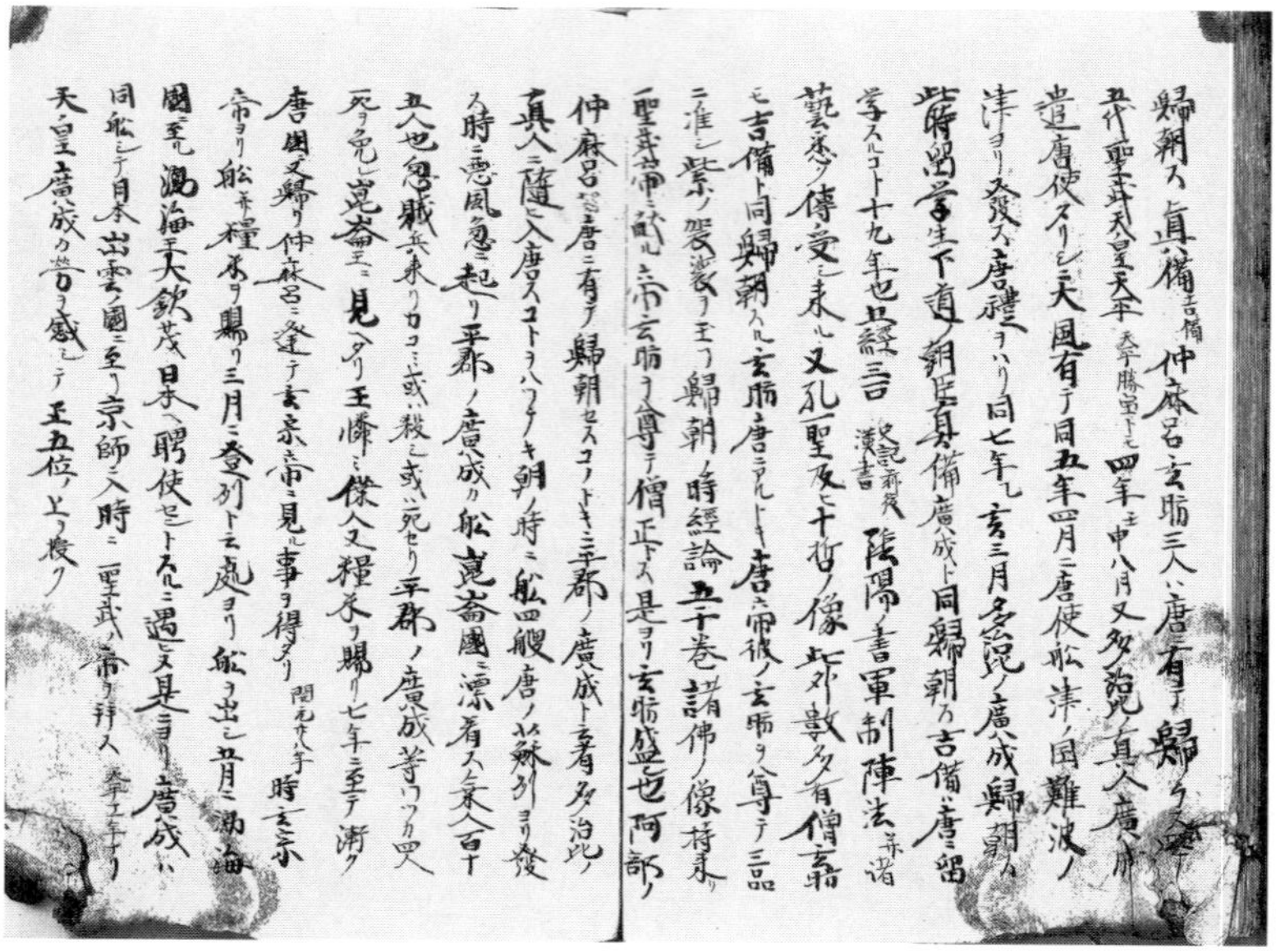
歸朝ス眞備吉備　仲麻呂玄昉三人ハ唐ニ有テ歸ラス聖
武代聖武天皇天平 天平勝宝トモ 四年壬申八月又多治比眞人廣成
遣唐使タリシニ大風有テ同五年四月ニ唐使船津ノ国難波ノ
津ヨリ發ス入唐ス禮ヲハリ同七年乙亥三月多治比ノ廣成歸朝ス入
唐留学生下道ノ朝臣眞備廣成ト同歸朝ス乃吉備ハ唐ニ留
学スルコト十九年也五經三言 史記前後漢書 陰陽ノ書軍制陣法并諸
藝悉ク傳受シ来ル又孔聖及ヒ十哲ノ像共ニ數多有ル僧玄昉
モ吉備ト同歸朝ス此玄昉唐ニアルトキ唐ノ帝彼ノ玄昉ヲ尊テ三品
ニ准シ紫ノ袈裟ヲ王フ歸朝ノ時經論五千巻諸佛ノ像持来リ
聖武帝ニ献ル帝玄昉ヲ尊テ僧正トス是ヨリ玄昉盛也阿部ノ
仲麻呂ハ唐ニ有テ歸朝セスコノトキニ平郡ノ廣成ト云者多治比ノ
眞人ニ随ヒ入唐スコトヲハワテノキ朝ノ時ニ船四艘唐ノ蘇州ヨリ發
ス時ニ悪風急ニ起リ平郡ノ廣成カ船崑崙國ニ漂着ス衆人百十
五人也忽賊兵来リカコミ或ハ殺シ或ハ死セリ平郡ノ廣成等ワツカ四人
死ヲ免レ崑崙王ニ見ヘタリ王[illegible]ニ僕人又糧米ヲ賜リ七年ニ至テ漸ク
唐國ヘ又歸リ仲麻呂ニ逢テ玄宗帝ニ見ル事ヲ得タリ 開元廿六年 時玄宗
帝ヨリ船并糧米ヲ賜リ三月ニ登州ト云處ヨリ船ヲ出シ五月ニ渤海
國ニ至ル渤海王大欽茂日本ヘ聘使セントスルニ遇ヒ又是ヨリ廣成ハ
同船シテ日本出雲ノ國ニ至リ京師ニ入時ニ聖武ハ帝ヲ拜ス 天平十一年ナリ
天皇廣成カ労ヲ感シテ正五位ノ上ヲ授ク

33

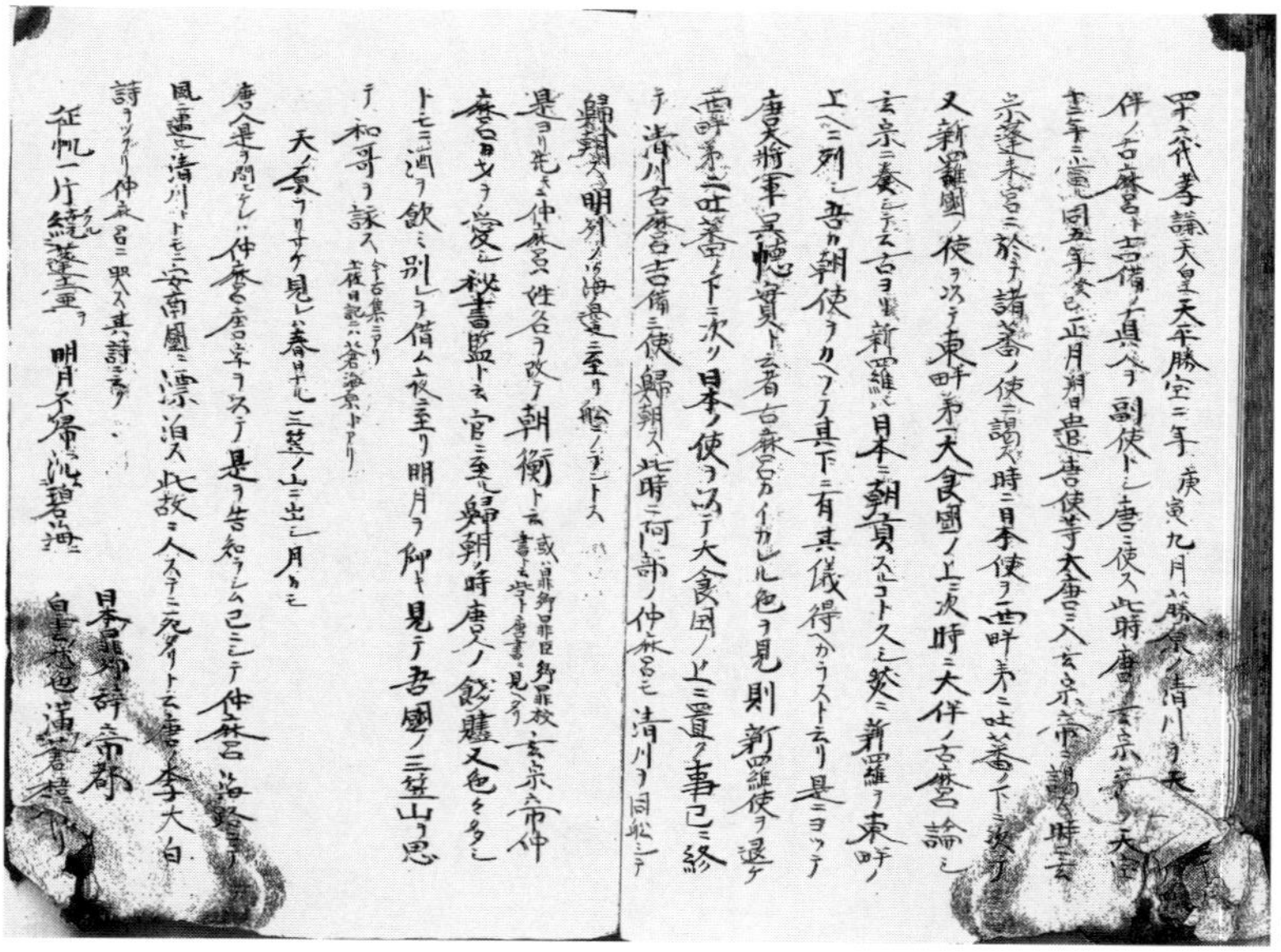
四十六代孝謙天皇天平勝宝二年庚寅九月藤原ノ清川ヲ大
伴ノ古麻呂ト吉備ノ眞人ヲ副使トシ唐ニ使ス此時唐ノ玄宗帝ノ天宝
十二年ニ當ル同五年癸巳正月朔日遣唐使等大唐ニ入玄宗帝ニ謁ス時ニ玄
宗蓬莱宮ニ於テ諸蕃ノ使ニ謁スル時ニ日本使ヲ西畔第二吐蕃ノ下ニ次テ
又新羅國ノ使ヲ次テ東畔第一大食國ノ上ニ次時ニ大伴ノ古麻呂論シ
玄宗ニ奏シテ云古ヨリ新羅ハ日本ニ朝貢スルコト久シ然ニ新羅ヲ東畔ノ
上ヘニ列シ吾カ朝使ヲカヘッテ其下ニ有其儀得ヘカラスト云リ是ニヨッテ
唐ノ大将軍呉懐實ト云者古麻呂カイカレル色ヲ見則新羅使ヲ退テ
西畔第二吐蕃ノ下ニ次ク日本ノ使ヲ以テ大食国ノ上ニ置ク事已ニ終
テ清川古麻呂吉備ニ使歸朝ス此時ニ阿部ノ仲麻呂モ清川ト同船シテ
歸朝ス明州ノ海邊ニ至リ船ニノラントス
是ヨリ先キニ仲麻呂ハ姓名ヲ改テ朝衡ト云 或ハ晁衡 晁ハ朝ト書シ晁ト書ス唐書ニ見ヘタリ 玄宗帝仲
麻呂カ才ヲ愛シ秘書監ト云官ニ至ル歸朝ノ時唐人ノ餞讌又色々多シ
トモニ酒ヲ飲ミ別レヲ借ム夜ニ至リ明月ヲ仰ギ見テ吾國ノ三笠山ヲ思
テ和哥ヲ詠ス 今古集ニアリ 土佐日記ニハ蒼海原トアリ
天ノ原フリサケ見レハ春日ナル三笠ノ山ニ出シ月カモ
唐人是ヲ問モシハ仲麻呂唐言ヲ以テ是ヲ告知ラシム已ニシテ仲麻呂海路ニテ
風ニ遇テ清川トトモニ安南國ニ漂泊ス此故ニ人スデニ死タリト云唐ノ李大白
詩ヲツクリ仲麻呂ニ哭ス其詩ニ云ク
日本晁卿辞帝都
征帆一片繞蓬壷
明月不帰沈碧海
白雲愁色満蒼梧ヘリ

34

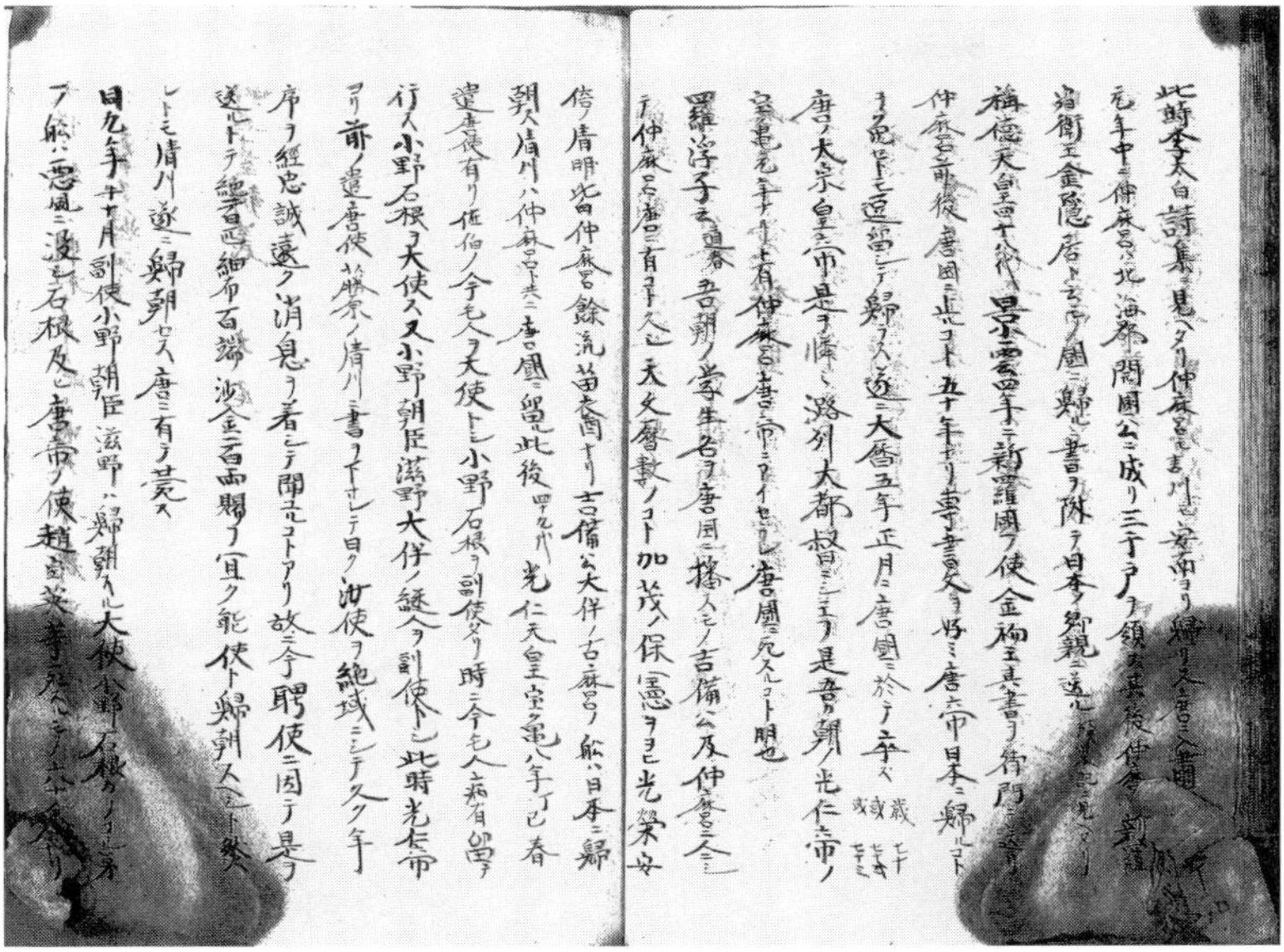
此時李太白詩集ニ見ヘタリ仲麻呂モ清川モ安南ヨリ帰リ又唐ニ入リ
元年中ニ仲麻呂ハ北海郡開国公ニ成リ三千戸ヲ領ス其後仲麻呂新羅
省衛士金隠居ト云モノ国ニ帰ルニ書ヲ附テ日本ノ郷親ニ送ル
称徳天皇四十八代景雲四年ニ新羅国ノ使金初正其書ヲ得門
仲麻呂前後唐国ニ在コト五十年ナリ事書文ヲ好ミ唐ノ帝日本ニ帰ルコト
ヲ免サス逗留シテ帰ラス遂ニ大暦五年正月ニ唐国ニ於テ卒ス 歳七十 或七十三
唐ノ太宗皇帝是ヲ憐ミ潞州大都督ニ任ス是吾朝ノ光仁帝ノ
宝亀元年ナリ右伸仲麻呂唐ノ帝ニアイセラレ唐国ニ死スルコト明也
羅浮子云遣唐吾朝ノ学生名ヲ唐国ニ播スモノ吉備公及仲麻呂二人ニシ
テ仲麻呂唐ニ有コト久シ天文暦数ノコト加茂ノ保憲ヲヨビ光栄安
倍ノ晴明皆仲麻呂余流苗裔ナリ吉備公大伴ノ古麻呂ノ船ハ日本ニ帰
朝ス清川ハ仲麻呂ト共ニ唐国ニ留ル此後 四十九代 光仁天皇宝亀八年丁巳春
遣唐使有リ佐伯ノ今毛人ヲ大使トシ小野ノ石根ヲ副使タリ時ニ今毛人病有留テ
行ス小野石根ヲ大使ス又小野朝臣滋野大伴ノ継人ヲ副使トシ此時光仁帝
ヨリ前ノ遣唐使藤原ノ清川ニ書ヲ下サレテ曰ク汝使ヲ絶域ニシテ久ク年
序ヲ経忠誠遠ク消息ヲ著ニシテ聞ユルコトアリ故ニ今聘使ニ因テ是ヲ
送ルトテ絁四十疋細布百端砂金二百両賜ヲ宜ク能使ト帰朝スヘシト然
レトモ清川遂ニ帰朝セス唐ニ有テ薨ス
同九年十一月副使小野朝臣滋野ハ帰朝スル大使小野石根カノリシ第
一ノ船ハ悪風ニ浸シ石根及ヒ唐帝ノ使趙宝英等死スル三十八人余ナリ

35

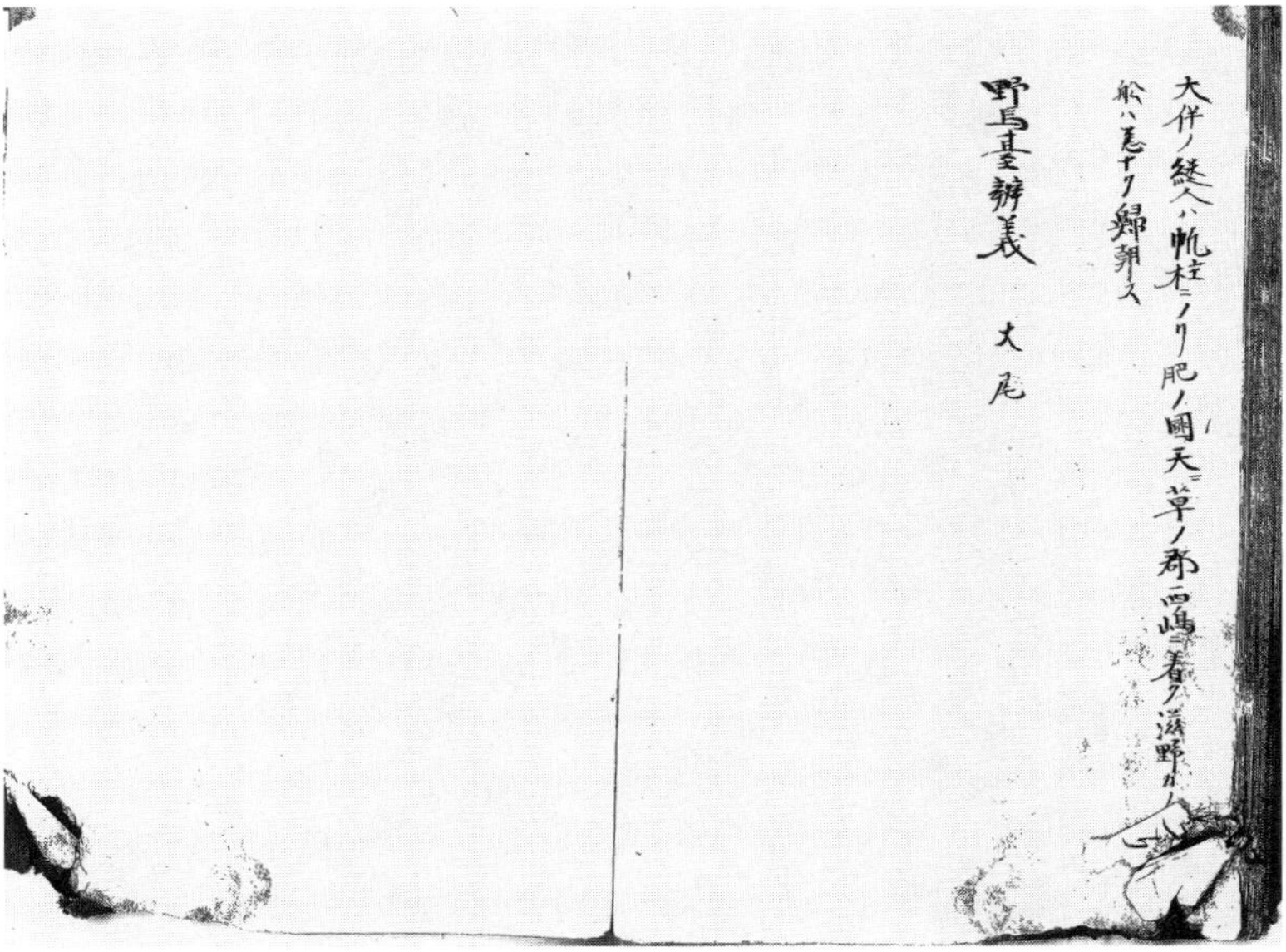
大伴ノ継人ハ帆柱ニノリ肥ノ国天草ノ郡西嶋ニ着ク滋野カ
船ハ恙ナク帰朝ス
野馬臺辨義　大尾

36

あとがき

すでに幾度も書いているが、ことは『吉備大臣入唐絵巻』（十二世紀末期～十三世紀初期、ボストン美術館蔵）の読解から始まる。遣唐使吉備真備が中国に渡って幽閉され、国王からつぎつぎと突きつけられる難題の最後が、『野馬台詩』の解読であった。五言二十四句の短い詩だが、まるで暗号のごとく文字列がばらばらでそのままでは読めない。『文選』の解読や囲碁の勝負では、影で援助してきた鬼の阿倍仲麻呂もついにお手上げ。窮地に陥った真備が長谷観音や住吉権現に祈ると、天井から蜘蛛が『野馬台詩』の書かれた紙の上に降りてきて糸を引いて歩く。その後をつたって読むと、みごと『野馬台詩』を解読できた――という肝心の物語場面が絵巻では切断されて今は伝わらない。物語内容は絵巻の典拠とされる『江談抄』から知られるものの、いったいどのように絵画化されていたのか、まったく手がかりがない。隔靴搔痒、無念の思いからすべては始まった。

そこから『野馬台詩』とは何か、その意義は何だったのか、が課題となり、未来記研究が本格化、中世に多彩に展開する注釈世界に入り込み、さらには『野馬台詩』とともに影響力を持った〈聖徳太子未来記〉に探索が及び、ひいては近代の未来記ジャンルにも飛び火し、ついには東アジアの〈予言文学〉への提言に到る――まるで見えない蜘蛛の糸に導かれるごとく、自分自身予想だにつかない道程をたどった。真備と『野馬台詩』をめぐる物語は、「解読」そのものがテーマになっており、予言書の追究は究極的に文字テクストを読むとはどういうことか、その根源を問い直すことにもつながっていたのである。

予言書の研究をやっても予言者になれるわけではない。未来は見えないまま、やみくもに突き進んで、ふと気がついてふり返れば、確かに一筋の道ができている。進む前に道はなく、歩んできた後ろを見ると曲がりくねった道がある。それはまことにささやかな細い小径(こみち)としか言いようもないものだが、それがみずから生きてきた軌跡ともなっている。

予言書もまさにこのようなものではないだろうか。見えない未来をいかに見すえ、見えるようにするか、そのためには過去にできた道をしるべとするほかない。過去も過ぎ去れば、もはや見えない世界に入ってしまう。見えない過去を見えるようにする、つまりは道を作るのが歴史叙述であり、予言書もまた見えない過去を透視し、道を作る歴史叙述の営みにほかならない。予言は決して未来ばかりではなく、過去に向かってもなされるものだ。予言書とその解釈や読解が必然的に過去の歴史叙述になるのもそのためである。予言書の探索はそうした過去・現在・未来に及ぶ時間の交差や反転、可逆性の如何を問い直す試みにも通じている。未来は瞬時に現在となり、現在は瞬時に過去となる。予言書は過去から未来や現在を取り戻そうとする運動だ、と言い換えてもよいかもしれない。

結局、未来記—予言書—予言文学とたどってきて、『野馬台詩の謎—歴史叙述としての未来記』(岩波書店、二〇〇三年)、『中世日本の予言書—〈未来記〉を読む』(岩波新書、二〇〇七年)、『遣唐使と外交神話—『吉備大臣入唐絵巻』を読む』(集英社新書、二〇一八年)に継ぐ四冊目を刊行することになった。当初は『野馬台詩』に対して、〈聖徳太子未来記〉を中心に一書をまとめるつもりであったが、基本線はすでに『野馬台詩』とからめて新書の『中世日本の予言書』に組み込んでおり、膨大な聖徳太子伝の森に分け入るだけの体力・気力・知力がもはや残されていなかった。二〇〇九年二、三月(立教大学での研究休暇の最後でもあった)、パリのジャン・ノエル・ロベール氏の招聘により、フランス国立高等研究院の客員として、〈聖徳太子未来記〉について集中的にセミナーを担当したが、その後、目の前の仕事に追われるばかりで力及ばず、成果をまとめるには到らなかった。

その前後、日本と東アジアの〈予言文学〉をテーマに学術振興会・科学研究費の助成（二〇〇九～一一年・基盤B）を受け、二〇一〇年には張龍妹氏のお世話で、北京日本学研究センターで『今昔物語集』と〈予言文学〉を主とするシンポジウムを行い（今昔の会が中心）、二〇一一年には盟友パスカル・グリオレ氏の手引きにより、パリの国立東洋言語文化研究院（INALCO）で〈予言文学〉をめぐるシンポジウムも行い、それらをもとにそれぞれ協同の成果として、論文集『東アジアの今昔物語集—翻訳・変成・予言』（二〇一二年）と、雑誌『アジア遊学』で〈予言文学〉の特集号（二〇一二年）とを公刊することができた（いずれも勉誠出版）。

一方、『野馬台詩』の方はこの間、多くの方々からの教示を得、次から次へと資料が出てきて、その応接にいとまなく、既述の誤認や不備が目につくようになってきた。前著以降の知見をもとにいくつかの論考も書いた。

それとは別に、遣唐使神話の面から『吉備大臣入唐絵巻』をテーマにする、小さい本を書く機会を与えられた。「本と日本史」シリーズの一書で、絵巻も「本」として位置づけ、遣唐使と外交神話をテーマに据えたもので、予言書専門の研究ではないが、今は伝わらない『野馬台詩』の始源の可視化がこの絵巻制作の本義であったであろうことを提起した。前著『野馬台詩の謎』では、絵巻の特性を「外交神話」や鬼の仲麻呂に象徴される「御霊絵巻」として位置づけるに止まっていたが、天皇百代で日本は終わる終末論「百王思想」の典拠たる『野馬台詩』をめぐって、欠脱した部分こそが絵巻の眼目であったろう、という皮肉な結論になった。まさに国家の命運を担うごとき『野馬台詩』の由来と伝来の起源譚が必要とされ、この絵巻を成り立たせたのである。そこまで読み込まなければ、後白河院がわざわざこのような説話の絵巻を作らせる意味がないのではないか。今までの読み方では、遣唐使真備のスーパースターたる縦横無尽の活躍を描く、奇想天外・荒唐無稽の説話絵としか読まれていなかった。それも『野馬台詩』解読画面が欠落していたからである。絵巻の結末は、冒頭の遣唐使船で中国に着いた真備の姿と対応して、『文選』と囲碁と『野馬台詩』とを携えて、意気揚々と帰国する束帯姿の真備が描かれていたに相違ない。

絵巻の欠脱を機縁に始まった研究が、廻り廻って欠脱部にこそ主眼があるとの結論にたどりついたわけで、気がつけば、『野馬台詩』という迷宮を廻ってもとの振り出しに戻っていただけかも知れない。

絵巻の錯簡研究によって、宝誌が『野馬台詩』を書いている画面は残っていたことが明らかになったが、解読場面やその後に真備が陰陽術を駆使して日月を封じてしまうヤマ場の画面は残されていない。依然として闇の中であるが、いずれにしても、絵巻の焦点が『野馬台詩』にあったことは動かないであろう。本書は特に絵巻については詳述していないので、この場で補足しておきたい。なお、右の小著に関して原克昭氏による簡にして要を得た書評がある（『立教大学日本文学』一二二号）。

というような次第で、このたび縁あって、既述の〈聖徳太子未来記〉の論（Ⅰ）、『野馬台詩』の続編（Ⅱ）、そして〈予言文学〉への提言の論（Ⅲ）の三部にまとめ、単著の論文集として吉川弘文館から刊行していただくことになった。文学研究の立場から歴史叙述としての予言書の意義を提言する本書が、歴史専門の出版社から公刊されることは意義深い、とみずから思う。実学偏重の二十一世紀、人文学の退潮路線に浸食されつつある時代環境にあって、文学研究も歴史学もよじり合わせた総合的な人文研究が今後ますます要請されるに相違なく、その一つのモデルケースにもなっていれば幸いである。

本書は未来記・予言書が影響力を持った日本の中世という時代をひとまず焦点にするが、近代にも未来記が復活し、近世にも種々見られるように、通時代に及ぶものであって、中世日本だけに特化できるものではない。時代や社会、地域、国家を越えてひろくつらなりあう問題群であり、その起点を提示したに止まるであろう。

初出の個々の論文はそのつど仕切り直して書かれたため、相互に重複多く、それらをもとにする三つの前著とも重なりあう部分が多く残り、一書の体裁に見合うように極力避けるようにはしたが、なお削り得ない部分も少なからず、結果として論述の重複が一方で目につく結果となってしまった。

また、今回は『野馬台詩』の中世・近世の注釈書の影印版を数編掲載することができた。これらの資料群には、写本で一点しか残存しない、いわゆる天下の孤本も少なからず、一般の目にふれにくいため、多くの研究者が活用できるようにしたいと考えた。紙数の都合で八点にとどめざるを得なかったが、まだまだ紹介されるべき資料は少なくない。『長恨歌』『琵琶行』と『野馬台詩』とがセットになった『歌行詩』系統は十六世紀前後の写本が少なからず残存し、しかも個々の写本によってかなり注釈に出入りがある。それらの位相差を細かく見きわめる作業もまだ残されている。

こうした〈予言文学〉にかかわる問題を提起してからすでに二五年以上も経過しているが、その後、研究がさほど進展しているとは言いがたいのも、もとよりおのが研究の到らぬところで忸怩たるものがあり、同時にこれらの資料が容易には目にふれ得ないものであることが要因の一つに挙げられるかと思う。ここでの資料集を活用して頂き、少しでも未来記や予言文学研究が活性化することを願わずにはいられない。微細な注釈の文言を丹念にひろっていくことで、思いも寄らぬ世界が拓けてくるのである。

〈予言文学〉の研究には終わりがないことを痛感させられる。というより、そもそも研究という仕事自体、終わりがなく、永遠の迷宮をさまよっているようなもので、「終わりがない」という物言いも、未来を先取りした予言的言説になってしまうだろう。今後も地道に落ち穂拾いを続けなくてはならないが、次のステージに向かうためにひとまず本書で区切りとしたい。

数々の資料のご教示や種々のご意見をたまわった多くの方々、および貴重な資料の調査収集や掲載を許可くださった関係諸機関に篤く御礼申し上げる。まだまだ誤認や遺漏、不備が多いと思われる。さまざまなご批正を頂ければ幸いである。

海外に出かける機会多く、ゲラも共にあちこち旅を続け、ために校正の受け渡しの滞ること少なからず、そのつど赤字も増えていった。忍耐強く編集の労をとっていただいた、吉川弘文館の並木隆、本郷書房の重田秀樹の両氏に御礼申し上げる。

二〇一九年四月六日

八重桜咲く北京にて

小峯和明

初出一覧

・「『聖徳太子未来記』とは何か★（聖徳太子争点を解く二一の結論）――（聖徳太子七つの争点）」（『歴史読本』四一〈二〇〉、新人物往来社、一九九六年十二月）……Ⅰ―五
・「聖徳太子未来記の生成――もうひとつの歴史記述」（『文学』八―四、岩波書店、一九九七年十月）……Ⅰ―一
・「中世の未来記と注釈」（『中世文学』四四、中世文学会、一九九九年五月）……Ⅰ―二
・「中世日本紀をめぐって――言説としての日本紀から未来記まで」（『民衆史研究』五九、民衆史研究会、二〇〇〇年五月）……Ⅰ―三
・「未来記の射程」（『説話文学研究』三八、説話文学会、二〇〇三年六月）……Ⅱ―一
・「御記文という名の未来記」（錦仁・小川豊生・伊藤聡編『「偽書」の生成――中世的思考と表現』森話社、二〇〇三年十一月）……Ⅲ―一
・「近代の未来記瞥見」（『新日本古典文学大系 明治編』月報一三、岩波書店、二〇〇三年十一月）……Ⅲ―五
・「『野馬台詩』注釈・拾穂」（『日本文学』五四―七、日本文学協会、二〇〇五年七月）……Ⅱ―二
・「〈聖徳太子未来記〉と聖徳太子伝研究」（中部大学国際人間学研究所編『アリーナ二〇〇八』五、人間社、二〇〇八年三月）……Ⅰ―四
・「『野馬台詩』とその物語を読む」（『新作能・野馬台の詩――吉備大臣と阿倍仲麻呂』国立能楽堂、二〇一〇年三月）……Ⅱ―三

・「〈予言文学〉の射程——過去と未来をつなぐ」(『日本文学』五九—七、日本文学協会、二〇一〇年七月)……Ⅲ—二

・「災害と〈予言文学〉——過去と未来を繫ぐ」(『図書』七五〇、岩波書店、二〇一一年八月)……Ⅲ—三

・「未来記の変貌と再生」(上杉和彦編『経世の信仰・呪術』竹林舎、二〇一二年五月)……Ⅱ—四

・「東アジアの今昔物語集——翻訳と〈予言文学〉のことども」(小峯編『東アジアの今昔物語集——翻訳・変成・予言』勉誠出版、二〇一二年七月)……Ⅲ—一

・「〈予言文学〉の世界、世界の〈予言文学〉」(小峯編『〈予言文学〉の世界——過去と未来を繫ぐ言説』〈『アジア遊学』一五九〉、勉誠出版、二〇一二年十二月)……Ⅲ—五

・「予言者・宝誌の変成——東アジアを括る」(久保田浩編『文化接触の創造力』リトン、二〇一三年四月)……Ⅱ—五

・「占いと予言をめぐる断章」(『説話文学研究』五二、説話文学会、二〇一七年九月)……Ⅲ—四

＊　初出リストを編年順に掲げ、本書の章立てと対照した。

索　　引

I 書　　名

本文および注にみえる書名について，通行の読みによる五十音順に配列し，所掲の頁数を示した．作品名にとどまらず，編纂物などに収録される個別テクストも加えた．ただし，本書のテーマである『野馬台詩』，〈聖徳太子未来記〉とは省略した．

あ 行

か 行

さ　行

た　行

な　行

は　行

ま　行

Ⅱ　人　　名

本文および注にみえる歴史上および文学上の人名，神仏名について，通行の読みによる五十音順に配列し，所掲の頁数を示した．原則として前近代を対象とするが，明治期以降の未来記の編著者名は加えた．人名は名前で示し，判明する姓は〔　〕内に記した．近代の人名は姓名で示した．

あ　行

か　行

さ　行

な　行

は　行

ま　行

や　行

ら　行

著者略歴

一九四七年　静岡県に生まれる

一九七七年　早稲田大学大学院文学研究科博士課程修了

現在　立教大学名誉教授・中国人民大学高端外国専家、文学博士

〔主要編著書〕

『説話の森』（岩波現代文庫、二〇〇一年）

『院政期文学論』（笠間書院、二〇〇六年）

『中世日本の予言書―〈未来記〉を読む―』（岩波新書、二〇〇七年）

『今昔物語集を読む』（編著、歴史と古典、吉川弘文館、二〇〇八年）

『中世法会文芸論』（笠間書院、二〇〇九年）

『日本文学史』（編著、吉川弘文館、二〇一四年）

予言文学の語る中世

聖徳太子未来記と野馬台詩

二〇一九年（令和元）六月二十日　第一刷発行

著者　小峯和明（こみね かずあき）

発行者　吉川道郎

発行所　株式会社 吉川弘文館

郵便番号一一三―〇〇三三

東京都文京区本郷七丁目二番八号

電話〇三―三八一三―九一五一（代）

振替口座〇〇一〇〇―五―二四四番

http://www.yoshikawa-k.co.jp/

印刷＝亜細亜印刷株式会社

製本＝株式会社 ブックアート

装幀＝清水良洋・高橋奈々

ISBN978-4-642-02952-0